Knaur

Von Roland Mueller ist außerdem erschienen:

Der Goldschmied

Über den Autor:

Roland Mueller, 1959 in Würzburg geboren, lebt mit seiner Frau in der Nähe von München. Sein erfolgreiches Debüt »Der Goldschmied« weist ihn als Meister des historischen Romans aus.

Roland Mueller

Das Schwert des Goldschmieds

Roman

Knaur

Besuchen Sie uns im Internet:
www.droemer-weltbild.de

Vollständige Taschenbuchausgabe 2001
Droemersche Verlagsanstalt Th. Knaur Nachf., München

Umschlaggestaltung: ZERO Werbeagentur, München
Umschlagabbildungen: AKG, Berlin
Druck und Bindung: Clausen & Bosse, Leck
Printed in Germany
ISBN 3-426-61921-0

2 4 5 3 1

… andere schmolzen Gold und Silber
und machten gute und schöne Werke davon,
machten Pokale und Schalen
und emailliertes Geschmeide,
Ringe, Gürtel und Schließen.

nach dem Ritter Chrétien de Troyes, Perceval

Niemand, der an Wert will steigen
Möchte lange seßhaft bleiben …
Geht vielmehr in manche Länder
Lohn und Abenteuer suchen
Und kommt oftmals reich zurück …
Führt darauf ein schönes Leben
So daß viele ihn beneiden
Im Turnier und auch im Kriege
Und durchirrt der Länder viele …

Wilhelm »der Marschall« 1164

Yusuf ibn al-Mansur

Ihr Anführer war ein großer, schlanker Maure
mit einem auffallend schönen Gesicht,
geziert von einem kurz gestutzten Kinnbart.

Alles, was der Beduine zum Leben braucht,
verschaffen ihm seine Herden.
Wenn nicht – so muß er es stehlen.

Überlieferter Spruch der Nomaden

Der sechste Tag auf See war zugleich der erste ohne Sturm, ohne Regenschauer und ohne die schweren Windböen, die unbemerkt und plötzlich über das aufgewühlte Wasser strichen, trotz der wachsamen Augen des Ausgucks an Bord der Galeasse »Die Schöne von Aquitanien«. Dieser Wind, von einer Gewalt, die die Menschen schreien läßt in ihrer Angst, schlief ein, mit jeder Stunde ein wenig mehr.

Das Schiff rollte hilflos in dem schweren Wasser.

Carillo, der Kapitän, glaubte längst nicht mehr, jemals sicher an die Küste Nordafrikas zu gelangen. Aber dies sagte er niemandem, denn er war abergläubisch, und es galt ihm wie allen Seefahrern, gleich welchen Glaubens, als böses Omen, über ein Unglück auf See zu sprechen. Hieß es doch, die Mächte zu erzürnen und solcherlei Unbill heraufzubeschwören, ja, geschehen zu lassen.

»Die Schöne von Aquitanien« war nur ein kleines Schiff, mit einer Handvoll Seeleute als Besatzung. Vor mehr als zwanzig Tagen waren sie unweit von Rom, von Ostia aus in See gestochen. Beladen war das Schiff mit allerlei Waren aus Venedig: feine Stoffe aus der Lombardei und ein großer Posten ligurischen Weines, dazu Basaltsteine, etwa zehn Tonnen schwer, aus den Steinbrüchen von Rom. Außerdem vier edle Pferde, prächtige Geschenke an den Sultan von Ägypten. Zwei Pferdeknechte reisten auf dem Schiff, und sie waren für das Wohl dieser Tiere verantwortlich. Besonders kostbar aber war eine Bulle mit der Bitte des Papstes, Niederlassungen für den Handel mit dem Abendland zuzulassen im endlosen Weit am Rande der arabischen Wüste.

Venedig wollte handeln, und dies seit dem letzten großen Krieg zwischen den Arabern und den Christen, dem ersten Kreuzzug. Tausende führte er nach Jerusalem, und dieser Feldzug sollte ihr Grab bedeuten, dort in dem fremden Land. Doch wer für den Glauben an Jesu Christi stirbt, der sei gesegnet, und er wird das Paradies schauen. Aber der Kreuzzug lag lange zurück, und nur die Erinnerung daran war noch wach.

Denn Gott ist groß und gerecht!

»Wir sind weit vom Kurs abgekommen«, sagte Carillo zu seiner Besatzung und zu den Passagieren, die sich um ihn versammelt hatten.

Die Venezianer und zwei Knechte aus Rom, damit waren sie zu sechst, und mehr tot als lebendig lauschten sie den Worten des Kapitäns.

»Alexandria liegt weitab. Der Wind ist nicht günstig.«

»Seit Tagen nicht«, bemerkte einer der Seeleute düster.

»Wißt Ihr, Kapitän, wo wir sind?« fragte einer der Reisenden.

»Ich kann es Euch nicht sagen, Faber«, antwortete der Kapitän, »wir werden es erst wissen, wenn wir die Küste erreichen.«

Der so Angesprochene war ein junger Mann, groß, von sehr schlankem Wuchs, mit einem schmalen, edlen Gesicht. Das Haar dunkel und leicht gelockt, das ihm bis auf die Schultern fiel. Dies war Gwyn Carlisle, ein englischer Goldschmied, der, beauftragt von Venedig und Rom, dem Dogen und dem Papst, in besonderer Mission nach Ägypten reisen sollte. Als er und die übrigen Reisenden, Kaufleute einer *societas* aus Venedig, vor über zwei Wochen in Ostia bei Rom ihre Reise begannen, waren sie noch alle guten Mutes gewesen. Das

Schiff war klein, aber solide gebaut, die Mannschaft bestand nicht, wie üblich, aus Tagelöhnern, sondern aus freien Sizilianern. Diese Männer, und besonders ihr Kapitän, Markus Sebastiano Carillo, kannten die Küste und auch das Meer bis hin zur Küste von Alexandria, denn es war nicht ihre erste Fahrt dorthin.
Eine halbe Tagesreise hinter der Insel Kreta hatte der tagelang andauernde Sturm begonnen. Nun waren sie alle müde und hungrig. Die Tage auf See waren kalt gewesen, und durch die stete Nässe brannte längst kein Feuer mehr auf dem Schiff. In der Hoffnung, endlich Land zu sehen, versuchte jedes Augenpaar, die tiefhängenden Wolken zu durchdringen. Bei klarem Wetter war eine Reise von Rom mit einem seetüchtigen Schiff, immer an der Küste des Königreiches Sizilien entlang, durch die Straße von Messina, an Reggio vorbei, eine Reise ohne Mühe, ja oft genug vergnüglich. Doch dieser schwere Sturm ließ die Fahrt zu einer kräftezehrenden Angelegenheit werden.
Das Schiff rollte noch immer hin und her.
Ein Teil der Takelage war beschädigt worden, und bei dem steten Seegang war es keinem der Seeleute bisher gelungen, wenigstens einiges davon herabzuschlagen und neue Segel zu setzen. So trieb das Schiff mit der unruhigen See in eine unbekannte Richtung. Auch das Ruder war beschädigt worden. Die Gewalt des Wassers hatte das Ruderblatt eingedrückt, ein daumenbreiter Riß ging quer durch das ganze Holz. Wenn das Schiff vom Steuermann wieder auf seinen Kurs gezwungen wurde, konnten alle die Bruchstelle genau erkennen. Dort schimmerte das Holz hell. Und bei jedem Manöver sah der Schaden bedrohlicher aus. Zwei Zimmerleute begannen an einem der Ausleger vom Heck aus auf das Ru-

der hinauszuklettern. Dort wollten sie versuchen, lange Bretter quer über die breite Holzfläche zu schlagen. Die Arbeit war mühevoll und gefährlich, aber es war im Moment die einzige Möglichkeit, das beschädigte Ruder so weit zu verstärken, daß es noch einige Stunden hielt. Stunden, die genügen sollten, dessen war sich der Kapitän sicher, dann würden, ja, mußten sie nach seiner Kenntnis Land erreichen. Und nicht nur er wartete auf die Sonne, oder wenigstens etwas von deren Licht, denn nach dem Sonnenstand ließ sich die Richtung bestimmen. Erfahrung und einige Seekarten der griechischen Küste könnten ihm, Carillo, dem Kapitän, genauer sagen, wo in etwa sich hier im Mittelmeer das kleine Schiff gerade befand.

So halfen alle mit, soweit sie sich erholt hatten und ihre lädierten Knochen nicht mehr schmerzten. Gwyn und einer der Seeleute hoben die schweren Bretter über das Heck, um sie so lange festzuhalten, bis der Schiffszimmermann einigermaßen sicheren Stand auf dem hohen Ruder hatte und mit Hammer und langzolligen Nägeln ein weiteres Brett als Stütze festnageln konnte.

Immer wieder schwankte einer der Männer und hielt sich verzweifelt fest, wenn das Schiff ein Wellental passierte, denn dabei tauchte das Heck oft gefährlich tief ein, und mehr als einmal verschwand einer der Männer auf dem Ruder bis fast zur Brust in dem schaumigen Tal.

Ein Abwarten auf ruhige See war jedoch zu gefährlich. Wenn das Ruder vollends auseinanderbrach, waren sie endgültig ein Spielball für die Wellen.

»Schiff! Ein Schiff!«

Der Mann, der auf dem Ruder stand, wäre beinahe herabgefallen.

Gwyn hielt eines der Bretter fest und hob den Kopf. Der Ausguck deutete mit dem Arm in die Richtung weit hinter dem Heck des Schiffes. Tatsächlich, immer wenn das Handelsschiff etwa auf gleicher Höhe mit dem Wellenkamm war, ließ sich weit hinter ihnen ein winziger Punkt ausmachen. Es waren geübte und scharfe Augen nötig, um auf solch eine Distanz noch etwas zu erkennen. Gwyn, ganz sicher mit guten Augen ausgestattet, mußte sich anstrengen, um etwas zu erkennen. Aber nicht ein Mal sah er das Aufblitzen eines Segels.

»Wer kann das sein?«

Carillo war neben sie getreten und blickte angestrengt über das Wasser.

»Das weiß der Allmächtige allein. Sind hier weitab. Wird noch eine Weile dauern, bis es nah genug, damit wir es erkennen können. Vielleicht ein Römer wie wir oder ein Byzantiner? Die Venezianer fahren andere Routen, und die Genueser fahren diesen Teil des Meeres nicht sooft.«

»Vielleicht ein Schiff so wie wir? Dem der Sturm die Federn gezaust hat?« fragte einer der Venezianer.

»Vielleicht ...«

Der Kapitän beschattete noch einmal seine Augen, aber er konnte nichts erkennen.

»Sollten trotzdem wachsam sein.«

Sogleich erteilte er weitere Anweisungen, das beschädigte Schiff noch schneller wieder fahrtüchtig zu bekommen.

Alle arbeiteten weiter. Gwyn erlaubte sich mehr als einmal einen suchenden Blick über das Meer. Aber er entdeckte nichts, was ein Schiff sein könnte. Trotzdem, ein Irrtum schien ausgeschlossen, denn der Ausguck meldete immer wieder ein Segel am Horizont. Ein Teil der Takelage war frei-

geschlagen worden, und alles, was nicht mehr zu gebrauchen war, warf man über Bord. Jede Hand war nun nötig, wenigstens notdürftig die Segel des schwer beschädigten Schiffs zu setzen und an die Masten anzuschlagen.
Es war spät und vom Tag her längst Nachmittag, als der Ausguck erneut den unbekannten Begleiter meldete. Aber diesmal war sein Ruf voller Furcht.
»Latinersegel!«
Erschrocken blickten sich alle an.
»Er fährt ein Latinersegel und ... Ruder!«
Der Kapitän schlug ein Kreuzzeichen, und dann stürzte er zum Hauptmast, legte den Kopf in den Nacken und rief hinauf: »Pietro! Sag an, bist du dir sicher?«
»Latinersegel, Kapitän. Seh sie ganz genau!«
»Und Ruder?«
»Jaaa ... Ruder, Kapitän! Wenigstens zwei Reihen! Aber sie rudern nicht!«
»Wie weit entfernt?«
»Vielleicht noch eine Meile!«
Der Kapitän wandte sich um, und die Männer ringsum sahen ihn erwartungsvoll an, obwohl jeder wußte, was er nun sagen würde, denn alle warnten die Reisenden in den Hafenstädten des Tyrrhenischen wie auch des Adriatischen Meeres vor dem, was ihnen widerfahren könnte, wenn sie es doch wagten, mit einem Schiff zu fahren.
»Piraten, Messere! Piraten!«
Ringsum murmelten und raunten die Männer. Sie erschraken und bekreuzigten sich. Nicht nur der Kapitän machte ein sorgenvolles Gesicht.
»Und wenn der Ausguck irrt?« fragte de Lorenzo, einer der venezianischen Kaufleute.

»Messere, Pietro ist unser aller scharfes Auge. Wenn er ein Schiff auf dem Wasser sieht, dann ist dort eines.«
»Müssen es denn Piraten sein?« fragte Gwyn eher zweifelnd.
»Ja, Faber. Nur solche Schiffe wie das unsere sind ohne Ruderbänke. Damit fahren die Händler für Venedig oder Genua. Latinersegel und Ruderer, diese Schiffe sind schnell. Unweit von Kreta wimmelt es von Piraten, und Byzanz duldet sie. Nach schweren Stürmen suchen sie das Meer nach beschädigten Schiffen ab. Um sie zu jagen. So wie uns jetzt.«
Er wandte sich um, und schrie noch einmal den Mast hinauf:
»Pietro, sag an, wenn sie näher kommen!«
»Si, Messere Kapitän!« tönte es zurück.
Carillo wandte sich um.
»Ein jeder auf seinen Platz. Wir segeln, solange unser Schiff noch fährt. Wir sind wohl näher an Land, als ich bisher geglaubt, denn die Piraten folgen ihrem Wild nicht soweit über See. Es muß Land in der Nähe sein, es muß ...«
Er sagte es beschwörend und hieb mit seiner schwieligen Faust an den Mast. Sogleich begann jeder auf seinen Platz zurückzukehren. Verbissen arbeiteten sie alle weiter. Den Zimmerleuten war es gelungen, das schwere, mächtige Ruderblatt so weit zu befestigen, daß es wieder ohne Gefahr bewegt werden konnte, und ein Teil der großen Segel war erneut angeschlagen. Das Schiff begann allmählich wieder Fahrt aufzunehmen. Da jubelten die Männer laut. Aber ihre Freude sollte nicht von langer Dauer sein, denn je ruhiger das Meer wurde, um so schneller holten ihre Verfolger auf. Längst war dieses Schiff für alle mit bloßem Auge zu erkennen, und längst bestand kein Zweifel mehr, daß es sich um Piraten handelte. Ihr Verfolger trug stolz eine lange dunkle Schärpe am Bug. Es war ein kretischer Korsar. Das Schiff,

eine lange, schlanke Schebeke, ließ sich bei gutem Wind leicht segeln. In dem noch immer aufgewühlten Wasser riskierten die Verfolger zwar schnell, große Mengen Wasser zu machen, aber mit jeder weiteren Stunde beruhigte sich die See, und der Abstand des schneller werdenden Schiffes zu dem Handelsschiff schmolz dahin.
»Das ist Gregor, der schwarze Bastard. Der Teufel selbst hat ihn gezeugt, denn er ist kein Mensch«, sagte der Kapitän zu Gwyn gewandt.
»Wer ist der Mann?«
»Er hetzt Schiffe, und er tötet, weil es ihm eine große Freude macht. Und dabei spottet er unseren Herrn.«
»Ein ungläubiger, heidnischer Pirat?« fragte Gwyn neugierig.
»Nein, Faber! Ein Christ so wie Ihr und ich. So sagt er es wohl selbst über sich. Der Byzantiner entkam den Händen des Henkers und floh nach Kreta. Er ist ein Pirat, und er küßt das Kreuz, bevor er tötet, und er tut dasselbe danach. Wahrlich, Faber, wenn er uns einholt, können wir froh sein, wenn wir nur seine Gefangenen werden.«
Der Kapitän wandte sich ab und schrie ein paar Befehle in dem schnellen, melodischen Dialekt der Menschen aus der Gegend um Catania.
»Was geschieht dann mit uns?« wollte de Lorenzo wissen.
»Behalten wir zumindest das Leben, werden wir als Sklaven nach Damietta oder Sais verkauft«, sagte einer der Schiffsleute düster.
Er spie über die Reling, schlug ein Kreuzzeichen und verdrehte dazu die Augen. Carillo, der Kapitän, trat wieder zu ihnen.
»Wir werden kämpfen und uns wehren«, sagte Gwyn.

Der Kapitän schüttelte nur den Kopf.

»Seht Euch um, Faber! Wie viele Männer seht Ihr, die eine Waffe führen können?«

Erneut schüttelte er nur den Kopf.

»Unsere einzige Hoffnung ist die Flucht. Wenn es uns gelingt, in dem schweren Wasser weiterzufahren, können wir vielleicht entkommen.«

Es war später Nachmittag, als die tiefhängende Wolkendecke langsam aufriß wie ein mächtiger Vorhang, und die Reisenden erkannten plötzlich einen schmalen Strich über dem Wasser. Die Küste.

»Da ...! Das Ufer! Seht nur!«

Einer der Seeleute schrie dies laut, und alle an Bord fielen gleichzeitig auf die Knie, schrien und jubelten gleichermaßen. Und als auch der Kapitän den schmalen Ufersaum erkannte, sank er ebenfalls auf die Knie. Mit der einen Hand hielt er sich an der niedrigen Bordwand fest, mit der anderen Hand schlug er ein Kreuz.

Dann begann er laut zu beten.

»O Herr, unser Herr! Jesu Christo! Gelobet sei Dein Name! Wir danken Dir, hast uns vor dem Sturm gerettet und vor den Kretern. Nun schickst Du uns das rettende Land. Wir sehen es, und unsere Herzen sind froh. Großer Gott, sei gelobt und gepriesen alle Zeit.«

»Amen, so sei es!« riefen die anderen laut.

Dann begannen sie zu singen, und nicht nur Gwyn war mit einem Mal erleichtert und froh.

Das Schiff strandete an einem langen ebenen Strand, über dessen flache Dünen man das Grün von dichtem, eher niedrigem Dickicht sehen konnte. Mit geblähten Segeln liefen sie in schneller Fahrt auf die Küste zu, bis es mit einem Male unter dem Rumpf zu knirschen begann. Es gab einen heftigen Stoß, begleitet von einem Zittern und Ächzen. Das Schiff schien einen Moment lang auf der Stelle zu ruhen, dann neigte sich der schwere Rumpf noch einmal leicht zur Seite und saß dann fest.

»Die Schöne von Aquitanien« war auf dem sandigen Grund aufgelaufen.

Angeschlagen durch den schweren Sturm, zerbrach das Schiff fast gleichzeitig an vielen Stellen. Und mit jeder neuen Woge brachen weitere Hölzer, zersplitterten die Spanten und drang mehr Wasser in das Schiff ein. Die Seeleute hatten gerade noch Zeit, Segel und alles Tauwerk mit ihren Äxten herunterzuschlagen. Gwyn konnte seine persönliche Habe und die Geschenke an den Sultan eigenhändig retten, die venezianischen Kaufleute aber hatten nicht soviel Glück. Ein Großteil ihrer kostbaren Waren versank im Meer nur wenige Dutzend Schwimmbewegungen vom Ufer entfernt. Die Pferde schwammen sicher an Land und zogen die beiden Pferdeknechte mit sich, denn beide Männer konnten nicht schwimmen. Gwyn und die Seeleute halfen sich gegenseitig aus dem bewegten Wasser an Land. Noch immer rollten schwere Wellen an den Strand und liefen dort, kleiner und kleiner werdend, aus.

Gwyn watete aus dem Wasser, naß bis auf die Haut, einen Bogen mit der linken Hand umklammernd, mit der anderen immer wieder einem der Kameraden helfend. Er hatte nichts bei diesem Schiffbruch verloren. Seinen Reisesack und ein Bündel mit Pfeilen, eine Handvoll Werkzeuge, etwas Brot, ein kleiner Sack voll Gerste und etwas Salz, ein Hemd, das hatte er sich auf seinen Rücken geschnürt. Während die übrigen Männer am Ufer lagen, heftig keuchend wegen der Anstrengungen, breitete Gwyn seine Werkzeuge auf dem trockenen Boden aus und prüfte seine Vorräte. Das Brot und die Gerste waren naß. Aber wenn er beides bald aß, war es nicht so schlimm. Das Salz war vom Wasser aufgelöst und nun ein Teil des Meeres. Sein größter Schatz, sein Langbogen, war naß geworden, sonst aber unversehrt geblieben. Dieser Bogen war eine ungewöhnlich schöne Waffe, der Schaft bestand aus glattem, bernsteinfarbenem Holz, länger als er selbst, mit einer feinen, dünn geflochtenen Sehne. Der Bogen, ein Vermächtnis und zugleich ein Stück aus seiner Heimat Britannien, war einer jener berühmten, sächsischen Langbogen, mit deren Hilfe ein geübter Schütze erstaunlich weit schießen konnte. Noch mehr verwunderlich war die Kraft eines Pfeils, der selbst auf größere Distanz noch zielgenau und tödlich war.

Über diese Langbogen erzählte man sich die unglaublichsten Geschichten. So, daß ein Pfeil das Kettenhemd eines christlichen Ritters durchschlagen konnte. Die schweren Schilde der Kreuzfahrer hielten einen Pfeil wohl ab, aber selbst ein Mann mit großer Kraft brach die Pfeilschäfte nach einem Angriff auf dem Schildrücken lieber ab, als daß er sie aus dem Holz zog. Denn dies war ohne ein Werkzeug kaum möglich. Gwyn Carlisle war in vielen Dingen bewandert. Aber in zwei Dingen war er, obwohl noch jung, eine großer Meister: in der Kunst des Goldschmiedens und in der Kunst des Bogenschießens.

Der Kreter segelte in gehörigem Abstand an der Küste entlang, ohne seine Fahrt allzusehr zu verlangsamen. Aber wie einem hungrigen Wolf, der sein vermeintliches Opfer schon reißen will, war diese sicher scheinende Beute entkommen.

Der Pirat wendete und verschwand rasch an dem grauen Horizont.

»Er kommt nicht näher, weil er das gleiche Schicksal fürchtet!« frohlockte Messere di Ogerio, der Venezianer.

Er war der Anführer der *societas*. Andrea di Ogerio, ein noch junger, aber sehr erfahrener Kaufmann. Für ihn und seinen Gefährten Ribaldi di Sauro war es bereits die zweite Reise nach Ägypten. Jene *societas* bestand jedoch nicht nur aus venezianischen Kaufleuten, auch die reisenden Händler aus Genua, Pisa, Ravenna, Lucca und Bari schlossen sich zusammen. Für alle Handel treibenden Kaufleute jener Tage war es die einzige Möglichkeit, einigermaßen zu reisen.

Kaum am Ufer angekommen, beklagten die Venezianer laut und theatralisch gestikulierend den Verlust ihrer Ware – Gwyn wunderte sich darüber nicht wenig. Diese Männer, die gerade eben dem Tod, oder zumindest der drohenden Sklaverei, entkommen waren, machten nun dem Kapitän Carillo und seiner Besatzung bittere Vorwürfe, daß das Schiff keinen rettenden Hafen mehr erreicht hatte, sondern hier vor dieser einsamen Küste mit jeder Woge mehr auseinanderbrach und sank. Es wäre wohl beinahe zu einem Handgemenge gekommen, wäre nicht auf einmal ein armseliger und zerlumpter Mann aufgetaucht. Er hatte ihre Strandung mit wachem Auge beobachtet. Der Mann schien ein Kastilier zu sein und sprach ganz leidlich ein paar Brocken Latein und auch Sizilianisch.

Und als sie ihn fragten, wo sie hier wären, mußte er lachen.

»Judäa!« sagte er, und er lachte dabei erneut.

Dies war nicht die Küste von Alexandria, was ihr ursprüngliches Reiseziel gewesen wäre. Diese Gegend um Jabne, einstmals Iamnia genannt, war flach, bis auf einige Sand-

dünen, die sich hinter dem Strand auftürmten und mit allerlei Buschwerk bewachsen waren. Die Stadt Jabne lag hinter einem kleinen Hafen an der Küste von Judäa.
»Heiliges Land!« sagte der Mann immer wieder.
Und er lachte erneut, während seine Arme weit ausholten. Und Gwyn mußte trotz all der Mühsal gleichfalls lachen.

Der Ort war klein und wirkte ärmlich. Aber er besaß einen Brunnen mit sauberem Wasser. Klar und kühl sprudelte es aus großer Tiefe herauf, von Steinen und Kieseln gereinigt. Solch ein Brunnen war eine Kostbarkeit in dem karstigen Land ringsum.
Gwyn beschloß, hier zu bleiben, zusammen mit den beiden Pferdeknechten und den Venezianern. Sie wollten warten. Die Boten des Sultans von Ägypten waren noch nicht hier gewesen, darin waren sich die Bewohner des kleinen Ortes alle einig. Der Patriarch, ein würdevoll auftretender Jude, versicherte ihnen dies. Er sprach ein sehr verständliches Griechisch, was Gwyn nicht weiter verwunderte, denn zu jener Zeit war es die Sprache von Byzanz, und so gab es sehr viele Menschen, die diese Sprache sprachen. Und auch seine Fähigkeit, sich in allerlei lateinischen Dialekten ausdrücken zu können, war für Gwyn angenehm, denn er verstand etliche dieser Laute sehr gut. Der Mann war gastfreundlich, und für das Wasser, das sie für sich und die kostbaren Pferde aus dem Brunnen schöpften, mußten sie nichts bezahlen.
»Sagt, erster Mann dieses Dorfes, Ihr seid sicher, daß die Boten des Sultans noch nicht hier waren?«
Gwyn hatte diese Frage bereits zweimal an den Dorfältesten gestellt, die Antwort war immer eindeutig gewesen.

»Bei allen Propheten, und Moses selbst sei mein Zeuge, versichere ich Euch, keiner von des Sultans Leuten ist bis jetzt hier vorbeigekommen.«
»Aber es ist doch gewiß, daß sie kommen?«
»O ja, Ihr Herren aus Venedig. Die Boten sind unterwegs, sie sind unterwegs ... Nicht nur ich hörte davon.«
Gwyn nickte.
»Sind unterwegs.«
Der Mann sagte es in einem fast beschwörenden Ton. Gwyn glaubte ihm, denn er wußte, ihre Ankunft und seine Mission waren längst im ganzen Morgenland bekannt. Und die Boten des Sultans reisten ohne Gefährdung, denn trotz der unsicheren Zeiten waren sie Personen, die einem strengen Schutz unterstanden – dem Schutz des Sultans von Bagdad und Alexandria, dem Herrscher von Ägypten. Niemand mit klarem Verstand würde es wagen, ihnen Gewalt anzutun, denn die Boten waren Ohr und Aug und die Stimme des Sultans. Wie viele Boten es waren, vermochte niemand zu sagen, denn das Wohlwollen des Muselmanenfürsten zeigte sich auch darin, welche Anzahl an Boten er schickte, welchen Rang sie hatten, wie kostbar sie gekleidet und beritten waren, ob sie allein reisten oder gar mit einer Begleitung. All das würde einem geübten Beobachter über das Wohlwollen und zugleich die Wertschätzung des Sultans berichten können. Dies hatte Gwyn von den Mitgliedern des Rates zu Venedig erfahren, und sie waren es auch gewesen, die ihn beschworen hatten, die Ankunft der Boten geduldig abzuwarten, sie aufmerksam zu studieren und dementsprechend um die Gunst eines Handelskontraktes zu bitten. Dieser war für Venedig wichtig. Nach den vielen Handelsplätzen entlang der Adria, die sich bis zu den Warenhäusern in Byzanz hin-

zogen, wollte die aufstrebende Lagunenstadt auch im südöstlichen Mittelmeer dauerhafte Handelsplätze für seine Kaufleute schaffen. Denn Venedig erstarkte und wuchs, die Stadt wurde mit jedem Tag reicher.

»Ich übe mich in Geduld, Erster dieses Ortes, und ich danke Euch für Eure Gastfreundschaft.«

Der Mann blickte Gwyn freundlich an und nickte dann feierlich.

»Der Ruhm Eurer Mission und die Ankunft der Boten des Sultans werden für unser Dorf ein Geschenk sein. Wir üben uns mit Euch in Geduld. Auch wir werden warten.«

Gwyn mußte insgeheim schmunzeln. Der Dorfälteste war ein schlauer Mann. Die Wasserquelle, die gute Lage an dieser alten Römerstraße und nun das zu erwartende Eintreffen der Boten konnten aus diesem kleinen Nest bald einen bekannten Handelsposten machen.

Gwyn beschloß, sich seiner Arbeit zu widmen. Er war Goldschmied und hatte viel zu lange nichts mehr in seinem Handwerk geschaffen. Und dies wollte er wieder tun. Gwyn besaß ein wenig Werkzeug und Material. Es war ausreichend genug, einfache Stücke zu fertigen, und es reichte ebenfalls aus, um beschädigte Stücke zu reparieren.

Die beiden Pferdeknechte waren schweigsame Männer, die rings um die kleine Ansiedlung mit Schleudern nach eßbarem Wild jagten. Meist erbeuteten sie nur ein paar Vögel, manchmal auch deren Eier, womit sie den kargen Speisezettel der Reisenden bereicherten, oder sie tauschten sie bei den Fischern aus Jabne ein gegen Krebse und Muscheln, manchmal auch gegen ein paar schöne Fische. So verlebten sie die ersten drei Tage.

Gwyn begann wieder zu arbeiten. Und schon bald blieben die Leute vor dem steinernen Mauerbogen stehen, in dessen Schatten er an einem kleinen Tisch saß und aus feinem Draht Ketten und zierliche Ohrringe flocht. Auch Ringe fertigte er, um sie dann auf dem Feilholz mit fein polierten Steinen zu schmücken.
In der großen Mittagshitze bewegte sich kaum ein Mensch auf den Straßen, denn da flimmerte die Luft zwischen den hell gekalkten Wänden der Gassen. Die Dorfbewohner zogen sich in ihre fast fensterlosen, kühlen Häuser zurück und ruhten. Erst am späten Nachmittag wurde die Luft wieder erträglicher. Der Wind begann fast jeden Tag zur selben Zeit am späten Nachmittag von der See her aufzufrischen. Sein Hauch beendete die Ruhe in dem kleinen Ort, und die Menschen kehrten zu ihren Arbeiten zurück.
Gwyn verhängte seine kleine Werkstatt gerade mit einer Stoffbahn, als er den Mann in einer langen grauen Kutte sah. Der Mann trug ein Tuch nach Landessitte um den Kopf geschlungen, zum Schutz vor der sengenden Sonne. Dazu hatte er einen Stab, der ihm das Gehen erleichtern sollte. Damit ließen sich auch Schlangen und anderes unliebsame Getier vom Boden verscheuchen, vor allem dann, wenn der Reisende sich zur Ruhe nahe des Weges hinlegen wollte. Der Mann führte einen Esel an einem Strick mit sich.
Sein Lehrer aus seinen Kinderjahren, Pater Well in London, hatte ihm all die Menschen aus der Heiligen Schrift beschrieben. Für einen Moment glaubte Gwyn bei diesem Anblick, den heiligen Josef zu sehen. Er wußte um die Erzählung, wie sich Josef, ein Zimmermann aus Nazareth, aufmachte, ein Weib zu freien, und es war Maria, die er ehelichte, die Mutter des Gottessohnes. Für einen Moment glaubte der Gold-

schmied, so mußte es gewesen sein, vor mehr als tausendzweihundert Jahren nach den überlieferten Lehren des christlichen Glaubens.
Dieser Mann jedoch war ein Mönch, und sein Name war Thassos.

Das Heilige Land stöhnte unter der zusätzlichen Fron der vielen Kreuzritter, die in kleinen, zahlreichen Trupps quer durch das Land zogen und dabei immer mehr zu Räubern verkamen. Nicht alle, die einst in dieses Land gekommen waren, um das Grab Christi zu befreien, kehrten nach der Eroberung von Jerusalem im Jahre 1099 in ihre Heimat zurück. Viele blieben hier, denn das Land war mancherorts fruchtbar, ja, üppiger als die Länder, aus denen sie kamen. Was sie in ihrer Heimat in der Provence, in der Gascogne und in anderen Teilen des Frankenreiches dem Boden abringen mußten, schien hier leicht und ohne Mühe zu wachsen. Dazu war es immer warm. Und regnete es doch einmal, was selten genug geschah, war dies Linderung und gerngesehener Helfer bei der Ernte. Land gehörte dem, der es bebauen wollte. Anfangs waren die Menschen freundlich, die Schrecken des Feldzuges der Christenführer lagen einige Jahre zurück. Die Frauen hier waren schön und anmutig, und alles übte auf die Ritter wie Fahrensleute, Knechte wie Gaukler, Seeleute wie Mönche einen Reiz aus, dem sie sich nicht entziehen konnten. Sie hatten zahlreiche Geschichten über das Heilige Land und seine Bewohner gehört, aber sie alle erlebten diese Geschichten nun leibhaftig. So schien nicht nur den Eroberern in ihren Kettenhemden und mit ihren mannshohen Schilden alles leichterzufallen, auch all jene, die zu Hause arm waren, *Karsthänse* gar, hofften hier auf ein neues Glück. Jedoch schon sehr bald mußten sie lernen, wie anders und dabei nicht weniger mühsam hier alles war. Denn auch hier mußte das Land urbar gemacht werden, auch hier mußten die winzigen Äcker mühsam gepflügt werden. Zudem kannten die Araber wie auch die Ägypter nur archaische, räderlose Pflüge, und damit war die Arbeit auf den Feldern noch schwerer als zu Hause. Wasser war mancherorts selten genug. Zu alledem kamen die Hitze und der oft stetige Wind, der die kostbare Erde davontrug und den Rest mit dem hellen Wüstensand verwehte, bis die karge Krume nicht mehr zu sehen war. Dennoch wollte jeder kleine Ritter plötzlich ein Herr, jeder Karsthans ein Ritter und jeder Veteran ein Mann von Adel sein.

Doch Frieden gab es in diesen Gegenden nicht.

Die neuen Lehnsherren regierten und lebten vom Zehnten und mehr ihrer Untertanen. Dies war zum Leben zu wenig, und bald zogen sie als Plünderer durchs Land. Die Bewohner, unter der Hoheit des Emirs von Mossul, wie auch das Volk der Juden und all die arabischen Stämme haßten insgeheim die Männer aus dem Abendland, die wie Räuber gleich ihr Land heimsuchten, immer wieder einmal ihre Städte angriffen und jedes kleine Dorf ausplünderten, um sich und ihre Truppe satt zu machen. Barbaren, wie sie verächtlich bezeichnet wurden, schienen sie alle zu sein. Genau wie die Byzantiner, die sich immer wieder mit den Normannen in diesem Lande bekämpften. Sie alle lebten nicht von diesem Land, sondern dagegen. Diese neuen Herren errichteten keine Gehöfte, sondern bauten Burgen, welche, Krak genannt, schwere, wuchtige Festungen waren, wie sie die Ritter oder Chevaliers bereits von Sechin bis Salerno, von Syrakus bis Gaza und Darum gebaut hatten. Diese Festungen mit wuchtigen Mauern, Türmen und tiefen Gräben, die nur selten genug mit Wasser zu füllen waren, denn dies war kostbar in dem Land, das sie und ihre Väter vor noch nicht allzu vielen Jahren befreit hatten, erstanden nun überall – in der Grafschaft Tripolis über das Königreich Klein-Armenien und Jerusalem. Hier lebten die Menschen weiter in ihren Sitten und Bräuchen, die sie wie ihre Waffen und ihren Glauben aus dem Abendland mitgebracht hatten, immer in Furcht vor einem Land, in dem es letztendlich genauso war wie in ihrer zurückgelassenen Heimat, entbehrungsreich und mühsam.

Beim ersten Anblick schien die Reitertruppe aus Türken zu bestehen. Ihr Anführer war ein großer, schlanker Maure mit einem auffallend schönen Gesicht, geziert von einem kurzgestutzten Kinnbart. Yusuf ibn al-Mansur und seine Männer waren schwer zu durchschauen. Niemand wußte genau, woher sie kamen und wovon sie lebten. Für Räuber waren sie zu sorglos in ihrem Auftreten, für Söldner scheinbar ohne Ziel. Sie lagerten etwas abseits zwischen den Mauern des bereits verfallenden Klosters. Die eigenartige Truppe war zwanzig Männer stark. Ihre Kleidung war einfach, aber auffallend sauber, und ihre Waffen wirkten aufs sorgsamste gepflegt. Mehr noch, sie waren wie neu, und diese Männer schienen sie nicht aus bloßem Zierat zu tragen, sondern weil sie diese Waffen gebrauchten in diesen unsteten Zeiten, in der sich das Morgenland mit dem Abendland zu mischen begann. Deshalb duldete der Sultan von Ägypten solche Banden still, die immer auf der Suche nach Beute, vor

allem aber nach den Burgen und den Pilgergruppen der verhaßten Ungläubigen, waren.
Das Kloster lag nur eine halbe Tagesreise von Jabne entfernt auf einem sanften Hügel. Einst war es der Landsitz eines wohlhabenden Römers gewesen, der vor langer Zeit einen Brunnen graben ließ und Weinberge angelegt hatte. Teile des Hauses waren aus feinem Marmor gebaut und sogar mit korinthischen Säulen verziert. Aber davon waren nur noch Ruinen übrig. Nur den Brunnen und einen Teil der Weinberge gab es noch. Ein Mann trat zu Yusuf ibn al-Mansur. Dem Aussehen nach einst ein Kreuzritter, wohl ein Veteran aus dem Heer des Raimund von Toulouse im ersten Kreuzzug gegen die Türken, sprach der Mann den anderen mit gehörigem Respekt an.
»Herr! Thassos hat die Kaufleute hergeführt«, berichtete er dem Anführer der seltsamen Schar.
Der Mann sagte nichts, sondern blickte mit zusammengekniffenen Augen über die endlos scheinende Ebene, die weit hinten am Horizont am Meer endete. Doch dies war mit bloßem Auge nicht zu sehen.
»Seid wachsam!« befahl der Araber.

Das Klostergebäude mußte uralt sein.
Gwyn konnte nicht erkennen, aus welcher Zeit diese Mauern stammten. Aber der Mönch gebot ihm und den Venezianern, ihm zu folgen und zu vertrauen. Im Schein einer Öllampe folgten sie dem Byzantiner in das Innere des Gebäudes. Hier roch es gar nicht so sehr nach feuchtem Staub und Moder, wie in den alten Häusern, die Gwyn aus seiner Heimat kannte und an deren Geruch er sich erinnerte. Dazu

war es hier zu trocken. Der Boden war mit Sand und allerlei Schutt bedeckt. Schon vor Zeiten hierhergeweht und von den alten Mauern herabgefallen, blieb der Sand liegen und bildete eine seltsame Mischung aus Verfall und längst vergangenen Geschichten.

Thassos führte Gwyn und die Venezianer durch einen großen Raum. Es schien sich um die Reste einer alten Kirche zu handeln, vielleicht vor Jahren von Kreuzfahrern während des ersten Feldzuges auf den Mauern eines römischen Hauses errichtet.

Ein Teil der Decke war eingestürzt, und darüber war der Nachthimmel zu sehen. Gwyn spürte einen Lufthauch, der trocken und angenehm kühl erschien. Der Mönch trat hinter einen mächtigen steinernen Tisch, wohl ein ehemaliger Altar, auch wenn dieser eigentliche Zweck so genau nicht mehr zu erkennen war. Der Stein war kunstvoll mit einem feinen Relief geschmückt. Aber es schien, wie alles hier, lange her zu sein, daß ein kundiger Steinmetz Hand daran gelegt hatte.

»Folgt mir, Ihr Herren«, bat sie ihr Führer höflich.

Mit spitzen Fingern schob er den Docht seiner kleinen Öllampe ein wenig höher. In diesem Teil des Raumes war es ziemlich finster. Hinter dem mächtigen Tisch konnten Gwyn und die Venezianer jetzt erst einen Sarkophag entdecken, wuchtig groß und so lang wie ein Mann.

»Hier ruhen die Gebeine des heiligen Andreas seit der Zeit, als unser Herr für uns am Kreuze starb, hier in diesem Land, auf dieser Erde.«

Die Venezianer bekreuzigten sich ehrfürchtig. Da lächelte der Mönch leicht. Er trat näher an die steinerne Ruhestätte und leuchtete in die Runde der Männer.

»Wenn Ihr wollt, lasse ich Euch nun allein, Ihr Herren. Sicher wollt Ihr beten.«
»Nein, geht nicht fort, Thassos. Wir müssen mit Euch reden.«
»Ihr Herren?«
»Ihr sagtet, dort liegt der Leib des Heiligen?«
»Dies ist so.«
»Ihr seid Euch Eurer Sache sicher?«
»Sicher, so wahr ich hier stehe.«
Die Männer ringsum schwiegen, bis der Mönch mit leiser Stimme wieder sprach.
»Ihr Herren, Euer Mißtrauen verwundert mich, und es schmerzt mich ein wenig ...«
Schnell beschwichtigte Andrea di Ogerio, der Sprecher der Venezianer, den Mönch.
»Wir wollten Eure Aufrichtigkeit und Lauterkeit nicht anzweifeln. Aber wir sind Kaufleute und damit wohl von jeher ein wenig mißtrauisch. Bitte, vergebt uns und seht uns dies nach.«
»Versteh Eure Beweggründe, Ihr lieben Herren, aber ich bin Christ. Wie Ihr. Die Lüge ist eine schwere Sünde.«
Der Mann hob das Licht und schwieg. Gwyn konnte sehen, wie er wartete. Er war sich insgeheim sicher, daß dieser byzantinische Mönch längst genau wußte, was die Venezianer wirklich von ihm wollten. Denn deshalb waren sie hier und deshalb hatte er, der fromme Mann, sie alle letztendlich auch hierhergeführt.
Die Kaufleute flüsterten miteinander und an ihren Mienen und Gesten konnte Gwyn sehen, wie aufgeregt sie waren. So trat er allein etwas näher an den steinernen Sarkophag, und seine Hände glitten sanft über den gemeißelten Stein. Sollte

dies die letzte Ruhestätte des großen Heiligen und Märtyrers sein? Er sah in das Gesicht des Byzantiners. Der verzog keine Miene und erwiderte den Blick des jungen Fabers. Aber so genau Gwyn auch forschte, in dem fahlen Licht konnte er keine Regung im Antlitz des Mönchs entdecken.

»Mit Verlaub«, bat Ribaldi di Sauro halblaut, einer der Kaufleute, an den Mönch gewandt.

»Herr?«

»Es ist ... wir wollen die sterblichen Überreste des großen Heiligen heimführen.«

Der Byzantiner hob sein Licht, und seine Miene wirkte überrascht. Bevor er auf das Ansinnen des Venezianers antworten konnte, sprach der Kaufmann weiter.

»Er starb für unseren Glauben«, erklärte er, »wir wollen seine Gebeine heimführen in unsere Heimat. Nach Venedig. Dort soll er ruhen für ewig und uns Mahnung und zugleich Beispiel dafür sein, demütig unseren Glauben zu leben. Sein Leben und Leiden ist Vorbild für christliche Tugend, wie sie einst der Herr selbst lehrte.«

»Aber«, hub der Mönch an, »dies ist seine letzte Ruhestätte.«

»Die kann es nicht sein, Thassos. So seht Euch doch um«, entgegnete Andrea di Ogerio sanft.

Die übrigen Kaufleute nickten zustimmend.

Der Mönch begann zu sprechen.

»Weiß wohl, daß dies kein rechter Ort ist für einen heiligen Mann. Aber wir sind arm, und unser Kloster lebt von den Almosen der christlichen Ritter, welche kommen, um zu beten. Nur, was uns mildtätige Hände geben, reicht mir und meinen Brüdern zum Leben.«

»Überlaßt uns die sterblichen Reste dieses heiligen Mannes.

Wir versichern Euch, Ihr habt es nicht mit Undankbaren zu tun«, entgegnete Ribaldi di Sauro.
»Dies ist Euer Wunsch?«
Er sah fragend in die Runde. Die Venezianer nickten stumm, einer nach dem anderen. Als der Byzantiner Gwyn ansah, nickte der nicht.
»Meine Mission ist eine andere«, erklärte Gwyn.
Er sagte es fast ein wenig hochmütig. Aber er war in diesem Moment froh, Diener ganz anderer Herren zu sein. Der Byzantiner verstand und sah wieder die Venezianer an.
»Aber, wie wollt Ihr seine Gebeine aus dem Land schaffen? Hier sind die Türken strenge Herren. Sie werden derlei nicht zulassen.«
»Wir werden einen Weg finden!« versprach di Sauro feierlich.
»Wenn dem so sei, dann nennt mir Euren Preis.«
Gwyn war überrascht, wie schnell der Mönch seine Meinung und seine Stimme plötzlich geändert hatte. Seine Frage war nicht mehr sanft, sondern fest, und mit dem Nachdruck eines Mannes gestellt, der handeln und ein gutes Geschäft tätigen will. Die Venezianer waren in ihrer Gläubigkeit scheinbar wie blind. Sie wollten und sie mußten diese so kostbar erscheinende Fracht haben: die Gebeine des heiligen Andreas.
»Einhundert Dirham in arabischem Gold«, antwortete Andrea di Ogerio, der Sprecher der Kaufleute.
Gwyn hielt für einen Moment die Luft an. Das war eine stolze Summe. Er wunderte sich erneut ein wenig, denn die Venezianer galten sonst als harte Geschäftsleute, die feilschen konnten bis auf den letzten Heller. Hier aber boten sie freiwillig diesen Betrag. Der Preis mußte auch den Byzantiner

überrascht haben, denn er war für einen Moment sichtlich sprachlos. Stumm wiegte er seinen Kopf hin und her. Gwyn schien es, als wolle der Mönch durch sein Zögern zeigen, wie wertvoll ihm die sterblichen Überreste des heiligen Mannes waren.

»Dieser Heilige ist mir und meinen Brüdern einzig. So wie Euch, Ihr edlen Herren, ist er mir lieb und teuer. Da muß auch der Preis teuer sein.«

Die Venezianer begannen daraufhin, alle gleichzeitig auf den Mann einzureden. Sie sprachen laut und schnell in ihrem wohlklingenden Dialekt, und Gwyn, wiewohl des Lateinischen als auch Lombardischen mächtig, verstand kaum noch ein Wort. Der Byzantiner aber lächelte alle freundlich an, faltete seine Hände und führte die Fingerspitzen an seine Nase. Er schloß seine Augen, lächelte freundlich, aber stumm und ließ die Männer in ihrem Redeschwall durcheinandersprechen.

Gwyn glaubte auf einmal, ein metallisches Geräusch zu hören. Er wandte sich um, und dann sah er plötzlich ein kurzes Aufblitzen im tiefen Schatten vor ihm an der Wand. Da waren Gestalten, und die bewegten sich, leise und geschmeidig. Sie waren nicht mehr allein.

»Byzantiner!« dröhnte eine laute Stimme.

Die Venezianer schwiegen überrascht.

»Welchen Heiligen verschacherst du heute?«

Es war die Stimme von Yusuf ibn al-Mansur.

Er und seine seltsamen Spießgesellen, die jetzt langsam von allen Seiten näher kamen, waren unbemerkt in diesen Teil des Klosters geschlichen. Die Venezianer wandten sich überrascht um. Andrea di Ogerio und di Sauro blickten auf einmal ängstlich drein. Auch Gwyn vermochte die Lage im Mo-

ment nicht richtig einzuschätzen. Er hatte den geschmeidigen und stolzen Araber bereits den ganzen Vormittag über verstohlen in dem kleinen Dorf beobachtet, durch das sie durchgezogen waren. Er strahlte eine gefährliche Ruhe und Sicherheit, zugleich auch eine starke Autorität aus, der sich alle unter seiner Führung beugten. Längst nicht alle Männer waren Araber so wie er. Da standen auf einmal blondgelockte Ritter aus der Picardie und der Normandie genauso dabei wie britische Normannen aus dem südlichen England und dem Herzogtum der Bretagne. Gwyn hatte die vertrauten, heimatlichen Laute bereits am Vormittag gehört, wie auch die für ihn unverständlichen Worte der fast schwarzen Krieger aus den fernen Gebirgen Mauretaniens.
»Ihr schnattert hier rum wie eine Horde aufgeregter Jungfrauen«, bemerkte Yusuf ibn al-Mansur leise.
Er lachte. Immer wenn er dies tat, sah man seine blendend weißen Zähne blitzen. Er trat näher an den Sarkophag, beugte sich ein wenig darüber, und seine Fingerspitzen glitten genauso langsam und forschend über den kunstvoll bearbeiteten Stein, wie Gwyn es zuvor gerade getan hatte. Dann richtete er sich wieder auf und lächelte zuerst den Goldschmied, dann die Runde der Venezianer an.
»Ihr Christen seid wirklich ein besonders gläubiges Volk!«
Der Spott in seiner Stimme war nicht zu überhören.
»Das müßt Ihr auch sein«, meinte er, »sonst könntet Ihr es Euch kaum erlauben, von so weit her zu reisen, nur um ein paar Götzen Eures Glaubens zu kaufen, nicht wahr?«
Er deutete mit der Spitze seiner kurzen Reitpeitsche auf den Steinsarg und fuhr sich dann mit der Fingerspitze über seinen Bart. Gwyn entdeckte im fahlen Lichtschein, wie etwas Mörtelstaub an den Barthaaren haftenblieb.

»Dummköpfe, die Ihr seid«, lachte er erneut leise, »Ihr glaubt tatsächlich, in diesem Steinkasten liegen die morschen Knochen eines Heiligen?«

»Frevelt nicht, es ist eine besondere Reliquie, und sie ist uns heilig«, antwortete der Venezianer Ogerio zaghaft.

»Ich freveln? Christ, wißt Ihr, wie viele heilige Stoffe, heilige Steine, heilige Hautfetzen, heilige Knochen, heilige Fingernägel, wie viele heilige Splitter vom Kreuze Christi allein in dieser Gegend existieren? Halb Judäa handelt damit. In Gethsemane verschachert die eine Hälfte des Ortes die Dornen jener Krone, welche angeblich auf das Haupt Eures Christus gedrückt wurde. Und die andere Hälfte sammelt Dornen in der Wüste, um daraus Kronen zu winden. Und das tun sie seit langer Zeit. Nun, da erhebt sich die Frage: Wie groß war das Haupt Eures Christus? Oder hatte er gar mehrere Köpfe, he?«

»Wir hörten von solchen Fälschungen, und man warnte uns davor. Aber dies hier ist etwas anderes«, antwortete der Venezianer.

Wie zur Bekräftigung nickten seine Gefährten. Yusuf sah sich um, und am höhnischen Blick seiner Männer und seiner eigenen Miene erkannte Gwyn, wie sehr den Araber die Antwort des Kaufmanns amüsierte.

»Solange Ihr diesen Plunder kauft, solange werden Kerle wie dieser« – dabei zeigte er auf den Byzantiner – »ihre einträglichen Geschäfte mit jedem Christen machen, der sich hierher verirrt.«

»Dies Grab ist heilig. Er versprach es uns auf Ehre!« entgegnete der Venezianer sichtlich entrüstet.

Darauf lachten die Männer ringsum laut auf. Einer der Ritter aus der Schar drängte sich vor.

»Mir versprach er mal auf Ehre eine Jungfrau. Das war sie so wenig, wie ich der König von Sizilien bin.«
»Aber was willst du? Du warst doch zufrieden mit ihr!« entgegnete der Byzantiner schnell.
Der Ritter lachte laut und dröhnend, und die Männer ringsum ebenso. Die Venezianer aber schwiegen mit betretener Miene. Der blonde Ritter neben ibn al-Mansur stieß dem Mönch seine Faust vor die Brust.
»Du byzantinischer Dreckskerl hast ja recht. Eine leckere Pute war sie wohl, jaaaaa ...!«
Er verdrehte die Augen vor scheinbarer Wonne, und seine Spießgesellen ringsum lachten grob bei der seltsamen Grimasse, die ihr Gefährte da machte. Der aber wandte sich wieder an den Mönch.
»... aber sie war keine Jungfrau mehr!« schrie er, noch immer lachend.
Da johlten die Männer um den hochgewachsenen Araber erneut laut auf. Als sie sich ein wenig beruhigt hatten, antwortete plötzlich Thassos dem Mann, und nun wunderte sich Gwyn, wie sehr die Stimme des Mönches wieder jenen freundlichen und fast unterwürfigen Ton hatte, den er all die Zeit an den Tag gelegt hatte.
»Kann Euch eine wirkliche Jungfrau besorgen«, entgegnete der Byzantiner mit listigem Blick.
Die Venezianer blickten erstaunt. Und jetzt war es Yusuf ibn al-Mansur, der auf einmal laut zu lachen begann.
»Hoho, hab ich es Euch nicht gesagt, Christenköpfe? Das hier ist ein besonderer Markt.«
Er deutete ebenfalls auf den Mönch.
»Der Kerl handelt mit Liebestränken und Rauschpulvern. Jede Medizin dieser Welt als Salbe oder Pulver könnt Ihr er-

handeln. Oder steht Euch der Sinn mehr nach einem Tag voller Muße und Entspannung? Bei einem guten Wein und frischen Datteln, einem Nachtlager, mit oder ohne eine weiche anschmiegsame Decke, ganz gleich, ob dies ein Weib oder lieber blutjunge Knaben wären? Er handelt auch damit. Und mit …«

Der Araber beschrieb mit der Hand eine kurze, theatralische Geste.

»Heiligen Männern!«

Die Männer ringsum lachten laut über die Worte ihres Anführers. Der Mönch aber machte gute Miene zum bösen Spiel. Er sah sich um und verzog spöttisch sein Gesicht, ein klein wenig nur. Es war zu sehen, daß es dem Araber gelungen war, den Byzantiner und seine seltsam einträglichen Geschäfte zu entlarven. Diese Zusammenkunft war ihm peinlich, und er bemühte sich, sich dies nicht anmerken zu lassen und von dem Handel mit den Venezianern zu retten, was zu retten war. Ein paar der finsteren Gesellen hatten Fackeln entzündet. Jetzt war das Gewölbe auf einmal hell erleuchtet. Gwyn erkannte die Reste von einst kunstvollen Fresken und manche Figur eines Heiligen an den verfallenden Wänden ringsum.

Yusuf gab mit einem kurzen arabischen Wort einen Befehl, und sogleich kletterten drei seiner Männer über den herumliegenden Schutt hin zu dem Sarkophag. Sie begannen mit ihren Schwertspitzen den Mörtel zwischen dem steinernen Rand und dem Deckel wegzukratzen.

»Was … was tut Ihr da?« wollte Andrea di Ogerio entsetzt wissen.

Auch Thassos hatte sein Lächeln verloren.

Yusuf ibn al-Mansurs Antwort kam sogleich.

»Ihr Levantiner! Wollt Ihr eine Ware nicht immer erst sehen und prüfen, bevor Ihr sie kauft?« fragte er spöttisch.
»Ihr stört die Ruhe eines Heiligen«, warnte der Byzantiner entrüstet.
»Heiliger?« antwortete Yusuf leise, und sein edles Gesicht war auf einmal bloße Verachtung.
»Du verlogener, kleiner Hundesohn. Die Schakale hätten dich gleich nach der Geburt fressen sollen.«
Er trat einen Schritt auf den Mönch zu, und mit einer Hand winkte er seinen Männern.
»Haltet ihn!«
Blitzschnell gehorchten die zwei am nächsten stehenden Männer des Muselmanen und hielten den Byzantiner fest. Der begann daraufhin zu jammern.
»Ich habe nichts getan! Nichts ... wofür ich mich schämen müßte! So laßt mich los!«
»Schweig ...«, sagte Yusuf kalt und nickte den Männern an dem mächtigen Sarg zu.
Mit vereinten Kräften hoben sie den steinernen Deckel so weit an, daß drei weitere Männer zugreifen konnten. Viele Hände schoben den Deckel zur Seite, bis er der Länge nach an der einen Seite herunterfiel. Mit einem dumpfen Geräusch schlug er auf den Boden des großen Raumes. Staub wirbelte auf, und Gwyn sah, wie die Männer sich abwandten und husteten. Auch er hielt sich die Hand vor sein Gesicht, bis sich der feine Staub etwas gelegt hatte. Aber dann übermannte ihn die Neugier, und er trat näher. Auch die Venezianer traten an den Rand des Sarkophages. Die zwei Männer hielten Thassos noch immer fest und schoben ihn näher heran. Schweigend starrten sie hinein.
Die Venezianer bekreuzigten sich hastig.

Da lagen die sterblichen Überreste eines Mannes, teilweise eingehüllt in eine dunkle Stoffbahn. Das Skelett war vollständig vorhanden, am Schädel waren noch einige Haarbüschel zu erkennen.
»Dies also ist der heilige Andreas?«
Yusuf ibn al-Mansur richtete die Frage nicht direkt an den Byzantiner, sondern stellte sie eher allgemein. Aber es war der Mönch, der zuerst antwortete, und seine Antwort klang trotzig, so, wie wenn jemand mit besonderem Nachdruck seine eben gesprochenen Worte unterstreichen will.
»Ja, und er war ein großer Heiliger ... seine letzte Ruhe hast du jetzt gestört.«
Yusuf wandte sich an den Mann und winkte seinen Männern. Sie zerrten Thassos von dem Sarkophag weg, hin in die Mitte des Raumes. Die übrigen Gefährten des Muslimen hatten einen Kreis um die Kaufleute und Gwyn gebildet.
»Und Ihr? Abendländer? Was glaubt Ihr?« fragte Yusuf.
Andrea di Ogerio, der Sprecher der Venezianer, antwortete zuerst.
»Warum sollte ich am Wort eines frommen Mannes zweifeln ...«
Seine Antwort geriet – für alle hörbar – eher zaghaft.
»Die Byzantiner glauben an Gott wie wir ... warum sollten sie lügen ...«, entgegnete Ribaldi di Sauro.
Aber auch seine Antwort geriet kläglich.
»Und Ihr, Faber? Ihr seid doch ein Faber, nicht wahr?« fragte Yusuf, den Blick auf Gwyn gerichtet.
Gwyn entging nicht der freundliche Ton in der Frage des Arabers.
»Das bin ich wohl, ja. Aber ich weiß nicht, Herr. So kann ich es Euch nicht sagen, was ich glaube.«

»Dies ist der heilige Andreas!« fauchte der Byzantiner auf einmal böse.
Es schien, als würde ihm das Geplänkel zu lange dauern. Er wollte sich losreißen, aber die beiden Männer hielten ihn an beiden Armen eisern fest. Yusuf grinste mit einem Mal wieder über das ganze Gesicht. Dann trat er näher an den Mann heran und fragte leise: »Der Heilige hat sein Leben für seinen Glauben gegeben. Soviel würde ich von dir nie verlangen. Aber gibst du dein Ohr?«
Yusuf griff nach dem Ohr des Byzantiners. Thassos stöhnte, antwortete aber nicht. Yusuf ließ das Ohr des Mannes los, griff sich statt dessen an seine eigene Hand und hielt den kleinen Finger fest.
»Oder einen Finger?«
Er griff sich rasch an sein Handgelenk.
»Oder gleich die ganze Hand? Vielleicht gar den Arm?«
Der Mönch schwitzte vor Angst und atmete heftig, aber er schwieg.
»Ich seh schon, du kannst dich nicht entscheiden. Aber Ihr Christen zeigt die Liebe zu Eurem Gott ja immer im Erdulden allerlei Qualen.«
Yusuf ibn al-Mansur trat einen Schritt zurück, straffte seine Schultern, bevor er weitersprach.
»Bracko!«
Ein Mann trat näher.
»Ja, Herr?«
»Kannst du bei einer Jungfrau feststellen, ob sie auch hält, was sie verspricht?«
»Ja, Herr.«
Der Mann grinste bei seiner Antwort einfältig.
»Kannst du das auch bei unserem Freund da?«

Der Mann grinste noch immer.
»Herr …?«
»Sieh nach, ob es sich lohnt, bei dem Mönch etwas zu finden, das er nicht mehr *braucht* …«
Jetzt verstand der Angesprochene. Er kniete vor dem Byzantiner nieder und schob die lange Kutte des Mönches hoch bis über dessen Leibschnur. Dort hielt er sie fest.
»Was tut Ihr da?« fragte di Sauro schnell.
Auch Gwyn trat einen Schritt näher und wandte sich an Yusuf.
»Genug der Possen, Herr. Laßt dem Mann seinen Frieden.«
»Mischt Euch da nicht ein, Faber«, antwortete Yusuf leise.
Der Mann, den er Bracko genannt hatte, packte den Byzantiner grob an dessen Geschlecht.
»Diese Mönche haben ja doch was unter ihrem Rock. Glaubte immer, sie seien ohne das, was man Manneszier nennt.«
Bracko und die Männer ringsum begannen, gemein zu grölen. Yusuf trat einen weiteren Schritt näher und beugte sich vor zu dem Mönch.
»Es ist mir unangenehm und wohl sehr peinlich, frommer Thassos, aber nur so läßt sich die letzte Frage genau beantworten. Ist doch die Neugier eines meiner zahllosen Laster. Sag, bist du dir sicher, daß in diesem Sarg der heilige Andreas liegt?«
»Ja, dies sagte ich doch«, preßte Thassos mühsam hervor.
»Ich glaube dir nicht, Mönchlein. Weißt du, warum? Du bist ein Christ, und ihr Christen seid alle Eiferer in eurem Glauben. Vor euch muß man sich in acht nehmen.«
»Es ist die Wahrheit«, stieß der so Gedemütigte wütend hervor.

Da strahlte Yusuf den Mann an, und Gwyn sah, daß sein Lächeln etwas Böses hatte.
»Die Wahrheit?« lachte er. »Aber dann hast du nichts zu befürchten!«
Er wandte sich an den Mann, der vor dem Mönch auf dem Boden kniete.
»Bracko!«
»Ja, Herr?«
»Kastrier ihn!«
Bracko zog mit seiner freien Hand ein Messer aus dem Gürtel.
»Nein!« schrie der Byzantiner panisch.
»In Gottes Namen«, stieß Gwyn hastig hervor, »dies könnt Ihr nicht tun, Herr!«
»Nein?«
Yusuf lächelte Gwyn von der Seite an. Der Byzantiner schien auf einmal ungeahnte Kräfte zu haben, denn die beiden Knechte, welche ihn bisher gehalten, hatten Mühe, ihn zu bändigen. Grob hielten sie ihn fest und sahen auf ihren Anführer.
Yusuf sprach weiter.
»Weißt du, Faber, was deine Landsleute meinem Volk alles angetan haben? Weißt du, wie sie gewütet haben, als sie Jerusalem endlich genommen hatten? Sie schonten weder Alte noch Kranke, weder Weiber noch Kinder. Sie wateten in deren Blut. Und es waren christliche Ritter, die dies getan. Willst du wirklich wissen, was alles im Namen eures Gottes geschah und noch immer geschieht?«
Er wandte sich an den noch immer schreienden Mann.
»Warte, Bracko!«
Der Söldner ließ sein Messer sinken.

»Ich frage dich ein letztes Mal, Thassos. Bist du dir immer noch so sicher, daß in jenem Sarg dort der heilige Andreas liegt?«
»Nein …!«
»Was, nein?«
»Nein, *Saiyid!*«
»Erklär dich«, befahl Yusuf.
»Bin mir nicht sicher, nicht genau, nicht sicher … nein«, stammelte der Mann schnell und voller Angst.
Jetzt begann der Mönch zu schluchzen.
»Laßt ihn los«, befahl Yusuf kalt.
Bracko erhob sich und steckte sein Messer ein. Dann wischte er verächtlich seine Hände am Gewand des Byzantiners ab.
»Ihr Herren«, hub Yusuf leise an, »Ihr habt es gehört. Er ist sich nicht sicher. Euer ganzer Glaube ist so! Nicht sicher … nicht sicher!«
Er drehte sich um und schritt zwischen den Trümmern der Kapelle hinaus in die Dunkelheit. Seine Männer folgten ihm schweigend. Der Byzantiner hatte sich, noch immer leise schluchzend, umgewandt. Er strich seine Kutte glatt und schlich aus dem Raum, gefolgt von den schweigenden Venezianern und Gwyn.

Im vorderen Teil des baufälligen Klosters hatten die übrigen Mönche den Kaufleuten einen Raum als Unterkunft für die Nacht zugewiesen. Es war eher ein hohes Gewölbe, einigermaßen sauber, und es gab kein Ungeziefer darin. So waren sie in der Lage, nicht nur für sich selbst, sondern auch für ihre Waren Platz zu finden.

Thassos, der Byzantiner, war spurlos verschwunden. Einerseits wohl, weil er sich nach der Begegnung mit Yusuf und seinen rohen Gesellen schämte, andererseits, weil er in seiner Geschäftstüchtigkeit wohl ein wenig zu weit gegangen war. Gwyn dachte über die Ereignisse nicht weiter nach. Er war so müde, daß er glaubte, noch bevor er sich auf dem sandigen Boden in dem finsteren Raum ausstrecken konnte, würde er schon eingeschlafen sein. Er legte sich seine Decke zurecht.

»Bitte, Signore Carlisle, erlaubt mir, noch eine Frage an Euch zu richten.«

Gwyn sah auf. Vor ihm stand Andrea di Ogerio. Gwyn seufzte leise und machte mit der Hand eine auffordernde, höfliche Geste, daß sich der Mann doch setzen sollte. Der Venezianer ließ sich ein wenig umständlich im Schneidersitz nieder.

»Wollt mich gerade zur Ruhe legen«, bemerkte Gwyn, »aber hab mit meinem Schöpfer noch nicht gesprochen.« So nannte der Faber sein Nachtgebet, das er wegen seines Glaubens und in Gedanken an seine Lieben zu Hause immer vor dem Einschlafen sprach.

»War ein böser Auftritt dieses Heiden«, murmelte der Venezianer hastig und zugleich vorsichtig, ganz so, als ob ihn dessen oder andere, unbefugte Ohren hören könnten.

Dann schwieg er.

»Yusuf?«

Die Nennung des Namens war nur der Höflichkeit halber, denn sehr wohl wußten der Venezianer wie auch Gwyn um die Begegnung.

Der Kaufmann nickte schnell.

»Vermag's nicht zu glauben, daß uns der Byzantiner so sehr

täuschen wollte. Er ist ein Christ und Mönch dazu. Und doch …«

Andrea schüttelte unsicher den Kopf, bevor er weitersprach.

»Was denkt Ihr, Signore Carlisle?«

Gwyn antwortete erst nur mit einem Schulterzucken.

»Nun, ich geb zu, ich hatte an seiner Redlichkeit etliche Zweifel.«

»Signore Carlisle … ich …«

Der Mann zögerte erneut. Er runzelte die Stirn und suchte nach Worten. Dann rückte er plötzlich ein wenig näher. Gwyn sah, wie die übrigen Kaufleute sich auf ihre Decken und Mäntel gesetzt hatten und zu ihrem Anführer herübersahen. Aber sie schwiegen alle.

»Eine angenehme Nacht, mit frommen Träumen, Faber«, sagte Andrea plötzlich und erhob sich schnell.

»Dies wünsche ich Euch auch«, entgegnete Gwyn höflich.

Er spürte, daß der Mann noch etwas anderes hatte sagen wollen. Andrea ließ sich auf seinem Lager unweit der Tür nieder, murmelte ein kurzes Gebet und rollte sich dann in seine Decke. Die übrigen Mitglieder der venezianischen *societas* sahen eine Weile zu Gwyn hin, bis auch sie sich fast ein wenig verlegen abwandten und unter ihre Decken und Mäntel krochen.

Der Morgen begann mit einem warmen Wind, von dem anzunehmen war, daß er bald heißer und heißer werden würde. Spätestens dann, wenn der Tag sich zum Mittag hin neigte. Die Venezianer luden gemeinsam die Waren auf ihre Esel, und einige Mönche halfen ihnen dabei. Gwyn fiel auf, wie armselig diese frommen Männer in der Helligkeit des Tages wirkten. Thassos war auch jetzt nirgends zu sehen. Yusuf und seine Männer hatten ebenfalls ihre Pferde gesattelt und gezäumt. Sie schienen der Karawane folgen zu wollen. Gwyn schüttelte den Staub aus seiner Decke. Wie am vergangenen Tag ging er zu Fuß, aber die Venezianer ließen ihn vielleicht wieder auf einem der Esel ein Stück reiten. Rasch füllte Gwyn seinen Wasserschlauch mit dem Brunnenwasser.

Andrea di Ogerio trat neben ihn. Mit der hohlen Hand schöpfte er aus dem großen Ledersack. Er trank langsam und mit einer vornehmen Geste. Als er fertig getrunken hatte, wischte er sich den Mund mit dem Ärmel seines Gewandes ab.

»Wir haben die Gebeine des Heiligen gekauft«, sagte er plötzlich.

Gwyn glaubte, nicht richtig verstanden zu haben.

»Was? Aber ... aber Signore di Ogerio, der Mann mag ein Mönch sein, aber ich denke, er ist auch ein Schurke.«

»Yusuf ist ebenfalls ein Schurke, und trotzdem müssen wir es wohl dulden, mit ihm zusammen zu reisen«, entgegnete plötzlich Ribaldi di Sauro trocken, bevor Andrea di Ogerio weitersprechen konnte.

Der Venezianer war unbemerkt neben den Brunnen getreten und tauchte ein Stück Stoff in das Wasser. Er wartete, bis es vollgesogen war, und rieb dann seine nackten Arme damit ab. Di Sauro schwieg und vermied es, Gwyn anzublicken. Bevor der Faber etwas erwidern konnte, war Yusuf herangeritten. Vor den Männern zügelte er sein prächtiges Pferd.

»Allah sei mit Euch, Goldschmied, und auch mit Euch, Venezianer. Sagt, ist es wahr, daß Ihr Euch doch noch habt übers Ohr hauen lassen?«

Die Venezianer schüttelten beide den Kopf.
»Die Gebeine eines Märtyrers zu kaufen war unser besonderer Auftrag. Dafür sind wir in das Heilige Land gezogen. Wir haben nicht von Thassos, sondern vom Ältesten des Klosters gekauft«, antwortete di Ogerio ruhig.
Der Araber blickte die beiden Venezianer an. Auf einmal brach er in jenes typische, ihm so eigene, spöttische Lachen aus.
»Ob Franken, Lateiner oder Byzantiner – Ihr Christen seid gierig, verschlagen und grausam. Aber nicht nur das. Ihr seid auch noch dumm. Ich glaube, ich bleib noch eine Weile bei Euch, denn mit jedem Tag lerne ich etwas über Euch dazu.«
Er lachte erneut und ließ sein Pferd dann tänzeln. Seine Männer fielen in das Gelächter mit ein, und sie lachten noch, als sie durch das Tor das Kloster verließen.

Der Krak des Chevaliers

Und er trat in das Schiff, und seine Jünger folgten ihm.
Und siehe, da erhob sich ein großes Ungestüm im Meer,
also daß auch das Schifflein mit Wellen bedeckt ward;
und er schlief.
Und die Jünger traten zu ihm
und weckten ihn auf und sprachen:
Herr, hilf uns, wir verderben!
Da sagte er zu ihnen:
Ihr Kleingläubigen, warum seid ihr so furchtsam?
Und stand auf und bedrohte den Wind und das Meer;
da ward es ganz stille.

(Kap. 14,31; 16,8)

Die Venezianer Andrea di Ogerio und Ribaldi di Sauro wollten zurück nach Hause. Auch die beiden Pferdeknechte aus Rom wollten nicht länger bleiben. So sehr Gwyn sie auch beschwor, ihrem Auftrag nachzukommen, die beiden Männer lehnten ab.
Die Männer beschlossen, zusammen mit einigen Mönchen der Küstenstraße nach Caesarea zu folgen. Diese Straße war einst von den Römern angelegt worden und noch in einem ausreichend passierbaren Zustand. Kreuzritter und Araber, Juden wie auch Händler aus allen Teilen der westlichen und östlichen Welt benützten die Straße, aber niemand von ihnen hielt sie instand. So war an vielen Stellen das Pflaster vom Sand verweht oder gar von den kurzen, aber oft heftigen Regengüssen weggespült worden.
Gwyn beschloß, wenn sich die Gelegenheit dazu ergab, Jerusalem zu besuchen, um in der Grabeskirche zu beten, in dieser Stadt, wo ihr Heiland gewirkt hatte und die die Kreuzfahrer des Gottfried von Bouillon erobert hatten. Noch aber war es wichtiger, die Boten des Sultans zu treffen.
So gelangte die kleine Karawane in nur drei Tagen vom Kloster in den Bergen in die Küstenstadt Caesarea. Der Ort war nicht allzu groß, aber hier gab es Schiffe aus allen Teilen des Mittelmeers und neue Nachrichten. So viel Gwyn auch fragte, niemand wußte etwas über den Verbleib der Boten des Sultans von Ägypten zu sagen. Sicher schien nur, daß sie ihren Weg nicht durch diese Stadt genommen hatten.
Caesarea selbst war in Aufruhr, viele Gerüchte erhitzten die Gemüter. Ein Großteil der Schiffe war reisefertig, und viele davon wollten so bald wie möglich auslaufen und Caesarea

so schnell wie möglich verlassen, um lieber Zuflucht in Tyrus zu suchen oder gleich über das Meer nach Zypern zu segeln. Dort, hofften Pilger wie Händler, schützten die Kreuzfahrerburgen von Limassol, Kolossi und Famagusta die Schiffe und ihre Passagiere. Aber die Nachrichten aus der Provinz Samaria waren zu schlecht. Erneut hatten seldschukische Kriegsherren einen Aufstand gegen die *Rumi*, die christlichen Besatzer, gewagt, und es war zu Kämpfen gekommen. Gerüchte kursierten von einem Angriff auf Akkar, eine der zahlreichen Kreuzfahrerburgen. Diese Nachricht hielt sich hartnäckig, obwohl wissende Stimmen zu beschwichtigen suchten. Akkar war neben Arima ein stark befestigter Krak. Niemals würden Araber, gleich, ob es sich um Seldschuken oder Fatimiden handelte, diese Festungen angreifen. Aber plündernde und brandschatzende Reitergruppen, oft viele Dutzend Reiter stark, zogen durchs Land, von den Kreuzrittern verfolgt.

Zu einer entscheidenden Schlacht war es bisher nicht gekommen, statt dessen splitterten sich die Reste des einst mächtigen Kreuzfahrerheeres immer mehr auf, in dem verzweifelten Versuch, Frieden im Königreich Jerusalem und in der angrenzenden Grafschaft Tripolis zu halten. Doch dieses Unterfangen gelang den Beteiligten immer weniger. Ein Landstrich, heute noch friedlich und geruhsam, war schon morgen ein brennendes Land. Die Zeiten waren gefährlicher denn je. So war Gwyn einerseits froh um die Begleitung von Yusuf und seiner wehrhaften Truppe, andererseits galt es als sicher: Yusuf war ein Räuber, der auf der Suche nach lohnender Beute das Land durchstreifte. Und es war nicht klar, auf welcher Seite er stand oder ob er gar einer der freien Wüstennomaden war, die sich immer näher an die Küste heran-

wagten, in der Hoffnung auf reiche, lohnende Beute, seien es Sklaven oder Gold, Handelswaren oder Waffen.
Die beiden Pferdeknechte wollten mit den Tieren in Caesarea bleiben, bis Gwyn aus Jerusalem zurückkehrte. Wenn auch mit ungutem Gefühl, willigte er schließlich ein, da er hoffte, bald Nachricht von den Boten aus Bagdad zu erhalten. Währenddessen wollte er sich selbst nach ihnen umhören. Er nahm an, in weniger als drei Monaten wieder zurückzusein, und so ließ er die beiden Männer mit den Pferden in Caesarea, verabschiedete sich von den Venezianern und folgte der Straße nach Jerusalem.
Die Gruppe um Yusuf ibn al-Mansur und der Goldschmied aus dem Königreich England waren nach dem Abschied der Venezianer nicht lange allein geblieben. Ein Trupp Pilger, alle aus der Gegend um Chur, einer Stadt im Arelater Land, wollten an den See Genezareth. Eine kleine Ansiedlung namens Kapernaum war ihr Ziel. Hier fand sich die Stelle, an der Jesus mit seinen Jüngern der Überlieferung nach den See befuhr.

Diese Leute aus Chur waren alle gut bewaffnet, und etliche von ihnen waren Ritter mit eigenen Lehen in der Heimat. Diese Reise unternahmen sie als Pilger und als gläubige Christen zugleich. Der Weg war in wenigstens vier, allerhöchstens fünf Tagesreisen zu schaffen.
Das Land ringsum schien einsam, nur manchmal waren in der Ferne vereinzelt dünne Rauchsäulen zu sehen. Dort ließen sich Ansiedlungen oder Nomaden vermuten. Die Gegend wurde immer steiniger, und im fernen Dunst war der Berg Tabor in der letzten Abendsonne zu sehen gewesen,

und die Pilger hatten darauf bestanden, zu halten und zu beten. Der Anführer der Gruppe war ein Ritter, der sich Walter von Zwingenspiel nannte. Ein großer, massiger und breitschultriger Mann mit einem flachsblonden Bart und dichtem, blondem Haar. Dort wo die Sonne die Haut beschien, war diese bereits dunkel gebräunt. Er war mindestens fünfzig Jahre alt, von stolzem Wesen, aufbrausend, ein wenig zu eitel und in der Demonstration seines Glaubens voll Inbrunst und tiefer Frömmigkeit. Wenn er sprach, tat er dies laut, und wenn er spottete, ebenso. Er trug ein prächtiges Schwert und einen prächtigen Mantel, auf dem das weiße Kreuz der Pilger mit schwerem Seidenfaden eingestickt war. Auf seine zwei Burschen, die ihm Rüstung, Schild und Lanze trugen, wollte er trotz dieser langen Reise nicht verzichten, auch schien er kein schlechter Kämpfer zu sein. Der Ritter wachte wie ein Patriarch über seine Reisegruppe, und diese wiederum fügte sich seinen lauten Wünschen und Befehlen genauso, wie es die Truppe um den Araber Yusuf ibn al-Mansur bei diesem tat. Gwyn Carlisle tolerierte Walter von Zwingenspiel und behandelte ihn höflich. Yusuf und seine Spießgesellen aber mißfielen ihm.
Bereits am ersten Abend wollte er von Gwyn wissen, wer der Araber sei und warum sich unter seinem Befehl sogar abendländische Ritter befanden. Gwyn vermochte daraufhin nichts zu sagen, denn er wußte selbst zu wenig über die geheimnisvolle Gruppe um den Muselman. Aber der Ritter von Zwingenspiel konnte seine Verachtung über Yusuf ibn al-Mansur nur schwer verbergen. Beide Gruppen waren jedoch gleich stark und keiner schien es zu wagen, dem anderen nahe zu treten.
So reisten sie bereits den vierten Tag zusammen. Nachts la-

gerten sie an einem Platz, vermieden aber jegliches Gespräch miteinander. Sie hatten sich bald in stummer Übereinkunft darauf geeinigt, nur ein Feuer zu entzünden, denn Brennholz für die Nacht war knapp genug. Da saßen sie dann zusammen, die Araber auf der einen Seite, die Kreuzritter auf der anderen.

Gwyn war der einzige, den beide Gruppen zu tolerieren schienen. Richtete Yusuf eine Frage an ihn, so schwieg von Zwingenspiel höflich. Sprach der Ritter den Goldschmied an, duldete er es, daß auch Yusuf bei dem Gespräch zugegen war und das eine oder andere Wort an ihn richtete.

Yusuf ibn al-Mansur hatte unaufgefordert den Weg vorgegeben. Es war kurz vor der heißesten Tageszeit, dem Mittag, als Walter von Zwingenspiel während des Marsches plötzlich sein Pferd wendete. Der übrige Zug der Pilger hielt daraufhin an. Zuerst glaubten sie, sie würden nun endlich halten und solange im Schatten lagern, bis die Hitze einigermaßen erträglich wurde und sie in den späteren Nachmittagsstunden weiterreisen könnten. Doch der Ritter lenkte sein Reittier zu Yusufs Gruppe, die in einem Abstand von einigen Schritten neben dem Troß dahinzogen, so als wären sie eine eigene Gruppe und gehörten nicht zu den anderen.

Walter von Zwingenspiel hielt sein Tier genau vor dem Pferd des Yusuf. Der mußte, wollte er weiter, um ihn herumreiten oder sein Pferd anhalten, und genau dies tat er. Gwyn beobachtete, wie dies geschah mit einem verwunderten Staunen des Arabers, angesichts dessen, daß ihn dieser Mann aus Chur, der *Rumi*, zu solch einer Geste zwang.

Der Ritter schwitzte unter seinem Helm, obwohl er nach Landessitte ein Tuch darüber trug, das ihm auch den Hals und den Nacken schützte. Yusuf aber wirkte, als würde er

hier zu seinem Vergnügen ein wenig spazierenreiten. Nur die Spitzen seiner feinen Reitstiefel waren staubig.
Er parierte sein Pferd, und auch die übrigen Reiter seiner Gruppe zügelten ihre Tiere.
»Hört, Muslim, ich muß ein Wort an Euch richten«, rief von Zwingenspiel.
»Yusuf ibn al-Mansur«, entgegnete der so Angesprochene sanft, »so nennt man mich, denn so ist mein Name.«
Von Zwingenspiel straffte seinen mächtigen Körper.
»Weiß, wie Euer Name ist, aber für derlei Höflichkeiten ist es mir zu heiß. Will Euch eine Frage stellen«, bellte der Ritter.
Die übrigen Söldner begannen unruhig zu werden, denn dies war ein Ton, den sie ihrem Anführer gegenüber nicht gewohnt waren. Doch Yusuf gebot mit einer kurzen, kaum wahrnehmbaren Geste Ruhe.
»Will Eure Frage gern beantworten, Herr von Zwingenspiel, weiß nur nicht, ob sie mir nicht zu schwer erscheint. Bin doch nur ein Heide«, antwortete Yusuf höflich.
Mit keiner Regung machte der Araber klar, wie sehr ihm der Ton und das Auftreten des Churers mißfiel. Doch die Stimmung war gespannt genug. Alle blickten auf die beiden Reiter, die sich auf weniger als drei Armlängen Entfernung auf ihren Pferden gegenüber saßen.
Da lachte der Ritter plötzlich.
»Ihr habt recht, Yusuf ibn al-Mansur. Ich vergesse mich zu leicht.«
»Ist dies, weil ich ein Muslim bin?« fragte al-Mansur erneut betont höflich.
Gwyn entging nicht die Feinheit in der Frage. Es war ungewöhnlich genug, auf einen Araber zu treffen, dem eine Schar

christlicher Männer folgte. Aber Yusufs Gabe, sich in fremden Worten, in britisch wie in französisch, lateinisch wie auch griechisch, so fein und gewählt auszudrücken, verblüffte oftmals angesichts seiner Natur als scheinbar kaltblütiger Anführer eines Söldnerhaufens.

»Ihr seid ein Muselman, und Ihr glaubt an Allah. Ich bin ein Christ, und mein Herr ist Gott, der Allmächtige selbst. Doch es herrscht Friede zwischen dem Abend- und dem Morgenland«, entgegnete der Churer gnädig.

»Da habt Ihr recht.«

»Wie weit ist es noch bis Kapernaum?« wollte der Ritter wissen.

Yusuf sah in die Richtung, in der die Sonne zu dieser Tageszeit stand.

»Wir werden diesen Ort erst am späten Abend erreichen.«

»Hoffentlich nicht zu spät, damit wir uns noch einen Platz für die Nacht suchen können.«

»Nein, sicher nicht so spät.«

Beide Männer schwiegen, und nichts war ringsum zu hören, außer dem wiederholten Schnauben der Pferde, wenn sich wieder eine Schar Fliegen auf die Nüstern und Augen der Tiere setzen wollte.

»War es dies, was Ihr mir sagen wolltet?« fragte Yusuf höflich mit sanfter Stimme.

»Ja, Muslim … o verzeiht, Herr Yusuf ibn al-Mansur«, sagte der Ritter und lächelte dabei.

Der Araber schwieg.

Da wandte der Ritter sein Pferd und wollte die Spitze seiner Truppe wieder übernehmen.

Auf einmal rief der Araber.

»Herr Walter von Zwingenspiel!«

Der Ritter parierte sein Pferd und drehte sich im Sattel um.
»Ja, was ist noch?«
»Wenn Ihr mir noch einmal den Respekt versagt, mich noch einmal so ungehobelt ansprecht oder mich in sonst einer Weise unhöflich bedenkt, werde ich Euch auf Ehre und Blut fordern. Dies wollt *ich* Euch sagen.«
Als Yusuf geendet hatte, beugte er noch einmal seinen Kopf und befahl dann seinem Pferd, den Schritt wieder aufzunehmen. Bevor der Ritter sich fassen konnte, waren er und seine Männer an ihm vorbei. Gwyn, auf einer kleinen Eselstute reitend, war der letzte. Und er konnte es sich nicht verkneifen, sich im Sattel umzuwenden, um zu sehen, wie verblüfft der Ritter der Truppe hinterherstarrte. Erst nach einer Weile hatte er sich gefaßt. Da wollte er aufbrausen, aber die Mitglieder seiner Pilgergruppe beschwichtigten ihn.
Sie hielten auf ihrem Weg nicht mehr an. Eine Weile nach diesem Vorfall sandte Yusuf einen seiner Männer voraus.
Am späten Nachmittag war die Gegend so steinig geworden, daß sie nicht mehr besonders schnell vorankamen. Die Ausläufer des Tabor prägten nun die Gegend. Als der Trupp eine karge Senke durchritten hatte, wartete dort ein Mann, ein Berber, den Yusuf vor Stunden vorausgeschickt hatte. Der Mann saß unbeweglich auf einem kleinen Teppich, den er auf dem Boden ausgebreitet hatte. Sein langes Krummschwert vor sich auf den Knien liegend, hockte er da, und nur ein dicker Fliegenwedel aus feinem Ziegenhaar war in seiner Hand ab und an in Bewegung, immer dann, wenn die fliegenden und stechenden Plagegeister gar zu übel zu werden drohten. Yusuf ritt zu ihm und parierte sein Pferd. Da sprang der Berber behende auf die Füße und erstattete in hastig ge-

sprochenen, arabischen Wörtern seinem Anführer Bericht. Die übrigen Reiter bildeten einen Halbkreis um die beiden. Der Ritter von Zwingenspiel hatte nach den Ausführungen des Berbers auf Yusuf ibn al-Mansur geblickt, aber geschwiegen. Yusuf wandte sich um und sprach dabei laut, so daß ihn alle hören konnten.
»Fennek fand diesen Mann dort.«
Er deutete mit seiner Reitpeitsche auf einen großen Ölbaum, in dessen Schatten die Pilger eine am Boden liegende Gestalt erkennen konnten. Fennek, ein Krieger, der aus den fernen Bergen Mauretaniens stammte, hatte ein dünnes helles Tuch über ihn gebreitet.
»Ist er … ist der Mann tot?« wollte Gwyn wissen.
Er deutete auf die Gestalt am Boden.
Der Araber schüttelte den Kopf.
»Er lebt, aber er ist dem Verdursten nahe.«
Gwyn sprang von seinem Esel und ergriff seinen Wasserschlauch. Er schritt zu der am Boden liegenden Gestalt und beugte sich über ihn. Als er das Tuch zurückzog, wimmerte der Unbekannte leise. Der Mann war noch jung, und sein Haar war blond. Seine Haut, vor allem im Gesicht und an den Händen, war von der Sonne schlimm verbrannt. Der Berber erzählte in seiner gutturalen Sprache, und Yusuf übersetzte laut für alle. Der Mann war von Fennek zwischen den Felsen gefunden worden. Er habe ihm bereits all sein Wasser gegeben, aber er wisse nicht, ob der Mann sich noch erhole. Yusuf erzählte weiter.
»Er kommt aus einer Festung, welche die Kreuzfahrer hinter dieser Hügelkette auf einer Anhöhe errichtet haben, vor Jahren, mitten in einem weiten Tal. Die Männer dort, alles Franken, werden bereits seit Monaten belagert. Ihn haben sie aus-

geschickt, damit er um Hilfe sucht. Dabei hat er sich wohl verirrt.«

Die Männer ringsum raunten verhalten. Yusuf sprang aus dem Sattel und kniete neben dem Mann nieder.

»Die Sonne hat ihm die Haut verbrannt und seinen Verstand gebraten. Wer die Sonne mißachtet, verliert gegen sie, und dafür muß er bezahlen.«

Er blickte auf Gwyn.

»Faber, spart Euer Wasser, dem Mann ist nicht mehr zu helfen.«

»Herr Yusuf, ob dem Mann zu helfen ist oder nicht, entscheidet nicht Ihr«, erwiderte Gwyn ungehalten.

Gwyn war wütend über die Kaltblütigkeit des Arabers.

»So? Wer entscheidet dies dann?« fragte der Araber höhnisch.

»Gott, unser Herr«, entgegnete Gwyn ungehalten.

»Oh, Herr Carlisle, ich vergaß!«

Es war das erste Mal, daß der Araber Gwyns Namen erwähnte.

»Ja, Herr Yusuf ibn al-Mansur! Ihr habt vergessen, aber ich bin ein Christ, und als solcher helfe ich ihm. Denn ich würde jedem Gefährten genauso helfen.«

»Gleich, welchen Glaubens?« fragte der Muslim.

»Ganz recht. Gleich, welchen Glaubens.«

»Welch edle Gesinnung. Aber sie paßt zu Euch, Faber«, lachte Yusuf.

»Spottet nur! Aber ich hab nicht vergessen«, stieß Gwyn wütend hervor, »daß mir in diesem Land Wasser und Brot gegeben wurde, und erst dann hat man nach meinem Glauben gefragt. Und als ich ihn genannt, hat man mir Wasser und Brot nicht wieder genommen, sondern ich erhielt in Frieden einen Platz für die Nacht.«

Die Überheblichkeit des Arabers stieß ihn ab, aber gleichzeitig erstaunte und faszinierte ihn die Leichtigkeit, mit der dieser Mann allem Unbill des Lebens begegnete und schnell seine eigenen Entscheidungen traf.

»Hört, Faber Carlisle! In diesem Land ist Gastfreundschaft ein Gesetz. Und es gilt für jeden, gleich, welchem Stamm, gleich, welcher Sippe er angehört. Dies, bevor ihr Christen kamt und uns lehren wolltet, was der einzige Glaube sei.«

Der Araber wandte sich um und befahl seinen Männern, ein Lager zu errichten. Die Pilger aus Chur sahen zu dem Ritter, und der nickte zustimmend. Da stiegen auch sie von ihren Reittieren ab und ließen sich im Schatten des riesigen alten Ölbaumes nieder.

Yusuf ließ Wachen aufstellen, denn es schien, als sei die Gegend nicht sicher genug. Es war auch anzunehmen, daß ein Teil der Belagerer durch die Gegend ringsum zog. Denn so eine Belagerung war eine langwierige Art, Krieg zu führen. Dies war allen Beteiligten wohl bewußt, gleich, auf welcher Seite sie standen. Die Verteidiger waren auf die Vorräte und die Brunnen innerhalb der Mauern angewiesen, die Angreifer aber mußten Nachschub jeglicher Art heranschaffen. Dies funktionierte nur, wenn sie bewaffnete Trupps durch die Gegend sandten, die alles und jeden ausplünderten, was ihnen und der wartenden Schar dienlich sein konnte. Vor solchen Trupps warnte Yusuf die Pilger.

An diesem Abend saßen sie schweigend um ein kleines Wachfeuer. Es war das erste Mal, daß die Männer des Yusuf ibn al-Mansur und die Pilger um von Zwingenspiel gemeinsam um ein Feuer saßen und auch zusammen aßen und tranken. Aber Yusufs Warnung vor umherstreifenden Spähern war eindringlich gewesen.

Im Moment machten die Söldner unter ihrem Anführer nicht den Eindruck, daß sie sich auf irgendeine Seite schlagen wollten. Einerseits schien es lohnend für Yusuf und seine Männer zu sein, zu den unbekannten Belagerern zu stoßen, um sie beim Angriff auf die Festung zu unterstützen. Andererseits war es nicht gewiß, ob die Belagerer dies dulden würden.

Ganz anders die Pilger um ihren Anführer aus Chur. Der hatte mit seinen bewaffneten Begleitern lange geflüstert, und die Waffenknechte hatten alle den Auftrag bekommen, Ausrüstung und Gerätschaften, aber auch den Zustand der Pferde und des Sattelzeugs zu prüfen. Und nun konnte Gwyn, der in unmittelbarer Nähe des Ritters saß, sehen, wie sehr eine Entscheidung not tat.

»Wenn es Christenmenschen sind, die dort darben, dann werden sie jede Hilfe brauchen«, begann der Ritter zu sprechen, »aber wir sind auf einer Pilgerfahrt, und deshalb muß ich Euch, meine Gefährten, erst befragen.«

Er wandte sich in die Runde, und in der untergehenden Sonne waren ein Großteil der Gesichter der Männer nicht mehr zu erkennen. Einer der Churer trat ebenfalls ans Feuer. Er hatte den schwer Verletzten unter dem Baum mit Olivenöl und Wein eingerieben, die Wunden verbunden und nahm nun an dem Feuer Platz.

Der Ritter sah ihn an.

»Franz, wie geht es dem Mann?«

»Nicht gut, Herr Walter. Er fiebert. Die Sonne hat ihn schwer verbrannt. Aber er hat getrunken.«

»Hat er noch etwas gesagt?«

»Ja, Herr Walter.«

»Nun sag schon, Franz.«

»Der Mann ist ein Franke aus Burgund. Die Burg gehört seinem Oheim, der sie und das Land als sein Eigen ansieht und nun hier lebt, seit dem Kriegszug für das Kreuz.«

»Und was sagt der Mann noch?«

»*Die Boten des Sultans*. Die Angreifer haben sie gefangengenommen.«

Gwyn war mit einem Mal aufgesprungen, und sein Herz pochte laut vor Aufregung.

»Die Boten des Sultans ...«, murmelte er.

»Die Boten des Sultans ... gefangen!« flüsterten ringsum die Männer.

Sie tauschten Blicke untereinander, und selbst Yusuf schwieg mit steinernem Blick. Nur einmal schüttelte er den Kopf. Gwyn faßte sich, und er sprach zuerst.

»Man versicherte mir, überall, in Rom wie in Venedig genauso wie auf der Reise hierher: Die Boten des Sultans haben freies Geleit. Dies ist und sei Gesetz.«

»Das ficht einen Muslim nicht an«, bemerkte Walter von Zwingenspiel böse.

»Was wollt Ihr damit sagen?« fragte Yusuf mit gefährlich leiser Stimme.

»Nichts, nur was es heißt. Eure Ansichten von Ehre sind nicht dieselben, die wir in unserer Heimat pflegen«, sagte der Ritter Walter grimmig.

Gwyn erkannte den plötzlich gefährlich gewordenen Verlauf des Gespräches. Schnell sprach er dazwischen.

»Ihr Herren, ich bitt Euch sehr, mir zu helfen.«

»Euch?« fragte der Ritter von Zwingenspiel überrascht und zugleich verwundert.

»Die Boten sollen Venedig erlauben, Handel zu treiben, und ich bin allein. Bitt Euch, helft mir!«

»Wie soll das geschehen? Wir sind knapp drei Dutzend Männer?« fragte Yusuf ibn al-Mansur plötzlich.
»Ich sehe keine solche Zahl«, knurrte der Ritter den Araber an, »wir sind Pilger auf dem Weg an eine heilige Stätte.«
»Aber dort brauchen Christen unsere Hilfe«, entgegnete Gwyn schnell.
Darauf schwiegen die Männer, und niemand wollte etwas dazu sagen. Bis Yusuf ibn al-Mansur plötzlich zu sprechen begann.
»Ich helfe Euch, Faber.«
Gwyn sah den Araber an, und es war das erste Mal, daß sich ihrer beider Blicke so begegneten. Der Araber blickte ihn an, und Gwyn spürte die Neugier und gleichzeitig einen großen Stolz in seinem Blick.
»Ich ... ich danke Euch für Euer Angebot, aber ich ...«
Gwyn fielen für einen Moment keine weiteren Worte mehr ein.
»Ich helfe Euch, aber was werdet Ihr mir und meinen Männern dafür bezahlen, Faber?« fragte der Araber ruhig.
»Ich ... Yusuf ... ich habe nichts, ich bin selbst nur ein Bote.«
Gwyn wußte jetzt, daß diejenigen, auf die er so lange gewartet hatte, nicht einmal zwei Stunden entfernt von einem der zahlreichen Plündererertrupps festgehalten wurden. Aber sie hatten Nachricht des großen Sultans bei sich. Und seine Mission und Aufgabe war deutlich:
»Seine Heiligkeit, der Papst, wird unseren Geleitbrief mit seinem Wort und seinem Siegel unterstützen. Dieser wird uns helfen, Handelsplätze im Norden der großen Wüsten, in Alexandria und Sais, in Cyrene und Berenice zu gründen. Es ist Venedigs Wunsch, mit den Mauren Handel zu treiben.«

Ohne eine Antwort abzuwarten, erhob sich Yusuf ibn al-Mansur und trat zu den Pferden. Wieder konnte man die Ehrerbietung seiner Männer beobachten, denn die Wache, welche die Reittiere bewachte, beugte den Kopf und grüßte den Anführer höflich. Yusuf ibn al-Mansur trat an sein Pferd und nestelte ein schmales, in dickes Leder gebundenes Paket hervor. Er trat zu den schweigenden Männern zurück an das winzige Feuer, das sie entzündet hatten. Groß genug, um etwas Licht und angenehme Wärme zu spenden, denn der Abend begann kühl zu werden, jedoch gerade so groß, um auf eine größere Entfernung nicht mehr gesehen und gerochen zu werden.

Ibn al-Mansur ließ sich auf dem Boden nieder und rollte das Paket langsam auf. Im schwachen Lichtschein erkannten alle die lang gebogene Klinge eines *Scimitars*, das gefürchtete Krummschwert der Türken, die begehrteste Waffe der morgenländischen Kämpfer. Die Klinge, lang wie zwei Männerarme, glänzend poliert, wirkte bereits beim bloßen Anblick äußerst kostbar. Ein Raunen der Bewunderung ging durch die Reihen der wartenden Männer, und selbst die christlichen Ritter nickten anerkennend angesichts der prächtigen Klinge.

»Ein großer Meister aus dem Königreich Granada, weit in dem Land über dem Meer, schmiedete dieses Schwert für einen maurischen Fürsten. Es geht das Wort, dies Eisen spaltet einen Stein mit einem Hieb.«

Das Raunen der Männer klang voller Bewunderung.

»Ihr seid ein Faber aurifex, wie man in einer Eurer Sprachen sagt, nicht wahr?«

Gwyn nickte.

»Diese Klinge will ich einmal führen. Aber sie ist noch nicht

fertig. Griff und Stange, welche parieren und schmücken sollen, sind noch blank und bloß. Macht mir ein Heft und eine Hülle dafür, schmückt dieses Eisen so wunderbar, daß man sich überall erzählt von Yusuf ibn al-Mansur und seinem prächtigen Schwert.«
Jetzt schwiegen die Männer, und selbst der Ritter von Zwingenspiel hatte seinen spöttischen Gesichtsausdruck verloren.
»Könnt Ihr dies für mich tun?« fragte der Araber den Faber.
Gwyn zögerte ein wenig, bevor er antwortete.
»Ich brauch eine Werkstatt, dazu Gold und Silber, feine Steine, Email und noch allerlei mehr.«
Yusuf nickte verstehend.
»Ich weiß, Faber. Laßt all dies meine Sorge sein. Ihr sollt alles erhalten. Für die Steine und alles Metall wird man mir bezahlen, dafür, daß ich helfe, eine christliche Burg zu befreien. Wie ist Eure Antwort?«
»Ein guter Handel. Er sei perfekt«, entgegnete Gwyn.
»Ich habe Euer Wort, Faber?«
»Ja, Herr Yusuf ibn al-Mansur, Ihr habt mein Wort, so wie ich Eures habe. Ihr helft mir, die Boten des Sultans zu befreien.«
Noch immer schwiegen alle Männer in der Runde. Die Selbstverständlichkeit wie auch die Kühnheit im Entschluß des Muslim hatte alle verblüfft. Der Mann wußte wohl genau, was er wollte; und er schien die Menschen zu kennen, gleich, welchen Glaubens.
»Herr Yusuf ibn al-Mansur«, knurrte Walter von Zwingenspiel auf einmal mit gefährlich leiser Stimme, »was macht Euch so sicher, daß man Euch, daß ich und meine Gefährten Euch beistehen?«
»Eure Ehre, Ritter, Eure Ehre! Kein Streiter in christlichem

Glauben läßt einen anderen Ritter mit demselben Glauben in einer solch mißlichen Lage. Ihr werdet helfen, und meine Männer und ich selbst werden Euch beistehen. Dies weiß ich, weil der Preis ein Anteil all dessen betragen wird, was wir bei diesem Kampf erbeuten. Bis wir vor dem Ort stehen, an dem man beten kann. Denn nach einem Sieg werdet Ihr doch an einem geweihten Ort beten wollen, nicht wahr?«

»Was?!«

Walter von Zwingenspiel war zornig, und auch seine Begleiter wußten nicht recht, was sie von der dreisten Selbstsicherheit des Arabers zu halten hatten. Yusufs Männer griffen zu ihren Schwertern, bereit, ihrem Anführer sofort zur Seite zu stehen, sollten dies die nächsten Worte verlangen.

»Herr Ritter von Zwingenspiel«, antwortete Yusuf und hob dabei kaum merklich seine Stimme, »was erregt Ihr Euch? Ihr seid zwanzig Ritter und Knechte auf Pilgerreise. Wohl seid Ihr tapfer und mutig, aber dies ist unsere Erde und unser Himmel. Wenn Ihr nicht scheitern wollt, braucht Ihr Verbündete.«

»Und Ihr, Yusuf ibn al-Mansur, wollt dieser Verbündete sein?« fragte der Ritter höhnisch und mit mühsam unterdrücktem Zorn.

»Seht Ihr noch andere Streiter?« fragte der Araber mit leiser Stimme, und seine Hand beschrieb einen Kreis.

Bevor der Ritter oder sonst einer seiner Gefährten etwas sagen konnte, sprach er weiter.

»Hier wartet kein Boemund von Tarent, hier sind keine Knechte aus der Gascogne und aus Flandern, keine flämischen Ritter mit ihren langen Spießen und keine normannischen Bogenschützen. Hier bin nur ich, Yusuf ibn al-Mansur, der ungläubige Muslim, mit seiner Schar von Spießgesellen, Abtrünnigen und Heiden. Männer wie wir, die wissen, welche Gefahren auf dem Weg vor uns noch warten. Herr Walter, Ihr werdet mit uns zusammen kämpfen müssen, oder Ihr laßt es sein. Aber wenn Ihr diesen Kampf scheut, weiß bald das ganze Abendland: Der Ritter Walter von Zwingenspiel aus einem Lehen in Chur und all seine Gefährten, Pilger und edle Männer wie er selbst, verweigerten einer christlichen Schar Ritter ihre Hilfe in fremdem Land. Glaubt Ihr, dies hält Euer Ruf aus?«

Eine ganze Weile schwieg der stolze Pilger. Nur zu gut wußte nicht nur er allein, wie sehr der Araber recht hatte. Von allen Seiten sprach immer wieder einer seiner Gefährten leise auf ihn ein, aber er rührte sich kein einziges Mal. Er sah all die Zeit nur auf den Araber, und Yusuf ibn al-Mansur hielt seinem Blick voller Stolz stand.

Und plötzlich sog der Ritter die Luft in seinen mächtigen Brustkasten ein, und all die, die rings um ihn saßen, wußten nun, er würde etwas sagen.

»Herr Yusuf ibn al-Mansur, wir bitten Euch und Eure Männer, uns Waffenhilfe zu leisten. Wer von uns beiden als erster das Zelt des feindlichen Anführers berührt, hat die erste Wahl für alle Schätze, die wir erbeuten. Unser Anteil soll zum Kurs von venezianischen Zechinen berechnet werden. Und ... wir bleiben beide Anführer.«

Der Araber nickte.

»Einverstanden, Herr von Zwingenspiel«, entgegnete Yusuf.

»Da wäre noch etwas«, sagte der Ritter ruhig.

»Ja?«

»Wir sind Waffengefährten nur in diesem Kampf, nur bis zum Sieg. Danach trennen sich unsere Wege.«

»Es sei so, Herr von Zwingenspiel.«

Und der Araber lächelte, aber dies konnte niemand sehen, denn es war längst dunkel geworden und das Feuer war fast verloschen.
Der Vollmond war kein Verbündeter, aber dichte Wolken verhinderten helles Licht, und ein steter, leichter Wind sorgte dafür, daß die Wolkenbänder nicht abrissen.
Die Männer um Yusuf schlichen so geräuschlos wie nur möglich auf einem schmalen Pfad über den steilen Bergsaum. Einer hinter dem anderen. Ihre Waffen hatten sie in ihre langen Gewänder gehüllt oder sie mit Stoffstreifen umwickelt. Fennek, der mauretanische Berberkrieger, schlich voraus. Er spähte den Weg vor ihnen aus. So gelangten sie unter großer Vorsicht an den letzten Saum des Berges. Dort wartete der Berber im Schutz einer Felswand und bedeutete ihnen, sich ruhig zu verhalten. Die Männer ließen sich auf die Erde nieder und bemühten sich, keinerlei Lärm zu machen. Es blieb still ringsum bis auf den Wind, dessen Rauschen ein eigenartig singendes Geräusch ergab, immer dann, wenn eine kräftige Bö die steilen Felswände hinauf oder hinunter fuhr und Staub und Sand vor sich hertrieb.
Unter ihnen auf einem flachen, fast runden Plateau lag die Festung. Ein Burg, die in ihrer Form und in ihrem Aussehen genausogut ihren Platz im Abendland gefunden hätte. Das große Rondell war eingefaßt von wuchtigen Mauern, viele Manneslängen hoch und auf den ersten Blick unüberwindbar. Dahinter befand sich ein zweites Rondell, die Mauern nicht weniger mächtig, nur daß runde Türme wie die Finger eines überirdischen Zyklopen die Wälle und Anlagen unterbrachen. Eine Festung, die hier bald zwanzig Jahre existierte, nachdem mehr als zwölf Jahre an ihr gebaut wurde, und noch längst war sie nicht fertig. Ein Großteil der Mauern

war in ihrem Abschluß noch nicht endgültig, und es sollte noch Jahrzehnte dauern, bis der letzte Stein an seine vorgesehene Stelle verbracht war. Rings um die Burg sah man die Wachfeuer der Belagerer brennen, und jetzt rochen sie alle den Rauch dieser Feuer. Auf der anderen Seite stieg das Gestein nicht gar so steil an, um dann in die ersten Fundamente der mächtigen Mauer zu münden. Der Ritter von Zwingenspiel, Yusuf, Fennek, Bracko und auch Gwyn krochen vorsichtig an den Rand des steilen, hohen Abhangs, der – in eine Schlucht übergehend – sich tief unter ihnen verlor.

»Welch mächtige Burg!« raunte Walter von Zwingenspiel bewundernd.

»Niemand kann hinein, niemand hinaus. Kein Anhänger des Propheten lebt so«, spottete Yusuf leise.

Der Ritter kroch ein wenig nach vorn und starrte angestrengt in die Dunkelheit.

Fennek beugte sich an das Ohr seines Anführers. Er murmelte etwas, und der Araber flüsterte zurück. Da nickte Fennek und robbte ohne das geringste Geräusch rückwärts, bis er von der Felskante weit genug entfernt war. Dann erhob er sich und verschwand ohne Laut in der Dunkelheit. Yusuf robbte ebenfalls ein Stück zurück, und die anderen taten es ihm so leise wie möglich nach.

»Wo will er hin?« wollte von Zwingenspiel wissen.

»Fennek glaubt, daß sich weitere Wachen um die Burg verborgen halten. Wächter, die nicht an den Feuern sitzen. Er möchte Gewißheit haben und wird mir bald berichten.«

»Teufel auch«, knurrte von Zwingenspiel leise.

»An diesen Wachen müssen wir vorbei«, erklärte Yusuf mit leiser Stimme weiter, »sie halten den Belagerern den Rücken frei und warnen gleichzeitig vor jedem, der sich der Burg nähert.«

»Alle mit dem Leibhaftigen im Bunde«, knurrte von Zwingenspiel leise.

»Ihr wundert Euch, Herr Ritter, daß auch wir das Kriegshandwerk verstehen?« fragte Yusuf.

Gwyn konnte das Gesicht des Churers nicht erkennen, aber er ahnte, daß diese Art Frage nicht nach dem Geschmack des Ritters war. Der grunzte daraufhin nur verächtlich. Trotz der Dunkelheit hätte Gwyn gewettet, daß Yusufs prächtige Zähne zu sehen wären. Ein Anblick immer dann, wenn der Araber lachte.

»Sei's drum, wir warten und achten derweil auf unsere Kräfte«, erklärte Yusuf geduldig weiter.

»Warten? Worauf?« wollte der Churer wissen.

»Auf Fennek.«

Ohne ein weiteres Wort, glitt der Araber leise und geräuschlos zurück in die Dunkelheit, bis er sich nach einigen Schritten vorsichtig aufrichtete und den schmalen Pfad hinunter zu den übrigen Männern schlich. Gwyn, der Ritter und die übrigen Männer folgten ihm. Als sie die Gruppe erreicht hatten, verlangte der Ritter, mehr zu wissen.

»Wollt Ihr uns nicht sagen, an welcher Stelle wir hinuntergehen?«

Er hatte sich vor Yusuf auf dem Boden niedergelassen.

»Gewiß, Herr von Zwingenspiel«, entgegnete der, und seine Stimme klang geduldig.

»Fennek ist in den Bergen des fernen Atlas aufgewachsen. Er kennt derlei Fels und Stein. Wir warten auf ihn, bis er zurückkommt.«

»Und wenn er nicht kommt?«

»Er kommt, Herr Ritter, er kommt.«
Der Araber streckte sich auf seinem Nachtlager, einem feinen Teppich, aus, den einer seiner Männer ihm fürsorglich auf dem Boden ausgebreitet hatte. Die übrigen Männer suchten sich ebenfalls jeder einen Platz zum Ausruhen. Bald herrschte gespannte Stille ringsum. Nur das Geräusch unzähliger Zikaden war in der Nacht zu hören.
Bald darauf war Gwyn eingenickt. Aber er war sofort wach, als ihn jemand behutsam an der Schulter rüttelte. Es war der Nubier, ein Vertrauter der Männer um Yusuf.
»Faber Ingles, Fennek ist zurück«, flüsterte er.
Der Mann deutete auf den Späher, der zwischen den schweigenden Männern saß und einen tiefen Zug aus einem Wasserschlauch nahm. Als der Mann getrunken hatte, erstattete er seinem Anführer mit leiser Stimme Bericht. Die Ausführungen wurden von Yusuf ab und zu mit einer kurzen Frage unterbrochen, welche der Mann ohne zu zögern beantwortete. Es war für alle zu erkennen, wie der Araber bedächtig nickte, als der Späher mit seinen Ausführungen geendet hatte. Gwyn fröstelte ein wenig in der frischen Nachtluft. Er mußte eine Weile tief geschlafen haben. Er streckte sich und erhob sich dann, um zu den wartenden Männern zu schleichen. Dem Licht in der Ferne nach zu urteilen, mußte bereits die dritte Stunde des neuen Tages angebrochen sein. Dort, am Horizont, sah man den ersten zarten Schein des beginnenden Morgens. Der Späher trank noch einmal einen tiefen Schluck aus seinem Wasserschlauch.
Yusuf wandte sich an die schweigenden Männer ringsum.
»Fennek hat viele versteckte Wachen entdeckt. Aber eine Stelle ist frei, und dort steigen wir hinab.«
»Wo soll dies sein?« fragte der Churer.

»Dort …« antwortete Yusuf, und sein Arm deutete zu der Kante des jäh abfallenden Hanges.
»Dort hinunter …?«
Die Stimme des Churers klang ungläubig.
»Ihr müßt verrückt sein. In der Dunkelheit brechen wir uns alle Knochen …«
»Wer sprach von Dunkelheit«, fragte der Araber geduldig.
»Wir nutzen die kommende Stunde kurz vor Sonnenaufgang. Da sind beide Seiten, Türken wie Christen, im Schlaf, und wir sehen gerade genug, um nicht zu stürzen. Wir teilen uns auf: Eine Gruppe, die nur wenige Männer zählt, steigt hinunter bis an den Grund der Schlucht. Wenn die Sonne aufgeht, werden wir alle längst unten sein.«
»Genug der Fabelei«, knurrte von Zwingenspiel ungehalten.
»Sollten wir es wirklich bis in das Tal hinunter schaffen, ohne uns dabei Hals und Glieder zu brechen, wie wollt Ihr dann weiter?«
»Wenn wir auf dem Grund des Tals angekommen sind, schützen uns Dornenhecken vor allen Blicken, und dort halten wir uns den Tag über versteckt. Erst heute abend schleichen wir uns bis zur Mauer auf der anderen Seite.
Die Zuhörer ringsum nickten, als der Mann geendet hatte. Yusuf ibn al-Mansur sprach weiter.
»In der Nacht sind wir dann am Fuß der Mauer und klettern hinauf.«
»Hinauf?« fragte der Churer ungläubig, und auch Gwyn glaubte, sich verhört zu haben.
Einige Männer ringsum begannen, halblaut zu murren.
»Ja, hinauf«, bekräftigte Yusuf leise, »der Fels ist nicht überall glatt. Es gibt genug Stellen, wo wir uns festhalten können. Außerdem drängt uns nichts zur Eile.«

»Wie meint Ihr das?«
»Niemand in der Burg und niemand davor weiß von uns. Dies muß so bleiben, bis wir in der christlichen Burg sind.«
»Ihr müßt toll sein, wenn dies Eure Absicht ist«, fauchte der Ritter halblaut. »Niemals kommen wir da hinauf. Niemals! Wir fallen runter wie lose Steine. Ihr ...«
Einer der Männer um den Churer, ein Mann, der sich Bernhard von Heidemark nannte, unterbrach ihn höflich.
»Herr von Zwingenspiel, bitt Euch sehr, laßt uns den Plan doch erst fertig anhören.«
Der Ritter grunzte vor Mißfallen, schwieg dann aber.
Al-Mansur sprach leise weiter.
»Wenn wir über der ersten Mauer sind, können wir uns den Verteidigern erklären.«
»Warum greifen wir nicht alle auf einmal an einer Stelle der Burg an?« fragte der Mann, der soeben den Churer unterbrochen hatte.
»Wir sind zu wenig Kämpfer, und wir wissen nicht, wo die schwachen Stellen der Belagerer sind. Dies auszukundschaften würde viele Tage dauern. Dazu haben wir zu wenig Brot und Wasser, um dies festzustellen. Wir müßten bald selbst hungern und dürsten.«
Alle schwiegen, und der Araber sprach mit leiser Stimme weiter.
»Einige von uns gehen den Weg, wie ich gesagt habe. Sind wir erst einmal in der Burg und haben unsere Absicht erklärt, geben wir den anderen Kämpfern hier ein Signal. Dann greifen diese Männer die Belagerer an. Am Haupttor. Zugleich werden wir mit den Kämpfern in der Burg einen Ausfall wagen. So jagen wir sie an jener Stelle von zwei Seiten auseinander. Das reicht aus, um den Feind in Schrecken zu

versetzen und in die Flucht zu schlagen. Dann besetzen wir ihr Lager und erbeuten ihr Wasser und allen Besitz. Damit ist uns der Sieg gewiß. Niemand kämpft ohne seinen Troß.«
Jetzt, nachdem der Araber geendet hatte, widersprach keiner mehr. Einer nach dem anderen nickte und hieß den Plan gut. Und sie begannen mit den Vorbereitungen.
Die Nacht war, wie sooft in diesem Teil des Landes, kühl geworden. Manch einer der Ritter fröstelte ein wenig, wenn ihn die kalten Eisenglieder seines Kettenhemdes auf der bloßen Haut rieben. Die Männer, die in die Schlucht hinuntersteigen sollten, nahmen nur das Notwendigste mit, die Ritter ließen ihre schweren Schilde und Lanzen zurück, und jeder griff sich nur eine Handwaffe, meist ein Schwert oder eine Axt. Allen war bewußt, daß es zum Kampf Mann gegen Mann kommen würde, sollten die Belagerer sie entdecken und am Eindringen in die Festung hindern wollen. Die Araber schnürten ihre gefütterten Rüstungen fester. Einige trugen sogar Kettenhemden, Aussehen und Zustand entsprechend wohl Kriegsbeute aus früheren Kämpfen mit anderen Gegnern.
Gwyn spannte seinen Bogen. In dem fahlen Dämmerlicht des langsam beginnenden Morgens beobachtete ihn Yusuf aufmerksam. Gwyn schnürte sich einen schmalen Beutel mit Pfeilen auf den Rücken.
»Wollt Ihr damit schießen?« fragte Yusuf.
Gwyn hielt für einen Moment inne.
»Ja, das ist die einzige Waffe, mit der ich kämpfen kann«, erwiderte der Goldschmied.
»Wir Araber haben auch Bogen, aber sie sind kleiner als dieses … Monstrum«, sagte der Araber mit seinem ihm eigenen, leisen Spott in der Stimme.

»Dieser Bogen schießt weit«, erwiderte Gwyn.
Ibn al-Manṣur nickte leise.
»Ich hörte, daß beim Sturm auf Jerusalem normannische Knechte mit ihren Pfeilen den Angriff des Herzogs von Tarent deckten. So konnten seine Ritter die Leitern hinauf und über die Mauern. Nach fast vierzig Tagen«, sagte der Araber.
»Ja, das erzählt man sich auch bis heute in meiner Heimat. In London.«
»Ist dies so ein Wunderbogen, wie ihn die Normannen einst führten?«
»Es ist ein Langbogen, und die Sachsen, Bewohner in Britannien lange bevor die Normannen kamen, nutzten ihn seit alter Zeit.«
Nach Gwyns Worten entstand ein Moment der Pause. Bis Yusuf etwas leiser weitersprach.
»Wollt Ihr wirklich mit?«
»Wohl will ich das, Yusuf. Muß die Boten des Sultans treffen. Erst dann kann ich Gedanken darauf verschwenden, wieder heimzureisen.«
»Ihr wollt zurück?«
»Ja, eines Tages will ich zurück nach Britannien. Aber vorher erfülle ich meinen Auftrag, der mir von Venedig gegeben.«
»Goldschmied?«
»Ja?«
»Der Bogen … er ist trotzdem groß … viel zu groß.«
»Nicht für mich, Yusuf.«
»Ich seh auf Euch, wenn Ihr kämpft.«
Gwyn überraschte dieses Wort.
»Ich dank Euch für Eure Fürsorge. Sie erscheint mir sehr freundlich und von großer Ehre.«
»Pah, nichts von alledem. Aber Ihr schuldet mir einen Auf-

trag. Nur deshalb ist mir um Euch bang«, antwortete der Araber mit der gewohnt spöttischen Stimme. Dann wandte er sich abrupt ab und schlich zu seinem Späher. Fennek sprach noch einmal mit leiser Stimme zu seinem Anführer, der Bracko, jenen ungeschlachten, groben Knecht, zu sich befahl.

»Bracko!«

»Ja, Herr ...«, antwortete der Mann gehorsam.

»Höre! Siehst du ein Feuer am Haupttor, dann greifst du an. Dort werden wir euch entgegenstürmen. Schafft euch, wenn es sein muß, eine Gasse zu uns. Aber ihr müßt im selben Augenblick losschlagen, sobald das Feuer zu sehen ist. Ihr habt einen ganzen Tag lang Zeit, unbemerkt in den Rücken der Muslime zu gelangen. Sie dürfen euch nicht bemerken. Hast du verstanden?«

»Ja, Herr.«

Mehr war wohl nicht zu sagen. Da trat der Ritter von Zwingenspiel dazu.

»He, du ...«, knurrte der Ritter Bracko an.

»Ja, Herr?«

»Wie ist dein Name und dein Stand?«

»Ich?«

»Ja, du, wer sonst? Sag schon«, forderte von Zwingenspiel ungehalten.

»Ich heiß Bracko und stamm aus Ragusa an der serbischen Küste. Ich war einst Waffenknecht des Herrn *Cacciaguerra Piovasco*, einem Ritter des Kreuzes.«

»Wo ist er jetzt?« wollte der Churer wissen.

»Tot, Herr. Bei Antiochia starb er am Fieber. Ist bald zwanzig Jahre her.«

Der Ritter schnaubte durch die Nase.

»Yusuf!« fauchte der Ritter plötzlich. »Ihr laßt den Angriff einen Waffenknecht führen? Ich seh es Euch nach, aber Euch sind nicht einmal die einfachsten Regeln der Ehre unter uns christlichen Rittern bekannt!«
»Herr von Zwingenspiel, Bracko ist einer meiner besten Leute. Er ist seit vielen Jahren in diesem Land und kennt es gut. Und er ist ein tapferer Kämpfer. Mehr ist nicht vonnöten.«
»Aber er ist ohne Rang und Namen«, fauchte der Ritter böse.
Unmut machte sich breit. Das feine Zwielicht, das jeden klaren Morgen ankündigt, wurde stetig mehr. Und mit jedem Moment, den die Männer zögerten, gefährdeten sie das halsbrecherische Unternehmen. Dies war Yusuf bewußt, und so war seine Stimme nur mühsam beherrscht, als er dem Ritter antwortete.
»Herr von Zwingenspiel, ich denke nicht, daß es ein günstiger Moment ist für Fragen wider der Ehre oder gar über Name und Herkunft eines Mannes ...«
»Das denkt Ihr, Muslim! Dieser Kerl ist ein Knecht!«
Der Ritter aus Chur deutete mit der Hand auf den Serben.
»Ein Knecht, jawohl! Er soll auch als solcher dienen. Aber den Angriff am Haupttor führt *mein* Vertrauter, Herr Gerwulf, Ritter vom Stein.«
Mit diesen grimmigen Worten legte der Ritter die Hand auf die Schulter des Angesprochenen. Der Ritter vom Stein war ein Mann, dessen Familie ein Lehen unweit von Brixen ihr eigen nannte und der einen Teil an die Krone verpfänden mußte, damit der jüngste Sohn die Pilgerfahrt ins Heilige Land antreten konnte. Dieser Mann besaß von Wert nur noch seinen Namen. Aber der war immer noch höher zu

bewerten als die bloße Herkunft eines namenlosen Knechts. Jeder wußte, daß der Araber der Forderung des Ritters nachgeben mußte, denn dies war Sitte. Kein Ritter diente unter dem Befehl eines Knechts. Yusuf ibn al-Mansur sah stumm für einen Moment auf den ursprünglich erwählten Mann.

»Bracko!«

»Ja, Herr?«

»Du dienst dem Ritter vom Stein.«

»Ja, Herr«, entgegnete der Knecht gehorsam.

»Seid Ihr nun zufrieden, Herr von Zwingenspiel?« fragte Yusuf.

Der Churer nickte und grunzte zugleich als Bestätigung. Daraufhin wandte sich Yusuf um und befahl seiner Gruppe, ihm zu folgen. Gwyn spürte, wie jenes Ereignis den empfindlichen Araber getroffen hatte, und er fürchtete immer mehr den Moment, an dem dieser sich für all die Ungezogenheiten des Churers rächen würde.

Wie es der Araber erklärt hatte, stiegen sie behutsam den steilen Berghang hinunter. Einer nach dem anderen, immer darauf bedacht, keine Steine oder gar Geröll loszutreten und mit ihren Waffen und Helmen nirgends am Fels anzuschlagen. Derlei Geräusche würde man meilenweit hören. Jetzt war nur der Wind zu hören, der ihnen eine angenehm frische Brise bescherte. Yusuf hatte ihnen versichert, wie hart der vor ihnen liegende Tag werden würde, vorausgesetzt, sie würden den Talgrund wie vorgesehen sicher erreichen.

Anfangs war noch ein schmaler Saumpfad zu erkennen, den wohl wilde Ziegen schon vor Zeiten getreten hatten. Doch bald wurde der Hang immer steiler, und die Männer mußten Schritt für Schritt langsam und behutsam gehen. Fennek, der Berber, ging voran. Ihm folgte ein großer Kämpfer, der dunklen Hautfarbe nach ein Nubier. Er trug einen Teil des Wassers und eine Streitaxt in einem Bündel verschnürt auf dem Kopf, dazu sein Krummschwert in Stoff eingehüllt auf dem Rücken. Seine Last mit einer Hand festhaltend, wenn der Weg wieder einmal steil und abschüssig zu werden drohte, glitt er wie ein Schatten hinter dem Berber her, aufrecht, als ginge er zu einem Tanze. Ihm folgte Yusuf, dann der Ritter von Zwingenspiel. Er hatte auf seine beiden Waffenknechte nicht verzichtet. Die beiden Burschen trugen schwer: jeder ein Schwert, eine Streitaxt und einen Wasserschlauch. Dazu hatten sie die Rüstung ihres Herrn unter sich aufgeteilt. So trug jeder einen Teil der Last, verschnürt auf seinem Rücken. Alles Metall war in Tücher gehüllt, die sie später auf dem Talgrund noch brauchen sollten. Gwyn folgte als letzter. Der Araber wollte dies so, denn er hoffte, daß ihnen der Faber bei einem plötzlichen Angriff von der Seite her mit seinem Bogen freie Bahn schaffen konnte. Gwyn war sich da nicht so sicher. Er war kein Krieger, sondern Künstler und Handwerker, und es waren die Umstände und der Wunsch des Dogen von Venedig gewesen, daß er in das Heilige Land ging, um dort ein Treffen mit den Boten des mächtigen Sultans abzuwarten. Gwyn hatte sich vor ihrem Marsch den immer steiler werdenden Berghängen hinunter nichts anmerken lassen, aber er fürchtete sich nicht wenig, und der Schweiß rann ihm in feinen Rinnsalen am Körper hinab, obwohl es angenehm kühl war.

Der steile Hang war nun fast in eine senkrechte Wand übergegangen. Bis auf den schmalen Pfad, kaum breiter, als zwei

Füße eng nebeneinander stehen können, war nirgends mehr Gelegenheit, ein wenig zu rasten. Yusuf trieb zur Eile, und wenn sich die Männer umsahen, wußten sie auch, warum. Der erste fahle Lichtschein, weit in der Ferne, tastete über den hellen bleichen Fels ringsum. Bald sollte das erste Morgenlicht den dunklen, schützenden Schatten ersetzen, und damit schwand von Augenblick zu Augenblick immer mehr die Wahrscheinlichkeit, den tiefliegenden Talboden unentdeckt zu erreichen. Sie waren nun auf der Höhe des Plateaus, und die Burg war bereits deutlich zu sehen. Aber die Männer mußten erst hinunter, das Tal unbemerkt queren, um dann auf der anderen Seite wieder hinaufzusteigen. Ganz so, wie es der Araber erklärt hatte.

Ein Vogel könnte die Distanz, etwa eine englische Meile, mit wenigen Flügelschlägen bewältigen. Nicht nur Gwyn wünschte sich in diesem Moment Flügel. Er atmete schwer, und er hörte, wie auch die beiden Knechte vor ihm nach Luft rangen. Es war sehr staubig, und die Trockenheit reizte ihre Nasen und Augen. Aber jetzt etwas zu trinken, dazu reichte die Zeit nicht.

Fennek hatte am Rand der Felskante gehalten. Er wartete, bis alle beisammen waren, und schwang sich dann über den Rand. Vorsichtig kletterte er an der steilen Wand abwärts. Sie war wohl wild zerklüftet, bot aber für Hände und Füße sicheren Halt. Aber die Männer waren müde, und der ungewohnte Abstieg machte ihnen zu schaffen. Dazu kam das schwere Gepäck. Gwyn sah, wie der Churer mehr als einmal losfluchen wollte, aber er schien sich jedesmal darauf zu besinnen, wie weit selbst eine leise Stimme trug. Und bei jedem losen Stein, den eine unachtsame Hand in die Tiefe rollen ließ, hielten sie alle für einen Augenblick unwillkürlich den

Atem an, in banger Furcht, gehört und damit entdeckt worden zu sein. Aber es blieb alles ruhig.

Es schien gerade so, wie es der Araber vorausgesagt hatte. Es war die Stunde des letzten Schlafes. Die Zeit, in der auch die Wachen beider Seiten müde waren von dem endlosen, angestrengten Starren in die Dunkelheit.

Plötzlich war Fennek verschwunden. Die Waffenknechte vor Gwyn stiegen schneller, und er mußte sich ebenfalls beeilen, um den Anschluß nicht zu verlieren. Was er nicht mehr geglaubt hatte, war nun eingetroffen: sie hatten den Grund der Schlucht erreicht. Ein steiles, aber nicht mehr gefährliches Schotterfeld markierte das Ende des mühseligen Abstiegs, und Yusuf hieß sie mit einer Armbewegung halten. Die schwer atmenden Männer folgten ihm erst dann weiter, als Fennek, weit voraus, ein Zeichen gab, daß er keine Gefahren entdecken konnte. Einer alten Kriegslist gehorchend, folgten die Männer dem Berber einer hinter dem anderen. Bei einem plötzlichen Angriff waren sie damit nicht von Beginn an alle gefährdet. Zudem war es für einen vor ihnen wartenden Gegner schwer auszumachen, wie groß die wirkliche Anzahl der Angreifer war.

Am Ende des Schotterfeldes wuchsen Disteln und Dornbüsche fast mannshoch. Hier hielten sie an, und hier war es noch dämmrig, fast dunkel. Aber es würde nicht mehr sehr lange dauern, bis die Sonne diesen Teil des Tales erreicht hatte. Yusuf sammelte die Männer um sich.

»Wir gehen dort hinein und ruhen erst einmal aus«, raunte er und deutete mit der Hand in das weite Meer wildwachsenden Gestrauchs.

»Da hinein?« fragte der Ritter mit vor Anstrengung keuchender Stimme.

»Ja, wir gehen in derselben Reihenfolge. Faber, Ihr haltet Euch dicht bei mir, denn Ihr tragt kein Eisen unter Eurem Rock. Ich dagegen schon, und ich weiß den Dornen zu begegnen. Und denkt daran: keinen Laut!«

Der Ritter stöhnte leise. Die übrigen Männer nickten stumm, und Gwyn kroch an die Seite des Arabers. Er erkannte, daß der Mann ein besonders feines, eisernes Kettenhemd unter seinem langen Gewand trug. Dazu langschäftige Stiefel aus feinem Leder, welche bis über die Waden gingen. Er hatte Handschuhe übergestreift, und ein weiteres Paar hielt er dem Goldschmied hin.

»Zieht an, Faber. Eure Hände sind sonst nur noch Fetzen. Und wer sollte mir dann mein Schwert fertigen?«

Gwyn nickte dankbar und glaubte erneut, ein Lächeln im Gesicht des stolzen Mannes zu erkennen. Aber er war sich nicht sicher, denn es war nicht hell genug.

Einer hinter dem anderen krochen sie nun auf dem Bauch durch das dichte, dornige Gestrüpp. Fennek bewegte sich voraus. Er übernahm den schwierigsten Teil, denn er schob die Dornenranken zur Seite, schlug, wo es notwendig war, mit einem Dolch auch einmal Ranken ab.

Immer dann, wenn sich einer der Männer ein wenig aufrichten wollte, blieb er sogleich in den Ranken hängen. Spitze Dornen, so lang wie Hufnägel, hielten sie immer wieder fest. Die Männer hatten ihre eisernen Helme auf, die mit dem ledernen Nackenschutz wenigstens Kopf und Hals bedeckten.

Gwyn hatte sich sein Gesicht und den Kopf mit einem langen Tuch umwickelt, und außer seinen Augen war nichts zu sehen. Wohl glaubte er anfangs, ersticken zu müssen, aber dann war ihr Fortkommen nicht allzu schnell, und

er hatte Zeit, zu atmen. Trotzdem freute sich Gwyn auf den Moment, wenn er das Tuch wieder abnehmen konnte.
Auf einmal hielten sie an.
Das erste Sonnenlicht fiel nun auf den Talgrund, schien in langen und gleißend hellen Streifen durch das Dickicht und schuf kleine Inseln aus Licht auf dem Boden. Es war ein seltsamer und schöner Anblick. Gwyn hob den Kopf ein wenig und sah sich langsam um. Die Dornbüsche wuchsen nicht überall so dicht. Manche Stellen waren sogar wie kleine Lichtungen, die bequem Platz für wenigstens zwei Männer boten. Dort lag nur Sand auf dem Boden.
Fennek richtete sich immer wieder ein wenig auf. Jetzt wandte er sich nach links und robbte ein letztes Mal durch eine dichte Dornenwand. Immer auf dem Boden liegend und sich langsam vorwärts schiebend, folgten ihm die übrigen Männer.
Gwyn schwitzte immer mehr. Sein leichtes Wams klebte ihm am Körper, und er spürte, wie ihm der Schweiß durch seine langen Beinkleider drang. Am schlimmsten waren wohl die Handschuhe. Gwyn glaubte, der Schweiß müsse sich darin sammeln wie in einer gefüllten Blase. Als sie für einen Moment verweilten, streifte er sich einen Handschuh von der Hand herab.
Da hörte Gwyn den Berber plötzlich fluchen, wohl leise, aber dies nur mühsam beherrscht.
Er fluchte noch immer, als ihm Yusuf einen leisen Stoß in die Seite gab. Dann wandte er sich zu den übrigen Männern um.
»Paßt auf, eine Viper! Sie kriecht vorbei. Erschreckt nicht!«
Bevor Gwyn überlegen konnte, was geschah, kroch die Schlange behende auf seine linke, nun bloße Hand zu. Er

konnte den Arm nicht rechtzeitig genug zurückziehen. Starr preßte er seine Hand auf den Boden und spürte, wie der warme Körper des Reptils über seine Hand glitt, mit eigenartig samtiger Bewegung. Unwillkürlich hielt er die Luft an. Gedanken über den bösen Biß, der meist tödlich endete, kamen ihm plötzlich in den Sinn.

Es war eine große Schlange. Eilig bewegte sie sich an den Männern vorbei und verschwand im dichten Gestrüpp.

»Hast du dich erschreckt, Faber?« fragte Yusuf, und in seiner Frage schwang erneut sein ihm eigner, leiser Spott.

»Ja, muß sagen, recht arg.«

Yusuf wandte sich zu ihm um, und seine Augen blickten fragend.

»Arg? Was bedeutet das, arg?«

»Mir zittern die Glieder, und es fehlt nicht viel, und ich laß alles Wasser in meinem Gewand«, entgegnete Gwyn ehrlich.

Dies schien der Araber verstanden zu haben.

Er mußte lachen und bemühte sich, sein Tuch vor den Mund zu halten. Als der Berber an der Spitze wissen wollte, was los sei, schien ihm sein Anführer die Antwort des Goldschmieds zu übersetzen. Da mußte auch der Berber lachen, und er wandte sich zu Gwyn um, rollte dabei heftig mit den Augen, während er in schnellen arabischen Worten vor sich hin murmelte.

Nun waren sie an einer der Inseln inmitten der dichten Dornenhecken angelangt. Hier wuchsen niedrige, verkrüppelte Bäume und boten zusätzlichen Schatten.

»Wir bleiben hier«, befahl Yusuf, und die Männer nickten zustimmend.

Sie suchten sich jeder einen Platz, denn für die nächsten Stunden würden sie schlafen, nur einer von ihnen sollte wachen. Gwyn suchte seinen Platz besonders sorgfältig nach giftigem Getier ab. Aber diesmal lachte keiner, sondern alle Männer taten es ihm gleich.

Die folgenden Stunden verbrachte Gwyn schlafend. Es fiel ihm nicht schwer, nach dem erschöpfenden Marsch einzuschlafen. Einmal erwachte er. Yusuf kniete neben ihm und deutete mit der Hand, still zu sein. Gwyn nickte verstehend. Die Sonne stand am Himmel bereits recht hoch, es mußte auf den Mittag zugehen. Einige Schritte entfernt kniete Fennek, und seine dunklen Augen versuchten, das Dickicht ringsum zu durchdringen. In seiner Faust hielt er einen Dolch, auf dem Boden vor ihm lag sein blankes Krummschwert. Es knackte und raschelte vor ihnen. Im ersten Augenblick schien es sich um Schritte zu handeln, so als ob Menschen vorsichtig durch das dichte Gesträuch krochen. Aber dies war unwahrscheinlich, denn in dem Gewirr der Dornenpflanzen würde jeder sogleich hängenbleiben. Dann war das Geräusch auf einmal fort, und in einiger Entfernung flogen Vögel auf. Die angespannten Mienen der Männer entspannten sich wieder.
Gwyn hatte von diesem Schreck einen trockenen Hals bekommen. Es war heiß hier unten im Talgrund, aber sie hatten nicht soviel Wasser dabei. Was sie bei sich trugen, mußte reichen, bis sie wieder trinken konnten.
»Bewegt Euch nicht, versucht, zu schlafen«, raunte Yusuf leise, »dann schwitzt Ihr nicht so sehr. Trinkt nie mehr als nur einen Schluck.«

Die Männer taten, wie ihnen der Araber geheißen. Einer der Waffenknechte löste Fennek bei seiner Wache ab.
Gwyn war am späten Nachmittag mit seiner Wache dran. Der Ritter hatte vor ihm am Rande des sandigen Talgrunds gesessen und Wache gehalten. Nun legte er sich auf den Boden, rollte sich herum und lag dann still.
Gwyn war noch immer seltsam müde, und der Schweiß klebte überall an seinem Körper. Allerlei Mücken und Fliegen umschwärmten seinen Kopf und schienen nur ein Anliegen zu kennen, nämlich unter sein Hemd oder, noch ärger, in seine Nase und seinen Mund zu kriechen. Yusuf hatte ihm erklärt, daß er nicht schnauben sollte, so als ob er schneuzen wollte. Das Geräusch war weit zu hören, und dazu kam, daß es auch Vögel erschreckte, die hier im Dickicht nisteten oder nach Nahrung suchten. Sollte so ein Vogelschwarm, erschreckt durch solch ein Geräusch, auffliegen, war das für mögliche Späher der sichere Hinweis auf die verborgenen Männer. So bemühte sich Gwyn, die Plagegeister mit dem Saum seines Gewandes zu verscheuchen. Und er betete, die Zeit möge schneller vergehen. Zudem hatte er Hunger, und sein Wasserschlauch war fast leer.
Einmal schlief er ein. Das war, als er an Agnes dachte, an seine schöne Frau in Bath, die er zurückließ, weil sie ihm ein fürchterliches Geheimnis gebeichtet hatte. Ein Geheimnis, das ihn zu erdrücken drohte und das ihn jetzt, beim Denken daran, erneut schwindlig werden ließ. Gedanken jagten durch seinen Kopf, Erinnerungen an all die Abenteuer, die er erlebt hatte, seitdem er das Stadttor von Bath verlassen hatte, um quer durch Frankreich, das deutsche Reich, über die Alpen nach Venedig, weiter bis Rom zu reisen. Er sah seinen kleinen Sohn, Peter. Glenda, die weise Frau, die seiner Ge-

mahlin bei der Geburt ihres Sohnes geholfen hatte und die ihn mit ihrer Schönheit ebenfalls beeindruckt hatte. Und er träumte plötzlich von dem Prozeß in Rom, damals als …

Er erwachte, weil der Nubier ihn weckte. Er sah ihn an und schüttelte mit leisem Tadel den Kopf. Und Gwyn schämte sich für seine Müdigkeit.

Zu Beginn der ersten Abenddämmerung sandte Yusuf den Berber erneut zum Kundschaften aus. Gwyn war froh, daß nun etwas passieren sollte. Und er glaubte, daß alles besser sei als das Warten in diesem brütend heißen Dornengrund.

Ohne ein Geräusch war plötzlich Fennek wieder bei ihnen. Er sprach leise auf seinen Anführer ein, und der übersetzte die Worte des Berbers den übrigen Männern.

»Hier schleicht kein Muslim herum. Wir folgen diesem Weg«, deutete Yusuf ibn al-Mansur, und seine Hand wies in westliche Richtung.

»Wie lange dauert diese Posse denn noch?« wollte der Ritter wissen.

Seine Stimme klang wütend, und jeder konnte spüren, daß dies nicht die Art des Kampfes war, die er gewöhnlich bestritt.

»Geduldet Euch, nicht mehr lange«, beschied ihm Yusuf knapp.

So brachen sie auf und tasteten sich so geräuschlos wie möglich durch die beginnende Dämmerung. Noch ließ sich der Boden und das Dickicht ringsum erkennen, und Yusuf drängte zur Eile. Er wollte an der untersten Mauer der Burg sein, solange noch etwas zu sehen war. Nur so war festzustellen, wie weit sie klettern mußten. Schweigend krochen sie den Pfad entlang, manchmal geduckt, einige Schritte gehend, manchmal fast aufrecht, von Hecke zu Hecke schleichend, in deren Schatten wartend, dem eigenen Atem lauschend, um dann auf einen Wink des voraushuschenden Fennek weiterzugehen. Es war ein geräuschloser, aber erneut schweißtreibender Weg durch den dichten Dornenhain. Der Boden stieg allmählich an. Die Männer waren durch die Talsenke hindurch und bewegten sich nun zum Fuß der Bergwand hin. Der Bewuchs wurde immer niedriger und spärlicher, dafür waren Sand und immer mehr Geröll zu sehen, auf dem das Gehen nicht leichter wurde.

Plötzlich deutete Fennek an, sich still zu verhalten. Die Männer blieben stehen und griffen nach ihren Waffen. Niemand rührte sich, und keiner wagte einen Laut. Der Berber deutete mit raschen Bewegungen. Es war wohl eine Art Zeichensprache, die Gwyn nicht verstand, Yusuf aber wohl. Denn er antwortete mit einigen Handbewegungen und wandte sich an den Goldschmied.

»Fennek sagt, vor uns ist ein Wächter …«, raunte er, und die übrigen Männer hörten seine Warnung.

Gwyn spürte bei dieser Nachricht sein Herz laut pochen.

»Was?«

»Er sitzt vor uns auf einem Fels.«

»Wie kommen wir an ihm vorbei?« fragte Gwyn.

»Gar nicht«, flüsterte der Araber knapp.

Yusuf dachte nicht lange nach, da er seinen Entschluß schon gefällt hatte.

»Wenn er uns bemerkt, wird er Alarm schlagen. Dann war unser Weg hierher vergeblich, denn die Überraschung wäre vorbei.«

Gwyn sah sich um. Die Gesichter der Männer waren kaum noch zu erkennen, denn der Schweiß und der ständige Staub hatten sie zu Masken erstarren lassen. Einer der Knechte des

Ritters kaute heftig an dem ledernen Riemen, mit dem er die Waffen seines Herrn auf seinem Rücken fest verschnürt trug.
»Faber ...«, hub der Araber plötzlich an, »wie weit trägt ein Pfeil, wenn Ihr schießt?«
Gwyn fühlte, wie sein Herz noch heftiger schlug als zuvor.
»Ich weiß von mehr als hundert Schritt«, hauchte er.
»Die Entfernung zum Wächter beträgt nur die Hälfte«, entgegnete Yusuf sanft.
»Die Hälfte«, murmelte Gwyn.
Der Ritter rückte mit seinem bärtigen, schmutzigen Gesicht nahe an Gwyn heran.
»Glaubt Ihr, Ihr könnt ihn treffen«, fragte er Gwyn plötzlich leise.
»Weiß nicht ... kann sein, aber ...«
»Faber, Ihr müßt schießen«, verkündete der Araber leise.
Der Ritter sah Yusuf ins Gesicht und nickte dann plötzlich.
»Beim heiligen Petrus, er hat recht. Ihr müßt schießen.«
»... und du mußt treffen. Mit dem einen Pfeil«, bekräftigte der dunkelhäutige Nubier plötzlich.
Er sprach nicht oft, und die Männer blickten einander eine Weile wortlos an.
»Aber ...«
Gwyn fand keine weiteren Worte.
»Wenn er schreit«, flüsterte Yusuf, »warnt er seine Gefährten. Fennek sagt, dies sei die einzige Stelle, wo wir heute nacht hinaufkönnen.«
Gwyn nickte verstehend. Da machten ihm die Männer Platz. Er richtete sich ein wenig auf und überprüfte schweigend die Sehne seines Langbogens, so wie es ihm einst sein Lehrherr, der selige Peter Fallen, Meister der Gold- und Silberschmiede, vor vielen Jahren in London gelehrt hatte. Er bemühte

sich, nicht zu sehr zu zittern und keinen Gedanken darauf zu verschwenden, wie es war, einen Mann zu töten, mit einem Pfeil, abgeschossen aus dem Hinterhalt, weil er ihm und den Gefährten nur als Hindernis galt. Es war etwas anderes, als auf Turnierscheiben zu schießen. Er schwieg noch immer, als er einen Pfeil ausgesucht hatte.

»Geht mit Fennek. Er zeigt Euch den Mann. Dann wird er gehen und warten«, befahl der Araber knapp.

»Warten? Worauf?« wollte Gwyn wissen.

»Er deckt unseren Rückzug.«

»Wir müssen zurück?«

»Nun, wenn Ihr den Mann verfehlt …«, sagte der Araber.

Da kniete der Ritter plötzlich nieder.

»Laßt uns für eine sichere Hand beten.«

Die beiden Knechte des Churers knieten mit ihm nieder und beteten. Auch Gwyn schlug ein Kreuz über der Brust. Der Araber aber schüttelte nur den Kopf, und für einen Augenblick glaubte Gwyn so etwas wie Verachtung in dessen Miene zu erkennen.

»Ein sicheres Auge, Faber«, murmelte der Ritter, und seine beiden Knechte murmelten die Worte nach, kaum daß einer sie verstehen konnte.

Fennek glitt wie ein Schatten über den dämmrig grauen Boden. Gwyn bemühte sich, ihm so geräuschlos wie möglich zu folgen. Er mußte sich anstrengen, den Berber nicht aus den Augen zu verlieren. Der Mann schien über das Schotterfeld zu schweben. Jedes Hindernis und jeden Dornbusch als Deckung nutzend, huschte er auf einen Geröllhügel zu. Dort angekommen, kauerte er nieder und wartete auf

Gwyn. Als der Goldschmied neben dem Berber niedersank, schwitzte er stark, und seine Hände waren naß vor Schweiß. Er bemühte sich, ruhiger zu atmen, noch mehr, als ihm der Berber andeutete, nun besonders leise zu sein.
Gwyn nickte zum Zeichen, daß er verstanden hatte. Daraufhin kroch Fennek langsam auf allen vieren den Hang hinauf. Gwyn nahm den Bogen samt Pfeil quer in den Mund und folgte ihm, ebenfalls auf allen vieren, vorsichtig nach. Er spürte den salzigen Geschmack vom Schweiß seiner Hände am Griff der Waffe. Oben am Saum der Geröllhalde blieb der Berber liegen, den Körper flach auf die groben Steine gepreßt. Gwyn glitt neben ihn, und erst als er lag, nahm er Bogen und Pfeil aus seinem Mund. Dann atmete er tief durch und blickte auf, dorthin, wohin der Araber mit der flachen Hand wies.
Auf einem Felsvorsprung, unweit der ersten Mauer, stand ein Mann.
Die Entfernung betrug höchstens achtzig Schritte, und die Felsspitze lag auf derselben Höhe wie der Saum des Geröllfeldes, auf dem der Berber und Gwyn nun geduckt kauerten. Dazwischen lag weiterer Gesteinsschutt. An manchen Stellen ließ sich trotz der tiefen Dämmerung noch erahnen, wie hier vor vielen Jahren Knechte Steine geschleppt und Kalk gerührt hatten, um in diesem fremden Land eine Festung zu errichten, so wie sie die christlichen Ritter überall im Abendland erbauten. Dornengestrüpp und armselige Grasbüschel hatten die steinernen Reste bewachsen, aber kaum überwuchert. Die Gegend hier war trocken, und oft fiel monatelang kein Tropfen Regen.
Der Araber dort auf dem Felsen stand mit dem Rücken zu ihnen.

Er stützte sich auf eine lange Lanze, und zu seinen Füßen lag ein kleiner runder Schild. Dieser Mann war mit großer Sicherheit nicht nur ein Wächter, sondern er konnte auch Nachrichten mit einem polierten Spiegel übermitteln.
Fennek nickte Gwyn noch einmal zu. Er wollte schon rückwärts das Geröllfeld wieder verlassen, da kroch er plötzlich behutsam näher an Gwyn heran, berührte seine Stirn und murmelte ein arabisches Wort. Gwyn verstand. Der Mann wünschte ihm Glück. Als er sich vorsichtig ein wenig aufrichtete, war der Berber ohne ein Geräusch verschwunden.
Noch immer ahnte der Wächter nichts von dem Bogenschützen, der hinter seinem Rücken herangeschlichen war und sich anschickte, ihn mit einem einzigen Schuß zu töten.
Gwyn kroch an die Stelle, wo das Geröllfeld an einer steilen, fast senkrechten Wand endete. Dort, viele Manneslängen über ihm, begann der erste äußerste Wall. Die Stelle wählte Gwyn, weil er hier sicher stehen konnte. Und dies mußte er, denn nur so konnte er seinen Bogen weit genug spannen, damit es für einen Schuß über diese Distanz reichen würde.
Aber er mußte die Stelle geräuschlos erreichen, denn zu sehen war er trotz der zunehmenden Dunkelheit sehr wohl.
Der Mond war aufgegangen und schickte ein bleiches Licht über das helle Schotterfeld ringsum.
Gwyn begann sich aufzurichten.
Da drehte sich der Wächter dort drüben plötzlich um.
Für einen Moment glaubte Gwyn, nun sei alles vorbei und der Mann würde Alarm geben. Aber der Wächter stand nur da, blickte sich um und gähnte dann lange. Das Ausharren hier auf diesem Felsen mußte genauso langweilig sein wie das monotone Warten der Männer den ganzen Tag über in dem heißen Talgrund.

Gwyn rührte sich nicht.
Er trug ein dunkles Beinkleid und darüber nur ein Leinenwams in derselben Farbe, die Ärmel kurz. Das helle Gewand hatte er bei den anderen Gefährten zurückgelassen. Während Gwyn den Mann beobachtete, arbeiteten seine Gedanken fieberhaft, und allmählich beruhigte sich auch sein heftiger Herzschlag. Wo sollte er den Mann treffen?
Trug er ein Kettenhemd unter seinem langen Gewand? Dann würde der Pfeil ihn vielleicht umwerfen, aber nicht töten. Vielleicht würde er von dem Felsen herunterstürzen, aber er würde Zeit genug haben, vor Schreck oder Angst zu schreien. Trug er kein Kettenhemd, dann vielleicht eine jener dicht gewebten Rüstungen aus feinem Stoff, die leicht war und mehr Freiheit bei der Bewegung eines Kämpfers zuließ als die schweren Kettenhemden der abendländischen Ritter. Diese arabischen Rüstungen hielten einen Pfeilschuß nicht ab, bremsten jedoch dessen Wirkung stark.
Während Gwyn noch überlegte, drehte der Mann sich erneut um.
Jetzt zeigte er Gwyn nur seinen Rücken. Dann kratzte der Mann sich plötzlich an seinem Schädel und da bemerkte der Faber, daß der Araber unter seiner Kopfbedeckung keinen Helm trug. Jetzt wußte Gwyn, wo er treffen mußte. Er richtete sich auf, bemüht, nicht das kleinste Geräusch zu machen. Kein Stein durfte rollen, kein Sand unter seinen Sohlen knirschen. Seine Zunge lag trocken in seinem Mund, und für einen guten Schluck hätte er in diesem Moment viel gegeben.
Der Wächter stützte sich auf seinen Speer.
Gwyn richtete sich langsam auf.
Dann hob er den Bogen.

Der Wächter ließ den Kopf ein wenig nach vorn sinken, so als döse er in einem kurzen Moment der Entspannung vor sich hin.
Gwyn legte den Pfeil auf die Bogensehne.
Der Wächter rührte sich nicht.
»Verzeih mir diese Sünde, o Herr«, murmelte Gwyn, und er dachte dies in jenem Augenblick mehr, als daß er es aussprach.
Gwyn zog die Sehne an, zielte kurz und ließ los.
Der Pfeil surrte ohne Geräusch davon und traf den Wächter im Nacken.
Gwyn hielt den Bogen noch immer fest.
Der Araber zitterte ein wenig, so als ob er darüber nachdenken wollte, was mit ihm soeben geschah. Dann kippte er geräuschlos nach vorn und fiel über den Felsen in die Tiefe. Seinen langen dünnen Speer hielt er noch immer in den Händen.
Gwyn trat in den Schatten der steilen Felswand und ließ sich auf seine Fersen nieder. Er fühlte, wie sein Herz raste und wie ihm plötzlich schwindlig war. Der lange Tag in der Hitze, zu wenig im Bauch, was hätte satt machen können, und ohne allzuviel Wasser. Und nun diese Anstrengung. Dies alles forderte ihren Tribut.
Nur nicht ohnmächtig werden, so waren seine Gedanken.
Ein leiser Pfiff ertönte.
Er drehte sich um und erkannte am Fuße des Geröllfeldes eine Gestalt. Es war Fennek. Er schwenkte einen Speer in seiner Hand. Die Waffe des Wächters. Dann verschwand er in der Dunkelheit, um die anderen zu holen. Es war Gwyn, als hätte die ganze Angelegenheit endlos lange gedauert, und doch war dies alles erst einige Augenblicke her. Er lehnte

sich mit dem Rücken an den Felsen, und dabei tastete er über sein Hemd.
Es war naß vor Schweiß.

Geräuschlos waren die übrigen Gefährten näher gekommen. Sie waren denselben Weg heraufgekrochen wie Gwyn und Fennek, der Späher, kurz zuvor. Sie schwiegen, aber an dem anerkennenden Nicken des Ritters war zu merken, wie erleichtert sie alle waren. Gwyn aber fühlte sich nicht besonders gut. Sein Kopf schmerzte, und noch immer schwitzte er stark, und das Zittern seiner Hände wollte einfach nicht nachlassen. Yusuf ibn al-Mansur glitt bis zu der steilen Wand, richtete sich ein wenig auf und sah forschend umher. Ein paar Vögel lärmten irgendwo über ihnen, und der Wind blies Sand über die scharfen Geröllgrate.
»Hier beginnen wir«, flüsterte Yusuf und deutete hinauf.
»Dort, die unterste Mauer.«
Walter von Zwingenspiel murmelte etwas, was aber keiner verstand. Es sollte wohl wieder lästernd sein, aber der massige Ritter war zu erschöpft, um sich mit dem Muslim zu streiten. Schweigend schnürten sich alle ihre Waffen eng an den Leib. Die Araber banden sich ihre langen, wallenden Gewänder da zusammen, wo das Tuch beim Klettern nur hinderlich sein konnte. Da nickte Yusuf den übrigen Gefährten zu, und seine Worte waren geflüstert.
»Bindet Euch einen Streifen Tuch so vor das Gesicht, daß Ihr noch atmen könnt.«
»Wozu nun dieser Einfall?« grollte von Zwingenspiel.
»Sollte einer von uns fehltreten und abstürzen, kann er nicht schreien und uns verraten.«

Gwyn schluckte bei dieser Erklärung. Aber Yusuf hatte recht, noch war der Vorteil der Überraschung auf ihrer Seite. Jeder tat, wie Yusuf gesagt hatte. Dann begannen sie, die Wand hinaufzuklettern. Gwyn stellte bereits nach den ersten Minuten fest, wie hell der Fels noch war, wenn er nur nah genug an den Stein rückte. Er bemühte sich, nicht hinunterzublicken. Suchend tasteten seine Hände über das rauhe Gestein, fanden Stellen, die scharf waren, aber der suchenden Hand trotzdem ein plötzliches Gefühl der Sicherheit gaben. Yusuf hatte sie beschworen, sich Zeit für jeden Moment zu nehmen. Jedes Stück Stein, das sie losbrachen, konnte gehört werden. Und sie wußten zudem nicht, wann die Wache abgelöst werden sollte, die Gwyn mit seinem Pfeilschuß getötet hatte. Stück für Stück kletterten die Männer hinauf. Der Fels war hier nicht ganz senkrecht, dafür aber an manchen Stellen glatt und ohne Schrund und Spalten, so daß es für Hand und Fuß schwerfiel, einen sicheren Halt zu finden.

Gwyn hatte längst kein Gefühl mehr dafür, wie lange sie schon unterwegs waren. Aber sein Kopf schmerzte nicht mehr, und er fühlte sich besser. Er spürte, wie windig es hier oben war. Fast angenehm blies ein stetig leiser Wind, der weit über die Wüste kam und dabei nichts von seiner Kraft verlor. Gwyn blieb hinter Yusuf, der in sicherem Vertrauen dem Berber Fennek nachstieg und darauf achtete, dieselben Hilfen in dem Stein zu finden wie der Mann aus dem fernen Mauretanien. Einmal hielten sie länger an. Fennek suchte lange eine Stelle, um weiterzuklettern, doch der Fels war hier glatt und ohne Hilfe.

Gwyn stand einigermaßen bequem. Kurz hinter ihm stand Walter von Zwingenspiel, sein Gesicht eng an den Felsen ge-

preßt. Trotz der Finsternis sah Gwyn, wie der Ritter heftig atmete vor Anstrengung und leiser Furcht, so wie sie alle.
Und noch etwas sah Gwyn.
Als der Mond wieder einmal Licht über sie schickte, erkannte der Faber, wie hoch sie bereits waren. Unter sich sah er den Felsen, auf dem der Wächter gestanden hatte. Um den Felsen lag weiteres Geröll, und dort im hellen Mondlicht sah Gwyn eine kleine, helle Gestalt liegen: die Leiche des Wächters.
Da atmete auch er wieder schneller.
Fennek hatte einen Weg gefunden. Er querte mit raschen Griffen die Wand, und die übrigen folgten ihm. Sie waren nun sehr hoch. Beim Bau der Burg hatten die Baumeister hier wohl einen hölzernen Kran errichtet und damit Steine und Lehm, Kalk und Holzbalken heraufgezogen.
Mit einem Mal berührten Gwyns Hände eine glatte, gleichmäßige Fläche. Felssteine, grob, aber gleichmäßig behauen. Das war die erste Mauer der Burg. Sie war so nahe an den steilen Felsgrat gebaut, daß sie am Fuß der Mauer nicht einmal ausruhen konnten. Einer nach dem anderen mußten sie hinaufklettern, um sich an irgendeiner Stelle festzuhalten. Als Gwyn endlich ein wenig sicher stand, wollte er den knebelnden Verband von seinem Gesicht streifen. Aber Yusuf blickte sich zu ihm um und schüttelte heftig den Kopf. Gwyn sah ihn an und nickte verstehend. Dann legte er den Kopf in den Nacken und sah die steile Mauer hinauf. Bis zur ersten Umfriedung waren es wenigstens noch einmal drei Manneslängen.
»Gwyn, steigt Ihr zuerst«, befahl von Zwingenspiel plötzlich, »wenn einer von den Heiden die Mauer zuerst erklimmt, denken die dort oben gleich an einen Angriff, und wir sind alle des Todes.«

Gwyn verstand dies einerseits, war aber andererseits nicht sehr erfreut darüber, nun allein den letzten Teil zu klettern. Die Mauer war wohl nicht mehr sonderlich hoch, und die regelmäßig geschichteten Steine versprachen ein leichteres und vergleichsweise sicheres Fortkommen. Er streifte seinen Bogen ab, und der Ritter ergriff die Waffe und reichte sie an Yusuf weiter.
»Macht Euch verständlich«, raunte ihm Yusuf zu, »und erst, wenn man Euch auffordert, steigt hinauf und über die Mauer.«
Gwyn nickte zur Bekräftigung, daß er alles verstanden hatte, dann stieg er weiter. Die Mauer war im Vergleich zu dem Felsen glatt, und Gwyn wunderte sich, wie warm die Steine noch waren, obwohl die zweiundzwanzigste Stunde des Tages angebrochen war. Stück für Stück kletterte er hinauf. Mit den Zehenspitzen ertastete er sich einen sicheren Stand, mit den Händen hielt er sich derweil fest, dann stieg er weiter. Dieses letzte Stück kam ihm wie eine Ewigkeit vor, und er bemühte sich, nicht nach unten, sondern nur in die Höhe zu blicken. Nun hatte er die Mauerkrone fast erreicht. Wenn er sich noch einmal aufrichtete, konnte er fast auf die Mauerzinne schauen. Er beschloß, sich hier bemerkbar zu machen. Gwyn bemühte sich, eine Hand freizubekommen, damit er sich das Tuch herunterziehen und wieder sprechen konnte.
»Gott ist unser Herr!« rief er halblaut hinauf. »Gepriesen sei sein Name!«
Es blieb still.
Gwyn stand einigermaßen sicher. Als er den Kopf ein wenig nach unten neigte, erkannte er die übrigen Gefährten am Saum der Mauer kauern und wie sie zu ihm heraufsahen.

»Bei Jesus Christus, hört mich an, ihr da oben«, rief Gwyn, nun schon deutlich lauter.
Die Vorstellung, ganz umsonst diesen Weg gemacht zu haben, ließ ihn fast ein wenig schwindlig werden. Andererseits hatten die Belagerten sicherlich in jedem Teil ihrer Befestigung wenigstens eine Wache postiert.
»Hört mich an!«
»Gott ist das Licht der Welt …«
Die Stimme über ihm klang rauh. Aber für einen Moment genoß Gwyn diese Worte.
»Er allein ist der Weg, die Wahrheit und das Leben!« antwortete er die Mauer hinauf und schloß dabei die Augen.
»Wer ist da?« tönte eine Stimme über ihm.
»Christen, auf dem Weg, euch zu helfen!«
»Uns … zu helfen? Halleluja, Gott hat uns erhört«, tönte die Stimme erneut, aber lauter und lebendiger.
»Seid Ihr allein?« wollte eine weitere Stimme über ihm wissen.
»Meine Gefährten warten weiter unten«, rief Gwyn.
Jetzt hörte er auch Geräusche oben an der Mauerkante. Sand und kleine Steine rieselten herab. Wohl beugte sich jemand über den Mauersims und versuchte, etwas zu erkennen.
»Kommt herauf, aber nur Ihr allein«, befahl die erste Stimme in der Finsternis über ihm.
»Gut, gut, nur ich allein!« rief Gwyn zurück.
Auf einmal fühlte er die Müdigkeit in seinen Armen, und es wurde ihm gewahr, wie ihm langsam die Kräfte schwanden. So tastete er ein letztes Mal mit zitternden Händen die Steine entlang, zog den linken Fuß nach und stieg dann mit dem rechten hinterher. Und dann war da plötzlich kein Stein,

keine Mauer mehr, und zwei Arme ergriffen ihn und zogen ihn mit leichtem Schwung über den Sims der Mauer.
Er war oben angelangt.

Drei Augenpaare starrten ihn an.
Die Mienen dieser Männer waren kaum zu erkennen, denn ihre Haare waren lang und zottelig, mit Bärten wie Gestrüpp, und dazu kam ein unglaublicher Schmutz, mit dem die Männer bedeckt waren.
»Wer seid Ihr?« fragte ihn der erste Mann mit rauher Stimme. Er sprach ein seltsames, kehliges Deutsch. Gwyn wich unwillkürlich einen kleinen Schritt zurück. Der Mann roch faulig aus seinem Mund.
»Man nennt mich Gwyn Carlisle. Bin ein Goldschmied aus Britannien und auf Pilgerfahrt nach Kapernaum. Auf unserem Weg hierher erfuhren meine Gefährten und ich von Eurem Mißgeschick. Nun sind wir hier, um Euch zu helfen.«
»Kommt mit«, befahl der Mann.
Der Mann, wohl ein Wächter, führte den Goldschmied zu einem viereckigen Loch, das sich vor ihnen auf dem Boden des Wehrganges auftat. Eine steinerne Stufe führte hinab. Der Mann stieg einige Stufen in die Dunkelheit hinunter, entzündete dann mit einem Feuerstein eine Fackel und leuchtete, während er vorausging. Gwyn folgte ihm dicht auf. Er war überrascht, wie angenehm kühl es plötzlich war. Sogleich fand er sich in einem Raum, der von weiteren Fackeln leidlich erhellt wurde. Ein Fenster gab es nicht, nur handgroße Öffnungen in regelmäßigen Abständen an der Decke und in Kniehöhe ringsum an den Wänden, aus denen ein Hauch fri-

scher Luft strömte, die die Fackeln ihr unruhiges Licht an die rohen, unverputzten Wände werfen ließ.

Gwyn wurde erwartet. Ein stattlicher Mann, von Größe und Statur her Walter von Zwingenspiel nicht unähnlich, und drei weitere Männer standen stumm an einem langen, groben Tisch. Diese Männer wirkten gepflegter, und ihre Bärte und Frisuren waren kurz geschnitten, so wie es Sitte und Brauch der Abendländer war.

»Gott auf all Euren Wegen«, grüßte Gwyn höflich in Deutsch und verbeugte sich ein wenig. Dabei zitterte er von der anstrengenden Kletterei.

»Gott ist unser Herr. Er sei gepriesen alle Zeit. Wer seid Ihr?« fragte der größte der anwesenden Männer, der außer einem Kettenhemd und einem langen Beinkleid nichts weiter trug.

Ein blankes Schwert lag griffbereit neben ihm auf dem Tisch. Dieser Mann war von den Wachen geweckt worden, mit dem Hinweis, daß ein Mann, wohl ein Christ, die Mauer heraufgeklettert war. Gwyn stellte sich erneut vor und berichtete, daß seine Gefährten am Fuß der Mauer auf ihn warteten.

»Ihr seid die Mauerwand heraufgestiegen?« wollte der Mann wissen, und seine Stimme verriet Unglauben.

»Ja, Herr«, sagte Gwyn.

»Welche Kühnheit! Aber verzeiht, ich vergaß mich vorzustellen«, sagte der Mann. »Ich bin Ritter Wolfram von Augheim, in meiner Heimat ein Chevalier, und so nenne ich diesen Krak und meinen Namen mein eigen. Ich entstamme einem alten Geschlecht am Rhein. Aber nun sagt, wer eilt uns zu Hilfe?«

Gwyn stellte ihm die übrigen Männer mit schnellen Worten

vor. Als er die Namen der Araber nannte, erkannte er so etwas wie Unmut in den ansonsten regungslosen Gesichtern der übrigen Männer. Als er geendet hatte, schwiegen alle.

»Wir werden Eure Worte prüfen, Herr Carlisle. Dies ist kein Mißtrauen gegen Euch, sondern nur Vorsicht. Ich bitte Euch, wartet so lange hier.«

Gwyn mußte eine ganze Weile warten.

Er verschränkte seine Arme und vergrub seine zerschundenen Hände unter seinen Achseln. Er wollte nicht, daß einer der Männer sah, wie erschöpft er war und wie er vor lauter Erschöpfung und höchster Anstrengung zitterte.

Die Männer flüsterten leise, befragten den Wächter, der Gwyn zu ihnen gebracht hatte. Sie schickten einen weiteren Mann fort, der bald darauf wiederkam und ebenfalls mit den Männern leise sprach.

Der Chevalier wandte sich an Gwyn.

»Es ist ein Wunder, kühn und christlich, was Ihr getan, Herr Carlisle. Und es zeigt neben den Wundern, die Gott, unser Herr, uns gewährt, daß Er uns nicht vergessen hat. Wahrlich, das Wort eines Christen gilt noch in dieser Zeit.«

»Dort unten wartet der Anführer unserer Gruppe«, erinnerte der Goldschmied, »er ist ein Muselman. Ein Mann von Ehre!«

Der Ritter grunzte statt einer Antwort. Die übrigen Männer murrten leise. Daß den Männern um den Ritter von Augheim solcherlei Hilfe nicht genehm sein konnte, war offenkundig. Aber die Zeit und die Umstände drängten und ließen ihnen keine andere Wahl.

»Seine Hilfe tut er im Namen Christi. Er sei uns willkommen«, entgegnete der Ritter knapp.

Gwyn glaubte in dem Ton die gleiche Verachtung und dieselbe Überheblichkeit der Christen gegenüber den Arabern zu erkennen, wie sie bereits Walter von Zwingenspiel und seine Begleiter an den Tag legten. Aber es war leicht möglich, daß er sich bei alledem täuschte.

Der Mann befahl mit knappem Ton, die übrigen Männer, welche am Saum der Mauer warteten, heraufzulassen. Zuerst kletterte Fennek herauf. Als er sich über den Sims schwang, griffen die Wartenden wie ein Mann zu ihren Schwertern. Erst als Gwyn näher trat und dem Berber seine Hand anbot, ließen die Männer ihre Waffen stecken.

»Allah akbuar«, murmelte der Berber und drückte Gwyn die Hand.

»Gott der Herr, Er allein ist groß«, knurrte einer der Männer, und die übrigen Männer murrten.

Als nächstes erschien der Kopf des Churers über dem Mauersims. Der ließ es sich angesichts des beschwerlichen Aufstiegs sehr wohl gefallen, daß der Berber ihm nun die Hand reichte und gemeinsam mit einem der Burginsassen den schwergewichtigen Ritter heraufzog. Kaum über der Mauer, ließ der Mann sich an deren Rand nieder und atmete heftig und stoßweise. Trotz des fahlen Mondlichts wußte Gwyn, wie stark der massige Mann schwitzte, denn er roch nach Anstrengung und Angst. Nun kletterten die übrigen Kämpfer herauf. Nur Yusuf, welcher der letzte war, schaffte es allein. Der Churer erhob als erster das Wort.

»Der Herr sei unser Hirte …«

»In Ewigkeit. Amen!« antwortete der Wortführer.

Sie nannten sich gegenseitig Rang und Namen, und bei der jeweiligen Nennung verbeugten sich die Männer voreinander. Bis der Ritter Wolfram von Augheim auf Yusuf blickte.

»Niemals wollte ich einen Muslim in meinem Hause dulden. Nicht einmal dann, wenn er mir Waffenhilfe gewähren sollte. Aber Ihr seid ein Gefährte des Herrn von Zwingenspiel, so will ich es Euch nachsehen.«
»Ich führe diese Gruppe zusammen mit ihm, edler Herr. Mein Name ist Yusuf ibn al-Mansur, und meine Männer sind freie Männer. Und jeder meiner Männer dient Gott. Seinem Gott.«
Darauf wußte niemand etwas zu sagen. Der Ritter von Augheim nickte kurz und führte seine Gäste durch die Öffnung eine steinerne Treppe hinunter in einen weiteren Raum. Dort stellten Knechte tönerne Krüge mit frischem Wasser und ein paar Becher aus gebranntem Ton auf einen Tisch. Dazu reichten sie frisches Brot.
»Stärkt euch, ihr Männer«, forderte der Hausherr, und keiner der Angesprochenen ließ sich dies ein zweites Mal sagen. Der Krug wanderte reihum, und jeder der Männer nahm einen langen Zug. Als Gwyn aus seinem Becher trank, bemerkte er mit Freude, wie kühl und rein das Wasser schmeckte.
»Herrlich, dieses Wasser«, sagte er.
»Wir haben einen eigenen Brunnen, der tief in den Berg führt. Bis zum heutigen Tag liefert er uns sauberes Wasser, so sauber, wie Ihr es trinkt. Es ist das einzige, was wir bislang noch immer im Überfluß haben: Wasser.«
»Dann ist mir nicht bang«, dröhnte Walter von Zwingenspiel plötzlich laut, »immer ist es das verdammte Wasser, was man in diesem Land sparen muß.«
Gwyn wußte, daß der Ritter nicht umhin konnte, gegen das Land und seine Bewohner zu sticheln, wann immer sich eine Gelegenheit dazu bot. Doch Yusuf blieb gelassen.

»Herr Ritter«, wandte er sich höflich an den Burgherrn, »wann werden wir mit dem Angriff beginnen?«
Der Ritter von Zwingenspiel sah auf den Gastgeber.
Der begann zu sprechen.
»Wir sind hier sechzig Männer, welche ein Schwert oder eine Axt führen können. Einige meiner Knechte sind auch gute Bogenschützen. In all der Zeit habe ich die Kämpfer sich im Waffengebrauch üben lassen. Wir sind bereit, jederzeit.«
»Wir auch«, beeilte sich von Zwingenspiel zu antworten, nicht ohne einen Blick auf den Araber geworfen zu haben. Doch der schwieg nur.
»Mein Vertrauter ist der Herr vom Stein«, erklärte der Churer daraufhin laut, »und er wird sich auf ein Zeichen von uns einen Weg durch die Belagerer bis hin zum Haupttor schlagen. Wir tun dies zur selben Zeit von hier aus und kommen ihm entgegen. Was haltet Ihr von dem Plan?«
»Er hört sich gut an«, antwortete der Ritter bedächtig.
»Dann sind wir mit Euch zusammen wohl einhundert Kämpfer!« entgegnete von Zwingenspiel lachend.
Der Burgherr und seine Männer nickten bei dieser Feststellung und sahen in die Runde.
»Das müßte reichen, um Eure Burg zu entsetzen!« fügte der Ritter aus Chur mit lautem Stolz hinzu.
Dies hatte er gesagt, weil noch immer keiner der übrigen Männer sprach. Alle warteten auf das Wort ihres Anführers, des Ritters Wolfram von Augheim.
»Ihr habt wohl recht«, meinte der Hausherr, »aber mir wäre trotzdem wohler, die Anzahl der Feinde zu wissen. In all den Monaten ist es uns nicht gelungen, dies zu erfahren.«
Seiner Stimme war das Bedauern darüber anzumerken, wie

sehr es den Belagerern in all der Zeit gelungen war, die eingeschlossenen Christen in der Burg über diese Tatsache im unklaren zu lassen.

»Ich weiß, wie stark der Feind ist!«

Es war Yusuf ibn al-Mansur, der in die Stille sprach.

Die übrigen Ritter sahen den Mann an, und Gwyn staunte erneut, wie schmutzig und vergleichsweise verwahrlost sie alle angesichts des noch immer eleganten und stolzen Arabers wirkten.

»Selbst wenn dies der Fall sein sollte, Herr Yusuf ibn al-Mansur, so vergeßt nicht unseren Kampfesmut«, entgegnete der Hausherr höflich.

»Genau so ist es. Wir befreien diese Burg. Das haben wir geschworen«, beeilte sich auch der Churer zu sagen.

Mit seiner Stimme war der Mann so, wie Gwyn ihn kannte: laut, polternd und von großem Stolz.

»Ich danke euch, ihr Herren … dafür danke ich euch«, beeilte sich auch der Herr der Festung zu erklären.

»Ihr sagt, Ihr wißt die Anzahl?« fragte Wolfram von Augheim den Muslim.

»Ja, bis auf den Mann genau, der nicht mehr kämpfen kann, weil der Faber bereits den ersten Feind getötet hat.«

Die Männer nickten Gwyn freundlich zu.

»Das ist kaum zu glauben«, entgegnete nun der Ritter von Zwingenspiel aufgebracht. »Wie wollt Ihr dies wissen?«

»Wir können zählen, Herr, auch wenn wir nur gottlose Heiden sind«, entgegnete Yusuf sanft.

»Sei's drum«, warf von Zwingenspiel ein, »so viele können es nicht sein. Und sie sind keine großen Kämpfer, sonst wären sie längst Herren dieser Burg.«

»Da hat der Ritter recht«, entgegnete auch der Hausherr.

Yusuf zuckte nur die Schultern und überließ es der Neugier der anwesenden Männer, mehr zu erfragen.
»Aber nun sagt schon, wie viele sind es?« fragte von Zwingenspiel.
Yusuf ibn al-Mansur sah lange in die Runde, und wieder erkannte Gwyn sein leises Lächeln, das nur dann zu sehen war, wenn man sein edles Gesicht aufmerksam genug betrachtete.
»Fünfhundert! Es sind fünfhundert Krieger.«
Da schwiegen die Männer, und Gwyn blickte in mehr als ein erschrockenes Gesicht ringsum. Schnell trank der Goldschmied noch einmal einen großen Schluck aus seinem Becher.
Und jetzt konnte es jeder sehen: Yusuf ibn al-Mansur lächelte spöttisch.

Im Burghof kniete der Herr der Festung, Ritter von Augheim, zusammen mit Rittern und Knechten in einem Halbkreis auf dem Boden. Alle hatten ihre Schwerter gezogen und hielten sie in die Höhe, als der Burgkaplan vor einem Kreuz die Männer und ihre Waffen segnete.
Yusuf und seine Männer standen abseits. Stumm und ohne eine Regung beobachteten sie die Zeremonie. Und Gwyn, der ebenfalls kniete, seinen Bogen vor sich auf dem Boden liegend, beobachtete den Araber heimlich.
»Großer Gott, der Du uns Hilfe gesandt hast, hilf uns, siegreich in diesem Kampf zu bestehen. Hilf uns, Herr! Denn Dir zu dienen ist unsere Aufgabe hier in diesem Land.«
Die versammelten Männer murmelten ein Amen.
Da fielen auf einmal die beiden Araber, Fennek und der schweigsame Nubier, neben ihrem Anführer Yusuf auf die

Knie. Sie zogen ihre Schwerter, hielten sie und küßten die Klingen. Und dann ergriff jeder der Männer den Saum des Gewandes von al-Mansur und küßte den Stoff. Mit kaum verhohlenem Abscheu beobachteten die übrigen Ritter das seltsame Vorgehen. Nur die Mienen des Burgherrn und Walter von Zwingenspiels blieben wie versteinert.

Aber Yusuf ibn al-Mansur lächelte für einen winzigen Moment.

Auf einen Wink des Burgherrn hin traten ein paar Frauen, Mägde wohl, aus den Reihen der Wartenden. Sie trugen große Krüge und reichten diese an die knienden Männer weiter. Ein jeder von ihnen hob ihn an und trank einen Schluck. Dann reichte er den Krug an seinen Nebenmann weiter. Auch Gwyn trank. Es war Wein, kühl und schwer.

Der Burgherr winkte mit einer kurzen Geste einer der Frauen und wies in die Richtung der wartenden Araber.

Die Frau verstand. Aber als sie vor Yusuf stand, wagte sie es nicht, dem stolzen Araber den Krug anzubieten. Fennek jedoch griff schnell danach und nahm einen langen, gierigen Zug. Als er absetzte, griff der Nubier zu und trank ebenfalls in großen Schlucken. Gwyn sah sich um. All die Männer ringsum wirkten nicht wie Kämpfer. Er wußte, daß der überwiegende Teil der hier versammelten Männer Waffen- und Pferdeknechte waren. Der Burgherr aber hatte jedem von ihnen Ehrungen, ja sogar Ritterwürden in Aussicht gestellt, wenn er nur tapfer genug kämpfen würde. Dies und die Aussicht, die monatelange Belagerung aufzuheben, ließ die Männer fast ungeduldig auf den Kampf warten. Seit Stunden hatten der Schmied und seine Gehilfen Kettenhemden ausgebessert, Helme überprüft und schadhafte Waffen geschliffen, Speerspitzen heiß geglüht. Jetzt aber stand auch er mit

seinen Gefährten und Helfern, wie alle Männer in der Burg, bereit und bewaffnet, um den letzten und zugleich verzweifelten Ausfall zu tun.
»Haltet euch bereit«, befahl der Ritter von Augheim in seiner Sprache, die seine Herkunft aus den Gauen des Rheins nicht verhehlen konnte.
Er sprach nicht allzu laut, so als könnten die Belagerer rings um die Mauern seine Stimme hören und den Beginn des Kampfes erahnen. Die Ritter stiegen auf ihre Pferde.
Da trat Yusuf zu dem Burgherrn.
»Chevalier, Herr dieser Burg, Ritter von Augheim. Vergeßt nicht das Licht am vorderen Teil der Mauer.«
Der Ritter nickte. Er war einverstanden gewesen mit der Taktik, welche ihm Walter von Zwingenspiel geschildert hatte, jedoch hatte der Ritter mit keinem Wort erwähnt, daß dies eigentlich Vorschlag und Idee des Muselmanen gewesen war. Überhaupt hatte der Ritter immer wieder versucht, den Araber als bloßen Helfer und nicht als gleichberechtigten Anführer zu behandeln. Doch Wolfram von Augheim wußte es besser. Der Respekt vor dem großgewachsenen ibn al-Mansur war ehrlich.
»Wir haben es nicht vergessen, Herr Yusuf ibn al-Mansur. Aber wir haben nicht genug Holz. Doch was soll's. Für den Sieg ist uns nichts zu schade.«
Er lachte leise und befahl den Aufbruch. Die Männer setzten sich wie eine Karawane in Bewegung und folgten schweigend dem Weg die innere Mauer entlang bis zum Haupttor. Die christlichen Ritter, etwa ein Dutzend an der Zahl, saßen alle zu Pferde und Wolfram von Augheim hatte auch dem Araber ein Pferd geliehen. Alle übrigen Männer gingen zu Fuß.

Nur einige offene Wachslichter gaben etwas Licht und erhellten die gespenstisch anmutende Szenerie aus Menschen und Tieren. Aber nichts sollte den draußen lauernden Heiden Hinweis darauf geben, was in der Burg gerade vor sich ging. Den Pferden waren die Augen verbunden worden. So scheuten die Tiere nicht, denn viele von ihnen kamen seit Monaten das erste Mal wieder aus ihren Ställen. Einen Großteil der Tiere hatten die Eingeschlossenen längst verzehrt. Nur die starken Kampfrösser waren bislang verschont geblieben, so als wüßten die Belagerten um diesen einen Tag der Befreiung.

Gwyn hielt sich an der Seite der Knechte. Einmal glaubte er, daß sich Yusuf im Sattel nach ihm umwandte. Aber er war sich nicht sicher. Er spürte, daß es ihm viel ausmachen würde, sollte dem edlen Araber etwas zustoßen. Und dieses seltsame Gefühl verwunderte ihn.

Der lange Trupp war an zwei Türmen angelangt. Wie zwei mächtige Schatten flankierten sie ein großes, schweres Tor, hinter dem sich die letzte Mauer befand. Die Belagerer waren in den letzten Monaten dreimal über diese gelangt und hatten sich vor dem Tor blutige Kämpfe mit den christlichen Verteidigern geliefert, und doch waren sie jedesmal zurückgeschlagen worden. Nach jedem Angriff beklagten beide Seiten viele Gefallene. Jetzt wußte niemand zu sagen, wie nahe die Belagerer an die Mauer herangerückt waren und ob sie wußten, daß die Eingeschlossenen einen Ausbruch wagten. An beiden Türmen sammelten sich die letzten Knechte. Sie hatten hier Wache gestanden, aber nun brauchte der Burgherr für den Ausfall jeden Mann. So traten sie aus den Schatten der dunklen Tore heraus und reihten sich stumm ein in die lange, dunkle Reihe marschierender Knechte und Pagen,

Handwerker und Pilger, welche seit Monaten in der Burg ausharrten.
»Da, sagte ich es Euch nicht? Wir haben es nicht vergessen, Herr Yusuf ibn al-Mansur.«
Der Ritter deutete auf einen riesigen Berg aus Reisig und Stroh, Werg, alten Decken und allerlei Plunder, zum Verbrennen gerade gut genug.
»Seht selbst! Für einen Sieg ist uns nichts zu schade.«
Alle erkannten in dem fahlen Licht des Mondes und der wenigen Fackeln die schweren Möbel. Da lagen die Teile eines mächtigen Bettes, Kästen und Truhen, reich geschnitzt, Bänke, dazu die langen Tische, Sessel und Hocker, nicht minder schön und sicherlich kostbar, denn in diesem Land war Holz so selten wie Wasser. Dazu waren mehr Krieger im Heiligen Land als Handwerker. Es gab kaum Möbelschreiner, Holzschnitzer, Zimmerleute, Tischler und Holzhauer.
Der Ritter opferte einen Teil seiner kostbaren Möbel.
Yusuf ibn al-Mansur nickte dem Mann zu.
»Der Herr Gerwulf vom Stein wird das Signal sehen, und er wird wissen, was zu tun ist, nicht wahr?«
Yusuf richtete die Frage an Walter von Zwingenspiel, der nur mit einem unflätigen Grunzen antwortete. Da sprach Yusuf weiter, während er die Zügel seines Pferdes noch kürzer nahm.
»Wenn der Herr vom Stein nicht kommt, sterben wir alle heute nacht, die letzten von uns an diesem Platz.«
Bei diesen Worten schauderte es Gwyn, und er fröstelte. Als er die Männer ringsum betrachtete, sah er, wie sich etliche von ihnen bekreuzigten, andere sich die schweißnassen Hände an ihren Gewändern abwischten oder sich noch einmal

verstohlen mit den Ärmeln über die gleichfalls schwitzenden Gesichter fuhren.

»Seid ohne Sorge! Er kommt, Yusuf ibn al-Mansur, er kommt«, antwortete der Ritter von Zwingenspiel grimmig. Dann wandte er sich an den Herrn der Burg.

»Wir sind bereit, Herr Wolfram.«

Da befahl der Ritter aus dem Rheingau, das Holz in Flammen zu setzen. Knechte schoben ihre brennenden Fackeln von allen Seiten in den Stoß, und es begann aus dem Inneren hell und heller zu werden. Die Flammen fraßen sich gierig durch das dürre Holz, und plötzlich schoß eine lange Lohe aus der Spitze des Holzhaufens hervor und tauchte die Männer und alles ringsum in ein unwirkliches Licht. Das Feuer wurde schnell größer und größer, und die Hitze ließ die blinden Pferde unruhig werden. Die Männer kniffen die Augen zusammen vor der sengenden Helligkeit.

Dieses Feuer sah man weit, sehr weit.

Für einen Moment erinnerte sich Gwyn an seine Heimat Britannien, als er bei der Verteidigung der Stadt Bath an der Seite von Stadtknechten kämpfte. Und so wußte er, daß das, was jetzt kommen würde, so furchtbar und barbarisch war, wie ein Krieg immer sein würde.

Und der Goldschmied fürchtete sich, wie sich ein Mensch nur fürchten kann.

Als das letzte Tor geöffnet war, marschierten sie hinaus. Der Ritter von Augheim zuerst. Er ritt ein mächtiges Schlachtroß, und sein massiger Körper auf dem grobknochigen Tier, dazu das gespenstische Licht der Fackeln ringsum und die riesige Feuerlohe im Rücken, ließen den Frankenritter noch größer und mächtiger erscheinen, als er in Wirklichkeit war. An beiden Seiten seines Pferdes liefen zwei Waffenknechte. Jeder von ihnen trug zwei Schwerter, dazu je eine Streitaxt auf dem Rücken und einen der gefürchteten Morgensterne. Sollte der Ritter im Kampf eine Waffe verlieren, würden seine Knechte ihm ein neues Eisen reichen, notfalls unter Einsatz ihres eigenen Lebens. Dies war eine der vielen Aufgaben eines Waffenknechtes und eines Mannes, der sich die Meriten der Ritterschaft verdienen wollte.

Walter von Zwingenspiel folgte ihm, ebenfalls auf einem kräftigen Streitroß. Der stolze und zugleich rauhbeinige Churer hatte es geschickt verstanden, so neben dem Burgherrn zu reiten, daß er noch vor dem geschmähten Muslim, Yusuf ibn al-Mansur, ritt, der eigentlich genauso Anführer in diesem Kampf sein sollte wie er selbst. Aber auch dies war wieder einer der Momente, die der Churer scheinbar gedankenlos wählte, um seine standesgemäße Überlegenheit über den Araber zu zeigen. Nur genau beobachtende Geister wußten um den wahren Grund und könnten, sollte man sie fragen, versichern, daß es genau bedacht und mit voller Absicht geschah. Hinter Yusuf ritt eine weitere Schar bewaffneter Ritter, die meisten aber ohne ihre persönlichen Knechte. Der Burgherr hatte verfügt, daß die Knechte, als eigene Truppe ausgerüstet, den Ansturm decken und gleichzeitig die Flanken sichern sollten.

Fennek und der dunkelhäutige Nubier waren die letzten im Troß der vorausreitenden Ritter. Nur waren sie beide ohne Pferd. Sie trugen ihre langen Krummschwerter und schienen in ihrer lauernden Bereitschaft die gefährlichsten Kämpfer zu sein. Gwyn war froh, diese beiden Männer nicht als Gegner zu haben. Einmal sah der Araber sich um und entdeckte

den Faber weit hinten. Er schien zufrieden und hielt das Tempo.
Die Schar war einen schmalen Weg, kaum breiter als zwei Schinderkarren, hinuntermarschiert. Es galt, soviel Boden wie möglich wettzumachen. Links und rechts des Weges fiel der steinige, schotterübersäte Boden jäh ab, um erst wieder viele Längen weiter sanft in ebenen Boden überzugehen. Wer hier abrutschte, machte eine rasche und unangenehme Fahrt den steinigen Hang hinunter. Der Weg selbst führte fast eine englische Meile weit wie ein Damm hinauf bis zum ersten Tor der Burg.
Aber noch immer waren ihre Feinde nicht zu sehen, doch sie waren zu hören.
»*Allah akbuar!* Gott ist groß!«
Der Ruf schallte erst weit und schien rasend schnell näher zu kommen. Und es war kein Laut wie aus menschlicher Kehle, sondern eher ein Grollen und Brausen. Eine Drohung, die die anrückenden Männer wie ein erstes Hindernis empfing.
»*Allah akbuar!* Gott ist groß!«
Gwyn schauderte, obwohl ihm der Schweiß erneut übers Gesicht lief. Die Nacht war seltsam schwül, und der Schotterweg ließ sie stolpern und straucheln und zugleich müde werden in ihrem steten Laufschritt. Gwyn trug einen Schild, den ihm ein Knecht gegeben hatte. Er würde ihn brauchen, hatte der Mann versichert, und dies schien nun der Fall zu sein.
»Pfeil!« schrie eine Stimme in der Dunkelheit.
Sogleich rissen die dahineilenden Männer ihre Schilde hoch. Einige wollten anhalten und sich an Ort und Stelle niederkauern und warten, bis der Gegner seine tödlichen Geschos-

se abgesandt hatte. Aber der Anführer der Knechte trieb sie an.

»Weiter, ihr Hasenfüße! Weiter!«

Die Männer hasteten den Burgweg hinunter.

»Niemand bleibt stehen!«

Sie keuchten laut von der Anstrengung. Jeder von ihnen trug mindestens zwanzig Pfund Eisen, sei es als Kettenhemd, Helm, Schild oder Waffe.

»Schneller, schneller!« brüllte der Mann wieder.

So rannten und stolperten sie, der Weg vom Mondlicht ein wenig beleuchtet. Erneut war ein schrilles, pfeifendes Geräusch in der Luft über ihnen zu hören.

»Pfeil!«

Die Knechte und Waffenträger hielten sich die Schilde während des Laufens über die Köpfe.

»Niemand bleibt stehen!«

»Pfeil!«

»Auf, ihr Mißgeburten! Zeigt den Heiden, was ein Krieger Gottes ist!«

»Pfeil!«

Die todbringenden Geschosse kamen über ihnen aus der Dunkelheit und prasselten wie ein Regen auf sie nieder. Zahlreicher, dann wieder weniger, aber nur für den Augenblick, den die gegnerischen Bogenschützen in der Dunkelheit vor ihnen brauchten, um neue Pfeile aufzulegen, zu spannen und abzuschießen. Die prasselnden Holzschäfte machten ein seltsames Geräusch.

»Pfeil!«

Die Angreifer mußten unmittelbar vor ihnen sein.

Ganz nah.

Gwyn keuchte immer mehr. Er glaubte, nicht genug Luft zu

bekommen, und seine Seite schmerzte von dem heftigen Laufen auf dem steinigen, harten Boden. Neben ihm zuckte ein Mann zusammen. Ein Pfeil hatte ihn getroffen. Aber der Goldschmied konnte nicht erkennen, wo, es war zu dunkel. Er sah nur, wie der Mann zu Boden fiel und liegenblieb. Die übrigen Knechte stiegen eilig über ihn hinweg.

Dafür hörten sie alle plötzlich den dröhnenden Ruf der vorauseilenden Ritter. Sie schrien laut im Chor.

»*Deus lo volt!* Gott will es!«

Die Ritter jagten, mit eingelegten Lanzen, den Schild haltend, in die ersten Reihen der muslimischen Bogenschützen. Die wichen den Reitern aus und stellten sich dem Kampf. Die Knechte folgten dichtauf, die Ritter aber jagten weiter, so als könne sie niemand aufhalten.

»Haut euch eine Gasse!« schrie der Anführer der Waffenknechte.

Dann umklammerte er sein Schwert mit beiden Fäusten und rannte los. Er war der erste, der die Bogenschützen erreichte. Der Mann mußte ein Veteran sein, denn so, wie er sein Schwert führte, war es nicht der erste Kampf, den er focht. Der Morgen brach langsam an, und der Kampf um die Burg des Wolfram von Augheim begann.

Die Ritter jagten weiter durch die Reihen der Gegner. In ihren hohen, engen Sätteln, mit den eingelegten Lanzen versehen, war ein solcher Reiter kaum aufzuhalten. Wer von den Muslimen nicht sogleich auswich, den ritten die schweren Schlachtpferde einfach nieder. Laut schreiend folgten noch immer dichtauf die Knechte. Sie droschen mit allen Waffen um sich, die sie den steilen Weg von der Burg herab getragen hatten. Gwyn war plötzlich von Knechten umringt, so daß er sich kaum bewegen konnte. Wie eine Masse schoben und drückten sie in eine Richtung, Schulter an Schulter, ihre Waffen an sich gepreßt, laut schreiend. Gwyn wurde samt seinem Schild in der Menge der Leiber hin und her geschoben und gedrückt. Vor sich erkannte er Yusuf, der behende an den schwergepanzerten Rittern vorbeiritt und mit einem wilden Schrei in die Reihen des Gegners einbrach. Er teilte mit seinem *Scimitar* links und rechts ein paar genaue Streiche aus und bewegte dabei ständig sein Pferd. Pausenlos stieß er dem Tier seine Fersen in die Seite und trieb es hin und her. So konnte keiner der Gegner nahe genug an ihn herankommen, kein Bogenschütze sicher zielen, keine Lanze ihn genau treffen. Sein Pferd war in all dem Lärm ringsum wild geworden, da riß ihm der Araber das schützende Tuch von den Augen, und das Tier sah gerade genug, um wirklich Angst zu haben. Da trat das Pferd um sich und hinderte jeden Mann, der bereits geschlagen, aber nur verletzt am Boden lag, daran, wieder in den Kampf einzugreifen. Als es einem der Belagerer trotzdem gelang, mit einem langen Spieß auf ibn al-Mansur einzustürmen, zwang der sein Pferd blitzschnell auf die Hinterhand, und stieß mit seinem gestreckten Bein dem Angreifer die Lanze zur Seite. Bevor der Mann die Waffe erneut aufrichten konnte, war Yusuf direkt neben ihm, und ein blitzschneller Streich mit dem Krummschwert beendete das ungleiche Duell. Seinem Pferd aber troff der Schaum in großen Flocken aus dem Maul.

Ringsum setzte nun ein Gebrüll und Geschrei ein.

Es schrien die Männer, die unter den erbarmungslosen Streichen fielen, und zugleich schrien diejenigen, die zum Angriff übergingen. Doch mehr und mehr war der Widerstand der

Belagerer zu spüren. Es waren zu viele, und sie waren auf dem engen Weg im Vorteil. Mit ihren Spießen hinderten sie die Frankenknechte am Angriff. Die arabischen Bogenschützen hatten nun genug Licht, um gezielt zu schießen und zu treffen, und sie führten bereits berittene Muselmanen heran. Die Ritter um den Rheinländer und den Churer drohten aufgesplittert, und damit geschwächt zu werden.

»Schieß …«, schrie eine Stimme neben ihm, bevor sie plötzlich erstarb.

Es war ein Knecht, den ein muslimischer Bogenschütze getroffen hatte. Der Mann sank in die Knie. Bevor er wußte, wie ihm geschah, rollte er den steilen, von groben Steinen übersäten Abhang neben der Straße hinunter. Gwyn sprang einen Schritt nach vorn und ließ den schweren Schild zu Boden fallen. Dann sprang er einen weiteren Schritt vor, riß seinen Bogen hoch und zielte. Er spürte die plötzliche Ruhe, eine stille Sicherheit, die er immer dann erlebte, wenn er mit dieser alten Kriegswaffe schoß. Das Geschoß ließ den Sattel eines heranstürmenden Pferdes verwaist zurück.

»Folgt mir!« brüllte Yusuf ibn al-Mansur mit mächtiger Stimme.

Erneut stieg sein Pferd auf die Hinterhand und für einen Moment glaubte Gwyn, einen Dämon, in eine sandgelbe Rüstung gehüllt, mit hellem Tuch um den spitzen Helm, Hentze und Zaumzeug wie Feuer, vor sich zu sehen. An dem noch immer galoppierenden Pferd jagten nun die Ritter vorbei und schlugen eine Gasse, und die christlichen Knechte stürmten hinterher.

»Deus lo volt!«

Dieser Ruf war plötzlich weit vor ihnen zu hören.

Das mußten die Männer um den Ritter vom Stein sein. Der

Churer stellte sich in den Steigbügeln seines Schlachtpferdes auf und schrie mit seiner lauten, weittragenden Stimme.
»Gott sei mit uns! Der Sieg ist unser!«
Dann ließ er seine Lanze fallen und zog sein langes Schwert. So stürmte er den Weg weiter.
»Der Herr vom Stein ist da!« brüllten die fränkischen Knechte ringsum.
Gwyn sah, als er einen weiteren Pfeil abschoß, wie Bracko, der Serbe, sich einen Weg durch die zurückdrängenden Muslime bahnte. Er bleckte die Zähne bei jedem Streich wie ein grimmiger Schnitter, der sich von nichts und niemandem bei seiner grausigen Ernte aufhalten lassen will.
»Deus lo volt!«
Diesmal schrie es der Ritter von Augheim.
Die Waffenknechte folgten dem Rheingauer und seinen Rittern. Die gegnerischen Krieger wollten den Christen erneut ausweichen, aber dieses Mal war ein Manöver nicht mehr möglich. Die vorwärtsstürmenden Männer hieben nun todesmutig auf jeden Angreifer ein, die Schlachtpferde der Ritter drängten, unterstützt von den schweren Lanzen der Ritter, die Muselmanen links und rechts die steile Böschung hinunter. Wie Puppen, die ein zorniges Kind mit einer Handbewegung von einem Tisch zu Boden fegt, stürzten die Belagerer den Hang hinunter, sich überschlagend und am Fuße des Hanges bewegungslos liegenbleibend. Wild um sich keilende, herrenlose Pferde machten das Getümmel perfekt. Der Weg in das Lager der Angreifer war frei.

Im Lager der Araber rannten Knechte, manche verletzt, manche laut schreiend, zwischen den niedrigen Zelten der Geflohenen umher. Kämpfer, taumelnd, weil sie sich bereits betrunken hatten, weinten. Andere Männer kauerten angesichts ihrer schweren Verletzungen hilflos am Boden und wußten, daß ihnen nicht mehr zu helfen war. Noch immer flüchteten arabische Krieger zwischen den Zeltgassen, dazwischen rannten Frauen, kleine Kinder an den Händen haltend, voller Angst um ihr Leben, gefolgt von herrenlosen Schlachtpferden, die selbst panisch vor Angst nach allem traten, was sich bewegte.

Vor einem prächtigen Zelt hielten die christlichen Ritter. Zwei Knechte stützten den Ritter von Sax, der bei dem Versuch, den Männern aus der Burg zu Hilfe zu eilen, eine Verletzung davongetragen hatte. Noch war er bei Bewußtsein, aber sein Kettenhemd glänzte vor Blut. Den Ritter hatte ein Schwerthieb am Hals getroffen. Wohl war der Hieb durch das massive Kettenhemd gemildert worden, trotzdem war die Verletzung ernst und wollte nicht aufhören zu bluten.

Der Ritter Walter von Zwingenspiel schwang sich erstaunlich behende aus dem Sattel. Seine Beine kaum auf dem Boden, war schon einer seiner beiden Waffenknechte bei ihm und stützte ihn. Aber er wehrte ab.

»Laß gut sein, Bursche. Mir fehlt nichts.«

Der Mann schrie laut und ungestüm, und seine Stimme dröhnte weit über dem morgendlichen Lager, das von den Reitern und Knechten der Burg bereits geplündert wurde.

»Halleluja! Der Herr war mit uns!«

»Ja, und er ist es noch, Herr von Zwingenspiel, er ist es noch«, lachte jetzt auch der Burgherr, doch dies geriet ihm mühsam.

Auch er blutete aus einer Wunde an der Schulter. Seine Lanze war beim Sturm in die gegnerischen Reihen beim Aufprall zerbrochen, der Ritter war nach vorn gestürzt und mit der Schulter in das gesplitterte Ende gefallen. Als einer seiner Knechte auch ihm helfen wollte, wehrte er den Mann mit einer Geste ab.

»Laß nur, Viktor! Solange mir die Fliegen nicht zu schaffen machen, kann ein solcher Kratzer warten.«

Er stieg von seinem Pferd ab, aber bedeutend langsamer als der Churer, und schwankte. Er mußte bereits viel Blut verloren haben. Seinen Helm trug er nicht mehr, den hatte er sich längst vom Kopf gerissen. Barhäuptig war er die letzten Meter zu dem großen Zelt geritten. Dort wartete der junge Gerwulf vom Stein. Sein Gesicht glänzte vor Schweiß, aber er lachte glücklich, als er den Burgherrn sah. Er sprang aus dem Sattel, und in einer plötzlichen Geste umarmte ihn der fränkische Ritter. Dann wandte er sich um und befahl seinen übrigen Männern: »Seht zu, daß dieses Zelt nicht zu brennen beginnt. Es ist Teil der Beute. Ich will nicht, daß es Schaden nimmt.«

Die Anordnungen des Burgherrn klangen mühsam.

Zwei seiner Diener nickten und eilten um das Zelt, bereit, jeden der betrunkenen Knechte notfalls mit Gewalt am Niederbrennen des Zeltes zu hindern. Walter von Zwingenspiel hielt mit blutbespritzter Hentze eine Zeltbahn, die gleichzeitig Eingang war, auf, mit einer Geste auffordernd und dann wartend, bis der Burgherr den ersten Schritt in das eroberte Zelt machen würde.

»Wo ist der Muslim?« fragte dieser und drehte suchend den Kopf.

Er sah angestrengt zwischen den eilig hin und her laufen-

den Männern nach der schlanken, hohen Gestalt Yusuf ibn al-Mansurs.
»Weiß nicht, wo er ist«, grinste von Zwingenspiel und zuckte die Schultern.
»Weiß nur, er hat seinen Anteil an der Beute verloren. Denn es war meine Hand, welche dieses Zelt zuerst berührte. Und nicht nur Ihr allein, Herr von Augheim, seid Zeuge.«
Der Burgherr sog die Luft mit einem häßlichen Geräusch ein und hustete. Ein immer dichter werdender Rauch legte sich über das eroberte Heerlager und machte das Atmen schwer. Die Knechte hatten alles, was ihnen zu schwer oder unnütz erschien, bereits angezündet. Später würden sie noch die Leichen der Erschlagenen in die Flammen werfen. Der einfachste Weg, drohenden Seuchen zu entgehen und das mühselige Verscharren der Toten zu ersparen. Dicker Rauch zog schwer durch die Zeltgassen. Der Burgherr trat in das Zelt, gefolgt von Walter von Zwingenspiel.
Dort staunten sie über den Anblick, der sich ihnen bot. Das Zelt war mehr als drei Männer hoch und erstreckte sich in einer rechteckigen Form. In seiner größten Länge betrug der Abstand von Zeltwand zu Zeltwand mindestens zwanzig Manneslängen. Die Zeltdecke verlief, gestützt durch zwei kräftige Hölzer, spitz zu, und fein gearbeitete Ölleuchter aus Messing hingen an schweren Ketten herab und tauchten das Innere in ein angenehmes und warmes Licht. Der Boden war dicht mit Teppichen belegt. Ringsum an den Wänden waren hölzerne Gestelle errichtet, auf denen prächtige Rüstungen aus dem Abendland wie auch aus dem Morgenland hingen. Dazwischen lehnten Schwerter und Lanzen, teils mit feinen Bannern bestückt. Aber alle Waffen waren besonders ausgesucht und kostbar. Überall standen Truhen aus feinem Holz,

oft prächtig mit Messing oder Silber beschlagen. Ein Teil der gegenüberliegenden Längswand war offen. Die Zeltbahn war dort in Mannshöhe zur Seite gezogen worden wie der Vorhang einer Bühne. Von dort aus bot sich den erstaunten Betrachtern ein weiter Blick über das Land, das sich rings um die Burg erstreckte. Wäre nicht der Lärm der plündernden Knechte und der stickige Rauch gewesen, all dies hätte genügt, um den Stil und die Raffinesse des Mannes zu unterstreichen, der hier während der Belagerung gelebt hatte, immer geduldig wartend, wann sich eine Gelegenheit ergeben sollte, die Burg des von Augheim zu stürmen. Der Anführer der Araber, wohl ein *Scheich*, hatte die prächtige Lebensweise seines Standes nicht verhehlen können. Und die staunenden Ritter, die ihre Augen in dem Zelt umherschweifen ließen, wußten, daß sein Besitzer dies auch nicht beabsichtigt hatte.

»Diese Muselmanen!« sprach von Zwingenspiel leise und schüttelte sichtlich beeindruckt den Kopf.

In seiner Stimme schwang die mühsam unterdrückte Bewunderung mit angesichts dessen, was er hier sah. Die Männer schritten langsam weiter, ihre blanken Schwerter in der Hand, vorsichtig hinter die unzähligen künstlichen Wände aus feiner Seide und schwerem Brokat blickend. Ein Teil dieser Vorrichtungen ergab eigene, kleine Räumlichkeiten, in denen sich mit feinem Stoff bezogene Liegen, geschnitztes Gestühl wie auch kleine Tische, mit blanken metallenen Platten, über und über ziseliert, befanden. Wohin das Auge auch blickte, sah es Luxus und Geschmack, prächtig und raffiniert von einer Art, wie es den Männern aus dem Abendland fremd war.

»Das Zelt des *Scheichs* Osman, dessen Familie einst dem

Emir von Mossul diente«, sagte auf einmal Yusuf ibn al-Mansur, der mit einem Teil seiner Männer das Zelt betrat.
»Der Mann verstand zu leben«, entgegnete der Burgherr anerkennend.
»Ja, obwohl er ein Räuber war«, entgegnete Yusuf mit leisem Spott.
»Genau, ein Räuber!« polterte der Ritter von Zwingenspiel laut.
»Aber er und seine Männer haben gekämpft wie Ritter von Ehre. Obwohl er doch nur ein Räuber war, ein ganz gewöhnlicher Räuber …«, entgegnete Yusuf erneut mit der ihm so eigenen, sanften Stimme.
Der Burgherr nickte nur und griff sich an seine blutende Schulter. Er strich mit der Hand darüber und betrachtete dann seinen Handschuh. Das Leder war rot vor Blut. Schwer atmend ließ sich der Mann jetzt auf einem prächtigen Sessel nieder. Yusuf ibn al-Mansur trat vor den Ritter und zog einen kostbaren Seidenschal aus seinem Ärmel. Strahlend weiß glänzte der Stoff. Der Araber knüllte die Seide zusammen und drückte sie auf die heftig blutende Wunde des Burgherrn. Da nickte der Ritter dankend, griff selbst nach dem Tuch und drückte es fest auf seine blutende Schulter.
»Das Zelt eines Fürsten. Kein Räuber, ein Fürst …«, keuchte von Augheim anerkennend. Die Antwort des Ritters kam schwer, aber noch war seine Stimme fest. Der Blutverlust und die Erschöpfung schwächten den Mann zusehends.
Da grunzte Walter von Zwingenspiel und zog seine Nase mit einem häßlichen Geräusch hinauf. Von den übrigen Männern aber sprach keiner ein Wort.

Gwyn schritt durch das Heerlager der Araber. Der Qualm reizte seinen Hals, so daß zu seinem großen Durst noch ein würgendes Gefühl kam. Er hoffte, irgendwo etwas zu trinken zu finden. Es schien derlei zu geben, denn viele Männer ringsum tranken oder waren bereits betrunken. Die Araber hatten Wein in großen Mengen zurückgelassen. Wein wie auch Schweinefleisch waren ihnen als Nahrung verboten, so hatte es der Prophet verkündet. Doch dies hinderte die Männer nicht, zumindest den Wein zu erbeuten und ausgiebig zu kosten.

»Kommt, Faber, kommt, trinkt mit uns!« schrie ein Mann, der aus einem großen Stoffballen einen Krug gezogen hatte. Er winkte ihm mit seinem Arm. Weitere Knechte umstanden ihn. Sie winkten und lachten ebenfalls und drängten dann den Mann, den Krug zu öffnen, damit sie alle davon kosten konnten.

Gwyn wollte erst nicht, aber der Durst war groß, und so trat er näher. Er erschrak, als er am Boden zwischen den blutbespritzten Knechten eine Gestalt liegen sah. Der Mann, der Gwyn soeben aufgefordert hatte, mit ihnen zu trinken, sah den Blick des Goldschmieds und verzog sein Gesicht zu einer schiefen Grimasse. Gwyn bemerkte, daß dem Burschen, nur wenig älter als er, bereits alle Zähne fehlten.

»Wollt mich nicht trinken lassen. Aber dies ist meine Beute!« grinste er, und die übrigen Männer grunzten wohlwollend.

»Nun mach schon, Jakob, mach den Krug auf und laß uns saufen.«

»Ja, saufen, saufen!«

Der Knecht riß einen Stopfen herunter und hob das Gefäß an die Lippen.

»Mach schnell ...«

Er tat einen tiefen Zug, und ein Teil der Flüssigkeit rann ihm links und rechts am Kinn herunter, hinterließ dunkle Spuren in dem staubbedeckten, dichten Bart und tropfte dann auf sein Wams und sein Kettenhemd. Aber nur einen Moment später spie er den Inhalt wieder aus. Die Flüssigkeit sprühte durch die Luft, und Gwyn roch es, bevor der Mann laut schreiend und heftig hustend bestätigte, worum es sich handelte.
»Essig!«
Die Männer ringsum lachten gemein.
»Diese Teufel! Horten sauren Essig, und ich denk mir, es ist Wein!«
Die Männer ringsum johlten vor Schadenfreude.
Gwyns Magen rebellierte angesichts des scharfen Geruchs des Essigs, dem Anblick der Erschlagenen ringsum und dem dichten, schweren Rauch des brennenden Lagers. Er ließ die Männer stehen und stieg über die Leiche des erschlagenen Arabers. Hinter einem Berg von weiteren Waren waren er und einige weitere wohl hastig dabei gewesen, Lasttiere zu beladen. Dann waren die christlichen Ritter wie ein Sturm herangefegt, und wie so viele Muslimen wollte er nur noch flüchten.
Eine ganze Reihe Krüge standen oder lagen auf dem Boden. Einige waren zerbrochen, aus anderen liefen Flüssigkeiten aus, und am Geruch wie auch an der Schar von Fliegen ließ sich ahnen, was der Inhalt dieser Krüge gewesen war: Weine und dicker Sirup, Honig, aber auch Wasser mit Essig vermischt, damit es nicht faulte. Aber Gwyns Durst war groß, und er wollte nicht mehr länger warten. Er legte seinen Bogen zu Boden, griff nach dem liegengebliebenen Dolch eines geflohenen Kriegers und schnitt den Verschluß des größten

Kruges auf. Der Verschluß der weiten Öffnung war mit einer dünnen Haut aus Pergament bedeckt. Eine dicke Schnur, geflochten aus Werg, hielt den Krug verschlossen. Gwyn entfernte die Schnur und blickte in das Innere des Kruges. Sicher war es der Inhalt, aber auch die Anstrengung der Schlacht, der Durst, die Hitze und vieles mehr. Gwyn hatte keine Zeit mehr, darüber nachzudenken, denn auf einmal war eine plötzliche Stille um ihn. Er sah nur noch die erstaunten Gesichter der Knechte, und dann wurde es schwarz um ihn her.

Legt ihn dort auf die Kissen!« befahl der Ritter.
Die Männer gehorchten und betteten den schlanken Leib des ohnmächtigen Fabers auf eine prächtige Bettstatt. Fennek goß aus einem Ziegenschlauch Wasser in das totenbleiche Gesicht des Fabers.
Langsam kam Gwyn wieder zu sich.
Als er die Gesichter der Männer über sich sah, dauerte es ein paar Augenblicke, bis er wußte, was geschehen war und warum er hier lag. Der Berber gab ihm einen schweren Becher. Gwyn setzte sich auf und trank. Es war Wasser mit etwas Wein, kühl. Er fühlte sich noch ein wenig benommen und spürte sein Hemd, das naß an seinem Körper klebte.
»Faber, war es die Hitze, die Euch den Atem raubte, oder der Durst?« fragte der Burgherr freundlich, aber mit vor Schmerz ächzender Stimme.
Bevor Gwyn auf die höfliche Frage antworten konnte, sprach der Churer.
»Wohl beides ...«, meinte der Ritter von Zwingenspiel, und auch er lächelte dabei ein wenig.

Gwyn atmete langsam, und die Erinnerung war wieder da. Aber bevor er den wirklichen Grund für seine plötzliche Ohnmacht erklären konnte, erklärte Yusuf: »Nein, der Faber hat sich nur ein wenig erschreckt, nicht wahr? Ich meine deshalb ...«
Zwei seiner Männer trugen zwei Krüge herein und stellten sie auf den Boden. Auf ein Kopfnicken des Arabers hin öffnete jeder der Männer den Verschluß, griff hinein und zog den Inhalt ein wenig heraus. Es waren die abgeschlagenen Köpfe zweier Männer.
»Heilige Jungfrau unseres Herrn«, entfuhr es Walter von Zwingenspiel.
Die übrigen Ritter blickten starr.
Gwyn schloß die Augen. Nur Fennek, der Berber, murmelte etwas in seiner arabischen Sprache. Auf einen Wink ibn al-Mansurs verschlossen die Knechte die Krüge wieder. Yusuf ging daran vorbei und blickte aus dem offenen Teil des Zeltes über die Landschaft, die in der heißen Sonne des frühen Vormittags lag und deren Umrisse in der Hitze flimmerten.
»Was ist dies für eine barbarische Sitte?« fragte der Churer in die Stille, aber niemand antwortete ihm. »Scheint zu stimmen, was man sich erzählt«, höhnte er weiter in seiner stolzen Art.
Er wandte sich in der Runde um.
»Ihr Muselmanen freßt nicht nur Wildbret ...«
»Hütet Euch bei dem, was Ihr da sagt«, antwortete der Araber, ohne sich umzusehen.
Er sprach mit seiner gefährlich sanften Stimme, von der längst nicht nur Gwyn wußte, wie leichtsinnig es war, sich den Zorn des stolzen Arabers zuzuziehen. Er wandte sich plötzlich um, sah in die Gesichter der übrigen Männer.

»Dies …«, er deutete auf die beiden Krüge, »… waren die Boten des Sultans von Ägypten!«
Diese Nachricht löste bei den wartenden Männern sichtliche Bestürzung aus. Die Ritter murmelten entrüstet und zugleich entsetzt. Gwyn erhob sich, und nach den ersten zwei Schritten spürte er so etwas wie neue Kraft in seinen Gliedern.
»Aber das kann nicht sein!«
»Warum nicht, Faber?« wollte Yusuf wissen.
»Man sagte mir, die Boten des Sultans sind sicher. Was immer geschieht, sie sind Personae non gratae. Im ganzen Morgenland weiß dies jeder Muslim und jeder Christ.«
»Wer immer die Männer getötet hat, hat den Frieden gebrochen«, sagte einer der wartenden Ritter düster, bevor Yusuf antworten konnte.
Der Burgherr nickte mühsam. Erst jetzt gestattete er, daß sich ein kundiger Knecht seiner Verletzung annahm.
»Und wer immer dies getan, wollte nicht, daß Venedig Handel treibt. Wenn der Sultan dies erfährt, wird er zornig sein, und er wird es keinem Christen gestatten, seinen Fuß in dieses Land zu setzen, nur um Handel zu treiben«, entgegnete Yusuf kühl.
»Dann erkämpfen wir uns dieses Recht eben! Das Königreich Jerusalem dient nur Gott und nicht einem Sultan!« polterte der Churer los, bevor jemand aus der Gruppe um den Franken etwas darauf entgegnen konnte.
»Wie soll dies geschehen, Herr Ritter?« wollte der Araber wissen.
»So wie hier? Wollt Ihr jede Seldschukenarmee so angreifen, jedes arabische Dorf so bekämpfen, wie wir es heute getan? Wann, glaubt Ihr, habt Ihr dieses Land dann erobert? Wie

lange dauert ein neuer Krieg zwischen den Christen und den Muslimen?«

»Gott ist mit uns. Mit seiner Hilfe werden wir siegen! So wie heute!« entgegnete der Churer stolz.

»Jawohl, und noch die Kinder Eurer Kindeskinder werden für jeden Schritt auf diesem Boden bluten und sterben müssen!« gab der Araber grimmig zurück.

Der Churer wollte nach diesem Ausbruch des Mannes etwas sagen, aber Gwyn kam ihm zuvor.

»Yusuf, die Boten wurden getötet. Sagt mir, was soll ich jetzt tun?«

»Tun? Faber, kehrt zurück in Euer Heimatland. Einem Boten des Sultans von Ägypten Gewalt anzutun, ist ein schweres Vergehen. Ihn und seine Begleitung sogar zu töten, ist noch niemals vorher passiert. Was jetzt weiter geschieht, ist von einer neuen Größe. Vielleicht werden die Bücher einmal darüber berichten, wer weiß. Aber eins sei gewiß, Faber! Es wird keinen Handel zwischen Venedig und dem Morgenland geben.«

Mit diesen Worten wandte sich der Araber um und verließ das Zelt. Seine Männer folgten ihm stumm.

Niemand fand die Körper der beiden erschlagenen Boten des Sultans von Ägypten. Der Großteil der Araber war geflohen, nur einige Dutzend muslimische Kämpfer, die sich den Christen ergeben hatten, waren gefangengenommen worden. Der Churer wollte sie foltern lassen, damit sie sagten, was den Boten geschehen war. Aber selbst die Androhung der Tortur ließ die Männer schweigen. Als sie um Gnade baten, war sie ihnen gewährt worden. Den Gefangenen

war wohl bewußt, daß sie der Sitte entsprechend als Sklaven verkauft werden würden. Obwohl die Christen den Sklavenhandel verurteilten, mußten sie diese Art des Geschäftes dulden. Mehr noch, es gab die Annahme, daß auch die christlichen Burgherren, ähnlich wie die Byzantiner, sich Sklaven auf ihren Burgen hielten.
Die Gefangenen mußten helfen, die Toten zu verbrennen. Dies sollte so rasch wie möglich geschehen, denn die Hitze war gefährlich, und Seuchen und Krankheiten brachen schnell aus. Die gefallenen Christen beerdigten die Männer um den Churer und den Lehnsherrn selbst. Fast dreißig Männer waren gefallen. Unter ihnen der Waffenschmied der Burg und der Mann, der Gwyn als erster an der Mauer willkommen geheißen hatte. Am Mittag wollten die Ritter zurück in die Burg. Aber noch hatte der Herr des Lehens die Verteilung der Beute nicht angesprochen. Und da er durch seine schwere Verletzung zu fiebern begann, wollten die übrigen Ritter aus Respekt noch warten. So betteten sie den Mann in das prächtige Zelt des *Scheichs* Osman und beschlossen, bis zum Abend abzuwarten. Dann, so hofften seine Getreuen, würde sein Zustand wenigstens so stabil sein, daß er den mehr als zwei Meilen langen Weg zurück in die Burg schaffen könnte. Die übrigen Gefangenen waren von den Knechten in die Festung zurückgebracht worden, nicht ohne vorher von Yusuf und seinen Männern aufmerksam betrachtet und gezählt worden zu sein. Yusuf erklärte, daß zwei Sklaven mindestens soviel wert wären wie ein Reitpferd, auf ein besonders gutes Tier kamen sogar drei der gefangenen Männer. Bracko und seine Männer hatten unter der Obhut des Gerwulf vom Stein tapfer gekämpft.
»Ein Quell, mit frischem, sauberem Wasser!«

In der brütenden Hitze ließ die Nachricht alle Männer aufhorchen.
Ibn al-Mansur wollte mehr von Bracko, seinem Getreuen, hören. Der schilderte den wartenden Rittern den Weg.
»Eine Weile reiten wir den Weg an diesem Hügel entlang. Dann kommt ein flacher Talgrund, kaum breiter, als zwei Reiter nebeneinander Platz haben. Dort liegt in einer Senke ein großer Fels und in einem Rund eine Quelle. Es gibt dort auch frisches Gras. Die Räuber haben da ihre Pferde und Ziegen getränkt. Die Felsen sind steil, so daß nicht einmal eine Wache nötig war.«
Nach diesen Worten brachen die Ritter sogleich auf. Yusuf ließ einen Teil seiner Männer als Wächter für den Burgherrn im Heerlager zurück.

Die Quelle war so, wie sie Bracko beschrieben hatte.
Ein fast kreisrundes Becken, in den Fels eingebettet, das Wasser türkisgrün und klar wie ein riesiger, glattpolierter Stein. Ein kräftiger Wasserstrahl aus dem Fels füllte das künstliche Becken. Nur an einer Stelle floß das Wasser ab, um nach wenigen Schritten in dem felsigen Boden zu verschwinden. In diesem kargen Land war solch eine Quelle mehr als ein Geschenk einer zurückhaltenden Natur. Die Bewohner der Gegend, Hirten und Bauern, tränkten an diesem Wasser nicht nur ihr Vieh. Hierher kamen sie auch, um zu beten oder Zwiesprache mit Allah oder Jahwe zu halten. Aber dies hatten die Hirten lange nicht mehr getan. Seit der Belagerung der Festung waren sie nicht mehr hierhergekommen. Nur wenige mutige Männer hatten sich des Nachts auf den Weg gemacht, um in langen Schläuchen aus Ziegenleder das kostbare Wasser für die kleine Dorfgemeinschaft zu ho-

len. Sie waren keine Krieger und hatten nichts mit den waffenstarrenden Rittern aus der Burg gemein, welche diese versteckte Quelle wohl kannten, aber seit langem nicht mehr nutzten, da sie in ihrer großen mächtigen Burg genug eigenes Wasser besaßen. So waren sie sich an dieser Stelle kaum begegnet, die Bewohner des kleinen Weilers und die rauhen, hochmütigen Ritter aus dem fernen Land über dem Meer.
Aber dann waren Reiter aus der großen Wüste gekommen, wo der Wind große Mengen von Sand über ihre kargen Felder blies. Die Bewohner, welchen Gott sie auch immer verehrten, meinten, er hätte manchmal Mitleid mit ihnen und schickte einen kurzen Regenguß hinterher.
Diese Reiter aus der Wüste waren anders.
Es waren Araber, und sie glaubten an die Worte des Propheten, aber sie sprachen die Worte des Landes schwer. Ihre Sprache erklang mit einem Stolz in der Stimme, der einherging mit einem Stolz in ihrem Gebaren.
Es waren keine Nomaden.
Denn diese kannten die Bewohner des kleinen Dorfes. Aber die Männer aus der Wüste waren Seldschuken gewesen. Krieger wohl, aber Versprengte unter dem Kommando eines Anführers, den sie *Scheich* Osman nannten. Räuber, nach dem Gesetz des Sultans von Ägypten, aber von ihm und seiner Justiz geduldet. Sie waren zahlreich und hatten die Festung hinter den Hügeln angegriffen. Es war nicht die erste christliche Burg, welche diese freien Araber erobern wollten. Deshalb duldete der Sultan diese Banden. Die Muslime aus der Wüste aber waren in große Verwunderung und später in heillose Wut geraten, als sie erkannten, daß diese Ritter ernsthafte Gegner waren, rauh und zäh. Sie wollten nicht verhandeln wie die bisherigen Gegner.

Jetzt aber lag wieder ein Bewohner des kleinen Ortes oben in den Felsen versteckt. Er beobachtete die Männer dort unten an der Quelle, die Sieger der Schlacht, die an diesem frühen Morgen geschlagen worden war.
Der Ritter von Zwingenspiel war einer der ersten Reiter gewesen, der sein Pferd bis fast an den Rand des großen Beckens traben ließ. Nun rutschte er aus dem Sattel, gefolgt von seinen beiden Knechten, die ihm eilfertig weiche Decken, ein langes Tuch, weiß und aus Leinen, und seine Waffen trugen. Das Pferd hielt am Rand des Wassers, beugte den Hals und begann in langen gierigen Zügen zu saufen. Dem Ritter folgten Yusuf, Bracko und Fennek, dazu eine Reihe weiterer Ritter aus der Burg wie auch Männer des Arabers. Auch Gwyn hatte den Weg nicht gescheut, nur war er wie die Waffenknechte zu Fuß gegangen. Als die christlichen Knechte das Wasser sahen, waren sie allesamt nicht mehr zu halten. Johlend und schreiend stürmten sie an den wartenden Reitpferden der Ritter vorbei. Noch im Laufen rissen sie sich Helme und Schuhe vom Leib, ließen Beinkleider und ihre Waffen dort fallen, wo sie gerade standen, und einer nach dem anderen sprang in das Wasser. Etliche vergaßen dabei, daß sie noch Brünne und Kettenhemd trugen, und gingen unter wie Steine. Hätten einige Ritter nicht rasch ihre Spieße gesenkt oder gar eigenhändig zugegriffen, viele Knechte wären wohl ertrunken.
»Sind wie tolle Hunde«, zischte Ritter Rufus verächtlich, »ohne Wert, meine Knappen … berauscht von Wein und Blut.«
Er senkte einen kurzen Sauspieß, um seinem Waffenknecht zu helfen, der hilflos im Wasser strampelte. Doch der Mann war wohl zu aufgeregt oder gar zu betrunken, und es gelang

ihm nicht, nach dem rettenden Halt zu greifen. Da stieg der Ritter von seinem Pferd, trat so wie er war bis zum Gürtel in das Wasser, packte den Mann am Kragen und schleifte ihn an das Ufer. Der Knecht spuckte und hustete das geschluckte Wasser aus. Der Ritter, sonst die Ruhe selbst, zog nun sichtlich wütend sein Schwert und schlug mit der flachen Klinge auf seinen Knappen ein. Stumm prügelte er den Mann so lange, bis der sich nicht mehr rührte.

»Schlagt ihn nicht tot, Herr Rufus, ein neuer Knappe kostet Euch so manche Müh«, rief der Churer lachend.

Seine Knechte halfen einigen anderen der angetrunkenen Männer aus dem Wasser heraus. Die übrigen Ritter waren wie der Rufus allesamt wütend über das unwürdige Gebaren ihrer betrunkenen Knechte und Dienstboten. So prügelten alle mit Peitschen und Pferderiemen auf die Männer ein, die nach ihrem ungebührlichen Benehmen triefnaß und nach Luft schnappend auf dem sandigen Fels lagen, sich hin und her wälzten unter den heftigen Hieben und um Nachsicht bettelten. Yusuf ibn al-Mansur blickte dem Treiben verächtlich zu. Nicht einer seiner Männer rührte sich, um ebenfalls in das einladend kühle Wasser zu steigen, bis ihr Anführer mit einer knappen Geste die Erlaubnis dazu gab. Erst jetzt beschlossen auch die Ritter, ein Bad zu nehmen. Ein Teil ihrer Männer war wohl wieder einigermaßen nüchtern. Eifrig bemühten sie sich, das zu tun, was sie am besten konnten: Sie dienten ihren Herren. Sie halfen ihnen aus der Rüstung, kleideten die Männer aus, bewachten die Kleider und die Waffen. Die Ritter stiegen nackt oder nur mit einem Lendentuch bekleidet in das Wasser, ließen sich darin treiben oder tauchten gar behutsam darin unter, denn keiner von ihnen konnte schwimmen.

Gwyn entkleidete sich etwas abseits. Hier, an dieser Felswand, war es schattig, zugleich war der Boden glatt und sauber, wie frisch gefegt. Es tat wohl, sich in dem klaren Wasser auszustrecken, die schmerzenden Glieder zu kühlen und all die kleinen Wunden der vergangenen Tage zu pflegen. Er schloß die Augen und hörte einen Moment lang nichts von dem fröhlichen Lärmen, dem Lachen der Männer und ihren derben Scherzen. Er wünschte sich nur, daß alles so bleiben könnte. Es war seltsam, denn um dies zu genießen, mußten sie erst einen stärkeren Gegner angreifen und ihn in die Flucht jagen.

Im Gegensatz zu den übrigen Männern konnte Gwyn gut schwimmen, eine Fähigkeit, die nur wenige Menschen jener Zeit beherrschten. Seeleute lehnten es sogar ab, diese froschähnlichen Bewegungen zu lernen. Sollte je einer von ihnen über Bord fallen, ganz gleich, ob dies in einem Sturm oder bei einem Schiffsmanöver geschah, war die Aussicht auf Rettung gleichermaßen gering, und dann sollte nichts die Leiden des Unglücklichen verlängern. Gwyn hatte bereits als Kind in London, zusammen mit den Gassenjungen aus der Umgegend, das Schwimmen in der Themse gelernt. Und mehr als einmal hatten sie es gewagt, die Reusen der Fischer zu plündern, um die kargen Mahlzeiten ihrer Familien aufzubessern. So ein Bad in der Themse war eigentlich immer möglich gewesen. Nur wenn der Fluß Eis führte, hatten die Jungen es gelassen, denn dann waren die Netzfischer zu Hause geblieben. Daran mußte Gwyn für einen Augenblick denken.

Als er sich umwandte, stieg der Araber Yusuf neben ihm ins Wasser. Es war das erste Mal, daß Gwyn den stolzen Muslim ohne Kleidung und Rüstung sah. Er war jetzt barhäuptig, und seine schlanke braune Gestalt war muskulös und von den Narben unzähliger Kämpfe bedeckt. Er tauchte unter und sogleich wieder auf. Dann schüttelte er den Kopf, drehte sich auf den Rücken und glitt fast unbeweglich durch das glasklare Wasser. Wassertropfen glitzerten in seinem dunklen, kurzgeschorenen Haar, und sein Bart sah aus, als wäre er voller winziger, hell glitzernder Perlen, die alle in der Sonne glänzten. Dann wandte sich der Araber um, tastete mit den Füßen nach dem Grund und watete ans Ufer. Als Gwyn das Wasser ebenfalls verließ, sah er, wie Fennek seinem Anführer einen prächtigen Teppich auf dem Stein ausbreitete. Dann stellte er ein Teegefäß, Becher und eine Schale mit frischen Datteln auf ein Tablett. Er wartete stumm, bis der erstaunte Goldschmied aus dem Wasser kam. Yusuf hatte sich, naß wie er war, bereits auf dem so kostbar belegten Boden niedergelassen.

»Ich bin sehr unhöflich«, begann der Araber in seiner angenehmen Stimme zu sprechen, »aber ich habe Euch noch gar nicht gefragt, ob Ihr meine Gesellschaft wünscht.«

Gwyn lächelte ein wenig und wrang sein Haar aus, das ihm fast bis in den Nacken reichte.

»Yusuf ... nein ... Ihr irrt.«

Der Mann lächelte und sprach weiter.

»Ich hoffe, Ihr verscheucht mich nicht, Herr Carlisle.«

»Nein, Eure Gesellschaft sei mir willkommen, bitte bleibt«, entgegnete Gwyn höflich.

Da verneigte sich Fennek, der Berber, respektvoll und schritt den schmalen Weg um das Wasserbecken zurück. Er ließ sich nieder, zog sein Schwert, legte es quer über seine Knie und verharrte unbeweglich wie eine steinerne Figur.

Gwyn hatte dies beobachtet. Yusuf lachte leise.

»Fennek wacht über uns. Er ist ein Krieger und immer mißtrauisch«, erklärte er dem Goldschmied freundlich.
Mit einer einladenden und zugleich galanten Handbewegung forderte der Araber Gwyn zum Niedersetzen auf.
»Kommt, setzt Euch zu mir und leistet mir ein wenig Gesellschaft.«
Gwyn kam der Einladung nur zu gerne nach.
»Trinkt Ihr mit mir Tee?« wollte der Araber wissen.
»Gerne, Herr«, antwortete Gwyn höflich.
Der Araber reichte dem Goldschmied ein kleines, prächtig verziertes Gefäß aus Messing. Damit sich der Faber nicht die Finger verbrannte, war der Becher mit einem feinen Band aus Bast umwickelt. Der Tee war heiß und schmeckte süß. Schweigend tranken sie.
»Ihr habt tapfer gekämpft«, ergriff Yusuf nach einer Weile das Wort.
»Wie ein Krieger?«
»Nein, wie ein Mann, der kämpfen muß. Ihr seid kein Krieger.«
»Nein ...?«
»Nein! Und Ihr werdet auch kein solcher.«
»Ist dies schlimm?«
»Der Prophet sagt, Allah, sein Name sei gesegnet, bestellt jeden Menschen auf den Platz, wo er sein muß.«
»Warum tut Allah dies?« wollte Gwyn wissen.
»Der Prophet sagt, weil es ihm, dem Allmächtigen, so gefällt.«
»Und jeder muß auf diesem Platz bleiben?« fragte Gwyn.
Der Araber antwortete nicht, sondern atmete tief ein und wieder aus. Gwyn tat es ihm gleich. Die Luft in diesem kleinen Tal war angenehm kühl und schmeckte nach dem Duft

der hier wachsenden Kräuter und dem Dunst, der von dem kühlen Wasser ausging. Nach all den heißen Tagen war es köstlich, hier zu sitzen und den Rittern in dem Becken zuzusehen. Die meisten Knechte wateten nun wieder in das Wasser, aber jetzt bedeutend stiller und vorsichtiger.

»Will Euch nicht drängen, Faber. Wie lange werdet Ihr für mein Schwert brauchen?«

»Schwert …?«

Gwyn mußte erst einen Moment nachdenken. Zu weit weg waren all die Ereignisse der letzten zwei Tage.

»Mein Schwert, Herr Carlisle. Ich hoffe doch nicht, Ihr habt Euer Wort vergessen?«

Der Araber fragte es nicht tadelnd, sondern eher wieder in jenem leisen, spöttischen Ton, der ihm eigen war. Gwyn erinnerte sich längst wieder an sein Versprechen.

»Nein, Yusuf, ich habe es nicht vergessen. Nur meine Gedanken waren etwas müßig. Bitte, verzeiht mir.«

»Ich habe Euch nichts zu verzeihen, Faber«, entgegnete der Araber sanft.

Wieder schwiegen sie eine Weile.

»Ihr habt meine Frage nicht genau beantwortet. Was braucht ihr für Eure Arbeit?«

»Ich habe noch nicht alles überdacht. Aber ich denke, es wird neben den feinen Steinen und reinem Silber auch ein kleiner Ofen sein. An Werkzeug habe ich selbst das wichtigste dabei. Was mir fehlt, werde ich je nach Bedarf selbst fertigen können.«

»Ihr sollt alles bekommen«, versprach der Araber.

Gwyn wandte sich dem Mann zu und sah ihn an.

»Euer Anteil der Beute? Sie wird bald verteilt, nicht wahr? Sagt, wann wird dies geschehen?«

»Bald. Der Herr von Augheim ist der Mann, dem die Verteilung zusteht. Ich vertrau auf seine Weisheit.«
»Herr ibn al-Mansur?«
»Herr Carlisle?«
»Ihr könnt den Ritter gut leiden, nicht wahr?«
»Ich vertraue ihm«, entgegnete der Araber knapp.
»So wie Ihr mir vertraut?«
»Täte ich dies nicht, Ihr dürftet mein Schwert nicht einmal berühren«, antwortete der Mann stolz.
Aber so als hätte er gemerkt, wie sehr seine Worte verletzen konnten, strich er Gwyn mit den Fingerspitzen über die Hände. Und da war seine Stimme wieder sanft, so wie Gwyn sie kannte, wenn Yusuf ibn al-Mansur sprach.
»Ihr wärt ein guter Muslim«, fügte er hinzu.
»Ich bin Christ, Herr.«
»Allah ist auch mit den Unvollkommenen.«
»Auch dies sagt der Prophet, nicht wahr?« fragte Gwyn.
Der Araber lachte, und Gwyn tat es ihm gleich.
»Noch Tee, Gwyn?«
Es war das erste Mal, daß der Araber den Goldschmied bei seinem Vornamen nannte, anstatt ihn mit seinem Stand anzureden.
»Ja, Herr ibn al-Mansur, ich bitte Euch noch um einen Becher.«
Der Araber nahm die Kanne und goß den dunklen Tee mit einer eleganten Bewegung ein, so daß das Getränk in dem Becher kurz aufschäumte. Dann reichte er das Gefäß Gwyn, und der trank. So saßen sie erneut stumm nebeneinander, in einer seltsamen, stillen Vertrautheit.
Dies alles hatte der Mann oben in der Felswand beobachtet. Jetzt begann er, so leise und geräuschlos hinter den schützen-

den Felsen hinunterzuklettern, wie er es auch bei seinem Aufstieg gemacht hatte.
Den kurzen scharfen Dolch nahm er mit.

Der Araber erhob sich, reckte und streckte seinen Körper und gähnte dabei so herzhaft, daß Gwyn glauben mußte, er würde gleich den Kiefer knacken hören und Yusuf könnte den weit geöffneten Mund nie wieder schließen. Er wandte sich an Gwyn, der noch immer entspannt auf dem prächtigen Teppich im milden Schatten saß.
»Ich werde mich ein wenig zurückziehen. Ihr erlaubt doch?«
Der Goldschmied nickte. Der grimmige Aufruhr im Bauch des Muselmanen war ihm bereits seit einer geraumen Weile nicht entgangen. Der Araber schlang sich sein Lendentuch noch enger um die Hüften und verschwand barfüßig in einem engen Einschnitt der unweit steil aufsteigenden Felsen. Fennek sah dies und wandte den Kopf. Dann verharrte er wieder in der stillen, aber gespannten Aufmerksamkeit des Wächters. Gwyn lehnte sich mit dem Rücken gegen den Felsen. Der Stein war warm und glatt. Er schloß die Augen und döste in der warmen und milden Luft vor sich hin. Wie angenehm die Luft war, wie gut es hier roch. Keine Spur von Rauch und Blut, kein Hauch von Verwüstung und Zerstörung.
Der Mann oben auf dem Fels, verborgen all die Zeit, war nun auf derselben Seite des Felsens angelangt wie der Araber und beobachtete ihn. Yusuf ibn al-Mansur kauerte hinter einem Felsen und erleichterte sich. Dies sah der Mann, und er mußte still für sich lachen. Der mächtige Yusuf ibn al-Mansur, verletzlich und wenig stolz und vor allem ohne Waffe.

Nur ein Säugling ist in solch einem Moment noch hilfloser. Der Mann wußte, was er nun tun würde. Er war etwa drei Manneslängen hoch im Rücken des Arabers. Nun richtete er sich an seinem Platz ein klein wenig auf, gerade genug, um den Sprung auf den dort Kauernden wagen zu können. Ihm mit den Füßen ins Genick springen und dabei gleichzeitig das lange dünne Messer in den nackten Körper rammen, war seine Vorstellung und sein Plan. Dies würde genügen, den Mann nicht mehr schreien zu lassen. Zum Sterben konnte sich Yusuf ibn al-Mansur dann einen Augenblick Zeit lassen.
Der Plan war aber nur scheinbar perfekt.
Denn noch im Sprung merkte der Mann, wie sein Plan scheiterte. Yusuf wirbelte blitzschnell herum und griff noch in der Luft nach ihm. Der Mann prallte schwer mit seinem Körper gegen den Felsen, und ein stechender Schmerz fuhr ihm durch das rechte Bein bis hinauf zu seinem Kopf. Der Araber hatte ihn noch immer fest gepackt und riß ihn mit Wucht zu Boden. Dort drehte er ihm den Arm auf den Rücken, bis der Mann das Messer fallen ließ, und zerrte ihn die wenigen Schritte bis zum Wasser. Er versetzte ihm einen Tritt, und der Mann flog wie ein Stein in das Wasser, wo er sofort versank.
Fennek war mit einem Sprung auf den Beinen.
Gwyn, der nur einen Schatten ins Wasser und diesen sogleich versinken sah, sprang ebenfalls auf. Als der Mann wieder an die Wasseroberfläche kam, war der Berber bereits bei ihm, sein Scimitar über dem Kopf schwingend. Yusuf schrie einige Worte in arabischer Sprache, daraufhin ließ der Berber die Waffe augenblicklich sinken, und statt dessen packte er den Mann und schleifte ihn zurück ans Ufer, direkt vor die Füße ibn al-Mansurs.

Die übrigen Ritter und Knechte kamen, aufgeschreckt durch den Lärm der Ereignisse, neugierig näher, die blanken Schwerter in den Händen. Erst jetzt schlang sich Yusuf sein Lendentuch in aller Ruhe fester um seine Hüften, während Fennek mit der blanken Klinge seines Schwertes über dem Mann stand.
Der Mann stöhnte. Er schien schlimme Schmerzen zu haben. Sein Kopf war von einem weißen Tuch verhüllt, und nur seine Augen waren zu sehen. Die hielt er geschlossen.
»Was ist geschehen?« wollte Walter von Zwingenspiel wissen.
»Das Land ist voller Vipern, gefährlich sind besonders solche auf zwei Beinen und mit einem Messer«, meinte Yusuf ungerührt.
»Einer der Belagerer?« wollte der Ritter wissen.
Yusuf schüttelte den Kopf.
»Kein Muslim mit Verstand, kein Muslim … aber …«
Yusuf beugte sich vor und riß dem Mann das Tuch vom Gesicht.
»… der hier ist kein Muslim.«
»Thassos!« staunte Gwyn.
»Ihr kennt den Kerl?« fragte der Ritter Rufus Gwyn verwundert.
»Ja«, entgegnete Yusuf ruhig. »Thassos, der Mönch; Thassos, der Byzantiner; Thassos, der Betrüger; Thassos, der Händler. Ganz wie es Euch beliebt.«
Der Mann stöhnte leise und hielt sich das Bein. Gwyn sah, wie seltsam es unter dem Leib des Mönches lag. Er mußte es sich gebrochen haben.
»Ein Mönch will Euch ans Leben?« fragte von Zwingenspiel kühl.

Thassos antwortete nicht.
»Warum, du Hund?« wollte Fennek wissen und trat den Byzantiner brutal in die Seite.
Thassos stöhnte auf, aber er gab keine Antwort.
»Ihr solltet ihn erschlagen ...« meinte von Zwingenspiel, ungerührt an Yusuf gewandt.
Die übrigen Ritter nickten zustimmend. Gwyn schüttelte den Kopf, aber er war nicht fähig, etwas dagegen zu sagen.
»Warum wolltest du mich töten?« fragte Yusuf ibn al-Mansur ruhig und trat nun zu dem am Boden liegenden Byzantiner.
»Du hast mich beleidigt!« zischte der Mönch auf einmal böse.
»Ein Wort von Euch, *Saiyid*, und der Kerl ist tot«, ereiferte sich Bracko und trat näher, sein Schwert in der Faust.
»Gemach, Bracko, ich will erst wissen, wer ihn geschickt hat«, befahl der Araber.
»Geschickt?« fragte Walter von Zwingenspiel erstaunt.
»Aber warum geschickt? Der Kerl hat Händel mit Euch und wollt Euch abstechen wie ein Stück Vieh. Er sagte es gerade, Ihr hättet ihn beleidigt. Erschlagt ihn oder hängt ihn auf. Was wollt Ihr noch von ihm wissen?«
»Herr von Zwingenspiel!«
Yusuf sah den Ritter an, und seine Stimme war nun voller Argwohn.
»Dieser Mann ist ein Feigling, und selbst jetzt stinkt er vor Angst. Niemals würde er es wagen, seine Hand gegen mich zu heben, um mich zu töten. Außer ...«
Der Araber machte eine kleine Pause, bevor er weitersprach.
»... außer man hat ihn gekauft.«
Er zischte ein paar Worte in seiner Sprache. Daraufhin bück-

te sich der Berber und tastete dem Mönch mit geübten Fingern über den Körper. Dabei schien er etwas gefunden zu haben. Er zerrte an einem breiten Gürtel aus dickem Stoff und durchtrennte ihn mit einem Streich seiner Waffe. Er richtete sich wieder auf und reichte den Gürtel seinem Anführer. Yusuf riß den Stoff auf, und eine Anzahl Münzen fiel auf den Boden. Sogleich begannen sich die Knechte ringsum nach dem Geld zu bücken.

»Also doch! Wer gab dir diese fette Börse, Thassos?«

Der Mönch stöhnte erneut und schloß wieder seine Augen.

»Wer hat dich gekauft?«

Thassos antwortete nicht, aber er stöhnte leise.

»Rede, Thassos! Rede!«

Der Mönch schwieg und knirschte mit den Zähnen. Er mußte große Schmerzen haben. Da beugte sich der Araber ein wenig über ihn.

»Hör zu, du Mißgeburt! Du weißt, dein Leben ist verwirkt, aber ich schenke es dir, wenn du mir sagst, wer dich für diese Tat bezahlt.«

Thassos versuchte sich aufzurichten, aber es gelang ihm nicht.

»Du läßt mich am Leben?« fragte er.

Der Araber nickte.

»Du hast mein Wort. Alle Herren hier sind Zeuge. Nun rede!«

Da trat Walter von Zwingenspiel plötzlich vor und sah erst auf Thassos und dann auf Yusuf.

»Wartet! Der Kerl wollt Euch ans Leder. Wir sind Waffengefährten. Und nie lasse ich zu, daß meinem Waffengefährten ein Leid geschieht.«

Er hielt dem noch immer hilflos am Boden liegenden Mönch

sein Schwert an die Kehle, lächelte den Araber in einer seltsam falschen Freundlichkeit an und stieß dann plötzlich zu. Der Mönch streckte noch einmal sein gesundes Bein und lag dann still. Langsam zog der Ritter die schwere Klinge zurück und sah in die Runde. Seine beiden Knechte, wie auch die übrigen Männer, hatten stumm zugesehen. Gwyn hielt sich bei dem Anblick beide Hände vors Gesicht.

»Eure Feinde, Herr Yusuf ibn al-Mansur, sind auch meine Feinde«, entgegnete der Ritter mit grimmigem Lächeln.

»Ihr werdet verstehen, Herr Ritter, daß ich Euch für diese Tat nicht danken kann«, zischte der Muslim eisig.

»Das erwarte ich nicht.«

Die beiden Männer sahen sich unverwandt an, und Gwyn erkannte eine kaum noch unterdrückte Wut im Gesicht des Arabers.

»Der Mann war mein«, sagte Yusuf schneidend.

»Er bedrohte Euer Leben.«

»Eure plötzliche Fürsorge verwundert mich.«

»Eure Feinde sind auch meine Feinde«, wiederholte Walter von Zwingenspiel mit aufreizend höflicher Stimme.

Die Ritter ringsum senkten ihre Waffen, und Walter von Zwingenspiel ließ Yusuf einfach stehen. Er schritt um den kleinen Weiher herum zurück zu seinem Platz und begann sich anzukleiden.

Der Goldschmied hob eine der Münzen auf, welche die Knechte beim Einsammeln übersehen hatten. Und er wunderte sich sehr, denn es war eine venezianische Goldmünze.

Von diesem Ereignis an war die Stimmung zwischen den beiden Gruppen gespannt. Nur aus Rücksicht auf den schwer verletzten Burgherrn unterblieb jeglicher Streit. So warteten die Männer geduldig auf eine Veränderung des Burgherrn.

Die Ritter kehrten einen Tag nach dem Kampf zurück in die Burg, Yusuf und seine Männer aber wollte man nicht als Gäste dulden. Die Ausreden dafür waren billig, und der stolze Araber verstand. Mehr denn je bestand die Gefahr, daß aus den Waffengefährten plötzlich erbitterte Gegner, ja Feinde wurden. Yusuf fügte sich mit seinen Männern den Wünschen der Ritter, bestand aber darauf, daß nichts von der Beute in die Festung geschafft wurde. Wegen ihrer überstürzten Flucht hatten die besiegten Araber nicht nur das kostbare Zelt zurücklassen müssen, sondern auch weitere, reichliche Beute. Es fanden sich große Mengen kostbarer Stoffe, fein geknüpfte Teppiche, eine Reihe prächtiger Pferde und eine große Ziegenherde. Dazu kamen feiner Schmuck und reichlich silberne wie goldene Armreifen. Diese waren nicht nur Schmuck vieler Frauen, sondern Zeichen und Symbol von Reichtum oder auch die Mitgift für ein Mädchen, welches heiraten wollte, und nicht zuletzt Zahl- und Tauschmittel. Dies alles und große Mengen an verschiedenen Waffen, Schilde und Rüstungen verblieben im Lager. Dort verweilten auch Yusufs Männer und der Goldschmied. Den Ritter von Augheim behielten sie bei sich, denn er war noch immer nicht so weit genesen, daß er den Umzug in die knapp zwei Meilen entfernte Burg überstehen konnte. Seine Schulterwunde hatte sich entzündet, und ein Teil der Holzsplitter war noch in der Wunde. Yusuf schickte zwei seiner besten Leute aus, nach einem Medicus Ausschau zu halten. Oft waren in umherziehenden Pilgergruppen heilkundige Mönche oder gar kundige Frauen zu finden. Aber die Männer waren ohne Erfolg zurückgekehrt. Das einzige, worauf sie alle hoffen konnten, war, daß immer dann, wenn der fiebernde Ritter wieder in tiefen Schlaf fiel, sie seinen

Verband öffnen konnten, um die vielen Splitter aus der eitrigen Wunde zu ziehen. Doch dabei verlor er jedesmal Blut, und die Gefahr, immer mehr geschwächt zu werden, wurde immer größer. So warteten und hofften sie die nächsten vier Tage.

Gerwulf vom Stein, der junge Ritter aus der Gegend um Brixen, war der einzige Pilger ohne eigenen Knappen. Ihm zur Seite stand nicht einmal ein Pferdeknecht. Nicht, daß niemand für ihn arbeiten wollte. Der Ritter vom Stein galt als stiller, angenehmer und frommer Mann, noch sehr jung und von ansprechendem Äußeren. Aber vom Stein war zu arm, um selbst die wenigen Groschen für einen Diener zu bezahlen. Alles, was der Mann bei sich trug, war sein bescheidenes Eigentum, und das war nicht viel: ein Kettenhemd, alt und viele Male ausgebessert, ein Schwert und einen Schild, zwei Paar Beinkleider und zwei Hemden, eines mit langen und eines mit kurzen Ärmeln, ein paar Reitstiefel aus Leder, allerdings ohne Sporen. Die hatte er vor Wochen bereits in Caesarea gegen Brot und Fisch, etwas Wein und einen Sack Hafer für sein Pferd getauscht. Selbst sein Pferd war nicht sein Eigen. Es gehörte von Zwingenspiel, der es ihm nur geliehen hatte. Jetzt kniete der Ritter in dem prächtigen Zelt vor dem Lager des Burgherrn und pflegte den Mann.

Gwyn, der mit seinen Vorbereitungen für die Arbeit am Schwert des Arabers beschäftigt war, ließ sein Werkzeug immer dann liegen, wenn es darum ging, Gerwulf vom Stein mit helfender Hand zur Seite zu stehen. So kamen sie sich näher, und Gwyn lernte bald die bescheidene und höfliche Art des Ritters schätzen.

Zusammen hatten sie den Burgherrn verbunden. Dabei war der Mann bei Bewußtsein gewesen, hatte ein paar Dankesworte gemurmelt, um gleich wieder in tiefen Schlaf zu fallen. Aber Gwyn und Gerwulf waren beide guter Dinge. Die schreckliche Wunde begann sich zu schließen. Wohl waren nicht alle Splitter der geborstenen Lanze aus dem Fleisch gezogen, aber alles, was sie mit einfachen Geräten fassen konnten, hatten sie gemeinsam aus der Wunde entfernt. Was jetzt noch verblieb, waren winzige Holzfasern, die mit bloßem Auge kaum noch zu sehen waren. Alles weitere würde eine Operation nötig machen, für die sie keinerlei Wissen und Gerät hatten. Sie hofften sehr, daß Bracko doch noch einen Medicus finden würde.

Nun war er zurückgekommen, aber allein. Daraufhin war er mit einem Teil der Männer auf Jagd in die umliegende Gegend gezogen. Ein Rest Männer bewachte das Lager und hoffte insgeheim auf die rasche Genesung des Burgherrn. Denn nur er konnte die Beute verteilen, und nur er konnte die Verpflichtung des Waffenganges beenden. So verlangte es das Gesetz der Ritterschaft.

»Ich denke, er wird bald gesunden«, stellte Gwyn fest, »nun schläft er tief und ruhig seit letzter Nacht. Und er hat wieder Appetit.«

Der Ritter Gerwulf nickte und riß einen handbreiten Streifen weißes Leinen ab, um die Schulter des Mannes einzubinden.

»Ja, das Fieber ist auch gefallen. Ein gutes Zeichen. Der Herr ist mit uns«, meinte der Ritter.

Gwyn murmelte ein Amen und schlug mit der Hand ein Kreuz.

»Herr Gerwulf, erlaubt mir, Euch etwas zu fragen«, sprach Gwyn.

»Nur zu …«, antwortete der Ritter.

»Wie kommt es, daß ein Mann wie Ihr dem Herrn von Zwingenspiel dient?«
»Ich diene ihm nicht. Ich bin sein Waffengefährte und folge ihm als Gefolgsmann«, verbesserte der Ritter.
Er begann die blutigen Reste des alten Verbandes in eine Tonschale zu schichten, dann entzündete er den Inhalt und stellte das Gefäß vor den offenen Eingang des Zeltes. Er wartete stumm, bis aller Stoff verbrannt war und nur noch ein Rest schwarzer Asche übrigblieb.
»Als Gefolgsmann bin ich einem Ritter nur Wort und Tat schuldig, die meine Ehre als Ritter gutheißen. Walter von Zwingenspiel führte unsere Pilgerschar nach Jerusalem.«
»Er ist ein strenger Anführer«, bemerkte Gwyn.
»Wohl ist er das, aber er ist der Mann, der uns alle wieder nach Hause geleiten wird.«
»Eure höflichen Worte ehren Euch …«, begann Gwyn.
Der Ritter winkte mit einer Handbewegung ab.
»Ich schulde dem Herrn von Zwingenspiel Respekt, bis meine Pilgerfahrt zu Ende ist.«
»Ihr kehrt nach Hause, wenn …?«
Gwyn zögerte nun einen Moment. Was er wissen wollte, war sehr persönlich und fast schon ein wenig neugierig.
»Herr Carlisle, ich will gern mit Euch ein paar Worte reden. Eure Gesellschaft ist mir sehr angenehm. Aber erlaubt, wir machen es uns recht bequem dort drüben auf diesen Kissen und trinken einen Schluck Wein. Dies muß wohl besser sein, als hier zu sitzen und das Wort nicht laut zu richten.«
Der Ritter deutete auf den schlafenden Burgherrn.
Sie erhoben sich beide leise. Während Gwyn zwei Becher mit rotem Wein füllte, welchen die Belagerer zurückgelassen hatten, wusch der Ritter Gerwulf sich in einer Schale mit fri-

schem Wasser langsam die Hände. Gwyn beobachtete ihn dabei. Alles, was dieser Ritter tat, tat er bedächtig und voll wacher Aufmerksamkeit. Wäre er nicht in seiner Rüstung, immer angetan mit einem Dolch und seinem Schwert, so hätte Gwyn ihn für einen Gelehrten halten können. Nichts an der Art des Gerwulf vom Stein hatte etwas von einem Kämpfer und Ritter. Auch Gwyn sah sich suchend nach frischem Wasser um. Gerwulf bemerkte dies und ergriff einen Krug und ein weißes Tuch, und Gwyn verstand. Das Wasser war angenehm kühl. Dann nahmen beide Männer bequem Platz.

Gerwulf begann zu erzählen: Er war der jüngste von drei Söhnen eines kleinen Lehnsherrn, der bescheiden ein befestigtes Haus seine Burg nannte. Dort bestimmte der Burgherr im Stande eines Grafen über drei Dutzend Bauern und ihre Familien in einem Tal. Das Lehen war zu klein, um drei Brüdern eine sichere Zukunft zu gewähren. Gerwulf blieb nur die Möglichkeit, sich als Ritter bei einem Lehnsherrn zu verdingen oder gemäß der Familientradition einmal nach Jerusalem, an die heiligen Stätten der Christenheit, zu pilgern, dort zu beten und dies stellvertretend für seine Familie zu tun. Wann seine Rückkehr beginnen sollte, wußte niemand zu sagen, am allerwenigsten der Ritter Gerwulf vom Stein.

»Wenn Eure Pilgerfahrt zu Ende, was gedenkt Ihr dann zu tun?« wollte Gwyn wissen.

»Ich gehe zurück nach Brixen.«

»Das ist weit.«

»Wohl ist es das«, seufzte Gerwulf.

»Plagt Euch auch manchmal das Herzeleid, wenn Ihr an zu Hause denkt?« wollte Gwyn wissen.

»Ja, aber es nicht nur das Heimweh. Hab dort einer lieben Maid versprochen, daß ich wiederkehre.«
Für einen Moment mußte Gwyn an seine eigene Vergangenheit denken. Auch auf ihn warteten in Britannien eine Frau und ein Kind. Und in Gedanken war er bei einer weiteren Frau, die ihm und seinem Eheweib geholfen hatte. Und dieser Frau war er genauso zugetan, wie ihn die Sehnsucht nach seiner eigenen Frau immer mehr bewegte. Er schüttelte den Kopf ein wenig, als ob er die Gedanken daran verdrängen könnte.
»Erzählt mir von ihr ... Herr Gerwulf«, bat Gwyn freundlich.
Und der Ritter strahlte plötzlich über sein ganzes Gesicht und ließ sich nicht lange bitten.
»Sie ist eine reizende Maid. Ein engelsgleiches Wesen, wenn Ihr Euch dies vorstellen könnt. Ihr Gesicht ist gar fein, und dazu hat sie herrliches Haar, blond und mit Locken eben wie ein Engel. Ohne Tadel ist ihr Mund, ihre Nase, ihre Wangen, ja alles, was sich so schauen läßt. Dazu einen Busen fein und ihre Hände wie aus schneeweißem Bein.«
»Ihr seid euch versprochen?«
»Noch nicht, Goldschmied, noch nicht. Hab ihren Vater noch nicht um ihre Hand gebeten. Aber ich kenne ihn gut, und so hoff ich sehr, daß er mich anhört.«
Gwyn nickte zum Verständnis.
»Aber wir sind uns allen Glücks gewiß. Ich sah sie jeden Tag, heimlich, müßt Ihr wissen, bevor die Pilgerfahrt begann. Seht her, was ich von ihr habe.«
Er griff in den Kragen seines Waffenrockes, und seine braungebrannte Hand verschwand fast darunter, und zog ein langes grünes Band aus Seide hervor. Gwyn kannte dies. Frauen

verwendeten es gerne, um ihr Haar damit zu binden oder ihre Hauben züchtig zu befestigen.

»Das gab sie mir zum Abschied. Sie wollte es wiederhaben, wenn ich zurückkehr, und dann tragen bis in alle Ewigkeit.«

Der Ritter legte eine kleine Pause ein, und sein Arm mit dem Becher in der Hand machte eine weitausholende Geste.

»Ich habe gekämpft, und ich weiß um meinen Anteil an der Beute.«

Jetzt lächelte der Mann versonnen.

»Dann, Herr Carlisle, kauf ich ein Lehen bei Disentis. Es ist nicht groß, aber es ist ein liebliches Land mit fettem Boden, Wäldern und viel Wasser. Der jetzige Herr dort ist alt. Er hat keine Nachkommen, und die Herzöge der Lombardei brauchen Geld. Als Ritter führ ich den Titel eines Grafen vom Stein und hab meinen eigenen Boden. Und ich bin noch jung genug für ein Lehen.«

Er nahm einen tiefen Schluck, und Gwyn sah an dem zufriedenen Gesichtsausdruck des Mannes, wie gut er sich sein weiteres Leben bereits zurechtgelegt hatte.

»Was glaubt Ihr, haben wir große Beute gemacht?« fragte Gwyn.

»Ja, dies haben wir. Und darum freut es mich tief im Herzen so sehr. Es wird genug sein, daß ich beim Herrn von Zwingenspiel keine Schulden mehr habe, denn jedes Brot und jeden guten Schluck zahlt er mir. Aber nun zahl ich die Fahrt heim nach Genua aus meiner eigenen Börse.«

Jetzt strahlte der Ritter sichtlich zufrieden und sah den Faber an und nickte mit dem Kopf.

»Aber wir reden nur von mir. Was ist mit Euch? Erzählt mir von Euch, Herr Carlisle.«

Gwyn nickte, trank noch einmal einen Schluck aus seinem Becher und begann dann zu erzählen.
»Ich bin ein Goldschmied aus Britannien, ein Meister meines Fachs. Hab gelernt, in vielerlei Art und Weise zu schmieden. Das Handwerk ist mein Leben. Hab ein Gelübde getan und mein Heim verlassen. Will nicht darüber reden. Bin im Land der Deutschen gewesen und nach Venedig gegangen. Der Rat der Stadt schickte mich aus, um Handelsplätze hier an der Küste wie anderswo im Land der Muslime zu bitten. Aber jetzt sind die Boten tot ...«
Gwyn schwieg, denn wie sollte er dem Ritter begreiflich machen, daß all seine Pläne nichts mehr wert waren? Wie sollte er ihm darüber berichten, daß an eine Heimreise nach Britannien, in die Stadt Bath, in der er lebte, im Augenblick nicht zu denken war, solange er seinen Auftrag nicht erfüllt hatte?
»Der Sultan will sicher wissen, was aus seiner Botschaft geworden ist. So wie es Yusuf sagte, so schlimm wird es wohl nicht sein. Es werden neue Boten kommen ...«, antwortete der Ritter Gerwulf tröstend.
Gwyn schüttelte den Kopf.
»Nein, Herr Gerwulf, da hat der Mann recht. Der Sultan ist ein mächtiger Herrscher. Er wird diese Schmach nicht vergessen. Es schmerzt mich sehr, zu wissen, daß dieser feige Mord Anlaß sein könnte für einen neuen Krieg.«
»Mord? Ihr glaubt wirklich, der Tod der beiden Boten ... es geschah mit schändlichem Vorsatz?« fragte der Ritter.
Gwyn nickte heftig.
»Ihr wißt um den Versuch, Yusuf zu töten. Thassos, der Unglückselige. Jemand hat ihm venezianisches Geld gegeben. Warum? Wo war der Mönch all die Zeit? Warum folgte er

uns? Woher sollte er wissen, wo sich Yusuf und seine Männer aufhalten? Und wer sollte Absicht haben, daß Venedig und Ägypten nicht Handel treiben? Seht Euch um. Wie viele Eiferer im Glauben es gibt! Wie viele sind blind vor lauter Haß, und doch glauben sie so innig an ihren Gott. Es sind schon so viele gestorben, und gebe Gott, daß es nicht stimmt, aber ich denke wohl, es sind nicht die letzten Seelen gewesen.«

Gwyn bemühte sich, seiner Stimme nicht zuviel Düsternis zu geben, aber es gelang ihm nicht. Zu viele Ungereimtheiten hatten die Ereignisse um das versuchte Attentat reichlich verworren gemacht. Aber eine seltsame Absicht stand hinter alledem. Nach diesen Worten schwieg er lange, und der Ritter Gerwulf vom Stein wagte nicht, weitere Worte an ihn zu richten. Aber er sah, wie der Goldschmied über etwas nachdachte, was ihn sehr beschäftigte.

»Ich gehe nach Bagdad und bringe dem Sultan von Ägypten die Botschaft der Stadt Venedig, die Bulle des Papstes und …«, sagte Gwyn auf einmal.

»Halt ein, Faber, halt ein«, unterbrach ihn der Ritter Gerwulf vom Stein. »Er wird Euch nicht anhören. Zudem ist der Weg lang und gefährlich.«

»Ich werde tun, was ich tun muß, denn es ward mir aufgetragen.«

Gwyn war über sich selbst ein wenig erstaunt, über die Zielstrebigkeit und noch mehr über seine eigenen Worte. Er wußte um die Größe dieser Aufgabe. Und noch viel mehr wußte er um die Zeit, die er für dieses Unternehmen brauchen würde. Seine Hoffnung, in die Heimat zurückzukehren und Agnes, sein Kind, den kleinen Peter, und vielleicht auch Glenda wiederzusehen, würde nicht so bald erfüllt werden.

Aber diese Aufgabe war ihm von Venedig übertragen worden. Und er hatte feierlich und unter Eid zugesagt, diese Mission für die Stadt zu tätigen.

Der Ritter Walter von Zwingenspiel sprach wie gewohnt mit seiner lauten und dröhnenden Stimme.
»Trotz Gottes Güte, die den Ritter genesen läßt, werdet Ihr verstehen: Wir können nicht länger warten. Wollen weiter nach Kapernaum und dann nach Jerusalem, um dort zu beten und unser Gelübde zu erneuern. Wir sind christliche Ritter, keine Söldner ohne Ziel und Weg«, erklärte von Zwingenspiel.
So laut der Ritter in seiner Rede war, so grob seine Manieren, so verstand er es immer wieder, seine Zunge genau dann zu spitzen, wenn es darum ging, gegen Yusuf ibn al-Mansur ein Wort zu richten, um ihn und seine Männer mit schmähenden Worten zu treffen. Der Ritter saß auf einem Sessel, und seine Männer umstanden ihn und schwiegen. Aber ihre Mienen waren zustimmend. Yusuf saß drei, vier Schritte ihm gegenüber im Schneidersitz auf dem Boden. Fennek und Bracko standen in kurzem Abstand neben ihm. Zwei Schritte hinter ihnen die übrigen Söldner. Aber nur der Araber war in diesem Moment Zoll für Zoll ein Fürst und Anführer.
»Ich diene dem Herrn von Augheim, bis er mich aus diesem Pakt entläßt. Und er ist noch nicht genesen«, bemerkte Yusuf kühl.
»Das weiß ich selbst sehr wohl. Aber ich sagte es bereits, wir sind Pilger und weilen bald ein Jahr in diesem Land. Auf mich wartet ein Lehen, ein Weib und auf die übrigen Ritter auch.«

Gwyn blickte bei den letzten Worten schnell auf Gerwulf vom Stein und sah, wie der Mann die Augen schloß und für einen Moment selig lächelte. Der Ritter war wohl durch die Worte des Churers einer kurzen, süßen Erinnerung erlegen.

»Wie, Herr von Zwingenspiel, würdet Ihr die Verteilung der Beute vornehmen? Habt Ihr darüber bereits nachgedacht?« wollte Yusuf wissen.

Nach diesen Worten war es still auf dem Platz vor dem mächtigen Zelt des geflohenen *Scheichs* Osman.

»Das kann ich Euch sagen«, entgegnete der Ritter und zog dabei ein Pergament aus dem weiten Ärmel seines Waffenrockes.

Die Männer um Yusuf blickten auf ihren Anführer, und die Verwunderung war in jedem Gesicht zu sehen. Der Churer hatte also längst in aller Heimlichkeit begonnen, die Beute zu teilen! Er entrollte den Bogen und blickte erst in die Runde, bevor er das Geschriebene verlas.

»Jeder Mann erhält einen Anteil im Wert von einhundert Dirham.«

»Hurra …!« riefen seine Knechte.

»Ruhe, ihr Hundsfotte!« schrie von Zwingenspiel laut.

Als die Männer wieder schwiegen, las er weiter.

»Ritter und Anführer, wie auch Männer von Adel die doppelte Summe in Gold, Silber oder gleichem Wert in Sachen. Dazu erhalten die christlichen Ritter einen Anteil im Gegenwert von weiteren einhundert Dirham. Einmal als Faustgeld für die Hilfe, welcher dieser Burg zuteil, und dann als Entschädigung dafür, daß alle Ritter mit eigenem Boden, welche sich innerhalb der Festung geflüchtet, keinen Zehnten erhalten, mindestens aber eine Ernte verloren haben und

zudem auch den Verlust ihrer Knechte und Tiere ausgleichen müssen.«
Diese Forderung war nicht unüblich, aber der zusätzliche Anteil der christlichen Ritter dreist in seiner Höhe. Die Männer ringsum murmelten. Yusufs Männer schienen unruhig. Sie sahen auf den Araber, der noch immer unbeweglich und ohne Regung dasaß. Der Ritter von Zwingenspiel begann höhnisch zu grinsen.
»Mir scheint, dies erregt den Unmut Eurer Knechte, Yusuf ibn al-Mansur. Aber seid versichert, ich pflege über derlei Anteil meiner Beute nicht mit einem Knecht zu reden.«
»Was entspricht dem Gegenwert von einhundert Dirham?« wollte der Araber wissen.
Seine Stimme blieb kühl und sachlich, und niemand konnte erkennen, in welcher Verfassung sich der stolze Araber befand.
»Diese Summe entspricht etwa diesem Zelt samt Inhalt. Und ich war es, der es als erster eroberte. Der Abdruck meiner Hand, welche voll Blut, ist noch am Eingang zu sehen. Erinnert Euch an unsere Abmachung.«
»Ihr wollt sagen, dies Zelt sei Euer?« fragte Yusuf.
»Genau wie Ihr sagt – mein. Aber seid versichert, der Inhalt ist gerade gut genug, damit ich meine Vasallen und Knechte davon mit bezahlen werde. Ihr werdet keine Kosten haben.«
»Und was, Herr Ritter von Zwingenspiel, habt Ihr als *meinen* Anteil der Beute gedacht?«
»Weiß noch immer nicht, was Ihr seid? Söldner oder gar … einerlei. Ihr versteht Euch auf den Handel, und da in dieser Gegend der Handel mit Sklaven so manche Börse füllt, warum nicht die Eure, Yusuf ibn al-Mansur? Mein Angebot: Ihr sollt alle Gefangenen haben. Für jeden Mann und jedes

Weib, die seit unserem Sieg in Gefangenschaft verstorben sind, eine Ziege oder zwei Schafe.«
Die Männer um Yusuf begannen nun lauter zu murren, und der Zorn war spürbar wie ein kalter Lufthauch. Längst war allen Anwesenden klar, dies war keine Verteilung mehr, sondern der Ritter wollte den Araber mit der Nennung seines Anteils beleidigen und demütigen, mehr noch, ihn vor seinen Männern zum Gespött machen. Eine solche Verteilung anzunehmen, bedeutete die Unterwerfung.
Die Ritter um den Churer waren wohl nicht alle einverstanden, denn ehrenvoll war dieses Angebot an ihren Waffengefährten und seine Männer wahrhaftig nicht, aber sie waren dem Churer im Wort auf Ehre verpflichtet. So griffen sie nach den Schwertern, und es sah ganz so aus, als würden jeden Moment beide Parteien aufeinander losgehen. Gwyn fiel kein besänftigendes Wort mehr ein. Der Vorschlag der Verteilung war zu grotesk gewesen, obwohl sich Gwyn erst nicht unzufrieden gefühlt hatte. Er wußte noch nicht, ob man seine Dienste als Knecht oder als Ritter einschätzen würde. In beiden Fällen aber hätte er gewonnen. Hundert Dirham in Gold waren eine stolze Summe, von der ein Mann mit seiner Familie lange und gut leben konnte. In dieser Gegend konnte man sich ein gutes Haus mit Dienstboten kaufen oder gar eines dieser Güter, welche die Römer noch lange Jahre nach dem Fall Roms behalten hatten. Ihre Nachkommen bauten heute noch Wein und Oliven an und lebten gut davon. Gwyn hatte lange nichts mehr verkauft, und mit dieser Summe konnte er unbesorgt bis Bagdad weiterreisen. Aber alle wartenden Männer ringsum wußten, der Araber konnte und durfte sich dies nicht gefallen lassen. Und so schwiegen sie erwartungsvoll, als er zu antworten begann.

»Herr Ritter von Zwingenspiel, Euer Vorschlag erscheint mir in manchen Punkten nicht recht fein. So denke ich, werden wir doch warten, bis der Herr von Augheim gesundet ist. Dann soll *er* noch einmal über die Verteilung entscheiden.«
Yusufs Männer und, wenn auch verhalten, etliche von den Männern um den Churer nickten zustimmend. Aber Walter von Zwingenspiel grinste nur böse und schüttelte dann energisch den Kopf.
»Ich sagte Euch schon, wir sind Pilger. Wir können auf die Gesundung des Herrn von Augheim nicht warten, auch wenn ich wer weiß was gäbe, würde er so rasch wie möglich genesen. Wir nehmen unseren Anteil und ziehen weiter.«
»Ist dies Euer letztes Wort, Herr von Zwingenspiel?« fragte Yusuf ibn al-Mansur, und alle hielten unwillkürlich den Atem an.
»Wohl mein letztes Wort … Muslim«, knurrte der Ritter verächtlich.
Da schloß der Araber seine Augen, sog langsam die Luft ein, und jeder sah, wie sich sein Brustkorb füllte, und er begann zu sprechen. Als er antwortete, sprach er ruhig und ohne bösen Ton und seine Stimme war nicht lauter als sonst, aber sie war von jener gefährlichen Kühle, die nichts Gutes verhieß, wenn Yusuf ibn al-Mansur so sprach.
»Herr Walter von Zwingenspiel: Meine Männer wie auch der Prophet sind Zeuge. Viel zu lange habe ich mir Eure Beleidigungen und Bosheiten, gesprochen von Eurer falschen und bösen Zunge, angehört. Ihr führt etwas im Schilde, von dem ich noch nichts weiß. Aber seitdem ihr Thassos erschlagen habt und mich Eure falsche Fürsorge beleidigt hat, widert mich Euer Anblick an. Die Pest soll Euch holen, Ritter. Ver-

fault bei lebendigem Leib. Ab jetzt sind wir keine Waffengefährten mehr, sondern Feinde auf Leben und Tod. Dies wollt ich Euch sagen.«

Gwyn schluckte nach diesen Worten, und er schmeckte einen schalen Geschmack. Er wußte um den unversöhnlichen Haß der beiden Männer. Der Ritter grinste noch immer höhnisch.

»Yusuf ibn al-Mansur, es ist an der Zeit, Euch die Sitten der christlichen Ritterschaft beizubringen.«

Der Ritter zog seinen Handschuh aus und warf ihn vor sich auf den Boden. Dann setzte er sein Schwert an und schleuderte den Handschuh mit einer Bewegung hin zu dem noch immer reglos sitzenden Araber. Die Bewegung war heftig gewesen, und die Hentze traf den Mann an der Brust, bevor sie in seinem Schoß liegenblieb. Bracko und Fennek stießen zur gleichen Zeit einen Wutschrei aus und rissen beide ihre Schwerter heraus. Aber Yusuf streckte links und rechts seine Arme aus und rief kurz einen Befehl in arabischen Worten. Daraufhin traten die beiden Männer zurück und ließen ihre Waffen sinken.

»Ich kenne Eure Gebräuche, Herr von Zwingenspiel! Ihr habt mich soeben gefordert. Vor Zeugen. Ich nehme diese Forderung an. Wann immer Ihr es wünscht, werden wir kämpfen.«

Selbst jetzt blieb der Araber höflich. Obwohl er es war, den der Churer beleidigt hatte, ließ er dem Christen den Vortritt und die Wahl der Waffen. Der Ritter blickte noch immer grimmig, nickte und wollte antworten. Da trat auf einmal Gerwulf vom Stein zu ihm und flüsterte lange mit ihm. Gwyn sah, wie sich die Miene des Ritters zu seinem bekannten, höhnischen Grinsen veränderte und wie er beifällig nickte, als vom Stein geendet hatte und wieder einen Schritt zurücktrat. Er dachte einen Moment nach, und dann sprach er.

»Hört, ich bin Ritter und Landgraf von Chur, erster in der Erbfolge derer von Zwingenspiel und Herr über das Lehen von Zwingenspiel. Mein Stand erlaubt es mir, einen Stellvertreter für Eure Forderung zu wählen. Der Herr vom Stein wird auf eigenen Wunsch diesen Kampf fechten und dabei meine Farben tragen.«

Gwyn war überrascht. Was der Churer da tat, war erlaubt, wenn auch in solch einem Fall eher ungewöhnlich. Aber es paßte mehr und mehr in das Bild des hochmütigen und despotischen Mannes.

»Der Herr Gerwulf vom Stein?« fragte Yusuf ruhig.

»Ja, er ist mir wie ein Sohn«, antwortete der Churer höhnisch.

Der Araber nickte.

»Damit bin ich einverstanden.«

Er wandte sich an den Ritter, der neben Walter von Zwingenspiel getreten war.

»Welche Waffe wollt Ihr führen, Herr Gerwulf?« fragte der Araber freundlich.

»Das Schwert, Herr ibn al-Mansur. Mein Schwert und einen Schild. In den Farben des Herrn Walter«, antwortete Gerwulf laut.

»Ich bin einverstanden, Herr vom Stein. Und wann wollt Ihr gegen mich reiten?«

Der Ritter vom Stein blickte noch einmal auf seinen Anführer, dann für einen Moment auf Gwyn, der nur ungläubig den Kopf schüttelte. Aber der Ritter schien es nicht wahrgenommen zu haben und sah dann Yusuf an.

»Sogleich, wenn es Euch beliebt, Herr Yusuf ibn al-Mansur.«
»Auch damit bin ich einverstanden, Herr vom Stein.«
Der Ritter nickte.
Yusuf erhob sich behende, und seine beiden Vertrauten traten näher an ihn heran.
»Herr von Zwingenspiel, ein Wort noch.«
»Ja ...?«
»Auf meine Ehre und damit auf Leben und Tod!«
»Auf Leben und Tod!« nickte der Ritter grimmig und sah auf seinen Vertreter in diesem Waffengang.
Der nickte still und wirkte in diesem Moment so einsam und fehl am Platze wie kein Mal zuvor in ihrer gemeinsamen Zusammenkunft.
»Auf Leben und Tod, Ihr Herren.«

Gwyn war verwirrt über die Entscheidung des Ritters vom Stein. Und zugleich war er zornig über die Haltung des Churers, obwohl er wußte, wie sehr sich der Mann im Recht befand bei seiner Entscheidung, sich für einen solchen Kampf einen Vertreter zu wählen, der seine Interessen vertrat, notfalls auf Leben und Tod.
Die übrigen Männer hatten sich abseits gestellt. Außer den Waffenknechten war niemand bei den beiden Kämpfern. Yusuf schnürte sich ruhig und ohne Hast seinen ledernen Brustpanzer. Fennek stand bei ihm und reichte ihm seine Waffen, half ihm, die ledernen Riemen zu binden, und befestigte die kleinen Sporen an der Ferse der Stiefel. Bracko zog den Sattelriemen von Yusufs Pferd enger. Gwyn aber trat neben den Ritter Gerwulf, denn der hatte keinen eigenen

Waffenknecht. Er rüstete sich ohne Hilfe. Seine Waffe, das Schwert, prüfte er selbst. Plötzlich blickte er auf und lächelte den Goldschmied freundlich an.

»Herr Carlisle, wärt Ihr so freundlich und würdet mir bei meinem Schild ein wenig helfen?«

Er trug das Kettenhemd über seinem Hemd. Die kapuzenartige Kopfbedeckung hing ihm schwer in den Nacken. Er schwitzte nicht, und seine Bewegungen waren von jener Ruhe und Gelassenheit, die Gwyn so sehr an diesem Mann schätzte. Da lag der große Schild des Ritters. Darauf befand sich das große Kreuz, das bekannte Zeichen aller Kreuzritter wie all der Ritter, die in das Heilige Land pilgerten und dabei ihre Waffen führten. Doch dieser bevorstehende Kampf stand nicht im Zeichen des Kreuzes. So war der Ritter vom Stein berechtigt, seine oder stellvertretend die Farben seines Lehnsherrn zu führen. Der Schild war gekalkt worden. Mit einem Schwamm aus getrocknetem Werg war es leicht, den dünnen Firnis mit einer Mischung aus Essig und ein wenig Wasser abzureiben. Gwyn tat dies so lange, bis das Wappen des Churers zum Vorschein kam: Blutrot der Grund des Schildes, in einer Hälfte ein weißes Kreuz, in der anderen Hälfte ein schwarzer Greif, der eine Laute wie nach einem soeben beendeten Spiel in seinen Fängen hält.

Er haßte diese Farben von diesem Augenblick an.

Der Ritter Gerwulf öffnete den Lederriemen, mit dem der Helm unter dem Kinn geschlossen wurde.

»Warum Ihr?« fragte Gwyn plötzlich.

»Ich versteh Eure Frage nicht, Herr Carlisle?«

»Warum kämpft *Ihr*, für ihn …?«

»Nun …«, hub der Ritter an, aber Gwyn unterbrach ihn leidenschaftlich.

»Das ist eine Sache zwischen dem Araber und dem Herrn Walter!«

»Nein, Gwyn, das denkt Ihr.«

»Wohl, Herr Gerwulf. Jeder hier weiß dies. Zu viele böse Worte sind zwischen Yusuf und dem Ritter gefallen.«

»Gwyn, es ist mehr als ein Waffengang für mich.«

Er trat näher an Gwyn und faßte ihn freundschaftlich am Arm.

»Herr Carlisle, wißt Ihr, wie gern ich ein Künstler geworden wäre? So wie Ihr? Aber die Tradition unseres Hauses verlangt, daß alle männlichen Nachkommen die Ritterschaft anstreben. Herr Carlisle, das wertvollste in meiner Familie ist unser Name, den einst mein Urahn von Karl Martell in der Schlacht um Tours erhalten hat. Das Schwert meines Ahnen und sein Schild hängen seitdem als Symbol unserer Familie in der Halle meines Elternhauses.«

»Warum erzählt Ihr mir das?«

»Weil ich heute frei sein werde! Frei, Herr Carlisle!«

Der Ritter strahlte. Seine Augen leuchteten vor Freude und Glück, dessen Grund sich der Goldschmied angesichts des bevorstehenden Kampfes nicht erklären konnte.

»Erinnert Euch: Was erzählte ich Euch über meine Liebe, die zu Hause auf mich wartet?« fragte der Ritter mit strahlendem Lächeln.

»Ihr Gesicht ... gar fein und ... dazu hat sie Engelshaar, ganz blond. Ohne Tadel ist ihr Mund, ihre Nase, ihre Wangen ...«

»Ja, Gwyn, ja ...«

Gerwulf wandte sich ein wenig zur Seite, und sein Kopf nickte in die Richtung des noch immer wartenden Ritters aus der Gegend um Chur.

»Da seht, dort sitzt der Vater meiner Braut.«

»Er …?«
Gwyn begann zu stottern. Dann schloß er die Augen und schüttelte den Kopf. Wie blind war er gewesen! Jetzt wurde ihm alles bewußt, schienen ihm die Zusammenhänge zwischen dem Ritter Gerwulf und dem Ritter aus der Gegend um Chur klarer. Jetzt wußte er auf einmal, warum Gerwulf um diesen Kampf bat. Und Gwyn spürte für einen Moment eine seltsame Sorge, dem Yusuf ibn al-Mansur wie auch dem jungen Gerwulf könne bei diesem Kampf ein Leid geschehen.
Aber vom Stein lachte plötzlich, und es klang fröhlich.
»Ja, der Ritter ist mein Nachbar. Versteht Ihr jetzt?«
Bevor Gwyn antworten konnte, sprach Gerwulf weiter.
»Ich war sein Page, diente an seinem Tisch. Dann ward ich sein Waffenknecht und sein Schildknappe. Er selber schlug mich zum Ritter. Aber er tat's, weil ich mir den Stand verdient hatte und er nicht anders konnte. Goldschmied, heute werd ich frei sein, und ein neues Leben beginnt für mich.«
Gerwulf zog den Gürtel um sein langes Gewand etwas enger. Dann sprach er weiter.
»Ich tu dem von Zwingenspiel einen Dienst. Dafür muß er mir auch einen tun. Er muß mir seine einzige Tochter geben. Mir, dem Gerwulf vom Stein.«
Er lachte und zog sich das Kettenhemd langsam über den Kopf, so daß es nur noch Augenbrauen, die Augen und ein wenig vom Mund unbedeckt ließ. Der Rest verschwand unter dem fein geschmiedeten, eisernen Hemd, zusammengefügt aus vielen Kettengliedern, geschmiedet von kundiger Hand eines Waffenschmiedes, geschneidert als ein besonderes Gewand für einen Ritter. Gerwulf streifte sich eine Kap-

pe aus dickem Tuch über den Kopf. Dies sollte den Helm sicher halten und den Schlag schwerer Hiebe auf den Kopf mildern. Er streckte die Hand aus.
»Mein Helm, ich bitt Euch, Herr Carlisle …«
Gwyn nickte. Er trat näher und setzte dem Ritter den Helm auf, langsam, so als wäre der Helm eine Krone, dann schnürte er den Kinnriemen fest. Der Ritter griff den Helm und bewegte ihn. Er saß fest. So schien er zufrieden und nickte.
»Gott mit Euch, Herr Gerwulf«, sagte Gwyn.
»Laßt den Herrn, und erlaubt mir, Euch Gwyn zu nennen.«
»Natürlich …«
Da umarmte ihn der Ritter plötzlich, drückte ihn an sich und hielt ihn für einen Moment fest, bevor er zurücktrat. Noch einmal richtete er sein Schwert. Gwyn fühlte, wie ihn ein Unbehagen beschlich, von dem er nicht wußte, was der Grund dafür war. Beide Kämpfer, Yusuf wie Gerwulf, waren ihm angenehm, jeder für sich in einem besonderen Maß. Für keinen von beiden empfand er den Wunsch, er möge in dem Kampf unterliegen. Der junge Ritter wandte sich um und trat zu seinem Pferd. Er überprüfte noch einmal den Sitz des Sattels und tätschelte dann den Hals des Tieres. Dann saß er auf. Gwyn reichte ihm den Schild hinauf, und als die Sonne das Gesicht des Gerwulf beschien, strahlte der Ritter, und sein Gesicht war von einer glücklichen Vorfreude, so wie es Menschen an sich haben, wenn sie wissen, die Welt ist ihnen wohlgesonnen und gehört für einen Moment ihnen ganz allein.
Auch ibn al-Mansur war mit seinen Vorbereitungen fertig. Der Stolz des Arabers war weniger sichtbar. Gwyn spürte, daß es ihm nicht recht war, den Kampf gegen den jungen Ritter Gerwulf zu führen. Ihm ging es um einen anderen

Gegner. Aber der saß da, beide Hände auf sein Schwert gestützt, unbeweglich, noch immer den Rest jenes höhnischen Lächelns im Gesicht, mit dem er zuvor gezeigt hatte, daß es ihm gelungen war, den Araber zu fordern, ohne sich dabei selbst stellen zu müssen und doch sein Gesicht zu wahren. Denn ein anderer nahm den Kampf für ihn auf. Sein ehemaliger Knappe und zukünftiger Schwiegersohn. Aber dies wußte der eitle Mann aus Chur noch nicht.

Alle wartenden Männer traten zurück und bildeten einen weiten Kreis. Der Araber hielt sein Pferd an einer Seite an. Des Ritters Pferd trabte zur anderen Seite, so als ob das Tier genau wüßte, wo der Kampf zwischen den beiden Rittern beginnen sollte.

Dort angekommen, wendete Gerwulf sein Tier. Er zog sein Schwert, hielt es mit geschlossenen Augen an seine Stirn und verharrte einen Moment lang. Wohl betete er zu Gott.

Der Ritter Rufus fungierte als Richter.

»Ihr Herren! Dies ist ein Kampf auf Ehre zwischen dem Ritter Walter von Zwingenspiel, der vertreten wird von dem Ritter Gerwulf vom Stein und dem Ritter Yusuf ibn al-Mansur. Erlaubt sind Schwert und Schild. Ersatz für ein gefallenes Pferd oder für verlorengegangene Waffen gibt es nicht. Der Kampf endet mit der Niederlage eines der Streiter.«

Er wandte sich noch einmal in die Runde. Es war still, und die Männer verharrten regungslos. Die beiden Pferde tänzelten nervös. Yusuf ritt sein eigenes Tier, eine prächtige braune Stute; ein junges elegantes Tier, nervig und schnell in seinen Bewegungen, gehorchte es seinem Reiter augenblicklich. Gerwulfs Pferd war ein typisches abendländisches Schlachtroß. Es war ebenfalls ein noch junges Tier, aber gröber in seinem gesamten Abbild und gewohnt, ein schweres Gewicht

zu tragen und dem Befehl seines Reiters sofort willig zu folgen.
»Ihr Herren, seid Ihr bereit?« fragte Rufus laut.
Gerwulf nickte, und auch Yusuf deutete mit einem kurzen Kopfnicken an, daß er bereit sei.
»Dann kämpft … jetzt!« rief der Ritter.
»Mohammed, unser Prophet!«
Der Araber schrie laut und stieß seinem Pferd die Fersen in die Seite. Wie ein Pfeil stob das Tier los und jagte auf den Ritter Gerwulf zu. Der kam nicht mehr dazu, einen Schlachtruf auszustoßen. Als sein Tier zwei Schritte gemacht hatte, war der Araber bereits neben ihm, und ein furchtbarer Hieb mit dem *Scimitar* wäre beinahe sein Ende gewesen. Dem Ritter gelang es gerade noch, seinen mächtigen Schild schützend hochzureißen und den Hieb zu parieren. Gwyn sah, wie die Waffe des Arabers im Schild Gerwulfs eine tiefe Kerbe hinterließ. Doch der Ritter war nicht unbeweglich geblieben. Er stieß seinen Schild nach dem Araber. Der mußte zurückweichen. Der Ritter setzte nach, und sein Schwert fuhr nun auf Yusuf nieder. Die Klinge prallte an seinem rasch hochgerissenen Schild ab und streifte seine lederne Rüstung.
»Aaahhh …!«
Dieser eine Schrei kam aus den Kehlen der wartenden Männer.
Der Ritter riß sein Pferd herum, gab seinem Tier die Sporen und galoppierte nun erstaunlich schnell auf die Seite des Kampfplatzes, von der vor einem Augenblick der Muslim losgeritten war. Dort wendete Gerwulf sein Pferd und hieß es auf der Stelle stehen. Auch Yusuf hatte sein Pferd auf der Stelle gewendet. Aber er griff nicht wieder als erster an. Gerwulf ließ den Zügel fahren, hielt statt dessen in der einen

Hand sein Schwert, in der anderen den blutroten Schild, stellte sich in den Steigbügeln zu voller Größe auf und schrie: »Für meine Maid Maria Annegret, die künftige Gräfin von und zum Stein!«
Dann jagte sein Pferd los.
Gwyn glaubte, bei der Nennung des Namens seiner Dame beim Ritter von Zwingenspiel ein verblüfftes Gesicht gesehen zu haben, aber er war sich nicht sicher. Aber eines war zu sehen: Er lächelte auf einmal nicht mehr so wie zuvor, sondern sein Blick war mürrisch, so wie Gwyn ihn kannte.
Der Ritter vom Stein jagte auf den Araber los, der ebenfalls mit einem lauten Befehl sein Pferd antrieb. In der Mitte des Kampfplatzes trafen sie aufeinander. Gerwulf schwang sein Schwert, aber der Araber tauchte behende mit seinem Körper unter der gefährlichen Klinge hinweg und galoppierte davon. So jagten beide Pferde an die Enden des Kampfplatzes, um dort schnell zu wenden. Das Manöver begann erneut. Wieder wich der Araber den gefährlich schnellen Schwerthieb mit einer sicheren Körperbewegung aus. Der Streich Gerwulfs ging ins Leere.
»Gib auf deinen Schild acht, Junge, deinen Schild …« raunte der Ritter von Zwingenspiel.
Noch einmal probierte Gerwulf denselben Angriff. Diesmal stellte er sich im Sattel auf und trieb sein Pferd noch dichter an das Tier des Arabers heran. Damit sollte die Wucht des Schwertstreiches noch erhöht werden, außerdem war Gerwulf so ein wenig größer als der Araber, der nach wie vor aufrecht in seinem Sattel sitzen blieb.
Der Streich der Klinge war fürchterlich.
Aber er traf den Araber nicht.

Denn im selben Zug stieß der seinen eigenen Schild in die Höhe. Mit dem Rand traf er mit großer Wucht das Kinn des Ritters. Der Stoß war heftig genug, daß Gerwulf, für einen Moment benommen, mit einem plötzlichen Ruck aus dem Sattel fiel.

»Offene Deckung ... das hast du nun davon ...«, zischte Walter von Zwingenspiel halblaut vor sich hin.

»Du Dummkopf ... wirst es nie lernen ...«

Yusufs Männer aber feuerten ihren Anführer laut schreiend an. Das Pferd des Ritters war davongestoben und wurde erst am Rande des Feldes langsamer.

»Haltet es fest«, befahl der Ritter Rufus.

Ein Knecht griff nach den lose hängenden Zügeln des Pferdes und führte es zur Seite. Gerwulf aber war wieder auf den Beinen. Er wirkte etwas benommen, wohl durch den Sturz auf den Boden. Von seinem Kinn lief Blut herab. Möglicherweise hatte er sich bei dem Stoß in die Lippe oder Zunge gebissen oder gar ein paar Zähne eingebüßt. Aber dann stand er für einen neuerlichen Angriff bereit, die Beine leicht gespreizt, den Schild in Augenhöhe und das Schwert blank, darauf wartend, daß der Araber wieder anreiten würde.

Jeder, der öfter Zeuge solcherlei Kämpfe gewesen war, wußte, daß ein Reiter zu Pferd einem Mann zu Fuß meist überlegen war, denn gegenüber der Gewalt eines heranstürmenden Streitrosses war ein zu Fuß Kämpfender immer im Nachteil. Er konnte solch einer Attacke nur ausweichen oder aber versuchen, zuerst das herannahende Pferd zu töten. Aber Yusuf ibn al-Mansur griff nicht wieder an. Statt dessen lenkte er sein Pferd ganz langsam zwei Schritte vor den wartenden Ritter, zügelte es, bis das Tier ruhig stand, und sprang dann blitzschnell aus dem Sattel. Mit der flachen

Hand schlug er dem Tier auf den Rücken, daß es mit zwei, drei langen Sätzen ohne seinen Reiter davonsprang. Ein Raunen ging durch die wartenden Männer. Es war nun Fennek, der das herrenlose Tier seines Anführers am Zügel ergriff und festhielt.

Alle, die diesen Kampf beobachteten, wußten um den Grund: Der Araber wollte so fair wie möglich kämpfen. Den Vorteil, den er hatte, nutzte er nicht. Er trat dem Ritter mit blankem Schwert und seinem Rundschild entgegen. Ein Schwertkampf Mann gegen Mann. Damit waren die Rollen wieder gleich.

Diesmal begann Gerwulf vom Stein mit dem Angriff. Der Araber wartete die erste Attacke ab und hatte so Zeit, seinen Gegner genau zu studieren. Er wehrte die ersten Schwertstreiche ab, rückte aber dabei immer näher an den Ritter heran. So weit Gerwulf mit seinem Schwert auch ausholte, die Streiche waren nicht mehr von derselben Wucht. Der Araber dagegen wehrte nicht mehr länger ab, sondern ging jetzt zum Gegenangriff über. Gwyn sah, wie der linke Arm des abendländischen Ritters mit dem Schild daran immer langsamer in die Höhe kam und daß es nicht mehr lange dauern würde, bis der Araber diese offene Blöße ausnutzen konnte. Es schien, als hätte der junge Gerwulf keine Kraft mehr in seinem linken Arm.

»Hat sich die Hand gebrochen«, raunte Bracko, der neben Gwyn stand, »beim Sturz vom Pferd.«

Der Ritter mußte schlimme Schmerzen haben. Da trat der Araber einen schnellen Schritt zurück und ließ sein Schwert sinken.

»Herr Gerwulf! Wollt Ihr Euch Eure Hand verbinden lassen?«

Der Ritter schüttelte den Kopf.
»Nein ...«
»Seid Ihr Euch dessen sicher?«
»Ja ... es ist nichts ...«
»Dann kämpfen wir weiter?«
»Ja ... weiter.«
Mit einem blitzschnellen Streich griff der Ritter an. Trotz der Schmerzen beherrschte er sein Handwerk, aber Yusuf war ein erfahrener Gegner. Er parierte diesen und jeden weiteren Hieb. So trieben sie sich eine Weile gegenseitig hin und her, und Gerwulf vom Stein wurde allmählich müde.
Plötzlich versuchte er noch einmal, den Kampf zu beenden. Wie einen Dreschflegel schwang er sein Schwert gegen die Beine seines Gegners, aber Yusuf war nicht so müde wie der Ritter. Er sprang in die Höhe, wich damit dem Hieb aus und griff, kaum wieder auf den Beinen gelandet, seinerseits mit demselben Hieb an. Gerwulf war wohl zu müde oder zu schwach, diesem schnellen Streich auszuweichen. Die Klinge des Arabers traf die Schienbeine Gerwulfs mit voller Wucht. Seine Beine knickten sogleich ein, und er fiel auf den Boden, rollte dann auf den Rücken. Dabei verlor er sein Schwert.
Erneut schrien die Männer auf. Yusuf trat zu dem am Boden liegenden Mann.
»Euer Schwert, Herr Ritter, Euer Schwert.«
»Ja ...«, keuchte Gerwulf.
Er schloß einen Moment seine Augen. Der Schmerz in seiner Hand mußte groß sein. Seltsam verdreht ragte sie unter dem Rand des Schildes hervor. Dazu kam der böse Hieb auf seine Beine.
»Erlaubt, daß ich es hole ...«, sagte Yusuf höflich.

»Bitt Euch darum ... Herr ibn al-Mansur.«
Der Araber ging zwei Schritte zurück, bückte sich und ließ seinen runden Schild vom Arm gleiten, ließ ihn liegen und nahm dafür das Schwert des Ritters. Dann trat er erneut zu ihm und stieß es neben ihm in den Boden, trat zurück, darauf wartend, daß Gerwulf vom Stein die Waffe ergriff. Aber der tat es nicht. Einen Moment lang warteten sie alle. Yusuf, die Männer ringsum, Ritter Rufus als Kampfrichter und Walter von Zwingenspiel. Der letzte Hieb gegen die Beine hatte den Ritter Gerwulf übel verletzt, denn in dünnen Fäden sickerte von allen Seiten Blut aus seinen Beinen, die mit langen Stoffstreifen umwickelt waren. Er atmete schwer. Gwyn sah auf Herrn Rufus, doch der griff nicht ein. Er wußte, warum. Es gab keinen Grund dafür. Yusuf trat zu dem am Boden liegenden Mann.
»Bittet um Gnade«, raunte Yusuf kaum hörbar.
Der Ritter schüttelte den Kopf.
»Herr vom Stein, bittet mich um Gnade ...«
Die Worte Yusufs waren kaum noch zu hören.
»Mein Schwert«, keuchte der Ritter mit schwacher Stimme, »bitt Euch nur um mein Schwert, Herr ibn al-Mansur.«
Um seine Beine bildete sich eine Blutlache. Und wohl nicht nur Gwyn betete in diesem Moment insgeheim dafür, der Ritter möge sich dem Araber ergeben.
»Bittet um Gnade«, bat Yusuf erneut.
Der Ritter schüttelte wieder den Kopf.
»Ihr wißt, dies kann ich nicht«, antwortete er kaum hörbar. Er atmete schwer.
»Bitte, Herr ibn al-Mansur, gebt mir mein Schwert«, bat er mit schwacher Stimme
Yusuf trat mit der Fußspitze gegen die Klinge, bis diese sich

auf die Erde senkte und der Griff an der Hand des Ritters zu liegen kam.
»Gebt auf ...«, sagte er noch einmal.
»Ich kann nicht. Die Farben, Herr, die Farben sind nicht die meinen ... ich kann nicht«, keuchte der Ritter.
»Ergebt Euch ... tut es ...«
Der Araber sah zu Rufus.
Der senkte ein wenig den Kopf und blickte dann auf den Ritter von Zwingenspiel. Immer mehr Augen sahen auf ihn, den Anführer der pilgernden Ritter aus Chur. Aber kein Wort kam über seine Lippen, und mit keiner Geste half er, den ungleich gewordenen Kampf zu beenden. Stumm blickte er auf die beiden Kämpfer. Da seufzte der Kampfrichter Rufus, wissend, was er nun antworten mußte.
»Auf Leben und Tod, Yusuf ibn al-Mansur«, rief er dem noch immer wartenden Araber zu.
Der nickte stumm und wandte sich wieder um.
»Auf Leben und Tod«, bestätigte der am Boden liegende Ritter und lächelte den Araber dabei an.
Seine Faust umschloß jetzt den Schwertgriff und hielt ihn fest. Da hob Yusuf sein Schwert und rief laut: »Mögen alle Engel des Himmels dich bis zu den Pforten des Paradieses geleiten ... Ritter Gerwulf Graf vom Stein!«
Dann stieß er zu, und der Ritter starb.
Nun war es still.
Kein jubelndes Geschrei wie sonst nach einem Sieg. Niemand sprach ein Wort. Gwyn atmete schwer. Er spürte, wie alles in ihm in Aufruhr war vor Zorn und Schmerz zugleich. Er wollte schreien, laut, um ganz sicher zu sein, daß dies, was dort soeben geschehen war, nur Trugbild oder Schimäre in der heißen flimmernden Luft war. Aber er blieb stumm,

denn ein unsagbar trauriges Gefühl schnürte ihm die Kehle zu, eng und enger. Er wandte den Kopf zu dem Walter von Zwingenspiel. Der begegnete seinem Blick.
»Warum glotzt Ihr mich so an, Faber?«
Da schrie Gwyn plötzlich laut.
»Will sehen, ob Ihr weint, Herr Ritter! Ob Ihr weint ... ob Ihr weint!«
Da wandte der Churer sich ab, erhob sich, und sein Blick war regungslos. Aber er weinte nicht.
Yusuf schleuderte sein blutbesudeltes Schwert weit von sich, bis es irgendwo klirrend auf dem steinigen Boden aufschlug. Fennek trat zu ihm und legte ihm einen Umhang um, denn der Muselman zitterte, als ob es ihm kalt wäre.

Ich bin das Licht der Welt!«
Der Burgkaplan begann sein Gebet mit diesen Worten, während sie den Ritter vom Stein begruben, unweit der Stelle, an der er gefallen war. Von hier reichte der Blick über das flimmernde Land ringsum, jenes ausgedörrte, Heilige Land, in dem der Ritter aus dem Abendland seine letzte Ruhe fand.
»Mein Reich ist nicht von dieser Welt!«
Alle Ritter aus der Pilgergruppe waren gekommen und alle Männer um den Araber. Gwyn vermißte Yusuf. Der Burgherr fehlte ebenfalls, denn er lag noch immer in tiefem Schlaf, wenn auch sein Fieber von Stunde zu Stunde fiel.
Als sie die kleine Grube wieder schlossen, trug jeder der Männer einen großen Stein, mehrere Pfund schwer, und häuften sie auf dem Grab auf, so lange, bis ein kleiner Hügel über der Ruhestätte erstanden war.

»Ich bin der Weg, die Wahrheit und das Leben!«
»In alle Ewigkeit!« murmelten die Männer.
Der Ritter von Zwingenspiel stand lange mit gefalteten Händen dabei. Als der letzte Stein aufgeschichtet war, wandte er sich um und schritt mit großen, ausholenden Schritten zu den wartenden Pferden. Dort stieg er auf und trabte allein den Weg hinauf in die Burg, wo er und seine Männer logierten. Gwyn sah ihm lange nach. Dann beugte er sich über das Grab und legte ein paar frisch geschnittene Zweige darauf. Er hatte sie nicht weit von der Quelle von einem Baum geschnitten. Es war das einzige Grün, was er ringsum in dem kargen Land gefunden hatte.
»Nun bist du frei, Gerwulf! In alle Ewigkeit!«
Dem Ritter Wolfram von Augheim ging es zusehends besser. Sein Fieber war so weit gesunken, daß er sich aufsetzen konnte und etwas heiße Suppe schlürfte. Gwyn war seit einer Woche bei ihm geblieben. Er versorgte den Kranken, so gut es ging. Zu seiner Arbeit am Schwert kehrte er dann zurück, wenn der Mann wieder schlief. Yusuf war seit einer Woche nirgends zu sehen. Gwyn wußte nicht, wie er sich dem Mann gegenüber verhalten sollte. Er hegte keinen Groll gegen ihn, aber er würde niemals vergessen, wie er den Ritter Gerwulf getötet hatte. Eines bereitete ihm Sorge: Der Araber haßte Walter von Zwingenspiel und er wußte, wie sehr Haß Menschen verändern konnte. Fennek war bei Gwyn geblieben. Der Berber wich keinen Augenblick mehr von Gwyns Seite, half ihm beim Verbandwechsel und beim Füttern des Kranken. Aber er sprach nicht. Gwyn war es recht, daß er schwieg. Um die Hilfe war er ihm dankbar, denn oft wußte er nicht so recht weiter, und die geschmeidigen, stummen Gesten des Berbers halfen ihm.

Wolfram von Augheim verspürte Appetit. Er war blaß und hatte etliche Pfunde verloren, aber noch immer war er der Herr der Burg.
Seine übrigen Ritter huldigten ihm und beglückwünschten ihn zu seiner Genesung. Nun umstanden sie sein Lager in dem prächtigen Zelt des *Scheichs* Osman und sahen ihm zu, wie er mit großem Appetit ein kaltes, geräuchertes Huhn verspeiste.
»Habt mich umsorgt, Herr Carlisle, Ihr und der Ritter Gerwulf«, sagte der Mann fröhlich. »Wo ist er? Ich seh ihn nicht mehr?«
Gwyn wollte antworten, aber einer der Ritter trat vor und sprach.
»Erlaubt, Herr Carlisle, daß ich meinem Herrn Rede und Antwort stehe, denn er ist gesundet und soll seine Aufgaben bald schon wieder wahrnehmen.«
Gwyn nickte nur und erhob sich. Der Ritter berichtete von Augheim in schnellen Worten und unterließ jedes Wort der Parteinahme für eine Seite. Er bemerkte nur, wie sehr sich ibn al-Mansur bis zuletzt ritterlich und großherzig benommen hatte.
Der Ritter endete mit seinem Bericht und schwieg. Wolfram von Augheim nickte nur versonnen. Im Zelt war es still, und die übrigen Ritter schwiegen ebenso und warteten, was ihr Herr und Anführer nun sagen würde.
»Er war noch so jung. Ich nehme die Verteilung der Beute morgen nach dem Gebet vor. Es ist besser, wenn Yusuf ibn al-Mansur und seine Mannen weiterziehen, sonst gibt es nur böses Blut. Und dieses Land braucht den Frieden.«
Die übrigen Männer nickten stumm.
Der Ritter sah auf Gwyn.

»Euch dank ich sehr, für Eure Hilfe, Herr Carlisle. Wenn ich Euch etwas tun kann, dann sagt es mir.«
Gwyn aber lehnte nur dankend ab.
So wie es der Ritter gesagt hatte, geschah es. Über die Beute war nicht mehr viel gesprochen worden. Walter von Zwingenspiel erhielt seinen Anteil in Gold. Und er schwieg dieses Mal. Yusuf tauchte eines Abends wieder bei ihnen auf. Er wirkte müde, und Gwyn bemerkte seine staubige Kleidung. Woher er kam, darüber sprach weder er noch einer seiner Begleiter. Yusuf erhielt statt seines persönlichen Anteils in Gold und Waren das prächtige Zelt und fast das gesamte Mobiliar daraus. Dies war ein guter Tausch. Nun war er ausgestattet wie eine Fürst, und sein Maß an persönlicher Eitelkeit war mit diesem Zelt wohl für eine ganze Weile restlos gestillt. Die übrigen Männer seiner Gruppe hatten den vereinbarten Teil von einhundert Dirham in Gold erhalten, dazu noch einmal dieselbe Summe in Juwelen, Stoffen oder Waffen. Damit waren alle Männer einverstanden. Es war genug Beute vorhanden, um aus jedem Kämpfer einen wohlhabenden Mann zu machen. Die Anteile der Gefallenen wurden zum Schluß aufgeteilt. So erhielt jeder Mann noch einmal einen erheblichen Teil, denn die Zahl der getöteten Christen war nicht gering gewesen. Die Gefangenen wurden freigelassen. Yusuf hätte sie gerne als Sklaven verkauft, aber der Ritter von Augheim forderte von ihm das Versprechen, diese Menschen gehen zu lassen, wohin es ihnen beliebte. Einige Knechte wollten bei dem Araber bleiben, um ihm zu dienen. Da er für den Aufbau des Zeltes kundige Hände benötigte, willigte er ein. Bracko und auch der Nubier überwachten diese Leute, aber sie verhielten sich ritterlich, und Yusuf verbat ihnen vor Zeugen laut jegliche Willkür.

Gwyn wollte nichts von all der Beute. Er bat den Ritter von Augheim nur, seinen Anteil in das Heimatland Gerwulfs zu schicken. Der Burgherr versprach ihm das auf seine Ehre.

»Ihr wollt den Weg der Boten nehmen, Herr Carlisle?«

»Ihr wißt davon?«

»Ich weiß es nicht, ich hörte nur davon.«

Gwyn fragte nicht, denn er wußte genau, von wem allein der Ritter dieses Wissen haben konnte.

»Es ist ein langer und weiter Weg«, bemerkte der Ritter.

»Ja, Herr.«

»Ich hoffte, Euch als meinen Gast in meiner Burg beherbergen zu können. Dies, so lange es Euch beliebt.«

»Ich dank Euch für dieses freundliche Gebot und die Ehre, die Ihr mir damit erweist. Aber mein Entschluß steht fest.«

»Herr Gwyn Carlisle, ich bin nun schon seit der Erstürmung von Jerusalem in diesem Land. Niemals zuvor hörte ich, daß ein Christ so eine weite Reise getan, denn kein Mann aus dem Abendland ist je auf solch eine Reise gegangen. Bis Bagdad, der Hauptstadt des Sultans, ist es weit, sehr weit. Karawanen sind angeblich viele Wochen unterwegs. Da braucht Ihr auch Geld, denn jeden Schluck Wasser müßt Ihr bezahlen, und mit Brot und Datteln und mit jedem Stück Fleisch ist es ebenso.«

Gwyn nickte nach diesen Ausführungen des Ritters.

»Mich ehrt Eure Fürsorge, Herr von Augheim, aber ich diene mit meiner Mission Venedig und will nicht aufgeben.«

»Euer Mut ist groß. Ich habe Respekt vor Eurem Entschluß. Aber bitte helft mir auf, ich will Euch etwas zeigen.«

Gwyn stützte den Ritter, der seine Schulter immer noch dick eingebunden hatte. Die Wunde war fast verschlossen, aber manchmal näßte sie. Und dann waren beim Wechsel des Verbandes noch feine Splitter von Holz zu sehen, welche das Wundsekret aus der großen Wunde ausstieß. Aber die starke Konstitution des Ritters und sein Wille, so schnell wie möglich wieder zu gesunden, unterstützten die Heilung. Der Ritter führte Gwyn in ein anderes Zelt. Es mußte einem ranghohen Anführer des *Scheichs* Osman gehört haben, denn auch dieses war prächtig und geschmackvoll ausgerüstet. Es war nur kleiner und bescheidener in seinen Abmessungen. Gwyn staunte aber noch mehr über die reichen Beutestücke. Da lagen viele Teppiche, feine Stoffballen aus allen Teilen der Welt, Waffen und große Mengen an Goldschmuck. Gwyn entdeckte auch eine Reihe lederner Hüllen und ein paar Bücher. Auf Gwyns Blick hin antwortete der Ritter.

»Bücher und Handschriften aus Pergament und einem Material, das die Muslime *Papier* nennen. Aber ein Krieger ist selten ein Freund solch geistvoller Dinge. Das meiste ist verbrannt worden, weil niemand damit etwas anfangen konnte.«

Der Ritter seufzte wie zu einer Entschuldigung und deutete auf ein verkohltes Buch. Gwyn konnte den Titel noch lesen. *Liber de gemmis*. Er schüttelte den Kopf, und an seiner gequälten Miene sah der Burgherr, daß Gwyn dieses Buch kannte.

»Marbod, der Bischof von Rennes, soll es verfaßt und eigenhändig verziert haben. Es erzählt von der Poesie der edlen Steine und ist voller Wissen«, erklärte Gwyn traurig.

Er bückte sich und blätterte in dem Band. Aber die Seiten zerfielen zu Asche. Wolfram von Augheim führte Gwyn zu zwei großen, mächtigen Truhen. Sie waren aus schwarzem Holz, über und über reich mit Silber beschlagen. Diese Truhen, jede so groß, daß sich ein Mann bequem darin verbergen konnte, waren ein prächtiger und wertvoller Anblick.

»Nehmt dies als Geschenk, ich bitt Euch sehr darum, Herr Carlisle, für Eure Waffenhilfe und als meinen persönlichen Dank.«

Der Ritter deutete mit seinem gesunden Arm auf die beiden Truhen. Da mußte Gwyn ein wenig lächeln.

»Ich dank Euch sehr, Herr von Augheim. Aber ich besitze nicht genug, daß ich damit eine Truhe füllen könnte. Und als Reisegepäck ist es mir zu groß.«

»Wer sprach davon, Herr Carlisle? Seht selbst ...«

Der Ritter schnippte mit den Fingern. Der Befehl ging an zwei Knechte, welche einen Teil der Beute aus dem Zelt schafften, um es davor aufzuschichten.

»Öffnet ...!«

Die Männer traten jeder an eine Truhe und öffneten sie.

»Gott der Herr sei mit uns ...«, stammelte Gwyn erstaunt.

»... und mit ihm sein Sohn Jesus Christus und der Heilige Geist«, lachte der Ritter gutgelaunt.

Die Truhen waren voller Werkzeug. Werkzeug für einen Gold- und Silberschmied. Zudem waren beide Truhen voller Fächer und Schatullen, kleiner Schubladen. Jede war mit all dem gefüllt, was ein Goldschmied für seine Arbeit braucht. Jedes Stück, jeder Hammer, jeder Stichel, jede Feile hatte seinen festen Platz. Nichts davon fehlte in den mit feinem Leder ausgeschlagenen Behältnissen. Dazu kam, daß jedes Werkzeug für sich wie ein besonderes Kleinod geschaffen war und fast ein wenig zu schade für den kundigen Gebrauch. Die hölzernen Hefte waren mit Elfenbein und fein gemaserten Hölzern versehen, die Befestigungen der Sägen

waren vergoldet, und die Stichel ruhten in fein geformten Betten aus Seide.
Niemand vermochte zu sagen, woher diese Werkstatt stammte. Gwyn wußte nur um die Pracht der Materialien. So eine Werkstatt mußte einstmals einem sehr wohlhabenden Goldschmied aus Arabien gehört haben. Diese Faber galten als kundige und künstlerisch versierte Handwerker. Sie beherrschten viele Dinge, die im Abendland kaum bekannt waren und deren Techniken neu und raffiniert erschienen. Gwyn hatte sich von jeher für diese Art der Kunst begeistern können und keine Gelegenheit ausgelassen, sie zu studieren und sie sich anzueignen. Seine natürliche Gabe, einmal erfahrenes oder erlebtes Wissen sogleich umsetzen zu können, ließ ihn in seinem Stand als Handwerker und Künstler damit gleichermaßen größer und größer werden.
»Wir dachten uns alle, dies kann nur einem gehören. Was immer Ihr sagt, Herr Carlisle, bedenkt, wenn Ihr dieses Geschenk zurückweist, bin nicht nur ich Euch, sondern jeder der Ritter ist Euch gram.«
Gwyn aber war für einen Moment lang ein glücklicher Mensch.
»Kein Gedanke, dies zurückzuweisen, Herr von Augheim.« Er lachte, während seine Hände über den Rand und den Inhalt der prächtigen Truhen glitten.
»Es ist mir eine große Ehre, von Euch solcherart beschenkt zu werden.«
Der Ritter nickte zufrieden und trat zurück. Einer der Knechte rückte ihm einen Stuhl näher, und so sah er zu, wie Gwyn jedes der Werkzeuge genau begutachtete wie ein Mensch, dem man mit einem prächtigen Geschenk mehr als nur eine Freude macht. Jede Kiste war allerdings so schwer,

daß mindestens zwei Männer zu tun hatten, um sie auf den Rücken eines Kamels zu heben und dort festzubinden. Nur mit großem Geschrei war dann das Tier zu bewegen, sich zu erheben und die Last zu tragen.

Der Goldschmied hatte sich in die Nähe jener Quelle unweit des Lagers zurückgezogen, in der die Ritter und die Knechte gebadet hatten. Nach dem Ende der Feindseligkeiten und der überstürzten Flucht der Belagerer war diese Quelle wieder zugänglich für die Menschen aus dem kleinen, namenlosen Dorf. Nun fanden wieder kleine Gruppen von Frauen, jungen Mädchen, aber auch Knaben und kleine Kinder zu dem lieblichen Ort zwischen den hohen kühlen Felswänden und holten dort ihr Wasser. Die Frauen blieben tief verschleiert, und Gwyn erkannte nur an dem metallenen Geräusch ihres Schmucks, daß sie die ersten waren, die am frühen Morgen eintrafen, um frisches Wasser aus der Quelle zu schöpfen. Bald aber umstanden sie den kleinen Platz einige Schritte weiter und sahen Gwyn bei seiner Arbeit an der prächtigen Klinge des al-Mansur zu. Sie richteten keine Fragen an den Goldschmied aus dem Abendland. Ehrfürchtig und staunend sahen sie zu, wie er die wertvolle Klinge durch sein Geschick und seine Kunst in eine prächtige Waffe verwandelte. Fennek blieb ständig in Gwyns Nähe – argwöhnisch und mißtrauisch gegenüber all den Neugierigen, gleichzeitig von jener Würde, wie er sie schon bei der Bewachung seines Anführers Yusuf ibn al-Mansur gezeigt hatte. Aber der Berber sprach immer noch kein Wort mit Gwyn. Nur einmal hatte er ihm einen Beutel aus Stoff gebracht, so groß wie ein Kopftuch für einen Mann. Als Gwyn den Beutel öffnete, mußte er staunen. Da lagen goldene Ringe, silberne Fibeln, Tuchschnallen und Gürtelschließen aus feinem Silber, Ohrringe und etliche Armreifen aus purem Gold. Dazu kamen verschiedene Edelsteine und sogar einige sehr hübsche Perlen. Der Schmuck war zum großen Teil beschädigt, und die Edelsteine wie auch die Perlen sahen aus, als hätten rohe Hände sie mit Gewalt aus anderen Kleinodien gebrochen. Zweifelsohne war es Beute, die verteilt worden war. Aber sie war kostbar, und der Teil des Edelmetalles von großem Wert. Dies war das Material, das ihm der Araber versprochen hatte.

So arbeitete Gwyn an diesem Schwert. Das Geschenk, die prächtige Werkstatt, war dabei für alle Beobachter ein ständiger Hort, um zu staunen. Als einmal eines der Kinder vorwitzig mit seinen kleinen braunen Händen nach einem Stück greifen wollte, wohl nur, um es mit seinen Fingerspitzen zu berühren, sprang der Berber plötzlich auf und schrie einige Worte in seiner Sprache, dazu verdrehte er die Augen. Was er sagte, verstand Gwyn nicht, wohl aber die umstehenden Zuschauer. An dem Gesicht des Wächters ließ sich ablesen, daß er eine fürchterliche Drohung ausgestoßen hatte, denn sie wichen allesamt einige Schritte zurück, und nie wieder wagte es auch nur einer von ihnen, an die geöffneten Truhen näher als zwei Schritte heranzutreten.

Gwyn fertigte einen Handgriff für die Waffe. Dazu nahm er ein Stück Bein, wohl der Zahn eines Flußpferdes. Er schnitzte es in vielen Stunden zu einem Griff, der an einer Seite feine Mulden aufwies. Hier sollten einmal die Finger Platz finden, um die schwere Waffe sicher zu halten. Als dies Werkstück soweit fertig war, sägte er den gesamten geschnitzten Zahn der Länge nach behutsam durch. Die beiden Hälften versäuberte und polierte er mit feinem Sand, etwas Öl und Wasser so lange, bis sie samtig weiß glänzten. In jede dieser Hälften bohrte er je ein Loch. Auf beiden Seiten des bloßen Griffs befestigte er einen goldenen Stift. Nun ließ sich der Griff auf beiden Seiten fein anpassen, gehalten von den so befestigten Stiften. Als er es lange genug probiert hatte, ob auch wirklich alles genau paßte, kochte er einen dicken, zähen Leim, dessen Rezept er einst von Meister Lambert im fernen Augsburg erfahren hatte. Diese Masse strich er auf die Innenseiten der beiden Griffhälften. Dann paßte er sie erneut an, ein letztes Mal. Zuletzt wickelte er, so fest er konnte, eine dicke Hanfschnur darum und befeuchtete diese mit reichlich Wasser. Als die Schnur in der Sonne zu trocknen begann, zog sie sich zusammen und preßte die beiden Hälften mit großer Kraft aufeinander. So hielt sie, bis der zähe Leim erkaltet war. Als Gwyn den Hanf abwickelte, waren beide Hälften perfekt angepaßt. Dann polierte er den Griff noch einen ganzen Nachmittag lang, bis er glatt und ebenmäßig glänzte.

Er merkte es erst, als das leise Lachen und die geflüsterten Worte der vielen Neugierigen plötzlich verstummten. Er sah auf, und da stand Yusuf ibn al-Mansur. Stumm, ohne Regung und zugleich jeder Zoll ein Anführer und Fürst.

Yusuf trug einen bei den Arabern sehr beliebten, leichten Reiterhelm, ohne den Nasenschutz, mit einer goldenen Spitze darauf, darüber ein weißes baumwollenes Tuch, das ihm über die Schultern bis an die Taille reichte. Unter seinem sandfarbenen Leinenwams sah ein leichtes Kettenhemd hervor, das ihm jedoch nicht bis zu den Handgelenken, sondern nur bis an die Ellenbogen reichte. Er trug einen breiten Gürtel aus grün- und goldgewebter Seide, in dem ein langer Dolch mit krummer Klinge steckte. Sonst war er ohne eine weitere Waffe. Die langen, hellen Beinkleider waren an den Knöcheln gebunden. Darüber fiel ein Gewand, weit und von hellem Stoff, das bis fast an den Boden reichte. An den Füßen trug er feine Stiefel aus Leder, reich verziert und an den Spitzen leicht in die Höhe gebogen.

Für einen Moment sah Gwyn das wahre Morgenland. Der Stolz, die Raffinesse und der feine Geschmack dieses Landes, das von einem Volk bekämpft wurde, welches aus Ländern stammte, die es an Feingefühl manchmal missen ließen. Dort stand ein arabischer Fürst, und doch war er nur ein Söldner oder ein Räuber. Denn noch immer wußte dies niemand ganz genau.

Fennek hatte sich erhoben.

Wieder etwas, das Gwyn beobachtete und ihm half, das Bild über den geheimnisvollen Araber ein wenig deutlicher zu zeichnen. Niemals ließ einer seiner Männer es an Respekt dem Araber gegenüber mangeln. Niemals saß einer dieser Männer auf dem Boden, wenn es ihr Anführer tat.

»Herr Carlisle, bitte, erlaubt Ihr mir, näher zu treten?«

Die Frage des Arabers ertönte in seiner tiefen, angenehmen Stimme. Gwyn ließ sein Werkzeug sinken. Dann nickte er und lud ihn mit einer Handbewegung zum Nähertreten ein. Aber er sagte nichts. Bevor Gwyn sich versah, war Fennek wie ein Schatten herbeigekommen, rollte einen kleinen Teppich aus und wartete, bis sich Yusuf bequem im Schneidersitz darauf niedergelassen hatte. Dann trat der Berber zurück.

Gwyn saß auf einem kleinen Schemel. Er hatte sich recht

schnell daran gewöhnt, daß schwere Möbel in diesem holzarmen Land selten waren. So arbeitete er wie all die Lederstecher, die Elfenbeinschnitzer, die Tuchschneider und die Schuhmacher, alle Handwerker in jener sitzenden Haltung auf dem Boden. Nur an den Schneidersitz hatte er sich noch nicht gewöhnt. Diese Art des Sitzens war ihm auf Dauer immer ein wenig unbequem geblieben. Zudem schliefen ihm dabei die Beine ein. Solch ein Mißgeschick erzeugte große Heiterkeit bei den umsitzenden Muselmanen. Denn das gebrechliche Aufstehen eines jungen Mannes aus eben dieser Sitzposition sorgte für eine eher unfreiwillige Belustigung.

Gwyn schwieg noch immer.

Stumm arbeitete er weiter und bemühte sich, nicht einen Blick auf den neben ihm wartenden Araber zu werfen. So verblieben sie eine ganze Weile. Gwyn hörte das Lachen der Dorfbewohner, die einige Schritte weiter zwischen den Felsen das kühle, kostbare Wasser in große, tönerne Krüge schöpften und auf dem Kopf nach Hause in das nahegelegene Dorf trugen. Die Kinder und ihre hellen Stimmen, unbeschwert und fröhlich, wenn sie sich im Wasser naß spritzten oder gar von einem der Felsen in die etwas tieferen Stellen hinuntersprangen, um dort unterzutauchen.

»Fennek hat mir einen Tee gemacht«, bemerkte Gwyn höflich.

Der Araber lächelte.

»Er ist ein aufmerksamer und guter Diener«, stellte er fest.

Gwyn antwortete nichts darauf. Der Ausdruck im Gesicht des Arabers war für ihn neu. Yusuf blickte traurig, und dies dauerte den Faber. Erst nach einer Weile fügte er hinzu: »Trinkt Ihr mit mir Tee?«

Gwyn stellte die Frage, und es mutete seltsam an, daß der Araber ihm dieselbe Frage erst vor kurzer Zeit gestellt hatte.
»Gerne, Herr Carlisle«, antwortete Yusuf ibn al-Mansur höflich.
Diesmal war es Gwyn, der den Tee ausschenkte und sich dabei bemühte, keinen Tropfen daneben zu gießen. Das war nicht leicht, denn seine Hände zitterten. Gwyn spürte und wußte, der Araber wollte mit ihm sprechen. Aber nach all dem, was passiert war, glaubte Gwyn eigentlich, daß er nie wieder mit ihm sprechen wollte. Und doch war es ihm keineswegs unangenehm, den stolzen Araber nun plötzlich um sich zu haben. Er reichte Yusuf den frisch gefüllten Becher. Er wußte, wie sehr diese Geste in diesem Land als besonders aufmerksam galt.
Und als besonders höflich.
Der Araber nickte nur dankend und wartete, bis Gwyn seinen Messingbecher ergriff und behutsam einen Schluck trank. Erst dann trank auch er.
»Ihr wärt ein guter Muslim, Herr Carlisle«, bemerkte ibn al-Mansur höflich.
»Dies sagtet Ihr mir schon einmal. Aber ich bin Christ.«
Gwyn bemühte sich, mit keiner Geste unhöflich zu wirken. Wieder schwiegen die beiden Männer. Gwyn spürte, daß der Mann dort vor ihm nach Worten suchte und sie nicht fand. Ebenso wie er selbst. Aber sein geheimer Groll über all die Erlebnisse war längst noch nicht restlos verschwunden. So war es der Goldschmied, der mit seinen Worten fast hinausplatzte.
»Warum besucht Ihr mich, Herr Yusuf ibn al-Mansur?«
»Ich wollte sehen, wie weit Ihr mit Eurem Auftrag schon seid.«

»Ihr habt mein Wort und damit meine Ehre als Goldschmied und Meister meines Faches. Euer Schwert wird fertig.«
»Daran zweifle ich keinen Moment.«
»Dann entschuldigt, wenn ich trotz Eurer Anwesenheit weiterarbeite.«
»Wenn Ihr mir gestattet, noch hierzubleiben?«
»Ihr seid mir willkommen.«
»Ich störe Euch nicht?«
»Nein, Herr Yusuf ibn al-Mansur, das tut Ihr nicht«, antwortete Gwyn höflich.
Und er entdeckte dabei insgeheim, daß diese Antwort nicht gelogen war. Wieder schwiegen beide Männer. Gwyn schien alle Aufmerksamkeit der Welt zu benötigen, um in eine feine Goldkrone kleine Löcher zu bohren. Diese Krone hatte die Form der muslimischen Gebetstürme, dort, wo der Muezzin stand und die Gläubigen zum Gebet rief. Die Form und Gestalt dieser Dächer fand Gwyn vollkommen, und so bemühte er sich, eine ähnlich vollkommene Form zu fertigen. Sie sollte einmal das Ende des Schwertes, oberhalb des Handgriffs, sein. Er war mit der Arbeit an der prächtigen Waffe längst nicht fertig, aber es war bereits abzusehen, daß der Faber aus dem Abendland hier an diesem Ort in der judäischen Wüste ein weiteres Meisterwerk schuf.
Der Araber stellte sein Teegefäß vor sich auf den Boden. Es war leer, und nach dem Brauch mußte der Gastgeber so lange nachgießen, bis der Gast einen winzigen Schluck davon übrigließ. Erst dann wollte der Mann nichts mehr zu trinken. All diese Feinheiten hatte Gwyn im Laufe der Zeit in diesem Land erlernt. Er goß also noch einmal heißen Tee nach. Der Araber nickte dankend und trank dann einen Schluck.

»Herr Carlisle?«
»Ja …?«
»Ist noch Zeit, einen besonderen Wunsch von mir zu melden?«
»Für Euer Schwert?« wollte Gwyn wissen.
Der Araber nickte als Antwort.
»Ich müßt wissen, wie Euer Wunsch genau beschaffen«, entgegnete Gwyn, »erst dann kann ich sagen, ob es möglich ist.«
Yusuf ibn al-Mansur trank langsam seinen Becher leer und stellte ihn vor Gwyn auf den Boden. Es befand sich noch ein winziger Schluck darin.
Er griff in eine kleine verborgene Tasche in seinem Gürtel und zog daraus einen kleinen Beutel hervor. Der war aus Leder und mit einer Schnur verschlossen. Diesen Beutel legte er vor Gwyn auf den Boden.
»Bitte seht und prüft, ob dieses besondere Kleinod noch einen Platz an meinem Schwert findet.«
Gwyn ergriff den Beutel und wunderte sich über das geringe Gewicht. Und als er ihn vorsichtig drückte, fühlte er nur etwas Weiches. Das verwunderte ihn, denn er rechnete eher mit einem weiteren, besonders kostbaren Edelstein oder gar einer Perle. Er öffnete die Schnur, griff mit zwei Fingern in den Beutel hinein und zog den Inhalt hervor. Es war ein langes, grünes Band aus feiner Seide, kaum breiter als ein Daumen. Und er erkannte es sogleich wieder. Gwyn hob den Kopf und sah den Araber an.
»Woher …«
Sein Herz klopfte bei den Erinnerungen, die ihm plötzlich einfielen. Denn natürlich wußte er genau, wem dieses Band einst gehörte.

»Euer Gespräch, Ihr und der Ritter vom Stein … ich belauschte Euch dabei. Aber ich tat es nicht mit Absicht, dies müßt Ihr glauben. Ich schlief gerade in jenem Zelt und erwachte von Euren Worten.«
Gwyn nahm das Band in seine Hand und ließ es zwischen seinen Fingern hindurchgleiten.
»Wo wollt Ihr diese Beute …?«
»Keine Beute«, entgegnete der Araber schnell, »nein, Erinnerung an einen tapferen Kämpfer und Mann der Ehre.«
Er deutete auf die Klinge, die neben Gwyn auf einem sauberen Tuch am Boden lag.
»Könnt Ihr mein Schwert damit schmücken?«
Der Goldschmied sah auf das Band und blickte dann Yusuf an.
»Ja, wenn Ihr es wünscht.«
»Glaubt Ihr, es paßt zu dem, was Ihr mit meinem Auftrag vorhabt?«
»Ja …«
»Denkt Ihr, Herr Gerwulf vom Stein würde gutheißen, daß ich sein Andenken so für immer bewahre?«
Jetzt nickte Gwyn, angesichts der frischen Erinnerung an den jungen Ritter aus der Lombardei.
»Ja, *Saiyid* Yusuf ibn al-Mansur. Ich denke, dies würde er tun. Ganz bestimmt.«
Da war auf einmal ein Ausdruck von Ruhe und Zufriedenheit in dem traurigen Gesicht des Arabers zu sehen, und Gwyn sah, wie dem Mann zwei Tränen über die Wangen liefen.

Als die Sonne gerade aufging, zogen die Pilger gen Norden über eine schmale Saumstraße Richtung Kapernaum weiter. Auf den Mauern und Türmen standen die Bewohner der Burg, die vielen Knechte und Mägde, die Burgfrauen und die Getreuen des Ritters von Augheim, und sie alle beobachteten schweigend den Abmarsch der frommen Pilger aus Chur. Der Ritter von Augheim verabschiedete Walter von Zwingenspiel und seine Getreuen voller Respekt, höflich, aber steif. Die Distanziertheit und gleichzeitig die Entspannung ringsum, angesichts dessen, daß der unbeliebte Mann die Gegend endlich verließ, war allen Anwesenden anzusehen und zu spüren.
Ritter von Zwingenspiel sprengte plötzlich mit seinem Pferd auf Gwyn zu. Jeder konnte sehen, er wollte ihm etwas sagen. Er parierte sein Pferd vor dem Goldschmied und starrte ihn einen Moment lang unverwandt an.
»Was ich Euch noch sagen wollt. Ein von Zwingenspiel weint nicht. Niemals, hört Ihr!«
Es waren die ersten Worte überhaupt, die Gwyn von ihm hörte, seit der junge Gerwulf unweit der Burg begraben worden war. Gwyn antwortete nicht, sondern sah durch den Churer hindurch, als wäre er aus Glas. Er wußte, daß es immer solche Leute geben würde, die zur Einsicht nicht fähig waren, weil ihr Stolz und ihr Dünkel sie daran hinderten oder weil sie es nie gelernt hatten. Der Churer wollte noch etwas sagen, aber er erkannte wohl an der reglosen Miene des Goldschmieds, wie nutzlos dies wäre. Er riß sein Pferd herum und galoppierte an die Spitze des Zuges zurück.
Die Pilger hatten reiche Beute gemacht. Pferde, Kamele und ein paar Schafe. Jeder Mann trug schwer an seiner Beute im Wert von hundert Dirham in persischem Gold.

Der Weg nach Bagdad

Glücklicher Bewohner der Wüste,
bleibe, wo du bist:
Das Zelt beherbergt das Glück
und die wahre Freiheit.

Altarabisches Gedicht

Am Nachmittag desselben Tages waren auch die Männer um Yusuf marschbereit. Aber sie wollten nicht einfach aufbrechen, sondern sich einer Handelskarawane anschließen. Solch eine Gruppe zog derzeit, nur eine knappe halbe Tagesreise von ihnen entfernt, die Wüstenstraße über Hamadan nach Bostra weiter. Es waren Tuchhändler aus Tyrus, Öl- und Spezereienhändler aus Alexandria und Damietta, sowie Elfenbeinhändler von der westlichen Grenze zu Indien. Diese Händler reisten trotz der unsicheren Zeiten ohne Unterlaß. Obwohl die ständigen Kriege zwischen den Seldschuken und den Fatimiden den Handel erschwerten, profitierten die Kaufleute von den verfeindeten Gruppen und machten gute Geschäfte mit beiden. In den von den Kreuzfahrern eroberten Ländern Jerusalem, Tripolis und Edessa waren Pilger wie Händler aus dem Abendland einigermaßen sicher. Aber der Angriff der fatimidischen Räuber auf die Burg war ein Beispiel dafür, wie leicht bewaffnete Gruppen in das Königreich Jerusalem eindringen konnten und über Monate hinweg eine christliche Kreuzfahrerburg zu belagern vermochten. Unbemerkt und zugleich ungestört, denn die Normannen als Herrscher in diesem Königreich führten Krieg gegen die Byzantiner genauso wie gegen die Fatimiden.

Yusuf ibn al-Mansurs Männer hatten längst mit dem *Scheich* der Karawane eine Vereinbarung besonderer Art geschlossen. Sie begleiteten die Karawane, unterstanden aber bei kriegerischen Auseinandersetzungen nicht dem Anführer der Händler. Yusufs Männer schützten die Karawane vor möglichen Angriffen feindlicher Seldschuken oder *aràbs*, räuberischen Nomaden. Dafür genossen sie das Gastrecht bei diesen *ahl al badija*, den Leuten aus der Wüste. So aßen und tranken Yusufs Männer an den Feuern der Händler ihr Brot und ihr Wasser aus deren Vorräten. Gwyn wollte sich ihnen anschließen, was der Anführer der Karawane feierlich erlaubte.

Die Karawane des *Scheichs* Hassan Il Sharif war groß und reich. Einhundertzwanzig Kamele trugen Handelsware von der Küste bis nach Hamadan und von dort weiter zu ihrem fernen Ziel Bagdad. Die Tiere waren beladen mit Seidenballen und braunem Zucker, Rosenwasser in großen Urnen aus sandfarbenem Ton, Olivenöl, das in der Gegend um Samaria erhandelt worden war, Honig aus den duftenden Wiesenblüten von der fernen Insel Kreta, Salz aus Jaffa, und winzige Messingglöckchen, die, von den arabischen Frauen sehr begehrt, aus den Werkstätten in Aleppo stammten. Viele der Kaufleute hatten ihre eigenen Familien bei sich. Der Goldschmied aus Britannien war der einzige Christ und Abendländer unter ihnen. Yusuf und seine Männer begleiteten den Troß. Der weise Hassan Il Sharif schätzte ihn, zumal ihm Yusuf mit Respekt und Höflichkeit begegnete. Der *Scheich* war um die seltsame Reiseschar nicht so unglücklich, denn Yusufs Männer waren alle gut bewaffnet. Und sie sahen aus, als wüßten sie mit ihren Krummschwertern und Lanzen, mit ihren Äxten und Bogen gut umzugehen. Er war sich nicht sicher, denn weder er, noch sonst jemand aus der Karawane hatte dies bei ihren Verhandlungen angesprochen. Aber er hoffte, wann immer die Karawane von feindlichen Stämmen oder Räubern angegriffen wurde, daß Yusuf ibn al-Mansur und seine Männer die Karawane wirklich beschützen würden. Dafür teilten sie das Wasser, den Tee und die Datteln und das Fleisch mit den Kriegern.

Und war Yusuf ibn al-Mansur nicht ein großer *Saiyid*? Dienten ihm nicht sogar *Rumis*, Ungläubige, mit Demut und Hingabe? Ritt er nicht ein prächtiges Pferd, und trug er nicht ein kostbares Schwert, kostbar und reich verziert? Reiste er nicht wie ein Fürst in einem prachtvollen Zelt?
Vor ihnen lag für viele Wochen der Weg quer durch die arabische Wüste bis Bostra, einer Provinzstadt im Reich der Fatimiden. Von dort aus waren es wenigstens noch einmal zwanzig Tagesreisen bis Bagdad, der noch jungen Stadt am Fluß Tigris. Die alte Hauptstadt Ktesiphon mit ihrer rasch verfallenden Sassanidenresidenz verlor ihre Bedeutung von Jahr zu Jahr immer mehr. Noch lebten dort Menschen, meist die Mitglieder und Diener, Boten und Krieger der Sassaniden. Aber ihr Einfluß und ihre Macht waren vorbei. Der *Scheich* würde auch mit ihnen handeln, wenn sie es wollten, denn noch waren sie reich. Aber sie stellten seit Jahren keinen Emir mehr, der Einfluß und Geschicke bestimmen sollte. Doch schöne Frauen kamen noch immer aus dieser Gegend.
Bagdad aber galt als die wunderbare neue Stadt, in der sich mehr und mehr Menschen aus dem großen Reich drängten, auf der Suche nach Arbeit und Brot und einem besseren Leben als dem harten Dasein eines Bauern auf den kargen Feldern Arabiens. Der Stadtherr von Bagdad, der Sultan Sangar, Bewahrer des Wortes und ein treuer Anhänger Mohammeds und seiner Lehre, war gleichzeitig der Herrscher der mächtig gewordenen Seldschukendynastie. Er war Sultan von Ägypten und zugleich Kriegsherr. Pausenlos versuchten derweil die Fatimiden, die Macht an sich zu reißen. Es waren Nachrichten von Unruhen, die sich die Nomaden wie die Händler in den Karawanen erzählten.

Ihn, Sultan Sangar, wollte Gwyn treffen. Er hoffte auf eine Audienz, und er hoffte, als Künstler und Handwerker da Erfolg zu haben, wo die Abgesandten Venedigs kein Glück hatten.

Und so folgten sie dem alten Karawanenweg.

Gwyn reiste zu Fuß. Er schritt neben seinen Kamelen her. Seit er einmal versucht hatte, zusätzlich zu seinen schweren Kisten mit aufzusitzen, hatte er die eigentümlichen Tiere noch besser kennengelernt. Kamele sind nur mit Nachdruck zu bewegen, eine schwere Last und den Reiter dazu zu tragen. Fennek, der Berber aus dem fernen Mauretanien, hatte ihm geholfen. Er hatte ihm beigebracht, wie man ein Kamel dazu bringt, sich auf den Befehl seines Treibers niederzuknien, wie man ein Tier belädt und wie man ihm Packgeschirr und Sattel auflegt.

Immer am frühen Morgen bauten die Händler ihre Zelte ab. Dies machten sie so geschickt, daß es oft nur wenige Augenblicke dauerte, und das gleiche, der Aufbau der Zelte, geschah auch in den Abendstunden, wenn ihr Anführer einen besonderen Platz zum Rasten für die Nacht erspäht hatte. Üblicherweise taten dies die Frauen, aber diese Karawane bestand aus Händlern und ihren Familien. Nicht aus freien Nomaden.

So errichteten hier die Diener zuerst ein Zelt für die Gäste, in dem Gwyn und einige von Yusufs Männern schliefen. Dann errichteten sie das Zelt ihres *Scheichs*. Es maß etwa sechzehn Meter in seiner Länge und war sieben Meter breit. Das Dach bestand aus dichten Decken, schwarz, gewebt aus dem Haar der Schafe und Kamele. Wie alle Zelte der Reisenden in der Wüste hatte auch das Zelt ihres *Scheichs* drei Eingänge. Einer nur für die Frauen, ein zweiter Eingang direkt neben den weidenden Kamelen und der dritte Eingang war der für alle Gäste. Der Sitte entsprechend, war er so hoch, daß ein Mann zu Pferd hereinreiten konnte, ohne abzusteigen, und er lag gen Osten. Die Erfahrung und das Wissen über das Land halfen dem *Scheich* Il Sharif bei der Entscheidung, den richtigen Lagerplatz für die Nacht zu finden. Immer wieder wunderte sich Gwyn darüber, warum in der scheinbar trockenen und ausgedörrten Gegend ringsum ein bestimmter Platz so besonders war, daß nur er und kein anderer für die Rast und das Verbleiben in dieser Nacht günstig war. Der *Scheich* schien dabei aber an alles zu denken: An die Beschaffenheit des Bodens, ob es wenigstens spärliche Reste an Grün ringsum als Nahrung für die Tiere gab, an den Wind und aus welcher Richtung er blies, an den Sonnenstand. Und nicht zuletzt war auch immer da, wo es Wasser gab, ein Platz für die Nacht nicht weit. Am Anfang waren sie durch Gilead und Havran, uralte Provinzen, die bereits den Römern bekannt waren, gezogen. Das Land dort war karg, aber es gab immer wieder Wasser in kleinen Quellen, und Bostra lag auf dem Weg nach Bagdad.

Und Gott sprach:
AUF DEINEM BAUCHE SOLLST DU GEHEN UND ERDE ESSEN DEIN LEBEN LANG.
Die Viper war groß. Vom Kopf bis hin zu ihrem Schwanzende maß sie die Distanz eines weiten Schrittes. Sie bewegte sich schnell und behende. Den ganzen Tag über war das Reptil, zusammengerollt unter einem großen Stein, still gelegen. Die heiße Sonne wärmte das Tier. Nun aber war es Nacht, und die Nächte in der Wüste werden kühl. Dann beginnt das Reptil in eine schlafähnliche Starre zu verfallen, oder es jagt.

Dabei wird die Viper in solch einer Nacht Meilen zurücklegen, immer auf der Suche nach Beute. Dann gleitet sie mit schnellen, geschmeidigen Bewegungen über den Boden. Stellt sich ein Hindernis ihrer witternden Zunge entgegen, bewegt sie ihren Leib darüber oder umkriecht es.
Außer sie spürt eine plötzliche Wärme.
Wärme, die von Tieren oder Menschen ausgeht, die ihren Weg kreuzen.
Nomaden, Händler, Pilger, Krieger.
So sprach Gott:
UND ICH WILL FEINDSCHAFT SETZEN ZWISCHEN DIR UND DEM WEIBE UND ZWISCHEN DEINEM SAMEN UND IHREM SAMEN.
Die Pferde witterten das Reptil zuerst. Sie hoben die Köpfe, und ihre Nüstern blähten sich. Sie sogen die klare, kühle Wüstenluft ein, in der Hoffnung, etwas zu wittern, das ihnen beschreiben könnte, was da draußen in der Wüste näher kam, schnell und so behende. Aber sie rochen nichts, und doch spürten die Tiere die Gefahr. Jetzt hörten auch die Kamele mit dem Käuen ihres Futters auf. Sie hoben die Köpfe, ebenfalls in der Hoffnung, etwas zu wittern. Die Pferde wurden immer unruhiger. Sie scharrten mit ihren Hufen und hoben erneut die Köpfe. Der Wächter, ein wenig dösend, war auf einmal hellwach, denn er wußte, auf die Sinne der warnenden Tiere war unbedingt Verlaß. Irgend etwas schlich sich an das Lager heran. Er sah sich um und lauschte.
Und Gott sprach:
DERSELBE SOLL DIR DEN KOPF ZERTRETEN, UND DU WIRST IHN IN DIE FERSE STECHEN.
So sehr er auch in die Stille der Wüstennacht lauschte, für ihn war nichts zu hören. Da trat er einen Schritt in die Dunkel-

heit. Das Reptil sah ihn nicht und er nicht die Schlange vor sich auf dem Boden. Die Sandviper war ein großes und erfahrenes Tier. Ihr Instinkt nannte das Wesen vor ihr keine Beute, dafür war es zu groß. Es war auch kein Feind wie der Bussard oder der Wüstenfuchs. Aber was immer es war, es würde auf sie, die Schlange, treten, jetzt, mit dem nächsten Schritt. Und so stieß sie nach vorn, mit einer blitzschnellen Bewegung.
Die Sandviper biß zu.
Der Wächter stieß einen leisen Schrei aus und sprang zurück. Er spürte nur den Schmerz, aber nicht, was ihn verursacht hatte. Es konnte ein Dorn sein oder eine scharfe Steinkante, in der Dunkelheit nicht zu sehen. Der Mann fluchte vor sich hin. Er wollte rufen, aber ein plötzliches heftiges Pochen seines Herzens hinderte ihn daran. Er fühlte eine Anstrengung dabei, die ihm fremd war. Dazu kam ein stetes Rasen in seinem Kopf. Er glaubte, sein Blut zu hören, wie es durch die Adern seines Körpers floß, schnell, so ungeheuer schnell.
Eine ausgewachsene Sandviper verspritzt genug Gift aus ihrem Gaumen, um ein Pferd oder ein Kamel mit ihrem Biß zu töten.
Warum nicht auch einen Mann?
»Allah, eine Schlange!«
Der Mann rief es in Griechisch, und Gwyn verstand, was er sagte. Nach der Entdeckung durch einen weiteren Wächter am frühen Morgen waren alle zu dem Toten gelaufen, der dort auf dem Boden lag, unweit der Senke, wo die Karawane ihre Tiere für die Nacht angebunden hatte. Auch Yusuf war näher gekommen. Die übrigen Händler der Karawane umstanden den Leichnam, und einige hoben ihre Hände in stummer Demut und zugleich Klage gen Himmel.
»Vipern, die Geiseln der Wüste«, knurrte Yusuf.

Die übrigen Männer murmelten leise in ihrer Sprache. Gwyn bedauerte still den Unglücklichen.

»Das Biest hat ihn heute nacht gebissen«, erklärte der Araber, »und dann seht, hat sie bei ihm gelegen, solange er warm war. Schlangen lieben es warm. Und jetzt liegt sie hier irgendwo und ist zufrieden.«

»Oh, welch ein Unglück!« murmelten die Umstehenden.

»Es war Allahs Wille«, bekräftigte Hassan Il Sharif, der *Scheich*.

Er befahl einigen Männern, die Leiche des Toten zu verbrennen. Er mußte seine Aufforderung wiederholen, denn die Nomaden der Wüste fürchten sich vor solchen Unglücken und sehen es in ihrem Aberglauben als böses Omen für die weitere Reise. So war die Stimmung an diesem Morgen gedrückt. Als die Weiber mit ihren Klagegesängen anfingen, war es auch Gwyn eigentümlich zumute. Er wollte nichts essen, obwohl er wußte, wie wichtig es war, etwas im Bauch zu haben, bevor der Marsch begann und die Sonne am Horizont aufstieg und alles in ihre glutheißen Strahlen tauchte. So lehnte er ein Frühstück aus Datteln, Teigfladen und heißem Tee ab und bemühte sich statt dessen, seine Kamele zu beladen. Fennek, stumm wie immer, half ihm dabei. Und als sie fertig waren, stieg der schwere Rauch des Scheiterhaufens auf und verdunkelte für einen Moment die Sonne.

Goldschmied, Ihr seid unser Schutz.«

Seit Tagen waren sie unterwegs. Tagsüber folgten sie dem Weg nach Bostra, nachts lagerten sie in der Wüste. Jeden Abend lud ihn der *Scheich* in sein Zelt, ebenso wie Yusuf. Dann erzählten sie sich Geschichten oder lauschten solchen,

die erzählt wurden. An diesem Abend blieb Yusuf der Einladung jedoch fern, denn er und seine Männer waren auf Beutezug gewesen und schliefen nun in ihren Zelten.
»Goldschmied, Ihr seid unser Schutz.«
»Aber ehrwürdiger *Scheich*, wie soll ich ... ich kann noch nicht einmal ein Schwert führen. Jeder Eurer Männer führt den *Scimitar* besser.«
Gwyn war verwundert über die Behauptung des alten Mannes. Hassan Il Sharif nickte nur und nahm mit zwei Fingern eine Dattel aus einer Schale und betrachtete sie einen Moment. Dann steckte er sie in den Mund und kaute mit kleinen, wegen seines dichten Bartes kaum wahrnehmbaren Bewegungen.
»Yusuf liebt Euch.«
Der Mann spie den Dattelkern mit einer geübten Bewegung neben sich aus dem Zelt auf den Boden und ergriff eine weitere Frucht. Gwyn war von der Bemerkung des Mannes überrascht und zugleich verunsichert.
»Verzeiht, *Scheich*, daß ich Euch widerspreche. Aber ich habe keinerlei Händel mit ihm und meide allen Streit. Das ist wohl alles.«
Der Anführer der Reisenden lächelte höflich, kaute und spie dann erneut einen Kern aus. Mit einer Handbewegung forderte er den Goldschmied auf, sich zu bedienen. Gwyn tat es, denn er wußte, wie unhöflich es war, solch eine Einladung des bedeutend älteren und damit respektierten Mannes abzulehnen.
»Er liebt Euch, und er würde nichts tun, was Euch schadet. Bleibt Ihr bei uns, sind wir alle sicher«, bekräftigte Il Sharif.
Gwyn schüttelte heftig den Kopf.
»Ihr irrt Euch. Mir graut vor diesem Mann, der so prächtig

lebt und residiert, sich aber nicht scheut, Karawanen wie die unsere anzugreifen, nur um alles Leben zu töten. Er ist ein Räuber!«

»Ja, er ist ein Räuber. Aber er hat dieses Leben gewählt. Der Prophet sagt, Gott ist gerecht. Er läßt uns Menschen tun, was wir tun müssen. Auch das Böse tun die Menschen, weil es ihr freier Wille ist.«

»Und Euer Gott tut nichts, um das Böse zu verhindern?«

»Nein, Goldschmied. Warum sollte er? Gott will nur das Gute. So steht es geschrieben.«

Gwyn spürte, daß er bei diesem Gespräch kein Glück haben würde. Er hatte gehofft, von Hassan Il Sharif die Bestätigung zu hören, wie niederträchtig der Araber war. Statt dessen tolerierte der Mann die Handlungen der Männer um Yusuf ibn al-Mansur.

Gwyn wollte etwas sagen, und dem *Scheich* war im Gesicht des Goldschmieds der Unmut nicht entgangen. Gwyn kaute auf seinem Dattelkern herum, bis er ihn dann mit einer Bewegung des Mundes ausspie. Da lächelte Hassan mild.

»Schmeckt Euch die Dattel, Goldschmied?«

»Ja, *Scheich*, aber warum fragt Ihr?«

»Ihr eßt sie, obwohl ein Kern darin ist, der lästig ist. Denn man kann ihn nicht beißen. Ihr müßt ihn ausspucken.«

»Ja ...«

»Aber Ihr werdet die Dattel nicht schmähen, nur weil sie einen Kern hat, den Ihr nicht kauen könnt?«

»Nein.«

»So ist es mit dem, was wir Menschen tun. Es ist nicht immer alles so, wie es Gott gefällt. Der Prophet sagt, dem einen von euch steht der Sinn nach Beute, dem anderen nach dem Paradies.«

»Ich vermag Euch bei Euren Gedanken nicht zu folgen, *Scheich*.«
»Weil Ihr denkt wie ein Christ.«
»Ich bin Christ, *Scheich*.«
»Und ich bin Muslim. Trotzdem reden wir miteinander. Goldschmied, Allah ist immer nur das Gute. Wer dies glaubt und achtet, kann sein Leben leben. Das Gute heißt er gut und das Böse schlecht.«
Gwyn spürte, wie der *Scheich* bei ihm um Verständnis für das Handeln des Arabers warb. Dabei hatte der Faber soeben begonnen, dem besonderen Charme und dem Wesen des stolzen Arabers zu erliegen.
Er glaubte zu wissen, daß er diesen Mann gern mochte, so wie man einen Menschen mag, ihn schätzt, sein Wesen, alles, was er ist und tut und es vermißt, wenn dieser Mensch nicht mehr bei einem ist. Yusuf ibn al-Mansur war das, was Gwyn an diesem Land und seiner Reise mochte. Seinen ständigen, leisen Spott, seine gewählten Worte in jeder Sprache, seinen Stolz und seine Würde und seine plötzliche Wildheit, wenn er leidenschaftlich sprach oder kämpfen mußte. Und dann entpuppte sich Yusuf ibn al-Mansur letztlich doch als ein gewöhnlicher Räuber, ein gottloser Heide und Schlächter.
»Wir reden von Mann zu Mann, ehrwürdiger *Scheich* Hassan Il Sharif, weil ich Respekt hege vor Euch und Euren Worten.«
»Ich danke Euch, Faber aus dem Reich der Franken. Aber habt Ihr vor Yusuf nun weniger Respekt?«
»Ja …«
Gwyn nickte grimmig und spie seinen Dattelkern mit geblähten Backen aus.

»Laßt Euch erzählen, was ich weiß, und dann urteilt«, entgegnete Hassan milde.
Und er erzählte Gwyn, wie Yusuf und seine Männer eine andere kleine Karawane beobachteten, nur eine Tagesreise von ihnen entfernt. Die Karawane war eine große Sippe, Beduinen mit großen Herden, aber keine Händler. Yusuf wollte diese Sippe überfallen, ihnen aber nur Vorräte rauben. Er und seine Getreuen beobachteten jedoch einen plötzlichen Überfall von räuberischen Nomaden auf eben diese Sippe. Die Nomaden hatten sich nachts unbemerkt von der anderen Seite des Gebirges herangeschlichen und griffen die Beduinen in der Früh an. Bevor sie, Yusufs Männer, eingreifen konnten, war alles vorbei. Die Räuber töteten entgegen der Sitte der Wüste alle und machten reiche Beute. Yusuf ibn al-Mansur folgte den Räubern, als diese sich mit ihrer Beute wieder in das zerklüftete Wüstengebirge zurückziehen wollten. Bei einem überraschenden Angriff nahmen sie den siegestrunkenen Nomaden alles wieder ab. Der *Scheich* war mit seiner Erzählung zu Ende. Gwyn starrte wie in Gedanken aus dem Zelt und sah in der Ferne die schemenhaften Umrisse des Gebirges, das sie morgen vielleicht erreichen würden. Es sollte dort Dörfer geben, in denen sie tauschen konnten. Einfachen Schmuck gegen Mehl und Datteln, bunte Tücher gegen Halbedelsteine.
»Dazu gehört Mut, Faber«, sagte Hassan Il Sharif sanft.
»Mut?«
»Die Räuber waren zahlreich, und Yusuf und seine Männer zählen weniger als zwanzig.«
»Sie haben alle getötet, nicht wahr, ehrwürdiger *Scheich*?«
»Ja, Faber. Alle, die noch Blut an ihren Schwertern hatten. Yusuf ist ein Räuber. Gott ist nicht für dieses Leben, aber er

duldet es. So sagt es der Prophet. Für Yusuf wäre es ein leichtes, es mit uns auch zu tun, so wie er es mit den Nomaden getan. Solange Ihr mit uns reist, kann meiner Sippe nichts geschehen. Denn Yusuf liebt Euch.«

Es war ein mühseliger Weg während der nächsten zwei Tage. Die Reste der bisherigen Straße waren verschwunden, und vor ihnen lag ein weites, trostloses Land voller Steine, die wie zerbrochene Scherben in der endlosen Ebene lagen.

Erst jetzt, am dritten Tag, wurde das Geröll weniger, bis es ganz verschwand. Die Kamele schritten durch den reinen gelben Sand der großen Wüste, die weiter südlich Nefud genannt wurde.

Es war heiß wie all die Tage zuvor, aber diese Luft empfanden alle Reisenden als drückend und unangenehm. Die Männer auf ihren Kamelen sangen nicht mehr, und die Stille paßte zu der Stimmung.

Die Sonne verschwand plötzlich.

Sie ging nicht unter, wie es gegen Abend immer geschah. Statt dessen verfinsterte sich der Himmel und wurde immer dunkler, zuerst grau, wie vor einem großen Regen, wechselte die Farbe in einen bräunlichen Ton über. So als ob der Himmel voller Erde wäre.

»Der Zorn Gottes!« schrie der Anführer der Treiber.

Die Männer sahen bang in den Himmel und trieben die Tiere schneller. Die Kamele schritten mit langen ausholenden Bewegungen dahin. Die Lasten an den Höckern schaukelten im Rhythmus der schnell eilenden Tiere. Sie trabten so, als ob sie keine Lasten mehr trügen. Aber jeder wußte, daß die Karawane das Tempo in der schwülen und seltsam knisternden Luft nicht lange durchhalten konnte.

»Gottes Zorn, eilt euch!«

Es war der *Scheich* Hassan selbst, der diesen Ruf ausstieß. Die Wolkenwand hinter ihnen war immer dunkler geworden. Gwyn war entsetzt und gleichzeitig fasziniert von diesem Schauspiel am eben noch hellen Himmel. Er hätte sich niemals vorstellen können, daß ein Sturm sich in solch kurzer Zeit und zugleich in dieser bedrohlichen Färbung bilden konnte. Aber aus dem Himmel war eine einzige finstere Wand geworden, und der *Scheich* versuchte, seine Furcht nicht zu zeigen. Yusuf parierte sein Pferd, und Gwyn beobachtete etwas, was der stolze Araber noch nie getan hatte. Er befahl seinen Männern, überall da zu helfen, wo Not am Mann war. Fennek, der Berber, war plötzlich neben dem Goldschmied.

»*Jalla, jalla!* Lauf, Ingles, lauf! Und treib den Onkel und sein Weib, lauf.«

Immer wenn Fennek erregt war, rollte er mit den Augen, und sein Gesicht bekam dabei etwas von einer burlesken Grimasse. Gwyn hielt sich am Sattelzeug des ersten Kamels fest und watete, so schnell er konnte, durch den knöcheltiefen Sand.

»Ein Sturm, Fennek ...«

»Ja, Allah muß zornig sein auf uns. Er wird uns einen Sturm schicken ... einen schrecklichen Sturm.«

Gwyn sah keuchend zur Seite auf den dahineilenden Fennek und erkannte zum ersten Mal, daß der Berber Angst hatte. Gwyn wandte sich um, und er wußte um den Grund. Bei dem Anblick, der sich ihm nun plötzlich bot, erschrak er zutiefst. Der Himmel war fast schwarz. Dazwischen sah er

grüne und blaue Streifen aufblitzen, die sogleich wieder verschwanden, um an anderer Stelle unheimlich leuchtend wieder zu erscheinen. Er spürte einen heftiger werdenden, heißen Wind, der ihm die Kleidung und sein Haar zauste.
»Lauft ...«, schrie der Karawanenführer.
Da jagte Yusuf plötzlich heran und schrie einen kurzen Befehl in arabischer Sprache. Fennek nickte und sprang in den Sattel seines Pferdes. Mit einem lauten Schrei trieb er sein Tier an und jagte es an der übrigen Karawane vorbei. Er setzte sich weit an die Spitze und ritt, so schnell sein Pferd konnte.
Yusuf beugte sich über den Hals seines Tieres zu Gwyn hinunter und schrie ihm zu, denn der Wind war stärker geworden und trieb auf einmal den feinen Sand durch die Luft.
»Er wird einen Platz suchen, und gebe Allah, daß er einen sicheren Platz findet, sonst sind wir alle verloren!«
Yusufs Pferd schnaubte und keilte nach allen Seiten aus. Das Tier fürchtete sich vor dem Sturm.
»Bindet Euch ein, Faber ...«
Gwyn nestelte an seinem Tuch, das seinen Kopf bedeckte, um ihn vor der sengenden Sonne zu schützen.
»Bindet Euch ein, Faber, Allah will uns prüfen ...«
Da ertönte ein Schrei weit vor ihnen.
»Inschallah ... Inschallah!«
Das war Fennek, der an der Spitze geritten war. Jetzt wartete er, im Sattel seines Pferdes aufrecht stehend, oben auf dem Kamm einer mächtigen Sanddüne. Das Pferd war in dem stärker gewordenen Wind kaum zu halten. Er winkte mit dem Arm der übrigen Karawane zu. Er schien einen sicheren Platz gefunden zu haben.

»Eilt Euch, Faber, und seht Euch nicht um ...«, schrie Yusuf und hieb sein Pferd in die Seiten, daß es trotz des sandigen Untergrundes davonstob wie ein Blitz.
Der Araber ritt auf den wartenden Fennek zu und schrie dabei auf arabisch immer wieder den dahinhastenden Menschen zu. Gwyn zog sich mit der freien Hand das Tuch vor sein Gesicht und stopfte die losen Enden unter sein Wams. Aber neugierig war er doch.
Und er wandte sich um.
Niemals würde der Goldschmied diesen Anblick vergessen können. So also sahen sie aus, die Mächte, die Gott, der Herr regiert. Die Sturmfront hatte sie fast erreicht. Der Himmel war keine Farbe mehr, sondern nur noch Sand. Diese sich bewegende Front kam in rasender Geschwindigkeit näher und hatte sie fast erreicht. Da drehte Gwyn sich um und hastete durch den Sand, die Hand schmerzhaft im Sattel des ersten Kamels verkrallt. Der »Onkel« trabte mit weitausholenden Schritten durch den fließenden Sand und zog ihn mit sich.
Nur nicht hinfallen, hämmerte es in seinem Ohr.
Beide Tiere begannen plötzlich mit heiseren Lauten zu keuchen. Diese sonst so ruhig und gelassen wirkenden Lastkamele spürten den Sturm, und ihre Laute waren pure Angst. Gwyn hörte die Treiber schreien, und Kinder und Frauen kreischten vor Entsetzen. Das Heulen des Sturmes war immer lauter geworden und schwoll immer noch an. Jetzt hasteten sie alle, Menschen und Tiere, die Düne hinauf. Gwyn sah, wie sie die Lasten fahren ließen, wie sie ihre Kinder ergriffen, ihre Wassersäcke an sich preßten und den Hügel hinaufstolperten, immer wieder niederfallend in dem leichten und sich überall bewegenden Sand. Am Ende der Düne sah

Gwyn nur noch schemenhaft eine Senke, umschlossen von den hohen Dünen. Der Wind war hier noch nicht so stark, und der Tanz der Sandwirbel noch erträglich. Dorthin, auf eben diesen Grund, stürzten und stolperten die Menschen, zusammen mit ihren Kamelen und Pferden, ihren Ziegen und Schafen. Und dort kauerten sie alle nieder, die Tiere zuerst und die Menschen im Schutz deren Leiber. Gwyn sah, wie Yusufs Männer ihre Pferde nicht länger an den Zügeln hielten und sich auf die Erde kauerten. Die Menschen der Karawane taten es ihnen nach. Manche schreiend vor Angst angesichts des feinen Sandstaubes, der über sie kommen sollte. Gwyn hielt noch immer seine Kamele, aber die Tiere blieben plötzlich einfach stehen und schrien in einem seltsam klagenden Laut. Dann knieten sie beide fast gleichzeitig nieder, erst mit den Vorderläufen einknickend, dann die Hinterläufe nachziehend. So lagen sie und senkten die Hälse fast auf den Boden.

Gwyn verstand.

Er drängte sich an den Leib des ersten Kamels und zog den Rest seines Tuches über sich. Das letzte, was er erkannte, war Yusuf ibn al-Mansur, der zwischen all dem Treiben zu ihm her sah und sich selbst erst dann neben seinem Pferd in den Sand kauerte, als er sicher war, daß der Goldschmied seinen Platz gefunden hatte.

Und dann war der Sturm über ihnen.

Gwyn lag neben dem warmen Leib des Kamels und spürte, wie das Tier zitterte. Dann liefen Schauer wie lange gleichmäßige Wellen über den gespannten Leib. Er kniff beide Augen zu, und trotzdem glaubte er, der feine Sand dringe hinein. Es schien, als wollte er mit einer eigenen Gewalt Einlaß in jede Pore seines Körpers verlangen. Gwyn spürte, wie ihm der Sand, heiß und scharf, in seine Ärmel drang, in die Beinkleider rieselte und unter seinen weiten Burnus blies. Der gewaltige Sturm rüttelte an seiner Kleidung, und er spürte, wie der feine Sand immer schneller überall eindrang wie Wasser, das sich überall dort einen Weg bahnt, wo dies möglich ist. Dann wiederum glaubte er, der Sturm würde ihn ergreifen wie mit unsichtbarer Hand, in die Höhe heben und fortwirbeln wie einen Fetzen Stoff. Immer wenn er sich ein wenig bewegte, bewegte sich auch der Leib des Kamels neben ihm, und einmal glaubte er, das Tier lege sich auf ihn drauf. Aber das war nur, wenn der Hals des Tieres sich aus dem gröbsten Wind drehte und wenn es plötzlich, ein wenig Luft holend, zuerst den Sand ausblies. Das feine Sirren der Millionen winzigen Sandkörner erzeugte ein lautes, brausendes Geräusch, ein unheimliches Ächzen in der Luft.

Aber da war keine Luft mehr, denn die Luft war Sand.

Herr, halt ein …, betete Gwyn stumm.

Laß gut sein, laß aufhören … aufhören … aufhören, bitte, Herr! *Bitte!*

So hoffte er in seiner Angst, immer gewahr, von einem Augenblick zum anderen keine Luft mehr zu bekommen und zu ersticken.

Der Sturm heulte mit infernalischem Lärm weiter.

Allmählich wurde das Geräusch des Windes schwächer, und bald bliesen die Böen nicht mehr so stark, daß sie große Mengen an Sand aufwirbeln konnten. Gwyn vermochte nicht zu sagen, wann, aber auf einmal fiel ihm das Atmen spürbar leichter. Er versuchte, sich zu bewegen, aber er spürte, wie schwer dies war. Erst glaubte er, eines der Kamele läge jetzt doch zu einem Teil auf ihm. Aber dann merkte er, daß dies der Sand war, den der Sturm um ihn herum angehäuft hatte wie eine Wehe aus Schnee, die im Winter einen Mann einschneien kann, wenn er Schutz suchend sich so auf den Boden kauert, wie Gwyn und die Reisenden aus der Karawane es getan hatten.

Er hob den Kopf.

Sand rieselte ihm links und rechts vom Nacken herab. Gleichzeitig spürte er den Sand überall auf seinem Körper kleben, auf dem Rücken, dem Bauch und an den Beinen. Er hatte vor Angst geschwitzt, und er tat es noch immer. Seine tränenden Augen brannten, und er hoffte, daß der Sand sich rasch aus den Augen herauswusch, denn noch immer konnte er nicht richtig sehen. Als er tief Luft holen wollte, war da nichts außer Sand, und er hustete, bis seine Lungen schmerzten, als wären sie gefüllt mit heißem Sand. Er riß sich das dicht gewickelte Tuch vom Kopf. Ringsum hörte er das Husten und laute Keuchen vieler Menschen. Ein kleines Kind weinte herzergreifend. Die Kamele bewegten sich nun heftiger, arbeiteten sich aus dem Sand heraus und erhoben sich mit keuchendem Geräusch. Eine Hand packte ihn an seinem Burnus und zog ihn hoch.

»Ingles, bist du wohl?«

»Ja …«, hustete Gwyn.

Es war Fennek, die treue Seele, der ihn in die Höhe zog. Jetzt konnte Gwyn etwas erkennen. Der Himmel war hell, an manchen Stellen sah man sogar wieder ein freundliches Blau. Ringsum gruben sich die Mitglieder der Karawane aus dem Sand, alle vor Erleichterung lachend.

»Gottes Zorn …«, wollte Gwyn sagen, aber er mußte wieder husten.

Fennek lachte.
»Allahs Zorn währt nie lange«, entgegnete der Berber mit kratzender Stimme. Er trank einen Schluck aus seinem Wasserschlauch und reichte Gwyn das Leder. Auch Gwyn trank und glaubte dabei zu spüren, wie ihm das lauwarme Wasser den Staub aus seinem Hals schwemmte.
Die Frauen der Karawane waren die ersten, die sich beherzt der Mitglieder ihrer Familien annahmen. Der *Scheich* schrie in arabischen Worten etwas, was wie ein Befehl für alle galt. Da knieten die Menschen nieder, und Gwyn verstand. *Scheich* Hassan Il Sharif wollte beten und Dank dafür sagen, daß Allah sie in dem mächtigen Sandsturm verschont hatte.
Und Gwyn kniete nieder und betete zu Gott, dem Herrn.

Die Karawane wollte weiterziehen. Wie ein Wunder waren außer zwei Ziegen, die in dem Sturm verlorengingen, keine Opfer zu beklagen. Die Menschen hatten viel Sand geschluckt, und ein Teil der Ladung war verweht worden, aber es war niemandem ein Leid geschehen. Gwyns schwere Truhen waren mit langen Stoffbahnen umwickelt worden, aber nachdem er festgestellt hatte, in welch winzige Ritzen und Spalten der Sand durch die Gewalt des Sturmes hingelangte, war er sich nicht mehr so sicher, daß die Kraft des feinen Sandes sich nicht doch einen Weg in das Innere gebahnt hatte. Er wollte aber erst am frühen Abend die Truhen öffnen, und sein Werkzeug überprüfen.
Nur eine halbe Tagesreise entfernt gab es eine grüne Oase, in einem Tal gelegen mit einer sauberen Quelle. Gwyn säuberte seine Kleidung und begann dann, alle Pfeile aus seinem Köcher zu nehmen. Als er den leeren Köcher umdrehte, mußte

er plötzlich lachen angesichts der Sandmenge, die sich darin befand. Erst dann vermißte er seinen Bogen.
Diese Erkenntnis verwirrte ihn für einen Augenblick. Sein Bogen war verschwunden. Er mußte ihn irgendwo bei der schnellen Jagd, die große Düne hinauf oder dann beim eiligen Abstieg in die Senke verloren haben. Gwyn sprang auf. Er schirmte mit der Hand seine Augen ab und sah über den hellen Sand. Von einem Augenblick zum nächsten tastete sich die Sonne durch die dichten Wolken. Der Sandsturm zog nach Süden weiter, und das Licht kehrte zurück. Gwyn schluckte. Irgendwo hinter ihm, im verwehten Sand vergraben, lag sein Langbogen.
»Allah war mit uns, nicht wahr, Goldschmied?«
Es war Yusuf, der sein Pferd neben dem Faber anhielt. Das Tier tänzelte noch immer nervös und blies ständig mit lautem Schnauben seine Nüstern aus. Gwyn sah auf. Der Araber saß im Sattel, so als ob nie etwas geschehen wäre. Mit keiner Spur verriet sein Äußeres, daß er, wie alle anderen hier, dem heftigen Sandsturm soeben entkommen war.
»Mein Bogen …«, murmelte Gwyn und sah wieder über die verwehte Spur hinter ihnen.
»Was ist Euch, Faber?«
»Mein Bogen … ich hab ihn verloren …«
Gwyn war für einen Moment wie betäubt. Der Langbogen war wie ein Teil von ihm selbst. Er konnte sich nicht vorstellen, ohne diese Waffe seine Reise fortzusetzen. Der Araber stellte sich im Sattel seines Pferdes auf, als ob er so noch besser sehen könnte, und sah suchend über die glatte, vom Wind zugewehte Sandfläche.
»Was der Sand einmal begraben hat, gibt er nicht wieder her«, sagte ibn al-Mansur mit ehrlichem Bedauern.

»Aber nicht meinen Langbogen«, entgegnete Gwyn bestimmt.
Seinen Bogen aufgeben, hieße soviel, wie einen guten Gefährten aufgeben.
»Ich werd ihn suchen …«
»Faber, Ihr seid … hört, wir alle haben Durst. Wir müssen weiter und die Quelle aufsuchen, solange es noch hell ist. Wir wissen nicht, ob der Sturm auch das Wasser an der Quelle verschmutzt hat. Die Kamele und die Pferde sind durch den Sturm geschwächt. Wir alle müssen trinken!«
»Ich bleibe hier und suche meinen Bogen!« entgegnete Gwyn knapp. »Er kann nicht weit sein, denn ich spürte ihn noch eine Weile beim Laufen …«
Er wollte nicht weitersprechen, denn seine Antwort geriet kläglich genug, das wußte er. Wie sollte er seine Waffe hier wiederfinden? Zumal er nicht einmal genau wußte, wie tief im Sand verweht sie lag, und vor allem, wo genau?
Die übrige Karawane war bereit zum Aufbruch. Yusuf befahl Fennek, die beiden Kamele des Goldschmieds für die Weiterreise fertig zu machen. Er selbst sprach mit dem *Scheich*.
Der Älteste der Karawane sah Gwyn lange an. Hassan Il Sharif war der Patriarch, und niemand durfte sich seinen Anweisungen widersetzen. Tat er dies doch, war er kein Mitglied mehr in der Gemeinschaft. Ein Ausschluß hier in der Wüste war fast gleichbedeutend mit dem Tod. Allein war es schwierig und für einen unkundigen *Rumi*, wie dem Goldschmied, sogar unmöglich.
»Die Waffe ist Euch ein so großes Opfer wert, Christ?« fragte Hassan Il Sharif.
»Ja, *Scheich*, sie ist ein Teil von mir. Ein weiser und gütiger

Mann lehrte mich den Umgang damit, und ich bewahre sein Andenken im Besitz und im Gebrauch dieses Bogens.«

»Ich verstehe Euch, Christ. Eure Gesinnung ist edel. Gesegnet seien diejenigen, welche ein Andenken bewahren können.«

Gwyn nickte dankend.

»Aber was Ihr vorhabt, ist Allah herausfordern«, bekräftigte Hassan Il Sharif.

»Warum?«

»Hätte Gott gewollt, daß Ihr Euren langen Bogen wiederfindet, würde er ein Zeichen senden und ließe Euch das verloren geglaubte Stück wiederfinden.«

»Ich *werde* ihn wiederfinden!«

Gwyns Antwort war von einem leichten Trotz. Er wollte doch nur die Möglichkeit haben, nach der Waffe zu suchen, mehr verlangte er gar nicht. Gwyn, zu sich selbst ehrlich genug, glaubte eigentlich nicht daran, sie zu finden. Ein solcher Sandsturm, wie er ihn gerade erlebt hatte, blies schwerere Gegenstände wie seinen Bogen oft über eine Meile weit, und niemand vermochte den Ort zu bestimmen, an dem Gwyn seine Waffe verloren hatte. Es war ein aussichtsloses Unterfangen. Aber beide Araber, der *Scheich* Il Sharif wie auch Yusuf ibn al-Mansur, waren zu höflich, um Gwyn dies unverblümt zu sagen.

»Christ, kein Muslim meiner Sippe wird Euch helfen. Denn sie glauben, was Ihr tut, ist Gott erzürnen. Wir warten hier, bis der Schatten meines Zeltes und der Schatten eines Eurer Pfeile eins sind. Dann ziehen wir ohne Euch weiter.«

Der *Scheich* endete mit seiner Erklärung, und Gwyn nickte daraufhin zum Zeichen, daß er einverstanden war. Da klatschte der *Scheich* in die Hände. Einer seiner Männer zog langsam einen Pfeil aus Gwyns Köcher. Dann verbeugte er sich vor dem *Scheich* und trat aus dem Schatten des Zeltes in die heiße Sonne hinaus. Er schritt langsam über den Sand, bis der *Scheich* ihm mit einem erneuten Händeklatschen befahl, anzuhalten und den Pfeil in den Sand zu stecken. Der Mann tat dies.

Da begann Gwyn mit seiner Suche.

Die Sonne brannte unerbittlich, und Gwyn schwitzte sehr. Verbissen ging er, seinen langen Wanderstab wie ein Instrument gebrauchend, langsam durch den Sand, die mächtige Sanddüne hinunter. Dabei strich er mit dem langen Holz in bogenförmigen Bewegungen durch den Sand, immer hin und her. Von links nach rechts, so als wäre er ein Blinder, der mit dem Stab »sieht«, immer darauf hoffend, jedes Hindernis sofort zu spüren und zu erkennen.

Alle Mitglieder der Karawane waren ihm gefolgt. Sie warteten oben auf dem Saum der Düne, regungslos auf ihren Fersen hockend, ihre Gewänder als Schattenspender wie Zelte über die Köpfe gezogen. So beobachteten sie den verrückten Ingles aus dem fernen Land der Franken, wie er durch die mächtige Wüste schritt, seinen Bogen im alles verwehenden Sand zu suchen. Das war Frevel in den Augen der Anhänger des Propheten. Allah der Allmächtige würde diesen *Rumi* dafür strafen. Denn es war seine Schuld, daß sie hier warten mußten, anstatt den Marsch zu den Quellen von Ruthba zu beginnen.

»Allah ist nicht mit ihm«, sagte einer der arabischen Kaufleute plötzlich.

Es klang verächtlich.

»Und was er tut, ist, Allah spotten«, entgegnete ein weiterer Kaufmann.
»Allah hat Geduld, aber hat er auch Geduld mit einem *Rumi?*« meinte ein anderer Händler.
»Allah ist *nicht* mit ihm«, wiederholte der erste arabische Kaufmann plötzlich.
Yusuf, der auf einem kleinen Teppich in der Sonne saß, von einem Baldachin geschützt, spie plötzlich aus und sprach, ohne sich umzuwenden.
»Allah *ist* mit ihm!«
Der Ton seiner Stimme machte jedem Zuhörer klar, daß er kein weiteres Wort gegen den Goldschmied dulden würde.
Da schwiegen die Kaufleute.
Gwyn aber suchte weiter, und die Anstrengungen des Sturmes und der Marsch des Tages über in der glühenden Sonne forderten allmählich ihren Tribut. Seine Kräfte schwanden, und er war am Ende. Der Rest Schweiß, den sein müder Körper zurückgehalten hatte, floß nun seinen Körper herab und mit ihm auch der Rest all seiner Kraft. Gwyn Carlisle war müde, und immer mehr sah der Boden überall gleich aus. Seine Augen schmerzten und brannten von dem angestrengten Starren auf den heißen Sand, wie auch von dem Staub, der ihm in die Augen geflogen war und sie gerötet hatte. Seine Schritte wurden schwer. Er hatte das Gefühl, sie müßten mit einem Metall gefüllt sein, denn jeder Schritt geriet ihm mehr und mehr zur Qual. Sein Unterfangen war einfach hoffnungslos. Und während er dahinschlurfte, immer langsamer werdend, sah er auf einmal Menschen, an die er lange nicht mehr gedacht hatte. Er sah Peter Fallen, seinen Lehrherrn aus seiner Zeit als Lehrling in London. Dieser Mann mit dem scharfen und klugen Verstand, der auf seinen

verkrüppelten Beinen kaum stehen konnte, war ein großer Bogenschütze gewesen, der ihm beigebracht hatte, wie man die alte angelsächsische Kriegswaffe spannt, um einen Pfeil über weite Entfernungen hinweg noch treffen zu lassen. Wie in so vielen Dingen war Gwyn auch hier seiner Gabe, rasch zu lernen, gerecht geworden. Er entwickelte sich zu einem sehr guten Schützen. Als sein Meister damals starb, starb er inmitten eines Feuers. Und mit ihm verbrannte bei jenem Ereignis auch sein Langbogen. Aber plötzlich meinte Gwyn, die Stimme von Eldrige, dem alten Veteranen, der nach dem Tod seines Meisters so etwas wie ein Teil seiner Familie gewesen war, zu hören.

Einst ließ er zwei Bogen fertigen und bediente sich ihrer immer wechselnd. Beide Waffen waren wie Zwillinge. Einer ist verbrannt.

Halte diesen in Ehr und Würde, Gwyn.

In seinem Kopf hörte er ein Brausen, und er glaubte, die Hitze würde ihn auf der Stelle umfallen lassen. Er murmelte etwas und ergriff seinen Wasserschlauch, um einen Schluck zu trinken. Aber dies hatte er bereits vor einigen Augenblicken getan und einige Augenblicke davor. Der Schlauch war längst leer. Als Gwyn dies bewußt wurde, verspürte er nur noch den Wunsch, sich in den glutheißen Sand zu setzen und zu schlafen. Er fühlte sich erschöpft, aber weniger durch die Hitze, sondern mehr durch die Erkenntnis, seine Waffe in dieser Sandwüste nicht mehr zu finden. Als er sich umwandte, blickte er auf die lange Reihe von Menschen, die dort stumm sein Bemühen beobachteten. Sie waren ihm sicherlich nicht gram, denn der Scheich hatte es so bestimmt, und sein Wort war Gesetz in der kleinen Gemeinschaft. Yusuf breitete seine Hände langsam aus und mit dieser Geste deutete er

Gwyn an, wie nahe der Schatten des Zeltes bereits am Schatten des Pfeils war. Es war nicht mehr viel. Die Schatten wurden länger, und die Zeit verrann immer schneller.
Er hatte keine Zeit mehr.
Die Menschen hinter ihm auf der Düne erschienen ihm kleiner und kleiner. Noch waren sie zu erkennen, aber nur noch in ihrer Menge, nicht mehr die Gesichter und nicht mehr die Muster ihrer Kleider. Gwyn war allein. Niemand war so neugierig gewesen, ihm zu folgen, denn die Hitze des Tages war nach dem Sandsturm erneut groß, und jeder sparte seine Kräfte für den Marsch zu den Quellen von Ruthba.
Gwyn fand den Bogen, als er schon umkehren und den Weg zurück auf die mächtige Düne nehmen wollte.
Aber eine innere Stimme trieb ihn, noch zu warten, noch ein, zwei Schritte zu gehen. Er tat es und die Spitze seines Stockes spürte den Widerstand. Er stürzte sich nicht mehr darauf, so wie einige Male zuvor. Denn es war nicht das erste Mal, daß sein Stock Widerstand spürte. Einmal war es ein leerer Sack gewesen und ein andermal Steine, die aber schon seit ewigen Zeiten hier im Sand verborgen gelegen hatten.
Diesmal war es sein Bogen.
Gwyn kniete nieder und grub die Waffe vollständig aus. Behutsam säuberte er den Griff, fuhr mit den Händen über die leichte Krümmung der Bogenenden und befühlte die Sehne zwischen seinen Fingerspitzen. Die Waffe schien intakt. Da fühlte er sich nicht mehr länger müde und allein. All die Mutlosigkeit war vorüber.
Er sprang auf und schrie: »Jerusalem!«
Seine Stimme krächzte, und er hörte sie und dachte, dies sei nicht seine Stimme.
»Jerusalem!«

Und die Menschen auf dem Hügel sprangen auf und sahen, wie der Ingles dort unten durch den Sand eilte, so schnell er konnte. Und wie er das schwenkte, was er gesucht hatte, den Bogen aus seinem Heimatland. Und er schrie und jauchzte, und da schrien die Menschen ringsum mit ihm, und es war Fennek, der mit lauter Stimme anhub.
»*Allah akbuar!*«
Und die Menschen ringsum schrien ebenfalls.
»*Allah akbuar!* Gott ist groß!«
Gwyn hastete die mächtige Sanddüne hinauf, verlor den Boden unter dem gleitenden Sand, fiel auf die Knie und raffte sich sogleich wieder auf. Da streckten sich ihm hilfreiche Hände entgegen, zogen ihn in ihre Mitte, und von allen Seiten wollte jeder den Mann berühren, dem Allah wohlgesonnen war. Gwyn lachte erschöpft, aber glücklich. Die Menschen wichen erst alle zurück, als Yusuf auf den Goldschmied zutrat und ihm einen vollen Wasserschlauch entgegenhielt.
Gwyn hatte sich einst gesagt, nie wieder etwas von Yusuf, dem Räuber, zu nehmen. Aber jetzt nickte er dankend und trank mit langen, gierigen Zügen. Als er absetzte, lachten erneut alle ringsum, und dann folgten sie ihm wie eine Karawane, einer hinter dem anderen eilend, bis zu dem Platz, wo der Pfeil im Wüstensand steckte. Noch war er in der Sonne.
»Faber Ingles! Sagt uns, was ist das Geheimnis dieses Bogens?« rief Il Sharif. »Warum war er Euch so viel wert, daß Ihr beinahe Tribut zahlen mußtet an die Sonne?«
Da schwiegen die Menschen ringsum. Die Frage des *Scheichs* war nicht von allen verstanden worden, denn er hatte Gwyn in griechischer Sprache angesprochen und nicht alle aus der Karawane verstanden diese Worte.

»Es ist ein Vermächtnis, edler Hassan Il Sharif, das mir heilig ist«, entgegnete Gwyn.
Der *Scheich* nickte und befahl einem der Männer, den Pfeil, der als Markierung der Zeit dienen sollte, zu holen und Gwyn wieder zurückzugeben. Es bildete sich eine Gasse, als der Mann in dem glutheißen Sand zu jener Stelle lief, wo der Pfeil in dem gleißenden Sand steckte. Er zog den Pfeil heraus und lief durch die noch immer offene Menschengasse zurück. Dann hielt er Gwyn den Pfeil hin. Der nickte zum Dank und wollte den Pfeil nehmen, um ihn in seinen Köcher zurückzustecken.
»Mit Verlaub, Herr Carlisle, zeigt, was in diesem Bogen steckt!«
Es war Yusuf, der in die allgemeine, aufmerksame Stille der wartenden Karawane sprach.
Der Araber trat näher, und erneut machten ihm die Menschen Platz. Er wandte sich um und deutete mit dem Arm auf eine niedrige, sandige Hügelkette, die in einiger Entfernung zu sehen war.
»Faber, seht Ihr diese Senke dort?«
Gwyn schirmte mit der Hand seine Augen, und nach einem Moment angestrengten Sehens in die angegebene Richtung sah er, was der Araber meinte. Wie ein Hohlweg, eine Art Durchgang, waren die Sandhügel an einer Stelle unterbrochen.
»Ich sehe sie«, entgegnete Gwyn.
»Dahinter liegt *Wadi* Ruthba, eine Oase mit grünem Gras und schattigen Bäumen. Wasser, soviel wir trinken wollen. Allah hat uns diesen Platz geschenkt, damit wir es uns dort wohlergehen lassen.«
»Ja …«, murmelte Gwyn.

»Zweihundert Schritt, Herr Carlisle, vielleicht sind es ein wenig mehr.«
Er blickte Gwyn an und lächelte dabei. Da verstand der Goldschmied. Er sollte den Pfeil in jene Richtung abschießen, um mit einem solchen Schuß die wartenden Menschen ein wenig dafür zu entschädigen, daß sie so lange hatten ausharren müssen, bis er, der Ingles aus dem fernen Abendland, seinen Bogen wiedergefunden hatte. – Gwyn mußte sich wieder einmal über das Gespür des Arabers für Menschen wundern. Er wußte, was die Menschen nötig hatten, damit sie von einem Augenblick des Unmuts hin zum Augenblick des Staunens gelangten. Gwyn sah auf Yusuf, bevor er antwortete.
»Es sind wohl ein wenig mehr. Aber in der heißen Luft fliegt ein Pfeil sicherlich länger.«
Da lachte der Araber, und man sah seine weißen Zähne. Er trat einen Schritt zurück, breitete die Arme weit aus und rief, sich nach allen Seiten umblickend: »Seht, Erhabener! Seht, ihr Männer und Frauen, ihr Kinder und Ehrwürdigen, den Faber Ingles aus dem fernen England. Seht mit eigenen Augen, ob er weiter schießt als jeder Anhänger des Propheten mit einem türkischen Bogen!«
Die Menschen traten murmelnd zurück, ihre Müdigkeit schien wie weggeblasen. Alle wollten sehen, wie der Goldschmied, dem Allah so wohlgesonnen war, einen Pfeil schoß, der weiter reichte als alle Pfeile der arabischen Krieger weit und breit. Hatte dies nicht soeben der stolze Yusuf ibn al-Mansur behauptet?
Gwyn umwickelte sein linkes Handgelenk mit einem feinen, weichen Leder. Er mußte dies tun, denn bei einem solchen Schuß über eine so große Distanz würde die zurückschnel-

lende Sehne noch genug Kraft haben, um ihn schmerzhaft am Handgelenk zu treffen. Noch einmal überprüfte Gwyn seinen Bogen. Zoll für Zoll suchten seine Augen nach irgendeiner Unregelmäßigkeit auf dem glatten, bernsteinfarbenen Holz, auf irgendeine Beschädigung der straffen Bogensehne oder einer Stelle, an der das Holz schwach war. Aber er konnte nichts entdecken.

Gwyn war erschöpft und müde, aber die Herausforderung hielt ihn wach und gespannt. Und er wußte auch: Wie immer dieser Schuß ausgehen würde, danach würde er nur noch schlafen.

»Seid Ihr bereit?« wollte der Araber wissen, der ihn bei seinen Vorbereitungen die ganze Zeit über beobachtet hatte.

Gwyn nickte. Da wandte sich Yusuf ibn al-Mansur wieder an die Menschen der Karawane.

»Seid still! Nur die Wüste darf man hören. Der Ingles will schießen, so weit, wie sein Bogen es vermag!«

Alle Umstehenden schwiegen. Nun war wirklich nichts mehr zu hören, außer dem leisen Säuseln des Windes. Nur die Kamele hoben ihre Köpfe, schnaubten dann und wann. Ab und zu hörte man eines der Pferde mit einem Geräusch, wenn es seine Mähne schüttelte. Die Tiere hatten Durst.

Gwyn hob seinen Bogen. Er zielte nicht lange, denn diesmal gab es kein Ziel, sondern nur eine Richtung. Ein Einschnitt in einem endlosen Sandmeer, der ein sanftes weites Tal umhüllte, in dem sich eine Oase befand. Er zog die Sehne zurück, so weit er es vermochte.

Dann ließ er los.

Der Pfeil flog davon. Er beschrieb einen hohen, weiten Bogen in die Richtung, welche Yusuf angegeben hatte. Die

Köpfe der beobachtenden Menschen folgten seinem Flug, und als der Pfeil, sich der Erde nähernd, aber immer noch mit stetiger Geschwindigkeit fliegend, sich auf die fernen Sanddünen hin bewegte, begannen die Menschen, in vielerlei Lauten zu rufen, zu pfeifen und zu schreien.

Die Leute schrien noch, als der Pfeil hinter den angegebenen Dünen verschwand. Es war ein sehr weiter Schuß gewesen. Gwyn erinnerte sich nicht, jemals so weit geschossen zu haben.

Alle eilten zu ihren Tieren. Die Kaufleute ließen die Kamele aufstehen, Krieger sprangen ungeduldig in die Sättel und Frauen hoben ihre kleinen Kinder zu ihren Vätern und Brüdern auf die Tiere, die größeren folgten zu Fuß, Stöcke in den Händen, um die Ziegenherde zu treiben. Zuletzt bestieg der alte *Scheich* sein Kamel und ließ es aufstehen. Mit raschen Schritten lenkte er das Tier an die Spitze der marschbereiten Karawane. Dann setzte sich der Zug in Bewegung. Gwyn wollte nicht reiten. Obwohl er sich zum Umfallen müde fühlte, spürte er eine seltsame, kribbelnde Freude in sich. So hielt er sich am Sattel von »Onkel«, dem ersten Kamel, fest und ließ seine müden Beine einfach laufen. Diese Karawane war wie eine Familie, und nach dem furchtbaren Sturm und nach dem Wiederfinden seines Bogens glaubte er mehr denn je, eines Tages Bagdad zu erreichen. Und während er noch darüber nachdachte, zogen sie durch den Hohlweg, den der Wind in der Zeit geschaffen hatte. Dann führte sie ein sandiger Pfad ein wenig aufwärts und dort, am Ende, lag die Oase vor ihnen.

So wie es Yusuf ibn al-Mansur gesagt hatte: Grüne, üppige Bäume, die ihre Zweige in der leisen Brise bewegten, der Sand ringsum glattgeweht vom Sturm, und zwischen den

Zweigen schimmerte das Wasser der Quelle. Wasser, das Herz aller Oasen.

Allah hat uns diesen Platz geschenkt,
damit wir es uns dort wohlergehen lassen.

Und am Ende des Weges stak Gwyns Pfeil im goldfarbenen Sand. Bei diesem Anblick erscholl ein hoher, seltsamer Jubelruf aus den Kehlen der Araber. Ein Ruf, den sie immer dann anstimmten, wenn sie über eine Sache besonders erstaunt und zufrieden waren. Übermütig ritten sie in einem großen Kreis um die Stelle, und Kinder bemühten sich, die Hunde von dem Pfeil zu verjagen, denn niemand sonst sollte sich diesem Zeichen nähern dürfen.

»*Allah akbuar!* Gott ist groß!« schrien sie nun alle, als Gwyn durch eine Gasse von Tieren und wartenden Menschen schritt, glücklich, zum Umfallen müde, mit Sand in seinen Schuhen und in seinen Kleidern, hin zu dem wartenden *Scheich*. Und er selbst war es, der Gwyn seinen Pfeil zurückgab, der so weit geflogen war wie kein Pfeil zuvor.

Von diesem Tag an nannten sie Gwyn respektvoll »Herr der Pfeile«.

Die Karawane lagerte nun den zweiten Tag in der Oase. Es war gut so, denn alle Beteiligten waren froh um diese Ruhepause. So saßen sie um die Feuer, tranken Tee und schwatzten, während die Kinder in dem klaren Wasser der Quelle spielten und die Frauen sich in ihre Zelte zurückzogen. Gwyn hatte Zeit, sich im Schatten seines Zeltes dem zu widmen, was er liebte: seinem Handwerk.

Er war noch immer damit beschäftigt, Yusufs prächtiges Schwert zu vollenden. Für die Hülle benötigte er Holz, fest gewachsen, trocken und doch elastisch genug, um nicht zu splittern oder gar zu brechen, sollte es einmal einen Stoß oder Hieb erhalten. War Holz schon selten genug in diesem Land, war sein Wunsch, für Yusufs Schwert Holz mit diesen besonderen Eigenschaften zu finden, ein fast aussichtsloses Unterfangen. Er hatte dem *Scheich* Hassan Il Sharif seinen Wunsch mitgeteilt. Der Anführer der Karawane hatte ihm versprochen, seinem Gast zu helfen. So schickte im Lauf der nächsten Tage jeder der Kaufleute einen seiner Diener oder Knechte oder gar seinen eigenen Sohn zu Gwyn. Jeder brachte ihm ein langes Holzstück, das eigentlich für das allabendliche Lagerfeuer gedacht war. Auch Teile der Sättel, wie auch der Zeltstangen wurden Gwyn unter freundlichen Gesten angeboten. Der Faber sollte sich das beste Stück Holz aussuchen, um daraus seine Schwertscheide anzufertigen. Bald galt es als Ehre zwischen den Familien, dem Faber Ingles kostbares Holz anzubieten. Jeder hoffte, daß es sein Stück wäre, woraus der Faber die Schwerthülle fertigen würde. Aber so sehr sich Gwyn auch bemühte, kein Holz war geeignet.

Bis zu jenem Tag, an dem sie wieder einmal an einer Wasserstelle hielten, um dort ihre Tiere zu tränken und sich selbst ausgiebig zu erfrischen. Vor Zeiten hatte ein mächtiger Baum die Wasserstelle beschattet. Ein lang zurückliegender Sturm mit einem Gewitter hatte in dieser Gegend getobt, und damals schlug ein Blitz in den Baum ein und verbrannte ihn fast vollständig. Nur ein knapp mannshoher Strunk blieb übrig, dürr und an manchen Stellen noch ein wenig schwarz von der Kohle des Feuers. Alle Bewohner der Wüste, welche diese Wasserstelle bei ihrer Rast schätzten, hieben mit scharfen Klingen Späne aus dem verkrüppelten Stamm, um daraus Feuerholz zu gewinnen. Auch die Karawane um Il Sharif tat dies. Als auch Gwyn sich aufmachte, um Holz für seinen kleinen Schmelzofen zu sammeln, entdeckte er ein Stück in dem Stamm, das für seine Zwecke geeignet erschien. Eine ganze Weile mühte er sich ab, aus dem unversehrten Kern des Stammes ein langes Stück Holz herauszuschälen. Als er es gesäubert und geglättet hatte, war er zufrieden. Es war genau so, wie er es sich vorgestellt hatte. Trocken und hart, fest, aber noch elastisch genug, um es bearbeiten zu können. Er schnitzte und sägte es in Form der leichten Krümmung, die dem Maß des Schwertes entsprach. Wie auch den Griff, so sägte Gwyn das so gebogene Holz in seiner gesamten Länge in zwei Teile. Mit scharfen Beiteln und feinen Messern begann er nun, das Innere der beiden Hälften so auszuhöhlen, daß später einmal die Schwertklinge genau hineinpaßte.

Dort, wo er das glatte Holz auseinandergesägt hatte, legte er ein langes ledernes Band dazwischen. Mit dem festen, zähen Leim verklebte er beide Holzteile und das Leder zu einem Ganzen. Dann umwickelte er die Hülle mit feinem, frischem Leder, welches er einem der Kaufleute für ein Stück Silber abgekauft hatte. Das Leder feuchtete er gut durch, spannte die Schwerthülle auf dem Boden fest und ließ es einen Tag lang von der Sonne trocknen. Das Leder trocknete in der Hitze rasch und zog sich zusammen. Dabei preßte es die hölzernen Hälften so fest zusammen, als wäre alles in eine eiserne Klammer gespannt worden. Diese Schwerthülle würde Jahrhunderte überdauern. Von demselben Händler erstand Gwyn auch ein Stück fein gegerbte Rochenhaut, dessen gepunktete Struktur sich sehr gut für die Hülle eignete. Der Rest war für Gwyn dagegen fast schon einfach. Zwei Beschläge aus gehämmertem Messing und die Spitze der Schwertscheide mit einem Abschluß aus demselben Metall hatte er bald fertig. Er polierte das Metall erst mit feinem Sand, dann mit Bims, und zuletzt fettete er alle Metallteile, einschließlich der Klinge, mit feinem Öl.

Das grüne Band des Gerwulf vom Stein befestigte Gwyn am Griff der Waffe, denn das Band war lang genug, daß es der Goldschmied so um den beinernen Griff winden konnte, daß es nicht alles Weiß bedeckte. Beide Enden vernähte Gwyn sorgfältig.

Dann war die Waffe fertig.

Als er sie Yusuf ibn al-Mansur feierlich überreichte, traten seine Männer wie auch die Händler der Karawane näher und bildeten ehrfürchtig einen großen Kreis um den Goldschmied und den stolzen Araber.

Yusuf zog die Waffe, und die Menge ringsum brach in bewundernde Rufe des Staunens aus. Yusuf ging strahlend ein paar Schritte auf und ab, bewegte die Klinge, prüfte ihr Gewicht und hielt sie immer wieder in die Höhe, damit sie auch jeder sehen konnte. Der blanke Stahl funkelte in der Sonne, und immer wieder brachen die Umstehenden in begeisterte Rufe aus.

Als der Araber die Waffe an seinem breiten, seidenen Gürtel befestigte, klatschten und riefen die Mitglieder der Karawane durcheinander.

»Goldschmied, ich danke Euch für Eure Kunst.«

Gwyn lächelte, und er war nicht unglücklich über die Freude des Arabers.

»Wenn Ihr mit meiner Arbeit zufrieden seid, bin ich es

auch. Denn das Handwerk des Goldschmieds ist ein Teil von mir.«
»Ich bin zufrieden, Faber aus dem Land der Franken. Ich bin sehr zufrieden.«
Yusuf trat vor den *Scheich* und hielt ihm die Klinge entgegen.
»Sagt, Erhabener, wird man sprechen von diesem Schwert?«
Hassan Il Sharif lächelte voller Würde, und er nickte freundlich.
»Man wird sprechen von Yusuf ibn al-Mansur und seinem prächtigen Schwert.«
»Wohl überall …?« wollte Yusuf wissen, und er gefiel sich sehr bei dieser eitlen Frage.
»Ja!« entgegnete der *Scheich* weise.
Da schob Yusuf die Waffe in die Schwertscheide zurück und verbeugte sich tief vor Gwyn.
»Ich danke Euch für Eure Arbeit und für Euer Werk. Ihr habt Wort gehalten. Allah sei mit Euch, *Saiyid* Gwyn Carlisle, Meister der Goldschmiede.«

Abends luden sich die Kaufleute gegenseitig in ihre Zelte ein. Es galt als Wertschätzung wie als Aufmerksamkeit gleichermaßen, in solch einem Zelt zu sitzen, eine gebratene Ziege zu verspeisen, dazu Reisbällchen und gegrillte Innereien, Tee zu trinken und sich am Duft eines dunklen, braunen Pulvers zu erfreuen, das die Araber *caffé* nannten und aus dem sie manchmal ein würzig süß schmeckendes, starkes Gebräu kochten.
Gwyn hatte den Rest des Nachmittags geschlafen und am frühen Abend ein Bad in der Quelle genommen. Jetzt fühlte er sich wohl, und die Nacht in der Oase versprach mild und

angenehm zu werden. Gerne hatte er die Einladung des weisen *Scheichs* angenommen. Damit niemand beleidigt war, lud der *Scheich* an diesem Abend alle Männer in sein Zelt ein. Seine Frauen, er hatte ihrer drei, hatten sich zurückgezogen, so wie es die Araber überhaupt vermieden, ihre Frauen bei solchen Männerrunden zuzulassen. Ein Brauch, der Gwyn bekannt war, den er aber als einen der wenigen Gewohnheiten und Sitten in diesem Lande wenig schätzte. Denn Gwyn war jung und einer kleinen Liebelei keinesfalls abgeneigt. Aber die Bräuche hier waren streng. Eher war der nackte Busen eines Weibes zu sehen, wenn sie sich bückte und Wasser schöpfte, als deren Gesicht. Wann immer er Frauen traf, gingen sie tief verschleiert, und nur ihre Augen sprachen stumm mit ihm.

»Allah ist Euch wohlgesonnen, Faber!« bemerkte der *Scheich*, und die versammelten Männer ringsum murmelten zustimmend.

»Er hat Euch Euren Bogen wiederfinden lassen.«

Sie sprachen arabisch, und Gwyn, der die Sprache leidlich sprach und verstand, konnte den Fragen des *Scheichs* folgen.

»Erhabener, wer sagt Euch, daß es Allah war? Mein Gott ist die Dreifaltigkeit selbst, der Herr, sein Sohn und der Heilige Geist.«

»Und Euer Zeichen ist das Kreuz, Faber. Ich weiß …«, antwortete der *Scheich* schnell, »der Prophet sagt, Allah ist mit allen, die ihn sehen wollen.«

»Das sagt unser Glaube über Gott den Allmächtigen auch«, antwortete Gwyn freundlich.

Der *Scheich* nickte wieder. Die übrigen Männer sahen auf die beiden, stumm, aber voller Aufmerksamkeit, denn der

Scheich sprach mit einem *Rumi* über das, was sie alle bewegte, den Glauben und die überlieferten Worte des Propheten.

»Soll ich zu Allah beten, nur weil Ihr zu ihm betet?« fragte Gwyn, und er sah sich in der Runde der sitzenden Männer um.

Der *Scheich* antwortete.

»Dies verlangt der Prophet nicht. Mohammed sagt, wer Gott schauen will, der schaut den wahren Glauben.«

»Ihr meint, ich soll meinen Glauben ändern und ein Muslim werden?«

»Ihr Christen kommt in unser Land und sagt, jeder, der nicht an Euren Gott glaubt, ist ein Heide, ein Ungläubiger. Aber sagt selbst, Faber«, fragte der Karawanenführer, »was ist an Eurem Glauben so anders? Liebt Ihr anders, nur weil Ihr Christ seid?«

»Nein, ich glaube nicht, *Scheich*.«

»Nun, warum solltet Ihr dann einem anderen Gott huldigen? Denn es gibt nur einen Gott. Es wird lange dauern, bis wir Menschen lernen, daß es nur *Er* selbst ist, zu dem wir beten, und nicht sein Name. Obwohl Euer Gott Jesus heißt, und unser Gott sich Allah nennt. Dafür kämpfen meine und Eure Brüder. Dafür werden sie bluten und sterben, und undenkliches Leid wird über alle kommen. Und doch sind beide Gott.«

Die umsitzenden Männer murmelten, und in ihren Mienen las Gwyn Zustimmung zu dem, was der *Scheich* soeben sagte. Nachdem die Stimmen wieder leiser waren, sprach der alte Mann weiter.

»Doch es wird eine Zeit kommen, dann sind alle erschöpft und angewidert angesichts des Schlachtens und Tötens nur um des Glaubens willen. Es wird nur ein kurzer Augenblick sein, in dem die Menschen innehalten. Aber er wird die Welt verändern. Erst dann wird es ein Volk geben, das sich *Mensch* nennt.«

»Wann wird dieser Moment sein?«

»*Inschallah*? Wer weiß das?«

Der Scheich zuckte die Schultern.

»Niemand weiß es, aber diejenigen, welche diesen Augenblick erleben, werden es merken. Und dann hoffe ich, daß sie diesen Moment nutzen und ...«

»Und bis dahin?« wollte Gwyn wissen, wohl stellvertretend für alle Zuhörer im Zelt des *Scheichs*.

»Menschen werden wegen ihres Glaubens sterben, und ein Riß wird gehen durch Familien. Er wird diese trennen, Kinder ihre Eltern verraten lassen und Freunde zu unversöhnlichen Feinden machen. Und die, die dies tun werden, sind noch nicht geboren.«

»Aber *Scheich*, dies ... dies ist entsetzlich.«

»Ja, dies ist entsetzlich, und deshalb hoffen wir, Allah weist uns den Weg.«

»Erhabener, Ihr glaubt, dieser Augenblick der Einsicht wird kommen?«

»Der Prophet hat es gesagt. Und er selbst erfuhr es von Allah, dem Allmächtigen. Gott will nur das Gute. So steht es geschrieben.«

Die übrigen Männer nickten beifällig mit den Köpfen.

»So steht es geschrieben ...«

Der Palast der Freude

Ein gewöhnlicher Sterblicher
durfte den Palast nicht betreten.
Strenge Wachen hinderten jeden
bei dem Versuch.

Ktesiphon war keine Stadt mehr.
Die Reste lagen am Rande einer breiten, flachen Ebene. Der Platz schien einst gut gewählt. Hier gab es Wasser, genügend fruchtbare Erde, um zu pflanzen und zweimal im Jahr köstliches Obst und Gemüse zu ernten. Das war viele hundert Jahre her.
Ktesiphon war keine Stadt mehr.
Wohl gab es hier glutheiße Tage, die bald unerträglich wurden, wenn der heiße Wüstenwind Staub und Sand in die engen Gassen blies. Viele Häuser, verlassen und verfallen, verschwanden unter diesem Sand. In weniger als einem Dutzend Jahren sollte nur noch der Name an die einst so vornehme Residenz der Dynastie der *Sassaniden* erinnern.
Ktesiphon war keine Stadt mehr.
Nur der Stadtkern war noch übrig. Die wenigen bewohnbaren Häuser dort ließen bei genauer Betrachtung noch etwas von der einstigen Pracht ahnen. Als Bagdad kaum mehr als ein großer Treffpunkt am Fluß war, an dem sich die Karawanenrouten kreuzten, mit einem Kamel- und Sklavenmarkt, da war Ktesiphon eine sagenhafte und strahlende Stadt, Handelsplatz und Residenz. Wenige Nachkommen und solche, die glaubten, aus den berühmten Häusern von einst zu stammen, lebten noch in den engen, verkommenen Gassen.
Ktesiphon freute sich sehr auf die Ankunft der Karawane.
So kam es Gwyn vor, als sie die einzige Straße entlangzogen, die aus der Wüste kommend auf das große verfallene Stadttor hinführte, begleitet von halbwilden, struppigen Hunden, die die Kamele heiser kläffend umkreisten. Die Frauen der

Händler trillerten in jener eigenen Tonfolge eine seltsame Melodie, und immer wieder grüßten Männer und Frauen, die am Rand des Weges neugierig aufsahen, als *Scheich* Hassan Il Sharif und Yusuf ibn al-Mansur vorbeizogen. Es war so lange hergewesen, seit so viele Händler hier haltmachten. Zwölf Tage lang waren sie durch die arabische Wüste gezogen, hatten den Zorn Gottes gespürt und Geschichten erlebt. Nun erreichten sie die Reste der »vornehmen Stadt des Emirs«, wie Ktesiphon einst genannt wurde.

»*Salam, Scheich* Hassan Il Sharif.«

»Willkommen, Reisende!«

»Willkommen, Wanderer der Wüste!«

»*Salam!* Willkommen!«

Dutzende Hände grüßten die Menschen der Karawane, und mit Würde grüßten der *Scheich* Hassan Il Sharif und seine Männer zurück. Yusuf ibn al-Mansur grüßten die Menschen am Wegrand ebenfalls, aber an seiner Gegenwart und der seiner Begleiter sahen sie, daß diese Männer keine Händler waren. Und so zeigten sie besonderen Respekt.

»Ihr bringt Nachrichten?«

Der Mann in der uralten, früheren Karawanserei wollte dies wissen. Er grüßte bei diesen Worten, und Hassan Il Sharif nickte.

»Wir bringen Geschichten und feine Waren. Aber alles zur rechten Zeit.«

Der Karawansei lächelte, und erneut beschrieben seine Hände mit freundlicher Geste einen Gruß, der gleichzeitig Zustimmung dafür ausdrückte, daß reichlich Zeit vorhanden war. Sie waren so viele Tage unterwegs gewesen. Was sollten da all die Augenblicke noch für eine Rolle spielen, die gebraucht wurden, um die Tiere zu tränken, Waren abzuladen und ein wenig auszuruhen nach dem Marsch durch die große Wüste? Nicht nur dieser Mann hoffte, daß sich mit einer so großen Karawane die Stadt wieder beleben würde. Aber seine Hoffnung sollte sich nicht erfüllen.

Ktesiphon war keine Stadt mehr.

Denn die Stadt war tot, und sie blieb es. Um so mehr, als der *Scheich* Hassan Il Sharif in Wahrheit keinen Handel treiben wollte. Die Kaufleute wollten nur ihre Tiere tränken und spätestens am nächsten Tag nach Bagdad weiterreisen.

»In Ktesiphon haust ein mächtiger Dämon, und wer nicht von ihm befallen, der hat die Lepra. Allah hat seinen Blick längst von diesen Mauern abgewandt.«

So erzählten sie, und ihre Geschichten blieben an diesem Abend aus.

Und da fiel Ktesiphon wieder ein Stückchen mehr in die Vergessenheit.

Nur drei Tage später erreichten sie Bagdad, die Stadt am mächtigen Tigris. Gwyn sah voller Staunen das Gewimmel der Menschen ringsum. Nach der langen Reise durch die Wüste war es seltsam, so viele Menschen auf einmal zu sehen, sie zu hören. Er war erstaunt darüber, wie laut sie waren. Wie sehr das Rufen und Schreien, das Lachen und Weinen, das Fluchen und Schimpfen dieser vielen Stimmen ihn beim Hören schmerzte.

Wie still war es in der Wüste gewesen.

Staunend schritt er durch die Straßen. Er war angekommen in der Hauptstadt des Kalifates. Hier residierte Sultan Sangar, Herrscher von Ägypten. Hier sollte er den Mann treffen, dessen Einverständnis den Handel zwischen dem Morgen-

und Abendland besiegeln sollte. Hassan Il Sharif hatte ihm genau erklärt, wie er um die Audienz im Palast nachsuchen sollte, wie er sich zu betragen habe und wie tief die Verbeugungen sein mußten, damit sie höflich waren vor den Augen der *Kuttab*, der Sekretäre, die entschieden, was das Ohr des Kalifen erreichen sollte und was nicht. Und Geduld, das schärfte ihm der *Scheich* ein, und ermahnte ihn, sich nicht auf die Gepflogenheiten seiner Heimat zu verlassen. Ungeduld ließ einen Mann in den Augen der Männer lächerlich erscheinen. So hatte sich Gwyn auf den Weg gemacht und war durch die Straßen der Stadt gewandert. Und um ihn herum brandete das Leben so heftig und so leidenschaftlich, wie er es so noch nie erlebt hatte.

Er sah die Gemüsehändler, wie sie in weiten Körben Gurken und Melonen, Linsen und Erbsen, allerlei Bohnen und *Kolokasien*, eine erdig mehlige Frucht, anboten. Er sah die Stände der Obsthändler, allerlei Apfel- und Birnensorten feilbietend, dazu persische Pfirsiche, Granatäpfel aus Syrien, Quitten aus der Gegend um Basra und Zitronen und Orangen, die in kleinen Hainen hier überall wuchsen, selbst auf den sonnigen ebenen Dächern der Häuser. Überall bot man Zuckerrohr an, aus dessen süßem Saft sich allerlei Naschwerk machen ließ. Wer Gelüste auf solcherlei hatte, der konnte an endlos scheinenden Ständen kosten und kaufen. Er sah die Teehändler mit ihren großen Urnen, prächtig ziseliert aus Messing oder Silber, darin der schwarze und der grüne Tee, der über das Meer aus allen Teilen des Reiches und aus Indien kam. Die Dolchschmiede, die ihre kleinen Werkstätten zur Straße hin öffneten und als Laden und Treffpunkt interessierter Käufer nutzten. Die Lederstecher, die aus dem frisch gegerbten Leder Gürtel fertigten. Die

Sattler, die prächtige Sättel aus allerlei Leder nähten. Peitschenmacher, die Reitpeitschen aus der Haut von Nilpferden und Büffeln flochten; und die Werkstätten der Rüster, die allerlei Kriegsrüstungen fertigten. Dazu all das Gewimmel der Reiter und Treiber, der Hirten und Kinder, Hunde, Schafe, Ziegen. Und über allem schwebte ein verwirrender Duft. Denn auch dies machten die Muslime hier: Blumen pflanzen, um aus ihren Blüten und Samen Farben und Öle zu pressen. Und so roch es verschwenderisch und schwer nach Veilchen und Rosen aus Persien, Jasmin und Narzissen aus der Gegend, Safran und Indigo aus dem weiten, unbekannten Afrika, Henna aus Indien und schwerem Weihrauch aus dem Jemen. Und es gab Öl und Naphtha, Oliven und Rosinen, Seide und feinen Sand, der sich entzünden ließ und rauchte und so roch, wie keine Nase es je vergißt.
Das war Bagdad, die wunderbar neue, lebendige Stadt.
Erst gegen Mittag gelangte Gwyn bei seiner Wanderung an die Ostpforte des Palastes. Die Gebäude versteckten sich zum Teil hinter hohen Mauern, über deren Zinnen die Kronen von mächtigen Bäumen ragten. Hassan und auch Yusuf, der schon einmal in Bagdad gewesen war, hatten ihm von den prächtigen Gärten des Sultans berichtet. Es sei ein einziges Wunder, und Hunderte von Sklaven hegten und pflegten die Gärten des Palastes. Sie seien so groß, daß der Sultan prächtige Reiterspiele oder ganze Schlachten nachspielen ließ, und dies nur für sich und seinen engsten Hofstaat, ganz zur Freude und zu seiner Entspannung. Ein gewöhnlicher Sterblicher durfte den Palast nicht betreten. Strenge Wachen hinderten jeden bei dem Versuch.
Wer auf die Gunst des Kalifen hoffte, mußte an seinen Sekretären vorbei. Jeder *Kuttab* war für ein bestimmtes Aufgaben-

feld zuständig, und jeder teilte sich diese Arbeit mit willfährigen Helfern, Schreibern, Vertretern, Spionen. Ein *Kuttab* war sogar mächtiger als die Wesire, welche wohl sehr hohe Ämter bekleideten, aber nur auf den Prunk und ihre Pfründe sahen. Sie waren oft hilflos in ihrer Politik, vor allem dann, wenn der Mann ihres Vertrauens mächtiger und einflußreicher wurde als sie selbst.

Empfangen wollte man ihn nicht. Einer der Wächter nahm ein kleines Schreiben entgegen, das Hassan Il Sharif für ihn hatte aufsetzen lassen. Gwyn trug die Kleidung aller Türken und sprach mit niemandem über seine Herkunft oder gar seinen Glauben. Man gebot dem Goldschmied, am nächsten Morgen wiederzukommen. Gwyn willigte mit einer stummen Verbeugung ein, denn es gab keine andere Möglichkeit, um Gehör zu bitten. Dies hatte man ihm gesagt. Er war allein, denn Fennek, der ihn immer begleitet hatte, war ein Berber, und die galten als nicht gern gesehen. Unweit des Palastes fand sich eine Reihe von Schlafhäusern. Es waren weitflächige Hofanlagen, die lange Gebäude umschlossen. Jedes dieser Häuser zählte viele enge, kleine Kammern, in denen Hunderte von Menschen nächtigten, aßen und lebten. Wer genug Geld besaß, der lebte in luxuriösen Räumen, reich mit Teppichen und feinen Stoffen ausgestattet, mit Baldachinen, welche von Sklaven ständig bewegt wurden, um die heiße Luft in eine angenehme Brise zu verwandeln. Die weniger Wohlhabenden teilten sich oft einen winzigen Raum oder schliefen im Freien, draußen in den weiten Höfen der Schlafhäuser. Der Luxus dieser Menschen beschränkte sich auf den Schatten in den Mauern dieser Häuser.

Aber allen war eines gleich.

Sie warteten auf eine Audienz im Palast. Jeder von ihnen

hoffte, irgendwann an der Reihe zu sein und von einem der Diener der *Kuttab* in einen der Säle hinter der Pforte geführt zu werden. Dort wartete dann der Sekretär, der für ihn zuständig war. Manchmal war das Warten und der Weg aber auch gänzlich vergebens. Jeden Morgen, bevor die Sonne richtig aufging, dann, wenn es noch kühl und angenehm war, warteten die Menschen schon ungeduldig auf die Audienz. Die Wohlhabenderen unter ihnen gingen derweil eigenen Geschäften nach und bestellten Vertreter für ihre Angelegenheiten. Die Ärmeren hofften geduldig, daß das Warten auf Einlaß an der östlichen Pforte nicht zu lange dauerte, denn das Leben in den Häusern rings um den Palast war auf Dauer teuer. Die einzigen, die mit diesem Leben sehr zufrieden waren, waren die Besitzer der Schlafhäuser.
So wartete der Vertreter Venedigs, der Faber Gwyn Carlisle, eine Woche.

Gwyn machte sich auf den Weg zum Palast. Es war bereits hell, und die Luft war warm. Erneut wollte er versuchen, eine Audienz zu bekommen. Es war nicht weit bis vor die große Pforte, und sein Weg war so wie jeden Tag in den letzten sieben Tagen. Er war einfach gekleidet und trug nur die Bulle mit dem Bittbrief unter seinem Gewand, dazu seinen Bogen und ein Bündel Pfeile. Seine Waffe wollte er nicht im Haus der Gäste, jenem Warteplatz zurücklassen, weil er Angst um sie hatte. Seit er sie in der Wüste beinahe verloren hatte, war sie ihm wertvoller denn je geworden. Und eher verlor er all das kostbare Werkzeug, das Geschenk der Ritter um Wolfram von Augheim, als daß er noch einmal seinen Bogen aus den Augen ließ.

Er wußte, daß niemand den Palast der Freude mit Waffen betreten durfte. So hatte es der Sultan selbst verfügt. Als Gwyn näher an die Pforte kam, war wieder eine große Menschenmenge davor zu sehen, die sich fast bis an das hohe prächtige Tor herandrängte. Lautstark bat jeder der Bittsteller um Einlaß. Gwyn wußte, daß es jetzt eine Weile dauern konnte, bis er sich durch die Menge hindurchgezwängt haben würde. Der *Kuttab* saß an diesem Tag vor dem Tor an einem kleinen wertvollen Tisch, hörte sich jeden einzelnen Bittsteller an und beschied dann mit blumenreichen Worten genauso wie mit zutiefst gelangweilter Miene dem Bittsteller, wie in seiner Sache weiter verfahren werde. Gwyn sprach das Arabische noch nicht so gut, aber er hoffte, man würde ihn verstehen. Mehr noch hoffte der Faber, daß der Sekretär auch andere Sprachen sprach – Lateinisch, Griechisch, vielleicht sogar ein wenig Französisch oder gar Englisch.

Es war heiß.

Die Menge ringsum drängte und stieß sich gegenseitig nach vorn. Aber niemand schien darüber erbost zu sein, viele sahen das Ganze als kleine willkommene Abwechslung. Es gab genügend Bittsteller, die sich sogar mit eigenen Wächtern einen Weg nach vorn bahnten. Junge Burschen aus Bagdad, Kerbela und sogar aus dem fernen Hilleh, gekräftigt durch allerlei Übungen, nutzten ihre Jugend, um ihren Herren auf Zeit einen Platz vorn möglichst nahe vor dem Tor zu verschaffen. Trat einer der Wartenden nicht gleich zur Seite, gab ein Wort rasch das andere, und es kam zu Handgreiflichkeiten. Jeder dieser jungen Burschen hoffte, daß der *Kuttab* eines *Wesirs* ihn sah und ihn für einen Posten in der Garde des Sultans vorschlug.

Gwyn wollte nicht mehr warten.

Er bahnte sich diesmal entschiedener als die Tage zuvor seinen Weg durch die laut schreiende Menge, und im Nu war er an der Pforte des Palastes angelangt. Die Leute ließen ihn gewähren. Er trug wohl das traditionelle Tuch der Nomaden aus der Wüste, aber sein braunes Haar, sein schmales, bartloses Gesicht, überhaupt sein ganzes Auftreten war doch ungewöhnlich. Den mannshohen Bogen in der Hand, wichen auch die letzten Wartenden mit vor Verblüffung offenen Mündern zurück, und sie ließen ihn durch ihre Reihen gehen.
Vor dem *Kuttab* blieb er stehen.
Der Mann, ein Würdenträger mit dem kostbaren Gewand seines Standes gekleidet, dem hohen Turban und dem langen Kaftan, der ihm bis fast an die Waden reichte, dazu die grüne Schärpe, eine Farbe, die als Symbol der Edlen für die Muslime galt, mochte vielleicht vierzig Jahre alt sein. Hinter ihm standen oder saßen weitere Schreiber sowie Eilboten. Er saß unter einem großen Schirm, den ein Sklave über ihn hielt und darauf achtete, daß der Sekretär des *Wesirs* von Ägypten immer im Schatten saß. Eine Reihe von Wachen bildeten einen großen Kreis um den Mann an der Pforte. Gwyn stand vor ihm und verbeugte sich. Der *Kuttab* unterbrach die Reden, die er mit anderen Männern ringsum hielt.
Als er Gwyn sah, der sich würdig und mit Eleganz vor ihm verbeugte, schmeichelte ihm diese Geste. Er wurde neugierig. Gwyn sah den Mann einen Moment lang an, ohne etwas zu sagen. Dann aber erinnerte er sich an die Worte des *Scheichs* und des al-Mansur. Und sorgsam überlegend, begann er zu sprechen.
»Allah segne Eure Tage, *Saiyid Kuttab!* Er segne auch alle jene, die Euer Wohlwollen genießen, denn sie dürfen sich

Eurer Gunst sicher sein. Eure Feinde, ehrwürdiger *Saiyid Kuttab,* sollen jedoch Eure Güte niemals erlangen können.«
Der Mann nickte huldvoll.
Gwyn konnte nicht feststellen, ob er ihn verstanden hatte. Aber der Goldschmied hatte sich sehr bemüht, deutlich zu sprechen. So beschloß er, weiterzureden, denn er wußte auch, wie sehr ein Mann von Würde die langen und blumenreichen Begrüßungsreden liebte, ja, sie erwartete. Denn sie schmeichelten seinem Amt und seinem Stand.
»Der Erhabene schenkt Euch sein Vertrauen, schenkt Ihr mir das Eure. Ich bin ein Mann aus einem Land, das sich England nennt.«
Gwyn schwieg jetzt.
Alles weitere war Sache des Sekretärs. An seinem Verhalten ließ sich die Stimmung und auch das Interesse an der Person des Bittenden ablesen. Der Mann beugte sich vor, und während er dies tat, hörte Gwyn, wie die Menschen in seinem Rücken zu tuscheln und zu flüstern begannen. Die Dreistigkeit, mit der Gwyn sich an ihnen vorbeigeschoben hatte, nur um den *Kuttab* des Erhabenen persönlich anzusprechen, verdiente wohl ihre Hochachtung.
Der Mann dort auf seinem Sessel hatte sich bereits so weit nach vorn gebeugt, daß Gwyn glaubte, er würde gleich samt seinem kostbaren Tisch stürzen. Aber der Grund dafür war ein anderer. Der *Kuttab* hatte schlechte Augen und hoffte so, den Mann vor sich noch deutlicher zu sehen.
»Du bist Christ?« wollte der Mann wissen, und in seiner Frage schwang der ganze Hochmut seines so wichtigen Amtes mit.
»Ja, *Saiyid.*«
Die Menschen hinter ihm murmelten. Es mußte ihnen wun-

derlich vorkommen, denn Christen waren zu jenen Zeiten selten in den Gegenden um Bagdad.
»Was willst du von mir?«
»*Saiyid,* ich trage eine Botschaft der Stadt Venedig mit mir, seit bald einhundert Tagen.«
Das Gemurmel hinter Gwyn wurde lauter. Die Leute verstanden, was er sagte, und flüsterten es an die hinter ihnen Stehenden weiter.
»Ein *Rumi!*«
»... ein Ingles!«
»Aus dem fernen Land ...!«
»... ein Ingles!«
»Ein Ungläubiger!«
»Ein *Rumi!*«
Der Mann klatschte ein paarmal in die Hände, und wie auf einen Ruf hin schwieg die Menge.
»Du hast ein *Papier* dabei?«
»Ja, *Saiyid*.«
»Gib es mir!« verlangte der Mann gebieterisch.
»Verzeiht, *Saiyid*, aber ich gebe dieses *Papier* nur einem.«
Der Mann hielt sich eine Hand an sein Ohr, so als hätte er nicht richtig gehört.
»Für dessen Namen es bestimmt ist«, setzte Gwyn sanft, aber mit Nachdruck hinzu.
»Und wer sollte dies sein?«
Die Stimme des *Kuttab* war noch immer voller Hochmut.
»Sangar, der Erhabene!«
Als Gwyn dies sagte, murmelte die Menge ringsum ehrfürchtig, und keiner der Diener und Boten, der Pagen und Sklaven, der Wachen und Schreiber um den *Kuttab* konnte den Blick von dem schlanken Faber aurifex aus Britannien

wenden, der es wagte, den Namen des Erhabenen zu nennen, obwohl doch jeder es wußte: Nur der *Kuttab* selbst nahm jegliches Gesuch entgegen, um es seinem Herrn, dem *Wesir* von Bagdad, zu unterbreiten.

Gwyn begann zu schwitzen.

»Gib mir das *Papier*, und der Erhabene wird es erhalten!« befahl der *Kuttab* gebieterisch.

»Ich danke Euch für Eure Freundlichkeit, ehrenwerter *Saiyid Kuttab*, aber ich gebe es dem Erhabenen lieber selbst.«

Der *Kuttab* sah Gwyn höhnisch an, zupfte sich an seinem Bart und rief dann so laut, daß alle Umstehenden es leicht verstehen konnten: »Und warum, glaubst du, daß ich es mir nicht hole? Sieh dich um! Die Männer hier ...«

Er deutete auf die Wachtposten, zweifelsohne Elitesoldaten der gefürchteten Palastwache.

»Sie nehmen dir das *Papier*, weil ich, der *Saiyid Kuttab*, es befehle.«

Gwyn trat einen winzigen Schritt näher, wandte sich ein wenig zu der Menge um und sah die Leute an. Sie alle warteten seit Tagen, seit Wochen, und nun erschien da ein Mann, der einfach so Einlaß begehrte. Diese Menschen waren aber auch Zeugen.

Gwyn blickte den Sekretär erneut an.

»Ehrenwerter *Saiyid!* Glaubt Ihr, der Erhabene würde es gutheißen, wenn ein Mann, der so weit gereist ist wie ich, der eine Botschaft bringt, die dem Erhabenen wichtig ist, wenn Ihr diesem Mann droht?«

Gwyn trat nun fast an den Tisch heran, beugte sich seinerseits vor die Gestalt des Sekretärs und sagte leise: »So viele Menschen haben uns gesehen, *Saiyid*. So viele Menschen haben uns gehört. Was immer hier geschieht, es hört und erfährt auch der Erhabene. Würde er Euer Handeln gutheißen?«

Der Mann sah Gwyn ungläubig an. Die Selbstverständlichkeit, mit der ihm dieser Christ begegnete, ließ ihn sprachlos vor Verblüffung werden. Er antwortete erst, als sich Gwyn wieder aufgerichtet hatte und mit einer leichten Verbeugung zurücktrat.

»Allah ist dir wohlgesonnen, Christ. Sei morgen wieder hier. Warte nicht, sondern komm sogleich. Dann sage ich dir, ob mein Herr, der *Wesir* von Bagdad, Zeit für dein Gesuch hat.«

Gwyn nickte und verbeugte sich erneut.

»Allah schenke Euch tausend Freuden. Ich danke Euch für Eure Freundlichkeit und Euer Wohlwollen, *Saiyid Kuttab*.«

Der Mann nickte und lehnte sich in seinem Sessel zurück. Gwyn drehte sich um und wollte gehen.

»Halt, du ...«

Gwyn blieb stehen.

»Ja, *Saiyid* ...?«

»Welchen Namen führst du, wenn mein Herr mich danach fragt?«

»Sagt ihm nur, ich bin der Herr der Pfeile, *Saiyid.* Alles andere sind Geschichten, die nur ich ihm erzähle.«

Der *Kuttab* nickte und ließ Gwyn gehen. Die Menschen machten ihm Platz, voller Respekt. Und mit einer eigenartigen Würde schritt Gwyn mit klopfendem Herzen durch die Menge der wartenden Menschen über den Platz und schlug seinen Weg durch die »Gasse der Färber« zum südlichen Stadttor ein. Und für einen Moment mußte er lächeln bei dem Gedanken, was wohl der stolze Yusuf ibn al-Mansur zu diesem Auftritt gesagt hätte.

Die Karawane hatte eine besonders kostbare Fracht über Wochen hinweg quer durch die Wüsten bis Bagdad gebracht. Und jetzt, als sie endlich auf dem Hof des Händlers eintraf, war dieser Ort im Nu verwandelt, als wäre er ein Tollhaus. Aufgeregte und schreiende Treiber, schwerbewaffnete Wachen, alles Türken, dazu die Kamele, die auf ihren Rücken große Sänften trugen, mit Vorhängen und dicht gewebten Tüchern, die Insassen vor fremden Blicken gut geschützt, sie alle drängten sich in den gewiß nicht kleinen Hof des Sklavenhändlers. Erneut hub ein ohrenbetäubendes Geschrei und Gebrüll, Gezeter und Geschimpfe an. Die Karawane war angekommen! Sie brachte Sklaven für Buchtar, den Sklavenhändler. Buchtar, ein Mann, der aus dem fernen Syrien stammte, war kein gewöhnlicher Menschenhändler. Er hatte bereits vor langer Zeit begonnen, Männer, Frauen und Kinder aus dem Inneren des Kontinents Afrika gegen Stoffe, Waffen und Gewürze zu tauschen. Arbeitssklaven, die sich in den Haushalten wie auch den Feldern der Araber gut machten, denn diejenigen, die nicht mehr nach der alten Väter Sitte durch die Wüste zogen, frei wie die Beduinen nun einmal waren, lebten nun als Händler und Kaufleute, als Handwerker oder gar Künstler in den Städten am Rande der großen Wüsten. In Basra, Mekka und nicht zuletzt in Bagdad selbst gab es Arbeit genug.

Buchtar hatte mit vielen Leben gehandelt: Christen von den Küsten des Mittelmeers; Iberer aus dem europäischen Teil des Abendlandes, Franken und Normannen, gefangen nach dem ersten Kreuzzug, und immer wieder auch unterjochte Stämme aus den unbekannten Teilen Afrikas. Denn der Prophet verbot, eigene Menschen, also Muslime, als Sklaven zu pressen. Seit einigen Jahren handelte Buchtar jedoch nur noch mit Frauen, schönen Frauen. Ein einträglicheres Geschäft gab es für ihn seitdem nicht mehr. Der Bedarf an Schönheiten war seit dem Aufstieg von Bagdad ständig gestiegen. Die Kaste der *Kuttab*, die Riege der *Wesire* und *Großwesire*, der Sultan selbst verlangten alle nach Frauen. Und sie sahen es als Luxus an, sich Frauen zu kaufen, die aus fernen Ländern kamen, die nicht das dunkle Haar und die braune Haut ihrer Töchter hatten. Europäische Frauen, möglichst mit weißer Haut und hellem Haar, galten als besonders teuer und begehrenswert. Und Buchtars Karawanen schafften sie nach Bagdad. Drei- bis viermal im Jahr trafen seine »Schätze« ein. Buchtar selbst war ein alter, spindeldürrer Mann, gebrechlich und sehr reich. Er reiste nicht mehr selbst auf die zahllosen Märkte, um dort zu handeln. Warum sollte er die gefährlichen Raubzüge mitmachen, wenn junge Araber dies für ihn taten, um sich Ruhm und Geld zu verdienen?

Dies war eine große Karawane. Sie hatte hundertfünfunddreißig Frauen dabei, über hundert von ihnen stammten aus den Sklavenmärkten von Damietta, Said und Akkaba. Frauen aus Griechenland und Byzanz, aus dem Königreich Jerusalem, tunesische Frauen aus der Cyrenaica, aber vor allem Frauen aus dem Abendland. Frauen aus der Lombardei, dem Reich der Sizilianer und aus der Normandie. Als Buchtar sie begutachtete, war er zufrieden.

Yusuf ibn al-Mansur saß in seinem prächtigen Zelt, immer in der Hoffnung, daß er Gwyn bald wiedersehen könnte. Der junge Faber war ein angenehmer Gesprächspartner und großer Künstler gleichermaßen gewesen. Aber seit ihrer Ankunft in Bagdad war er nur noch damit beschäftigt, rasch eine Audienz im Palast zu erhalten. Der Araber wußte, wie lange das Warten auf solch eine Audienz angesichts eines *Kuttab* dauern konnte. Und bei Gwyn würde es noch länger dauern, denn er kannte nicht die seltsamen Sitten und Gepflogenheiten. Er wußte nicht, wie sehr ein Geschenk eine Tür öffnen konnte, die sonst verschlossen blieb.

Als Fennek eintrat, sah Yusuf, daß der Mann eine Nachricht von einiger Neuigkeit überbrachte. Der Berber grinste wissend über sein braunes Gesicht.

»Allah segne alle deine Tage, *Saiyid.*« Er hockte sich vor seinem Anführer nieder.

»Allah vergesse nicht, dies auch bei dir zu tun, mein Fennek. Was ist dir?« antwortete Yusuf.

Der Berber strahlte nun über sein ganzes Gesicht.

»Ich war bei Buchtar.«

»In seinem Haus?«

»Ja, *Saiyid.*«

»Und was hast du gesehen?«

»Schöne Frauen, sehr schöne Frauen!«

Yusuf lachte.

»Was niemand vermag, du vermagst es zu sehen.«

»Man nennt mich Fennek. Fennek heißt Fuchs«, sagte der Mann mit einigem Stolz in der Stimme.

»Ich weiß! Wie könnt ich dies vergessen!« lachte Yusuf gutgelaunt. »Sprich, was hast du noch für Nachrichten?«

»Ich habe auch mit Buchtar gesprochen.«

»Und?«

»Buchtar sagt, er wäre entzückt, dir die schönsten Blumen seines Gartens zeigen zu dürfen.«

»Buchtar ist ein alter, seniler Bock«, knurrte Yusuf.

Fennek grinste erneut und senkte den Kopf.

»Das ist nicht alles, Fuchs«, wollte Yusuf wissen. »Rede, was ist noch?«
»Eine Frau ist besonders.«
»Rede!«
»Sie ist schön.«
»Und?«
»Sie ist eine Ingles wie der Faber.«
»Was sagst du?«
Fennek erzählte ihm, wie genau er dies erfahren hatte. Buchtars Agenten hatten auf einem Sklavenmarkt in Damietta sechzehn Frauen gekauft. Sie waren alle wohlhabende Pilgerinnen aus Britannien. Eine von ihnen war bereits etwas älter, groß und sehr schlank, mit schönem Leib und herrlichem Haar. Besonders ihr Haar. Es war feuerrot und fiel wie ein langer, kupferner Strom über ihren Nacken hinab bis fast zur Taille. Die Frau war trotz der Strapazen auf dem Rücken des Kamels sehr schön.
»Die Frauen wurden von korsischen Piraten auf See überfallen. Die Korsen rührten sie und ihre Gefährtinnen nicht an. Sie brachten sie nach Byzanz. Aber die Byzantiner verwehrten den Korsen die Einfahrt in ihre Häfen. Die Piraten waren darüber zornig. Sie segelten bis Damietta und verkauften alle Frauen und einige Männer auf dem Sklavenmarkt. Buchtars Agent erhandelte alle Frauen. Auf dem Weg durch die Wüste sind vier von ihnen, wohl krank, gestorben. Für den Rest hofft Buchtar auf ein gutes Geschäft.«
Als Fennek mit seiner Erzählung geendet hatte, befahl Yusuf ihm, sein Pferd zu satteln. Er wählte sechs seiner Männer aus, und ihr Weg führte sie nach Bagdad, in das Haus des Buchtar.

Bist du Buchtar, der Händler?«
»Ja, *Saiyid*, der bin ich.«
»Höre! Ich bin Yusuf ibn al-Mansur, *Scheich* der *ahl al badija*. Mein Stamm ist berühmt. Ich selbst entstamme von den Nachkommen der Getreuen des Propheten. Als dieser einst um sein Wort kämpfen mußte, waren meine Vorfahren an seiner Seite und kämpften für ihn.«
»Allah segne Euch und all Eure Nachkommen, großer *Saiyid* und *Scheich* der *ahl al badija*.«
Yusufs Auftreten, der Stolz und seine Worte verfehlten ihren Eindruck bei dem alten Händler nicht. Der verbeugte sich immer wieder und triumphierte insgeheim. Der Araber sah nicht arm aus. Das roch nach einem guten Geschäft. Der Prophet erlaubt einem Mann höchstens drei Frauen. Aber der alte Sklavenhändler wußte, daß es genug reiche Araber gab, die einen Teil des Jahres nach der Tradition ihrer Väter in der Wüste im Zelt lebten. Und dort lebten sie mit mehr als drei Frauen.
»*Scheich*, womit kann ich Euch dienen?«
»Du hast neue Frauen bekommen?«
»Das ist wohl richtig. Alle Frauen sind erlesene Ware, einwandfrei, gesund und schön.«
»Ich will sie sehen!«
»Ich bitte Euch, mir zu verzeihen, was ich Euch nun sage. Aber der Sekretär des *Wesirs* hat sich bereits angemeldet. Er hat das Recht der ersten Wahl. Er wird gehen und dem Erhabenen berichten.«
»Höre, *ich* will die Frauen zuerst sehen!« erklärte Yusuf mit leisem Nachdruck.
»*Scheich* der *ahl al badija*, das ehrt mich. Aber ich sagte es, es ist nicht möglich.«

»Es ist möglich, Buchtar!«
»So, und warum *Scheich?*«
»Weil ich dir dafür ein Geschenk mache.«
»Oh, ein Geschenk?«
Yusuf sah so etwas wie Gier in den Augen des Händlers, und er wußte, daß seine Erkenntnisse über den Mann richtig waren.
»Ja, ein Geschenk.«
»Was könnte dies für ein Geschenk sein, das mich dazu verleiten sollte, meinen größten und edelsten Kunden und Herrn zu vergessen, um Euch, geehrter *Scheich* Yusuf ibn al-Mansur, die erste Wahl meiner Ware zu lassen?« fragte Buchtar hochmütig.
Yusuf lächelte den Mann sanft an.
»Dein Leben, Buchtar!«
»Was ... was ...?«
Der Mann geriet ins Stottern, und es war erstaunlich, zu beobachten, wie seine Augen auf einmal groß wurden vor ungläubigem Staunen. Dann aber faßte er sich, und sein Gesicht verzerrte sich zu einer wütenden und zugleich hochmütigen Fratze.
»Ihr wagt es, hierherzukommen, um mir zu drohen? Ihr, Ihr ... *Scheich* oder nicht, ich lasse meine Wachen rufen ...«
Yusuf lächelte noch immer, und mit einer einzigen Geste seiner Hand schwieg der Händler.
»Sei auf der Hut, Buchtar. Du stehst bereits auf dem Weg vom Leben zum Tod. Geh diesen Weg, wenn du willst. Aber er wird schmerzhaft sein.«
Fennek, der all die Zeit im Hintergrund gesessen war, stand plötzlich aufrecht und spannte einen kurzen türkischen Bogen. Der Händler sah entsetzt auf den Mann.

Yusufs Stimme war leise und von jener Gefährlichkeit, die nichts Gutes verhieß.
»Wenn ich ihm ein Zeichen gebe, schießt er dir in deinen Wanst. Der Schmerz ist so groß, daß du nicht einmal schreien kannst. Und glaube mir, du wirst nichts mehr sagen können, bis dich Allah gnädig sterben läßt. Und nun höre, was ich dir sage. Du verkaufst mir eine deiner Frauen, denn ich möchte sie dem Sultan zum Geschenk machen. Ich werde den Preis für sie bezahlen, hoffe wohl, du bist dabei nicht gar zu dreist. Und … überleg dir gut, ob du dem *Kuttab* des *Wesirs* berichten willst, daß ein *Scheich*, der ein Nachkomme des Propheten und ein Freund des Hauses Sangar ist, hier war, um ein Geschenk von besonderem Wert zu kaufen. Oder ob es nicht besser ist, darüber zu schweigen.«
Der Mann nickte verstehend und zweifelte keinen Moment daran, daß dieser unbekannte Beduine seine Drohung wahrmachen würde. Er fürchtete sich und begann nach Worten zu suchen.
»Ich … ich habe mich getäuscht, ich habe … ich tue, was Ihr wünscht, *Scheich*«, stotterte er.
Auf einen Wink des Yusuf hin ließ Fennek den Bogen sinken, und die Waffe verschwand unter seinem langen Gewand.
»Welche der Frauen wollt Ihr sehen?« fragte der Händler erleichtert und tupfte sich mit dem Saum seines Kaftans kleine Schweißperlen von seiner Stirn.
»Die, welche Haare hat wie Feuer.«
»Oh, die Ingles!«
Jetzt lächelte der Sklavenhändler ein wenig.
»Mein Haus hat Ohren, und in Bagdad etwas geheimzuhalten, ist wohl ganz unmöglich. Die Frau ist teuer, so teuer, wie

sie schön ist. Und sie ist sehr schön. Sie stammt aus einem Land, das noch weiter liegt als das der Franken.«

»Zeig sie mir!« verlangte Yusuf.

Buchtar wußte, was er seinem Ruf als größter und zugleich bester Sklavenhändler des Reiches schuldig war. Er wußte zudem, wie eine besondere Blüte seiner »Ware« zu behandeln war. Seine Wachtposten bewachten die Frauen ganz genau. Jeder, der im Hause glaubte, seiner Neugier nachkommen zu müssen, um die Frauen zu sehen, bezahlte dies mit seinem Leben. Buchtar ließ alle Frauen von Sklavinnen pflegen und ihre Krankheiten, welche die lange Reise immer mit sich brachte, behandeln. Dazu achtete er streng darauf, daß die Frauen jegliche Annehmlichkeit erhielten.

Aber Buchtar war kein Menschenfreund. Seine Interessen waren anderer Natur. Er war Händler, ein Menschenhändler und spezialisiert auf Frauen. Seitdem er die Hohe Pforte, den Palast des Sultans belieferte, war er auch in der Gunst der zahlreichen *Wesire* und *Emire* des Reiches gestiegen. Niemand hatte ein solches Angebot an schönen Frauen und jungen Mädchen wie auch blutjungen Knaben in seinem Hause wie Buchtar, der »Händler des warmen Fleisches«, wie man ihn nannte.

Er führte den schlanken Araber und seinen schweigenden Begleiter durch sein großes, weitläufiges Haus. In einem Saal bat er Yusuf und Fennek, auf ihn zu warten.

Da lächelte Yusuf kurz, und wieder sah man seine blendend weißen Zähne.

»Nein, Buchtar. Wohin auch immer du gehst, wir gehen mit dir. So sind wir uns gegenseitig versichert, nicht wahr?«

Buchtar machte eine Geste, die zustimmend sein sollte, aber den Zorn in seinen Augen konnte er nicht verbergen.

»Euer Mißtrauen kränkt mich. Traut Ihr mir nicht, edler *Scheich* al-Mansur?«

»Nein.«

Buchtar biß sich wütend auf die Lippen und führte Yusuf und Fennek zu einer großen Tür. Davor lagen einige seidene Kissen auf dem glatten Boden. Er bot den beiden Männern an, sich zu setzen. Aber nur Yusuf ließ sich nieder. Fennek postierte sich so, daß er den Raum überblicken konnte. Erst dann nahm Buchtar ebenfalls Platz. Aber er bemühte sich, von Yusuf weit genug entfernt zu sitzen, daß er nicht in Reichweite des stolzen Scheichs war. Zugleich saß er nicht zu weit von ihm entfernt, um unhöflich zu erscheinen. Dann klatschte der Mann einige Male kurz in die Hände. Die Tür öffnete sich, und ein Eunuch trat ein.

»*Saiyid* Buchtar?« fragte er mit seltsam klingender Stimme.

»Bringt die Ingles.«

»Alle?«

»Nein, nur die Rote.«

Der Eunuch blickte seinen Herrn an, verbeugte sich und schritt rückwärts wieder zur Tür hinaus.

»Höre, Buchtar! Ich brauche dich nicht zu erinnern, was passiert, wenn du falsches Spiel mit mir treibst«, sagte Yusuf mit sanfter Stimme.

»Ihr braucht mir nicht zu drohen«, antwortete der Händler zornig. »Ihr seid Kunde und zugleich Gast in meinem Haus. Das Gastrecht ist mir heilig.«

»Ich sehe, du verstehst mich.«

Buchtar schob Yusuf mit stummer Geste eine Auswahl Früchte auf einer prächtigen Schale hin. Aber der schüttelte den Kopf.

»Erst die Früchte deines Hauses.«

Buchtar schwieg und zog die Schale wieder zu sich.
Erneut öffnete sich die Tür. Zwei Frauen, beide tief verschleiert, führten eine dritte Gestalt mit sich. Diese war prächtig gekleidet, mit langen, seidenen Beinkleidern versehen, die unter einem weiten Überrock hervorsahen und an den Fußknöcheln mit einem schmalen Band zusammengebunden waren. Die Frau war barfüßig, und ihre bloßen Füße waren schmal und hell. Auch sie war verschleiert.
Buchtar schnippte nur mit den Fingern, und die beiden Frauen traten zurück und hockten sich auf die Erde nieder.
»Die Frau, die Ihr sehen wolltet«, bemerkte der Sklavenhändler.
Yusuf nickte und sah die Gestalt vor sich an. Dann sprach er und bemühte sich, das Englisch ohne zu großen Akzent zu sprechen, denn er war stolz auf seine besondere Gabe, sich in zahlreichen Sprachen verständlich zu machen.
»Ich grüße Euch, Tochter des Abendlandes. Bitte, laßt den Schleier von Eurem Gesicht, denn ich will Euch ansehen.«
Nach diesen Worten erkannten die Männer die Verblüffung, denn zweifelsohne hatte die Frau dort nicht erwartet, in ihrer Muttersprache angeredet zu werden. Sie zögerte einen Moment und ließ dann den langen Schleier von ihrem Kopf fallen und behielt ein Ende in ihrer Hand, während das Tuch den Boden berührte.
Yusuf hielt unwillkürlich die Luft an. Buchtar lächelte, als er dies sah, und wußte, daß er ein gutes Geschäft machen würde, auch wenn ihn der Araber noch kurz zuvor bedroht hatte.
Vor den Männern stand eine große Frau, mit tadellosem Leib, rosig seidiger Haut, die Arme bis zu den Ellenbogen nackt. Ihre Brust war nur von einer prächtigen Weste beklei-

det, die mit zwei dünnen goldenen Ketten vor dem Busen zusammengehalten wurde. Sie hatte ein feines edles Gesicht, mit Sommersprossen auf dem Nasenrücken, die aussahen, als hätte sie sich dort mit feinem goldenen Puderstaub geschminkt. Das schönste war ihr dichtes feuerrotes Haar, welches wie ein funkelnder Strom, durch feine Schnüre in allen Farben gebündelt, über ihren schlanken Hals fiel und sich auf einer Seite der Schulter wiederfand, wo sich die Spitzen bis über die Hüfte hin ringelten. Sie blickte stolz und fast ein wenig kühl, obwohl man bei näherem Betrachten die Ungewißheit und eine leise Furcht in ihren Augen sah.
Die Frau war sehr schön.
»Ihr sprecht meine Sprache?«
Sie hatte eine angenehme Stimme, aber ein leises Zittern verriet doch, wie sehr sie sich vor den unbekannten Männern fürchtete.
»Erlaubt, mich vorzustellen! Aber zuerst kommt bitte näher«, sagte Yusuf galant.
Mit einer Handbewegung forderte er sie auf, näher zu treten. Sie tat dies. Er erkannte, daß sie nicht mehr jung war und trotzdem von einer Schönheit, die eigen und vornehm war. Sie setzte sich auf eines der Kissen, und als sie ihre bloßen Füße anmutig anzog, um sie ein wenig unter ihren Beinen zu verstecken, biß der Araber sich unwillkürlich auf die Lippen.
»Ich bin Yusuf ibn al-Mansur.«
Er deutete auf den Sklavenhändler, der ihrer Unterredung mit argwöhnischem Gesicht lauschte, obwohl er kein Wort verstand.
»Der Händler versteht kein Wort von dem, was wir reden. Seid Ihr gut behandelt worden?«
Die Frau lächelte traurig.

»Wenn Ihr meint, es sei gut, meine Gefährtinnen und mich auf einer Pilgerreise zu rauben, uns durch all den Staub und Schmutz quer durch die Wüste bis hierherzuschaffen, um dann wie Vieh begutachtet und verkauft zu werden, dann bin ich gut behandelt worden.«
»Ihr seid verbittert. Aber glaubt mir, ich werde alles tun, damit Ihr keinen Grund habt, es weiterhin zu sein. Aber Ihr seid eine Sklavin und Eigentum dieses Mannes.«
»Das hab ich nicht vergessen, mein Herr.«
»Euer Leben soll wieder froh und voller Licht werden …«
Die Frau warf den Kopf in den Nacken, und für einen Moment blitzte ihr hellrotes Haar in dem warmen Licht des Raumes.
»Indem Ihr mich kauft wie ein Kamel oder ein Pferd? Damit ich Eure Sammlung an Frauen schmücken kann und in Eurem Harem auf Euch warte?«
»Ihr redet zuviel, Weib. Aber ich höre Euch trotzdem gerne zu«, entgegnete Yusuf, und seine Stimme klang sanft.
»Was sagt sie?« wollte Buchtar wissen.
»Nichts, ich habe sie nur gefragt, ob sie gut behandelt wurde.«
»Und was sagt sie?«
»Niemand hat sie berührt.«
Buchtar grinste, und dabei bleckte er eine Reihe dürrer gelber Zähne.
»Buchtars Ware ist die beste!« bemerkte er mit seltsamem Stolz in der Stimme.
Yusuf wandte sich wieder an die Frau.
»Dort, wo Ihr herkommt, seid Ihr … seid Ihr dort vermählt?«
Jetzt lachte sie ein kurzes, spöttisches Lachen.

»Als ob Euch Türken dies stören würde.«
»Bitte antwortet mir auf meine Frage!«
»Ja, Herr Yusuf ibn al-Mansur, ich bin vermählt. Vor Gott und dem Gesetz.«
»Wo ist Euer Mann?«
»Er ist fort.«
»Fort? Wo ist er?«
»Auf Reisen.«
»Wo auf Reisen?«
Sie zögerte einen Moment, und dann hob sich ihre Brust, und sie bekam plötzlich einen wehmütigen Blick.
»Er ist hier, irgendwo im Morgenland. Ich hoffte, auf meiner Pilgerfahrt zu erfahren, wo genau er ist.«
»Ihr seid aus Britannien?«
»Ja ...«
Yusuf nickte nur und strich sich mit einer Hand über seinen sorgsam gepflegten Bart. Dann wandte er sich an den Sklavenhändler.
»Buchtar, was verlangst du für dieses Weib?«
»O *Scheich*, seht selbst. Sie ist über alle Maßen schön und könnte jederzeit den Harem des Emirs schmücken, dazu kommt, daß sie ...«
»Verschon mich mit deinem Geschwätz!« knurrte Yusuf ungehalten. »Ich habe selbst Augen, um zu sehen. Was du für sie willst. Nur dies will ich wissen.«
Buchtar, in seiner blumigen Verkaufsrede unterbrochen, war derlei Verlauf des Gespräches bei seinen Kunden nicht gewöhnt. Die Auswahl einer Sklavin war für einen wohlhabenden Mann eine besondere Freude und gleichzeitig ein teures Vergnügen. Dies ließ sich ein Interessent sehr wohl von den Reden Buchtars versüßen.

»Fünfhundert Dirham!«
Buchtar grinste jetzt nicht mehr, sondern sein Blick war eher lauernd und berechnend. Der Preis war enorm hoch und sollte dem stolzen al-Mansur nur zeigen, wie weit entfernt auch für ihn die Möglichkeit war, solch eine Frau zu kaufen.
»Buchtar, du gieriger Schakal! Höre! Ich will, daß dieses Weib noch heute in das Serail des Sultans gebracht wird. Und ich will, daß dies so geschieht, daß er es nicht erfährt, hörst du? Denn ich selbst will es sein, der es ihm sagt. Denn das Weib ist ein Geschenk.«
Buchtar nickte und beugte den Kopf.
»Wenn Ihr dies wünscht, so soll es geschehen.«
»Gut, dann zahle ich dir diesen Preis.«
Buchtar blieb reglos sitzen, das Kinn fiel ihm herab, und er war zu verblüfft, um etwas zu sagen.
»Was hat er gesagt?« fragte die Frau.
»Den Preis, schöne Ingles. Euren Preis.«
»Nun, wieviel koste ich?« fragte sie, und Yusuf hörte die Neugier und den koketten Ton in der Stimme der Frau.
»Fünfhundert Dirham.«
»Das ist sehr viel Geld. Ich bin Euch so viel wert?«
»Ihr seid nicht für mich, sondern für den prächtigen Harem unseres Herrschers.«
Die Frau schwieg, und Yusuf konnte sehen, wie sie für einen Moment darüber nachdachte, ob dies ein besonderes Geschenk oder eine besondere Gunst für sie wäre.
»Ihr kauft mich für einen anderen?«
»Ja«, nickte Yusuf knapp, »für einen anderen.«
Er wandte sich an Buchtar.
»Sie kann gehen, und sorge dafür, daß sie dein Haus ausgestattet wie eine Prinzessin verläßt. Für soviel Geld kann ich

dies verlangen. Alles an ihr soll prächtig sein, so daß einmal eines Tages jeder spricht von Yusuf ibn al-Mansur und der wunderschönen Frau, die er als eine besondere Zierde dem Sultan Sangar zum Geschenk machte.«

»Ja, *Scheich*«, entgegnete der Mann plötzlich, und er fiel vor Yusuf auf die Knie und verharrte so für einen Moment. Diese Frau allein würde ihm mehr Geld einbringen, als er für manch andere Karawane erlösen konnte.

Die beiden verschleierten Frauen hoben das Tuch der Britin auf, und sie schlang es über den Kopf, aber ihr Gesicht blieb frei.

Da wandte sich Yusuf noch einmal zu ihr um und fragte sie: »Sagt mir: Euer Mann, was ist sein Stand?«

Die Frau sah ihn an, und dann sah er auf einmal den großen Stolz in ihrem Gesicht, als sie ihm antwortete: »Er ist ein Goldschmied.«

Die Audienz bei dem Wesir dauerte lange. Der Brief war geprüft worden, die lateinischen Worte übersetzt, und Gwyn hatte nicht versäumt, die weiteren Geschenke und die prächtigen Pferde zu offerieren, ohne gleichzeitig darauf hinzuweisen, daß die Tiere samt den Knechten an der fernen Küste warteten. Über das grausame Ableben der Boten des Sultans schwieg Gwyn. Der Moment sollte früh genug kommen, und dann würde dies Geschehene zu erklären mühsam genug werden.

Während Gwyn wartete, stellte er fest, wie unmöglich es war, im Palast des Sultans etwas geheimzuhalten. Die Geschichte über die schöne Frau, die Buchtars Karawane aus Damietta gebracht hatte, machte die Runde. Gwyn hörte wohl die Worte und spürte die eigenartige Erregung, wenn Diener und Lakaien über sie sprachen. Er bedauerte die Arme einerseits, aber er hielt sich bereits lange genug in diesem Land auf, um zu wissen, daß dies hier üblich war und wie ein Gesetz alltäglich und damit niemandem mehr fremd. Er wurde erst hellhörig, als er hörte, daß die Frau nicht mehr so jung war. Er wußte aus Berichten, daß der Sultan immer auf der Suche nach jungen Frauen war, und seine Agenten und Vertrauten suchten alle Sklavenmärkte des Reiches ab und begutachteten jede Karawane, die Bagdad erreichte. Aber diese Frauen mußten neben ihrer Schönheit jung sein, blutjung. Und dies war jene Frau nicht. Und als er aus Erzählungen erfuhr, sie wäre eine christliche Pilgerin, die bei ihrer Fahrt in das Heilige Land von Sklavenhändlern gefangengenommen worden war, wurde er noch aufmerksamer. Und als sie ihm sagten, sie käme aus Britannien, begann sein Herz vor Aufregung schneller zu schlagen. Zuletzt vermochte Gwyn seine Neugier einfach nicht mehr länger zu zügeln. Während seiner Audienz bei dem Wesir sah er dem Mann beim Lesen der Bulle zu, bereit, ihm auf Fragen zu antworten, welche der Mann an ihn stellen mochte. Als der Würdenträger fertiggelesen hatte, erhob Gwyn behutsam seine Stimme.

»Ehrenwerter *Saiyid Wesir*, bitte erlaubt mir eine Frage.«

Der Mann hob den Kopf, und die übrigen Berater hörten auf, mit ihm zu flüstern, und alle sahen auf den Goldschmied.

»Bitte, sprecht«, forderte der Würdenträger ihn höflich auf.

»Alle erzählen von einer schönen Frau, *Saiyid Wesir.*«

»Im Palast der Freude gibt es nur schöne Frauen.«

»Ich hörte davon, aber … diese wird neu im Serail des …«

»Ja?«
Gwyn zögerte, weiterzusprechen, und der Mann vor ihm sprach auf einmal für ihn weiter.
»Eure Ohren müssen Euch getäuscht haben.«
»Nun, man erzählte es mir nicht. Ich hörte es nur.«
»Gerüchte, nichts weiter.«
»Ja, aber Gerüchte über eine Frau.«
»Ihr meint eine bestimmte Frau?«
»Ja, *Saiyid Wesir* ... Die ich meine, ist eine Ingles, nicht wahr?«
»Ja, Faber, aus dem Land, aus dem auch Ihr stammt.«
»*Saiyid Wesir*, wie heißt sie?«
»Ich weiß es nicht, und es tut nichts zur Sache. Der Erhabene kann ihr einen neuen Namen geben, wenn es ihm gefällt. Sie gehört ihm, so wie ihm dieses Haus gehört. Warum fragt Ihr?«
»*Saiyid Wesir*, ich glaubte für einen Moment, sie zu kennen ... vielleicht.«
Der Wesir sah ihn überrascht an, und auch die Hofbeamten um ihn warteten neugierig darauf, was Gwyn weiter darüber berichten würde.
»Ihr kennt sie, Faber?«
»Vielleicht, ich müßte sie sehen ...«
Der Wesir lachte freundlich, und die Männer um ihn herum lächelten höflich mit. Er strich sich über seinen langen Bart, und die Geste war voll Würde und vornehmen Gebarens.
»Niemand, *Saiyid* Carlisle, niemand darf die Frauen des Erhabenen schauen. Nur Allah und der Erhabene selbst.«
»Es ist nur, weil ich sichergehen wollte, sie vielleicht aus meiner Heimat zu kennen ...«, begann Gwyn von neuem.
»Hütet Euch vor solchen Gedanken. Kehrt in Euer Gemach

zurück und wartet dort. Wenn es Allah gefällt, prüft der Erhabene Euer Gesuch.«
»Wann, *Saiyid Wesir?*«
»Die Ungeduld aller Christen«, lachte der Mann leise. »Vielleicht schon morgen, Faber. Seid immer bereit. Der Erhabene schätzt es nicht, zu warten.«
Gwyn nickte gehorsam. Er erhob sich, verbeugte sich und schritt über den spiegelglatten Boden des Raumes bis zur Tür. Als er an der prächtigen Pforte stand, wandte er sich noch einmal um. Der Wesir hatte sich auf seinem prächtigen Kissen zurückgelehnt und sah ihn an.
»Was im Harem des Sultans lebt und einmal leben wird, ist sein. Nie wieder fragt nach dem, was dem Erhabenen gehört, hört Ihr? Nie wieder!« entgegnete der Mann mit würdiger Stimme.
Gwyn beugte verstehend den Kopf und wandte sich zum Gehen. Er folgte den Schritten eines Wächters, denn allein würde er in dem riesigen Palast nicht zurück zur Pforte finden. Es gab hier zu viele Gänge und Zimmerfluchten, weite Hallen, die sich mit lieblichen Höfen abwechselten. Und überall saßen oder standen würdevoll blickende Männer in die Trachten der arabischen Stämme gekleidet und schwatzten. Andere spielten Schach oder würfelten, dazu tranken sie Tee.
An der Pforte wunderte sich Gwyn. Die Hitze, in dem riesigen Palast kaum zu spüren, wirkte hier mit unbarmherziger Kraft. Die Luft flimmerte und die Hitze schien für den Goldschmied fast greifbar. Die breite Straße hinunter zogen Kamele und Reiter, und auf einem der Wüstentiere saß ein großer, dürrer Mann mit einem strohigen Bart und häßlichen Zähnen, die man immer dann sah, wenn die schwingende

Bewegung des Kamels den Mann auf seinem Rücken zu einer seltsamen, verzerrten Bewegung des Gesichtes veranlaßte.

»Buchtar, der Sklavenhändler«, bemerkten die Menschen ringsum.

Gwyn trat bis fast an den Rand der Straße.

Als die Karawane die letzten Häuser hinunter verschwunden war, kam ihm ein Gedanke. Er sprach einen kleinen Straßenjungen an, der, einen Korb mit frischen Pfirsichen auf seinem Kopf, nur einen Moment stehengeblieben war, um Buchtar und seiner Karawane nachzusehen, und nun weiterlaufen wollte.

»Du … warte!«

»*Saiyid*, eine Frucht? Süß und saftig?«

Der Junge hob mit einer schnellen Bewegung den Korb von seinem Kopf, und seine kleine braune Hand wies artig auf die Auswahl in seinem Korb hin.

»Nein.«

Gwyn schüttelte den Kopf.

Die Menschenmenge ringsum begann sich wieder zu verlaufen.

»Oh, *Saiyid*, Ihr müßt kosten. Erst dann merkt Ihr, daß Ihr noch nie so gute Pfirsiche gegessen habt. In den Gärten der Freude findet man keine besseren«, entgegnete der Junge eifrig.

Gwyn lachte ein wenig über dessen beharrliche Bemühungen.

»Kennst du Buchtars Haus?«

»Ja, *Saiyid*.«

»Ist es weit?« wollte Gwyn wissen.

»Nein, nicht weit, *Saiyid*.«

»Führ mich hin«, bat Gwyn den Jungen.
»Das kann ich nicht, muß meine Früchte verkaufen.«
»Wenn du mich führst, kaufe ich dir alle Früchte ab.«
»Alle?« fragte der Junge ungläubig, und er begann die Gestalt des Goldschmieds genauer zu betrachten.
»Ja ... alle«, bekräftigte Gwyn.
Der Junge überlegte einen Moment, sah Gwyn dann erneut lange an und las in dem gebräunten Gesicht, daß dieser Mann ein besonderes Interesse an Buchtars Haus haben mußte. Da strahlte der Pfirsichverkäufer übers ganze Gesicht, so als verstehe er genau. Er nickte zustimmend.
»Ich führ Euch, *Saiyid*.«
Es war so, wie der Junge es gesagt hatte. Nicht sonderlich weit führte sie ihr Weg zu einer langen, einsamen Gasse. Sie hielten vor einer hellgekalkten, sehr hohen Mauer, über deren Sims die Kronen großer Palmen ragten. Der Besitzer schien damit das Haus seines wichtigsten Kunden zu imitieren: den Palast der Freude.
»Das ist Buchtars Haus«, erklärte der Junge.
Er hatte seinen Korb auf dem Boden abgesetzt und deutete mit beiden Armen auf die lange hohe Mauer. Gwyn schritt weiter bis zu einer kleinen Pforte.
»Hee, Ihr ... *Saiyid!*« sagte der Junge auf einmal frech. »Was ist mit Eurem Wort?«
Gwyn beeilte sich, nach einer Münze zu kramen. Er fand einen halben Dirham, den er dem Jungen geben wollte. Er hielt ihm die Münze hin, und das Gesicht des Jungen blickte auf einmal ungläubig und erstaunt.
»Aber, *Saiyid*, das ist zuviel«, entgegnete er.
Gwyn schüttelte den Kopf.
»Verkauf mir auch den Korb dazu!« bat er.

Bevor der Junge sich versah, griff Gwyn nach einem ganzen Dirham in Gold und hielt die Münze dem Knaben hin.
»Hier, für dich und deine Hilfe.«
Zögernd und zugleich ungläubig griff der Junge nach der Münze. Er biß vorsichtig darauf und strahlte auf einmal übers ganze Gesicht.
»Allah, der Allmächtige segne Euch und alle Tage, die Ihr lebt, *Saiyid*«, stammelte das Kind glücklich.
»Schon gut«, lachte Gwyn, »nun verschwinde …«
Der Junge lachte und stob davon. Gwyn hatte für einen Dirham wenigstens vierzig große Pfirsiche gekauft. Der Korb war also gar nicht leicht, aber für seinen Plan brauchte er ihn. Er trat an die kleine Pforte in der Mauer des Anwesens und hämmerte mit der Faust dagegen. Nach einer Weile öffnete sich in der Holztür eine kaum handbreite Klappe, und zwei dunkle Augen musterten ihn.
»Ahlam wa saghlam!« grüßte Gwyn höflich.
»Was willst du?« fragte eine Stimme schroff.
»Pfirsiche! Euer Herr, der *Saiyid* Buchtar, bat mich um die schönsten Früchte unseres Hauses für seinen Gaumen. Und hier sind sie.«
Gwyn hob den Korb ein wenig höher, so daß ihn die Gestalt hinter der Tür sehen konnte.
»Davon weiß ich nichts«, entgegnete die Stimme unhöflich.
»Ich traf Buchtar soeben auf der Straße. Er ritt zum südlichen Tor. Dort gab er mir den Auftrag – und hier bin ich.«
Noch immer musterten die beiden dunklen Augen den Goldschmied. Gwyn sah nicht aus wie ein Früchtehändler, aber sein Auftreten war still und unterwürfig.
»Du lügst. Unser Herr, Buchtar, trifft den *Scheich* Yusuf ibn

al-Mansur. Da wird er doch keine Zeit haben, dir Früchte abzukaufen. O ja, ich bin sicher, du lügst.«
»Ich lüge nicht. Und was kann er von dem *Scheich* schon wollen?« fragte Gwyn in verächtlichem Ton.
Prompt fielen die beiden dunklen Augen auf die Worte des Fabers herein.
»Was er will …? Du bist wirklich nur ein geringer Bauer. Der Allmächtige verachte dich! Unser Herr verkauft seine Ware dem *Scheich*.«
»Nur eine Frau?«
Die Augen hinter der Klappe in der Tür leuchteten.
»Einzig *nur* eine. Aber welche, ha! Sie ist eine Ingles! Mein Herr macht mit ihr ein gutes Geschäft.«
»Ah, die Ingles. Ich hörte, sie sei sehr schön.«
»Du hast gar nichts gehört.«
»Blond ist ihr Haar, wie alle Christenweiber es haben«, stichelte Gwyn erneut in einem betont gelangweilten Ton.
»Blond?! Nichts hast du gehört, gar nichts! Und du weißt auch nichts!«
Die Stimme hinter der Tür kreischte vor lauter Vergnügen bei dem Gedanken, mehr über dieses Geschäft zu wissen, als der einfältige Obsthändler auf der heißen, staubigen Straße.
»Rot! Rot, sie hat feuerrotes Haar, sie …«
Die Stimme schwieg auf einmal, denn wohl hatte er schon zuviel gesagt. Aber nicht nur deshalb.
Wie ein Geist war dieser seltsame Obsthändler auf einmal verschwunden. Als er die Tür öffnete, sah der Diener mit verwundertem Staunen, wie der Korb vor ihm auf dem Boden lag und die Pfirsiche durch den Staub rollten. Und als er aufsah, war der seltsame Händler längst verschwunden.

Gwyn rannte wie im Traum. Er rannte durch die Straßen der geschäftigen Stadt Bagdad, so als ob der Leibhaftige hinter ihm her wäre. Ein furchtbarer Verdacht quälte ihn, und nun war das seltsame Mosaik aus Vermutungen und Ahnungen fast perfekt. War diese seltsam schöne Frau, von der halb Bagdad sprach, wirklich seine Frau? War die Ingles Agnes Carlisle, die Witwe seines einstigen Brotherrn Randolph Borden? Er mußte Gewißheit haben, und dies sofort. Selbst wenn er dabei sein Gesicht verlieren sollte und sich so lächerlich machte wie nie zuvor. Und deshalb rannte er, so schnell er konnte. Am südlichen Tor angekommen, stauten sich die Menschen in einem großen Pulk. Die Karawane des Buchtar wollte hinaus und mit ihm aber auch eine Menge anderer Leute. Eine große Schafherde drängte just zur selben Zeit an das Tor und wollte in die Stadt hinein. Es entstand ein großes Durcheinander inmitten der Schafe, zwischen deren Leibern sich die Menschen mit ihren Körben und Säcken, Bündeln und Tonkrügen einen Weg bahnten. Denn das Tor, wohl mit zwei riesigen Türflügeln versehen, war nur zu einer Hälfte geöffnet. Und während die Wächter auch die andere Hälfte öffnen wollten, wurden sie von Buchtars Männern wüst beschimpft, und weil es dem Sklavenhändler zu langsam ging, geschah dies laut und drohend. Die Torwächter, ihrer Rolle und ihres Standes wohl bewußt, wollten sich so etwas nicht gefallen lassen, und so fluchten sie laut zurück.
Gwyn verharrte nur einen Augenblick in all dem Durcheinander, und dann drängte er sich schnell durch die große Schafherde, die mit ihren struppig staubigen Leibern ein Durchkommen zusätzlich erschwerte. Bevor noch irgend jemand etwas merkte, war er durch das Tor, bahnte sich einen Weg durch die neugierig näher gekommenen Menschen und

eilte die Landstraße hinunter. Vor ihm lag die Ebene. Und inmitten der staubigen trockenen Weiden lag das Lager des Yusuf. Gwyn sah sein Zelt mit dem hohen Dach, so hoch, daß es zwischen den übrigen Zelten herausragte. Erneut rannte Gwyn los.

Als er den Zelteingang erschöpft, verschwitzt und völlig außer Atem erreichte, stürzte er, ohne auf Fennek zu achten, in das Innere. Yusuf stand gerade vor einem großen, blankpolierten, runden Schild und ließ sich von einem Diener ankleiden.

Als er Gwyn sah, wandte er sich um, und sein Blick verriet nur soviel Erstaunen, daß er eine Augenbraue in die Höhe zog.

»Ich grüße Euch, Faber Gwyn Carlisle. Seid mir willkommen.«

»Yusuf ... Buchtar kommt und will einen Handel mit Euch schließen«, entgegnete Gwyn hastig.

Yusuf schwieg einen Moment. Dann hob sich seine Brust, und er antwortete: »Einen Handel? Ja, ja Ihr sprecht richtig.« Er drehte und wendete sich vor dem Spiegel und betrachtete sich darin.

»Er verkauft Euch ein Weib«, sagte Gwyn hastig.

»Eine Sklavin wohl«, bemerkte Yusuf spöttisch.

»Ich will wissen ... ich muß wissen ...«, stammelte Gwyn und merkte, wie ihm die richtigen Worte nicht einfallen wollten. Yusuf aber war voller Ruhe und zugleich stiller Würde.

»Was müßt Ihr wissen?«

Gwyn atmete schwer. Allmählich kam ihm sein Unterfangen dumm vor. Es mußte an der Hitze liegen, daß er sich so hatte gehenlassen und dabei wie von Sinnen durch die Stadt ge-

rannt war, ohne sicher zu wissen, was an all den Gerüchten dran war.
»Ich ... ich wollt nur wissen ...«, hub Gwyn an, aber seine Bemühungen gerieten ihm einfach zu kläglich.
So schwieg er. Zu sehr hatte er sich in den Gedanken verstiegen, diese Frau, diese Sklavin könnte seine Frau sein. Aber nun erschien ihm die Vorstellung doch zu grotesk. Agnes war zu Hause in Bath. Und er spürte auf einmal, wie der Gedanke, zurück nach Hause zu reisen, so übermächtig geworden war, daß er kaum mehr klar zu denken vermochte.
Der Diener hatte Yusuf weiter stumm angekleidet. Der stolze Araber setzte sich selbst seinen Helm auf. Es war derselbe, den er einst trug, als er Gwyn das grüne Seidenband des unglücklichen Ritters vom Stein brachte.
»Ihr wollt wissen, ob die rothaarige Frau aus Britannien Euer Weib ist?« fragte der Mann milde.
Gwyn nickte und hauchte dann ein kaum hörbares Wort der Zustimmung.
»Ja, Yusuf ...«
»Sie ist es!«
»Was?«
»Sie selbst sagte es mir.«
Gwyn glaubte, daß ihm gleich schwarz vor Augen werden würde. Dieses Geständnis des Arabers verwirrte ihn.
»Wenn sie es ist, warum kauft Ihr sie dem Buchtar dann ab?« fragte Gwyn, mühsam um Beherrschung ringend.
»Ist es nicht meine Sache, ein Weib zu kaufen, wenn mich solch ein Handel drängt?«
»Sie ist meine Frau«, antwortete Gwyn, nun sichtlich wütend.
»Sie ist eine Ungläubige!« entgegnete Yusuf schnell. »Allah

ließ sie mancherlei Unbill überstehen, damit sie hierhergelangt. So ist es nur sein Wille, den Harem eines Muslim zu schmücken. Vielleicht den meinen, wenn sie dem Sultan nicht gefällt.«

Der stolze Araber hatte mit diesen Worten wohl nicht bedacht, was er bei Gwyn für eine Reaktion auslösen würde.

»Aber …«, stammelte Gwyn aufgebracht.

Die Ruhe des Mannes reizte ihn, und er spürte einen ungeheuren Zorn in sich.

»Es ist Allahs Wille«, entgegnete Yusuf fest.

»Allahs Wille?« schrie Gwyn voller Zorn, »Ich … ich zeig dir Allahs Willen!«

Voller Wut stürzte er auf den Söldner zu. Yusuf bewegte sich nicht, und bevor Gwyn dem Mann an die Kehle gehen konnte, wurden ihm plötzlich von hinten die Beine weggerissen. Er stürzte vor Yusuf ibn al-Mansur zu Boden. Fennek war über ihm und hielt ihn fest.

Der Berber drückte Gwyns Gesicht so auf die Erde, daß er den Kopf nicht bewegen konnte. Mit der anderen Hand hatte der Mann den Faber am Handgelenk gepackt, und kniete auf seinem linken Arm. So hielt er ihn fest, als wären seine braunen, schwieligen Hände Klammern aus Stahl. Wie von weit her hörte Gwyn die Stimme des Yusuf ibn al-Mansur:

»Fennek, ich will nicht, daß er den Handel stört.«

»Ja, *Saiyid!*« antwortete der Berber gehorsam.

Kaum hatte Yusuf das Zelt verlassen, riß Fennek den Faber in die Höhe. Gwyn bemerkte erneut erstaunt, welche Kraft der kleine Berber besaß. Mit einer Bewegung zog er dem Goldschmied das lange Tuch, welches den Kopf vor der sengenden Sonne schützen soll, herunter, schlang es ihm ein-, zweimal um beide Hände und band ihn so an einem der mächtigen Zeltpfosten fest.

Gwyn atmete schwer.

Voller Wut starrte er den Berber an, der seine Kleider sorgfältig ordnete und sich dann ruhig vor ihm auf den Boden kauerte – in jenem landestypischen Schneidersitz. Er zog sein Krummschwert und legte die Klinge vor sich auf den Schoß.

»Bind mich los!« fauchte Gwyn.

Der Berber schwieg.

»Du weißt deinen Herrn fein zu schützen«, zischte der Goldschmied wütend, »auch wenn er im Unrecht ist.«

Der Berber schwieg noch immer.

»Was seid ihr nur für eine seltsame Schar? Ihr betet nicht zu Gott und nicht zu Allah, sondern küßt Yusuf das Kleid. Was müßt ihr dafür tun? Böse Dinge wohl ... ja böse Dinge!« sagte Gwyn verächtlich.

Doch der Berber antwortete ihm nicht.

»Seid ihr freie Männer, oder seid ihr seine Sklaven?«

Der Berber schwieg noch immer und ließ den Redeschwall des Goldschmieds über sich ergehen. Gwyn zerrte an seiner Fessel, so daß das Zeltdach zitterte, aber sie hielt. Seine weiteren Worte waren voller Wut.

»Wohl Sklaven, denn nur diese beugen ihr Haupt auch vor dem Unrecht ihres Herrn. Denn sie können nicht anders, nicht wahr? Sag es, Fennek, sag es schon ...!«

»Jeder von uns ist ihm verpflichtet«, erklärte Fennek plötzlich mit ruhiger Stimme.

Gwyn schwieg, und sein fragender Blick war es wohl, der den Berber weitersprechen ließ.

»Wir sind keine Knechte und keine Diener. Wir sind mehr«, sagte der Berber stolz.

»Was seid ihr schon?« fragte Gwyn müde. »Räuber, die ihrem Herrn folgen und tun, was er ihnen befiehlt.«

Der Berber straffte sich, hob den Kopf, und in seiner Antwort klang ein feierlicher Stolz.

»Jeder von uns ist ein Teil des Yusuf ibn al-Mansur.«

»Erklär mir dies!« bat der Goldschmied.

Nach einer kurzen Pause begann der Berber zu sprechen.

»Jeder von uns würde die Sonne nicht mehr schauen. Jeder von uns hätte nicht all die Zeit des schönen Lebens verbracht, wäre er nicht gewesen. Jeder von uns verdankt Yusuf ibn al-Mansur sein Leben«, berichtete der Berber geduldig.

»Dafür dient ihr ihm?« wollte Gwyn wissen.

»Wir alle stehen in seiner Schuld. Wir hatten nichts, um uns von dieser Schuld freizukaufen. Da bot uns Yusuf, unser Herr, einen Handel. Er verlangte von uns, daß jeder von uns ein Teil von ihm, unseres Herrn, ist, solange er lebt. Dafür sollen die Freuden eines herrlichen Lebens für uns nie versiegen.«

»Ein Teil …?«

Gwyn war noch immer nicht klar, was der Berber da sagte. Aber auf einmal lächelte Fennek. Und Gwyn sah, wie die Augen des sonst so ruhigen Muslim zu leuchten begannen.

»Ja, so wie Ihr Eure Augen zum Sehen, Euren Mund zum Sprechen und Eure Ohren zum Hören habt, so hat unser Herr derer viele Augen, Münder, Ohren, Arme, Hände, Finger, Füße.«

»So, und was ist dann dein Teil?« fragte Gwyn schnell und eher spöttisch als wirklich verstehend.

Aber entweder hatte der Berber seine Frage nicht als beleidigend empfunden, oder er war höflich genug, um auf den mühsam unterdrückten Spott in der Stimme des Goldschmieds nicht zu achten.
»Ich bin die Augen des Yusuf ibn al-Mansur.«
Gwyn verstand noch immer nicht.
»Da seht, Faber!«
Fennek deutete mit dem Arm auf den offenen Zelteingang. Ein gutes Dutzend Schritte von dem Zelt entfernt stand ein weiteres Zelt. Die gesamte Front war offen, die Eingänge zur Seite gezogen. Ein Teil der Männer um ibn al-Mansur saß davor und reinigte Waffen. Auch Bracko saß dabei und goß ein paar Tropfen Öl auf seine Schwertklinge. Mit einem Stück Tuch rieb er den blanken Stahl ein.
»Seht auf Bracko, ein *Rumi* wie ihr, Ingles. Aber nicht der schlechteste. Er war Sklave, und er stand zum Verkauf auf dem Markt von Damaskus. Der *Scheich* Mohamed Aoutchiki wollte einen guten Preis für ihn. Denn zweimal zuvor ist er den Sklavenhändlern entkommen, und beide Male haben sie ihn wieder gefangen. Sie peitschten ihn so lange, bis sie glaubten, er wäre nicht mehr am Leben.«
Fennek lachte leise, bevor er weitersprach.
»Aber Bracko ist ein Ochse. Er überlebte beide Male, denn er ist stark. So stieg er in seinem Wert als Sklave. Der *Scheich* Mohamed handelte lang mit Yusuf. Dann zahlte unser Herr den Preis. Und Bracko blieb ein Teil von ihm.«
»Und welcher Teil ist Bracko?« fragte Gwyn nun nicht mehr spöttisch, sondern eher verwundert.
»Sein rechter Arm.«
Der Berber deutete ernst auf die übrigen Männer, die dort lagerten, schwatzten und mit Sorgfalt ihre Waffen pflegten.

»William aus der Picardie ist sein Fuß, Gerenot, der Franke, ein Ohr, so wie es auch der Nubier ist.«

»So ist jeder Mann dem Yusuf verpflichtet«, murmelte Gwyn, allmählich verstehend.

»Ja, so wie Euch Euer Auge, Euer Mund, Euer Ohr und Euer Leib, Eure Arme und Beine verpflichtet sind. Euch, Gwyn Carlisle, dem Ingles. Denn sie sind ein Teil von Euch, und sie dienen Euch. So, wie wir unserem Herrn dienen.«

Gwyn nickte angesichts dieser seltsamen Übereinkunft, und er fürchtete und bewunderte zugleich den Mann. Zweifelsohne wußte Yusuf ibn al-Mansur, wie man Menschen an sich bindet und sie verpflichtet.

»Fennek!«

Der Berber sah Gwyn an.

»Fennek, bind mich los.«

Da lächelte der Mann. Endlich erhob er sich. Er steckte sein Schwert zurück in seinen breiten Gürtel und band den Faber los.

»Der Zorn ist nur eine kurze Raserei«, bemerkte der Mann sanft.

Gwyn nickte, dann drehte er sein Tuch, um es wieder nach Landessitte um seinen Kopf zu schlingen.

»Fennek?«

»Ja …?«

»Wer ist Yusufs Herz?«

Da senkte der Berber auf einmal seinen Kopf, und Gwyn verstand ihn kaum, als er murmelte: »Niemand. Das Herz ist er selbst.«

Gwyn sah weder den Sklavenhändler noch Yusuf. Er hörte nur, wie die Karawane des Buchtar in der späten Nacht und unter großem Lärm das Lager wieder verließ. Fennek berichtete ihm, daß Buchtar bis zum Euphrat reisen wollte. Es drängte ihn sehr, und deshalb war er noch jetzt, bei tiefer Dunkelheit aufgebrochen und wollte in sein eigenes Lager, das in einem Seitental lag. Dort warteten seine Diener auf ihn. Nach dem glänzenden Geschäft mit dem Araber war er in dem Gedanken, der größte Sklavenhändler weit und breit zu werden, geradezu gewachsen, und er hatte bei einem Festmahl darüber endlose Monologe gehalten. Yusuf hatte nur stumm zugehört, denn seine Abneigung dem Buchtar gegenüber war übermächtig geworden. Um den Mann zu würdigen, hatte Yusuf die Gesetze der Gastfreundschaft nicht vergessen und eine Reihe von *Scheichs* eingeladen, die bei dem Festschmaus dem Händler huldigen sollten.

Es war spät, als Yusuf in sein prächtiges Zelt zurückkehrte. Gwyn hatte auf einem Diwan gelegen, und dort war er eingeschlafen, immer beobachtet von Fennek. Yusuf würdigte den Goldschmied mit keinem Blick. Gwyn erwachte und setzte sich auf. Er sah den stolzen Araber, wie ihn zwei Diener stumm entkleideten.

»Warum habt Ihr dies getan?« fragte Gwyn unvermittelt.

»Was …?«

Mit einer Handbewegung befahl Yusuf den beiden Dienern zu gehen. Sie verbeugten sich und verließen das Zelt. Fennek erhob sich und entzündete zwei Ölleuchten. Das Zelt war auf einmal in ein wundersam warmes und angenehmes Licht getaucht. Die Flammen zeichneten Schatten an die straffen Zeltwände.

»Ihr … Ihr habt mein Weib verkauft.«

Yusuf seufzte, schloß müde für einen Moment seine Augen und zog sich dann eine prächtig gearbeitete Weste aus.
»Sie ist eine Sklavin.«
»Sie ist mein Weib«, entgegnete Gwyn mit Nachdruck.
»Soll ein Weib nicht warten, bis ihr Gebieter zurückkehrt?«
»Sie ist mein Weib, nicht meine Sklavin. Sie ist frei.«
Gwyn bemühte sich, seiner Stimme nicht wieder jenen wütenden Ton zu geben.
»Frei? Sie kann also tun, was sie will?« fragte Yusuf.
Nun war seine Stimme wieder von jenem bekannt spöttischen Klang.
»Wir Christen denken darüber anders«, entgegnete Gwyn beherrscht.
»Worüber? Über die Freiheit Eurer Weiber? Ihr sprecht die Unwahrheit. Nicht einmal in Eurem Glauben erlaubt Ihr Freiheit. Jeder, der nicht glaubt, den verfolgt Ihr mit Haß, und dabei eifert Ihr schlimmer als eine Horde Affen. Warum seid Ihr in dieses Land gekommen?«
»Ich hatte einen Auftrag!«
»Ja, ich vergaß. Venedig.«
Bracko trat ein, der vierschrötig wirkende, große, ehemalige Waffenknecht. Er trat vor Yusuf und beugte kurz sein Haupt.
»Herr!«
»Sprich!«
»Er ist in seinem Lager.«
»Gut, ab jetzt ist es eure Aufgabe. Versagt nicht.«
»Nein, Herr.«
Gwyn sah verwundert von dem Söldner zu Yusuf ibn al-Mansur. Der Araber bemerkte seinen erstaunten Blick. Er

lächelte und griff nach seinem Schwert. Er reichte es Bracko, der die Waffe sorgsam an ein prächtiges Gestell hängte.
»Buchtar hat zwei Fehler. Der Prophet weist auf die Fehler solcher Menschen hin, und trotzdem gibt es sie.«
Jetzt grinste Bracko, und auch Fennek lächelte wissend vor sich hin.
»Fehler?« fragte Gwyn.
»Er ist so gierig wie dumm. Und, beim Andenken des Propheten, er ist sehr gierig. Aber er bringt die Ingles, Euer Weib, Gwyn Carlisle, in den Harem des Erhabenen.«
»Geht es ihr gut?« wollte Gwyn wissen, und seine Stimme war leise.
Der Araber sah ihn lange an, und plötzlich glaubte Gwyn, in den Augen des Arabers etwas wie Wärme und große Anteilnahme zu sehen. Aber es konnte auch sein, daß er sich täuschte.
»Es geht ihr gut«, nickte Yusuf.
Nach einem Moment trat er näher und hockte sich vor Gwyn auf eines der großen, prächtigen Kissen.
»Ihr wollt wissen, warum ich dies getan?«
»Ja.«
»Ich will es Euch sagen. So eine schöne Frau ist im Harem des Sultans sicher. Der Erhabene wird sie nicht berühren, denn er ist nicht in seinem Palast. Er betet in einer Stadt, die uns Muslime sehr heilig ist. Sie nennt sich Mekka. Seine Rückreise ist in diesen Tagen. Dann wird über Eure Angelegenheit entschieden. Und es ist gut, den Erhabenen milde zu stimmen. Was bietet sich da besser an, als ein schönes Weib?«
Der Araber erhob sich.
»Euer Weib oder Handel mit Venedig.«
»Aber niemals hätte ich mein Weib getauscht, niemals ...«

»Dies ist ein Handel, und der heißt Politik, zwischen Venedig und dem Morgenland. Nun geht. Ich will allein sein.«
»Yusuf, ich …«
»Geht!« befahl er, ohne Gwyn noch einmal anzusehen. »Geht endlich, geht …«
Gwyn schwieg und erhob sich und schritt bis zum Eingang des prächtigen Zeltes. Dort wartete Fennek auf ihn. Der Himmel über ihnen war sternenklar und die Luft im Gegensatz zu den heißen Tagen trocken und angenehm mild. Der Weg bis nach Bagdad war nicht weit, und Fennek sollte ihn wohl begleiten.
»Fennek, warum tut er dies?«
»Goldschmied, er hat recht. Sie ist ein Pfand. Ein schönes Pfand. Und damit ihr nichts geschieht, ist sie als Christin nirgends sicherer als im Palast der Freude. Ja, es ist der sicherste Ort, den Ihr Euch vorstellen könnt.«
»Aber warum tut er dies? Was schert Yusuf ein Handel mit Venedig?«
»Für Euch, Goldschmied. Er tut es für Euch.«
»Für mich …?«
»Yusuf liebt Euch, Herr«, sagte Fennek, und seine letzten Worte klangen ein wenig wehmütig.

Mit einem Mal war der Goldschmied wach. Ein schwerer Traum hatte ihn wohl im Schlaf reden lassen, und nun war er aufgewacht. Er atmete schwer, so wie es ein Schläfer manchmal tut, wenn böse Träume ihn plagen und er erwacht. Und es dauert eine Weile, bis dieser merkt, es war alles nur ein Traum, dann das befreiende Gefühl, die Glieder wieder strecken zu können, dem eigenen Atem zu lauschen

und zu wissen, wieder ruhen zu können und die Schimären des Traumes nicht mehr dulden zu müssen. Nicht mehr an das zu denken, was ihm den Schlaf geraubt und ihn ängstigte, so sehr, daß dies vielleicht Grund dafür war, warum der Schläfer mit einem Schrei erwachte.
Gwyn tastete um sich und spürte, daß er heftig schwitzte. Er schlief nackt in diesen Nächten. In Bagdad kühlte die Luft in der Nacht kaum merklich ab, und dieser Teil des Palastes schien die schwülheiße Luft des Tages zu halten und sie aufzubewahren für den nächsten, erneut heißen Tag in der Hauptstadt des Neuen Arabischen Reiches. So atmete er schwer, bis er – auf seinen Herzschlag hörend – allmählich feststellte, wie sich sein Blut beruhigte und seine Gedanken klarer wurden.
Und dann hatte er auf einmal das Gefühl, nicht allein in der Kammer zu sein.
Ein unbestimmtes Gefühl nur, nicht mehr. Aber je aufmerksamer er lauschte, mit angehaltenem Atem, um so sicherer war er sich. Kein Zweifel, da war jemand. In der tiefen Finsternis ließ sich nichts erkennen. Aber als sich seine Augen ein wenig an die Dunkelheit gewöhnt hatten, vermeinte er doch am Ende seiner Bettstatt einen dunklen, unbeweglichen Schatten zu sehen, aber dies konnte auch nur Einbildung sein. So blieb er liegen, unbeweglich und von einer seltsamen Furcht gehalten.
Ein leises Lachen klang aus der Dunkelheit.
Gwyn erschrak im ersten Moment so sehr, daß er sich nicht aufrichtete, sondern nur sein dünnes Laken von sich stieß. Zugleich wich er zurück, bis er mit dem Rücken an die Wand stieß. Mit den Fingerspitzen tastete er nach dem Rand seines Bettes.

»Beim heiligen Elegius ...«, murmelte Gwyn leise, und seine Stimme zitterte.
Da lachte es erneut leise vor ihm in der Finsternis.
»Wer ... wer ist da?« fragte er.
Wieder lachte jemand leise vergnügt.
»Ich ...«, antwortete ihm eine Stimme.
»Ihr ... Ihr habt mich erschreckt ...«, bekannte Gwyn ein wenig lauter, aber noch immer mit zitternder Stimme.
»Seid versichert, dies war nicht meine Absicht«, tönte die Stimme.
»Was wollt Ihr von mir?«
»Wart Ihr es nicht, der nach jemandem suchte, der Euch zu Diensten ist?«
»Ja, aber welcherlei Dienste ...?«
Gwyns Augen versuchten, die Dunkelheit zu durchdringen, aber er konnte nichts erkennen. Die Stimme sprach nicht zu laut und mit einem angenehmen Klang.
»Wo seid Ihr überhaupt?« wollte Gwyn wissen.
Erneut lachte die unbekannte Stimme in der Dunkelheit vor ihm. Gwyn war hellwach. Behutsam schwang er seine Beine aus dem Bett und berührte mit den Fußsohlen den glatten Boden. Eine Hand tastete nach seinem Kleiderbündel. Darin befand sich sein Feuerstein. Er würde Licht entfachen, um so seinen seltsamen Gast betrachten zu können. Als hätte der Fremde seine Absicht erraten, sprach er plötzlich wieder.
»Mögt Ihr die Dunkelheit nicht, Herr Carlisle?«
Bevor Gwyn darauf antworten konnte, sprach der Unbekannte weiter.
»Was ich Euch zu sagen habe, braucht kein Licht. Ihr seht mich früh genug. Macht Euch nicht die Mühe.«
»Wenn Ihr meint«, bemerkte Gwyn und zog die Beine an.

Allmählich glaubte er, daß ihm von diesem seltsamen, nächtlichen Gast keine Gefahr drohte.
»Wie seid Ihr hereingekommen?«
»Ihr seid im Palast der Freude. Hier gibt es eigene Wege, die niemand kennt. Aber ich …«
»Ihr kennt sie«, vollendete Gwyn die Worte des anderen.
»Ja … alle!«
Erneut gluckste der Mann dort in der Dunkelheit vor ihm.
»So sagt mir wenigstens Euren Namen«, bat Gwyn nun mit fester Stimme.
»Rifai.«
»Aus welchem Hause?«
»Nur Rifai, das genügt«, antwortete der Unbekannte.
»Ihr spracht von Diensten …«, bemerkte Gwyn höflich.
»Sucht Ihr nicht nach einer schönen Frau mit langem, rotem Haar?« fragte Rifai.
»Ja …«
»Euer Weib, nicht wahr?«
»Das stimmt, woher wißt Ihr …?« wollte Gwyn wissen.
»Herr Carlisle, geb nicht gern preis, wer mir die Nachricht sagte. Vielleicht war es eine Nachtigall? Die Gärten des Palastes sind voll mit diesen schwatzhaften Vögeln!«
Gwyn hatte im Moment wenig Verständnis für so poetische Worte. Die Vorstellung, endlich jemanden zu treffen, der ihm helfen konnte, belebte ihn, denn sie klang verlockend.
»Mein Weib ist im Harem des Sultans.«
»Ich weiß.«
»Niemand darf sie sehen, so sagte man mir.«
»Ich weiß.«
»Wie wollt Ihr mir dann helfen?«

»Ihr werdet Euer Weib sehen. Wenn Ihr es wollt!«
Gwyns Herz begann bei diesen Worten vor lauter Aufregung schnell und schneller zu schlagen. Er beugte sich ein wenig in die Richtung, in der er diesen Unbekannten namens Rifai vermutete.
»Natürlich will ich dies.«
»Dann laßt uns einen Handel machen.«
»Einen Handel? Sagt mir den Preis dafür, Rifai!«
Der so Angesprochene lachte erneut in die Dunkelheit. Es war noch immer so finster, daß Gwyn nur einen dunklen Schatten erkennen konnte, der am Fußende seines Bettes kauerte. Aber Gwyn hatte bei dieser seltsamen nächtlichen Unterredung zwei Dinge festgestellt. Dieser Mann, Rifai mit Namen, sprach ein sehr sauberes, fast ohne Akzent gesprochenes Englisch. Und er roch gut, nicht zu stark und nicht zu schwach, gerade soviel, daß es dem Faber auffiel, aber nicht so stark, daß der Geruch aufdringlich wurde. Er kannte diesen Geruch von den Märkten. Es war Sandelholz.
»Ein Handel, Herr Carlisle, wohl ein Handel.«
»Nun sagt schon, wieviel Ihr dafür haben möchtet.«
»Ich führe Euch zu ihr. Dort müßt Ihr alles, was Ihr seht, mir sagen. Dies sei mein Lohn.«
»Sagen?«
Gwyn verstand die Worte des Unbekannten nicht recht.
»Ich führe Euch an einen heimlichen Ort. Dort werdet Ihr die herrlichsten Frauen des arabischen Reiches sehen, und Ihr werdet mir jede einzelne beschreiben. Wie sie essen und trinken, was sie tun, und ob sie dabei allein oder zu zweit oder gar … Ihr werdet mir alles berichten. Mit Euren schönsten Worten.«
Jetzt war es an Gwyn, leise zu lachen. Dieses Ansinnen war

seltsam und zugleich zu ungewöhnlich, daß er ernst bleiben konnte.
»Euch beschreiben und berichten? Warum sollt ich dies tun, wenn Ihr mich selbst begleitet und sie schauen könnt?«
Eine Weile hörte Gwyn nur ein leises Atmen. Aber dann sprach Rifai erneut mit so sanfter Stimme, die man immer wieder hören möchte, weil sie so angenehm ist.
»Nun, kann doch nichts sehen, Herr Carlisle. Denn ich bin blind!«

Nach dieser überraschenden Erkenntnis blieb Gwyn stumm. Was geschah hier? Wer war dieser Mann, der sich Rifai nannte und nachts in sein Schlafgemach einschlich, nur um mit ihm zu sprechen? Ja, mehr noch, um ihm jenen seltsamen Pakt vorzuschlagen? War es am Ende gar eine Falle, die man ihm stellen wollte? Die Gemächer des Sultans und besonders seiner Frauen waren für niemanden zu sehen. Es galt sogar als gefährlich, nur darüber zu reden. Denn in Bagdad gab es genug Ohren, die solcherlei Wissen in den Palast trugen. Die Kaste der *Kuttab*, die Sekretäre des Sultans, mächtig, mißtrauisch und meisterhafte Bewahrer ihrer eigenen Macht, waren willige Ohren für solche Gerüchte. Es wäre nicht das erste Mal, daß ein falsches Wort seinem Sprecher das Leben kostete.
Gwyn schwieg, weil er diesen Mann weiter erklären lassen wollte. Obwohl, die Vorstellung, Agnes endlich wieder zu sehen, belebte ihn wie ein erfrischender Schlaf. Agnes! Wie gerne würde er sie in seine Arme nehmen, sie an sich drücken, so fest, daß es ihr fast den Atem raubte, und ihr so viele Dinge sagen, die ihm auf dem Herzen lagen, seit er sie verlassen hatte, damals in jener Nacht in Bath, als er sich aus

dem gemeinsamen Haus schlich wie ein Dieb. Welch Kapriolen des Schicksals das Leben manchmal schlägt! Er mußte erst in das Reich der Deutschen gehen und eine Wanderschaft beginnen, die ihn seit Jahren quer durch das Abendland und durch die halbe arabische Wüste bis hierher nach Bagdad führte, um festzustellen, wie sehr er sie vermißte und begehrte. Auch alles, was der Grund dafür war, daß sie ihre einstige so leidenschaftliche Zuneigung füreinander aufgegeben hatten und er alles zurückließ, was ihm so lieb und teuer war: Agnes, seinen kleinen Sohn Peter, das Haus in Bath, die Werkstatt und so viele Erinnerungen an seine englische Heimat. Seit er wußte, daß sie hier war, dachte er nur noch eines: Wie und warum sie ihm nachgereist war. Was sie alles zu erzählen hätte! Und seit Yusuf sie für den Harem des Sultans erhandelt hatte, dachte er nur daran, sie wiederzusehen. Aber so war er all die Zeit bei ihr, zumindest schliefen sie unter demselben Dach. Auch wenn es ihm vorkam, daß sie beide augenblicklich weiter voneinander entfernt waren als je zuvor. Denn die Mauern des *Serail* sind undurchdringlicher als jede Burgmauer. Das erfuhr Gwyn, denn es war dieser Unbekannte namens Rifai, der ihm dies erzählte, der vor ihm in der Dunkelheit saß und ihm mit seiner angenehmen Stimme berichtete: von der Strenge des Traktes, in dem sich die Frauen des Sultans aufhielten. In dessen Abgeschiedenheit lebten nach seinen Angaben über zweihundert Frauen. Alle waren sie der Besitz eines Mannes. Gwyn hatte gelernt, daß die blumenreichen und poetischen Erzählungen der Araber gerne die Wahrheit schönten. Jedoch die Vorstellung, daß in diesem Palast nur Frauen lebten, deren einzige Aufgabe es war, ihm, dem Sultan, zu Willen zu sein, wann immer er es wünschte, und die ihm von all seinen Schätzen

zugleich doch die wertvollsten waren, war voller Farbe und pikantem Reiz.
Bewacht wurden die Frauen von eigenen Bediensteten, meist älteren Hofdamen, Frauen, die nicht mehr das Interesse ihres Herrschers weckten oder die ihrer Pflicht als Mutter seiner zahlreichen Kinder oder Amme nachgekommen waren und damit das Verdienst einer lebenslangen Versorgung im Palast der Freude genossen. Dazu kam eine Armee von Eunuchen. Männer, die bereits in ihrer Kindheit ihre Manneszier und damit später auch ihre tiefe Stimme einbüßten. So waren sie scheinbar geschlechtslos und konnten den Frauen im Serail nicht gefährlich werden. Trotzdem versäumte es Rifai nicht, von innigen und zugleich heimlichen Beziehungen zwischen solchen Eunuchen und Frauen aus dem Harem zu berichten. Jeder Mann, der die Frauen des Sultans von Ägypten unverschleiert sah, war des Todes. Und jeder Mann, der nur den Versuch wagte, sich ihnen zu nähern, und sei es nur, um sie zu sehen, büßte dies ebenfalls mit seinem Leben. Rifai erzählte solcherart und untermauerte seine Erzählung mit dem Hinweis, daß ein Vetter des Sultans zum Tode verurteilt worden war, nur weil er den Plan schmiedete, sich im Harem des Sultans zu verstecken, um einen Blick auf die Lieblingsfrau des Sultans zu erhaschen. Obwohl dieser Mann ein Vetter und damit von seinem Blute war, handelte der Sultan unerbittlich. Als Rifai geendet hatte, schwieg er. Und erst nach einer Weile stellte er Gwyn eine Frage.
»Wollt Ihr Euer Weib noch immer sehen?«
»Ja … aber ich will sie nicht nur sehen, sondern ich will sie zurückhaben!«
Wieder lachte Rifai sein leises Lachen.
»Das ist nicht möglich, Faber. Der Erhabene ist ihr Herr.«

»Sie ist mein«, antwortete Gwyn ein wenig wütend.
Rifai kicherte erneut.
»Denkt nicht weiter darüber nach. Denkt lieber, ob Ihr meine Dienste braucht.«
»Ich soll Euch die Augen ersetzen?«
»Ja, darum bitt ich Euch.«
»Gut, aber zuvor will ich Euch sehen!« verlangte Gwyn mit fester Stimme.
»Dann seht mich, Goldschmied!«
In der Dunkelheit flammte plötzlich ein winziges Licht auf. Es war eine kleine Öllampe, die der Unbekannte die ganze Zeit unter einem weiten Burnus verborgen hatte. Er hielt das Licht unter sein Kinn, und Gwyn konnte Rifai sehen. Der Anblick erschreckte und erschütterte ihn.
»Ihr habt Euch mich sicherlich anders vorgestellt, nicht wahr?« fragte Rifai sanft.
Gwyn nickte und fügte dann erst ein undeutliches Gemurmel hinzu, nachdem ihm gewahr wurde, daß der Mann sein Nicken ja nicht sehen konnte.
Rifai war noch jung. Er mußte einmal ausnehmend schön gewesen sein. Dies schloß Gwyn aus seinem ebenmäßigen Kinn, seinem feinen Mund und den prächtigen Zähnen. Dieser junge Mann mußte einst ein sehr ansprechendes Gesicht besessen haben, jetzt aber war die obere Hälfte seines Kopfes von Brandwunden schwer entstellt. Er hatte kein einziges Haar mehr auf dem Kopf. Dort, wo einmal Augen und Ohren gewesen, war das Fleisch verwachsen und rot wie ein brandiges Geschwür.
»Wer … wer tat Euch dies an?« fragte Gwyn, ein entsetztes Stöhnen einigermaßen unterdrückend.
Rifai lächelte. Der spärliche Rest seines Gesichtes wurde

dabei zu einer unheimlichen und zugleich grotesken Grimasse.
»Ich, Rifai der Schöne, war einst Liebling meines Herrn, des Sultans von Ägypten, Patriarch von Bagdad, Herrscher aller Türken. Ich war sein Sklave und zugleich Teil seiner Gedanken. Er nahm meine Dienste gern in Anspruch, immer dann, wenn er seiner Frauen überdrüssig wurde, wenn sie ihn langweilten. Dann schenkte er mir seine Gunst. Mir allein!
O ja, denn er liebte mich.
Und, o Freuden, ich glaubte, jung und mit einem schönen Gesicht, ich, der Geliebte des Sultans, hätte alle Freiheit trotz meines Loses als Sklave. Ich fühlte mich nie als solcher. Warum auch? Alles erhielt ich, alle Wünsche waren mir erfüllt. Mir fehlte es an nichts. Aber was verboten, ist oft begehrenswerter, als das erlaubte.
Auch ich wollte seine Frauen sehen.
Aber mein Herr sagte, wenn ich es täte, träfe mich sein Zorn. Das erste Mal in meinem Leben fürchtete ich mich davor, etwas zu tun, was nicht erlaubt. Ja, mehr noch, ich fürchtete mich so sehr, daß ich nie wieder einen Gedanken daran verschwendete. Ich wollte alles tun, um das Wohlwollen und die Gunst meines Herrn wiederzuerlangen. Denn meine Frage hatte ihn erzürnt, und er war mir gram. Ein Schatten hatte sich zwischen uns gelegt, und seine Liebe zu mir war nicht mehr dieselbe.«
Rifai seufzte nun tief.
Aber Gwyn konnte in dem zerstörten Gesicht keine Regung entdecken.
Da sprach der Sklave weiter.
»Böse Zungen gibt es in diesem Palast zur Genüge. Und jeder andere Jüngling, der dem Erhabenen einmal nahe war, ist

ein Neider. Mein unvorsichtig geäußerter Wunsch, das Serail zu sehen, ließ all die Spötter, Eiferer und Speichellecker eine Intrige schmieden. Ränkespiel! Von solchen Wesen, ich spreche nicht von Menschen, wimmelt es in diesen Mauern. Es kann jeder sein. Jene Stimmen behaupteten, ich hätte seinen Harem geschaut. Aber beim Andenken an die Weisheit des Propheten, ich tat es nicht. Als mein Herr mich befragte, konnte ich meine Unschuld nicht beweisen, die Zweifel überwogen. Statt dem Tod ließ er mich nur blenden. Aber ich war glücklich, denn mein Herr liebte mich noch immer. Hätte er mir sonst mein Leben geschenkt?«

Gwyn atmete schwer.

»Wollt Ihr Euer Weib noch immer sehen?« fragte Rifai sanft.

»Ja … ja, das will ich.«

»Dann zu niemandem ein Wort. Ich komme wieder, und dann seid bereit.«

Rifai blies die Lampe aus, und es war wieder dunkel ringsum. Gwyn spürte einen Luftzug und ein Geräusch, dann roch er noch einmal den Duft von Sandelholz, nicht zu stark. Gerade genug, um zu wissen, daß jemand dort am Fußende des Bettes gesessen hatte.

»Rifai …«

Gwyn flüsterte den Namen nur, so als ob er die Befürchtung hegte, jemand hinter diesen Mauern könnte ihr Gespräch belauscht haben.

»Rifai! Seid Ihr noch da?«

Aber es blieb still. Gwyn legte sich langsam wieder nieder. Er starrte in die Dunkelheit, lauschte, aber es war nichts zu hören. Die Nachtluft war mild, doch Gwyn tastete nach seinem Laken, um sich zuzudecken, denn auf einmal fror er.

Nie zuvor hatte Gwyn solche Gänge gesehen. Sehr schmal und oft so hoch, daß er trotz des Lichtes deren Ende über sich nicht erkennen konnte. Die gemauerten Wände waren so eng, daß sich beide Männer mit dem Rücken an den Wänden entlangschieben mußten, weil ein Fortkommen anders nicht möglich war. Rifai schien jeden Durchgang, jede Öffnung zu kennen. Gwyn schauderte einmal bei dem Gedanken, sich hier blind und ohne Licht zu bewegen. Aber Rifai war blind. Für ihn war es immer dunkel, und seine Hände waren seine Augen, ebenso sein feines Gehör und die sorgsam tastenden Fingerspitzen. So folgten sie einem Weg, den der Sklave in vielen einsamen, stillen Nächten ertastet und erforscht haben mußte. Rifai schien jede Abzweigung zu kennen, und an jedem Weg, der wenigstens zwei Richtungen anzeigte, fuhren seine Finger mit langsamen tastenden Bewegungen über die Steine, verharrten die Fingerspitzen jeweils für einen Moment daran, jede Unregelmäßigkeit jedoch wie ein besonderes Merkmal erkennend.

Die Gänge waren endlos lang. Sie waren dadurch entstanden, daß jedesmal ein Mitglied aus der Dynastie der Seldschuken den Palast vergrößerte und umbaute, immer dann, wenn ein neuer, noch prächtigerer Trakt angebaut wurde. Dabei setzten die Baumeister die Ziegel nicht direkt an die bereits vorhandenen Wände, sondern ließen einen Abstand wenigstens von der Breite eines Mannes. So konnte die Luft zwischen den mächtigen Mauern durchstreichen und den steinharten Lehm je nach Tageszeit wärmen oder kühlen.

Aber bereits seit Jahrhunderten nutzten findige Geister diese Gänge, um unerkannt durch den Palast zu gelangen oder rasch zu fliehen. Viele Öffnungen und Durchgänge waren wieder verschlossen worden, und Rifai war wohl der einzige, der *alle* Gänge des Palastes für seine Wanderungen nutzte. Der Sklave lebte hier, und die Sicherheit, mit der er sich fortbewegte, die Unbekümmertheit, machten Gwyn deutlich, daß Rifai keine weiteren Wanderer in diesem Teil des Palastes vermutete. Dies war allein Rifais Reich.

Manchmal gelangten sie an Stellen, an denen Gwyn glaubte, hier wäre ihr Weg zu Ende und sie könnten nicht mehr weiter. Oftmals dachte er, ein Mensch könne sich nicht in so enge Nischen oder Aufgänge zwängen, angesichts der Mauern, die sich plötzlich verengten. Aber Rifai machte es ihm vor, und es gab immer ein Durchkommen. Manchmal wurden die Gänge auch breiter aber niedriger, dann mußten sie tief gebückt ihren Weg fortsetzen. Es war trocken ringsum. Die Luft war immer gut, denn von irgendwoher kam ein frischer Luftzug, kühlte hier drinnen ab und machte es angenehm, die trockene Luft zu atmen. Trotzdem ließ die Anstrengung Gwyn schwitzen.

Sie stiegen eine steile, vor Urzeiten gefertigte, schmale Treppe aus Stein hinunter. Die einzelnen Stufen waren längst alle zerbrochen und die Stellen oft mit Schutt und Sand verborgen. Rifai bückte sich, tastete nach etwas Sand, und warf eine kleine Brise davon mit einem kräftigen Wurf vor sich. Dann lauschte er.

»Wenn sich etwas bewegt, warte ich und geh nicht weiter. Manchmal hör ich Ratten. Bewachen wohl diesen Weg. Hierher verirren sich manchmal auch Skorpione ... Schlangen seltener«, erklärte er, sein entstelltes Gesicht zu Gwyn gewandt.

Dann lauschte er wieder angestrengt.

»Wir können gehen«, beschloß er.

Erneut tastete er sich die Treppe hinunter. Gwyn, sein Öllicht haltend, folgte ihm.
Die Wand zu ihrer Linken war hoch und glatt. Die Luft war auf einmal feucht und angenehm kühl. Rifai erklärte, daß sich hinter dieser Wand die Bäder des *Serails* befanden. Auf der letzten Stufe der Treppe war der Boden glatt und mit einer dünnen Schicht Sand bedeckt. Wie ein Schatten huschte Rifai darüber und forderte Gwyn mit einer Handbewegung auf, ihm zu folgen. Sie schritten lange stumm dahin, und Gwyn bog immer wieder den Kopf in den Nacken, in der Hoffnung, eine Decke über sich zu sehen. Doch da war nur Stein. Vor ihnen erhob sich wieder eine Treppe. Sie mußte vor langer Zeit einmal genutzt worden sein, denn sie war reich und breit gefertigt aus einem hellen, glatten Stein und es lag wenig Sand auf den Stufen. Rifai glitt ohne Geräusch die Stufen hinauf, mit einer behenden und zugleich tastenden Bewegung, bei der die jeweilige Fußspitze die Stufe vor ihm ertastete. Am Ende der breiten und gar nicht unbequemen Stufen gelangten sie auf eine Art Galerie, an deren Ende ein dunkles Loch gähnte. Am Blendwerk aus Stein konnte Gwyn entdecken, daß hier vor Urzeiten einmal ein Tor gewesen sein mußte. Dieses Tor hatten Maurer vor Zeiten verschlossen, und an dieser Öffnung blieb Rifai stehen.
»Wir sind da«, raunte er Gwyn zu, als traue er der Stille ringsum nicht mehr.
Gwyn sah sich um.
»Hier? Aber hier ist nichts …«, stellte er verwundert fest.
»Dort …«
Rifai deutete auf das Loch in der mächtigen Wand.
»Dahinter ist ein Gang, eng und hoch wie ein Schacht. Dieser Gang führt frische Luft in die Bäder. Dieses Loch hab ich

selbst gegraben. Viele Nächte lang, denn der Mörtel ist steinhart, und ich hatte als Werkzeug nur einen Dolch.«
»Der Herr muß Euch viel Geduld geschenkt haben«, bemerkte Gwyn nach dieser Erklärung ehrfürchtig.
Er wußte, einen Meißel oder eine Hacke hätte man gehört.
Rifai verzog das Gesicht, wohl um zu lächeln, aber es entstand erneut nur eine häßliche Grimasse. Er glitt auf den Boden und robbte durch die Öffnung, bis er gänzlich darin verschwand. Gwyn folgte ihm. Der Gang war eng und so niedrig, daß sie in der gebückten Haltung ausharren mußten. Kühle und mit allerlei Gerüchen vermengte Luft blies ihnen entgegen. Nach einer Weile erreichten sie eine weitere Öffnung in der Wand, die aber von einem Maurer mit geübter Hand erstellt worden war. Der Araber kroch hindurch, lauschte erneut und wandte sich dann zu Gwyn um.
»Laßt das Licht hier stehen!« raunte er ihm zu. »Ihr seht bald genug.«
Gwyn tat, wie ihm der Blinde riet, und folgte ihm durch die niedrige, glatte Maueröffnung. Rifai richtete sich auf, und seine Hände tasteten erneut flink um sich. Gwyn richtete sich ebenfalls auf. Wieder standen sie in einem hohen Gang, in der Breite gerade genug, um mit angezogenen Beinen sitzen zu können. Ein fahles Licht kam aus großer Höhe und half Gwyns Augen, sich in dem plötzlichen Zwielicht zurechtzufinden. Endlos hohe Wände begrenzten den schmalen, lang erscheinenden Gang. Gwyn erkannte links und rechts hervorstehende Ziegel, die in regelmäßigen Abständen – wie Trittstufen beschaffen – aus der ansonsten glatten und gleichmäßig gemauerten Wand ragten. Rifai glitt sicher und behende weiter und hielt Gwyn dabei an der Hand. An einem dieser Steine an der Wand hielt er an, strich mit der

Hand über den Ziegel und fühlte ihn, so als wäre dies das erste Mal. Aber die Bewegung war leicht und schnell, und Gwyn hatte den Eindruck, daß der Mann nicht nur diesen Stein aufs genaueste kannte.
»Hört, Goldschmied«, flüsterte der Mann.
Gwyn lauschte. Er glaubte, etwas rauschen zu hören.
»Wasser!« kicherte Rifai fröhlich.
Er hatte recht. Wie aus weiter Ferne war ein Geräusch zu vernehmen, wie wenn Wasser gemächlich durch ein breites glattes Flußbett fließt und dies als stetes Geräusch zu hören war. Und immer wieder vermeinte er, das fröhliche Lachen einer Frau zu hören.
»Wir sind da!«
Rifai lachte wieder sein vergnügtes Lachen.
Dann begann er, immer mit einem Fuß links und rechts abwechselnd, die glatte Mauer hinaufzusteigen, einen Stein als Stufe benutzend. Gwyn folgte ihm. So stiegen sie hinauf. Als sie fast unter der endlos hoch erscheinenden Decke dieses längst vergessenen Ganges ankamen, erhellte fahles Licht die Wände und ein schmales Sims vor ihnen. Rifai tastete über den Stein, der gerade so schmal war, daß sich ein Mann darauf niederlegen konnte, um durch eine schmale Ritze zu blicken, die dadurch entstanden war, daß beim ursprünglichen Mauern eine Reihe der Ziegel ausgespart blieb, um für stetig frische Luft zu sorgen.
Rifai kroch mit den Füßen zuerst auf den Sims und schob sich dann rückwärts die Mauer entlang. Am ersten Mauerspalt hielt er an und lauschte. Dann sah er auf, und sein zerstörtes Gesicht bedeutete Gwyn, mit dem Kopf voraus zu ihm zu kriechen. Gwyn tat es.
Als er vor dem blinden Araber zu liegen kam, wagte er doch

einen Blick von dem Mauersims hinunter, die glatten Wände entlang, woher sie beide gerade heraufgekommen waren. Obwohl sich das fahle, schwache Licht in dieser Tiefe rasch verlor und sich auflöste in dunkles Nichts, schauderte Gwyn, denn sie mußten sehr hoch gestiegen sein.
»Kommt näher«, raunte Rifai.
Gwyn spürte, wie die Luft, die ihm entgegenschlug, angenehm feucht war, und wie es plötzlich ringsum nach vielerlei Düften roch. Nach Rosenwasser und Mandeln, nach Zitronen und Pfirsichen, nach Sandelholz und Muskat. Und es roch nach Frauen.
»Es ist ein geheimer Platz«, bemerkte Rifai leise.
»Wie oft wart Ihr schon hier?« wollte Gwyn wissen.
»Weiß nicht, wie oft, sehr oft, unzählige Male. Aber immer nur konnte ich hören, und nun hoffe ich, das erste Mal zu *sehen*. Kommt, schaut die schönsten Frauen der Welt im Palast der Freude.«
Rifais Worte klangen feierlich.
Gwyn bemühte sich, kein Geräusch zu machen. Aber er lag auf dem Bauch nur mäßig bequem.
»Sagt, was Ihr seht«, drängte der Blinde.
Gwyn wußte um sein Versprechen, und seine Neugier war mindestens so stark wie sein Herzklopfen, das ihn nun überfiel, obwohl er nur eine Frau sehen wollte, Agnes. Und so richtete er sich ein wenig auf und blickte durch den schmalen Spalt. Aber Gwyn konnte im Moment nicht sprechen. Denn was er sah, hätte er sich in seinen kühnsten Träumen nicht vorstellen können. Nie zuvor hatte der Goldschmied aus Britannien eine solche Pracht gesehen. Bei alldem war die Anmut dieses Ortes wie aus einer anderen Welt. Er sah Dutzende von Frauen, die in den Becken badeten, sich streckten,

sich mit fröhlichem Lachen mit Wasser bespritzten und dazu alle Anmut ihres Geschlechtes zeigten, sich einander darstellten, und dies ohne störende Scham.

»Was seht Ihr, Faber?«

Rifai drängte sich so vehement an das Gesicht des Goldschmieds, daß er für einen Moment glaubte, sie würden beide den schmalen Mauersims hinunter in die Tiefe stürzen. Er hielt sich mit einer Hand an einem der freien Ziegellöcher fest, und mit der anderen Hand krallte er sich in das Gewand des Blinden.

»Haltet still! Wollt wohl, daß wir beide abstürzen?!«

»Nicht, bevor Ihr mir gesagt, was Ihr seht«, entgegnete Rifai frech.

Gwyn rutschte noch etwas nach vorn.

»Weiß nicht, wo ich beginnen soll«, raunte er.

»Braucht nicht so leis zu sprechen. Hier hört uns niemand. In dem Bad ist immer Lärm. Und nun seht, seht und berichtet«, drängte Rifai erneut.

Gwyn erkannte eine Ungeduld in den Worten des Blinden, die aber nicht typisch war für einen neugierigen Menschen, der seinem Wunsch und seiner Gier nach dem heimlichen Beobachten nachgeben will. Eher war es, als hätte dieser Mann lange Zeit einen Teil seines Lebens entbehren müssen. Nun sollte ihm für einen Moment wenigstens die Gnade gewährt sein, Augenblicke nachzuholen, die ihm durch die Blendung grausam für immer verschlossen bleiben sollten.

Und Gwyn begann zu berichten:

»Es ist ein großer Saal. Fast rund wie eine Scheibe ist sein Grund. Von drei Seiten führen hohe Bögen in weitere Teile des Palastes. Jeder dieser Wege ist flankiert von großen Säulen, welche aus weißem Stein, und darüber ist der Stein wieder mit geschnitztem Stein bedeckt, über und über. Die Wände sind hoch und mit herrlichen Fresken geschmückt. Alles in den prächtigsten Farben: Einmal blau wie der Himmel, wenn er ganz klar und ohne Wolken. Ich seh Gold wie die kostbarsten Becher, aus denen nur die Fürsten trinken, Rot wie frisches Blut und vielerlei Grün, so wie eine Palme niemals nur grün ist, sondern einmal heller und einmal dunkler und doch ist sie grün. Könnt Ihr es Euch vorstellen?«

»Ja, sprecht weiter ...!«

»Auf dem Grund ist ein großes Wasserbecken. Rund wie der volle Mond. Das Wasser darinnen ist von ganz hellem Blau, so wie der Himmel an einem Tag, an dem es kalt ist. Ringsum plätschert Wasser aus fein gefertigtem Stein herein. Heiß, denn es dampft wie frischer Tee. In der Mitte des Beckens ist wie eine Insel ein weiteres Rund aus Stein. Die Frauen gehen hinüber, denn das Wasser ist nicht tief. Über diesem Stein ist ein Dach aus feinem Tuch, wie ein Zelt aufgehängt. Da sind köstliche Kissen zu sehen, auf denen Frauen liegen und Naschwerk essen, Tee trinken und plaudern. Und alle tragen nur ihre Schönheit als Gewand.«

»Sprecht weiter!«

»In den Wänden ringsum sind Nischen, wie die Hälfte einer großen Muschel. Darin befinden sich breite Bänke aus glattem Stein, und darauf liegen schwere Kissen und feine Decken in allerlei Farben. Auch dort liegen Frauen, allein oder zu zweien, und schlafen. Der Boden ist glatt, und überall dort, wo Licht aus der Luft kommt, sind Blumen und bunte Vögel in großen Käfigen aus feinem silbernen Draht.«

»Weiter ...«, hauchte der Blinde.

»Oh, da sind Frauen, so viele Frauen. Eine ist schöner als die andere. Sie sind nicht alle völlig nackt. Manche tragen ein dünnes Tuch um die Hüften oder ein seidenes Band in ihrem Haar. Dort sehe ich welche, die feine Schleier über ihrem Haar tragen. Andere Frauen tragen Ketten an ihren Fußknöcheln aus Silber oder Gold, es klingt leise wie winzige Glocken, wenn sie in die Becken steigen, ihre Fußspitzen so klein und fein. Sie tauchen diese erst in das Wasser ein, wohl prüfend, ob es nicht gar zu kühl. Aber dann waten sie hinein, Stufe für Stufe, bis das Wasser erst ihre Waden, dann die Schenkel und zuletzt all das umschließt, was so süß und angenehm. Da seh ich manchen Schoß, so wundervoll, und manchen Rücken, der zu Ende dort, wo sich das Fleisch gar köstlich wölbt.«

Gwyn konnte sich ein Seufzen nicht verkneifen, und er wunderte sich gleichzeitig, wie leicht es ihm fiel, diese Worte zu gebrauchen.

Rifai kicherte vergnügt.

»Ihr seid ein Dichter. Sprecht, Faber, sprecht, laßt nichts aus, nichts, was Ihr seht …«

Erneut legte der Blinde sein Ohr direkt an die kaum handbreite Öffnung in der glatten Wand, um all den Geräuschen zu lauschen, die zu hören waren. Das Plätschern der zahlreichen Brunnen, das leise Klingeln der Schmuckstücke, das Zwitschern unzähliger Vögel. Dazu sangen die Frauen, und immer wieder hörten die zwei Lauscher fröhliches Lachen.

Und Gwyns Augen schauten weiter, und sein Mund erzählte jeden Moment: »Da seh ich ein Weib! Mutter unseres Herrn, Jesus Christus! Ich denk, dies muß ein Trugbild sein. Sie hat herrlich schöne Beine, lang und schlank, und ihre Arme sind ebenso. Wie Marmorstein, hell und glatt, und das Wasser perlt darauf herab. Ihr Busen ist klein, gerade so, daß eine

Hand ihn umschließen könnt und nichts von jener Zierde würde mehr hervorsehen. Ihr Schoß ist ebenso beschaffen und glatt mit einer Wölbung, kaum zu sehen. Aber das allerköstlichste ist ihr Gesicht. Es ist schmal und so zart. Ihre Brauen sind nur zwei winzige Bögen und wie ihr Haar ganz blond. Überhaupt ihr Haar! Es ist gelockt, derart, daß es wie kleine, helle Spiralen ihr Gesicht streichelt, ihre Stirn bedeckt und …«

Gwyns Stimme war rauh, trotz der Feuchtigkeit ringsum.

»Sprecht weiter …«

»Nun fährt sie mit der Hand durch ihr Haar wie mit einem Kamm. Ich kann ihr Ohr sehen. Sie trägt ganz unten, da wo das Fleisch schon durchscheinend wird, einen Ring, rund, golden und darin ein herrlicher Stein. Sie dreht den Kopf, und ich kann die Stelle sehen, ganz deutlich, denn es blitzt und funkelt im Licht. Das köstlichste aber ist ihr Mund. Er ist so fein und so zart. Die Lippen aber so rot, als sind sie aus dem Fleisch einer Beere. Jetzt schreitet sie weiter ins Wasser. Sie lacht, denn sie hat wohl eine Freundin gesehen. Ein Mädchen, noch so jung und nicht minder schön. Nur ist ihr Haar ganz schwarz, und ihre Haut ist dunkler, fast wie das einer reifen Frucht, die uns als Olive bekannt.«

»Was tun die beiden?«

»Sie lachen und gehen aufeinander zu. Nun bespritzen sie sich mit Wasser. Und nun gleitet das erste Mägdelein auf ihre Freundin zu. Sie stehen voreinander. Oh …«

»Weiter, weiter! Redet, Goldschmied …«

»Das engelsgleiche Wesen küßt ihre Freundin auf deren Augen. Und nun den Mund, so …«

Gwyn schwieg, denn der Anblick berührte ihn sehr, und er spürte, wie ihn diese Szene plötzlich selbst mit Wünschen traktierte, die er doch unterdrücken mußte, denn damit wären sie sogleich entdeckt. In diesem Moment wäre er gerne bei diesen beiden Frauen.

»Warum sprecht Ihr nicht mehr?«

Rifais Frage war ängstlich.

»Beide Frauen gleiten nun durchs Wasser, als wären sie Wasserwesen, das Haar der blonden Frau liegt darauf. Es ist so leicht, daß all die Pracht nicht versinkt, sondern auf dem Wasser schwimmt wie dünne Zweige mit den ersten Blättern eines Baumes. Und das andere Mägdelein reibt sich an ihrer Freundin, und beide lassen ihre Hände nicht ruhen. Sie schwimmen an den Rand des Beckens und die, welche hat so dunkles Haar und so braune Haut, ruht mit ihrem Rücken dort am Rand und läßt die Freundin an ihrem Busen ruhen.«

Gwyn schwieg. Er schwitzte, und seine Gedanken waren nur noch ein Strudel aus Bildern, Gerüchen und Geräuschen. Aber er wollte nur sehen und nichts mehr sagen. Er schloß die Augen, aber der Mann zupfte ihn heftig an seinem Arm.

»Weiter, Herr Carlisle, ich bitt Euch ...«

Und er berichtete weiter von den Frauen, die sich mit Ölen und Salben einsalben ließen, die sich die Nägel mit roten Pasten färbten, ebenso wie den Rücken ihrer Hände. Wie sie miteinander spielten, sich unterhielten und seltsame, oft traurige Lieder sangen. Wie sie Tee tranken und sich von kräftigen Eunuchen massieren ließen oder mit diesen lachten und scherzten. Wie sie sich gegenseitig streichelten und herzten, sich küßten und von einer Art zueinander waren, welche die Menschen schön sein läßt bei jenem Tun. Und Rifai lauschte Gwyns Worten und sah wieder. Mit seinen Ohren und Gedanken gleichzeitig, betrachtete er die Wunder im Palast der Freude.

In den nächsten Tagen waren sie noch zweimal an jenem heimlichen Ort. Gwyn erzählte, und Rifai schien in diesen Momenten der glücklichste Mensch in ganz Bagdad zu sein. Er konnte wieder sehen, denn Gwyns Erzählungen waren so genau und so blumig wie nur irgend möglich. Der Goldschmied erinnerte sich oft an die vielen Abende, die er auf seinen Reisen, aber auch während seiner Zeit als junger Lehrling in London in Tavernen verbracht hatte, den Geschichtenerzählern lauschend. Und er wußte damals schon, es gäbe wohl für die Menschen nichts Schöneres, als die vielen Geschichten zu hören, die so wunderbar und herrlich sind, wie ein richtiges Leben sie gern leben würde und doch nicht kann, weil ein Mensch sich oft genug dazu nicht getraut. Aber in der Phantasie war alles schicklich, und nichts davon war gefesselt. Wohl hatten die Mönche auch finstre und unkeusche Gedanken als Sünde geächtet, und die Priester verlangten die Beichte selbst solcher Gedanken. Aber wie soll man etwas beichten, was jedesmal neu ist und doch so leicht und vergänglich, wie ein Gedanke nun einmal ist? Wie soll man Glück und Herzklopfen gestehen, das nur entsteht, weil Schönes geschieht, allein in den Gedanken?
Allerdings geriet der Weg in den Trakt des Harems zunehmend anstrengender. Der Marsch durch die Dunkelheit, durch die höhlenartigen, langen Gänge – oft so eng, daß Gwyn glaubte, die Wände würden ihn zerquetschen –, all dies forderte Tribut. Beide Männer ermüdeten, und machten sie sich auf den Rückweg, wurde dieser oft zur Tortur. Zurückgekehrt, fielen sie in Gwyns Kammer auf das Bett und sofort in tiefen Schlaf. Gwyn erlaubte, daß der Sklave die Nächte bei ihm blieb. Im frühen Morgengrauen stahl Rifai sich davon und verschwand in einem Loch über dem Dach-

boden. Dies war auch der Weg, auf dem er in der ersten Nacht zu Gwyn gekommen war. Was er tagsüber tat, wo er war und wie er es jedesmal wieder zurück in die kleine Kammer des Fabers schaffte, wußte Gwyn nicht.

Und er wußte noch immer nicht, ob er Rifai trauen durfte.

Dumpfe, schwere Paukenschläge kündigten die Zeremonie an. Eine Hinrichtung, soviel hatte Gwyn erfahren. Es war kein einfacher Mann aus dem Volk, denn er wurde nicht wie die gewöhnlichen Verbrecher zusammen mit anderen Menschen auf dem »Platz der tausend Tode« hingerichtet. Oft waren es bis zu hundert Verurteilte, und die Hinrichtungen dauerten den ganzen Tag. Es war ein entsetzliches Schauspiel, wie Gwyn fand, und er hatte es einmal zwei Delinquenten lang ausgehalten. Was ihn mehr verwunderte, war die ausgelassene Stimmung ringsum. Er kannte dies aus seiner Heimat, wo der Henker ein solches Spektakel auch als Schauspiel der besonderen Art darstellte. Doch dies hier war anders. Die Menschen kamen von weit her, um dabei zuzusehen, wie die Henker in oft ausgeklügelter Weise die Delinquenten vom Leben zum Tode brachten. Nur wenigen war vergönnt, mit einem Schwerthieb enthauptet zu werden. Die Mehrzahl der Verurteilten wurde zuvor bei lebendigem Leibe verstümmelt, geblendet, gehäutet oder teilweise verbrannt.

Dieser Verurteilte jetzt war ein hoher Würdenträger.

Gwyn betrachtete sein kostbares Gewand, einen hohen Turban und den feinen Schmuck, den er trug. Er schritt, als der Lärm sich etwas beruhigt hatte, mit einer stillen Würde, fast hochmütig, die Stufen zu einem steinernen Podest hinauf,

um sich dort gen Mekka zu verbeugen und so für einen Moment zu verweilen. Gwyn verstand das schnell gesprochene Arabisch ringsum nur undeutlich. Er traute sich jedoch nicht, einen der Zuschauer neben sich zu fragen. Bagdad war in Aufruhr, und die ständigen Meldungen von den Kämpfen der Fatimiden wie auch der Seldschuken gegen die Christen ließen die Anhänger des christlichen Glaubens in diesen Tagen nicht unbedingt beliebt erscheinen, dies um so mehr, als die Türken ursprünglich eigentlich keine großen Vorbehalte gegen die Christen hegten. Aber trotzdem wollte Gwyn keine neugierigen Fragen provozieren, die er vielleicht nicht beantworten konnte. Der Mann dort oben war alt, mindestens sechzig Jahre, und er trug einen sauber gestutzten Bart.
In diesem Augenblick roch Gwyn in der Menge der Leiber ringsum nicht nur den strengen Geruch nach Zwiebeln und Hirsebrei, nach ranzigem Öl und Fisch, sondern auch den feinen Geruch nach Sandelholz. Der Geruch war klar und sehr stark. Die Gestalt neben ihm war tief verschleiert.
»Ihr solltet Euch einen Bart wachsen lassen, Herr.«
Es war Rifais Stimme, die da neben ihm sprach. Er stand im Gewand einer Frau neben ihm, verschleiert, einen dünnen Stock aus Rohr in der Hand haltend. So wie er zogen viele blinde Bettler durch die Gassen der Stadt, da fiel er nicht weiter auf. Nur daß Rifai trotz seiner schäbigen Kleidung sauber wirkte. Aber das war eine Eigenheit des blinden Sklaven.
»Warum einen Bart?« wollte Gwyn wissen, die Frage leise raunend.
»Der Bart ist das Privileg des freien Muslim, und ihr fallt weniger auf. Nur junge Männer und Sklaven sind bartlos.«
Gwyn mußte lächeln.

»Was macht Ihr hier?« wollte er wissen.
Jetzt war es Rifai, der lachte.
»Ihr seht eine Hinrichtung. Sagt mir, was Ihr seht!«
Gwyn beugte sich ein wenig zu dem Blinden.
»Nein, ich werd Euren Gelüsten nach solch Grausamkeiten nicht folgen.«
»Ihr versteht nicht, Herr Carlisle«, raunte Rifai, »der dort ist ein *Kuttab* von hohem Rang, wohl vornehm und ein wichtiger Mann in der Hierarchie des Palastes.«
»Was ist sein Vergehen?«
»Er war zu sorglos und unterlag seinem Widersacher in einem langen Ränkespiel. Der Sultan hat ihn zum Tode verurteilt.«
»Warum läßt er den Mann hier vor aller Augen richten?«
»Der Erhabene zeigt seine Macht. Alle bei Hofe und ihre Familien, alle Türken des Reiches, selbst der gemeinste Bettler wissen nun, daß sie niemals etwas tun dürfen, was dem Herrn im Palast der Freude mißfallen könnte. Der da ist einen Weg gegangen, den er nicht zurückgehen kann.«
»Was heißt das?«
»Er hat etwas getan, was nicht einmal ein Verzeihen ungeschehen machen könnte.«
Gwyn sah auf den Mann dort drüben, der sich auf ein prächtiges Kissen niederkniete.
»Er trägt kein Büßergewand und noch all seinen Schmuck«, bemerkte Gwyn mit trockener Stimme.
»Sein Herr gewährt ihm dies als besondere Gunst. Er verliert sein Leben als Muslim mit allen Würden, und seine Familie wird nicht geächtet. Sie darf sogar weiter im Palast leben. Trotzdem stirbt dort eine Natter.«
Rifais letzte Worte klangen böse.

Gwyn war verblüfft, denn er glaubte, der Henker würde den Mann dort mit einem Krummschwert enthaupten. Er zeigte dem Delinquenten wohl die Waffe, legte sie dann aber nieder. Statt dessen wickelte er nur eine lange, seidene Schnur auf. Der zum Tode Verurteilte nickte kaum merklich, und Gwyn sah in dem alten Gesicht so etwas wie stille Erleichterung. Der Henker trat hinter den Mann, schlang die Schnur um dessen Hals und zog blitzschnell zu. Das Röcheln und Keuchen dauerte nicht lange, und einen Augenblick später sank die untersetzte Gestalt des Alten seelenlos neben das seidene Kissen auf den Boden. Die Menge pfiff und johlte, als der Henker stumm die Schnur in die Höhe hob und damit den Tod des Mannes verkündete. Und auch Rifai johlte dazu und hüpfte wie ein Kind von einem Fuß auf den anderen.

Dann zerstreute sich die Menge, und Knechte wickelten die Leiche in ein Tuch.

»Bringen sie ihn fort?« wollte der Blinde wissen.

»Ja«, entgegnete Gwyn knapp.

»Gott ist groß. Und er ist gerecht.«

»Gerecht?«

Gwyn sah in die Richtung des Blinden.

»Wundert Ihr Euch, Herr Carlisle, warum ich so voller Freude bin?«

»Weiß nicht, ob ich mich wundern soll …«, entgegnete Gwyn knapp.

»Das war Buzurg ibn Sahriyar. Er verlangte einst meinen Tod. Aber mein Herr gab ihm nicht recht und verwandelte das Urteil in meine Blendung. Es war mein sehnlichster Wunsch, Buzurgs Tod zu erleben. Ein Wurm weniger, der durch den Palast kriecht und sein heimliches Auge auf die Frauen des Sultans wirft.«

Bevor Gwyn etwas erwidern konnte, folgte Rifai der dichten Menschenmenge, sein Stock klopfte an jedes Hindernis. Gwyn lief ihm nach und packte ihn am Arm, dann zog er ihn an eine Hauswand. Die Menschen drückten und schoben sich an ihnen vorbei. Gwyn wandte sich an den tief verschleierten Rifai.

»Was sagtet Ihr da gerade?«

»Nichts ...«

»Das mit dem heimlichen Auge? Was bedeutet das?«

»Nichts, gar nichts ...«

»Rifai, wir haben so viele Frauen gesehen, aber die meine war nicht dabei. Warum?«

»Habt Geduld!«

Der Blinde schüttelte den festen Griff des Goldschmieds ab und folgte dem Rest der Menschenmenge, die sich allmählich in den vielen Gassen und Toren ringsum verlief. Einen Augenblick später war er verschwunden.

Die Reiter hielten in einem Hain aus Dattelpalmen. Es war dunkel, aber die Umrisse der Bäume waren zu erkennen. Und überall dort, wo kein Grün auf dem Boden mehr wuchs, leuchtete die Erde in hellem, schimmerndem Schein. Das schwache Mondlicht sorgte für dieses eigenartige Licht, und ein schwacher Wind strich durch die dichten Wedel der Palmen. Dann war ein Geräusch zu hören, das wie jenes Rauschen klang, das Wellen verursachen, wenn sie ein Ufer, das aus Steinen besteht, hinaufrollen.

Alle Söldner waren gut bewaffnet. Yusufs Männer waren Veteranen, geübte Kämpfer. Jetzt stiegen sie lautlos von ihren Pferden und banden die Tiere ringsum an die Palmstämme.

Nur Yusuf blieb im Sattel sitzen. Fast ohne Geräusch waren die Männer durch den Palmenhain bis an dessen Rand geeilt. Dort knieten sie nieder. Fennek blieb als einziger neben seinem Herrn.
»Die Männer sind bereit, *Saiyid*«, raunte er.
Yusuf glitt mit einer einzigen geschmeidigen Bewegung aus dem Sattel. Fennek nahm die Zügel des Tieres und schlang sie um ein Gebüsch. Für das, was jetzt folgte, brauchten sie keine Pferde.
»Jalla«, raunte Yusuf halblaut.
Er zog sein Schwert, jenes Schwert, das ihm der Goldschmied geschmückt hatte, dann eilte er lautlos zwischen den Bäumen über den karstigen Boden. Seine Männer folgten ihm, einer hinter dem anderen. Unweit des Flusses lag die weite Ebene, der braune schlammige Boden mit einem dünnen Teppich aus Gras bewachsen. Es hatte wohl lange nicht mehr geregnet, aber das Wasser des Flusses genügte, um aus dem trockenen Boden schnell etwas Grün hervorzuzaubern. Denn die Erde war fett und fruchtbar hier am Ufer des Euphrat.
Die Männer eilten die wenigen Schritte in das Lager, zu den Schlafenden.
Buchtars Lager.
Dort standen nur vier Zelte. Das größte davon war das des Sklavenhändlers. Zwei weitere gehörten seinen Agenten und Aufkäufern, im letzten Zelt schliefen die Wachen und Kameltreiber und die übrigen Diener. Yusuf ibn al-Mansur deutete mit der Hand und blickte auf Bracko. Der nickte verstehend, und drei Männer folgten ihm. William aus der Picardie sah seinen Anführer an. Als der mit der Hand ein weiteres, kaum merkliches Zeichen gab, folgte ein Teil der Männer

dieser Richtung. Der Rest schloß sich dem Araber an, Fennek war der letzte und deckte zugleich ihren Rückzug.
Bis jetzt waren sie geräuschlos in das Lager eingedrungen. Aber neben dem Zelt des Buchtar schlief ein Hund. Aufgeschreckt durch die lautlos näher eilenden Gestalten sprang er auf und begann wütend zu kläffen. Aber plötzlich, als ob er spürte, was ihm Schlimmes widerfahren sollte, rannte das Tier in die Dunkelheit davon. Durch das Gebell des Hundes aufgeschreckt, begannen die Pferde Buchtars zu schnauben und unruhig an ihren Zügeln zu zerren. Yusuf war fast am Eingang des Zeltes, als der Stoff zurückgeschlagen wurde und ein Mann mit blankem Schwert in der Hand heraustrat. Als er Yusufs dunkle Gestalt vor sich sah, riß er beide Augen auf, und in diesem Moment war der Schrecken wohl zu groß, denn er vergaß zu schreien. Mit einem einzigen Schwerthieb tötete Yusuf den Mann. In den übrigen Zelten aber hatte heiseres Geschrei begonnen. Dazwischen immer wieder die laute Stimme Brackos, der bei seinem Tun äußerst brutal vorging. Yusuf stand nun in Buchtars Zelt und stürzte sofort weiter. Wer sich ihm in den Weg stellte, wurde Beute seiner gnadenlosen Klinge. Die Waffe, die wie ein riesiges Messer durch die Luft surrte, erzeugte das einzige Geräusch, das in den ersten Momenten zu hören war. Beim letzten Hieb spritzte Blut an die helle Zeltbahn der Zwischenwände, und mit einem weiteren Hieb zerteilte Yusuf den Stoff.
»Macht Licht!« befahl der Räuber.
Einer der Söldner leuchtete mit einer Fackel. Vor ihm auf dem Boden stand ein Diwan, darauf lag Buchtar, noch ganz verschlafen. Als er den Kopf hob und in dem flackernden Licht Yusuf erkannte, begann er, sofort hellwach, laut zu kreischen. Der Söldner, die Fackel in der Faust, stürzte zu

dem Mann und warf das Bett einfach um. Buchtar fiel auf den Boden und begann erneut zu klagen.

»Bring ihn her«, befahl Yusuf dem Mann.

Der packte den Sklavenhändler und schleifte ihn in den Teil des Zeltes, in dem bereits erschlagene Wächter lagen. Aus den anderen Zelten stürmten die Männer des Yusuf und durchsuchten alles. Yusuf befahl zwei seiner Söldner zu sich, sie ergriffen den Händler, und starke Hände hielten den jammernden Mann fest.

»Hör mit deinem Jammern auf, du feiger Hund, du!« fuhr Yusuf den Mann an.

Der schwieg und drehte den Kopf in seiner hilflosen Angst zur Seite. William aus der Picardie trat vor Yusuf.

»Herr … haben getan, was du gesagt hast.«

Yusuf nickte und wandte sich an Buchtar.

»Wo sind deine Frauen?«

»Frauen?« stammelte der Händler.

»Ja, Frauen! Deine Weiber, wo sind sie?«

»Ich … dies ist eine Reise ohne Frauen … Geschäfte, da habe ich keine Frauen bei mir.«

Fennek trat in das Zelt.

»Keiner ist entkommen, *Saiyid.*«

»Bis auf ihn hier«, nickte Yusuf und deutete mit dem Schwert auf den Mann.

Dann trat er näher.

»Das Geld! Wo ist es?«

»Welches Geld?«

Yusufs Stimme wurde leise und von jener gefährlichen Freundlichkeit, die nichts Gutes verheißt.

»Frag nie wieder so dumm, Buchtar. Antworte nur auf meine Frage.«

»Oh, *Scheich* al-Mansur, oh, das Geld für die Ingles? Ihr meint das Geld für die Ingles, die Rothaarige, nicht wahr?«
»Wo hast du es?«
Der Mann bewegte die Lippen, aber er war vor Angst nicht in der Lage zu antworten. Da setzte ihm Yusuf die Spitze der blanken Klinge an den Mundwinkel.
»Red lauter, Buchtar, sonst mache ich dir dein Maul gern weiter.«
Der Mann wimmerte und deutete dann mit den Händen hinter sich. Fennek hatte das Lager des Mannes durchwühlt und die Börse gefunden. Die Summe in reinem Gold wog schwer. Yusuf blickte den Mann höhnisch an.
»Du hast doch nicht etwa im Ernst geglaubt, ich lasse dir das Geld?«
»Aber Ihr habt dafür das Weib gekauft«, jammerte Buchtar.
»Sie ist mehr wert als fünfhundert Golddinar. Aber das wirst du nicht verstehen«, antwortete Yusuf stolz und zugleich verächtlich.
»Ihr ... Ihr habt das Geld, laßt mir mein Leben!« flehte der Händler.
Yusuf sah auf den Mann, und sein Blick war kalt.
»Das kann ich nicht. Es reicht, wenn der Himmel gesehen hat, was ich hier tun mußte. Dabei soll es bleiben.«
»Aber mächtiger *Scheich*, erinnert Euch! Ich gewährte Euch die erste Wahl bei meiner Ware.«
»Das war ein anderer Handel. Wo ist die Ingles jetzt?« entgegnete Yusuf.
»Im Serail des Erhabenen. Wie Ihr verlangt habt!« antwortete der Mann schnell.
»Du belügst mich, Menschenhändler!« entgegnete Yusuf gefährlich leise.

Bracko trat einen Schritt näher.
»Herr, laß mich ihn befragen … und er wird reden.«
Der Blick des Söldners mußte Buchtar restlos eingeschüchtert haben, denn erneut fing er an, laut zu kreischen.
»Sie ist auf dem Weg in, ja … in mein Haus. In mein Haus in den Bergen. Es liegt in den Bergen. Dorthin … hab ich sie … bringen lassen.«
Buchtar rang seine Hände, und die Angst ließ ihm sein dünnes Gewand am Körper kleben. Er war naß bis auf die Haut.
»Du wolltest«, begann Yusuf ruhig zu sprechen, »dieses Weib niemals dem Erhabenen bringen. Du hast es nur angekündigt. Aber als du gemerkt hast, daß niemand von ihr erfahren sollte, hast du sie fortgeschafft, um für sie noch einmal einen so guten Preis zu erhalten, nicht wahr?«
»Ja, *Saiyid Scheich* ibn al-Mansur«, antwortete der Mann mit kläglichem Blick, und es schüttelte ihn vor Furcht.
»Du wolltest mich also betrügen, Buchtar?«
»Ja! Ja, Schande über mich und meine Gier.«
Die wenigen Söldner in dem Zelt sahen auf ihren Anführer. Niemand, der Yusuf ibn al-Mansur kannte, würde sich einen solchen Betrug erlauben, denn er wüßte genau, der Araber würde sich für diesen Bruch des Wortes rächen. Yusuf ibn al-Mansur war stolz, und ein gegebenes Wort war für ihn bindend. Auf einen Wink hin ließen die zwei Männer den Buchtar los.
»Laßt uns neu handeln«, bat der Sklavenhändler mit flehendem Blick.
»Buchtar, du hast nichts mehr, was mich zu einem Handel reizt. Hörst du, nichts!« entgegnete Yusuf kalt.
Da begann Buchtar lauthals in schrillem Ton zu kreischen.

Dann schrie und bettelte er um sein Leben, aber die umstehenden Söldner blieben stumm und ungerührt. Erst als Buchtar sah, daß ihm dies alles nichts mehr nützte, warf er sich vor Yusuf in den Staub und begann zu wimmern und zu weinen.

»Wir sind bereit, Herr. Alles, was von Wert ist, tragen die Pferde und die Kamele«, bemerkte Bracko, und sein Daumen fuhr über die scharfe Klinge seines Schwertes. Seine Hände und Teile seines Gewandes waren voll Blut.

»Bracko!«

»Ja, Herr?«

»Alles, was zurückbleibt, zündet an. Verbrennt auch die Toten!«

»Ja, Herr.«

Fennek wagte ein Wort.

»*Saiyid* ...«

»Ja, mein Fennek?«

»Der Tag bricht bald an. Rauch wird dann weit zu sehen sein.«

»Bis es hell wird, sind wir weit fort.«

»Und was wird mit ihm?«

Fennek deutete auf den schluchzenden Mann.

Yusuf sah sich um. Zwischen einem Bündel mit allerlei Plunder niedergestreckt, lag einer der Wachtposten. Wortlos trat Yusuf zu dem toten Mann, nahm dessen Schwert und warf es vor Buchtar auf den Boden.

»Da, Menschenhändler! Nimm und kämpfe. Damit ich dich nicht wie einen Hund erschlagen muß.«

Erneut fing der Mann an, zu klagen und zu lamentieren. Die Männer um Yusuf verließen das Zelt und ließen ihren Anführer mit Buchtar allein zurück. Als sie wenig später auf ihren Tieren saßen, war es plötzlich still. Yusuf trat aus dem Zelt und stieg auf.

Als er Fenneks Blick begegnete, lachte er nur grimmig.

»Er hat das Schwert nicht einmal berührt, dieser Feigling. *Inschallah!*«

Fennek nickte und Yusuf führte, an der Spitze reitend, seine Söldnerschar aus dem Lager des Buchtar. Als sie zwischen den letzten Palmenhainen verschwanden, brannten bereits alle Zelte lichterloh.

Es herrschte Aufruhr am Hofe des Sultans. Soeben war er aus Mekka zurückgekommen, jenem heiligen Ort der Moslems, an dem sie Allah, dem Allmächtigen, nahe sind. Der Sultan war mit großem und prächtigem Gefolge zurückgekehrt. Um die Wichtigkeit seiner Person noch zu unterstreichen, waren hohe Würdenträger, wie der Emir von Ägypten und der Emir von Mossul, die als Gäste und Abgesandte zugleich in seinem Gefolge reisten, bereits eine Tagesreise vor ihm in Bagdad angekommen. Sie waren es auch, die dem Sultan jene Nachricht vom gewaltsamen Tod der beiden Boten der Hohen Pforte überbracht hatten. Seine Empörung über diese Tat sei groß gewesen. So wenigstens berichteten all jene, die Zeuge waren, als ihm die Nachricht überbracht worden war. Sie hatten auch von dem Kampf berichtet, den christliche Ritter und Muslime gemeinsam unter der Führung eines kühnen Arabers ausgefochten hatten. Doch dessen Name wollte oder konnte keiner sagen. Daß Christen in diese Angelegenheit verwickelt waren, erzürnte den Erhabenen. Aber sein Zorn darüber verflog rasch, denn noch immer glaubte er an eine gegenseitige Duldung beider Religionen.

Eine weitere Geschichte berichteten seine Vertrauten ebenfalls. Und diese Geschichte erzählte sich immer wieder neu und machte rasch die Runde. Mehr noch, sie eilte dem prächtigen Troß des Sultans von Ägypten, des Kalifen von Bagdad, voraus.

Eine Begebenheit um Christen, die sich den Zorn der Bewohner einer Stadt, alles Muslime und Anhänger der Lehre des Propheten, zugezogen hatten. Die Geschichte berichtete von einem Mann, einem christlichen Bischof, der sich aus lauter Furcht vor der aufgebrachten Menge in einem leeren Faß verbarg. Doch die Menschen fanden ihn. Zum Zeichen ihrer tiefsten Verachtung über seine Feigheit schnitten sie ihm den Finger mit dem Bischofsring ab. Dieses sichtbare Zeichen eines christlichen Würdenträgers warfen sie in den Staub, dann töteten sie den Mann. Der Ort, in dem dies geschah, ward Laon genannt.

Diese Geschichte verbitterte und erzürnte den Sultan.

Er kehrte in den Palast der Freude zurück, an der Spitze auf einem weißen Kamel reitend, denn seit alters her galt allen Nomaden im Orient das weiße Kamel als kostbar. Das Tier war reich geschmückt, und der Sultan saß darauf, gefolgt von einem Sklaven, der an einer langen Stange einen riesigen Fächer aus feinen Straußenfedern führte. Damit fächelte er dem Erhabenen Luft zu, auf daß die Brise ihn erfrische. Ein weiterer Sklave an seiner anderen Seite trug einen großen Baldachin, der dem Erhabenen Schatten spendete. Ihm folgten zwei prächtig gesattelte Reitpferde, denn der Erhabene liebte es, während des Marsches von seinem Kamel auf eines der Pferde zu wechseln, um seine Falken steigen zu sehen oder um sich mit den Hauptleuten seiner Garde in wildem Rennen zu messen.

Die Kamele im Anschluß trugen schwer. Große Sänften, die prächtig verziert waren. Darin reisten die Lieblingsfrauen des Sultans, die, wie er selbst, die Reise nach Mekka gemacht hatten. Diese Sänften aber waren verschlossen. Keinen neugierigen Blick erlaubend, reiste ein Dutzend dieser prächtigen Sänften auf den sanft wiegenden Rücken der Kamele, begleitet von den Hofdamen und Dienern der Ehefrauen des Sultans. Danach folgten lange Reihen mit Kamelen, die mit Zelten, Küchengeräten, Waffen, Vorräten und Wasser beladen die Reise gemacht hatten. Der Sultan besaß wohl auf dem Weg nach Mekka zwei besonders schöne Residenzen, aber diesmal wollte er seinen Weg als Nomade tun. Denn er brauchte das Wohlwollen der stolzen Scheichs der Wüste, die nicht verstehen konnten, wie ein freier Mann in einem Haus aus Stein leben konnte.

»Jalla!« schrien die Treiber.

So erreichte der Zug das Stadttor, und das Volk von Bagdad erwartete seinen Herrscher. Sie jubelten und winkten, sie schrien, und jeder wollte den Erhabenen sehen, wie er flankiert von seinen Leibwachen in die Stadt einritt, um zu seinem Palast zu gelangen. Dem Palast der Freude.

Dort ließ sich der Mann nicht lange aufhalten. Er befahl sogleich seine höchsten Hofbeamten zu sich. Zusammen mit seinen *Wesiren*, dem *Emir* von Ägypten und anderen Würdenträgern ließ er sich in seinem größten Saal auf einem mächtigen, seidenen Kissen nieder. Und dann befahl er den Boten aus dem Abendland, den Abgesandten Venedigs, zu sich.

Und so erfuhr Gwyn die Neuigkeit, daß ihn der Erhabene, der Sultan von Ägypten, selbst sehen und sprechen wollte.

»Ihr seid der Bote der Stadt Venedig?«
Gwyn beugte höflich den Kopf.
»So ist es, Erhabener.«
»Sagt mir, stimmt es, daß die Stadt Venedig mitten im Wasser liegt? Daß dort auch alle Straßen im Wasser liegen und die Menschen auf ihrem Weg darüber hinweg schweben?«
»Erhabener, die Stadt ist ein Wunder. Und sie liegt im Wasser. Und auch die Straßen sind das Wasser aus dem Meer. Aber die Menschen fahren mit Booten. Dort, wo kein Boot fahren kann, sind Brücken und Wege, auf denen die Menschen gehen.«
Die Umstehenden raunten sich leise Worte zu und betrachteten den Goldschmied mit einer Mischung aus Neugier und höflichem Staunen.
»Eine Stadt ganz im Wasser ...«
»... im Wasser.«
»... Wasser.«
Der Sultan klatschte laut in die Hände, und die Höflinge ringsum schwiegen.
»Ihr kommt selbst, obwohl ich Euch nicht rufen ließ. Ich sandte zwei Boten nach Alexandria«, bemerkte er, jedoch ohne Vorwurf.
Erneut beugte Gwyn den Kopf. So wie es ihm der Scheich und Yusuf geraten hatten.
»Erhabener! Eure Boten wurden von mir und meinen Gefährten sehnlichst erwartet.«
»Was geschah mit ihnen?«
Gwyn fehlten für einen Moment die Worte. Er wußte vage von dem Gerücht, daß dem Sultan die Umstände der tragischen Begebenheiten längst bekannt seien.
»Ja, was geschah mit ihnen?« rief der Emir erregt, als beson-

derer Vertrauter des Erhabenen berechtigt, bei einer Audienz das Wort zu ergreifen.
Gwyn atmete tief durch, und dann sagte er ruhig: »Räuber überfielen und töteten sie.«
»Räuber?« fragte der Sultan ungläubig.
Es klang nach wie vor unwahrscheinlich. Niemand würde sich an den so wichtigen Gesandten des Sultans vergreifen. Und doch war es geschehen.
»Jawohl, Erhabener.«
»Wohl christliche Räuber!« betonte der Emir laut und mit erregter Stimme.
Gwyn wußte nicht, ob er auf diese Frage antworten sollte.
»Waren doch christliche Räuber, nicht wahr?« wollte der Sultan bestätigend wissen.
Gwyn schüttelte erst zögernd, dann aber bestimmt den Kopf.
»Keine christlichen Räuber, Erhabener ...«
»Bedenkt Eure Worte, denn Ihr sprecht unwahr!« schrie der Emir zornig.
Die Menge der Höflinge und Würdenträger, der Diener und Lakaien ringsum begann erneut, aufgeregt zu murmeln.
»Die Angreifer ...«, sagte Gwyn laut, »... waren tatsächlich Moslems.«
Der Emir zischte daraufhin schnell ein paar Worte, die Gwyn nicht mehr verstand, so sehr er sich auch bemühte.
Der Sultan machte eine Handbewegung, eine Geste voller Ungeduld, die jedermann sehen konnte. Er wollte die Unterredung selbst weiterführen.
»Erklärt mir, was Ihr über dieses Sache wißt!« forderte er Gwyn auf.
»Erhabener«, begann Gwyn behutsam zu sprechen, und er

überlegte jedes Wort genau, auch weil er nicht so schnell arabisch sprechen konnte, »christliche Ritter und der Yusuf ibn al-Mansur und seine Männer halfen mir, Gewißheit zu finden, was mit Euren Gesandten geschah. Wir mußten kämpfen.«

»Aber die Boten waren bereits tot?« fragte der Mann düster.

»Ja, Erhabener.«

Da schwiegen die Höflinge in dem weiten Saal.

»Allah möge ihnen den Weg ins Paradies erlauben. Ihr aber seid tapfer«, bemerkte der Sultan.

Gwyn beugte dankbar den Kopf.

»Ihr seid sehr gütig, Erhabener, aber ich wollte nur meinem Auftrag entsprechen.«

»Yusuf ibn al-Mansur ist ...«, zögerte der Mann, bevor er den Goldschmied lange ansah.

»... was ist er nun wirklich, Christ?«

»Erlaubt Ihr mir eine Frage, Erhabener?«

Der Sultan nickte voller Würde.

»Wie nennt man einen Mann, der tapfer ist und ein großes Herz hat? Den seine Feinde fürchten und seine Freunde ehren? Der aber frei ist, so frei, wie es ein Mann der Wüste sein kann?«

»Er ist ein *Saiyid.*«

Der Emir nickte bei dieser Antwort seines Herrschers zustimmend.

»Dann ist Yusuf ibn al-Mansur ein *Saiyid*«, antwortete Gwyn feierlich.

Der Sultan strich sich langsam und mit großer Würde über seinen langen Bart. Dann sah er auf einige Menschen, die unweit neben seinem Platz standen und auf einmal zur Seite traten.

Und da stand Yusuf ibn al-Mansur.
Er war allein. Als Gwyn ihn sah, schrak er ein wenig zusammen, überrascht, denn mit der Anwesenheit des Mannes hatte er nicht gerechnet. Aber als er in das Gesicht des Arabers blickte, sah er, wie der den Kopf beugte, nur für einen Moment, so als bedanke er sich für das Kompliment. Dann schritt er näher und verbeugte sich elegant vor dem Sultan. Er richtete sich wieder auf, eine Hand am Griff seines prächtigen Schwertes, den Blick stolz und ohne den geringsten Zweifel. So sah er seinen Herrscher an. Da begann der Sultan zu sprechen.
»Seid Ihr jener *Saiyid* Yusuf ibn al-Mansur, *Scheich* der *ahl al badija*?«
»Ja, Erhabener!« antwortete der Gefragte.
»Ich kenne keinen *Scheich* aus diesem Geschlecht. Aber man berichtete mir von einem Räuber, der sich so nennt. Er sei die Geißel der Wüste. Er war nie aus großem Hause, sondern nur ein Fellache, der einen Räuber erschlug, um selbst ein solcher zu werden. Und seine Gefährten sind Räuber wie er.«
Yusuf schwieg und hielt dem Blick des Sultans stand. Die Menschen ringsum aber flüsterten. Gwyn spürte, wie sich plötzlich ein Kribbeln in seinem Nacken bemerkbar machte. Yusuf hatte sich dieses Mal wohl zu weit vorgewagt. Er war hier in der Höhle des Löwen. Der Sultan von Ägypten tolerierte die räuberischen Nomadenstämme der Wüste, aber er sprach niemals mit ihnen, noch dazu von Angesicht zu Angesicht.
Der Erhabene bat mit einer Geste um Ruhe, und augenblicklich war es still.
»Euch, edler *Scheich* Yusuf ibn al-Mansur, mit diesem Gott-

losen zu vergleichen, wäre wohl eine Beleidigung«, sprach er langsam, ohne den Blick von ibn al-Mansur zu wenden.
»Erhabener, die schönste Frucht könnte Schlupfwinkel eines Insekts sein, ohne daß dies ihr Aussehen oder ihren Geschmack verändert. Daraus zu schließen, die Frucht sei schlecht ...«, bemerkte Yusuf galant in seiner angenehmen Stimme.
»... wäre töricht«, vollendete der Sultan den Satz und lächelte.
»Ja, töricht«, bemerkte Yusuf heiter.
»Geht, *Saiyid* Yusuf ibn al-Mansur«, befahl der Sultan, »Ihr seid sicher unter meinem Wort. Aber nur, bis Ihr Bagdad verlassen habt, dann bleibt jeder ohne Strafe, der mir Euren Kopf bringt.«
Gwyns Herz schlug schneller nach diesen Worten. Erneut verbeugte sich Yusuf ibn al-Mansur, lächelte dann höflich und beugte noch einmal ein wenig den Kopf.
»Allah zeigt große Weisheit, wenn er Euch, Erhabener, den Herrscher aller Gläubigen, so sprechen läßt. Eure Tage sollen gesegnet sein. Ich werde Euren Worten folgen.«
Er wandte sich um, und schweigend machten ihm die Menschen Platz. Gwyn war sicher, daß sich so leicht kein Zeitgenosse finden ließe, der es wagen würde, dem stolzen Araber zu nahe zu treten.
Als sich Gwyn wieder dem Sultan zuwandte, winkte der ihn näher.
»Sie nennen Euch Herr der Pfeile?«
»Ja, Erhabener!«
»Beweist es mir!«
Ein Wächter, der für Gwyn die Waffe beim Betreten des Audienzsaales verwahrt hatte, trat vor, verbeugte sich tief vor

seinem Herrscher und reichte Gwyn dann seine Waffe. Der ergriff seinen Langbogen. Seltsam, aber immer wenn seine Hand den Bogen ergriff, überkam ihn dieses eigenartige, ruhige Gefühl von Sicherheit und Zuversicht. Diese Waffe war Erinnerung an eine Zeit des Lernens und an die Zeit vor seinem Aufbruch aus seiner Heimat England. Zugleich war ihm diese Waffe Begleiter und Schutz gewesen. Mit ihr hatte er einst in der Schlacht um Bath gekämpft, mit dieser Waffe schoß er bei dem Sturm auf den Krak des Chevaliers, und mit dieser Waffe tötete er seinen schlimmsten Feind. Und er wäre in der Wüste lieber verdurstet, als diesen Bogen aufzugeben. Diese Waffe war ein Teil von ihm. Da mußte er plötzlich leise lachen. Wie fremd und doch vertraut, wie still und zugleich aufregend seine Audienz bei dem Sultan war. Die Menge ringsum – wie sie ihn ansah, unverhohlen, mit Neugier und nicht eingenommen gegen ihn. Und doch führten Christen und Moslems Krieg gegeneinander.

»Woran denkt Ihr, Christ?« fragte der Sultan freundlich.

Gwyn ließ den Bogen sinken. Nicht so sehr wegen der gestellten Frage, sondern weil der Sultan auf einmal englisch sprach.

»Nur ein Gedanke, ohne Ziel«, erwiderte Gwyn überrascht.

»Ein guter Gedanke?« fragte der Sultan.

Gwyn zögerte mit der Antwort.

»Also ein schlechter Gedanke?«

Gwyn lächelte.

»So könnte es sein, Erhabener!«

»Und trotzdem wagt Ihr solche Gedanken? Straft Euer Gott Euch nicht dafür?«

»Ja, Erhabener, nur Gott kann meine Gedanken lesen. Und er kann mich dafür bestrafen. Das ist gut so. Aber ein Herrscher ist darüber erbost. Was gäbe er dafür, die Gedanken der Menschen zu wissen, in ihnen zu lesen oder sie zu hören wie eine feine Melodie? Einerlei, ob gut, ob böse.«

Der Sultan schwieg. Der Faber wußte, er hatte etwas gesagt, was diesen Mann getroffen hatte. Denn er wäre nicht der erste Mensch, den Gwyn in seinem Leben kennengelernt hatte, den dieser geheime Wunsch nicht schon das eine oder andere Mal bewegt hätte.

»Eure Gedanken sind mir etwas wert. Sprecht!«

»Angenommen, meine Antwort würde Euch nicht freuen.«

»Einerlei! Sprecht, Faber!«

»Ich denke gerade, wie leicht es wäre, Euch mit meinem Bogen zu töten. So wie Ihr, Erhabener, dem ibn al-Mansur drohtet, ihn töten zu lassen, wenn er Bagdads Grenzen noch einmal überschreitet.«

Für einen Moment schien der Sultan von Ägypten überrascht zu sein. Doch dann verriet das Gesicht des Mannes mit keiner Regung etwas über seine Gefühle.

»Christ, ich herrsche. Schießt Ihr einen Pfeil gegen mich, dann rächt mich mein Volk augenblicklich. Nichts und niemand wird es in seiner Raserei aufhalten. Sie würden Euch mit ihren Zähnen und Nägeln zerreißen, und nichts würde übrigbleiben, um einen dieser Hunde satt zu machen.«

Er deutete auf einige prächtige Windspiele, die von Dienern an langen silbernen Schnüren gehalten wurden. »Was hättet Ihr dann gewonnen?«

»Erhabener, ich hätte nichts gewonnen, denn ich habe es ja nicht getan. Ich habe es nur gedacht. Dies könnt Ihr mir nicht verbieten. Euer Name wird einmal in den Zeugnissen jener Tage vermerkt. Und doch, heute kann der Tag Eures

Todes sein. Und ich wäre es, der den Lauf der Tage ändern könnte, Erhabener. Welch ein seltsamer Gedanke, nicht wahr?«
»Ja, ein seltsamer Gedanke …«, sinnierte der Sultan für einen Moment.
»Es sind nicht immer die großen und berühmten Menschen, die den Lauf der Welt ändern«, entgegnete Gwyn leise.
»*Saiyid* Yusuf ibn al-Mansur ist frei, und er wird es bleiben, wenn er meinen Wünschen gehorcht«, erklärte der Sultan auf einmal feierlich.
Der Erhabene sprach nun wieder in seiner Sprache, und alle ringsum konnten ihn verstehen.
»Euer Mut ist groß, Goldschmied. Ist er groß, weil Ihr Christ seid?«
»Ich weiß es nicht, Erhabener.«
Der Sultan lächelte, aber er sagte nichts mehr. Er hob seine Hand, und augenblicklich war es still in dem großen Saal.
»Schießt, Faber! Schießt auf diese Rüstung. Ich will wissen, ob die großen Bogen, die ihr Christen Langbogen nennt, wirklich so stark sind, daß sie unsere Rüstungen durchschlagen.«
Er deutete auf einen Offizier der Palastwache, der sich in einiger Entfernung breitbeinig in Positur stellte.
Gwyn sah dem Mann zu, dann wandte er sich an den Sultan.
»Erhabener, ich kann nicht schießen.«
»Nein? Warum?«
»In der Rüstung steckt ein Mann!«
Die Menge ringsum lachte fröhlich.
»Dies weiß ich. Das ist Murat ben Barak, mein oberster Leibwächter. Er glaubt nicht an die Kraft deines Wunderbogens.«

Der Mann dort lachte stolz übers ganze Gesicht, und die Höflinge ringsum feixten.
»Wenn ich ihn treffe, töte ich ihn«, beharrte Gwyn.
Erneut lachten alle ringsum, und Murat winkte heftig mit dem Arm, er solle schießen. Er reckte nun seinen mächtigen Brustkorb noch etwas vor, und die Höflinge klatschten vor Vergnügen in die Hände.
»Er glaubt es nicht, Goldschmied. Es soll ein Versuch sein. Schießt!« forderte der Sultan Gwyn auf.
Als Gwyn sich wieder zu dem Soldaten umwandte, sah der ihn an. Stolz hatte er seine beiden Arme in die Seiten gestützt.
»Rühr dich nicht!« rief ihm Gwyn zu und hob schnell den Bogen.
Da, wo die Ärmel an den Ellenbogen des Murat endeten, endete auch das farbige Tuch des Gewandes, das der Soldat über seiner Rüstung trug. Sie war ähnlich wie die Kettenhemden der christlichen Ritter gefertigt, nur war die Ausführung feiner und ein kunstvolles Gewebe aus Metall und Leder. Jetzt hing eine breite Falte lose herab.
Gwyn spannte den Bogen. Beim Zurückziehen der Sehne wußte er um die Wucht, die der Pfeil brauchte, und er spürte, wie ihm diesmal, wie seit langer Zeit nicht mehr, der Arm schmerzte. Die Sehne ließ sich nicht mehr weiter bewegen. Gwyn zielte kurz und ließ dann los.
Und als die Sehne mit einem dumpfen Ton zurückschlug, noch ein wenig leise zitterte, wie die schwachen Wellen eines gerade verebbenden Lebens, wußte er, daß es ein mächtiger Schuß war, den er soeben gewagt hatte.
Der Pfeil hatte die Ärmelfalte durchschlagen und war fast hindurchgeflogen, nur die Kiele hielten das Holz im engen

Geflecht der Rüstung zurück, wie ein Strohhalm in einem Netz zurückbleibt, wenn ihn der Wind verspielt dorthin geblasen und dann vergessen hatte. Durch die Wucht des aufprallenden Pfeiles war der Mann beinahe umgerissen worden. Ein Raunen ging durch die Menge. Murat hob langsam den Arm und betrachtete mit ungläubigem Staunen die Stelle, an der der Pfeil durch den losen Ärmel gefahren war. Langsam schritt er näher, sich allmählich bewußt werdend, daß er noch lebte. Er nahm den Pfeil und zeigte das Loch in seinem Ärmel, alle schwiegen, und dann gab er Gwyn den Pfeil zurück. Das Gesicht des Murat war aschfahl, und seine Hand zitterte.

Gwyn nahm den Pfeil. Er war nicht mehr zu gebrauchen, denn die Spitze war verbogen und das Holz des Schaftes angebrochen. Beim nächsten Schuß würde dieser Pfeil beim Aufprall auf das geringste Hindernis zerbrechen. Aber in einer Schlacht gab es immer nur einen Schuß. Und das wußten die Araber ringsum.

Da bat der Emir Gwyn mit einer Geste, erneut vorzutreten.

»Den Namen ›Herr der Pfeile‹ tragt Ihr zu Recht. Ich bitte Euch, gebt ihn mir.«

Gwyn tat es, und ein Diener trat vor, nahm den Pfeil und überreichte ihn mit einer Verbeugung dem Sultan von Bagdad. Der Mann ergriff den Pfeil und zerbrach ihn. Es knackte laut, als das Holz brach, und dies war das einzige Geräusch, das in dem Thronsaal zu hören war.

»Hört, Goldschmied, Botschafter und zugleich Abgesandter von Venedig. Wir wollen Handel, und wir wollen ihn mit den Venezianern. Der Sultan von Ägypten und Kalif von Bagdad gestattet der Stadt im Wasser, Niederlassungen in unserem Land zu errichten. Hier habt Ihr ein *Papier* für Euren Sultan. Da steht darin, daß Ihr, Gwyn Carlisle, unter dem Schutz des Erhabenen steht. Kehrt heim und verkündet Venedig die Botschaft.«

Gwyn strahlte übers ganze Gesicht, als er das begehrte Dokument aus der Hand des Emirs entgegennahm. Die Entscheidung kam plötzlich, und nach all der Zeit des Wartens und der Ungewißheit berührte ihn diese Entscheidung des Sultans. Und als er sich umwandte, sah er die vielen freundlichen Augen der Muslimen, und auf einmal brachen sie in einen Ruf aus, der langsam lauter wurde und immer mehr anschwoll.

»*Inschallah!!*«

Die Hunde sprangen ob des seltsamen Lärms auf und bellten, und der Sultan von Ägypten saß auf seinem prächtigen Kissen, umringt von seinem Hofstaat, und sah auf Gwyn und lächelte.

Gwyn lächelte zurück.

Nun trieben Abend- und Morgenland friedlichen Handel miteinander. Und keiner der vielen Kreuzzüge, die noch folgen sollten, konnte an dieser Entscheidung je etwas ändern.

Als sich die Menge wieder beruhigt hatte, richtete der Erhabene noch einmal eine Frage an Gwyn.

»Ihr seid mein Gast. Ich glaube aber, daß ich Euch noch mehr schulde, und so möchte ich Euch ein Geschenk machen. Zudem, Ihr seid lang genug in unserem Land und sprecht unsere Sprache gut. Sagt, was Ihr begehrt.«

Gwyn war überrascht, aber er zögerte keinen Moment mit seiner Antwort.

»In Eurem Hause gibt es eine Frau. Eine Ingles. Sie hat rotes Haar. Sie will ich.«

Nach den letzten Worten war es still geworden. An den betroffenen Mienen des Emirs wie auch den bestürzten Mienen ringsum erkannte Gwyn, daß er wohl einen unpassenden Wunsch geäußert hatte.

»Sie ist in meiner Obhut?«

»Ja, Erhabener!«

Ein *Kuttab* beugte sich neben den Erhabenen und flüsterte ihm leise ins Ohr. Die Miene des Sultans versteinerte immer mehr. Der *Kuttab* hatte lange zu dem Sultan gebeugt geflüstert.

»Warum willst du gerade sie?« wollte er wissen.

»Sie ist mein Weib, Erhabener«, antwortete Gwyn sanft.

»Nein, sie ist in meinem Harem und damit mein.«

Gwyn antwortet nichts mehr darauf.

»Nun geht, Goldschmied!«

Gwyn verneigte sich höflich und schritt dann aus dem Saal.

Agnes

Feine Sommersprossen bedeckten ihre Wangen
und ihren Nasenrücken. Mund und Wangenknochen
wie auch die Wölbung der Augen waren weich
und fein und formten ein schönes Gesicht.

Wenn der Aprilmond sanften Regen bringt,
Der Märzendürre an die Wurzel dringt
Und jede Ader mit solch Säften schwellt,
Daß diese Kraft erzeugt die Blumenwelt …
Wenn lust'ge Melodie das Vöglein macht,
Das offenen Auges schläft die ganze Nacht …
Dann treibt das Volk die Wallfahrtslust
Und Pilger, fortzuziehn zu fremdem Strande,
Zu fernen Heil'gen, kund in manchem Lande.

Canterbury Tales

Gwyn lief in seinem Gemach auf und ab, unschlüssig, was er weiter tun sollte. Das Dokument, ein Pergament, kunstvoll gefaltet und in ein Kalbsfell genäht, versiegelt und mit den Worten des Sultans versehen, brannte ihm auf der Haut. Er griff unter sein Wams und zog das kleine Paket hervor. Er starrte es an und schleuderte es dann wütend auf sein Bett. Da ertönte hinter ihm ein leises, vertrautes Lachen.

Gwyn fuhr herum.

Neben einer Nische in der Wand kauerte Rifai, der blinde Sklave.

»Aber, aber, Herr Carlisle. Warum so voller Zorn?«

Gwyn hatte sich für einen Moment erschreckt. Er wußte nicht, ob dies an dem Aussehen des Blinden lag oder weil er sich noch immer nicht an dessen geisterhaftes Eindringen gewöhnen konnte.

»Was tut Ihr hier?« wollte Gwyn wissen.

»Muß Euch doch berichten, was passiert.«

»Wenn ich wissen will, gehe ich selbst und höre«, antwortete Gwyn grob.

»Dies würde ich an Eurer Stelle nicht tun. Auf den Straßen gibt es nur ein Wort, das jeder spricht. Ein Ungläubiger fordert ein Weib aus dem Harem des Erhabenen. Bagdad ist außer sich.«

»Aber sie ist mein Weib, wie oft soll ich dies noch sagen?«

»Ihr glaubt, daß sie Eure Frau sei«, entgegnete Rifai höflich, »aber selbst wenn sie es wäre, jetzt nicht mehr. Nun ist sie die Frau des Erhabenen.«

Gwyn hob die Hände und seufzte dann hilflos. Müde lehnte

er sich mit dem Rücken gegen die glatte Wand und schloß einen Moment die Augen. Als er sie wieder öffnete, sah er, wie Rifai näherglitt, mit den ausgestreckten Händen nach dem Bett tastend. Als er es erreichte, fuhren seine Fingerspitzen über den Strohsack, bis er das kleine, lederne Paket gefunden hatte. Er ergriff es und hielt es in Gwyns Richtung.

»Nehmt es wieder an Euch. Das Siegel des Erhabenen ist darauf. Damit reist Ihr sicher.«

»Wann soll ich Eurer Meinung nach reisen?« fragte Gwyn müde.

»Noch nicht gleich, wartet, bis sich der Zorn gelegt hat. Das Siegel schützt Euer Leben, aber es schützt Euch nicht vor Eiferern und hämischen Worten.«

»Die treffen mich nicht, böse Worte in Eurer Sprache verstehe ich nicht alle«, antwortete Gwyn zynisch.

Rifai lachte vergnügt.

»Hoffentlich versteht Ihr, daß Ihr bald fort müßt.«

»Pah, hab ich den Erhabenen so sehr gekränkt?«

»Ihr habt ihn nicht gekränkt, Ihr habt ihn mit Eurem Wunsch beleidigt«, entgegnete Rifai sanft.

Gwyn kam näher und setzte sich auf die Kante seines Bettes.

»Woher wißt Ihr davon?«

»Dies ist mein Palast ...«

»Ach ja, ich vergaß, Rifai, der alle Wege kennt.«

»Genau ...«

Der Blinde kicherte wieder vergnügt. Dann aber klang seine Stimme ernst.

»Niemand kennt den Erhabenen so gut wie ich. Ich teilte sein Lager; und er teilte dafür seine Gedanken mit mir.«

Der Blinde machte eine Pause. Dann neigte er den Kopf in

die Richtung, in der er Gwyn vermutete, und sprach mit leiser Stimme weiter.

»Bleibt hier, rührt nichts an von dem, was man Euch zu essen bringt. Ich werde alles herbeischaffen. Ihr müßt bald fort, und Ihr müßt es heimlich tun. Ihr seid nur am Leben, weil Euch die Gastfreundschaft dieses Hauses schützt.«

»Rifai, versteht doch! Ich gehe nicht ohne meine Frau.«

»Seid kein Tor, Christ«, antwortet Rifai ungeduldig.

Dann kroch er näher und tastete nach Gwyns Händen. Und Gwyn ließ es geschehen. Der Blinde nahm seine beiden Hände und befühlte sie.

»Eure Hände sind sehr schlank, glatt und fein Eure Haut«, flüsterte er.

Gwyn atmete leise, aber er sagte nichts.

»Goldschmied, ich weiß gar nicht, wie Ihr ausseht. Erlaubt mir, Euch zu sehen«, bat Rifai leise.

Gwyn verstand. Die Hände des Blinden tasteten über sein Gesicht, verweilten an seinem Mund, tasteten sanft über seine Augen und Brauen, seine Stirn und glitten prüfend über seine Wangen.

»Ihr weint, Herr.«

Gwyn nickte leise. Er sah sich auf einmal in seinen Bemühungen am Ende, und er wußte insgeheim, daß er alle Aufträge dieser Welt gäbe, wenn er dafür Agnes in seine Arme schließen könnte. Die Gewißheit über dieses Unvermögen, dabei das Wissen, hier mit ihr unter demselben Dach des Palastes zu leben und dabei doch weiter von ihr entfernt zu sein als je zuvor, dies alles ließ ihn weinen. Und als Rifai ihn an sich drückte und sanft in seinen Armen wiegte, genoß er die fürsorgliche Nähe eines Menschen so sehr, wie schon lange nicht mehr.

Gwyn war eingenickt, und in einem seltsamen Traum sah er die Wüste. Und er sah sich selbst, wie er durch den endlosen Sand ringsum watete. Es war mühsam, zu gehen, denn er sank ein, tief bei jedem Schritt, und plötzlich erblickte er oben auf einer Düne Agnes.
Sie stand dort und winkte ihm, und ihr langes rotes Haar wehte wie ein weiter duftiger Schleier um ihr Gesicht. Gwyn unternahm allergrößte Anstrengungen, um zu ihr zu gelangen. Aber als er die Sanddüne endlich erklommen hatte, war sie verschwunden. Verzweifelt wandte er sich um und suchte sie nach allen Seiten, bis er ein höhnisches Lachen hörte. Unter ihm, dort wo der Sand der Düne aufhörte und überging in festen Boden, jagte ein Pferd. Darauf saß Yusuf, und er hielt seine Frau fest umklammert.
»Yusuf liebt dich«, flüsterte eine Stimme, und es war die Stimme von Fennek.
»Aber noch mehr liebt er dein Weib, Faber. Dein schönes, herrliches Weib!«
Da lachte Fennek ein grauenvolles Lachen, das in seinen Ohren hallte und nicht mehr aufhören wollte. Und da erwachte Gwyn, und es dauerte, bis er merkte, daß alles nur ein Traum gewesen war. Er lag noch immer auf seinem Bett, auf dem er weinend eingeschlafen war. Von Rifai keine Spur. Mühsam setzte er sich auf. Sein Kopf schmerzte, und er fühlte sich, als hätte er Fieber. Neben dem Bett stand eine tönerne Schale. Darin befand sich Reis, gekocht und mit Öl übergossen. Darauf lag ein Brotfladen. Daneben lag ein Wasserschlauch, so wie ihn die Nomaden bei ihren Reisen durch die Wüste benutzen. Gwyn wußte nicht, von wem dieses Essen stammte. Aber er hatte Hunger und vor allem Durst. Als er nach dem Essen tastete, mußte er an Rifais Worte denken.

Rührt nichts an von dem, was man Euch zu essen bringt! Doch als er die Schüssel mit dem Brot nahm, roch er nicht nur das Öl, den Duft des Reises und das frische Brot, sondern auch den vertrauten Geruch nach Sandelholz. Und da aß Gwyn die Schüssel leer, aß den ganzen Brotlaib und trank das Wasser. Danach ging es ihm besser, und er schlief wieder ein.

Nur träumte er dieses Mal nicht mehr.

Gwyn dämmerte weiter vor sich hin. Er konnte sich nicht daran erinnern, je zuvor in seinem Leben so zutiefst niedergeschlagen gewesen zu sein. Er wußte nicht, was nun zu tun war. Eigentlich konnte er gehen, aber er mußte das Wohlwollen des Sultans erbitten und abwarten. Nach seiner fatalen Frage nach der Frau, seiner Frau, war damit nicht so bald zu rechnen. Rifai erzählte ihm, daß der Sultan von Ägypten ein nachtragender Mensch sei. Nur die Rolle als Gesandter der Handelsnation Venedig hielt den Erhabenen davon ab, Gwyn für diese Lästerung zu bestrafen. Er spürte jedoch genau, wie gefährlich es war, weiter in Bagdad zu bleiben. Doch es blieb ihm keine andere Wahl, denn er wußte nicht, was er tun sollte. Nur eines wußte er sicher: Er würde den Weg zurück nach Hause, und sei er noch so weit, nicht ohne Agnes, seine Agnes, gehen. Und so saß er Stunden um Stunden auf dem kleinen Dach vor seiner Kammer und brütete vor sich hin. Dann blickte er hinunter auf das Gewirr der Gassen, das Gewimmel der Menschen, und manchmal glitt sein Blick hinüber zu dem großen Bau, der von einer hohen Mauer umgeben war. Der Harem des Sultans, der Ort, zu dem er nachts zusammen mit dem blinden Rifai geschlichen war. Aber bei keinem ihrer heimlichen Besuche hatte Gwyn seine Agnes zu Gesicht bekommen. So vergingen die Tage, und Gwyn entdeckte an sich selbst eine immer größer werdende Schwermütigkeit, die er zuvor nie gekannt hatte. Doch er fühlte sich außerstande, irgend etwas dagegen zu tun. Die brütend heißen Tage lasteten über Bagdad wie eine schwere, alles erstickende Decke. So trank er den ganzen Tag über nur Tee oder Wasser, ab und zu aß er etwas, aber nur, wenn er wußte, daß Rifai es ihm gebracht hatte.

Als an diesem Abend die Sonne wieder hinter der Ebene verschwand, stand Rifai plötzlich in Gwyns kleiner Kammer. Erneut war er völlig geräuschlos hereingekommen, und die schlanke, grazile Gestalt mit dem so entsetzlich zerstörten Gesicht kauerte auf seinem Bett und erwartete ihn dort. Als Gwyn in den Raum zurückkehrte, lächelte der Blinde. Da mußte auch Gwyn lächeln, obwohl er wußte, daß dies von dem Blinden nicht gesehen werden konnte.

»Die Nacht kommt, und Ihr kehrt zurück«, bemerkte Gwyn müde.

Rifai kicherte wieder leise.

»So ist es.«

»Wo seid Ihr den ganzen Tag?«

»Nun, ich habe zu tun. Ich muß stehlen, was ich zum Leben brauche. Denn niemand gibt einem Krüppel genug, daß er davon satt werden könnte.«

»Ich habe Geld, warum kauft Ihr nicht davon etwas?« wollte Gwyn wissen.

»Weil Ihr Euer Geld brauchen werdet.«

»Wozu?«

Rifai glitt näher und zog den Goldschmied zu sich auf die Bettstatt.

»Ihr seid müde und zugleich voll stillem Zorn. Aber glaubt mir, Euer Warten hat ein Ende. Geht fort aus Bagdad. Das *Papier* des Sultans schützt Euch. Ich bringe Euch aus der Stadt.«
Gwyn glaubte, nicht richtig zu hören.
»Was sagt Ihr da?«
»Ihr verlaßt Bagdad auf geheimen Wegen.«
»Wann?«
»Heute nacht!«

Rifai führte ihn. Sie stiegen über das Dach des Palastes auf die andere Seite des Gebäudes. Dort folgten sie einem Weg zwischen zwei mächtigen Mauern. Erneut betraten sie jene Gänge, die sie oft in den letzten Wochen betreten hatten, nur daß ihm Rifai versicherte, dies sei das letzte Mal. Gwyn hatte alles dabei, was sein war. Die beiden Truhen mit jenem kostbaren Werkzeug mußte er zurücklassen. Darum tat es ihm leid, nicht nur, weil sie ein Geschenk waren, sondern weil er mit diesem Werkzeug so gut hatte arbeiten können und weil es seinem Stand als Meister entsprach. Den Weg, den sie beide hier gingen, ließ solch schweres Gepäck nicht zu.
Sie stiegen hinunter und fanden sich weit unter dem Palast in einer mächtigen Kaverne. Die großen, hallenähnlichen Gewölbe, viele Meter hoch und endlos lang, schienen wie von titanischer Hand gebaut. Unzählige zierliche, steinerne Bögen umspannten das Deckengewölbe, das auf den Steinen ruhte. Gwyn staunte, als ihm Rifai erlaubte, eine kleine Fackel zu entzünden. Die Hallen waren voll Wasser, und am Rand führte ein schmaler Weg an der mächtigen Wand entlang. Wie ein unendlicher See stand das Wasser in diesem rie-

sigen Gewölbe. Es roch kühl, jedoch nicht so modrig und brackig, wie wenn Wasser lange steht und anfängt zu faulen.
»Es kommt von weit her, oben aus den Bergen«, erklärte Rifai. »Seit alter Zeit lassen alle Erhabenen des Reiches immer wieder an diesen Kavernen bauen. Es ist frisches Wasser, und der Palast braucht es, um zu trinken und seine Bäder zu füllen.«
»Es ist nur ... ich habe niemals vorher so etwas gesehen«, entgegnete Gwyn beeindruckt. Rifai lachte dieses Mal nicht so amüsiert wie sonst.
»Es ist ein unheimlicher Ort«, flüsterte Rifai.
»Nein«, entgegnete Gwyn. »Soll ich ihn Euch beschreiben?«
»Nein, nein!« wehrte Rifai hastig ab, und sein Gesicht verzog sich zu einer entsetzten Fratze.
Gwyn wunderte sich über die Worte des Arabers. Bislang, glaubte er, schien dem Blinden Angst fremd zu sein.
»Ich komme nicht so gerne hierher. Viele Sklaven mußten hierfür sterben. Ihr Stöhnen und Klagen ist immer dann zu hören, wenn man zu lange hierbleibt.«
Gwyn fröstelte bei dieser Erklärung. Er bemühte sich, anzunehmen, daß dies von dem ungewohnt kühlen Klima hier unten und nicht von der Erzählung des Blinden herrührte.
»Kommt, folgt mir!« flüsterte Rifai.
Der Goldschmied folgte dem Mann.
»Wohin gehen wir?«
»Ich suche einen weiteren Gang.«
Rifai tastete sich an der glatten, feuchten Wand entlang, manchmal stehenbleibend, lauschend und dann weiterhuschend, wenn er meinte, der Weg vor ihnen sei der richtige.
Gwyn löschte sein Licht nicht mehr. Er fürchtete weniger

die Dunkelheit als die Überraschungen, die sich vor ihnen in der Finsternis auftun könnten, so ließ er lieber das Licht brennen und folgte dem blinden Sklaven. Am Ende des Wegs gelangten sie an ein Loch in der Ziegelwand. Dahinter war stetes Wasserrauschen zu hören, das jedoch wie von weither klang.

Rifai glitt durch die Öffnung und verschwand in der Dunkelheit. Schnell folgte ihm Gwyn. Erneut waren sie in einem langen, finsteren Gang, der aber trocken war. Der Boden war fest und eben, er bestand aus hartem Lehm, und eine niedrige Decke wölbte sich über ihnen. Gwyn mußte den Kopf einziehen. In dieser gebückten Haltung folgte er dem Blinden, der immer wieder stehenblieb und lauschte. Dann huschte er in geduckter Haltung mit schnellen Sprüngen den Gang hinunter. So folgten sie dem Weg eine ganze Weile, und Gwyn wurde allmählich müde. Das Gehen in der trockenen Luft reizte seinen Hals, die gebückte Haltung ließ seinen Rücken schmerzen, und zugleich mußte er auf das Licht achten, das immer wieder zu verlöschen drohte. Beide Männer schwitzten. Als Gwyn sein Licht einmal näher an das Gesicht des Rifai hielt, sah er, wie auch der Blinde dicke Schweißperlen auf der unversehrten Hälfte seines Gesichts hatte.

»Halt!« befahl Rifai plötzlich.

Das Rauschen von schnell fließendem Wasser war zu hören, dieses Mal lauter und deutlicher als zuvor. Rifai glitt auf den Boden und kroch über die Erde, mit beiden Armen vor sich tastend. Dann spürte er an der Hand plötzlich einen Luftzug. Im Boden vor ihm befand sich ein Loch, gerade groß genug, daß ein Mann darin verschwinden konnte.

Rifai hielt an und wandte sich zu Gwyn um.
»Wir sind da!«
»Wo?«
»Wohin unser Weg uns führt. Kommt her zu mir!«
Gwyn kroch auf dem Bauch zu der Stelle im Boden. Als er sich darüberbeugte, roch es faulig.
»Wo sind wir hier?« wollte Gwyn wissen.
»Wasser«, erklärte Rifai, »von den Färbereien und aus den Gerbereien, aus den Gewölben der Schlachter, dazu das schlechte Wasser aus dem Palast.«
»Da sollen wir hinunter?« fragte Gwyn zweifelnd.
Rifai nickte.
»Hierher kommt niemand. Ihr laßt Euch als erster hinunter. Wenn Ihr Wasser an Euren Füßen spürt, laßt Ihr einfach los. Ihr werdet nicht versinken. Das Wasser geht Euch nur bis zu den Knien. Folgt immer der Richtung, in der es fließt.«
»Und Ihr, wo seid Ihr?«
»Ich bin hinter Euch.«
Gwyn zweifelte insgeheim an diesem Plan.
»Wohin führt das Wasser?«
»In die Sümpfe. Dort werden wir sicher sein. Nun geht!« drängte ihn Rifai.
Gwyn versuchte, im Gesicht des Sklaven irgendeine Regung zu erkennen. Aber warum sollte er Rifai ausgerechnet jetzt nicht vertrauen?
Er ließ seinen Bogen neben dem Loch liegen und band den Köcher mit den Pfeilen und seinen Reisesack fester um. Dann hob er seinen langen Burnus so hoch wie nur möglich und knotete das Gewand dann fest.
Rifai reichte ihm die Hand. Gwyn griff danach und spürte den festen Händedruck des blinden Gefährten. Da ließ er

sich, die Füße zuerst, hinunter in das finstere Loch gleiten. Erde und Sand lösten sich und rieselten herab, während er nach unten rutschte. Und auf einmal hingen seine Füße und gleich darauf sein ganzer Leib im Freien.
Seine Fußspitzen aber spürten die Nässe.
»Laßt los!« rief Gwyn, denn sein Arm begann zu schmerzen, und da ließ der Blinde los.
Gwyn fiel nicht weit. Sogleich kam er in dem etwa knietiefen Wasser zum Stehen. Der Boden war fest, aber schlüpfrig. Das Wasser ringsum glitt langsam dahin, und dann roch Gwyn den fauligen Gestank. Er wagte kaum zu atmen, bog den Kopf in den Nacken und rief in die Dunkelheit hinauf.
»Ich bin unten!«
»Allah ist groß!« hörte er Rifai rufen. »Euer Bogen, Gwyn!«
Es war das erste Mal, daß der blinde Sklave den Faber mit seinem Namen ansprach. In dem fahlen Zwielicht sah Gwyn seine Waffe aus dem Loch in der Decke ragen. Der Blinde hatte die Fackel mit einem Fetzen Stoff daran festgemacht. Gwyn griff danach und nahm sie behutsam an sich. Er sah sich um. Am Rand der wasserdurchspülten, schmalen Rinne gab es eine trockene und ebene Stelle. Dorthin lehnte er den Langbogen und watete dann zurück zu dem Loch in der Decke.
»Rifai!« rief er halblaut hinauf.
Keine Antwort.
»Rifai!« rief er erneut, diesmal etwas lauter.
Aber es blieb still. Gwyn lauschte angestrengt, doch er konnte nichts hören. Nur das Wasser, das leise um seine Beine floß und manchmal an das Ufer plätscherte und dann einen klatschenden Laut ergab, der hier in diesem gut mannshohen Gang düster klang. Und er hörte das Quieken der

zahllosen Ratten, für die solche Orte ein sicherer Hort sind. Als er noch einmal rufen wollte, rieselte ein wenig Erde und Sand aus dem Loch auf ihn hernieder.

»Rifai, ich steh hier. Ich halt Euch!« rief er hinauf.

»Herr Carlisle ...«, klang Rifais Stimme aus der Finsternis.

»Ja, nun kommt endlich.«

»Herr Carlisle, ich ... ich komme nicht mit Euch ...«

»Was redet Ihr da?«

»Ich komme nicht mit Euch.«

Gwyn glaubte für einen Moment, sich verhört zu haben.

»Aber Rifai ...«

»Oh, wie süß mein Name aus Eurem Munde klingt, Gwyn Carlisle, Goldschmied aus einem Land weit hinter der Wüste.«

»Rifai, dies ist kein Ort für solche Gedanken. Hier stinkt es wie in der Hölle! Kommt endlich!«

»Geht den Weg, wie ich ihn Euch beschrieben habe, und Ihr gelangt hinaus, weit vor die Stadt. Dort beginnen die Sümpfe. Man wird Euch helfen. Denn ich komme nicht mit Euch.«

»Was soll das Rifai, warum nicht?«

»Gwyn, lebt wohl! Allah schütze Euch!«

»Rifai! Rifai!«

Aber da war nichts mehr, kein Laut und kein Wort.

Gwyn leuchtete mit seiner Fackel hinauf in das dunkle Loch in der Decke.

»Rifai ...!«

Es blieb still.

So sehr Gwyn auch nach dem Gefährten rief, er erhielt keine Antwort mehr. Gwyn stand in dem knietiefen Wasser, das sich stinkend und träge an seinen Beinen vorbei in die Finsternis schob. Der Gestank in der engen Wasserröhre war entsetzlich. Sein Licht, eine Fackel, würde nicht mehr lange brennen. Der Versuch, in das Loch über ihm in der Decke zurückzuklettern, war aussichtslos. Die Öffnung lag zu hoch und in dem winzigen Lichtschein ließ sich nichts erkennen, worauf er, einer Leiter gleich, hätte steigen können. Verwirrt beschloß er, den Worten des Blinden zu folgen. Er griff nach seinem Bogen und machte sich auf den Weg, nicht ohne noch ein-, zweimal anzuhalten und zu lauschen. Noch immer hoffte er, Rifai würde ihm doch folgen. Aber es blieb still, nur das stete Rauschen des schmutzigen Wassers war zu hören. So watete Gwyn los. Der Marsch kam ihm endlos vor, und die Dunkelheit ringsum, nur unterbrochen von dem kleinen Lichtschein seiner Fackel, ließ ihn schaudern. Das Wasser wurde allmählich tiefer und das Gehen schwieriger. Er hoffte inständig, nicht in der dunklen, schmutzigen Brühe schwimmen zu müssen. Allein der Gedanke bereitete ihm Ekel. Dann watete er bis zur Brust im Wasser, und nach einer Weile sank der Wasserspiegel wieder etwas, bis das Wasser in kleineren Löchern seitlich in der Wand verschwand. Jetzt war es nur ein dünnes Rinnsal auf dem glitschigen Boden. Danach staute sich das Wasser an anderen Stellen, und einmal lag mitten auf seinem Weg etwas in dem dunklen Wasser. Als Gwyn leuchtete, glaubte er die Reste eines Leibes, von der Größe her wohl eines Kindes, zu sehen, aber er war sich nicht sicher. Nur der Gestank, der von diesem Etwas ausging, und ein paar große Ratten, die ihn in dem fahlen Licht mit ihren kleinen knopfähnlichen Augen musterten, trieben ihn rasch weiter. So stieg er darüber, mit einer Hand sein langes Kopftuch vor den Mund pressend, mit der anderen Hand die Fackel umklammernd. Er beeilte sich, schneller zu gehen, denn sein kleines Licht drohte jeden Moment gänzlich zu verlöschen. Die Vorstellung, in dieser engen Röhre in der Dunkelheit weiterwaten zu müssen, ließ ihn erschauern. Aber je schneller er durch das brackige Wasser ging, um so endloser erschien ihm der Weg. Er vermochte kaum noch zu atmen. Der faulige, schwere Gestank, der aus dem Wasser aufstieg, bereitete ihm Schmerzen und ließ jeden Atemzug zur Überwindung werden. Er hoffte, bald auf das Ende dieses Schachtes zu stoßen. Eine kleine Ewigkeit später schien er es geschafft zu haben. Der Gang öffnete sich auf einmal, und über ihm erschien der sternklare Nachthimmel. Gwyn nahm das Tuch von seinem Mund und sog gierig die kühle klare Nachtluft ein. Es war eine Wohltat für seine Nase wie für seine Lungen. Aber der Weg aus diesem Wasser war nach wie vor unmöglich. Links und rechts hielten noch immer gemauerte, glatte Wände das Wasser in der Rinne und zwangen den Goldschmied, weiter durch das allmählich tiefer werdende Wasser zu waten. Die stinkende Brühe reichte ihm nun erneut bis fast an die Brust.

Mit einem Mal, das Licht seiner Fackel war soeben erloschen, war die Rinne zu Ende, die Mauern links und rechts verfallen. Er sah niedriges Gebüsch, und er roch frisches Wasser, und dann war der Kanal gänzlich zu Ende, und das übelriechende Wasser ergoß sich in einem kräftigen Schwall in einen breiten Fluß. Gwyn kletterte am Rand zwischen den zerborstenen Ziegelwänden hinauf und gelangte dort zu einer Böschung. Er richtete sich nicht auf, wußte er doch nicht, wo genau er sich befand. Er kroch zu

einem größeren Felsblock, und erst von dort aus blickte er sich um.
Vor ihm lag ein breiter Flußlauf, an dessen Ufer ein dunkles Meer dicht wogendes Schilf wuchs. Nur dort, wo das stinkende Wasser aus Bagdad aus dem Kanal in den Fluß stürzte, wuchs nichts. Es war still ringsum. In der Ferne erkannte er einen dunklen Streifen, wohl Wald oder Palmenhaine. Die Gegend ringsum war einsam, und weit und breit war kein Anzeichen einer menschlichen Seele zu erkennen. Er sah kein Licht eines fernen Herdfeuers, und er hörte auch keine Ziegen oder Schafe. So beschloß Gwyn, den Rest der Nacht hier zu verbringen. So gut es ging, wickelte er sich in sein langes Gewand. Seine Kleidung stank entsetzlich, aber er war zu müde, um sich daran zu stören. Und so schlief er ein.

Als er erwachte, kreisten Vögel über seinem Kopf. Es mußte noch früh am Tag sein, denn die Sonne war noch nicht richtig aufgegangen und ein Teil der Vögel saß noch in den umliegenden Bäumen und lärmte dort. Gwyn setzte sich auf. Ringsum lag überall Geröll, dazwischen Spuren von Mauern, Reste von niedrigen Gebäuden, die aber wohl bereits seit langer Zeit verlassen waren. Alles wirkte einsam, und die Mauern ringsum waren verfallen. Er war allein. Als er seine Kleidung betrachtete, gefiel er sich selbst nicht mehr. Bis zur Brust hinauf war sein Gewand mit einem dicken braungrünen Schlamm bedeckt, der an manchen Stellen noch feucht glänzte. Gwyn riß sich das Gewand vom Leib, bis er splitternackt war. Dann raffte er alles zu einem Bündel zusammen, nahm seinen Reisesack und seinen Bogen und klet-

terte zwischen dem im dunklen Schatten liegenden Geröll hinunter zum Fluß.
An dem breiten Strom entlangzugehen, war nicht möglich, da an dieser Seite das Schilf bis weit in das Land hineinwuchs. Jetzt bei Tagesanbruch erkannte Gwyn im fernen Dunst das Glitzern der Dächer von Bagdad. Da mußte er doch staunen. Er war ein schönes Stück weg von der Stadt, und die Vorstellung, die Strecke in dieser endlosen Nacht zusammen mit dem blinden Rifai gegangen zu sein, überraschte ihn.
Rifai ...
Aber von dem blinden Sklaven fehlte jede Spur.
Gwyn watete in den Fluß, und das kühle Wasser weckte seine Lebensgeister. Er beschloß, eine Weile durch das Wasser zu waten, wenigstens so lange, bis er zu einer Stelle kam, wo er ans Ufer gelangen konnte. Doch so sehr er auch Ausschau hielt, nirgends war das Schilf so durchlässig, daß er an das ferne Ufer gelangen konnte. Es fror ihn allmählich. Mehr als einmal überlegte er, ob er nicht an das gegenüberliegende Ufer schwimmen sollte. Aber als wenig später die Sonne endlich aufging, sah er deutlich, wie breit und reißend der Strom hier war. Auf der anderen Seite war das Schilf kaum zu sehen, dafür war die Gegend flach. Wie leicht konnte man ihn da entdecken. So blieb er auf dieser Seite des Flusses.
Endlich, als er schon nicht mehr daran glaubte, wich der breite, dichte Schilfgürtel zurück, und an einer Stelle konnte er eine lange, flache Sandbank erkennen, auf der Vögel eifrig nach Nahrung pickten. Gwyn watete vorsichtig darauf zu und mußte die letzten Meter sogar schwimmen, denn der Boden unter ihm gab jäh nach und das Wasser wurde tief. Ein wenig unbeholfen paddelte er durchs Wasser, seinen Rei-

sesack mit den Pfeilen und den Bogen über dem Kopf haltend. Der Fluß war hier klar und sauber. Gwyn legte seine Ausrüstung auf den Sand, warf seine Kleidung ins Wasser und beschwerte sie sogleich mit großen Steinen.

Dann begann er sich selbst von oben bis unten zu waschen, rieb sich sein Haar mit dem Rest der Asche ein, die noch an dem kurzen Fackelstiel haftete, und spülte dann das Haar in dem klaren Wasser aus. Allmählich glaubte er, den üblen Geruch losgeworden zu sein, den er immer noch zu riechen sich einbildete. Ihm war bewußt, daß er durch die Kloake von Bagdad gewandert war und daß er diesen Weg nie wieder gehen wollte. Allmählich verflüchtigte sich der Geruch, und die Sonne war heiß genug, um seinen ausgekühlten Körper mit ihren Strahlen wieder aufzuwärmen. Seine Kleidung schrubbte er nun Stück für Stück, und an der Stelle, wo er seine Sachen gewaschen hatte, war das Wasser noch eine Zeitlang trüb.

Als seine Kleider wieder jenes feine Weiß hatten, breitete er seinen Burnus, sein Beinkleid und sein Unterzeug, seine Dschellabar und seinen breiten Gürtel auf dem trockenen, heißen Sand aus, bald würde die Sonne den Stoff getrocknet haben. Gwyn streckte sich am Ufer aus.

Doch bald begannen sich Fliegen und Mücken, deren Heimstatt die endlosen Sümpfe waren, auf ihm niederzulassen und ihn zu quälen. Und noch ehe die Sonne ihn ganz getrocknet hatte, zog sich Gwyn seine noch feuchte Kleidung über und bahnte sich einen Weg durch das mannshohe, dichte Schilf.

Das endlos scheinende Schilfmeer war lichter und lichter geworden, bis Gwyn das trockene Ufer erkennen konnte. Das Land war flach, und er wanderte über dicht bepflanzte Äcker. Mehr als einmal mußte er sich vor pflügenden Bauern und ihren Knechten verstecken. So marschierte er den ganzen Tag. Gegen Abend begann erneut die Wüste. Es war steinig ringsum, und dazwischen erhoben sich felsübersäte Hügel. Zwischen den Felsen fand Gwyn eine geschützte Stelle, und obwohl er hungrig war, überfiel ihn Müdigkeit. Er wickelte sich in sein Gewand und schlief sogleich tief ein.
Er erwachte, als der frische Duft von heißem Tee in seine Nase stieg. Als er aufsah, saß zwei Schritte neben ihm ein Mann.
»*Salam!*« grüßte Gwyn höflich und zugleich mißtrauisch. Der Mann grüßte zurück, und Gwyn wußte sogleich, wer der frühe Besucher war.
»Fennek!« sagte Gwyn überrascht. »Was tust du hier?«
»Trink Tee und iß«, forderte ihn der Berber auf.
»Und was geschieht dann?«
»Komm mit uns«, verlangte Fennek.
Als Gwyn sich erhob, sah er Bracko, der die Gegend wachsam beobachtete.
Gwyn – hungrig, zerstochen von den Insekten und zugleich neugierig – tat, wie der Berber ihn geheißen hatte. Sie reisten den ganzen Tag über, und nur einmal gegen Mittag hielten sie für mehrere Stunden an, da die Hitze des Tages zu groß war. Später zogen sie weiter über eine endlos glatte Ebene, die sich mit hügeligem Land abwechselte. Die Landschaft war öde und einsam. Nur manchmal zeigten ausgetretene Pfade, daß hier Nomaden mit ihren Schaf- und Ziegenherden durch

die heiße Einöde zogen. Mehrere Male wollte Gwyn wissen, wohin sie gingen, aber die Söldner blieben stumm. Fennek führte sie, und Bracko verschwand immer wieder, um zurückzubleiben und zu lauschen. So zogen sie in ein einsames, unwirtliches Gebiet.

Gwyn hatte keinen Moment lang so etwas wie Furcht verspürt. Nun erschien es ihm fast selbstverständlich, daß ein Teil von Yusufs Männern am Rande des mächtigen Schilfmeeres auf ihn gewartet hatte. Er wunderte sich nicht, daß sie ihn gefunden hatten. Es wunderte ihn auch nicht, daß sie wußten, daß er an dieser Stelle des Flusses in das Innere des Landes gehen würde. Nein, längst wunderte er sich über gar nichts mehr. Die Ereignisse in Bagdad waren plötzlich weit fort. Nur an Rifai mußte er denken, und so etwas wie Wehmut befiel ihn. Warum war der Blinde nicht mit ihm gekommen? Statt dessen hatte er Gwyn zur Flucht verholfen und einen Gefährten und Sehenden aufgegeben.

Gwyn schmerzte sein Hinterteil. Er war das Reiten nicht gewöhnt, erst recht nicht über eine so lange Wegstrecke. Aber er wagte nicht, Fennek zu bitten, wenigstens ein Mal anzuhalten.

Ihr Weg führte sie nun durch eine hügelige, karstige Landschaft, die erst allmählich etwas grüner und einladender wurde. Und immer wieder mußte man die Pferde antreiben, denn zu gerne wären sie stehen geblieben, um von dem frischen Gras zu fressen. Am Spätnachmittag erreichten sie einen lieblichen Talgrund, grün und voller niedriger Hecken und Büsche. Hier wuchsen Bäume, und es gab Wasser, das in kleinen Bächen zwischen den Steinen dahinplätscherte. Fennek ließ halten, um die Pferde zu tränken. Und auch die Reiter tranken von dem frischen, klaren Wasser.

»Fennek, wohin reiten wir?«
Der Berber gab keine Antwort, sondern befahl den erneuten Aufbruch. So ritten sie noch etwa eine Stunde.

Das Lager mit den wenigen Zelten stand zwischen den spärlichen Resten von Steinen, die vor langer Zeit einmal Mauern gewesen sein mußten. Nur an wenigen Stellen war der Boden eben, und dort hatten die Männer die Zelte errichtet. Dazwischen floß das Wasser zahlreicher Quellen und sorgte für üppiges Grün ringsum, aber nur so lange, bis das Wasser im Erdboden der karstigen Wüste verschwand. Dann wurde der Boden nach wenigen Dutzend Schritten wieder trocken und staubig.
Das größte Zelt stand ein wenig erhaben. Es war prächtig anzusehen, das Zelt des Yusuf ibn al-Mansur. Als die Männer heranritten, schlugen die Anwesenden mit den Fäusten auf ihre Schilde. Fennek und Bracko antworteten auf dieselbe Art und behielten dies bei, bis der kleine Zug vor dem Zelt des Yusuf angekommen war. Dort hielten sie an, und Fennek sprang aus dem Sattel. Yusuf saß entspannt unter einem hellen Baldachin, der ihm Schatten spendete, vor seinem Zelt. Neben ihm lag ein herrliches Seidentuch in grüner Farbe, und darauf lag sein Scimitar, das prächtig verzierte Schwert des Arabers.
Bracko sprang von seinem Pferd und grüßte Yusuf. Der erwiderte den Gruß freundlich, dann beugte er den Kopf, was zu bedeuten schien, daß sich der Mann zurückziehen konnte. Als alle bis auf Gwyn in ihren Zelten verschwunden waren, bat Yusuf Gwyn, näher zu treten.
»Salam, Goldschmied! *Salam!«*

»Salam!« grüßte Gwyn reserviert.
Der Araber winkte ihm, näher zu kommen.
»Bitte, seid mein Gast!«
Gwyn beschloß, dem Wunsch nachzukommen. So würde er am ehesten erfahren, was dieses seltsame Spiel bedeuten sollte. Er setzte sich. Yusuf lächelte zufrieden, aber Gwyn hatte keinen Grund, den Araber zu schätzen. Er hatte noch weniger Grund, ihn als liebenswerten Gastgeber zu schätzen. Nicht nach all dem, was passiert war und woran nur er allein, Yusuf ibn al-Mansur, die Schuld trug. Aber so sehr er sich bemühte, Gefühle wie Zorn oder gar Haß wollten sich selbst jetzt, im Angesicht des Arabers, nicht einstellen.
»Trinkt Ihr mit mir Tee?« fragte Yusuf sanft.
Nun mußte Gwyn bei allem Groll doch ein wenig lächeln. Welche Erinnerungen an vergangene Tage ihm bei dieser Frage wieder kamen! Der Krak des Chevaliers, Thassos, die Ritter um den Mann aus Chur, Gerwulf und sein tapferer, zugleich doch aussichtsloser, letzter Kampf.
Wie weit lag dies alles zurück, und wie nah war es noch in seinen Erinnerungen.
»Ja, Yusuf«, antwortete Gwyn höflich.
Der Araber begann mit der vertrauten Zeremonie. Als beide Becher gefüllt waren, reichte er Gwyn einen davon. Er schien sich an Gwyns Äußerem nicht zu stören, nicht daran, daß Gwyn schwitzte und sein Gewand verstaubt war.
Dann tranken sie beide schweigend ihren Tee. Es war Gwyn, der zuerst eine Frage stellte.
»Warum bin ich hier?«
»Weil es ein schöner Ort ist«, entgegnete Yusuf sanft.
Er deutete mit der Hand ringsum.
»Niemand stört uns hier. Es ist wie unser Zuhause.«

»Warum …«
»Bitte, haltet ein mit Euren Fragen!« entgegnete der Araber sanft, »bevor ich Euch antworte, trinkt noch etwas Tee mit mir.«
Gwyn schwieg und ließ es sich gefallen, daß ihm der Araber erneut Tee in seinen Becher goß. Wieder tranken beide mit winzigen Schlucken.
Und auf einmal begann der stolze Araber vor ihm in englischen, klaren Worten ein Gedicht zu rezitieren.
»Wenn der Aprilmond sanften Regen bringt, der Märzendürre an die Wurzeln dringt und jede Ader mit solch Kräften schwellt …«
»Daß diese Kraft erzeugt die Blumenwelt …«, antwortete Gwyn ehrfürchtig.
Dann schwieg er. Erstaunt blickte er Yusuf an und entdeckte etwas völlig Neues in den Augen des Mannes: ein Aufblitzen, vergnügt und von leisem Schalk.
»Yusuf, woher kennt Ihr diese Worte?«
»Man lehrte sie mich!« lachte er fröhlich.
»Wer tat dies?«
Yusuf lachte zufrieden, und sein Lachen war angenehm und gar nicht wie sonst von jenem spöttischen Unterton.
Dann beugte er sich ein wenig nach vorn und sprach leise weiter.
»Gwyn, ich wollt, ich könnte dies alles einmal sehen. Den Regen im April, und wie er auf ein Land fällt, das überall grün ist, satt und grün. So muß das Paradies sein.«
»Woher kennt Ihr diese Worte?« drängte Gwyn erneut.
»Von ihr. Sie sagte, daß Ihr sie einst gesagt habt und daß sie diese Worte nie vergessen hat.«
»Agnes«, hauchte Gwyn.

Yusuf nickte nur und fuhr sachte mit seiner Fingerspitze über seine Lippen und dann, so als täte er es in Gedanken, berührte derselbe Finger den Rand des Bechers, aus dem Gwyn soeben getrunken hatte. Dann deutete Yusuf auf ein Zelt, das zwischen den Felsen, umgeben von schattigen Bäumen, etwas weiter von ihnen entfernt stand. Auf einmal lächelte er leise.

Gwyn spürte ein Brausen im Kopf und wie ihm zugleich schwindlig wurde, denn er verstand. Und er verstand noch mehr, als Yusuf weitersprach.

»Wenn lust'ge Melodie das Vöglein macht, das offenen Auges schläft die ganze Nacht ...«

Da sprang Gwyn auf, und er rannte los in die Richtung, die ihm der Muslim soeben gewiesen hatte.

Als er das Zelt erreicht hatte, blieb er am Eingang stehen. Da war ein hölzerner Pfosten, der den Eingang abstützte. Es war nichts zu sehen und nichts zu hören, nur das Murmeln der vielen kleinen Rinnsale klaren Wassers ringsum, das leise Rauschen des Windes in den Baumkronen und das Zirpen der Grillen in dem hohen Gras waren Geräusch.

Da begann Gwyn zu sprechen:

»Dann treibt das Volk die Wallfahrtslust und Pilger, fortzuziehn zu fremdem Strande«.

Es antwortete eine sanfte weibliche Stimme:

»Zu fernen Heil'gen, kund in manchem Lande.«

Gwyn trat in das Zelt. Da saß Agnes und lächelte ihn an. In diesem Augenblick wußte er, daß er wieder heimgekommen war.

Er saß da und beobachtete sie. Er wußte, dies könnte er stundenlang tun, ihr zusehen, wie sie ihr herrliches rotes Haar bürstete, bis es glänzte und wie ein kupferner Strom über ihren Nacken fiel bis zur Taille.
Sie erzählten sich viel, so viel. Aber immer öfter schwiegen sie, und nur ihre Augen erzählten weiter von all den Irrtümern und all dem nicht Gesagten, von alldem, was geschehen war und über das nun das erste Mal gesprochen wurde.
»Agnes?«
»Ja, Lieber?«
Er mußte lachen.
»Sag noch einmal, was du soeben gesagt hast.«
Jetzt lachte sie leise. Wie lang hatte er dieses Lachen nicht mehr gehört? Wie lange war es her, daß ihn diese Frau so genannt hatte?
»Was habe ich gesagt, daß du lachen mußt?« fragte sie ihn, und ihre Augen blitzten glücklich.
»Lieber. Sag es noch einmal!« bat er sie.
Statt es zu tun, lachte sie ihr schönes Lachen, und Gwyn lauschte.
»Lieber.«
Er setzte sich neben sie, nahm ihr den Kamm aus den Händen und küßte sie erst auf die Stirn und dann sanft auf die Augenlider. Da ergriff sie seine Hand und hielt sie fest, und die andere Hand zog ihn an sich. Und so saßen sie, wie in den letzten Tagen oft, vor dem Zelt und sahen über das Land, dorthin, wo nach dem Wissen der Söldner das Meer lag.
Dann erzählte Agnes von zu Hause, von Bath. Von ihrem Sohn Peter, von dem Entschluß, Buße für ihre große Schuld zu tun. Daher kam ihr Entschluß, Britannien zu verlassen,

um eine Pilgerfahrt in das Heilige Land zu machen. Immer, wenn Agnes erzählte, erschienen in Gwyns Gedanken die Bilder von den grünen Hügeln der Midlands, den leisen Flüssen und den langen Hecken, den sanften Wiesen Britanniens, auf denen Schafe weideten, und vom Himmel und vom Regen, von der Sonne und von den kühlen Wäldern. Es war so lange her, daß Gwyn manchmal glaubte, sich nur mit einiger Anstrengung an die Zeit in seiner Heimat erinnern zu können. Fast drei Jahre waren vergangen, seit er in jener Nacht sein stattliches Haus in Bath verlassen hatte. Eine lange Zeit, in der er das warme Lager gegen kalte Nächte getauscht, die Worte seiner Frau nicht mehr gehört hatte. Ruhelos war sein Leben seitdem verlaufen, und es hatte ihn kreuz und quer durch das ganze Abendland, bis hierher an die Grenzen des Bekannten geführt. Die Berge weit in der Ferne waren in diesen Tagen zu sehen. Im Dunst dahinter lag Indien, das geheimnisvolle Land. Aus Erzählungen wußte er, daß es kaum ein Dutzend Christen gab, die so weit gekommen waren.

Und nun lag Gwyn in diesem Zelt auf einer weichen Bettstatt und betrachtete seine schlafende Frau. Sie hatten einander festgehalten über lange Zeit hinweg. Und es wäre Gwyn einerlei gewesen, hätte er sie nie mehr loslassen müssen und für immer an sich pressen können. Sie ertranken beide in der Nähe zueinander.

Gwyn glaubte in diesen Tagen, alle Schuld müßte von ihnen gegangen sein. Sie waren nach all der Zeit der Trennung und der Entbehrung frei für einen neuen, gemeinsamen Anfang. Jene Schuld, die sie beide auf sich geladen hatten, um einer Liebe zu folgen, die nicht recht war. Denn als Gwyn um Agnes gefreit hatte, war sie das Weib eines anderen gewesen, seines Brotherrn Randolph Borden, eines starken und stolzen Goldschmiedemeisters. Er lebte nicht mehr, und ihre Hochzeit kurz darauf, Gwyns Ernennung zum Meister und das baldige Hoffen auf Agnes' Niederkunft hätten damals für ein Glück vollauf gereicht. Aber da war noch dieses Geständnis, das Gwyn von Agnes fortgetrieben hatte, weil er glaubte, diese Sünde müßte sie beide zerdrücken und alles zerstören, was einmal so süß und gemeinsam begonnen hatte. Und jetzt war alles nur noch Erinnerung.

Es war lange her, daß sie beide sich so zufrieden und glücklich gefühlt hatten wie in diesen Stunden.

Mit wenigen leisen Worten hatte ihm Agnes erzählt, daß Yusuf sie mit seinen Söldnern aus den Händen der Wachen des Buchtar befreit hatte. Hier hatte sie auf Gwyn gewartet, denn auch die Flucht des Goldschmiedes war Teil des Planes, den der stolze Anführer dieser seltsamen Schar ausgeheckt hatte.

So lebten sie in dem grünen Tal, in dem großen Zelt, umsorgt und beschützt und zugleich allein, um Zeit zu haben, sich an alles zu erinnern, was sie einst glücklich vereint hatte.

Sie brachen auf, um durch die arabische Wüste zurück an die Küste des Mittelmeeres zu reisen. Yusuf ibn al-Mansur wollte sie mit seinen Männern auf dem schnellsten Weg durch die Wüste zurück in das Königreich Jerusalem führen. Der Weg vor ihnen war weit und gefährlich. Ob sie der Sultan verfolgen lassen würde, war ungewiß. Daß Gwyn unter seinem persönlichen Schutz reiste, war ihm versprochen worden, zudem schützte ihn das *Papier*. Yusuf und seine kampferprobten Söldner anzugreifen, würde der Herrscher nicht wagen. Denn er brauchte sie, diese freien Nomaden der Wüste,

obwohl der Erhabene selbst nicht davon überzeugt war, in Yusuf einen edlen *Scheich* vor sich zu haben, sondern eher einen Räuber.
Das Land war nicht ruhig, und es herrschte kein Frieden. Nach wie vor führten Ejubiten und Sassiniden, Fatimiden und kleinere, wenig bekannte Stämme Krieg gegeneinander. Das Recht sprach der Emir der jeweiligen Provinz, aber er sprach es nur dort, wo er der Urheber und Verursacher habhaft werden konnte, denn das Land war weit, und die Wüste verbarg diese Männer.
So reisten sie quer durch die Wüste.
Sie ruhten nachts unter einem mächtigen Sternenhimmel. Bei Tag folgten sie dem Stand der Sonne. Bald nahm auch Agnes, wie bereits Gwyn bei seiner Reise mit Hassan Il Sharif, die Gewohnheiten der Nomaden an. So begann ihr Marsch am frühen Morgen und endete, wenn am späten Vormittag die Hitze am größten wurde. Dann schlugen sie die Zelte auf, um in ihren Schatten zu sitzen und sich auszuruhen. Erst am Nachmittag, wenn erste Schatten die Sandtäler erklommen, wanderten sie weiter. Sie hatten nur wenige Kamele dabei, und auf den kräftigsten Tieren reisten Agnes und Gwyn, die Söldner folgten. An der Spitze ritt Yusuf. Der Weg war beschwerlich, und jeden Tag hofften sie, soviel von ihrer Wegstrecke durchmessen zu haben wie nur möglich. Seitdem er Gwyn das Gedicht gesagt hatte, war Yusuf ibn al-Mansur nicht mehr zu ihm gekommen.
Es war der sechste Tag in der Wüste, als Agnes krank wurde. Sie bekam Fieber. Es stieg ständig, und bald war sie so schwach, daß sie sich kaum in ihrer Sänfte halten konnte. Gwyn war bei ihr, gab ihr zu trinken, sorgte für Schatten und pflegte sie, aber das Fieber wollte nicht weichen.

Die Söldner saßen in dem großen Zelt um das Feuer. Fennek war nicht bei ihnen. Er und ein weiterer Mann hielten Wache über die Gruppe.

So sprach der blonde William aus der Picardie als erster.

»Die edle Frau Agnes hat das Fieber.«

Die Männer nickten stumm. Keiner sagte etwas. Sie saßen nur im Kreis und tranken ihren Tee. So wie sie es all die Zeit jeden Abend getan hatten, seitdem sie als verschworene Gruppe durch das riesige Land reisten.

»Muß ein schweres Fieber sein, es will nicht weichen«, fuhr er fort.

»Der Herr sagt, wir müssen schneller reisen«, entgegnete Babu, der dunkelhäutige Nubier, ein Mann, der sonst nie viel sprach, »zu einem Ort, wo es frisches Wasser und weißes Fleisch gibt. Dort kann sie gesund werden.«

»Die Tiere halten nicht mehr lange aus«, bemerkte Darius, ein Byzantiner, der als Schwertkämpfer einen legendären Ruf genoß.

»In Israa gibt's einen Medicus«, entgegnete Bracko.

Die übrigen Gefährten sahen ihn an.

»Woher weißt du das?« wollte William wissen.

»Sind oft Ärzte aus Byzanz, die dort auf die Karawanen nach Isfahan warten.«

»Aber woher weißt du das?« fragte William noch immer zweifelnd.

»Mich hat ein solcher Byzantiner mal zusammengeflickt, als mich Sklavenhalter bis aufs Blut gepeitscht haben«, grunzte Bracko vergnügt.

Dann trank er einen Schluck aus seinem Becher und schlürfte dabei laut.

»Byzanz! Oh, du wundervoller Ort der Weisheit und der

Freude. Und deine Bewohner sind weise und wissend«, entgegnete Darius stolz.
»Ach, halt dein Maul«, erwiderte William grob.
Bevor der gekränkte Byzantiner ihm ebenfalls eine Grobheit sagen konnte, sprach der Franke bereits weiter.
»Israa ist ein Nest voller Ratten und Läuse, und die Weiber dort sind so häßlich, daß ihre Männer sie verstecken, aus Angst, niemand mache mehr halt an diesem Ort.«
»Du weißt ja gut, worauf man dort achten muß, Blondhaar«, sagte Darius spöttisch.
Die Männer lachten leise. Williams heftiger Ausbruch schien nicht von langer Dauer, denn er senkte den Kopf und murmelte, gerade so laut, daß ihn die übrigen Männer hören und seine Worte verstehen konnten.
»Bis Israa sind es noch viele Tage. Wir müssen durch Geröllwüsten. Von Tag zu Tag werden sie größer. Du hast recht, Darius, die Pferde und die Kamele halten dies nicht mehr lange aus.«
»Gemach, gemach, William!« entgegnete Bracko laut.
»Aber er hat recht. Wir brauchen durch die kranke Frau mehr Zeit«, mischte sich auch Gerenot ein.
Er war noch ein junger Mann, dessen Eltern aus der Gegend um Aachen am Rhein stammten. Aber längst erinnerten nur noch seine blonden Haare an seine Herkunft. Noch ein Kind, reiste er im Troß seines Vaters, eines kleinen Landgrafen, bis Jerusalem.
Sein Vater war in der erbarmungslosen und grausamen Schlacht um die Stadt gefallen. Sein Oheim nahm ihn daraufhin auf und lehrte ihn das Ritterhandwerk. Als er kurz vor seinem Ritterschlag stand, erschlug er im Rausch seinen Gönner, und von diesem Tag an trank er nie wieder. Seitdem

war er unstet und rastlos im Morgenland unterwegs. Seine Heimat am Rhein hatte er nie wiedergesehen.
»Das Wasser wird allmählich knapp, und die Tiere müssen saufen. In Israa gibt es Brunnen«, fügte er hinzu, »und es ist nicht mehr weit bis zur Küste.«
Da schwiegen erneut alle, denn sie wußten, der Mann hatte recht. Schweigend starrten sie in das Feuer.
»Dieses Fieber wird nicht weichen!«
Es war wieder der Nubier, der sprach.
Die Männer sahen erst den Sprecher und dann sich gegenseitig erschrocken an. Niemand von ihnen hätte es gewagt, dies zu sagen. Aber wenn er nun recht hätte? Sie alle fürchteten das starke, unheimliche Fieber, das unvermutet ausbrach und einen Mann töten konnte. Kein Medicus vermochte dagegen etwas zu tun.
»Wenn es ein schweres Fieber ist, muß die Frau zurückbleiben«, sagte William dumpf.
»Der Faber geht nicht ohne sein Weib«, bemerkte Gerenot, und er sprach damit laut aus, was alle dachten.
»Dann muß auch er zurückbleiben«, sagte William düster.
»Sagst du dies unserem Herrn?« fragte Darius, und seine Miene war spöttisch.
Da schwieg der Mann erneut und senkte den Kopf. Niemand in der Runde der gesetzlosen Söldner sprach weiter. Der Respekt und wohl auch so etwas wie Furcht vor ihrem Anführer war größer als die Angst vor einer möglichen Krankheit, die sie alle treffen konnte.
»Unser Herr soll entscheiden!«
Darius sprach nur eine Hoffnung aus. Da sah ihn Bracko an und entgegnete mit lauter Stimme: »Unser Herr *muß* entscheiden!«

»Wenn wir ihn alle bitten, kann er keinem von uns gram sein«, entgegnete William langsam.
Die Söldner nickten ringsum beifällig.
»Wer wird mich begleiten, wenn ich vor ihn hintrete und ihn frage?« wollte William wissen.
Erst zögernd und dann entschlossen, hob einer der Männer nach dem anderen die Hand, um zu zeigen, er sei dazu bereit.
Zuletzt hatten alle Söldner ihre Hand gehoben.

Frau Agnes ist krank, Herr!«
»Bist du nur gekommen, um mir das zu sagen?« fragte Yusuf, und mit keiner Miene verriet der Anführer, daß er bereits genau wußte, was der Grund für den Unmut seiner Männer war.
»Nein, Herr«, entgegnete der Söldner und bemühte sich, mit fester Stimme zu antworten.
»Bist du auf einmal ein Medicus, William, daß du mir dies sagst?«
»Nein, Herr.«
»Dann seid ihr alle etwa heilkundig?«
Die Männer ringsum, die mit William gekommen waren und nun vor ihrem Anführer standen, schüttelten die Köpfe. Immer dann, wenn Yusuf einen von ihnen betrachtete, senkte dieser seinen Kopf und vermied es, seinem Anführer ins Gesicht zu schauen.
»Sprecht, was wollt ihr?« fragte Yusuf.
»Wenn es ein gefährliches Fieber ist, Herr, dann …« begann William.
Er stockte plötzlich in seiner Rede.

»Warum sprichst du nicht weiter, mein treuer William aus der Picardie?« fragte Yusuf sanft.

Der Mann zögerte ein wenig.

»Herr …«

Er atmete schneller und knetete einen Zipfel seines Gewandes, aber er sprach nicht mehr weiter.

»Rede!« befahl ihm Yusuf plötzlich laut.

»Es ist … wir … die edle Frau ist vielleicht sehr krank.«

»Ist es das, was du mir sagen wolltest?«

»Wir sollten weiterziehen, Herr …«

»William!«

»Wohl allein, ist besser so für uns … uns alle«, fügte der Mann hastig hinzu.

»William!«

»Ja, Herr?«

»Du tatest einen Schwur, so wie ihr alle«, sagte Yusuf mit ruhiger Stimme.

»Ja, Herr.«

»Ich bin euer Herz!«

»Ja, Herr, ich hab es nicht vergessen.«

»Du, William, du bist mein Fuß, nicht wahr?«

»Ja, Herr.«

»Was glaubst du? Daß ich auf einen Fuß verzichten könnte?«

»Herr …?«

»Glaubst du dies?«

Auf einmal wurde Yusufs Stimme gefährlich leise, und zugleich von jener Schärfe, die jedem Angst einflößte und ihn auf der Stelle schweigen ließ.

»Glaubst du, ich würde mir nicht sofort meinen Fuß abhacken, eigenhändig, wenn ich wüßte, er wäre faul? Wenn ich wüßte, er würde mir mein Blut vergiften und mein

Fleisch erhitzen, bis es brandig ist und voll Eiter? Denkst du, an einen faulenden Fuß würde ich noch einen Gedanken verschwenden?«

»Herr, ich bitt Euch … o Herr!«

William fiel auf die Knie und beugte den Kopf. Da trat Yusuf an ihm vorbei und vor die Front der übrigen Söldner.

»Ich sage euch allen: Es gilt nur mein Wort, weil es mein Herz sagt. Wer mit meinen Worten und Taten nicht einverstanden ist, der kann gehen. Für immer.«

Die übrigen Söldner standen wie ein Mann vor ihrem Anführer. Yusuf blickte auf sie und wußte um ihre Angst.

»Nun, wie entscheidet ihr euch?«

Da fiel einer nach dem anderen auf die Knie und bat mit leisen Worten um Verzeihung. Zuletzt trat Yusuf neben den Waffenknecht aus der Picardie und legte ihm die Hand auf die Schulter.

»William, du und die Gefährten seid wohl müde. Geht jetzt und träumt von den großen Zeiten der Freude und des Glücks, die noch vor uns liegen. Träumt, daß uns der Himmel weiterhin wohlgesonnen ist. Träumt, welch ein herrliches Leben noch vor uns liegt. Weil ich es euch schenke. Ich, euer Anführer, Yusuf ibn al-Mansur!«

»Verzeiht mir, Herr«, schluchzte William leise.

»Geh, William«, antwortete Yusuf wieder mit seiner sanften, angenehmen Stimme und strich William leicht übers Haar. Und der Waffenknecht aus der Picardie küßte den Saum des Gewandes seines Anführers. Dann erhob er sich, schritt hinunter zu seinem Zelt, und die Männer folgten ihm schweigend.

Nur Yusuf ibn al-Mansur stand lange an der Stelle und blickte ihnen nach. Und er lächelte sein stolzes Lächeln.

Gwyn erwachte, weil Agnes schwer atmend neben ihm lag. Er beugte sich zu ihr und fühlte ihre Stirn und ihre Wangen. Agnes hatte hohes Fieber.

»Agnes«, flüsterte Gwyn voll Sorge.

»Durst, Liebster! Ich hab solchen Durst.«

»Gleich, ich bring dir sogleich Wasser. Hab etwas Geduld.«

Gwyn entzündete eine der kleinen Öllampen, deren milder Schein ihr gemeinsames Lager beleuchtete. Agnes lag schwer atmend auf ihrem Bett, die wenige Kleidung naß und ihr herrliches Haar verklebt von all dem Schweiß. Schweißtropfen waren in ihrem schönen Gesicht zu sehen, und zugleich fieberten ihre Augen und waren von einem unnatürlichen Glanz, der Gwyn angst machte.

Er ging zu einem der großen Tonkrüge, goß einen Becher voll und brachte ihn seiner Frau. In langen, ja gierigen Schlucken trank sie. Er tupfte ihr den Schweiß von der Stirn und aus dem Gesicht, tränkte Tücher, faltete sie und legte sie ihr kühlend auf die Stirn. Er umwickelte ihre Beine mit Tüchern und tränkte diese mit Wasser. Dies alles wußte er noch aus der Zeit, als seine Mutter es bei ihm und seinem Bruder so getan hatte, damals, als sie einmal krank gewesen waren. Um das hohe Fieber zu bekämpfen, wandte Gwyn all diese Mittel wieder an.

Dies tat er unermüdlich die nächsten zwei Tage. Agnes lag in ihrer Sänfte, und manchmal hörte er sie schwer atmen. Fennek kochte immer wieder Tee und brachte Essen und manchmal auch frisches Wasser. Gwyn schöpfte wieder Hoffnung, wenn das Fieber fiel und wenn Agnes erstaunlich frisch wirkte, lachte und ihn tröstete, ihn, der er doch gar nicht krank war! Dann schmiedeten sie Pläne und wußten um die Zeit, die vor ihnen lag in ihrer Heimat, mit ihrem

Sohn Peter und dem Haus und der Werkstatt in Bath. Und ganz Bath sollte wissen, der Faber Gottes ist zurück. Und mit ihm sein Weib, die schöne Agnes Carlisle.

Yusuf hatte befohlen, an diesem Tag zu rasten. Sie mußten einen Tag bleiben und sich ausruhen. Es gab einen Brunnen, und hier hielten sie an und achteten argwöhnisch auf die Gegend ringsum. Die vielen Stämme der *ahl al badija* aus dieser Gegend waren kriegerisch und verteidigten ihre überlieferten Rechte an den Wasserlöchern erbittert.

Lange konnten sie hier nicht bleiben. Der Brunnen war nicht tief, und das Wasser schlammig. Aber wenn sich der Sand gelegt hatte, tranken es die Tiere, und die Menschen konnten es soweit filtern, daß auch sie es trinken konnten.

Sie errichteten ihre Zelte und beobachteten jede verdächtige Regung rings um ihr Lager.

Als Gwyn vom Brunnen zurückkam, standen die Söldner vor seinem Zelt. Sie schwiegen, und ihr Blick war ernst. Da blieb Gwyn stehen. Er wußte um den Unmut der Männer, hierzubleiben, alles wegen seiner kranken Frau, die ihnen mit dem hohen Fieber nur Unglück brachte. Er wußte auch um ihren Aberglauben. Entschlossen trat er näher an das Zelt und wunderte sich über die Ruhe der Männer. Was hatten sie vor?

»Geh nicht hinein«, sagte Yusuf.

»Warum?«

Der Araber schwieg, und als Gwyn Fennek und Bracko ansah, die ebenfalls neben dem Zelt warteten, blickte er in ernste Gesichter.

»Habt noch ein wenig Geduld«, sagte Gwyn fest. Und beschwörend fügte er hinzu: »Sie wird gesund!«

»Sie ist tot!« sagte Yusuf leise.

Gwyn vernahm diese Worte, und er sah auch die Männer, aber er war sich sicher, sie scherzten mit ihm. Ja, es war nur ein Scherz, ein grausamer wohl, aber würde er nicht passen zu diesen rauhen, gesetzlosen Söldnern aus diesem Land? Wohl würde es passen, daß sie über ihn und seine Frau so grausam scherzten.

»Sie ist tot, Gwyn!«

Yusuf trat einen Schritt auf ihn zu.

Da schleuderte Gwyn den Krug voller Wut auf den Boden, und der Ton zersprang in Scherben, und das Wasser färbte den staubigen Boden zu seinen Füßen dunkel wie ein plötzlicher Regen. Es rann in kleinen Rinnsalen zwischen den Steinen und dem Sand dahin.

»Ihr lügt, Muslim! Ihr lügt alle!« schrie er und wollte in das Zelt.

Aber Fennek war schneller. Er und auch Bracko hielten ihn fest. Gwyn wehrte sich, mehr aus Wut darüber, daß sie ihn nicht gehen ließen und ihn mit solcherlei Possen quälten.

Yusuf trat auf ihn zu. Und als Gwyn sein tieftrauriges Gesicht sah, wußte er, daß es so war, wie er gerade gesagt hatte. Agnes war tot.

Yusuf hielt ihn fest. Fennek und Bracko fielen auf die Knie und schwiegen. Die Männer ringsum beugten alle ihre Knie, und Yusuf drückte Gwyn fest an sich.

»Es war Gottes Wille, Gwyn, Gottes Wille!« flüsterte der Muslim.

Und dann weinten sie beide.

Einmal hatte Gwyn in einem Moment, in dem er seltsam wach und bei klarem Verstand gewesen war, Zeit gefunden, zu denken. Nachzudenken darüber, was eigentlich geschehen war. Er wußte nur, daß es Nacht war, denn es war dunkel und still. In dieser Stille vermochte er deutlich Geräusche zu hören: das Zirpen von Grillen, das Rauschen einer Brise in den Bäumen ringsum und das leise Schnauben der Pferde. Er setzte sich auf. Nie war er so verzweifelt und zugleich mutlos gewesen wie in dieser Nacht. Als die Verzweiflung immer größer und immer übermächtiger wurde, kam jenes seltsam eigene Gefühl zu ihm zurück. Dieses Gefühl der Stille, das ihn wie ein antriebsloses und seelenloses Wesen handeln ließ. So lebte Gwyn die Tage, in seinem Zelt sitzend, über die niedrige Hügelkette starrend, ohne eine Regung, ohne Entschluß. Er war nicht krank, und doch war sein Leiden schlimmer, als es eine Krankheit sein kann. Das Herzeleid zerfraß ihm die Seele und war dabei, ihn langsam zu töten.

Yusuf wußte dies, aber der Araber wußte nicht, was er dagegen tun konnte. Niemand von seinen Männern wußte es. Sie waren gleichfalls bedrückt, vermieden jedes laute Wort und jeden Scherz, und niemand lachte, denn es erschien allen als herzlos, angesichts der Tragödie zu lachen.

Die Söldner hatten Agnes am nächsten Morgen beerdigt. Gwyn war dabei gewesen, aber sein Blick war seltsam leer, und niemand wußte zu sagen, ob er überhaupt verstanden hatte, was mit Agnes' sterblicher Hülle geschah. Die Männer hatten sich erst geweigert, den Leichnam der Frau zu berühren, aus Angst, dieses geheimnisvolle Fieber ebenso zu bekommen. Aber als ihr Anführer selbst, mit Hilfe von Fennek, die Frau in ein langes Tuch gehüllt hatte, hatten sie mitgeholfen, ein Grab auszuheben und sie zu bestatten. William, der Mann aus der Picardie, hatte ein kurzes Gebet gesprochen. Die Gefährten waren überrascht darüber gewesen, denn alle hatten geglaubt, William wäre der Gottloseste unter ihnen. Aber als er das Gebet gesprochen hatte, war es angenehm gewesen und viele der christlichen Männer hatten seit langem das erste Mal wieder zu Gott gebetet.

Sie bestatteten Agnes an einer Stelle unweit dort, wo sich Gwyn und Agnes soviel erzählt hatten. Der Platz war umgeben von hohen, alten Bäumen. Als die Söldner dort gestanden und gebetet hatten, hatte sie ihr Blick weit über die Ebene geführt, dahin, wo schon bald wieder die Wüste begann. Es war ein friedlicher Ort. Später hatte Yusuf befohlen, alles zu verbrennen, was ihr gehört hatte. Da hatten sie das Zelt angezündet, und alles war verbrannt: die Teppiche, ihre Bettstatt, all die Schleier und Tücher, all die Kleider und Spangen und Fibeln, die Kämme und Bürsten und ihre kleinen, zierlichen Schuhe.

Von alldem hatte Gwyn nichts mitbekommen.

Die Tage waren für ihn, als ob er sich in einem dichten Nebel befand. Eine Welt, in der er wohl Geräusche und Töne wahrnahm und hörte, wie Menschen miteinander sprachen, aber Sinn und Bedeutung verstand er nicht. Geräusche waren nur laut, Stimmen waren einfach nur Stimmen, Gerüche einfach nur ein Hauch, und Geschmack etwas, was in seinem Mund war und bald wieder verschwand. Der Tod von Agnes hatte ihn bis tief in sein Innerstes getroffen.

Yusuf befahl den Aufbruch. Das Feuer war sicher gesehen worden, denn auch in dieser Gegend war die Wüste nur scheinbar leer und unbewohnt. Sie wollten dem Weg zur Küste weiter folgen. Dadurch hoffte Yusuf, daß sich Gwyn wieder ein wenig erholen würde und aus seiner tiefen Trauer zurück in ihre Welt kehren könnte. Doch er täuschte sich; nichts dergleichen geschah. Zu Fuß schritt der Goldschmied hinter den Männern her, wie ein Gespenst, unfähig, um Wasser zu bitten oder zu essen. So befahl Yusuf Fennek, dem Goldschmied Wasser zu geben und ihn mit Getreidefladen und Datteln zu füttern. Gwyn aber aß nichts, nur Wasser nahm er an, stumm und mit einem leeren, tieftraurigen Blick. Die Männer hofften nun insgeheim darauf, daß Gwyn irgendwann zusammenbrechen würde, wenn sein müder Körper diese Tortur nicht mehr mitmachen wollte. Männer, die in einer Schlacht ein schlimmes Erlebnis gehabt hatten, waren oft sehr seltsam, das wußten die kampfgewohnten Söldner. Aber irgendwann brach so ein Mann zusammen, und dann war es leichter, mit ihm zu sprechen und ihn ruhen zu lassen. Gwyn aber schritt, wie von unsichtbarer Hand geführt, durch die Wüste, unentwegt, Schritt für Schritt, so als gäbe es die glutheiße Sonne nicht, nicht den scharfen Wind, der den Sand über viele Meilen hinweg aufwirbelte und die Männer zum langsamen Marsch zwang, da die Pferde in dem feinen Sand nicht gehen wollten, so, als gäbe es keine Müdigkeit und keine ausgedörrten Kehlen, die gierig nach Wasser verlangten, doch sie mußten sparen, denn Quellen waren spärlich in diesem Teil der Wüste. So marschierten sie zwei Tage lang.

Daß sie die Küste fast erreicht hatten, konnten sie am Sand ringsum erkennen. Der begann von Stunde zu Stunde spärlicher zu werden, und die ersten kleinen, mühsam bestellten Felder tauchten auf. Dies war das Land um Gilead. Hier lebten Fellachen, die trotz der Kargheit Hirse, Bohnen und sogar Obst anbauten. Aber von den Bewohnern der Gegend war niemand zu sehen. Sie hielten sich versteckt angesichts der seltsamen Schar, die zu Pferd aus der Wüste gekommen war und die so schwer bewaffnet war wie sonst nur Truppen des Sultans.

Der Ort war ein namenloses Nest, und außer dem Ortsvorsteher, einem würdigen alten Mann, waren die übrigen Dorfbewohner alles Bauern und Hirten.

»Ahlam wa saghlam«, grüßte der Araber höflich und zugleich ängstlich.

Von solch schwerbewaffneten Kriegern war nie etwas Gutes zu erwarten. Doch die Männer waren nur müde und baten um Obdach und Futter für die Pferde. Yusuf versäumte nicht, dem Dorfältesten zu versichern, daß sie für alles bezahlen würden.

Der Mann führte sie zu einem Palmenhain, in dessen Mitte sich ein Wasserloch befand. Es war groß genug, daß sie alle daraus trinken konnten. Die Männer erfrischten sich, und dann ließen sie ihre Pferde trinken.

»Verzeiht, mächtiger *Scheich*, gestattet mir, eine Frage zu stellen«, bat der Dorfälteste.

»Sprecht, *Saiyid*«, forderte ihn Yusuf höflich auf.

»In Eurer Begleitung ist ein noch junger Mann. Er geht, und Ihr reitet«, bemerkte der Mann.

»Ja«, entgegnete Yusuf knapp.

»Ist er ein Gefangener oder ein Sklave?«

»Nichts von beiden. Warum wollt Ihr dies wissen?« fragte Yusuf.

»Weil er krank ist«, entgegnete der Dorfälteste.

»Krank?«

»Ja. Aber nicht ein Fieber oder ein Gebrechen, für das ein Arzt seine Kunst bemühen müßte. Seine Krankheit ist eine andere.«

»Sprecht weiter ...«
»Er leidet an der Seele. Etwas zerfrißt sein Herz und alles, was einen Menschen am Leben läßt.«
»Was kann man tun?«
»Schnell handeln, sonst ist es schon bald zu spät.«
»Ist diese ... Krankheit gefährlich?«
»Ja, sie tötet einen Menschen.«
»Wenn Ihr uns helfen könnt, dann bitte, tut es, es soll Euer Schaden nicht sein«, bat Yusuf, und seine Stimme hatte nichts mehr von jenem besonderen Stolz.
Der Dorfälteste sah den Araber lange an und entfernte sich dann. Yusuf befahl, an dem Wasserloch die Zelte aufzuschlagen. Wenig später kam der Dorfälteste wieder, und in seiner Begleitung war ein weiterer Mann. Gemeinsam traten sie in das Zelt des Yusuf. Gwyn saß auf dem Boden, den Blick leer in die Ferne gerichtet, stumm.
»Das ist Yamal al-Sar«, sprach der Dorfälteste zu Yusuf gewandt und stellte seinen seltsamen Begleiter vor.
»Er ist ein Heiliger.«
Yusuf nickte nur und bat beide Männer, näher zu treten. Dies taten sie und nahmen vor ihm Platz. Bis auf zwei Männer, die als Wachtposten das Lager beschützten, waren alle übrigen Söldner im Zelt ihres Anführers anwesend. Sie alle blickten mit großer Verwunderung auf den Heiligen. Er war sehr alt, von großer Gestalt, und ein dichtes Geflecht von Falten überzog sein Gesicht und seine Hände. Er trug ein Tuch auf seinem Kopf und einen langen Burnus.
»Seid gegrüßt, heiliger Mann«, sagte Yusuf.
Er bemühte sich, höflich zu sein, auch wenn er nicht viel von diesen heiligen Männern hielt. Er mißtraute ihnen, weil sie sich oft genug als Scharlatane und gewöhnliche Betrüger er-

wiesen. Andererseits, in einer Welt, in der dem Aberglauben trotz der Lehre des Propheten noch immer gefolgt wurde, konnte sich auch Yusuf ibn al-Mansur dem nicht gänzlich verschließen.
»Auch ich grüße Euch, edler Yusuf ibn-al Mansur«, entgegnete der Mann.
Yusuf war überrascht. Fennek und Bracko wie auch die übrigen Männer blickten auf ihren Anführer, denn niemand hatte bisher seinen Namen genannt. Aber der uralte Mann vor ihnen schien noch mehr zu wissen.
»Der Kranke ist ein Künstler des Goldes. Ein Handwerker aus dem fernen Land der Andersgläubigen. Seine Hände sind gesegnet, aber er ist krank«, stellte der Mann fest.
Wieder nickte Yusuf und wartete, daß der Heilige weitersprechen würde.
Aber der schwieg. So war es Yusuf, der nach einer Weile eine Frage an ihn richtete.
»Er ist krank. So wie Ihr sagt. Könnt Ihr ihm helfen?«
»Ich weiß es nicht. Denn dies steht nicht in meiner Macht. Ihn zu heilen vermag nur Allah, der Allmächtige.«
»Es steht nicht in Eurer Macht?« fragte Yusuf zweifelnd, und er mußte sich bemühen, seiner Stimme keinen Spott mitzugeben.
»Ich weiß nur, was ich sehe«, antwortete Yamal al-Sar.
»Helft ihm, und Ihr habt es nicht mit einem Undankbaren zu tun«, bat Yusuf den Mann.
Yamal al-Sar nickte und schloß die Augen. Alle schwiegen und blickten aufmerksam in das Gesicht des alten Mannes, der still und ohne Regung dasaß und den Eindruck erweckte, als wäre er eingeschlafen. Aber dann, ganz plötzlich, öffnete er seine Augen, und die Männer erkannten in dem alten

Gesicht, wie hell und klar, wie jung diese Augen noch blickten.

»Es wird schwer, sehr schwer«, sagte der Mann.

Er erhob sich, ebenso der Dorfälteste.

»Ich hole ihn in mein Haus, wenn der Tag zu Ende geht. Bis dahin muß ich mich ausruhen. Ich werde alle Kräfte brauchen, denn es wird mich anstrengen. Allah segne Euch!«

»Allah segne Euch, weiser Mann«, sagte Yusuf.

Fennek und Bracko murmelten die gleichen Worte als Gruß.

Die beiden alten Männer verließen das Zelt.

Gwyn lag auf einem einfachen Lager auf dem Boden eines engen, kleinen Hauses, das ganz aus Lehm gebaut war. Hier war es kühl, und der Geruch nach schwelendem Holz und allerlei Kräutern zog durch den Raum.

Yamal al-Sar saß vor einem offenen Feuer. Im Hintergrund kauerte Yusuf. Der Heilige hatte erlaubt, daß er sich hier aufhielt. Vorher hatte er verlangt, daß Yusuf sein Schwert in seinem Zelt zurückließ. Fennek und Bracko wollten daraufhin ihren Anführer begleiten, doch Yusuf lehnte ab. Er war dem Dorfältesten und dem heiligen Mann gefolgt, der Gwyn wie ein kleines Kind an der Hand durch die Dunkelheit führte. Yusuf hatte Mühe gehabt, etwas zu sehen, aber der alte Mann strauchelte nicht ein einziges Mal.

Eine Weile murmelte Yamal al-Sar leise vor sich hin. In einem Halbkreis waren kleine Schalen aus Messing aufgestellt. Der Alte unterbrach das eine oder andere Mal seine Gebete und warf dann seltsame Pulver in das offene Feuer, und es roch in dem Raum erneut nach allerlei Kräutern und Essenzen.

Plötzlich erhob sich der Mann und schritt zu Gwyns Lager. Er rieb Gwyns Stirn mit einem hellen, klaren Öl ein, und dabei murmelte er leise weiter. Gwyns Glieder wurden allmählich schlaff, und sein Atem ging gleichmäßig wie der eines Schlafenden. Plötzlich sprach ihn Yamal al-Sar in seiner Muttersprache an.

»Gwyn, Sohn des Carlisle, hörst du mich?«

Gwyn, der auf dem Rücken lag, so als ob er schliefe, begann zu antworten.

»Ja, Erhabener, ich höre dich.«

»Hast du Schmerzen?«

»Ja ...«

»Sprich!« ermunterte ihn Yamal al-Sar.

»Es ist, als ob eine Klammer aus Eisen mich hielte.«

»Du wirst dich wohler fühlen, und dein Körper soll schlafen. Erlaubst du, daß dein Geist mit mir spricht?«

»Ja ...«, murmelte Gwyn.

»Berichte! Warum bist du hier?«

»Venedig schickte mich. Der Handel mit den Muslimen ist ihr Ziel. Darum zu bitten, war mein Auftrag.«

»Aber das war nicht der Grund allein. Warum bist *du* hier?«

Gwyns Hände suchten unruhig und Yusuf sah, wie der Faber versuchte, sich an seinem Lager festzuhalten. Es war deutlich, daß er nicht antworten wollte. Aber die Stimme des Yamal al-Sar war geduldig und leise, als er erneut bat, Gwyn möge erzählen.

»Warum bist *du* nach Venedig gereist?«

»Mehr zu wissen als andere Goldschmiede. Das war der Wunsch, der mich dorthin trieb.«

»Und was noch?«

»Nichts mehr.«

»Gwyn, erinnerst du dich an die Zeit, als du ein Kind warst?«
»Ja.«
»Erzähle mir von deinen Eltern.«
»Mein Vater war ein Knecht, aber er war ein freier Mann. Er starb am Fieber. Meine Mutter lebt in einem Kloster in London. Sie ist sehr krank.«
»Was ist mit deinem Bruder?«
»Sid! Mein Bruder heißt Sidney, aber alle nannten ihn nur Sid.«
»Erzähle weiter!«
»Er starb, denn er war ein Mörder.«
Gwyns Brust hob und senkte sich nun schneller. Die Erinnerung an seine Familie mußte ihm sehr zusetzen.
»Wo hast du dein Handwerk gelernt?«
»Bei Meister Peter Fallen. Er war mein Lehrherr. Er lehrte mich das Handwerk und alles, was er über seine Kunst wußte. Dies war sehr viel.«
»Was geschah mit ihm?«
»Er starb im Feuer, das der Inquisitor brennen ließ. Aber ich wurde zum Gesellen ernannt.«
»Wohin bist du dann gegangen?«
»Nach Bath, in das Haus des Randolph Borden. Dort traf ich …«
Gwyn zögerte, weiter zu antworten.
»Wen?« fragte Yamal sanft.
Erneut zögerte Gwyn mit seiner Antwort.
»Erzähle, Gwyn! Dein Herz wird froher mit jedem Wort, was du sagst. Erinnere dich an diese Zeit.«
»Agnes.«
»Das Weib deines Brotherrn?«

»Ja. Ich liebte sie so sehr, vom ersten Augenblick an wollt ich von allen Dingen dieser Welt nur sie. Wir liebten uns. Heimlich, denn sie war die Frau meines Brotherrn. Aber es war mir nicht möglich, zu ihr zu kommen, bis ihr Mann starb. Da bat ich um ihre Hand, und wir wurden uns versprochen. Ich wurde ihr Gemahl, wohlhabend, und zum Meister der Zunft ernannte man mich auch. Ich dachte, mein Glück wäre grenzenlos, bis sie mir die ganze Wahrheit gestand.«

»Was gestand sie dir?«

Wieder schwieg Gwyn, und seine Hände verkrampften sich und blieben so, als wären an seinen Händen keine Finger mehr.

»Warum starb er?« fragte Yamal behutsam.

Wieder versuchte Gwyn, in seinem seltsamen Schlaf gefangen, der Frage auszuweichen.

»Sei ohne Furcht«, flüsterte Yamal sanft.

»Es ist ...«, erneut stockte Gwyn.

»Erzähle, Gwyn!« forderte ihn der Mann mit seiner ruhigen Stimme auf.

»Agnes ...«

»Ja?«

»Agnes hat ihn getötet. Langsam, ohne daß ich es wußte, gab sie ihm Gift.«

Yusuf, der dabeisaß und zuhörte, hielt nach diesem Geständnis unwillkürlich den Atem für einen Moment an. Die ungeheuerlichen Worte des Goldschmieds in diesem seltsamen stillen, fast dunklen Raum, die Fragen des Yamal al-Sar, der Gwyns Gedanken wie ein Medicus aufschnitt, um darin zu forschen, ließ ihn frösteln. Aber um keinen Preis wollte er von der seltsamen Befragung etwas versäumen. Er wollte die ganze Geschichte hören.

»Was tatest du, Gwyn?« fragte Yamal al-Sar.
»Ich wollte nicht mehr bei ihr bleiben. Der Gedanke quälte mich, dies noch mehr, weil ich sie so liebte. Agnes gebar ein Kind, unser Kind. Ein Sohn, er heißt Peter.«
»Du willst ihn wiedersehen?«
»Ja!«
»Hast du ihr verziehen?« fragte Yamal behutsam.
»O ja, aber sie ist, sie ist …«
Plötzlich begann Gwyn leise zu weinen wie ein Kind, das im Schlaf weint, weil es schlecht geträumt hat. Yamal al-Sar beugte sich über ihn und sprach leise auf ihn ein, in einer Sprache, die Yusuf nicht verstand. Gwyn weinte lange vor sich hin. Als er nur noch still dalag, erschöpft, sprach Yamal erneut zu ihm.
»Gwyn?«
»Ja …?«
»Agnes, dein Weib, kommt nie mehr!«
Yusuf sah, wie der Körper des Goldschmiedes zitterte bei der grausamen Erkenntnis, die ihm nun erneut offenbart wurde.
»Agnes ist tot!« sagte Yamal al-Sar beschwörend.
Gwyns Gesicht war naß vom Schweiß, und in kleinen Rinnsalen floß er ihm herab, als befände er sich in der Gluthitze der Wüste. Aber er antwortete nicht.
Da sprang Yusuf auf und kniete neben al-Sar nieder.
»Ihr quält ihn, Yamal«, stieß er hastig hervor.
»Nein«, raunte der Alte. »Er muß von ihr lassen, nur noch die Erinnerung an sie darf ihn bewegen.«
»Er ist am Ende, und er wird sterben, wenn Ihr ihn weiter mit Euren Fragen quält, alter Mann«, stieß Yusuf wütend hervor.

»Er wird sterben, wenn der Dämon der Trauer von ihm Besitz ergreift für ewig«, antwortete Yamal ruhig.
»Laßt ihn in Frieden, alter Narr!« fauchte Yusuf drohend. Er wollte sich erheben und den Alten an seinem Gewand packen und von seinem Platz wegziehen. Aber plötzlich legte ihm Yamal al-Sar seine dünne, knochige Hand auf die Schulter. Yusuf verdrehte die Augen, dann keuchte er. Der Griff des scheinbar schwachen Mannes war von unglaublicher Kraft. Die dünnen, knochigen Finger bohrten sich wie blanke, stählerne Dornen in sein Fleisch und seine Muskeln. Yusuf wollte schreien, aber sein Stolz verbot ihm dies. Er bemühte sich, den Griff des Alten zu lockern, doch wie mit eiserner Faust hielt ihn der Mann fest, ganz ohne Mühe, so daß er glauben mußte, Yamal breche ihm gleich die Schulter.
»Seid still, Yusuf ibn al-Mansur, und wartet, bis die Macht der Geister ihn gereinigt hat«, sagte Yamal ohne Regung, aber nicht ohne deutliche Drohung.
»Stört mich nicht noch einmal!«
Dann ließ er Yusuf los. Der Araber sackte leise stöhnend zusammen, hielt sich die Schulter und spürte nichts, als einen fernen Schmerz. Der war nur deshalb erträglich, weil der übrige Arm auf einmal taub war. Als ihn Yamal ansah, waren es wache, dunkle Augen, die ein klein wenig spöttisch blitzten.
»Habt nur Geduld, Mann aus der Wüste.«
Yusuf antwortete, und seine Worte kamen langsam, denn noch immer war er zu verblüfft, um zu begreifen, was ihm soeben widerfahren war.
»Ich bitte um Verzeihung, *Saiyid* Yamal«, bat Yusuf, die Stimme schmerzerfüllt.
Er atmete schwer. Das taube Gefühl in seiner Schulter ließ

allmählich nach, dafür spürte er einen heftig pochenden Schmerz.
Im Blick des Alten war etwas, das ihn zwang, ehrfürchtig und zugleich demütig zu sein und alles zu dulden, was er tat, um Gwyn zu helfen. So kroch Yusuf, ohne sich zu erheben, bis in das äußerste Eck des Raumes, wo die Tür in der Mauer, verdeckt von einem langen, dunklen Tuch, nach draußen führte. Er erhob sich langsam und wankte hinaus. Erst als er die kühle Nachtluft atmete, erholte er sich. Er ging mit kurzen Schritten über den kleinen Hof. An einem Feuer schlief der Älteste des Dorfes. Yusuf schob sich sein Gewand von der schmerzenden Schulter und besah die Stelle im Licht des Feuers. Haut und Fleisch dort waren dunkel, so als hätte er einen Hieb von großer Wucht erhalten.
Yusuf kroch in eine Ecke des Hofes, zog die Beine an und verspürte eine plötzliche Angst wie nie zuvor in seinem Leben.

Am frühen Morgen weckte ihn der Dorfälteste.
»*Scheich* Yusuf, erhebt Euch. Es ist Zeit für ein Gebet.«
Yusuf richtete sich auf und schüttelte nur den Kopf. Seine Schulter schmerzte noch immer.
»Betet für mich!« bat er den Alten.
Der nickte nur und breitete dann ein Stück eines Tuches auf dem Boden aus und betete. Als er fertig war, schritt Yamal aus seinem kleinen Haus und trat zu den beiden Männern.
»Dein Morgen sei angenehm, und noch angenehmer sei dein Tag«, grüßte er Yusuf.
Der Mann wiederholte die Wünsche auch gegenüber dem Dorfältesten.

»Der Faber schläft jetzt«, fügte er hinzu.
»Wie ... wie geht es ihm?« fragte Yusuf zaghaft und zugleich mit Respekt.
»Gut, edler *Scheich*. Er wird müde sein, wenn er erwacht, und traurig. Aber das vergeht.«
»Was macht Euch so sicher?« fragte Yusuf schnell und bemühte sich, höflich zu sprechen.
Yamals Antwort kam langsam, und mit keinem Wort erwähnte er jene seltsame Begebenheit aus der vorherigen Nacht.
»In seiner Heimat wartet sein Handwerk und sein Sohn auf ihn. Das ist genug, um weiterzuleben.«
»Er will in das Land der Franken zurück?« wollte Yusuf noch einmal bestätigt wissen.
»Ja, das waren seine Worte, die er sprach, bevor der Zauber zu Ende war und er wieder in den Schlaf verfiel. Daran wird er sich erinnern, wenn er erwacht, und dort wird sein Leben weitergehen«, antwortete Yamal feierlich.
Yusuf und seine Männer blieben einen ganzen Tag in dem kleinen namenlosen Ort. Gwyn trat gegen Mittag aus dem Haus des heiligen Mannes. Der Dorfälteste selbst geleitete den Goldschmied zu den Zelten der Söldner, die unweit der wenigen Hütten aufgestellt waren. Als Gwyn, noch ein wenig schwankend und blaß, aber mit klarem Verstand, wieder inmitten der Männer stand, brachen diese in Hochrufe aus, und jeder von ihnen freute sich sichtlich über Gwyns Genesung.
Der Goldschmied lächelte das erste Mal wieder seit vielen Tagen.
Am nächsten Morgen brachen sie auf.
Sie folgten der Handelsstraße, an deren Ende die Hafenstadt

Tyrus lag. Gwyn ritt auf einem der reiterlosen Pferde, um dann wieder lange Strecken zu Fuß zu gehen. Er war das lange Reiten nicht gewöhnt und glaubte, wenn er zu Fuß ginge, würde ihn dies schneller kräftigen. Agnes hatte er nicht erwähnt. Auch nicht, was seit ihrem Tod mit ihm geschehen war. Es war so, wie der geheimnisvolle Yamal al-Sar gesagt hatte. Sein Leben begann an der Stelle, an der seine Erinnerung wieder einsetzte, alles andere war Vergangenheit. Daß Gwyn trotzdem an Agnes dachte und seine Trauer unendlich groß war, war ihm anzusehen. Aber er war wieder in der Lage, zu denken und zu planen. Er wollte nach Tyrus, in der Hoffnung auf ein Handelsschiff, das ihn bis nach Syrakus mitnehmen konnte. Kein Schiff fuhr die Strecke nach Britannien, ohne an den vielen Küsten unterwegs zu halten. Es würde viele Monate dauern, bis er wieder zu Hause in Bath war.

Zu Hause! Er war neugierig, was ihn dort erwartete, und er hoffte innig auf die erneute Aufnahme seiner Arbeit, die er so sehr liebte, in dem großen, prächtigen Haus in Bath und seinen Sohn Peter, den er als wenige Tage alten Knaben verlassen hatte und der ihn immer an Agnes erinnern würde.

Im Königreich Sizilien regierte der Staufer, so erzählten es die Menschen in Tyrus. Der letzte Kreuzzug und der rege Schiffsverkehr zwischen den Städten Venedig und Genua brachten Wohlstand, und seitdem riß die rege Geschäftigkeit nicht mehr ab. Mit dem Reichtum der Stadt drängten sich viele seltsame Gestalten innerhalb der Mauern. So war es denn wie überall in den Küstenstädten am Meer in jenen Tagen. Da trieben sich all die Gestrandeten herum und diejenigen, die voller Ungeduld waren, all die Hoffenden und die Hoffnungslosen. Viele besaßen nur noch das, was sie am Leibe hatten, und verdingten sich für jede Arbeit, nur um nicht zu verhungern. Die Stadt war voll mit all diesen Menschen, und Gwyn war von einem Augenblick zum anderen einer von ihnen.

Yusuf und seine Männer blieben vor der Stadt. Keiner der Söldner hatte Lust, sein bisheriges Leben hinter sich zu lassen und das Land in Richtung Abendland zu verlassen. Keiner wollte zurück. Sie mieden die Stadt bei Tag, die ihnen zu voll erschien. Ein Handelsschiff aus Syrakus lag im Hafen. Es hatte Getreide gebracht und wartete seit Tagen auf neue Ladung, doch keine war in Sicht. So ließ der Kapitän in den Tavernen und Herbergen rund um den Hafen die Aufforderung verbreiten, daß er Passagiere mit zurücknehmen würde. Bald war die steinerne Mole vor seinem Schiff voller Menschen, die sich anstellten und hofften, einen Platz auf dem Schiff, und sei er noch so eng, zu erhalten. Aber die wenigsten Menschen konnten sich die Reise leisten. Viele der Wartenden waren so verzweifelt, daß sie bereit waren, sich selbst zu verkaufen, nur um einen Platz zu erhalten.

Gwyn bezahlte zwei ganze Silbermünzen. Das war genug, um ein trockenes Eck und sogar ein Fuder Stroh auf dem Oberdeck, geschützt neben dem Niedergang zu erhalten. Er hätte auch sein *Papier* mit dem Siegel des Sultans vorzeigen können, aber er zog es vor, ohne Aufsehen zu reisen.

Als Gwyn an diesem Morgen sein kleines Bündel schnürte, seinen Bogen ergriff und seinen Köcher mit den Pfeilen, standen alle Söldner vor ihren Zelten und beobachteten ihn. Gwyn trat zu Fennek, und in einer plötzlichen Geste umarmte er den Berber. Der ließ dies stumm mit sich geschehen, nur seine dunklen Augen leuchteten.

Dann schritt er zu Yusuf ibn al-Mansur, der im Schneidersitz vor seinem prächtigen Zelt saß und über das tiefblaue, glitzernde Mittelmeer blickte, sein kostbares Schwert auf den Knien. Als Gwyn nähertrat, wandte der Araber sich nicht um.

»Darf ich mich zu Euch setzen?« fragte Gwyn höflich.

Der Araber nickte schweigend und deutete ihm, sich neben ihn zu setzen. Gwyn folgte der Aufforderung. So saßen sie beide schweigend eine ganze Weile.

»Fennek hat Tee gemacht. Trinkt Ihr mit mir Tee?« fragte Yusuf plötzlich.

Gwyn mußte lächeln.

»Ja, sehr gern, Yusuf ibn al-Mansur.«

Der Araber beugte sich nach vorn und begann, den Tee einzuschenken. Gwyn genoß die vertraute und so unzählige Male erlebte Zeremonie.

Gemeinsam tranken sie.

»Woran denkt Ihr?« fragte Yusuf plötzlich.

»An die Zeit in diesem Land. An den Marsch durch die Wüste und den Hof des Sultans von Ägypten.«

Yusuf lachte leise.

»Ich denke an den Herrn der Pfeile«, sagte er.

Jetzt mußte Gwyn lächeln. Wie weit lag dies alles in seiner Erinnerung zurück.

»Herr Carlisle«, fragte Yusuf höflich, »erinnert Ihr Euch an das Wort, das Ihr an den Sultan gerichtet habt?«

»Ja.«

»Wie nanntet Ihr mich damals?«

»Sayid!«

Yusuf schloß die Augen und lächelte still.

»Ihr wärt ein guter Muslim, Herr Carlisle«, bemerkte er höflich.

»Dies sagtet Ihr mir schon einmal. Aber ich bleibe dabei, ich bin Christ.«

Yusuf öffnete seine Augen.

»Yusuf«, fragte Gwyn, »wenn ich nun reise, werde ich dann auch ein Teil von Euch sein, so wie Fennek und Bracko, wie William und Gerenot und all die anderen Gefährten?«

»Ja«, antwortete Yusuf leise, nachdem er einen Moment lang schweigend über das blaue Meer geblickt hatte.

»Ihr seid mein Herz, Gwyn Carlisle, *mein* Herz.«

Glossar

ahl al badija (arab.)
»Leute der Wüste«. So bezeichnen die Araber die Beduinen, Bewohner, die aus der Wüste kommen.

Ahlam wa saghlam (arab.)
Begrüßungsformel

aràb
(arab.) Nomade. Allgemeine Bezeichnung für die Bewohner des arabischen Sprachraums, aus der sich der Begriff Araber ableitet.

beneficium
(lat.) Lehen. Von leihen bzw. verliehen. Grund oder Immobilien wurden von einem Herrscher an einen verdienten Vasallen übertragen.

Emir
(arab.) Landesfürst, mit dem europäischen Herzog vergleichbar.

Fellache
(arab.) Arabischer Bauer.

Fennek
(arab.) Wüstenfuchs, eine Art, die fast überall in den arabischen Wüsten vorkommt.

Kalif, Chalif
(arab.) Nachfolger. Bei den Sunniten rechtmäßiger, ursprünglich durch allgemeine Zustimmung berufener oder anders bestimmter, weltlicher Nachfolger Mohammeds als Führer der Gemeinde.

Karsthans/Karsthänse
(altdtsch. Umgangssprache) Bezeichnung für Arme bzw. Menschen ohne jeglichen Besitz.

Kuttab
(arab.) Sekretär im Palast des Sultans.

Papier
Obwohl den Arabern in jener Zeit das Papier, im Gegensatz zum Abendland, bereits bekannt war, wurde es meist nur von Gelehrten oder bei Hof benutzt.
Mit Papier war zu jener Zeit eher eine Legitimation, also eine Art Ausweis oder eine sonstige Berechtigung gemeint. Dabei mußte dieses Dokument aber nicht unbedingt aus dem Material *Papier* sein.

Rumi
(arab.) Ungläubiger. Eher verächtliche Bezeichnung für einen Nichtmuslim.

Saiyid
(arab.) Herr. Besonders höfliche Anrede für einen Mann, unabhängig von Titel und Rang.

Scheich
(arab.) Ältester. Bezeichnung für den Senior einer Sippe. Zugleich ein besonderer Ehrentitel.

Scimitar (arab.)
Das arabische Krummschwert, von den Bewohnern der Wüste bis zu Beginn dieses Jahrhunderts noch im Gebrauch.

Seldschuken
Türkische Dynastie, die seit Mitte des 10. Jahrhunderts Persien und Kleinasien unterwarf. Dieses Reich wurde später in mehrere Reiche geteilt. Im 13. Jahrhundert unterwarfen die Osmanen die Seldschuken.

Serail
(pers.-türk.) Bezeichnung für die Palaststadt oder den Palastkomplex des Sultans.

Societas
(lat.) Zusammenschluß von Händlern, die mit demselben Reiseziel sicherer reisen und handeln konnten.

Sultan
Soviel wie Macht oder Autorität. Rein weltliches Herrscheramt im Gegensatz zum Kalifen als einer religiös-politischen Institution.

Wadi
(arab.) Bezeichnung für trockene Wüstenflußtäler.

Wesir
Im mittelalterlichen Islam das mit hohen Vollmachten ausgestattete Haupt der Staatsverwaltung, das dem Kalifen direkt verantwortlich ist.

Literaturhinweise

Borst, Otto, *Alltagsleben im Mittelalter*, Frankfurt am Main 1983

Chaucer, Geoffrey, *Canterbury-Erzählungen*, aus dem Englischen übersetzt von Detlef Droese, Zürich 1996

Dhont, Prof. Jan (Hrsg.), *Das frühe Mittelalter*, Bd. 10, erschienen in der Reihe »Fischer Weltgeschichte«, Frankfurt/Main 1997

Die Manessische Liederhandschrift nach Karl Clausberg, 2. Aufl., Köln 1978, 1988

Haarmann, Ulrich (Hrsg.), *Geschichte der arabischen Welt*, München 1986

Müller, Dr. Helmut M., *Schlaglichter der deutschen Geschichte*, 2. Aufl., Mannheim, 1993

Pirenne, Henri, *Sozial- und Wirtschaftsgeschichte Europas im Mittelalter*, München 1971

Pitz, Ernst, *Wirtschafts- und Sozialgeschichte Deutschlands im Mittelalter*, Wiesbaden 1979

Roth, Helmut, *Kunst und Handwerk im frühen Mittelalter*, Stuttgart 1986

Stern, Horst, *Mann aus Apulien*, München 1988

Talbot, Rice, Tamara, *Die Seldschuken*, Köln 1963

Roland Mueller

Der Goldschmied

Eine Lesereise durchs Mittelalter, die einen farbigen Bogen von London über Augsburg nach Venedig spannt.

Als der junge Gwyn Carlisle in London seine Ausbildung zum Goldschmied beginnt, wird bald klar, dass er über außergewöhnliches Talent verfügt. Er findet Aufnahme bei einem der berühmtesten Meister, Randolph Borden, der ihn nach Kräften fördert. Gwyn ist jedoch bald in tiefe Leidenschaft zu der jungen und schönen Frau des Meisters verstrickt – eine Liebe, die ihm nach dem Tode des Meisters fast zum Verhängnis wird und ihn zur Flucht quer durch Frankreich bis nach Augsburg und Venedig treibt.

Ein neuer Autor – und sein faszinierender Roman aus dem mittelalterlichen Europa.

Gilbert Sinoué

Der blaue Stein

Roman

In eine Tafel aus Saphir sind seit Urzeiten die Antworten auf die großen Fragen der Menschheit eingemeißelt. Im bedrohlichen Schatten der spanischen Inquisition machen sich drei höchst gegensätzliche Männer auf die abenteuerliche Suche nach dem »Blauen Stein«: ein Rabbi, ein Scheich und ein Franziskanermönch.

Ein faszinierender Roman vom Noah Gordon Frankreichs!

Knaur

van Dam · Tote sterben nicht

Willem Cornelis van Dam

Tote sterben nicht

PATTLOCH

Originaltitel: Doden sterven niet
ins Deutsche übertragen von E. van Dam. Peters

7. Auflage

Pattloch 1988

Umschlagentwurf: Hans Numberger
Gesamtherstellung: Wiener Verlag, Himberg bei Wien
ISBN 3-629-91175-7

INHALTSVERZEICHNIS

VORWORT

1978 starb plötzlich mein Vater. Während er wahrscheinlich bereits ohne Bewußtsein war, sagte er zweimal: »Jesus Christus«. War das ein Hilferuf? Oder hatte er eine Begegnung mit dem Herrn seines Lebens? So waren auch die letzten Worte einer meiner Großeltern: »Ja, Jesus, ich komme!« Die Frage, was Menschen auf der Grenze zwischen Leben und Tod erfahren, hat mich seitdem mehr denn je beschäftigt. Das ist auch der Hauptgrund zum Schreiben dieses Buches.

Es gibt aber noch einen weiteren Anlaß. In den letzten Jahren ist es stets mehr und besser möglich geworden, Menschen, bei denen der Herzschlag und der Blutkreislauf zum Stillstand gekommen waren, doch wieder zum Leben zurückzubringen. Sagte man früher, wenn der Tod zur Sprache kam, »es ist noch niemand zurückgekehrt«, so leben heute viele Tausende, die wohl zurückgekehrt sind. Viele haben von dem berichtet, was sie in den Minuten, in denen sie »klinisch tot« waren, mitgemacht haben. Zu denen, die die Erfahrungen solcher Menschen aufgezeichnet haben, gehören der amerikanische Arzt Moody und der deutsche Krankenhauspfarrer Hampe. Vor allem in Amerika erscheint ein Strom von Büchern auf diesem Gebiet.

Das Thema ist offensichtlich aktuell. Das Tabu des Todes ist gebrochen.
Hat es Sinn, zu dem, was bereits auf diesem Gebiet erschienen ist, ein neues Buch hinzuzufügen? Nach einigem Zögern bejahe ich diese Frage, und zwar aus zwei Gründen. An erster Stelle: die meisten Autoren beschäftigen sich nur mit einem Ausschnitt der Frage. Einige, vor allem aus der vorigen Generation, geben Sterbebett-Erfahrungen wieder. Andere, vor allem aus dieser Zeit, berichten über Erfahrungen von Menschen, die klinisch tot waren. Eine dritte Gruppe teilt mit, was visionäre Menschen vom Leben auf der anderen Seite des Todes geschaut haben. Wir wollen alle diese drei Erfahrungen behandeln und hierbei untersuchen, ob die Aussagen Sterbender, ins Leben Zurückgekehrter und Visionärer übereinstimmen oder nicht.
An zweiter Stelle: wir wollen nicht nur untersuchen, ob die Erfahrungen dieser drei Gruppen kritischen Fragen, die von wissenschaftlicher Seite gestellt werden können, standzuhalten vermögen, sondern vor allem auch, wie sie dem Zeugnis der Bibel gegenüberstehen. Wird das biblische Zeugnis über das Leben nach dem Tode durch das Material, das wir in den ersten drei Kapiteln dieses Buches vorlegen, bestätigt, ergänzt oder widerlegt?
Bei unserer Untersuchung haben wir keinen Gebrauch von Zeugnissen aus der Welt des Okkultismus im allgemeinen wie aus der Welt des Spiritismus im besonderen gemacht. So wie in meinem früheren Buch »Okkultismus und Christlicher Glaube« (herausgegeben im Fix-Verlag, Schorndorf) dargelegt, halten wir die Informationsquelle, die hinter den paranormalen Symptomen liegt, dermaßen verdächtig, daß, wie subjektiv aufrichtig paranormal Begabte auch sein mögen, wir das Material, das aus spiritistischen Séancen und dem Austreten der Seele aus dem Körper stammt, als unzuverlässig ansehen.
Bereits bei unserer Geburt steht fest, daß wir einmal ster-

ben werden. Weil dieser Gedanke viele Menschen ängstigt, ist er lange als Tabu verdrängt worden. Nun tritt bei vielen anstelle der Verdrängung die Neugierde. Bücher über Sterbenserfahrungen werden wie Sensationslektüre gelesen. Daher mein Zögern, wie am Anfang bereits gesagt, auch darüber zu schreiben. Wer darüber schreibt, muß sich vor einem sensationellen Stil hüten. Der Tod ist eine ernste Sache und dazu gehört bei aller Betroffenheit eine einfache, nüchterne Sprache. Aber für den, der glaubt, daß der Tod keine Mauer ist, sondern eine Pforte, keine Endstation, an der man aus-, sondern eine Haltestelle, an der man umsteigt, hat der Tod vieles von seinem Schrecken verloren. Wenn darum mit dem Ernst auch die Freude in diesem Buch durchklingt, ist der Ton getroffen, den der Autor finden wollte.

1. AN DER GRENZE

Unzählig viele Menschen werden merkwürdige Dinge gesehen haben, die sich rund um Sterbende abspielten; noch mehr werden darüber gehört haben. Viele sind gestorben, während sie ihre Hände verlangend ausstreckten mit einem freudigen Glanz auf ihrem Gesicht, mit einem überraschten Ausruf oder mit einer kurzen Beschreibung dessen, was sie auf der Grenze zwischen Leben und Tod wahrnehmen durften. Von anderen wird berichtet, daß ihr Ende voller Angst und Verzweiflung war. Bereits im vorigen Jahrhundert erschienen Sammlungen derartiger Erfahrungen. Der dänische Theologe Martensen-Larsen schrieb nach dem Ersten Weltkrieg ein Buch über Sterbenserfahrungen. In unserer Zeit hielten die Amerikaner Osis und Haraldsson eine Umfrage unter Ärzten und Krankenschwestern und sammelten so Material über 1644 Sterbefälle. Sie stellten fest: »Die meisten sagen, Erscheinungen zu sehen und sprechen mit denen, die kommen, um sie abzuholen, bereits früher gestorbene Verwandte und Freunde.« Gleichzeitig fand eine andere Untersuchung über Sterbenserfahrungen innerhalb eines ganz anderen Kulturkreises statt, nämlich in Indien. Die Resultate dieser Untersuchungen waren teilweise dieselben, nur gaben dort mehr Ster-

bende den Eindruck wieder, mit Gewalt und gegen ihren Willen weggeschleppt zu werden.
Wir teilen die Sterbebett-Erfahrungen, die wir wiedergeben werden, in drei Kategorien ein. Tatsächlich gibt es letzte Worte, die auf ein Schauen früher verstorbener Personen, aber auch von Engeln und Jesus selbst hinweisen. Dann gibt es Berichte über Hören von Musik und Sehen eines Landes oder einer Stadt voller Licht. Zum Schluß müssen wir auch noch auf die hören, die kurz vor ihrem Verscheiden voller Entsetzen über eine schreckliche Wirklichkeit sprachen, die auf sie zukam. Wir werden jedem Beispiel (B.) eine Nummer geben (auch im zweiten Kapitel), so daß wir später leicht auf einige zurückverweisen können.

A. Das Schauen von Gestalten

1. Verwandte und Freunde

Aus der großen Anzahl von Berichten wählen wir einige aus.
B. 1. Der sterbende kanadische Schriftsteller Albert Cliff sah einen Text an der Wand hängen: »Ich weiß, daß mein Erlöser lebt.« »Ja, das weiß ich«, sagte er, »und sie sind alle hier um mich herum: Mutter, Vater, Brüder und Schwestern.«
B. 2. 1964 starb die Amerikanerin Eleanor Herrick an Krebs. Die Frau, die im Bett neben ihr lag, fragte Eleanors Tochter: »Wer ist doch Margret? Deine Mutter hat den ganzen Morgen über sie gesprochen.« Margret war die bereits vor Jahren verstorbene Schwester. Die letzten Worte der Sterbenden an ihre Tochter waren: »Oh, es ist hier so

sonderbar. Ich bin halbwegs zwischen zwei Welten. Vater und Mutter sind hier, und ich kann sie sehen, dich aber kann ich nicht mehr sehen.«

Oft kommt es vor, daß Sterbende Menschen identifizieren, die sie während ihres Lebens nie gekannt haben.

B. 3. Osis und Haraldsson berichten über ein Kind, das seine Mutter sah, die es mitnehmen wollte. Das Kind hatte seine Mutter, die bei seiner Geburt gestorben war, nie gesehen.

B. 4. Ein anderes Kind sagte sterbend: »Ach, bist du es, Oma?« Oma war aber bereits vor der Geburt des Kindes gestorben.

Noch auffälliger sind die Fälle, in denen Sterbenden Gestalten begegnen, von denen sie nicht wissen, daß sie gestorben sind. Hiervon geben wir drei Beispiele.

B. 5. Die sterbende Eleanor Smith sagte ihrer Schwester: »Natalie, es sind so viele von ihnen. Fred ist da. Und Ruth – was macht sie hier?« Ruth war eine Nichte, die eine Woche vorher plötzlich gestorben war. Eleanor war aber von Ruths Sterben nicht in Kenntnis gesetzt worden.

B. 6. Pfarrer Sandborn besuchte eine schwerkranke junge Frau. Diese sah, wie ein Tor geöffnet wurde und rief aus: »Da, da, sie kommen, und ich werde jetzt gehen.« Dann, mit enttäuschtem Blick: »Sie haben kleine Mammi vor mir hineingelassen. Aber sie kommen meinetwegen schnell zurück.« Einige Augenblicke später rief sie: »Das Tor geht wieder auf, nun werde ich eintreten.« Aber wieder enttäuscht: »Sie lassen Großvater vor mir hinein. Aber sie kommen bald zurück, für mich.« Kurz darauf starb die junge Frau. Pfarrer Sandborn fragte die Familie, wer kleine Mammi sei. Sie war ein früheres Nachbarskind, das man bereits lange aus den Augen verloren hatte. Und »Großvater« war ein alter Freund der jungen Frau gewesen, der bereits vor Jahren verzogen war. Pfarrer Sandborn stellte Nachforschungen bei der amerikanischen Post nach beiden Menschen an und bekam Nachricht, daß beide am 16. September gestorben waren. Es war genau die Zeit, in der die junge Frau sie gesehen hatte.

B. 7. Martensen-Larsen berichtet über eine Frau, die auf ihrem Sterbebett ausrief: »Mine, und mit einem kleinen Kind auf ihrem Arm!« Mine war ihre Schwester. Sie wußte nicht, daß diese kurz zuvor mit ihrem Baby im Wochenbett gestorben war.

Zum Schluß noch ein Zeugnis darüber, wie früher Verstorbene gesehen werden.

B. 8. Daisy Dryden, ein Mädchen von zehn Jahren, wußte, daß ihr sieben Monate eher gestorbenes Brüderchen sie holen kam. Sie sieht auch andere verstorbene Familienmitglieder. Kinder scheinen gewachsen zu sein. Niemand hat mehr die Gebrechen, die er auf Erden hatte. »Niemand kann diese Dinge sehen«, sagte Daisy, »es sei denn, er hat sterbende Augen.«

2. *Engel*

Viele Sterbende sehen Lichtgestalten, die sie nicht für früher Verstorbene halten, sondern für Engel, geistige Wesen, die in Gottes Dienst stehen. Wieder kommen die Berichte aus verschiedenen Zeiten und Völkern.

B. 9. Die letzten Worte der Frau des Berner Pfarrers Bernard waren: »Ich sehe zwei Engel, die mich holen kommen.«

B. 10. Eine jung verstorbene Nichte eines meiner Bekannten lobte Gott und sagte: »Oh, ich kann die Engel hier im Zimmer sehen. Könnt ihr sie nicht sehen?«

B. 11. Der englische Methodistenprediger John Oxtoby sagte auf seinem Sterbebett zu seiner Schwester: »Oh, was habe ich geschaut! Ich kann es unmöglich beschreiben! Drei leuchtende Gestalten waren neben mir. Ihre Kleider waren so strahlend; sie sahen so herrlich aus! Ich habe noch nie etwas Vergleichbares gesehen!«

B. 12. Der Amerikaner Clement Brown sagte zu seiner Frau: »Ich sehe einen, zwei, drei, vier, fünf Engel, genau so deutlich, wie ich dich sehe. Ich wünschte, du könntest sie sehen; sie sind prächtig in Weiß gekleidet. Sie winken mir, und Jesus bittet mich zu kommen.«

B. 13. Vor einigen Jahren war der Missionar Paul Ladrus mit einem Negerjungen auf der Elefantenjagd. Ein Elefant griff den Jungen an und verwundete ihn tödlich. Dieser Junge, noch nicht lange Christ, beschrieb die Engel und sprach sterbend über die himmlische Musik, die er hörte.

Ab und zu kommt es vor, daß Menschen sowohl Verstorbene als auch Engel um sich herum sehen.

B. 14. William Booth, der Gründer der Heilsarmee, sagte, daß er viele Engel und Heilige (verstorbene Gläubige) um sich herum sah. Unter den letzteren befand sich ein Freund von ihm, der vor Jahren gestorben war.

B. 15. Ein junger Mann, Harvey White, sagte lächelnd zu seiner Mutter: »Da ist Mary. Siehst du sie nicht? Sie steht am Fußende. Sie sieht wunderschön aus. Sie ist hier; zwei Engel sind bei ihr. Sie sind für mich gekommen.« Mary war Harveys Schwester, die im Alter von vier Jahren gestorben war.

B. 16. Ein Mädchen, Minnie Chatham, 12 Jahre alt und sterbend, sah Engel und Kinder. »Die Engel sind für mich gekommen. Sie stehen an der Tür und warten auf mich. Sieh die kleinen Kinder! Oh, Mutter, ich muß gehen.«

Vereinzelt geschieht es, daß auch Anwesende einen Engel oder einen Engel mit Verstorbenen wahrnehmen.

B. 17. Martensen-Larsen kennt eine Krankenschwester, die sah, daß sich ein früher verstorbenes Kind an der Hand eines Engels sich seiner sterbenden Mutter näherte.

Wiederholt sagen Sterbende, jemanden zu sehen, den sie ohne Zögern als Jesus identifizieren. Auch diese Zeugnisse sind weder an Zeit noch an einen Ort gebunden. Wir geben eine Anzahl von ihnen wieder.

B. 18. 1683 wurde ein gewisser M. Homel von einem Wagen überfahren. Seine letzten Worte waren: »Ich sehe den Himmel offen und Jesus mit ausgebreiteten Armen.«

B. 19. Der irische Methodistenprediger Thomas Walsh starb bereits mit 27 Jahren. Seine letzten Worte waren: »Er ist gekommen, Er ist gekommen; mein Geliebter ist mein, und ich bin sein für ewig.«

B. 20. Das arabische Mädchen Naglie aus Jerusalem sagte kurz vor seinem Tod: »Es ist Jesus, Vater, der gekommen ist, um mich zu holen. Er steht am Fußende meines Bettes. Er ruft mich nach Hause.«

B. 21. Die neunzehnjährige Amerikanerin Filura Clark war während einer Evangelisation zum Glauben gekommen und sagte auf ihrem Sterbebett zu ihrer weinenden Familie: »Jesus ist bei mir. Ich brauche nicht allein zu gehen.« Sie schaute nach oben und sagte: »Komm, ich bin bereit.« Ihre Sterbensgeschichte brachte viele Altersgenossen zum Glauben.

In vereinzelten Fällen wird Jesus zusammen mit einem Engel und früher Verstorbenen gesehen.

B. 22. Der englische Methodistenpfarrer William Kendall rief kurz vor seinem Tod: »Der Himmel ist auf die Erde gekommen. Ich sehe die Engel; sie fliegen durch das Haus.« Nach einem kurzen Schlaf sagte er: »Ich habe den König in seiner Schönheit gesehen, den König der Ehre. Ich habe in seinem Palast geschlafen.«

B. 23. Eine Dänin sagte kurz vor ihrem Verscheiden: »Ich sah Mutter. Sie saß an der Seite des Heilands und streckte ihre Arme nach mir aus.«

B. 8a. Daisy Dryden sah vor ihrem Tode nicht nur verstorbene Familienmitglieder, sondern auch Jesus selbst, der ihr sagte, daß er sie zum Himmel mitnehmen würde.
B. 24. Der weltbekannte Evangelist Billy Graham erzählt in seinem Buch über Engel vom Sterbebett seiner Großmutter. »Das Zimmer schien für einen Augenblick mit einem himmlischen Licht erfüllt zu sein. Sie setzte sich aufrecht ins Bett und sagte, fast laut: ›Ich sehe Jesus, er streckt seine Arme nach mir aus. Ich sehe Ben (ihr Mann, der einige Jahre zuvor gestorben war) und ich sehe Engel.‹«
B. 25. Ein Missionar in China, Pfarrer Talbot, stand am Sterbebett einer chinesischen Christin. Plötzlich war das Zimmer voll himmlischer Musik. Die Sterbende sah strahlend auf und rief aus: »Ich sehe Jesus, stehend an der rechten Hand Gottes, und Margaret (ein Töchterchen Talbots, das einige Monate vorher gestorben war) ist bei Ihm!«

B. Das Schauen von Herrlichkeit

Wir hörten einige bereits über Musik und über ein Tor sprechen. Man bekommt den Eindruck, daß manche Sterbende hinter den Gestalten, die sie wahrnehmen, auch etwas sehen, das auf einen Ort, zu dem man geht, hinweist, auf eine neue Dimension, die man betritt. Auch andere haben manchmal Geräusche und Musik vernommen.
B. 26. Als der bekannte deutsche Pfarrer August Hermann Francke 1727 starb, hörte er eine wunderschöne Musik. Auch die anwesenden Familienmitglieder hörten sie.
B. 27. Im vorigen Jahrhundert starb die Amerikanerin Sophia Rubeti. Ihre letzten Worte waren: »Ich höre eine phantastische Musik. Oh, sie ist herrlich! Hört, ich ver-

mute, daß ihr sie auch hören könnt. Jesus kommt, sie kommen, helft mir hoch!«

B. 28. In Brasilien starb der Missionar David Appleby. Kurz vor seinem Tod rief er: »Sie rufen, sie rufen dort im Himmel!«

Ab und zu wird auch berichtet, daß Sterbende von der Grenze zwischen Leben und Tod aus einen Blick auf das Land an der anderen Seite werfen dürfen. Viele von ihnen sprechen über die Schönheit und Lieblichkeit dessen, was sie »den Himmel« nennen. Einer der bekanntesten ist Thomas Edison. Er flüsterte seinem Arzt zu: »Es ist herrlich dort.« »Es ist prächtig«, waren die letzten Worte der Dichterin Elisabeth Browning. Aber nur wenige waren in der Lage, inhaltlich etwas von dem mitzuteilen, was sie sahen. Dann sprachen sie stets über eine Stadt mit Toren.

B. 29. Lilian Lee, ein Mädchen von 10 Jahren, sagte ihrem Vater: »Oh, Papa, welch ein schöner Anblick! Die goldenen Tore sind geöffnet und eine Menge Kinder strömt nach draußen.« Etwas später rief sie aus: »Sie rannten auf mich zu und küßten mich und gaben mir einen neuen Namen. Ich kann mich nicht an ihn erinnern.« Ihre letzten Worte waren: »Ja, ich komme, ich komme.«

B. 30. Ein dänischer Professor sagte sterbend: »Aus der Himmelspforte kommt eine große Schar in Weiß gekleidet, alle sind reingewaschen.«

B. 31. Ein bekannter Methodist, Dr. Wakeley, sah etwas Ähnliches: »Genau wie Bunyan sehe ich eine große Schar in weißen Gewändern, und ich verlange danach, bei ihnen zu sein. Lauscht, hört ihr das Lied nicht? Es ist große Freude im Himmel! Öffnet euch, ihr goldenen Tore und laßt meinen Wagen hindurch!«

B. 32. Frau Jang, eine einfache Chinesin, starb eineinhalb Jahre nach ihrer Bekehrung. Auf ihrem Sterbebett berichtete sie: »Der Herr kam ins Zimmer, nahm mich an die Hand und sagte: ›Komm mit mir.‹ Kurz darauf standen wir vor einem Tor aus Perlen. Es war die Himmelspforte. Engel öffneten sie, und wir gingen hinein. Ich sah viele schöne Häuser in prächtigen Farben. Ich sah Tausende von Engeln in einem großen Kreis, singend und herrliche Musik machend. In der Mitte stand der glorreiche Thron; der himmlische Vater saß darauf. Als ich Ihn sah, fürchtete ich mich; ich wagte es kaum, meine Augen zu erheben. Er sagte: ›Du darfst noch eben zurück, aber am 12. mußt du hierher zurückkommen.‹« Frau Jangs Zeugnis brachte Hunderte der Dorfbewohner zum Glauben. Tatsächlich starb sie am 12. des nächsten Monats.

Vielleicht paßt diese Geschichte besser in das folgende Kapitel. Normal erleben Sterbende nicht so viel. Sie sehen von der Grenze aus.

B. 33. Eine andere Chinesin, eine sogenannte Bibelfrau – also eine Laien-Evangelistin –, sagte vor ihrem Verscheiden: »Ich sehe den Himmel geöffnet und meinen Erlöser mit vielen Engeln.« Als man sie fragte, wieviele es seien, antwortete sie: »Unzählige, und sie singen.«

In diesen letzten Zitaten ist das Schauen von Gestalten und von Herrlichkeit miteinander verbunden. Wir geben noch einige Sterbebett-Erfahrungen, wo diese Kombination vorkommt, ausführlicher wieder.

B. 34. Augustus M. Toplady, ein Dichter bekannter Kirchenlieder, starb 1778, achtunddreißig Jahre alt. Eine Stunde vor seinem Tode wachte er nach einem kurzen Schlaf auf. »Oh, wie herrlich«, rief er aus. »Wer kann die Freuden des dritten Himmels ermessen? Welch strahlender Sonnenschein umgibt mich! Mir fehlen die Worte, dies zu beschreiben. Ich weiß, daß es nicht mehr lange dauern kann, bis mich mein Heiland holt ... alles ist hell, hell, das Strahlen seiner eigenen Glorie. Oh, komm Herr Jesus, komm schnell!«

B. 35. Der Pfarrer der jungen Frau Carrie Carmen berichtete über ihr Sterben. Er sah, wie sie plötzlich nach oben schaute und ausrief: »Prächtig, prächtig!« Jemand fragte: »Was ist so prächtig?« »Oh, sie sind so schön!« »Was siehst du denn?« »Engel, sie sind so schön!« »Haben sie Flügel?« »Ja, lausche, sie singen so schön, wie ich noch niemals vorher gehört habe!« »Siehst du Christus?« »Nein, aber ich sehe die Heilige Stadt. Sie ist so schön, ich kann dir nicht sagen, wie glänzend sie ist!« Sie schloß ihre Augen und ruhte einen Augenblick. Dann schaute sie strahlend auf und sagte: »Ich sehe Christus und oh, wie schön ist Er!« Ihr Ehemann fragte: »Wie sieht er aus?« Sie: »Ich kann es dir nicht sagen, aber Er ist viel schöner als all die anderen«, und wieder sagte sie: »Ich sehe die Heilige Stadt«, und nach einigem Starren in die Ferne sagte sie: »So viele!« »Was siehst du, wovon gibt es so viele?« »Menschen, mehr als ich zählen kann.« »Wen?« »Onkel George und noch viele andere, sie rufen mich und winken mir zu!« »Gibt es einen Fluß?« »Nein, ich sehe keinen.« Dann öffnete sie ihre Augen und sagte: »Trage mich von diesem Bett.« Ihr Mann sagte: »Sie will von ihrem Bett herunter.« Aber ihr Vater sagte: »Sie spricht mit den Engeln.« Als er sie fragte, ob es so sei, bestätigte sie das. Sie dankte dem Arzt für seine gute Versorgung und bat ihn, sie im Himmel wiederzutreffen. Sie schloß ihre Augen und schien schnell wegzusinken. Ihr Mann küßte sie und fragte: »Carrie, kannst du mich küssen?« Sie öffnete ihre Augen wieder, küßte ihn und sagte: »Ja, ich kann zurückkommen, um dich zu küssen; ich war beinahe drüben.« Einige Augenblicke später starb sie.

B. 36. Der berühmte Evangelist Moody starb 1899. Früh morgens am 22. Dezember sagte er beim Erwachen: »Die Erde zieht sich zurück. Der Himmel öffnet sich vor mir.« Sein Sohn dachte, daß er das in seinem Schlaf sagte, aber Moody sprach: »Nein, dies ist kein Traum. Es ist herrlich! Wenn dies der Tod ist, dann ist er lieblich. Hier gibt es kein tiefes Tal. Gott ruft mich, und ich muß gehen.« Die Familie und der Arzt wurden ins Schlafzimmer gerufen. Moody gab ihnen seine letzten Anordnungen und bestimmte, wer welche Aufgabe fortsetzen sollte. Dann war es, als ob er durch einen Schleier hindurchsah: »Dwight, Irene! Ich sehe die Gesichter der Kinder.« (Es waren zwei Enkel, die ein Jahr zuvor gestorben waren.) Nach einer halbstündigen Bewußtlosigkeit kam er wieder zu sich: »Keine Schmerzen, kein Tal! Wenn dies der Tod ist, dann ist es gar nicht schlimm, es ist lieblich!« Etwas später, auf seinem Ellenbogen gestützt, richtete er sich auf und rief: »Das ist eigenartig! Ich bin durch die Todespforte hindurch und innerhalb der Tore des Himmels gewesen und nun bin ich wieder hier! Es ist sehr eigenartig!« Er blieb noch eine Zeitlang bei Bewußtsein und sprach klar mit seiner Familie, bis er schließlich friedlich einschlief.

C. Negative Erfahrungen

Nicht alle Sterbebett-Erfahrungen sind so positiv wie die bisher angeführten. Von vielen wird erzählt, daß sie auf der Grenze zwischen Leben und Tod mit einer schrecklichen Wirklichkeit konfrontiert wurden. Ihre Augen standen voller Angst und Schrecken. Oft blieb dieser Gesichtsausdruck auch noch nach dem Tod. Häufig gibt es einen letzten, ängstlichen Ausruf. Von einer Anzahl bekannter Persönlichkeiten sind diese Ausrufe notiert.

B. 37. König Karl IX., 1574 gestorben: »Ich bin verloren, ich sehe es!«

B. 38. Sir Thomas Scott, 1621 gestorben: »Ich glaubte, weder Gott noch Hölle würden existieren. Nun weiß und fühle ich, daß beide bestehen, und daß ich durch ein gerechtes Urteil zum Untergang verdammt bin.«

B. 39. Der Philosoph Thomas Hobbes, 1679 gestorben: »Ich stehe auf dem Punkt, ins Dunkel zu springen.«

B. 40. Edward Gibbon: »Alles ist jetzt verloren, alles ist dunkel.«

Von einer Anzahl, die einen schrecklichen Tod hatten, ist bekannt, daß sie von ihrem Glauben abgefallen waren oder hartnäckigen Widerstand dagegen geleistet hatten.

B. 41. Talleyrand, 1838 gestorben, zu seinem König: »Sire, ich leide die Qual der Verdammten.«

Verschiedene Seelsorger stellen immer wieder fest, daß Menschen, die sich mit okkulten Praktiken abgegeben haben, ein elendiges Sterbebett haben. Dr. Kurt Koch gibt in seinen Büchern des öfteren Beispiele darüber.

B. 42. Ein magischer Besprecher starb unter Fluchen. Ein durchdringender Gestank erfüllte das Zimmer.

B. 43. Ein Kirchenältester (Presbyter), der mit dem sogenannten 6. und 7. Buch Mose Magie betrieben hatte, starb ebenfalls unter Fluchen.

B. 44. William Pope, ein englischer Ex-Methodist, rief auf seinem Sterbebett aus: »Oh, die brennenden Flammen, die Hölle, die Schmerzen, die ich fühle. Oh, diese Hölle, diese Qual, dieses Feuer in mir. Oh, Ewigkeit, Ewigkeit. Für immer mit Dämonen und verdammten Geistern im Pfuhl des Feuers wohnen zu müssen, das wird mein Los sein, und es ist ein gerechtes Los. Ich will nichts anderes als die Hölle! Komm, Satan, hole mich!«

B. 45. Ein Mädchen, das der Entscheidung für Christus hartnäckigen Widerstand geboten hatte: »Oh, wie entsetzlich, rettet mich, sie ziehen mich nach unten. Verloren, verloren!«

B. 46. Der französische Atheist und Philosoph Voltaire wollte sich auf seinem Sterbebett mit der Kirche versöhnen. Ungläubige Freunde, die das verhindern wollten, wurden von ihm verflucht. Danach legte er die Widerrufung seiner alten Standpunkte schriftlich fest. Aber er blieb gegen Gott und die Menschen wütend. Er rief seinem Arzt zu: »Ich muß sterben, von Gott und den Menschen verlassen.« Als ihm der Arzt erklärte, nichts mehr für ihn tun zu können, rief Voltaire aus: »Dann werde ich zur Hölle fahren und Sie mit mir.« Später sagte seine Krankenschwester, daß sie für alle Reichtümer Europas niemals mehr einen Ungläubigen sterben sehen wollte; so schrecklich war sein Ende.

In einem Besessenheitsfall erzählten Dämonen aus dem Munde des Besessenen, wie sie Voltaire nach seinem Tode empfangen hätten (P. Sutter, Satans Macht und Wirken, Gröbenzell, 7. Druck, 1975, S. 35). Da wir hinsichtlich Äußerungen von Dämonen immer skeptischer geworden sind, werden wir diese weiterhin nicht mehr verzeichnen.

B. 47. Über Stalins Sterbebett haben wir von seiner Tochter Swetlana gehört: »Das Sterben meines Vaters war schrecklich schwer. Der Todeskampf war entsetzlich. In der letzten Minute öffnete er plötzlich seine Augen. Es war ein schrecklicher Blick, halb wahnsinnig, halb zornig. Dann erhob er plötzlich seine linke Hand und zeigte nach oben, wobei er uns alle bedrohte.«

Aus dem Vorhergehenden bekamen wir bereits einen Eindruck von dem Inhalt der negativen Sterbebett-Erfahrungen. Es wird von Hölle, Feuer und Teufel gesprochen. Wir fügen noch einige Aussprachen hinzu, in denen auch andere Bilder wie Mauer und Wasser gebraucht werden.

B. 48. Ein Bandenführer: »Ich gehe zur Hölle, ich bin verloren. So kann ich nicht sterben. Mutter, es ist schrecklich, in die Hölle zu gehen.«

B. 49. Der atheistische Ehemann einer Spiritistin: »Ich sehe eine große, hohe Mauer vor mir emporragen. Jetzt, wo es zu spät ist, entdecke ich, daß es einfacher ist, in die Hölle hinein- als herauszukommen.«

B. 50. Ein Glaubensspötter: »Guck, wie hoch das Wasser steigt. Schnell wird mich der Fluß überspülen. Ich habe nie an eine Hölle geglaubt, aber jetzt glaube ich daran. Oh, wie schrecklich!«

Andere sprechen ebenfalls über einen Teufel oder über »sie«.

B. 50a. Obengenannter Spötter: »Ich sehe den Teufel neben mir auf dem Bett sitzen. An jeder Seite von mir sitzen kleine.«

B. 51. Ein Mädchen, das ein wildes Leben geführt hatte: »Oh, der Teufel kommt, um meine Seele in die Hölle zu ziehen. Ich bin für immer verloren!«

B. 52. Ein Däne, der als Magier bekannt war, sah, daß sich der Teufel ihm näherte: »Guck, da ist er. Er nimmt mich mit! Hilfe!«

Der deutsche Pfarrer Hampe berichtet über ein Forschungsergebnis, aus dem zu ersehen sei, daß nur in 8 von 4200 beobachteten Sterbefällen von einem Todeskampf gesprochen werden könne. Aus einem anderen Untersuchungsergebnis könne geschlossen werden, daß das speziell bei Menschen, die einen Selbstmordversuch unternommen hatten, der Fall war. Martensen-Larsen kam jedoch zu einer anderen Schlußfolgerung: »Es scheint, daß es nicht nur im Vaterhaus viele Wohnungen gibt, sondern auch außerhalb.« Das ist auch der Eindruck, den wir aus dem von uns in diesem Kapitel gesammelten Material bekommen. Im nächsten Kapitel kommen wir darauf zurück.

2. ÜBER DIE GRENZE

So wie wir im Vorwort bereits andeuteten: durch den Fortschritt der medizinischen Wissenschaft ist es möglich geworden, mit gewissen Methoden und unter bestimmten Voraussetzungen Menschen vom Tode zurückzuholen. Man spricht über Reanimation, Resuszitation, und über Wiederbelebungstechniken. Man wendet Herzmassagen, Lungenmaschinen, Mund-auf-Mund-Beatmung und Injektionen mit z. B. Adrenalin an. Man hat dafür durchschnittlich vier bis sechs Minuten Zeit. In 11 % der Fälle ist noch bis zu ungefähr zwanzig Minuten Reanimation möglich. Russische Gelehrte haben festgestellt, daß bei einem plötzlichen Tod das Gehirn viel mehr Sauerstoff enthält als es bei einem langsamen Sterben der Fall ist, und daß es also in dem ersten Fall länger funktionsfähig ist. Man unterscheidet heutzutage zwei oder drei Arten des Todes: den klinischen Tod, bei dem kein Herzschlag und keine Atmung mehr da ist, und den absoluten, biologischen, unwiderruflichen Tod, bei dem das Gehirn durch Sauerstoffmangel nicht mehr funktionieren kann, die Gehirnrinde unheilbar beschädigt ist und ein Enzephalogramm nur noch eine gerade Linie aufweist. Einige unterscheiden davon den Gewebetod: nach ungefähr 72 Stunden werden die Zellen abgebrochen und entbindet sich das Gewebe, so daß auch das Wachstum der Haare und der Nägel zu Ende geht. Das Laboratorium für experimentelle Physiologie der Reanimation in Moskau gibt folgende Definition für den klinischen Tod: »Der klinische Tod ist ein Stadium, in dem alle äußeren Kennzeichen des Lebens wie Bewußtsein, Reflektionen, Atmung und Herztätigkeit abwesend sind, aber in dem der Organismus noch nicht tot ist und die Stoffwechselprozesse des Gewebes noch weiter ablaufen, wobei es unter gewissen Umständen möglich ist, alle Funktionen wiederherzustellen.«

Das bedeutet also, daß wir heutzutage mehr als früher über Erfahrungen verfügen, die viele in den Minuten ihres klinischen Todes gemacht haben. Standen Sterbende an der Grenze, so scheinen Menschen, die klinisch tot gewesen sind, die Grenze überschritten zu haben. Es ist darum zu erwarten, daß diese letzteren nach ihrer Reanimation mehr über das, was sie erfahren haben, erzählen können, als die, die uns von der Grenze aus noch einige Worte zurufen konnten. Wir werden sehen, daß diese Erwartungen durch Tatsachen bestätigt werden.

Im übrigen sind auch Menschen ins Leben zurückgekehrt, die viel länger als zwanzig Minuten tot waren. Ihre Wiederkehr ins Leben ist dann auch nicht durch medizinisches Eingreifen erfolgt, sondern meistens gab es jemanden, der den Auftrag verspürte, im Namen Jesu den Toten aufzuerwecken. Viele wissen nicht, daß diese Auferweckungen auch nach der biblischen Zeit weiterhin vorgekommen sind. Der Kirchenvater Irenaeus berichtete darüber, ungefähr um das Jahr 200. Sie kommen aber auch heute noch vor. Was medizinisch gesehen unmöglich ist: das Gehirn der vom Tode Auferweckten funktioniert normal und unbeschädigt. Wir geben von diesen Auferweckungen einige Beispiele.

B. 53. Es wird berichtet, daß während der großen Erwekkung in Timor um 1970 acht Tote auferweckt wurden. Pfarrer Ralph Wilkerson aus Anaheim (USA) sprach mit vier von ihnen. Mel Tari war bei einer Totenauferweckung anwesend. In dem Dorf Amfvang war ein Mann bereits zwei Tage tot. Die Leiche stank. Ungefähr tausend Gäste waren zur Beerdigung gekommen. Eine Gruppe Christen betrat in dem Augenblick das Dorf. Sie waren davon überzeugt, daß Christus ihnen den Befehl ins Herz gab: »stellt euch um den Toten und singt. Ich werde ihn auferwecken.« Beim sechsten Lied bewegten sich die Zehen des Mannes. Während des siebten und achten Liedes kam er zu vollem Bewußtsein und schaute lächelnd um sich. Auch der Missionar Reb berichtet von Totenauferweckungen auf den Philippinen und der anglikanische Bischof von Singapur, Chiu, sagt: »Ich habe von Menschen, deren Urteil ich vertrauen, gehört, daß sie Menschen vom Tode zurückkehren sahen.«

B. 54. Unter den Zulus in Südafrika gibt es seit langem eine geistliche Erneuerungsbewegung. In der Klinik des Leiters dieser Bewegung, Erlo Stegen, starb im Alter von einundzwanzig Jahren Lydia Thofozi. Der Pulsschlag hörte auf, der Körper wurde kalt. Stegen und sein Team beteten stundenlang. Danach bewegte sie sich. Die Krankheit, an der sie gelitten hatte, war verschwunden. Viele Zulus kamen durch dieses Ereignis zum Glauben.

B. 55. Der Missionar Lovick berichtet, daß ein einheimischer Pfarrer in Togo Zeuge des Begräbnisses eines siebenjährigen Kindes, des einzigen Sohns einer Witwe, war. Er fühlte sich gedrängt, den Leichenzug anzuhalten. Er befahl, den Leichnam des Jungen auf den Altar der Kirche zu legen und gebot: »Im Namen Jesu, stehe auf.« Der Junge stand direkt auf. Viele in der Umgebung kamen dadurch zum Glauben. Auch ein Missionar von der Elfenbeinküste, Sahli, berichtet von einer dort stattgefundenen Totenauferweckung.

B. 56. Ein Missionar in Südamerika erzählte Pfarrer Buckingham von einer Totenerweckung, die während seines Urlaubs in Anwesenheit des Dorfpfarrers Leonardo stattgefunden hat. Während einer Zusammenkunft, die von drei Gastpredigern geleitet wurde, war ein Mann zu Boden gefallen. Erst hatte man gedacht, ihm sei übel geworden, aber er war tot. Eine Stunde lang versuchte man, ihn ins Leben zurückzubringen, aber sein Körper war bereits kalt und fing an, steif zu werden. Danach hatten die Gäste mit Erlaubnis des Pfarrers Leonardo dem Toten die Hände aufgelegt. Auf ihr Gebet hin hatte sich der Mann langsam aufgerichtet. Während die Anwesenden den Herrn dafür lobten, war der Heilige Geist mit soviel Kraft auf sie gefallen, daß sich das Gebäude bewegte.
B. 57. In dem mexikanischen Ort Jarretaderes stellte der Arzt den Tod einer alten Großmutter fest. Eine Bekannte ihrer Enkelin, die Amerikanerin Smalley, fühlte sich gedrängt, bei der Verstorbenen zu beten. Sechs Stunden nach dem Tod kam die Großmutter zum Leben. Verschiedene Familienmitglieder wurden von Krankheiten geheilt und viele Dorfbewohner kamen zum Glauben.
Auch in Mittelamerika, in Nicaragua, wurde durch den Missionar Alan Toller ein Mann auferweckt, der bereits zwei Stunden tot gewesen war.
Berichte über Totenauferstehungen kommen auch aus den Vereinigten Staaten.
B. 58. Pfarrer Ralph Wilkerson, der Leiter des christlichen Zentrums Melodyland bei Los Angeles, erzählt in seinem Buch »Ins Jenseits und Zurück« über verschiedene Fälle, an denen er selbst beteiligt war. Sein jüdisch-christlicher Mitarbeiter Michael Esses starb an einem Herzanfall. Der Arzt hatte den Totenschein bereits ausgestellt, als Wilkerson ins Zimmer kam. Wilkerson sprach die Worte Jesu aus Joh 11 zum gestorbenen Lazarus. Esses kam ins Leben zurück.

B. 59. Ein anderes Mal fühlte sich Wilkerson gedrängt, zum Krankenhaus zu gehen, in dem sein Mitarbeiter Marvin Ford gerade an seinem dritten Herzanfall gestorben war. Wilkerson beschwor den Tod im Namen Jesu. Ford erzählte später, wie er fühlte, daß sein Geist in seinen Körper zurückgezogen wurde. Der Monitor neben seinem Bett kam wieder in Bewegung. Ford war länger als eine halbe Stunde tot gewesen. Wilkerson erzählt auch von einem Theologie-Professor, der $4^1/_2$ Stunden, und von einem dreijährigen Kind, das 17 Stunden tot war. Und auch die Pionierin im Dienst der Heilung, die amerikanische Pfarrersfrau Agnes Sanford, erzählt von Totenauferweckungen. Eine ihrer Freundinnen, eine Negerpfarrerin aus Philadelphia, war zweimal Zeugin davon. Auch ihr eigener Schwiegervater, den man gerufen hatte, um ein sterbendes Kind zu taufen, kam an, als das Baby bereits gestorben war. Er tröpfelte Taufwasser in den Mund des Kindes und betete, daß das Kind zum Leben zurückkehren solle, was auch geschah. Der Kardiologe Dr. Rawlings spricht ebenfalls über eine Totenauferweckung. Ein Pfarrer wurde von Frau D., einem Gemeindemitglied, gebeten, sie zu besuchen. Sie war im letzten Stadium von Krebs. Als der Pfarrer kam, war Frau D. bereits gestorben. Er betete zu Gott, sie zurückkehren zu lassen, damit sie sagen könne, was sie auf ihrem Herzen hatte. Zum Entsetzen der atheistischen Krankenschwester schlug sie ihre Augen auf.

Man kann einwenden, daß es doch möglich sei, daß sich in den obengenannten Fällen die Umstehenden oder selbst die Ärzte geirrt hätten, oder daß es sich hier nur um einen Scheintod oder um ein Koma gehandelt haben könne. Es bleibt dann aber merkwürdig, daß ein Gebet oder ein Befehl im Namen Jesu diesen Zustand durchbrochen hat. Wir wollen hierüber jedoch nicht streiten. Es geht uns hier um eine Erfahrung, die man »jenseits der Grenze« gemacht hat. Es ist bekannt, daß auch Menschen, die sich einige Zeit

im Koma befanden, allerlei Erfahrungen gemacht haben, die sie nach ihrer Rückkehr ins Bewußtsein erzählen konnten. Die zwei bekanntesten Fälle sind ziemlich alt. Das Mädchen Marietta Davis war 1848 neun Tage lang tief bewußtlos. Hinterher erzählte sie ihrem Pfarrer, J. L. Scott, und ihrem Arzt ihre Erfahrungen. Pfarrer Scott publizierte diese. Das Buch »Scenes beyond the Grave« hat inzwischen mehr als dreißig Auflagen erreicht. In Koma hörte Marietta (vgl. B. 32), wann sie endgültig sterben würde: im März 1849. So geschah es auch. Um 1900 verlor das Mädchen Rebecca Springer nach wochenlanger Krankheit das Bewußtsein. Tagelang — für ihr Gefühl waren es Jahre — lag sie im Koma. In »Within the Gates« finden wir ihre Erfahrungen aufgezeichnet.
In diesem Kapitel werden wir den Erfahrungen derer nachgehen, die vom klinischen Tod, vom absoluten Tod und aus einem Koma zurückkehrten. Wir werden dabei sehen, ob die Erfahrungen aus diesen drei Kategorien übereinstimmen oder nicht.

A. Das Verlassen des Körpers

Das erste, was viele berichten, ist die Erfahrung, daß sie ihren Körper verlassen, darauf niederschauen und auch sehen, was Ärzte, Krankenhauspersonal oder Familienmitglieder im Sterbezimmer oder im Operationssaal sagen oder tun. Manche sagen, daß sie danach das Zimmer verließen. Andere fühlen sich direkt weit von der Erde entfernt. Wir greifen wieder einige Zeugnisse von vielen heraus.
B. 60. Unter örtlicher Betäubung wurde die Pfarrersfrau Julia Ruopp an ihrer Kehle operiert. Die Ärzte baten sie, zu sprechen und zu singen, damit sie ihre Stimmbänder

leichter lokalisieren könnten. Während sie das tat, entdeckte sie plötzlich zu ihrem Erstaunen, daß sie sich von oben liegen sehen konnte und auch die Gruppe Menschen, die rund um den Operationstisch mit ihrem Körper beschäftigt war. Sie hörte eine Schwester erschreckt ausrufen: »Doktor, ihr Puls hört auf zu schlagen.«

Daß derartige Zeugnisse zahlreich sind, stellte auch die bekannte Untersucherin von Sterbevorgängen, Frau Elisabeth Kübler Ross, fest. In einem Interview mit der »Chicago Tribune« (16. 10. 1975) sagte sie: »Die meisten Patienten erzählten, daß sie ein paar Fuß über ihrem Körper schwebten und die Versuche, sie zum Leben zurückzubringen, beobachteten. Sie konnten hinterher genau beschreiben, was geschehen war: Einzelheiten von dem, was gesagt wurde, das Kommen und Gehen der Retter und Augenzeugen.« Auch der Arzt Moody stellte fest, daß viele hören, wie der Arzt den Tod feststellt. Augenscheinlich löst sich etwas vom Körper, ob wir dieses »Etwas« nun Seele, Geist, Bewußtsein oder Person nennen. Dieses »Etwas« kann wahrnehmen, denken, fühlen und trägt somit die Kennzeichen einer Persönlichkeit, eines »Ich«. Mit Hampe kann man von einer Bewußtseinsveränderung sprechen, die mit dem Tode eintritt. Versuche der Verstorbenen, Ärzten oder Familienmitgliedern etwas zuzurufen, haben keinen Erfolg. Manche erzählen später, daß sie nicht genau begriffen, was geschah und mit Schreck feststellten, daß der Körper, den sie auf dem Bett liegen sahen, ihr eigener war. Sie sind erstaunt, daß sie durch Menschen oder Türen hindurchgehen und, je nach Wunsch, in einem Augenblick schwerelos große Entfernungen zurücklegen können. Manche, aber längst nicht alle, sprechen von einer Kordel, einem Faden, einem Band oder einer Kette, mit der man noch mit dem Körper verbunden ist. Man ist sich bewußt, daß, wenn diese Verbindung abbrechen würde, eine Rückkehr nicht mehr möglich ist. Man könnte einen Vergleich mit der

Geburt ziehen, wo man durch die Nabelschnur noch eine Verbindung mit dem Körper der Mutter hat. Aber mein Eindruck ist der, daß diejenigen, die von einem Band sprechen, unter Narkose standen oder sich im Koma befanden. Dies würde auch erklären, daß wirklich klinisch Tote dieses Band kaum erwähnen. Eine andere Erklärung wäre die, daß man soviel erfährt und wahrnimmt, daß man dieser noch bestehenden Verbindung keine Beachtung schenkt.

Wir führen im Folgenden noch eine Anzahl von Zeugnissen an, wobei wir die von Hampe und Moody weglassen, weil die Leser diese leicht bei ihnen nachschlagen können.

B. 61. Doktor Ritchie berichtet von einem Erlebnis aus seiner Dienstzeit im Zweiten Weltkrieg. Während Röntgenfotos von ihm gemacht wurden, verlor er sein Bewußtsein. Als er seine Augen öffnete, lag er in einem Zimmer, das er nicht kannte. Er sprang aus dem Bett und suchte nach seiner Uniform. Dann sah er jemanden im Bett liegen, das er glaubte, gerade verlassen zu haben. Er stellte fest, daß der Mann tot war. Daraufhin sah er einen Ring an seinem Finger, den er als einen Ring der Studenten-Bruderschaft erkannte, wie er selbst einen seit zwei Jahren trug. Danach rannte er aus dem Zimmer. »Paß auf!«, rief er einem Krankenpfleger zu, aber dieser hörte es nicht und lief quer durch ihn hindurch. Ritchie lief schnell aus dem Krankenhaus und versuchte, von einer Fernsprechzelle aus anzurufen. Aber er konnte keinen Kontakt mit der Schnur und dem Hörer bekommen. Es wurde ihm deutlich, daß er die Festigkeit seines Körpers verloren hatte; seine Hand konnte nichts mehr greifen, sein Mund keinen Ton mehr hervorbringen; man konnte ihn nicht sehen. Nun erst merkte er, daß der Körper im Bett sein eigener gewesen sein mußte, und daß er so schnell wie möglich in ihn zurück mußte. Ritchie kehrte zum Krankenhaus zurück, auf der Suche nach seinem Körper. Er durchquerte erst einige Säle, bevor er den Körper mit dem Ring fand. Vergeblich probierte er, das Bettlaken von seinem Kopf wegzuziehen. Nun erst wurde ihm deutlich, daß er gestorben war. Tatsächlich hatten der Militärarzt und der Krankenpfleger ihn an diesem Tage, den 20. Dezember 1943, für tot erklärt.

B. 62. Der bekannte französische Filmstar Daniel Gélin bekam in seinem Hotel in Tel Aviv einen Herzanfall. Nachdem man ihn in höchster Eile in ein Krankenhaus gebracht hatte, war er vier Minuten lang klinisch tot. Er fühlte sich durch den Raum schweben, sah seinen Körper auf dem Bett liegen und bemerkte, daß der Monitor stillstand.

B. 63. Auch die Amerikanerin Mary Lois Leath sah auf ihren Körper hinab. Sie nahm wahr, wie ihr siebenjähriges Söhnchen an ihrem Arm zog und um Hilfe rief. Sie sah auch einen Krankenwagen ankommen, und wie ihr Körper in den Wagen hineingetragen wurde. Sie folgte dem Wagen zum Krankenhaus und war Zeugin der Versuche der Ärzte, sie wieder ins Leben zurückzurufen.

B. 64. Nachdem sein Auto angefahren worden war, schwebte der amerikanische Unterminister der Marine, Johnson, aus seinem Körper. Er sah, was rund um das beschädigte Auto geschah. In einem Sekundenblitz sah er auch seine Frau neben dem Auto stehen. Später hörte er, daß sie zu Hause intuitiv den Augenblick des Zusammenstoßes gefühlt und Gott in dem Moment gebeten hatte, ihren Mann zu retten.

B. 65. Das Herz des Ex-Piloten Russ stand einige Minuten still. Nachdem er sich selbst auf dem Bett hatte liegen sehen, ging er zur Tür hinaus und sah, wie draußen die Kirschbäume in Blüte standen.

B. 66. Frau Kay Lambeth sollte durch einen Kaiserschnitt entbinden. Zwei Ärzte stellten fest, daß Mutter und Kind gestorben waren. Frau Lambeth sah sich selbst vom Fußende des Operationstisches. Sie nahm noch wahr, wie das Kind geboren wurde. Sie hörte, was die Ärzte zueinander sagten. Daraufhin sah sie ein großes Licht. Den Ärzten gelang es, sie ins Leben zurückzurufen.

B. 67. Der Kanadier Godkin erlitt durch ein Unglück eine Verbrennung dritten Grades. Sein Körper war zu 65 % verbrannt. Er erzählt später: »Ich reiste in das Land auf der anderen Seite des Todes und kehrte von dort zurück. Eines der ersten Dinge, dessen sich die Seele bewußt wird, ist die Gewichtslosigkeit von dem Moment an, da die Seele den Körper verläßt. Es ist der irdische Körper, der der Seele das Gefühl der Schwere gibt. Es ist eine enorme Erfahrung, auf den Körper herabzusehen, wie er auf dem Krankenhausbett liegt. Als ich den Schock, von meinem Körper geschieden zu sein, überwunden hatte und realisierte, daß ich jetzt in der geistigen Welt verkehrte, war ich über den großen Unterschied zwischen den zwei Welten erstaunt. Zuerst ist dort die deutliche Scheidung zwischen Licht und Dunkel. Das Licht ist milde, freundlich und beständig. In der geistigen Welt scheint kein Zeitfaktor zu bestehen und auch kein Begriff von Zeit und Raum, so wie wir ihn hier kennen.«

B. 68. Über dieses Licht spricht auch der Niederländer Bert Garthoff. Als Soldat in Indonesien kam er mit einer Lungenentzündung ins Militärlazarett, so erzählte er in seinem Radioprogramm »Wetter oder kein Wetter« vom 18. 6. 1978. Plötzlich hatte er das Bewußtsein, »da geh' ich«. »Ich flog, oder besser gesagt, ich wurde geflogen und noch besser, ich wurde gesungen durch Stimmen, die keine Worte sangen, sondern nur Melodien, Klänge von Menschen oder Wesen, die ich nicht sehen, sondern nur hören konnte. Und durch den Gesang getragen, schwebte ich fort über eine zart-wellige Hügellandschaft, die prächtig weiß war, nicht schneeweiß, jedoch weiß vom Licht. Es war eine Landschaft voller Licht, eine Lichtlandschaft.«

B. 59a. Der bereits genannte Marvin Ford erlebte sein Sterben auf folgende Weise: »Wie ein Korken, der von der Flasche springt, löste sich mein Geist von meinem Körper und stieg mit einer Drehung von 45 Grad durch die Decke des Krankenhauszimmers. Mit einer enormen Schnelligkeit bewegte ich mich zu einem Licht im Weltraum.«

B. 69. Eine gleichartige Erfahrung hatte Rebecca Springer während ihres Komas. Auch sie sah sich selbst auf dem Bett liegen. Sie konnte wahrnehmen, daß ihre Krankenschwester die Zeitung las. Durch das Fenster ging sie nach draußen auf die Straße.

B. Der Tunnel und die Geräusche

Viele, die in der Ferne ein Licht gesehen haben, erzählen, daß sie, um dieses Licht zu erreichen, erst durch einen Tunnel, ein Rohr, einen Korridor oder ein Tal hindurch mußten. Auch bei Moody und Hampe finden wir Beispiele hierüber. Beim Lesen dieser Beschreibungen drängt sich die Assoziation mit einer Geburt auf. Könnte es nicht sein, daß, wie wir alle durch einen engen Durchgang hindurchgeboren werden, wir auch durch einen engen Durchgang müssen, um in die nächste Lebensphase zu kommen? Doch nicht alle sprechen über diesen Tunnel. Die Erfahrungen sind auch in diesem Punkt nicht alle gleich. Im folgenden wieder eine Anzahl von Beschreibungen.

B. 60a. Julia Ruopp, jene Frau, die während ihrer Kehlkopfoperation starb, setzt ihre Geschichte fort: »Dann ging ich durch etwas, das einem langen, dunklen Korridor ähnelte. Auf dieser Reise, die lange dauerte, geschah nichts und ich fragte mich, wie lange es noch gehen würde, als ich in einen überwältigenden, weiten Raum voller Licht kam, ein klopfendes, lebendiges Licht, das nicht mit Worten zu beschreiben ist.«

B. 64a. Unterminister Johnson schwebte, nachdem er das Wrack seines Autos, die Polizei, Neugierige und seine Frau wahrgenommen hatte, durch einen Tunnel zum Licht.
B. 59b. Marvin Ford erzählt, wie er sich schnell durch eine große, dunkle Leere bewegte. In seinem Buch berichtet er von jemandem, der erfror und dessen Tunnel blauweiß, also wie Eis, aussah.
B. 70. Die seit ihrer Geburt verstümmelte Betty Baxter bat den Herrn, sie in den Himmel aufzunehmen. Sie fühlte um sich herum eine kalte Dunkelheit. Sie bewegte sich durch ein enges Tal, bis sie plötzlich Licht sah.
In dieser Phase hören viele Menschen Geräusche. Moody spricht über ein unangenehmes Summen, Klopfen, Flöten oder Gebrüll, aber er berichtet auch von Glocken- oder Schellengeläut und von herrlicher Musik. Dies trafen wir bereits bei Sterbenden an und auch Garthoff berichtet darüber. Dr. Rawlings kennt jemanden, der diese Musik auch nach der Rückkehr in den Körper noch einige Zeit hörte. Hampe berichtet von Menschen, die Stimmen auffangen. Wir geben ein Beispiel von diesen Geräuschen.
B. 71. Ende 1976 stürzte das Flugzeug des Ehepaares Beck ab. Der Mann kam dabei ums Leben. Die Frau hörte im Dunkeln ein summendes Geräusch. Dann kam sie in ein weißes Licht voller Liebe und Frieden.
Diese Geräusche sind eigentlich unerklärlich. Es sei denn, daß wir mit Garthoff annehmen, daß sie »von Menschen oder Wesen« stammen. Aber warum sind sie das eine Mal unangenehm und das andere Mal schön? Es liegt auf der Hand, daß, wenn Sterbende früher Verstorbene und Engel wahrnehmen, diese auch eine Rolle beim Verlassen des Körpers und der Reise durch den Tunnel spielen. Tatsächlich finden wir hierüber viele Berichte.

C. Verstorbene und Engel

Elisabeth Kübler Ross befragte 750 Menschen, die klinisch tot gewesen waren. Viele von ihnen erzählten von Begegnungen mit früher Verstorbenen. Dasselbe konstatieren Osis und Dr. Rawlings. Der letztere sagte: »Meine Patienten treffen im allgemeinen verstorbene Geliebte auf einer Art Sortierplatz, der mit einem Schlagbaum von einer dauerhaften Daseinsform abgeschlossen war.« Dr. Moody berichtet ebenfalls Fälle, in denen früher Verstorbene den gerade Verstorbenen anboten, sie unterwegs zu führen und zu beschützen. Wir geben einige Beispiele.

B. 62a. Während Daniel Gélin klinisch tot war, sah er, daß sich ihm zwei Gestalten näherten. Es waren seine Eltern. Sie brachten ihn in einen Garten, in dem er sein mit vier Jahren gestorbenes Söhnchen Paul traf.

B. 72. Frau Dorothy Whippo erzählte einem Journalisten, daß sie während einer ernstlichen Krankheit ihren Körper verlassen hatte. Sie war nach einer Reise durch einen dunklen Tunnel ihrem Vater, Bruder, Onkel und ihrer Schwägerin begegnet, die bereits alle früher verstorben waren. Ihr Vater hatte sie zeit ihres Lebens stets »Schwesterchen« genannt und sie bei diesem Wiedersehen gefragt: »Willst Du Dich nicht zu uns setzen, Schwesterchen?«

B. 73. Nachdem Francis Leslie mittels einer Adrenalin-Injektion wieder ins Leben zurückgekehrt war, erzählte sie, wie sie durch einen langen Schacht geschwebt war, und daß es war, als ob Stimmen längst verstorbener Bekannter sie zur Öffnung des Tunnels gerufen hätten.

B. 69a. Während Rebecca Springer im Koma lag, war das erste, was sie sah, daß ihr verstorbener Schwager kam, sie abzuholen.

Oft sind diese Begegnungen mit früher Verstorbenen mit einer Erscheinung von Wesen verbunden, die man als Engel beschreibt.

B. 74. Während Judith Reeves bei einer Operation unter Narkose stand, sah sie, wie zwei Engel sie durch Täler und über Berge und Seen zu einem strahlenden Licht trugen. Vor dem Tor einer weißen, himmlischen Stadt sah sie ihre Mutter stehen, die vor 50 Jahren gestorben war. Sie sah wie eine junge Frau aus.
Oft nimmt man auch nur Engel wahr.

B. 75. Pfarrer Work, der Schwiegervater Pfarrer Wilkersons, lag 1938, nachdem er durch ein Fall von der 2. Etage sein Genick gebrochen hatte, im Koma. In diesem Zustand war er sich bewußt, daß zwei Engel, in helles Licht gehüllt, die ganze Nacht bei ihm wachten.

B. 76. Während Marietta Davis im Koma lag, wußte sie sich von einem Engel in höhere Welten geführt.
Ebenso wie bei Sterbebett-Erfahrungen finden auch hier Begegnungen mit Menschen statt, von denen man nicht wußte, daß sie gestorben waren.

B. 77. Eine alte Dame erzählte ein Erlebnis aus ihrer Jugend. Während einer Krankenhausaufnahme merkte sie, daß ihr Geist ihren Körper verließ. Zurückblickend sah sie ihren jungen Ehemann weinen. Sie traf einen Engel und war der Meinung, daß dieser sie weiter führen würde. Dann sah sie aber plötzlich einen jungen Mann, den sie kannte. »Tommy«, rief sie, »ich wußte nicht, daß du hier oben warst!« Er antwortete: »Ich wußte auch nicht, daß du hier warst!« »Ich bin gerade angekommen«, sagte sie. »Ich auch«, antwortete er. Zu ihrer Enttäuschung sagte der Engel unerwartet zu ihr: »Aber du mußt noch eine Zeitlang zur Erde zurückkehren.« Später wurde festgestellt, daß zur gleichen Zeit ihres klinischen Todes der Freund gestorben war.

B. 78. Die Kanadierin Frau Bossert hatte zwei Erfahrungen mit dem klinischen Tod, 1948 und 1975. Während ihrer zweiten Sterbenserfahrung starb ihr Bruder. Frau

Bossert sah ihn in den Himmel eintreten. Sie wußte nichts von seinem Sterben.

B. 79. Frau D. fiel ins Koma. Nachdem sie wieder zu Bewußtsein gekommen war, erzählte sie, daß Herr B. soeben gestorben sei, denn sie habe ihn in den Himmel eintreten sehen. Sie konnte unmöglich vom Tode des Herrn B. wissen. Man erkundigte sich und erfuhr, daß der Mann tatsächlich gestorben war, und zwar in dem Augenblick, als sie ihn im Koma gesehen hatte.

D. Die Lichtgestalt und das Lebenspanorama

Immer wieder haben wir gehört, daß Menschen, ob sie nun durch einen Tunnel gingen oder nicht, einem großen Licht entgegenschwebten. Nun ist es überraschend, daß sehr viele aussagen, sie seien in diesem Licht einem Wesen, einer Person, begegnet, von der Liebe und Friede ausströmte. Das Licht umhüllt einen »Jemand«, der selbst meistens nicht wahrgenommen wird. Andere denken mehr an ein »Etwas«. Jemand spricht über ein Netz mit Kordeln und Knoten voller Energie, ein anderer über ein Bündel von Farben, wie in einem Blumenstrauß.

Sehr viele erzählen auch, sie seien in Anwesenheit dieser Lichtgestalt mit der Wahrheit über sich selbst konfrontiert worden. Sie sahen ihr ganzes irdisches Leben in einem Rückblick an sich vorüberziehen. Einige sprechen von einer Art Film, andere von Dias. Der eine spricht über eine chronologische Reihenfolge, ein anderer sagt, daß er alles auf einmal sah. Alle haben den Eindruck, daß ihr Lebenspanorama blitzschnell vor ihnen abrollt: Dieses Ereignis kommt nicht nur bei klinisch Verstorbenen vor, sondern auch bei Menschen in plötzlicher Lebensgefahr, bei einem Bergabsturz oder bei Ertrinkungsgefahr. So gibt es aus dem vorigen Jahrhundert einen Bericht des Admirals Beaufort, der, während er fast ertrank, sein ganzes Leben rückwärts ablaufen sah: »aus der Vogelperspektive, stets deutlicher. Unter den Bildern waren auch solche, die aus meiner Erinnerung verschwunden waren, die ich aber als richtig erkennen mußte.«

Viele berichten, daß während des Ablaufs dieses Lebenspanoramas die Lichtgestalt das Wort an sie richtete, wobei sie sich bewußt sind, daß dieses Sprechen mehr durch Gedankenübertragung als durch eine hörbare Sprache geschieht. Viele »hörten« die Frage an sich gestellt: »Bist du bereit zu sterben?« »Was kannst du nun von deinem Leben sehen lassen?« Aber man hatte den Eindruck, daß diese Frage nicht drohend, verurteilend klang. Gerade auf diesem Punkt erfahren Zurückgekehrte, daß ihre irdische Sprache nicht ausreicht, um diese Begegnung zu beschreiben. Aus den Berichten wird deutlich, daß sich die Lichtgestalt nur selten zu erkennen gibt. Nicht-Christen äußern sich nur undeutlich über die Lichtgestalt. Christen identifizieren sie ohne Zögern mit Jesus Christus. Diejenigen, für die Jesus in ihrem Leben keine Realität ist, sprechen über »ein Licht vollkommenen Verstehens und vollkommener Liebe«, über einen »Engel des Lichts« oder über »ein heiliges Wesen«, so berichtet Moody. Laßt uns einige der Beschreibungen anführen.

B. 61a. Doktor Ritchie, der sein Erlebnis als Soldat beschreibt, erzählt über seine Begegnung Folgendes: »In dem verzweifelten Augenblick — als er entdeckt hatte, daß er gestorben war — füllte sich das Zimmer mit Licht. Ich sage ›Licht‹, aber in unserer Sprache gibt es kein Wort, um diese intensive Strahlung zu beschreiben. Ich muß jedoch versuchen, Worte dafür zu finden, weil, wie unbegreiflich diese Erfahrung auch für meinen Verstand war, sie seitdem jeden Moment meines Lebens beeinflußt hat. Das Licht, das ins Zimmer trat, war Christus. Ich wußte das, weil tief in mich hinein der Gedanke gelegt wurde, du bist in der Gegenwart des Sohnes Gottes. Ich habe Ihn ›Licht‹ genannt, ich hätte aber auch ›Liebe‹ sagen können, denn das Zimmer wurde überströmt, durchdrungen, erleuchtet mit dem vollkommensten Erbarmen, das ich je gefühlt habe. Es war eine Gegenwart, so tröstend, so voller Freude, so vollkommen befriedigend, daß ich mich selbst für ewig in dieses Wunder hätte verlieren wollen.

Es war jedoch auch etwas anderes in dem Zimmer anwesend. Mit der Gegenwart Christi, gleichzeitig, auch wenn ich es hintereinander erzählen muß, war auch jede Episode meines Lebens mitgekommen. Da waren sie: jedes Ereignis, jeder Gedanke, jedes Gespräch, greifbar, wie eine Serie Fotos. Es gab keinen Anfang und kein Ende. Sie kamen gleichzeitig und gaben Antwort auf die *eine* Frage: ›Was hast du mit deiner Zeit auf Erden getan?‹ Besorgt schaute ich auf die Szenen vor mir: Schule, Familie, Pfadfinder, eine ziemlich normale Jugend, aber im Licht der ›Gegenwart‹ erschien es mir ein unwichtiges Bestehen. Ich suchte in meinen Gedanken nach guten Taten. ›Sprachtest du zu anderen über mich?‹ kam die Frage. ›Dazu hatte ich keine Zeit‹, war meine Antwort. ›Ich hatte die Absicht, aber dann geschah dies. Ich bin zu jung, um zu sterben.‹ ›Niemand‹, so klang es unaussprechlich freundlich, ›ist zu jung, um zu sterben.‹«

B. 67a. Herr Godkin, der bei einer Gasexplosion schwere Verbrennungen erlitten hatte, sah in seinem Krankenhauszimmer einen Lichtstrahl, der die Hälfte des Zimmer erfüllte. In diesem Strahl befand sich ein geistiges Wesen. Das Sehen dieses Wesens gab Godkin ein Sündenbewußtsein und führte ihn zum Sündenbekenntnis. Eine Stimme sagte zu ihm: »Komm!« Godkin beschreibt, wie er sich danach im Paradies befand und entdeckte, daß das Licht von Jesus ausstrahlte und den Teil des Himmels, der Paradies genannt wird, füllte.

B. 70a. Die Invalide Betty Baxter wußte intuitiv, daß das Licht, in dem sie nach ihrer Reise durch das enge Tal plötzlich zurechtkam, Jesus war. Sie fühlte, daß Er sie an die Hand nahm.

B. 71a. Nach ihrem Flugzeugunglück und ihrer Wanderung durch das Dunkel sah Frau Beck in einem weißen Licht voller Liebe und Friede, wie Jesus auf sie schaute. Sie sah ihren beim Unglück umgekommenen Mann neben Ihm stehen und Ihn um Vergebung für seine Sünden bitten. Frau Beck wollte sich zu ihrem Mann fügen, aber Jesus sagte ihr, daß sie zur Erde zurückkehren müßte, um dort zu erzählen, daß es ein ewiges Leben gibt. Er erklärte ihr verschiedene Bibelstellen darüber. Nachdem Frau Beck Ihm versprochen hatte, diesen Auftrag auszuführen, kehrte sie in ihren Körper zurück. Ihr gebrochener Nacken und Schädel und ihr verletzter Arm genasen so schnell, daß die Ärzte erstaunt waren.

B. 59c. Marvin Ford erlebte, daß sein Leben in einem für irdische Begriffe kurzen Augenblick abrollte. Er sagte: »Wie schnell es auch ging, es war unbeschreiblich lebendig. Ich hatte auch das Gefühl, vollkommen geliebt und angenommen zu sein.«

B. 80. Der Evangelist Dick Mills kam mit einer doppelten Lungenentzündung auf die Intensiv-Station. Er hörte eine Stimme sagen: »Er ist gestorben.« Während die Ärzte damit beschäftigt waren, ihn in ein Sauerstoffzelt zu legen, hatte er eine Begegnung mit Jesus. Dieser zeigte ihm eine Stadt, in der alles nach den Gesetzen der Harmonie gebaut war und erinnerte Mills daran, daß er selbst aus der Harmonie geraten war. Mills mußte das zugeben: er haßte jemanden, den er als Konkurrenten ansah. Jesus erinnerte Mills daran, daß ihm seine Sünden vergeben waren, und daß er trotzdem jemanden haßte und sagte zu ihm: »Ich schicke dich zurück, um in Zukunft diesen Mann zu lieben.« Mills kehrte ins Leben zurück.

B. 81. Frau Harrington, eine junge Frau von 29 Jahren, wurde nach einem Autounfall ins Krankenhaus gebracht. Sie hörte die Krankenschwester sagen, daß sie klinisch tot sei. Danach sah sie eine strahlende, weiße Figur mit einer Krone auf dem Haupt und erkannte in ihr Jesus. Sie fragte Ihn, ob Er es tatsächlich sei? Er bestätigte das: »Ich bin der König der Könige und der Hirt der Hirten.« »Du müßtest sterben«, sagte er zu ihr, »du hast nicht für Mich gelebt. Wenn du sterben würdest, könntest du nicht mit mir mitgehen.« Sie bekannte Ihm ihre Schuld und bat Ihn, ihr eine neue Chance zu geben. Jesus beauftragte sie, in der Zukunft für Ihn zu leben und sandte sie zurück. Danach hörte Frau Harrington die Schwester sagen: »Ihr Blutdruck und ihr Herzschlag sind wieder da.« Nach Monaten langsamer Besserung durfte Frau Harrington das Krankenhaus verlassen. Dieses Erlebnis veränderte ihre ganze Lebensart.

B. 82. Martensen-Larsen berichtet von jemand, der schwerverwundet in bewußtlosem Zustand erlebte, wie sein ganzes Leben blitzartig vor seinem geistigen Auge ablief. Der Mann sagte später: »Ich mußte die traurige Erfahrung machen, daß es nichts gab, worüber ich mich freuen konnte. Demgegenüber standen mir meine schlechten Taten vor Augen. Ich litt moralische Qualen.«

B. 83. Derselbe Autor berichtet über einen deutschen Bauern aus Brasilien. Dieser sagte hinterher: »Mein ganzes Leben zog mit schnell wechselnden, aber ruhigen Bildern an mir vorbei, oft wie ein Film, oft wie ein nicht eingerahmtes Bild auf einer langen Wand, dann wieder wie ein großes Gemälde.«

Aus diesen Beispielen wird deutlich, daß die Begegnung mit der Lichtgestalt und der Ablauf des vergangenen Lebens für sehr viele eine gewaltige Auswirkung hatte. Viele sprechen von einer erzieherischen Funktion, die ihnen half, zukünftig mit größerer Liebe und mehr Einsicht zu leben.

Martensen-Larsen stellte bereits fest, daß viele nach der Rückkehr in dieses Leben »eine moralische Kursänderung« vornahmen. Der Schwerverwundete, B. 82, bekannte: »Ich bin ein anderer Mensch geworden. Mein Gefühl für Recht und Unrecht ist unendlich viel schärfer. Dies alles hat einen guten Einfluß auf mich gehabt. Alles Böse, das wir tun, rächt sich bereits auf Erden und unerbittlich in der Stunde des Todes. Ich bin Gott dankbar.« Einige Menschen bekehrten sich nach ihrem Erlebnis zu Gott. Am Ende dieses Kapitels kommen wir noch darauf zurück.

Wir sahen, daß manche Menschen nach der Begegnung mit der Lichtgestalt zur Erde zurückgeschickt wurden. Es scheint, daß diese Rückkehr zum Leben oft ohne Hilfe des Arztes stattfindet. So geschah es mit Mills (B. 80). Wir bringen noch einige Beispiele.

B. 84. Otis Jones starb nach einem Herzanfall. Er erzählt: »Es kam mir vor, als ob ich mich auf dem Wege zu einer Tür am Ende eines langen Ganges befände. Ich schaute nach oben und sah in der Türöffnung ein stahlendes Licht und eine Gestalt.« Eine Stimme schickte ihn zurück; er erhielt Heilung und kehrte ins Leben zurück.

B. 85. Der anglikanische Theologe Michael Green berichtet über einen ihm bekannten Evangelisten, der in einer indischen Stadt einer Christin begegnete, die einer hohen Kaste angehörte. Sie erzählte ihm, daß sie sich im letzten Stadium von Krebs befunden hatte und die letzten Wochen ihres Lebens in Madras verbringen wollte. Dort hatte der Arzt ihren Totenschein ausgestellt und sie ins Leichenhaus legen lassen. In diesem Zustand hatte sie eine Vision von Jesus, den sie vorher nicht gekannt hatte. Er hatte sie liebevoll angesehen. Sie hatte zu Ihm gesagt: »Herr, wenn Du mich zurückkehren läßt, werde ich mein Leben Dir geben.« Als das Leichenhaus gereinigt wurde, sah eine Putzfrau ihren Körper bewegen. Ein Arzt wurde alarmiert, der feststellte, daß ihr Puls schwach schlug. Er schrieb eine Bluttransfusion vor. Der Krebs war aus ihrem Körper verschwunden. Die Frau hielt ihr Gelöbnis.

B. 65a. Während der Ex-Pilot Russ nach seinem Herzanfall draußen umherwandelte, wurde er von »einem geistlichen Wesen« zurückgehalten. Ihm wurde gesagt: »Du mußt zurück, deine Aufgabe ist noch nicht erfüllt. Ein Mann wird zu Besuch kommen, und du wirst geheilt werden.« Danach befand sich Russ wieder in seinem Körper auf dem Bett. Der lutherische Pfarrer Prange besuchte ihn und betete mit ihm. Nach Pranges Weggehen stand Russ auf und ging nach Hause. Am nächsten Tag mähte er seinen Rasen. Der Arzt, der zuvor aufgrund des Elektrokardiogramms festgestellt hatte, daß zwei Drittel des Herzens nicht mehr funktionierte und ihm erklärt hatte, er werde für immer arbeitsunfähig bleiben, konnte bei einer erneuten Untersuchung nichts Negatives mehr feststellen.

Oft findet die Begegnung mit der Lichtgestalt früher statt, nicht beim klinischen Tod, sondern wenn der Tod drohend nahe zu sein scheint.

B. 86. Der Flieger C. L. Wilgus, ein Christ, stürzte mit seinem Flugzeug ab. Er sah, wie Jesus mit ausgestreckten Armen auf ihn wartete. Er sah auch eine andere Gestalt mit festgebundenen Händen, die er als den Tod erkannte. Nicht begreifend, wie es möglich war, landete sein Flugzeug sicher.

Oft findet die Begegnung mit der Lichtgestalt für das Gefühl derjenigen, die darüber berichten, in einem späteren Stadium statt, nicht nach dem Verlassen des Tunnels, sondern nach dem Betreten dessen, was als eine Stadt beschrieben wird. Das Sehen einer Stadt finden wir auch bei Sterbenden. Solchen Beschreibungen wenden wir uns jetzt zu.

E. Die Lichtstadt

Es scheint, als ob manche, die die Grenze überschritten haben, einen tieferen Blick in jene Dimension werfen, die auf der anderen Seite des irdischen Lebens liegt. Verschiedene sprechen über einen Schleier, durch den sie in die andere Welt schauen konnten, der aber verhinderte, daß sie in die andere Welt gelangten. Andere hatten den Eindruck, als ob sie durch ein Fenster schauen durften. Moody stieß bei seiner Untersuchung auf Fälle, bei denen man das Bewußtsein hatte, sich einer Grenzlinie zu nähern. Diese Grenze wird auf verschiedene Weise erlebt und beschrieben: als Nebel, eine Linie, als Wasser, ein Zaun, eine Tür oder ein Tor. Oft sah man auf der anderen Seite der Grenze eine grüne Fläche. Einige hatten das Gefühl, als ob sie auf einem Schiff zum anderen Ufer fuhren, wo bereits Verstorbene auf sie warteten, aber dann bemerkten, daß das Schiff kurz vor der Landung umkehrte. Andere wieder fühlten sich kurz vor der Tür zurückgezogen oder zurückgesandt. Wir geben einige Zeugnisse.

B. 87. Ein Methodistenpfarrer erzählt in seiner Autobiographie, wie er während einer schweren Krankheit beide Welten gleichzeitig wahrnehmen konnte. Danach geriet die irdische Welt aus seinem Blickfeld, und er sah nur Jesus und die, die auf der anderen Seite mit ihm sind. Seinem Gefühl nach erreichte er beinahe das himmlische Ufer. Er sah seine erste Frau und seine jung verstorbenen Kinder, die jetzt wie Erwachsene aussahen. Auch sah er viele, die er zum Glauben gebracht hatte und später gestorben waren. Alle warteten auf ihn, um ihn willkommen zu heißen. Aber kurz bevor er das andere Ufer erreichte, hörte er, wie Jesus zu ihm sagte: »Ich habe noch mehr Arbeit auf der Erde für dich.«

B. 70b. Nachdem Jesus sie an die Hand genommen hatte, hörte Betty Baxter in der Ferne Musik. Sie kamen an einen breiten Fluß. Auf der anderen Seite sah sie Gras und Blumen in allerlei Farben. Sie konnte den Fluß durch die Stadt fließen sehen und hörte eine Gruppe Erlöster am anderen Ufer singen. Dann hörte sie Jesus sagen: »Deine Zeit zum Überqueren ist noch nicht gekommen. In diesem Herbst wirdst du geheilt werden.« Danach kam sie aus ihrem Koma zum Bewußtsein. Tatsächlich wurde sie vollkommen geheilt. Hiervon zeugt sie noch immer in der ganzen Welt.

B. 75a. Einige Tage nach seiner ersten Erfahrung fiel Pfarrer Work aufs neue in eine Bewußtlosigkeit. Lag er im Koma oder war er tot? Wie dem auch sei, seine Frau war von seinem Tod überzeugt und beschwor im Namen Jesu den Tod. Pfarrer Work kam wieder zu Bewußtsein. Er erzählte, was er erlebt hatte: »Ich war beim Herrn. Ich fuhr in einem himmlischen Fahrzeug durch die Weite einem hellen Licht entgegen. Ich hielt am Tor einer unbeschreiblich schönen Stadt. Ich wurde von Engeln und Geliebten umringt und konnte in die Stadt hineinsehen. Ich sah Straßen aus Gold und ein Glänzen und Glitzern, das ich nicht beschreiben kann. Ich sah Menschen, die gestorben und nun beim Herrn sind. Gerade als ich durch ein Perlentor hineingehen wollte, hielten mich zwei himmlische Wesen zurück. ›Du kannst nicht eintreten‹, sagten sie, ›du mußt zurückkehren, deine Aufgabe ist noch nicht erfüllt.‹ Als ich mich auflehnte, sagte einer der Engel: ›Das ist ein Gebot, das befolgt werden muß. Du mußt zurück.‹« Pfarrer Work kam wieder zu Bewußtsein. Sein gebrochenes Genick und seine Schädelwunden waren geheilt. Der Arzt – kein Christ – mußte erkennen, daß hier ein Wunder geschehen war.

B. 60b. Frau Ruopp erzählt, daß sie durch ein Fenster in ein erleuchtetes Stück des Himmels schaute. Sie sah Kinder spielen und singen. Auch sah sie einen Obstgarten. An den Bäumen hingen sowohl reife, rote Äpfel als auch duftende Blüten. Sie versuchte vergeblich, durch das Fenster nach

innen zu klettern. Immer wieder wurde sie zurückgezogen.
B. 88. Die Erfahrung der Engländerin Anna Hewlett Ward im Jahre 1928 wird wie folgt beschrieben: Nach dem Verlassen ihres Körpers fühlte sie sich emporsteigen, entlang dem ersten Himmel, so wie sie es nannte, und an den Sternen vorbei. Plötzlich sah sie das bezaubernde Jaspislicht der himmlischen Stadt. Sie näherte sich schnell der mit Juwelen besetzten, strahlenden Metropole; aber ein Engel kam ihr entgegen und zeigte nach unten mit den Worten: »Du mußt zur Erde zurückkehren.« Am anderen Tag konnte sie, von ihrer Krankheit geheilt, wieder an ihre Arbeit gehen.
Es ist merkwürdig, daß viele sagen, daß nach ihrem Gefühl der Strom und die Stadt in nördlicher Richtung im Verhältnis zur Erde liegen.
B. 78a. Frau Bossert, die im Jahre 1948 eine Stunde lang tot war, erzählte nach ihrer Rückkehr, daß sie offene Tore gesehen hatte und einen strahlenden Geist, der neben ihr stand. Aus nördlicher Richtung hörte sie liebliche Musik. In gleicher Richtung sah sie ein großes Licht.
B. 59d. Als Marvin Ford seinen Körper verließ, fühlte er sich in nördliche Richtung emporschießen.
Viele kommen tatsächlich nicht weiter als bis zu dieser Grenze. Moody traf bei seinen Untersuchungen anfänglich niemanden an, der mehr erfahren hat. »Niemand sah Tore, Straßen, Engel, Hölle oder Dämonen.« In seinem zweiten Buch gibt er jedoch Zeugnisse von Menschen wieder, die eine Lichtstadt gesehen haben. Osis hatte bereits früher ausführlichere Resultate gesammelt. In den 3500 Fällen, die er untersuchte, wurden in 884 Fällen prächtige Landschaften wahrgenommen und wurde herrliche Musik gehört. Aus vorgenannten Zeugnissen wird deutlich, daß viele jenseits der Grenze noch mehr wahrgenommen haben. Die Zurückgekehrten berichten außerdem, daß es ihnen vergönnt war, die Grenze zu überschreiten und durch

das Tor einzutreten. Warum einige dies wohl und andere das nicht dürfen, ist uns unerklärlich. Wir werden kaum über das hinauskommen, was uns der Kanadier Godkin (B. 67) nach seiner Rückkehr erklärte: »Jeder sieht nur, was Gott ihm zeigen will.« Sind einige speziell auserwählt, um uns mehr von der Herrlichkeit auf der anderen Seite zu erzählen? Im ersten Kapitel entdeckten wir, daß einige einen Blick auf eine Welt voller Schönheit und Lieblichkeit werfen durften. Lesen wir, was diejenigen, die diese Welt betreten durften, uns erzählen. Viele beschreiben das Tor und die Mauer der Lichtstadt.

B. 89. 1959 starb Frau Betty Malz an einer Bauchfellentzündung. Sie erinnert sich, daß, während ihr Vater neben ihrem leblosen Körper kniete und immer wieder den Namen Jesu wiederholte, sie selbst mühelos den Gipfel eines Hügels bestieg, der mit samtartigem Gras bedeckt war. Neben ihr war eine majestätische, silberartige, marmorne Mauer. Ein Engel kam und öffnete prachtvolle, durchscheinende, perlene Tore. Als er sie fragte, ob sie hineingehen wolle, antwortete Frau Malz, daß sie lieber zur Erde zurück, zu ihrer Familie, wolle. Aber während sie zwischen den Toren stand und hineinschaute, empfing sie »etwas«, das sie, wie sie später erzählte, nie ganz deutlich machen konnte. »Niemals werde ich die Majestät der Gegenwart Gottes im Himmel vergessen.« Sie lief danach den Hügel wieder hinab und kehrte in ihren Körper zurück. In einem Lichtstrahl sah sie Worte wie aus Elfenbein geschnitzt fünf cm hoch »Joh 11,25: Ich bin die Auferstehung und das Leben. Wer an mich glaubt, wird leben, auch wenn er stirbt.« Als sie die Worte anrühren wollte, fühlte sie, wie ihr kalter Körper wieder warm wurde. Sie schob das Laken von ihrem Gesicht. Sie war vollkommen gesund.

B. 90. Ein zehnjähriger Junge, Otto Borgnein, wurde unter einer einstürzenden Mauer begraben. Fünf Tage lang lag er in einem tiefen Koma im Krankenhaus. Der behandelnde Arzt, Peter Klein, berichtete, daß Otto in diesen fünf Tagen zweimal klinisch tot war. Später erzählte der Junge kindlich: »Zweimal besuchte ich ein anderes Land. Dort waren viele Kinder, die draußen in großen, goldenen Städten spielten. Ich wollte mit ihnen mitspielen, aber sie sagten mir, daß ich nicht genügend Zeit dafür habe. Das erste Mal, daß ich dort war, sah ich Kinder mit solch herrlichem Spielzeug, daß ich niemals mehr fortgehen wollte. Sie hatten Instrumente, auf denen sie schöne Musik machten und Blumen, die man wachsen sehen konnte. Das zweite Mal sah ich eine große, goldene Stadt voller Kinder. Sie waren so glücklich. Wir lachten zusammen. Plötzlich verschwand alles und ich war sehr traurig; denn ich wußte, daß ich zur Erde zurückkehren mußte.«

B. 64b. Unterminister Johnson sah innerhalb des Lichtes, dem er nach seinem Autounglück entgegenschwebte, eine himmlische Stadt mit goldenen Straßen. Er wußte sich im Himmel. Er traf dort seinen verstorbenen Sohn, der in Weiß gekleidet war. Dieser bat ihn, nach seiner Rückkehr gut für seine Mutter, Brüder und Schwestern zu sorgen. Auch begegnete er seinen Eltern und seinem Schwiegervater. Der letzte schickte ihn zur Erde zurück.

B. 61b. Ritchie wurde nach seiner Gewissenserforschung von Christus mitgenommen. Er beschreibt seine Erfahrung wie folgt: »Plötzlich waren wir in einer anderen Welt, oder besser gesagt, ich sah um mich herum eine ganz andere Welt, die denselben Raum einnahm. Ich folgte Christus durch normale Straßen und Landschaften, und überall sah ich diese andere Existenz, wie auf die uns bekannte Welt aufgedrückt. Es war mir vergönnt, an dem Abend noch zwei andere Welten zu sehen. Ich kann nicht sagen ›geistliche Welten‹; denn dafür waren sie zu real. Von der ›wirklichen‹ Welt fing ich nur einen Schimmer auf. Wir schienen nicht länger auf Erden zu sein, sondern unendlich weit weg, ohne jegliche Beziehung zu ihr. Und da, noch in wei-

ter Entfernung sah ich eine Stadt, gänzlich aus Licht gebaut, wenn so etwas zu begreifen ist. Ich hatte zu der Zeit das Buch Offenbarung noch nicht gelesen, im übrigen auch noch nie etwas über das Leben nach dem Tod. Aber hier war eine Stadt, deren Mauern, Häuser und Straßen Licht auszustrahlen schienen, während die Bewohner Wesen waren, ebenso leuchtend wie der ›Eine‹, der neben mir stand.«
B. 59e. Marvin Ford beschreibt diese Lichtstadt, die er während seines über halbstündigen Totseins besuchte, ausführlich. Einige Sekunden nach seinem Sterben sah er die wunderbarste Stadt, die er je gesehen hatte, mit Millionen Lichtern. Die Stadt war symmetrisch entworfen, eine Art Kubus; jede Seite war ungefähr 1500 Meilen lang. Auf großen Abständen gab es Tore. Jedes Tor war aus einer gigantischen Perle gemacht. Die Mauern waren aus Jaspis; ihre Fundamente waren mit Juwelen besetzt. Die goldenen Straßen waren so glatt wie Glas. Quer hindurch konnte Ford in der Tiefe seinen Körper im Krankenhaus liegen sehen, als ob das Krankenhaus kein Dach hätte. In der Stadt nahm er duftende Blumen und Früchte wahr, rührte er Säulen und Wohnungen an, und lauschte nach vokaler und instrumentaler Musik von Chören und Orchestern. Nirgendwo gab es Schatten. Aus dem Stadtzentrum schien ein blendendes, weißes Licht, von einem Regenbogen in auf Erden unbekannten Farben umgeben. Es gab dort Flüsse, Parks mit Teichen, Vögel und Tiere.
B. 91. Die zu Beginn dieses Kapitels genannte Frau D., die durch das Gebet ihres Pfarrers ins Leben zurückgekehrt war, dankte ihm für sein Gebet. »Ich sprach mit Jesus, und Er sagte mir, daß ich zurückkehren müßte, um hier auf Erden etwas für ihn zu tun. Ich sah auch Jim« (ihr kurz zuvor gestorbener Ehemann). Frau D. durfte das Krankenhaus verlassen. Einige Zeit später wurde sie aufs neue aufgenommen, um endgültig zu sterben.
Wir hören also von verschiedenen Personen, was sie inner-

halb der Tore gesehen haben: Jesus, Engel und früher Verstorbene, Kultur (Musik, Gebäude), Natur (Bäume, Blumen, Früchte, Vögel). Unter den früher Verstorbenen befinden sich des öfteren auch Kinder. All dies finden wir in weiteren Beschreibungen.

B. 92. Die Holländerin Frau V. verlor während des Bombardements auf Rotterdam ihr Bewußtsein. Dreißig Jahre später erzählt sie (»Hervormd Nederland« vom 28. 3. 1970) über die herrliche Landschaft in den prächtigsten Pastellfarben, die sie damals sah und über den Gesang und die Musik, die sie gehört hatte.

B. 93. In demselben Artikel spricht ein anderer Holländer, Herr K. aus Zeist, über das, was er nach seinem Herzinfarkt erfuhr. Er wußte sich auf einem Weg, der durch grüne Wälder führte. Noch lange Zeit nach seiner Rückkehr ins Leben fand er alle irdischen Farben abscheulich.

B. 94. Frau B., ebenfalls eine Holländerin, die sich auf der Grenze zwischen Leben und Tod befunden hatte, sprach danach über prachtvolle, grüne Gärten mit vielen Blumen, Vögeln und klaren Bächen, mit feinen, weißen Hekken abgezäunt.

B. 95. Frau Margaret Bell bekam nach einer Operation eine Herzstörung. Durch eine Dämmerung hindurch fühlte sie sich einer gigantischen, prachtvollen Mauer entgegenschweben. Sie wußte sich im Himmel. Alles war wie in ein goldenes Licht getaucht. Sie sah grüne Täler, weiße und rose-alabasterne Häuser und darüber ein kolossales Gebäude. Dann kehrte sie in ihren Körper zurück.

B. 96. Nachdem Alice Parker 1944 an den Komplikationen einer Gallenblasenoperation gestorben war, fühlte sie sich emporschweben und nahm den lieblichen Duft von Rosen und Flieder wahr. Sie hörte sanfte Harfenmusik.

B. 59f. Marvin Ford sah Häuser, die die Form von Miniaturthronen hatten. Sie waren aus Marmor und Gold und voller kostbarer Steine und Juwelen.

Von Marietta Davis und Rebecca Springer haben wir ausführliche Beschreibungen. Dies sind die Mädchen, die lange Zeit im Koma waren.

B. 76a. Marietta wußte sich von einem leuchtenden Engel emporgeführt. Dieser gab ihr allerlei Auskünfte. Sie sah, wie ein anderer Engel ein Kind zum Verbleib für die allerjüngsten Kinder zum Paradies des Friedens trug. Danach kam sie zu einer Ebene; dort standen Obstbäume und sangen Vögel. Sie hörte, daß dort die gerade Angekommenen ihren ersten Unterricht über das Leben in der Ewigkeit bekamen und ihren Familienangehörigen begegneten. Danach führte der Engel sie weiter hoch, zur Stadt des Friedens. Sie sah ein Tor aus Jaspis, das mit Diamanten geschmückt war. Frühere Bekannte begrüßten sie. Später erinnert sie sich, daß die Gespräche nicht in menschlicher Sprache, sondern durch Gedankenübertragung stattfanden. Sie bemerkte, daß im Himmel nichts verborgen und alles harmonisch ist. Es gab kein Alter. Sie sah eine Schar Märtyrer. In Brusthöhe hatten sie ein Kreuz auf ihrer weißen Kleidung. Auf einer Pyramide waren die Namen der Märtyrer eingemeißelt. Sie kam auch in ein spezielles Kinderparadies, eine eigene Stadt inmitten einer Ebene voller Blumen, mit Straßen, Bildhauerwerken und Springbrunnen, mit Bäumen und bunten Vögeln. Alleen führten zu einem gemeinschaftlichen Zentrum: eine Kuppel über einem runden Raum. Die Kinder erhielten dort Unterricht, bis sie zum Jugendparadies gehen, so wurde ihr erklärt ... Sie sah, daß die Kinder eins waren, ohne Egoismus und Eifersucht, voll heiliger Liebe. Über einen Weg aus Regenbogen durfte Marietta bis über die Lichtstadt gehen. Sie sah die Stadt durch einen Fluß in zwölf Bezirke verteilt und jeden Bezirk durch Alleen wieder in zwölf Viertel unterteilt, so daß es im ganzen 144 Viertel gab.

B. 69b. Auch Rebecca wußte sich im Paradies. Sie sah Gras, Blumen, Bäume mit Blüten und Früchten. In Weiß gekleidete Kinder lachten und spielten. Sie sah längs eines Flusses prächtig gebaute Häuser an Straßen aus Perlen liegen. Ihr fiel auf, daß alles rein war, ohne Staub oder Schmutz. Es gab keine Sonne, nur ein rosa-goldenes Licht, das dem Licht eines Sonnenuntergangs im Sommer glich. Ihr früher verstorbener Schwager führte sie durch einen Fluß. Auch unter Wasser konnte sie atmen und sprechen. Der Schwager erklärte ihr, daß das Wasser den Schmutz des irdischen Lebens abwaschen würde. Sie kam in Häuser aus Marmor und erkannte Kinder und Erwachsene, die verstorben waren. Sie sah Kinder Blumen pflücken während sie sangen: »Oma kommt, Oma kommt!« Verschiedene Verwandte schienen in himmlische Chöre und Orchester aufgenommen zu sein. Eine Cousine führte sie weiter rund. Sie sah Boote auf einem See und in der Ferne eine andere Stadt. Sie fuhren dieser Stadt entgegen. Das Boot bewegte sich von selbst. In dieser anderen Stadt sah sie Schulen, Geschäfte, Fabriken, Bibliotheken, Kunstgeschäfte und Auditorien. Sie stellte fest, daß Alte wieder jung und Kranke gesund geworden waren. Sie merkte auch, daß es im Himmel keine Abstände gibt: man geht und kommt wohin man will. Sie sah einen Himmelssee, an dessen Ufer viele die Ankunft Geliebter erwarteten. Nie war es dort Nacht, es gab höchstens ein Dämmerlicht, bemerkte sie.

In diesen Zeugnissen hören wir wiederholt, daß es nicht nur kurz nach dem Augenblick des Sterbens ein Wiedererkennen früher Verstorbener gibt, sondern auch bei oder nach der Ankunft in der Lichterstadt. Manche hören von den sie begleitenden Engeln, daß eine Zeit des Lernens und des Wachstums anbricht. Viele erfahren: man ist noch nicht so weit; der Entwicklungsstand, den man auf Erden hatte, ist der Ausgangspunkt für die weitere Entwicklung.

B. 69c. »Das Jenseits ist die Fortsetzung des Diesseits«, folgert Rebecca Springer. Je reiner wir auf Erden gelebt haben, einen desto höheren Rang werden wir im Himmel

bekommen. Sie sagt, daß sie im Himmel Bücher gesehen habe, die dazu dienen, Neuankömmlinge zu belehren. Sie entdeckte, daß ihr Vater die spezielle Aufgabe hatte, Menschen, die sich erst auf ihrem Sterbebett bekehrt hatten, näheren Unterricht zu geben. Ihr Vater ernannte ihren Schwager, einen Oberst Sprague, zu ihrem Vormund und Lehrer. Rebecca beschreibt auch, daß es im Himmel höhere und untere Regionen gibt. In der unteren Region traf sie einen Mörder an, der kurz vor dem Vollzug seines Todesurteils Reue über seine Tat bekommen hatte. Er wohnte in einem großen Gebäude. Die Ermordete, seine eigene Mutter, hatte die Aufgabe, ihren Sohn weiter emporzuführen.
B. 76b. Marietta Davis hatte ähnliche Eindrücke. Sie sah, daß Kinder, je nach ihren Anlagen, in Gruppen eingeteilt wurden. In den Grenzgebieten des Paradieses, so berichtet sie, bekommen Verstorbene ihren ersten Unterricht über das ewige Leben und lernen himmlische Loblieder. Sie sah Engel diejenigen bedienen, die sich noch in einem niedrigen Status befanden.
B. 59g. Marvin Ford stellte fest, daß zwischen den Bewohnern des Himmels Unterschiede bestehen, je nach ihrer geistlichen Entwicklung. Sie, die die höchsten Ebenen bewohnen, strahlen das hellste Licht aus. Sie müssen es dämpfen, damit diejenigen, die auf den niederen Ebenen wohnen, sie sehen können.
Aus den von ihm gesammelten Zeugnissen folgert auch Moody, daß viele überzeugt sind, daß die Entwicklung der Seele nicht mit dem Tode aufhört, sondern weitergeht, so daß neue geistliche Fähigkeiten zu erkennen und zu lieben erworben werden. Vielleicht, so meint er, dauert diese Entwicklung ewig. Jedenfalls findet sie während einer bestimmten Periode statt und geht bis in eine Tiefe, die wir kaum erahnen können.
B. 60c. Zu dieser Schlußfolgerung kommt auch Frau Ruopp. Sie vergleicht die Sterbenserfahrung mit der Ge-

burt eines Kindes. Wenn das Baby vor seiner Geburt unvollständig oder gebrechlich ist, ist es nicht für die Welt, in der es zurechtkommt, vorbereitet. So können auch weder Seele noch Geist von Menschen, die in diesem Leben unterentwickelt bleiben, in der höchsten Form des Lebens frei funktionieren. »Es überkam mich eine große Sicherheit, daß jemand in der nächsten Welt dort beginnt, wo er war, als er dieses Leben hier verließ.« Sie sieht nun den Tod als »eine natürliche Umwandlung in eine andere Lebensphase, in der man fröhlich weiterwächst, wenn man dazu in der Lage ist. Man geht von einem Unterrichtsraum in den nächsten, der genau so real und wichtig ist.«
Wir haben gesehen, daß viele bereits an ihrem Sterbebett die Gegenwart Jesu erfahren und andere die Lichtgestalt, der sie begegnen, mit Ihm identifizieren. Im vorhergehenden haben wir auch gehört, daß verschiedene nach ihrer Ankunft in der Lichtstadt eine Begegnung mit Ihm haben. Über eine Begegnung mit Gott hören wir höchst selten (vgl. jedoch B. 32). Einige sehen nur seinen Thron. Über eine Begegnung mit Jesus geben wir noch einige Zeugnisse.
B. 56a. Der Indianer, der aus dem Tode auferweckt wurde, sagte: »Ich bin bei Jesus gewesen.«
B. 54a. Das Zulu-Mädchen Lydia Thofozi, das aus dem Tod zurückkehrte, erzählte, daß sie an einem herrlichen Ort Jesus gesehen habe. Auch hatte sie viele Gläubige, in schneeweiße Gewänder gehüllt, wahrgenommen. Überall herrschte vollkommene Harmonie. Jesus war das Licht, das alles durchdrang. Er hatte zu ihr gesagt: »Ich will dich noch einmal zur Erde zurücksenden.«
B. 97. Der Frauenarzt Richard Eby fiel aus der zweiten Etage nach unten. Nach seiner Rückkehr aus dem klinischen Tod erzählte er, daß er mit Jesus im Himmel gewesen sei. Er war sich dort der »Allgegenwart« Jesu bewußt geworden. Sein Eindruck war, daß es im Himmel keine Zeit gebe, noch irdische Dinge wie Nahrung, Blut und

Sauerstoff. Alles war von einem erfrischenden Aroma durchdrungen.

B. 98. Mit 63 Jahren starb Dr. Hunt. Die Ärzte legten ihn ins Leichenhaus. Hunt war Schatzmeister einer christlichen Organisation gewesen, die sich für Alkoholiker und Drogensüchtige einsetzte. Er fühlte, wie sein Geist seinen Körper verließ. Er hörte Engel singen und hatte eine Begegnung mit Jesus. »Herr, ich habe noch keinen Nachfolger«, sagte er zu Jesus. Der Herr schickte ihn zurück. Eine Schwester sah, daß sich etwas unter dem Laken bewegte. Hunt lebte wieder.

B. 99. Martensen-Larsen berichtet über eine junge Frau, die einige Stunden tot gewesen war. Ein Pfingst-Evangelist befahl dem Tod, von ihr zu weichen. Die Tote kam danach ins Leben zurück und begann, Gott zu preisen. Sie erzählte: »Als ich in meinem Bett lag, fühlte ich den Tod über mich kommen. Auch fühlte ich, daß in einem bestimmten Augenblick meine Seele den Körper verließ und wegging. Ich konnte und wollte es auch nicht verhindern; denn meine Seele kam in eine unbeschreibliche Weite, in der ich bleibenden Frieden haben konnte. Während ich dort blieb, ich weiß nicht wie lange, sah ich plötzlich Jesus in seiner ganzen Herrlichkeit auf mich zukommen. Diese Herrlichkeit kann ich nicht beschreiben. Er sprach mit mir und schickte mich zurück, damit ich von ihm zeugen würde. Durch die Kraft seines Wortes kehrte meine Seele in meinen Körper zurück. Erfüllt von der Herrlichkeit, die ich gesehen und empfangen hatte, erwachte ich und begann zu singen, zu prophezeien, in Sprachen zu reden und den Herrn zu loben und zu danken.«

Auch Marietta Davis und Rebecca Springer erzählen über Begegnungen mit Jesus während ihres Komas.

B. 76c. Marietta wurde von Engeln zu Jesus gebracht. Sie wußte sich unwürdig, Ihm zu begegnen. Sie sah ihn mit einer Krone auf dem Haupt. Kurz vor ihrer Rückkehr zur

Erde sah sie Ihn noch einmal. Dabei erhielt sie den Auftrag, auf Erden zu erzählen, was sie gehört und gesehen hatte.

B. 69d. Rebecca Springer begegnete einem Fremden, den sie zuerst für den Apostel Johannes hielt. Es war jedoch Jesus, der sich selbst ihr »älterer Bruder, ihr Freund« nannte. Es folgten noch einige Begegnungen. Ebenso wie Marvin Ford, sah sie Gottes Thron. Sie sprach über einen Tempel aus Perlen mit goldenen Säulen. Wesen sangen »Heilig, Heilig, Heilig«. In diesem Tempel entsprang die Quelle des Lebens. Sie hörte, daß dieser Tempel Gottes Thron ist. Bevor sie zur Erde zurückkehrte, bekam sie den Befehl, über einige Dinge zu schweigen.

B. 100. Über diese Schweigepflicht hören wir auch von Will Hilty, einem jungen Mann, der mit einundzwanzig Jahren an einer Lungenentzündung starb, und zwar an dem Tage, den er selbst vorausgesagt hatte. Sein Bruder rief ihm zu: »Will, sterbe noch nicht!« Für einen Augenblick kehrte Will zum Leben zurück. Er flüsterte: »Mutter, John, weint nicht um mich. Ich bin bei Jesus gewesen und die Herrlichkeit und das Wunder sind so groß! Euer Verdruß schmerzte mich und ich bat um Erlaubnis, zurückkehren zu dürfen und euch zu bitten, froh zu sein. Ich mußte versprechen, euch nichts über die Geheimnisse zu erzählen, die Gott seinen Heiligen bereitet hat; aber ich will, daß ihr wißt, daß es viel, viel wunderbarer ist als alles, was ihr euch vorstellen könnt.« Danach nahm er aufs neue Abschied von seiner Familie und starb endgültig.

F. Ein Bereich der Finsternis

Bis jetzt hörten wir in diesem Kapitel ausschließlich über positive Erfahrungen. Wir hörten auch, daß ein Forscher

wie Moody zu der Schlußfolgerung kam, daß niemand die Hölle oder Dämonen gesehen habe. Wir sahen aber auch, daß er seine anfängliche Meinung, niemand habe Tore oder Straßen gesehen, revidieren mußte, und in seinem zweiten Buch nahm er ein Kapitel »Judgment« (Urteil) auf. Übrigens auch in seinem ersten Buch widersprach Moody sich selbst. Er erwähnt, daß Menschen, die Selbstmordversuche unternommen hatten, unangenehme Erfahrungen hatten. So berichtet er über einen Mann, der nach dem Verlust seiner Frau seinem Leben ein Ende setzen wollte und hinterher sagte: »Ich ging nicht dorthin, wo meine Frau ist, sondern an einen schrecklichen Ort.« Moody weiß auch von anderen, die berichteten: »Wir müssen hier lange bleiben zur Strafe, weil wir die Regeln gebrochen und gegen Gottes Plan gelebt haben.«
Auch Dr. Rawlings teilt mit, da er nach mißglückten Selbstmordversuchen über unangenehme Erfahrungen gehört hat. Ein anderer Autor, David Wheeler, berichtet über Zurückgekehrte: »Einige kehrten voller Entsetzen zurück. Manche waren der Überzeugung, daß sie einen Besuch in der Hölle gemacht hatten und zu ihrem Glück in dieses Leben zurückgebracht waren. Andere erinnerten sich nicht deutlich an die Zeit ihres ›Totseins‹, aber etwas beeindruckte negativ ihr Unterbewußtsein und blieb dort haften.«
Eine Anzahl Sterbender nahm Finsternis und Dämonen als Realitäten wahr; das gleiche gilt für aus dem Tod oder aus einem Koma Zurückgekehrte. Im folgenden einige Beispiele.
B. 101. Ein Zeugnis aus dem vorigen Jahrhundert finden wir in Zündels Biographie über Pfarrer Johann Christoph Blumhardt. Nach einem mißglückten Selbstmordversuch verblieb eine Dame in Blumhardts Pfarrhaus in Möttlingen. Sie war geisteskrank, depressiv. Sie unternahm einen neuen Selbstmordversuch; sie hing sich an ihrem Schal auf.

Blumhardt stellte ihren Tod fest. Er betete und blies ihr seinen Atem ein. Ein Arzt stellte fest: »Für uns ist sie tot.« Aber unter beinahe tierischem Gebrüll kam sie zu Bewußtsein. Sie hielt einen Mitarbeiter Blumhardts für ihren verstorbenen Mann und sagte: »Ich war auch gestorben, ich war in der Hölle, aber der Pfarrer, der gute Mann, hat mich wieder herausgerufen. In die Hölle will ich nicht mehr.« Danach sah sie augenscheinlich Gestalten, die sie bedrohten und rief: »Weg mit euch. Ich will nicht mehr in die Hölle. Sie wollen mich in die Hölle bringen.« Danach schlief sie ein. Nach ihrem Erwachen war sie geistig normal; sie wußte noch von ihrer Erfahrung.

Aber auch aus diesem Jahrhundert gibt es allerlei Berichte.

B. 53a. Das erste, was der nach zwei Tagen aus dem Tode auferweckte Mann aus Timor sagte, war: »Ich werde euch etwas erzählen. Erstens: Das Leben endet nicht mit dem Tod. Ich war zwei Tage tot; ich habe es erfahren. Zweitens: Hölle und Himmel sind Realitäten. Auch das habe ich erfahren. Das dritte, was ich sagen will, ist: Wenn du Jesus nicht in deinem Leben findest, wirst du niemals in den Himmel eingehen. Du wirst dann zur Hölle verurteilt werden.«

B. 61c. Soldat Ritchie erlebte nicht nur Schönes. Er sah auch eine Welt Verlorener, die einander fortwährend brüllend bekämpft.

B. 102. Andrew Kosh, dessen Herz stehengeblieben war, erzählt: »Ich rannte einen langen Weg nach unten. Plötzlich gab es eine Kreuzung: ein Weg führte über einen langen Abhang nach unten, ein anderer ging nach oben. Ich beschloß, den Weg nach unten zu nehmen. Ich hatte schon immer geahnt, daß ich in der Hölle zurecht kommen würde. Nach einem endlos langen Weg, so schien mir, sah ich eine große Anzahl Menschen, alle ohne Gesicht, die sich in einer Arena fortbewegten. Verschiedene Stimmen riefen mir zu: ›Du gehörst hier nicht hin.‹ Dann kletterte ich mühsam nach oben.« Kosh erzählt, wie er schließlich die weit geöffneten Himmelstore sah, aber Torwächter waren damit beschäftigt, die Tore zu schließen. Als er das Tor erreichte, war es geschlossen. Dann hörte er eine Stimme rufen: »Es ist nicht deine Zeit.«

B. 67b. Der Kanadier Godkin berichtet, daß er auch zur Hölle geführt wurde. Er nannte es »einen Ort der Strafe für alle, die Jesus Christus verwerfen«. Er fühlte die Qual, die alle, die dorthin gehen, erfahren werden und spricht über eine erdrückende Finsternis, die ein Gefühl der Einsamkeit gibt, und über eine trockene Hitze, bei der man sich wie in einem weißglühenden Ofen fühlt.

B. 78b. Elisabeth Bossert erzählt, daß sie, nachdem sie einige Zeit im Himmel war, hörte, wie der Herr sie hieß, nach unten zu schauen. Sie sah die Erde als eine kleine Kugel, von einem dichten Schwarm Dämonen umgeben.

B. 103. Der bekannte deutsche Schauspieler und Filmstar Curd Jürgens erlebte die Hölle während einer Herzoperation in Houston. Er merkte, daß verzerrte Gesichter auf ihn niederschauten. Voller Entsetzen sah er Feuerflammen um sich herum. Ein Frau mit einem schrecklichen Blick in ihren Augen zog ihn in eine Welt voller Wehklagen.

B. 104. Der Kardiologe Maurice Rawlings, den wir bereits zitierten, hatte seine erste Erfahrung auf diesem Gebiet, als er jemanden, der klinisch tot war, zu reanimieren versuchte. Plötzlich rief der Mann: »Mach weiter!« Rawlings hatte die Erfahrung, daß die Patienten den Arzt meistens bitten aufzuhören, weil es so schmerzt. Dieser Mann wollte aber unbedingt ins Leben zurückkehren. »Warum willst du nicht, daß ich damit aufhöre?« fragte Rawlings. »Ich bin in der Hölle«, schrie der Mann. »Du meinst, du hast Angst, in die Hölle zu gehen?« Der Mann antwortete mit Angst in seinen Augen: »Nein, ich bin in der Hölle, laß mich nicht zurückgehen. Wie kann ich aufhören, in der Hölle zu sein?« »Ich bin kein Pfarrer«, sagte der Arzt,

während er die Herzmassage fortsetzte. Als der Mann jedoch seine Frage wiederholte, schlug Rawlings ihm vor, ein Gebet aus der Kinderzeit auszusprechen: »Herr Jesus, vergib mir meine Sünden und lebe in mir. Wenn Du mein Leben bewahrst, will ich mit Dir verbunden bleiben; wenn Du mein Leben nimmst, nimm mich dann in Deinen Himmel auf.« Daraufhin starb der Mann aufs neue. Rawlings mußte ihn verschiedene Male zum Leben zurückbringen. Hinterher wußte der Mann nichts mehr von seiner Begegnung mit der Hölle, wohl aber, daß er gebetet hatte. Rawlings war jedoch durch dieses Erlebnis so beeindruckt, daß er, der Religion stets für Hokuspokus gehalten hatte, anfing, die Bibel zu lesen. Danach erlebte er öfter, daß klinisch Tote hinterher über ein Licht, eine Weidenfläche, eine Stadt, aber auch über ein Gefängnis, eine Felsenhöhle oder ein Feuer, über unheimliche Wesen und einen durchdringenden Gestank erzählten. Rawlings wurde dadurch überzeugt, daß es ein Leben nach diesem Leben gibt, daß dies aber nicht immer ein gutes Leben ist.
Auch Marietta Davis warf während der Tage, in denen sie sich im Koma befand, einen Blick in finstere Gebiete.
B. 76d. Ein Engel erzählte Marietta, daß Verstorbene so bleiben, wie sie auf Erden waren. Viele sah sie in ihrem Todeskampf, und um jeden Sterbenden sah sie verschiedene Arten Geister zusammenkommen. Ihr Wesen stimmte mit der innerlichen Art der Sterbenden überein. Sie nahm einen Zwischenzustand wahr, eine Art Vorhalle, in der sowohl heilige als auch gottlose Engel anwesend waren. Sie stellte fest, daß Menschen nach ihrem Tod zu einem Ort gezogen werden, der ihrer eigenen Art entspricht: Menschen, die das Gute liebten, sah sie zu einem Ort voller Herrlichkeit, der oberhalb der Zwischenstation lag, gezogen, und Menschen, die gottlos gelebt hatten, in finstere Gebiete transportiert werden. Später mußte Marietta diese Gebiete besuchen. In unterirdischen Gewölben

sah sie schreckliche Geistererscheinungen, die vom Feuer ihrer Leidenschaften umhüllt waren. Sie sah viele, die stolz mit Gewändern und Zierat prunkten, Menschen, die praßten, lästerten und fluchten. Aus Feuerflammen stiegen Dämpfe empor. Jeder Gegenstand wurde versengt, wenn er berührt wurde. Brunnen stießen geschmolzenes Blei empor. Marietta traf eine Frau, die sie auf Erden gekannt hatte. Diese sagte: »Hier wohnen die, die den Heiland verleugnet haben. Die Existenz hier ist ein großer Schein. Bei meinem Tod ging ich in die Richtung, die von meinem Verlangen, das mein Leben beherrschte, bestimmt wurde. Ich bin nun in dem Zustand, der mit meinem Innern übereinstimmt. Ich wurde von den anderen willkommen geheißen. Eine fremde Macht nahm Besitz von meinem Denken. Alles ekelte mich an und verursachte Schmerzen, mein Begehren aber bleibt unbefriedigt. Nun bin ich eine Sklavin chaotischer und betrügerischer Elemente. Hier gilt Ungerechtigkeit als höchstes Gesetz. Hier sind die Ausbeuter, Menschen, die ihrem Glauben untreu wurden, Ehebrecher, Mörder und Selbstmörder. Wir haben uns unser Los selbst zuzuschreiben, weil wir Gottes Gebote übertreten haben.«

Marietta traf in dieser Finsternis noch mehr Geister, die sie von früher kannte. In einem noch tieferen Abgrund fand sie Wesen, die noch schlimmer dran waren. Sie war Zeugin eines Schein-Gottesdienstes, der von einem von Pein gequälten Lügenprediger geleitet wurde. Das ganze Publikum trieb Spott mit seiner Seelenqual. Marietta hörte eine Stimme, die sagte: »Gott hat ihnen seine Gnade angeboten und sie haben sie verworfen. Sünde führt zum Tod. Man bleibt in dem Zustand, den man auf Erden wählte. Wer nicht von Liebe beseelt ist, verfällt der Anziehungskraft des Bösen. Er ist nicht aus Gott geboren und vermißt Seinen Schutz.« Als Marietta von diesen dunklen Orten wieder zurück ins Paradies kam, mußte sie sich erst einer Reinigung unterziehen.

G. Die Rückkehr

Die ungefähr fünfzig Menschen, über deren Erfahrungen wir berichtet haben, sind selbstverständlich alle, sei es aus dem klinischen, sei es aus dem absoluten Tod oder dem Koma zurückgekehrt. Wie haben sie diese Rückkehr erlebt und inwiefern haben ihre Erfahrungen ihr weiteres Leben beeinflußt?

Manche waren sich bewußt, daß das Gebet anderer eine Rolle bei ihrer Rückkehr gespielt hat. Über die Art des Eintretens in den Körper weichen die Zeugnisse voneinander ab; der eine meint, daß er durch den Kopf oder Mund in seinen Körper zurückgekommen ist, ein anderer, daß er durch die Brust und ein einzelner, daß er durch die Füße eingetreten sei. Fast alle haben jedoch das »Muß« der Rückkehr, ob durch den gleichen Tunnel, den man beim Verlassen des Körpers benutzt hatte, oder nicht, als unangenehm erfahren. Viele sagen, daß sie als erste Sensation den Schmerz ihrer Krankheit oder des verwundeten Körpers gefühlt haben. Wir hören wieder einige Zeugnisse.

B. 60d. Frau Ruopp fühlte sich vom Fenster weggezogen, durch das sie die Herrlichkeit hatte sehen können. »Nach einer langen Reise durch den Korridor kehrte ich ins Bett zurück, auf dem mein bewegungsloser Körper lag und mit dem der Arzt und die Schwestern beschäftigt waren. Widerwillig trat ich durch das ein, was mir die natürliche Tür erschien, eine weiche Stelle oben auf meinem Kopf. Ich fragte mich, warum ich zurückkehren mußte. Mußte ich wohl zurück? Würde ich den schwachen Körper je wieder in Bewegung bekommen können?« Sie hörte die Schwester ausrufen: »Sie kommt zu sich. Es hat fünfzehn Minuten gedauert!« Vergeblich versuchte sie, sich ihres Namens zu erinnern. »Andere Namen kamen mir ins Gedächtnis: Harold, und danach Phipsy (ihr vierjähriges Söhnchen). Sie waren die Leinen, die mich zurückgezogen hatten.

Dann erinnerte ich mich meines eigenen Namens: Julia.«
B. 64c. Unterminister Johnson fühlte sich zur Erde zurückgezogen. Er wußte, daß seine Frau Juanita für seine Rückkehr ins Leben betete; aber er wollte nicht in seinen schmerzenden Körper zurückkehren. Aufs neue sah er die Szene des Autounglücks. Er erzählt: »Plötzlich fühlte ich mich sehr schwer, als ob jemand eiserne Gewichte auf mich gelegt hätte. Als ich meinem Körper entgegenschwebte, wurde ich mir des wachsenden Schmerzes bewußt. Ich war in meinem Körper zurück. Die Rettungsbrigade war noch damit beschäftigt, mich aus dem Wrack zu ziehen.«
B. 59h. Nachdem Pfarrer Wilkerson die Todesmacht beschworen und zurückgewiesen hatte, fühlte Marvin Ford sich wie von einem Magneten zur Erde zurückgezogen. Mit einem Schock kehrte er in seinen Körper zurück. Das erste, dessen er sich bewußt wurde, war, daß sein Körper kalt war.
Viele sprechen nach ihrer Rückkehr ehrlich aus, daß sie nach ihrer Rückkehr nicht glücklich sind, da sie lieber in der von ihnen erfahrenen Herrlichkeit und in dem Licht geblieben wären. In dieser anderen Dimension, so berichten sie, hatten sie nicht nur keine Schmerzen mehr, sie hatten auch das Bewußtsein, nach Hause gekommen zu sein. Sie hatten dort besser sehen, hören und begreifen können als je auf Erden. Und außerdem, so stellt Moody fest, wollte man den direkten Kontakt mit der Lichtgestalt festhalten. Man akzeptierte die Rückkehr vor allem um der Familie willen.
B. 105. Martensen-Larsen erzählt von einem Wirt, der während eines Typhusanfalls länger als drei Wochen wie tot war; jegliches Gefühl war weg und seine Glieder waren eiskalt. Als er aus dem Koma erwachte, hörte er seine Frau sagen: »Gott sei gelobt, Vater kommt zu Bewußtsein.« Der Mann antwortete: »Nein, Kinder, dafür müßt ihr Gott nicht danken. Ruft mich doch nicht in diese elendige

Welt zurück, fort aus der himmlischen Wirklichkeit, in die ich aufgenommen war.«

B. 106. Ein dänischer Pfarrer, vom Rande des Todes zurückgekehrt, drückte seine Gefühle folgendermaßen aus: »Es war mir ein Schmerz, eine Enttäuschung, ins Leben zurückzukehren. Das Gefühl blieb jahrelang bestehen. Ja, eigentlich bin ich nie darüber hinweggekommen. Ich konnte mich in der Welt niemals mehr so zu Hause fühlen wie früher. Oft verspüre ich ein Heimweh nach dem Morgen, an dem der Nebel aufsteigen wird und ich Ihn von Angesicht zu Angesicht sehen werde.«

B. 60e. Noch einige Tage lang blieb für Frau Ruopp die andere Welt realer als die Welt, in die sie gerade zurückgekehrt war.

Wir sahen bereits, daß in verschiedenen Fällen die Ärzte über das Fehlen von Gehirnschäden und die oft schnelle Genesung der Zurückgekehrten erstaunt waren (siehe B. 54, 65a, 71a, 75a, 84, 85, 88 und 89). Wir geben noch einige weitere Beispiele.

B. 61d. Der Soldat Ritchie war von seinem Arzt für tot erklärt worden. Neun Minuten später kam der Soldat, der Ritchie für das Leichenhaus fertig machen sollte, zum Arzt gerannt und bat ihn, Ritchie eine Adrenalinspritze zu geben. Später sagte der Arzt zu Ritchie, die Tatsache, daß er ohne jeglichen Gehirnschaden und andere Komplikationen ins Leben zurückgekehrt war, sei das Erstaunlichste in seinem ganzen Leben gewesen.

B. 59i. Auch Marvin Ford, der gleichfalls vierzig Minuten tot war, hatte keinerlei Gehirnschaden erlitten.

B. 64d. Im Krankenwagen hatte der zum Bewußtsein zurückgekehrte Unterminister Johnson darum gebetet, noch am gleichen Tag vollkommen geheilt zu werden. Als er an dem Tage nach Hause gehen wollte, erklärten ihm die Ärzte, daß dies unmöglich sei; Röntgenaufnahmen bestätigten, daß sein Genick gebrochen war. Sein rechter Arm und sein rechtes Bein waren gelähmt, was auf einen Gehirnschaden deutete. Die Ärzte sagten Johnson, daß er einige Zeit im Krankenhaus verbringen müßte und dann noch zwölf bis sechzehn Monate Physiotherapie nötig haben würde. Aber direkt danach konnte Johnson seinen Arm und sein Bein bewegen. Plötzlich zog der Schmerz weg. Daraufhin erlaubten ihm die Ärzte, zu gehen. Durch das, was sie gesehen hatten, kamen der Chauffeur des Krankenwagens und ein Arzt zum Glauben an Jesus Christus.

B. 58a. Dr. Michael Esses starb nach einem Herzanfall. Der Totenschein war bereits ausgestellt. Auf das Gebet einer Krankenschwester hin kam er ins Leben zurück. Seine Temperatur und sein Herzschlag waren normal; die doppelte Lungenentzündung war verschwunden; Zeichen von Embolie waren nicht vorhanden.

Ab und zu stellten wir fest, daß Menschen mit einem Auftrag zur Erde zurückgesandt wurden (B. 71b, 80, 99, 76d). Wir geben hierüber noch einige Beispiele.

B. 59j. Kurz vor seiner Rückkehr bekam Marvin Ford den Auftrag, sich dem Heer Jesu Christi anzuschließen und erhielt die Verheißung, daß Zeichen und Wunder seinen Dienst begleiten würden.

B. 107. Der Geschäftsmann Jewel Rose war von seinen Ärzten aufgegeben worden. Auf das Gebet von Freunden kehrte er ins Leben zurück. »Ich besuchte das herrliche Tor«, erzählte er seiner Frau. »Ich wollte eintreten, aber der Herr schickte mich zurück, um das Evangelium zu verkündigen und von seiner Herrlichkeit zu zeugen.« Er hatte dabei den Eindruck, daß er noch sieben Jahre dafür Zeit haben würde. Tatsächlich starb er nach diesem Zeitraum.

B. 108. Agnes Sanford begegnete in Alaska einer Indianerin. Diese erzählte ihr, daß sie schon einmal gestorben sei. Im Himmel sei ihr Jesus begegnet, der gesagt habe, daß sie noch einige Zeit zur Erde zurück müßte, um eine Aufgabe für ihn zu erfüllen. Danach hatte sie das Gefühl gehabt, einen Abhang hinabzulaufen und am Fuß des Hügels ein Häuschen zu sehen. Sie erkannte das Häuschen als ihr eigenes. Sie sah ihren Körper darin liegen und kehrte in ihn zurück.

Einige, die an finsteren Orten gewesen waren, so berichtet Dr. Rawlings, wußten sich mit dem Auftrag zur Erde zurückgesandt, anders zu leben und andere vor ihrem zukünftigen Los zu warnen, das sie erwartet, wenn sie sich nicht zu Jesus bekehren würden. Ein Mädchen, das sich nach einem Selbstmordversuch in der Hölle wähnte, wurde später Missionarin.

Nicht nur, daß viele Zurückgekehrte glauben, sie würden nun besser hören, sehen und begreifen als vor dieser Erfahrung; für sehr viele bedeuten diese Erlebnisse auch eine totale Änderung ihres Lebens. Alle Autoren bestätigen das. Dr. Teunissen konstatiert, daß bei den aus dem Tode Zurückgekehrten jeder frühere Zweifel an ein Leben nach dem Tode geschwunden sei. Martensen-Larsen bestätigt, daß sich viele, ob christlich erzogen oder nicht, zu Gott bekehrten. Auch Dr. Rawlings erlebte, daß niemand, ob er nun gute oder schlechte Erfahrungen gemacht hatte, Atheist oder Agnostiker geblieben sei. Moody drückt sich schwächer aus, aber auch er stellt kennzeichnende Veränderungen fest. Er ist der Meinung, daß vieler Leben vertieft wurde. Viele beschäftigten sich nach ihrer Rückkehr mit philosophischen Fragen, wie z. B. »Was habe ich mit meinem Leben getan, und was werde ich mit ihm tun?« Das Leben ist wertvoller geworden. Man kann sich besser in Menschen und ihre Nöte einfühlen. Fast alle sprechen über die Notwendigkeit, den Mitmenschen mehr Liebe zu schenken und in größerer Harmonie mit der Lichtgestalt zu leben. Alle ahnen, daß man noch sucht und versucht wird. Einer echten moralischen Reinigung begegnete Moody jedoch nicht.

Wilkerson äußert sich sehr positiv. Er stellte bei aus dem

Tode zurückgekehrten Christen folgende Persönlichkeitsveränderungen fest:

1. Sie leben aus einer anderen Perspektive und mit einer neuen Wertskala. Gott steht nun an erster Stelle und dann erst kommen Familie, Kirche und Beruf.
2. Sie nehmen sich mehr Zeit für ihre Familie als früher.
3. Sie sind nicht mehr vom Materialismus besessen.
4. Sie haben eine größere Empfindsamkeit für den Heiligen Geist, der nun intensiver durch sie hindurch wirkt.
5. Sie erhalten öfter eine Geistesgabe sowie ein Wort der Erkenntnis, wodurch sie eine tiefere Einsicht in die Not des Nächsten gewinnen.
6. Sie sehen die Welt von einer höheren Warte aus.
7. Sie ängstigen sich nicht mehr vor dem Tod.
8. Ihr Charakter ist weicher geworden, ruhiger, mit mehr Sorge für ihre Mitmenschen.
9. Sie besitzen größere Lebensfreude als früher.

Wir sahen bereits, daß der Evangelist Mills nach seiner Erfahrung seinen Groll gegen seinen Konkurrenten aufgab, Frau Harrington ihr ganzes Leben änderte, der Schwerverwundete bei Martensen-Larsen ein anderer Mensch wurde und Dr. Rawlings sich in die Bibel vertiefte (B. 80, 81, 82, 104). Wir fügen noch einige Beispiele hinzu.

B. 61e. Aus dem lauen Christen Ritchie wurde ein Mensch, dessen Leben in Christus sein Zentrum gewann. Zwanzig Jahre nach seiner Erfahrung schrieb er: »Nun weiß ich, warum ich die Gelegenheit bekommen habe, zurückzukehren. Es war, um Arzt zu werden, dadurch die Menschen besser kennenzulernen und um Gott zu dienen. Jedesmal, wenn ich die Gelegenheit hatte, unserem Herrn zu dienen, indem ich einem Erwachsenen mit einem gebrochenen Herzen half, einem verletzten Kind oder einem Teenager einen guten Rat geben durfte, war ich mir tief im Inneren bewußt, daß Er neben mir stand.«

B. 58b. Dr. Esses erfuhr eine Persönlichkeitsveränderung.

War er früher sehr aggressiv gewesen und hatte er die Menschen manipuliert, um sein Ziel zu erreichen, so wurde er nun sanft und freundlich. Er manipuliert nicht mehr. Wo er sich früher aufregte, bewahrt er nun stets Friede und Freude.

B. 59k. Marvin Ford erfuhr, daß die ihm gegebenen Verheißungen tatsächlich in Erfüllung gingen. Seitdem arbeitet er in verschiedenen Ländern intensiv im christlichen Dienst der Heilung und Befreiung.

Es gibt auch positive Erfahrungen nach der Rückkehr aus dem Koma.

B. 76e. Marietta Davis war vor ihrer Erfahrung nicht gläubig, wenn sie auch neugierig nach allem war, was die Unsterblichkeit betraf. Nach der Rückkehr in dieses Leben orientierte sie ihr ganzes Leben auf Christus.

So haben wir bisher Erfahrungen von Sterbenden und von Zurückgekehrten besprochen. Unsere Vermutung, daß die Zurückgekehrten »jenseits der Grenze« mehr erfahren haben als die Sterbenden, die nur »an der Grenze« standen, wurde bestätigt. Zwischen den Erfahrungen beider Gruppen gibt es aber nirgendwo Gegensätze. Beide Gruppen berichten von Begegnungen mit früher Verstorbenen, mit Engeln und mit Jesus, von einer hellen und einer finsteren Wirklichkeit.

Aber es gibt noch eine dritte Gruppe von Menschen, die etwas vom Jenseits gesehen haben. Von ihnen soll im folgenden die Rede sein.

3. SCHAUEN ÜBER DIE GRENZE HINWEG

Von alters her gibt es Menschen, die hörend außerirdische Stimmen und schauend Bilder einer verborgenen Wirklichkeit empfingen. Sie fallen in verschiedene Kategorien auseinander. Es gibt Geisteskranke, die an Schizophrenie leiden. Ihre Worte und Bilder sind verwirrte Halluzinationen. Es gibt Sensitive, Menschen mit paranormalen Fähigkeiten, aber, wie wir bereits im Vorwort sagten, sind wir der Meinung, daß ihre Informationsquelle nicht göttlicher, sondern finsterer Herkunft ist. Es gibt jedoch auch Menschen, deren Informationsquelle klar und sauber ist. Im Alten und Neuen Testament werden sie Propheten und Seher genannt. Viele Visionäre durften einen Blick ins Jenseits werfen; sie hatten dabei das Gefühl, dieses Land mit ihrem Geist zu besuchen. Dabei befanden sie sich nicht am Rande des Todes, im Koma oder einem Trancezustand. Oft befanden sie sich im Gebet, wenn sie das Jenseits schauten. Sie standen vollauf in diesem Leben und durften von hier aus »über die Grenze hinweg« einen Ausflug machen oder einen Blick werfen in die für normale Augen unsichtbare Wirklichkeit nach diesem Leben, einige von ihnen nur einmal, andere öfters. Christliche Visionäre haben, ganz anders als Sensitive oder spiritistische Medien, das Bewußtsein, daß ihre Augen und Ohren von Gottes Geist geöffnet werden, und zwar nicht in dem Augenblick, in dem sie das wünschen, sondern wenn »Er« es will. Sie sind sich bewußt, daß sie nur das sehen dürfen, was Gott sie sehen lassen will, und was für das Glaubensleben der Menschen nützlich ist. So wie alle Manifestationen des »Heiligen Geistes« müssen auch Visionen an dem, was wir aus der Bibel über Gottes Heil wissen, geprüft werden. In unserem letzten Kapitel werden wir näher darauf eingehen.

Die sieben Visionäre, die wir in diesem Kapitel zitieren werden, sollen kurz vorgestellt werden. Sie kommen aus verschiedenen Zeiten, Kirchen und Kulturen.

Theresia von Avila (1515–1582) beschloß nach einer schweren Krankheit, Nonne zu werden. In einem Kloster im spanischen Avila entwickelte sie eine kontemplative Mystik und hatte Visionen. 1970 nahm sie Papst Paulus VI. in die Liste der Kirchenlehrer auf.

John Bunyan (1682–1688) schloß sich der Bewegung der Non-Konformisten an, nachdem der englische König Karl II. die Laienpredigt verboten hatte. Er verbrachte zwölf Jahre in einem Gefängnis. Sein Hauptwerk »The Pilgrims Progress« wurde berühmt. In einem seiner anderen Bücher, »Visions of Heaven and Hell«, beschreibt Bunyan eigene Erfahrungen; Erfahrungen, die er gemacht hatte, nachdem eine Stimme vom Himmel in seiner Jugend einen Selbstmordversuch verhütet hatte. Als er dem Herrn für diesen Schutz dankte, wurde er von einem Licht umgeben und ein Engel führte ihn zum Himmel.

Anna Katharina Emmerich (1774–1824) war eine deutsche Nonne. Jahrelang hatte sie Visionen, auch über das Leben und Leiden Jesu. Fünf Jahre lang notierte der Dichter Brentano diese Visionen. Er veröffentlichte sie in seinen Tagebüchern.

Der Inder *Sadhu* (reisender Prediger) *Sundar Singh* (1889–1924) kam nach dem Verbrennen einer Bibel aufgrund einer Vision, in der er Christus begegnete, zum christlichen Glauben. Seit 1912 hatte er während des Gebets oder beim Meditieren des öfteren Visionen, ungefähr acht- bis zehnmal monatlich. Er reiste auch durch Europa. Anglikanische Kirchenführer, Professoren wie Heiler und Söderblom sowie die holländische Königin Wilhelmina schätzten ihn sehr.

Louise Buchmann (1884–1944) war eine schweizerische Diakonissin, Mitglied der Reformierten Kirche. Ihre Visionen wurden von H. Henny aufgezeichnet und herausgegeben.

Zum Schluß sei *Agnes Sanford* (geb. 1897) erwähnt, Tochter eines presbyterianischen Missionars in China, die mit einem episkopalischen Pfarrer verheiratet war. Sie wurde in Amerika eine der großen Pionierinnen im Dienst der Heilung. In ihrem letzten Buch erzählt sie, wie eine Stimme sie rief: »Komm hier empor«, und wie sie dann, von einem Engel begleitet, den Himmel besucht.

In diesem Kapitel werden wir sehen, was diese und andere Visionäre geschaut haben, und ob dies auf der gleichen Linie liegt wie das, was wir in den ersten zwei Kapiteln festgestellt haben.

A. Visionen über Sterbende

Verschiedene Visionäre erzählten, wie sie wahrgenommen haben, was geschieht, wenn Menschen aus dieser Welt weggerufen werden. Louise Buchmann sah in einer Vision, wie treue Kinder Gottes bei ihrem Sterbebett von einem Engel und oft auch von Jesus selbst empfangen wurden. Sie konnte am Glanz ihrer »Lichtkörper« feststellen, welchen Grad an Heiligung sie auf Erden erreicht hatten. Sie konnte diesen Lichtkörper, wie sie ihn nennt, nur bei wiedergeborenen Kindern Gottes sehen. Anna Katharina Emmerich nahm wahr, daß am Sterbebett jedes Menschen ein Urteil gefällt wird. Sie sah, wie Jesus, Maria und Engel bei diesem Urteil zugegen sind.

Sundar Singh ist auch Zeuge eines solchen Urteils gewesen. In einer Vision sieht er das Sterbebett eines Gläubigen. Bereits vor seinem Tod sah dieser Gläubige, wie sich der Himmel öffnete. Er nahm Engel und Heilige (bereits verstorbene Gläubige) wahr und sah Jesus an der Pforte stehen. Noch auf der Grenze zeugte der Sterbende von dem, was er sah. Nach seinem Verscheiden suchte er vergeblich, seine Frau und Kinder zu trösten. Sie konnten ihn jedoch nicht mehr sehen und hören. Viele Freunde und Geliebte hießen ihn auf dem Wege zur Herrlichkeit willkommen. Sundar Singh erzählt, daß er in seinen Visionen Engel und Heilige gefragt hat, was beim Sterben genau geschieht. Sie sagten ihm, der Tod könne mit dem Einschlafen verglichen werden; viele sterben aber so plötzlich, daß sie nicht merken, daß sie eine neue Dimension betreten haben. Sie geraten durch die vielen neuen Dinge, die sie sehen, in Verwirrung; aber sie werden vollständig unterrichtet. Gläubige Verstorbene werden von Engeln und Heiligen begrüßt. Diejenigen, die sie lieben, dürfen an ihr Sterbebett kommen und sie zum Himmelreich führen. Sie sind darauf vorbereitet und fühlen sich dort gleich zu Hause. Auch Engel begleiten Menschenseelen aus dieser Welt, und oft kommt Jesus selbst an das Sterbebett, um seine Diener willkommen zu heißen. Für die Gläubigen ist der Tod eine Tür, durch die sie ihr ewiges Haus betreten können. Das Sterben ist mit der Geburt zu vergleichen.

Über dieses Haus und die Begrüßung berichtet auch der methodistische Prediger G. C. Bevington in seiner Autobiographie. 1921 wurde er gebeten, für die Genesung einer Frau Goddard zu beten. Am 15. Januar begann er; aber der Kranken ging es stets schlechter. Am 19. Januar fing

Bevington an, für ihre gesegnete Heimkunft zu beten. Dabei erhielt er eine Vision. Er sah ein großes, herrliches Haus, das durchsichtig war, wie von Glas. »Ich hatte noch nie ein solch strahlendes Gebäude gesehen, solch glänzende Mauern, solch glitzernde Zimmer. Ich sah Wesen in makellos weißen Gewändern. Jedermann war sehr beschäftigt. Sie trugen Kränze von weiß-lila Blumen, so strahlend, wie ich sie noch niemals zuvor gesehen hatte. Sie eilten hin und her, als ob sie die letzte Hand an etwas legten. Alle waren vollauf beschäftigt, um fertig zu werden für jemands baldige Heimkunft. Ich schloß daraus, daß es die Wesen waren, die Frau Goddard willkommen heißen würden.« Bevington sagte aufgrund dieser Vision der Tochter, daß ihre Mutter sie nun schnell verlassen würde. Tatsächlich starb sie am gleichen Morgen.

B. Visionen über die Herrlichkeit

Visionäre betonen immer wieder, daß nicht jeder, der in die Herrlichkeit eingehen darf, genau dasselbe erfährt. Es scheint verschiedene Grade oder Dimensionen der Herrlichkeit zu geben. So wie aus dem Tode oder dem Koma Zurückgekehrte erzählen, scheint es einen Zusammenhang zu geben zwischen dem Grad der Herrlichkeit und dem Zustand, in dem man sich am Ende seines Lebens befand. John Bunyan nahm bereits wahr, daß die Himmelsbewohner nicht den gleichen Grad an Herrlichkeit besitzen, und Sundar Singh brachte das Maß der Herrlichkeit, das man ausstrahlt, in Verbindung mit dem Grad der Gutheit, den man auf Erden besaß. Bunyan betonte, daß diese Unterschiede im Grad der Herrlichkeit nicht zu Eifersucht führen. Ihm wurde erklärt: »Gott ist ein endloser Ozean von Licht, Leben, Freude und Glück. Er füllt jedes Gefäß, das in diesen Ozean getaucht wird, bis es nichts mehr aufnehmen kann. Wenn auch die Gefäße verschieden groß sind, da jedes vollständig gefüllt wird, gibt es niemand, der sich beklagen kann.« Der amerikanische Biologe Dr. Robert Frost erzählt von einem Freund, der in einer Vision etwas Ähnliches gesehen hat. Er sah im Himmel Menschen wie Gläser, die bis zum Rand gefüllt waren; die Gläser hatten aber alle ein verschiedenes Fassungsvermögen.

Verschiedene Visionäre sprechen ebenso wie einige vom Tod Zurückgekehrte (siehe B. 61c) auch über die Existenz verschiedener himmlischer Welten.

Agnes Sanford schreibt: »Der Herr zeigte mir den Himmel und die Himmel. Der Himmel ist ein Ort. Es gibt auch Himmel mehr in unserer Nähe, die unserer Erde ähnlich sind. Möglicherweise ist das das Paradies. In dem der Erde am nähsten und ähnlichsten Himmel kam es mir vor, als ob ich mich in einem weiten Tal mit Hügeln in der Ferne befände. Ich sah dort Blumen, nicht genau so wie die irdischen Blumen, jedoch schöner, lebendiger, strahlender. Jesus sah ich dort nicht. Anfangs sah ich niemanden, aber später sah ich den Engel, der stets erscheint, wenn ich im Jenseits bin. Vielleicht ist die Erde eine schwache Kopie dieses nahen Himmels.«

Louise Buchmann sagt, der Herr habe ihr erklärt, daß die Gläubigen des Alten Bundes (das Volk Israel) vor der Erlösung durch Jesus nur in die obersten Regionen des Totenreiches, in einen Vorhimmel oder »Abrahams Schoß«, kommen konnten. Aber durch den Neuen Bund betreten Gläubige jene Dimension, die ihrer irdischen Entwicklung entspricht: zuerst die oberste Region des Totenreiches, das Paradies, dann, nach Vollendung ihrer Heiligung, den Himmel, in dem sie Jesus anschauen. Nur wenige würden bereits bei ihrem Tode soweit sein, daß sie direkt in den Himmel eingehen können. Wie nahe man Jesus kommen kann, hängt von dem Grad der erreichten Heiligung ab. Das Bejahen Jesu und das Tragen seines Leidens trägt Früchte für die Herrlichkeit. Wer sich erst auf seinem Sterbebett zu Jesus bekehrt, muß im Paradies die Heiligung nachholen. In einer Vision traf Louise Buchmann eine Mutter, die ihr sagte: »Ich bin in der Schule.« Während ihres Lebens hatte die Frau zwar die Neigung gehabt, Jesus als Herrn anzunehmen, aber es war nie soweit gekommen. Jesus erklärte Louise Buchmann, daß dieser Frau aufgrund der vielen Fürbitten ihrer Kinder Gnade geschenkt worden war. In einer Vision, die Louise Buchmann ein Jahr später geschenkt wurde, traf sie diese Frau im Himmel an. Was diese Fürbitten betrifft, meint Louise Buchmann, daß Lebende für Lebende und die Heiligen im Himmel für die Verstorbenen beten müssen.

Aus ihrer römisch-katholischen Tradition hatte Anna Katharina Emmerich wohl die Gewohnheit, für Verstorbene zu beten. In einer Vision begegnete sie auf einem Pfad über der Erde vielen Seelen, die von Führern begleitet wurden. Sie erkannte sie als Verstorbene, für die sie viel gebetet hatte. Sie sprach die Vermutung aus, daß diese sich in einem Gebiet zwischen dem Fegefeuer (wie sie es nennt) und dem Himmel befanden. Sie sah, wie beim Emporsteigen diese Seelen stets mehr Glanz bekamen.

Frau Carol Hooley hatte eine ähnliche Erfahrung wie Louise Buchmann. In einer Vision sah sie im Himmel einen Onkel, der anders als der Rest gekleidet war. Er hatte, so hörte Frau Hooley später, erst auf seinem Sterbebett Jesus angenommen. Wenn er auch das ewige Leben empfangen hatte, war er geistlich noch ein Kind. Darum sah er anders aus als die Menschen, die bereits auf Erden ihr ganzes Leben Christ gewesen waren.

Sundar Singh spricht oft über einen Zwischenzustand, den er in seinen Visionen wahrnimmt. Er beschreibt diesen als eine geistliche Welt, in der alle Verstorbene zuerst ankommen, bevor eine Scheidung stattfindet. (Wir erinnern uns, daß auch einige Zurückgekehrte über ein solches Zwischengebiet sprechen; vgl. B. 76d.) Singh sieht, daß fortwährend Tausende von Verstorbenen in dieser Zwischenwelt ankommen. In diesem Zwischenzustand begeben die guten Menschen sich zu den guten Geistern, die schlechten zu den bösen Geistern. Die Gläubigen ziehen von dort aus weiter zu einer höheren geistigen Sphäre. Dabei werden sie von Engeln und guten Geistern begleitet, die die bösen Geister auf Abstand halten. Singh sah, wie ein kleines Kind in diesem Zwischenzustand ankam. Engel sorgen für das Kind und bringen es zu einer Art Kinderhimmel, wo es von ihnen unterrichtet wird, bis es den Engeln gleich geworden ist. (Wir erinnern uns, was Marietta Davis über den Unterricht für Kinder mitteilt, vgl. B. 76a.) Singh sah weiter, wie eine Mutter nach ihrem Tod von ihrem inzwischen aufgewachsenen Kind unter Freudentränen begrüßt wird. Das Kind erklärte seiner Mutter alles und blieb in der Zwischenwelt bei ihr. Nach diesem Unterricht ging die Mutter mit ihrem Kind zu höheren Sphären. Beinahe ergötzlich ist Singhs Beschreibung über die Ankunft eines deutschen Philosophen, der direkt nach Beweisen fragt. Er bekommt Matth 18,3 vorgehalten: er muß werden wie die Kinder. Weil er moralisch gut gelebt hatte, wird ihm eine Chance geboten; er muß in den unteren Gebieten bleiben, bis er Reue bekommt. Erst dann ist er reif, um Unterricht zu erhalten und wird er höhere Sphären betreten dürfen.

Singh sieht diese Zwischenwelt zwischen Licht und Dunkel liegen und meint, daß diese Zwischensphäre wiederum aus zahllosen Existenzformen besteht. Die Seele, die noch nicht direkt weitergehen darf, wird zu der Existenzform geführt, die zu ihr paßt. Wer stirbt, während er noch an halben Wahrheiten und verkehrten Dogmen festsitzt, wird in dieser geistlichen Welt durch die Engel korrigiert, wenn er dies will; denn auch in dieser Zwischenwelt zwingt Gott uns nicht. Singh nimmt einen Götzendiener wahr, der vergeblich nach seinem Abgott sucht. Es wird ihm vergönnt, einen Blick auf Jesus zu werfen. Der Mann nimmt Jesus an, und seine Verwirrung wird ausgewischt. Auch sieht Singh einen Geistlichen, der erzürnt ist, weil ein anderer in eine höhere geistliche Sphäre kommt als er. Ihm wird deutlich gemacht, daß jeder in die Sphäre gebracht wird, die er durch sein Leben und durch seinen Glauben erreicht hat. In dieser Atmosphäre bekommt jeder seinen Unterricht. Für diejenigen, die es schlecht verstehen können, daß es auch im Leben nach dem Tod Unterschiede zwischen höher und niedriger gibt, teilt Sundar Singh mit, wie er gesehen habe, daß es dort die Aufgabe der Höheren sei den Niedrigeren zu dienen. A. K. Emmerich erzählt über eine ähnliche Vision. Sie sah, wie allerlei Menschen an einem gedeckten Tisch saßen, und Bischöfe und Seelsorger sie bedienten. Vieles von dem, was Visionäre in den überirdischen Dimensionen sehen, stimmt mit dem überein, was uns aus dem Tode oder dem Koma Zurückgekehrte berichten. Es sind Visionen über eine herrlich-friedliche Natur mit Bäumen, Pflanzen, Blumen und Früchten, mit Vögeln, Springbrunnen und Flüssen. Singh sieht überall Obstgärten, Blumen und Vögel. Er spricht über eine geistliche Nahrung, die ein besonderes Aroma verbreitet und sagt, daß der, der davon ißt, einen herrlichen Duft ausstrahlt. Anna Katharina Emmerich spricht über glänzende, liebliche Gärten und Bäume, die kleine, gelbe, strahlende Früchte tragen. William Booth, der Gründer der Heilsarmee, sah unter Obstbäumen Rosenhecken entlang eines Flusses stehen. Er konnte die Früchte probieren und beschreibt ihren Geschmack als »süßer als jegliche irdische Süße«. Er erzählt, daß die Luft von süßen Düften herrlicher Blüten erfüllt war. Als in einem chinesischen Waisenhaus eine Erweckung stattfand, hatten die Waisenkinder wiederholt Visionen vom Himmel. Ihre Geschichten gleichen den vorgenannten Geschichten.

Ebenso wie Zurückgekehrte sprechen auch Visionäre über ihre Begegnungen mit Kindern. Sundar Singh begegnet ihnen und Anna Katharina Emmerich erkennt einige, deren Taufe sie miterlebt oder mit denen sie in ihrer Jugend gespielt hatte. Oft sieht sie sie genau so gekleidet wie zu ihrer Lebenszeit. Mit einer von ihnen frischt sie Jugenderinnerungen auf. Auch die chinesischen Waisenkinder treffen öfters Altersgenossen.

Visionäre haben auch Begegnungen mit zuvor verstorbenen Verwandten und Gläubigen aus der Vergangenheit. Louise Buchmann sagt, daß sie Gottesmänner aus der Zeit des Alten und Neuen Testaments und aus der Kirchengeschichte getroffen habe, ebenso wie die aus dem Koma zurückgekehrte Marietta Davis, die über eine Begegnung mit Luther und Wesley spricht. Sundar Singh begegnet einem Mann mit einer herrlichen Gestalt, strahlend von Glück. Der Mann fragt ihn: »Kennst Du mich nicht mehr?« Als Singh ihn nicht erkennt, erzählt der Mann: »Ich lag in einer Aussätzigenkolonie, die Sie besucht haben. Ich hatte keine Finger mehr und mein Gesicht war entstellt. Jetzt bin ich nicht mehr aussätzig. Diesen verherrlichten Körper habe ich von Jesus bekommen. Ich verließ meinen Körper am 22. Februar 1908.« Singh überprüfte die Angaben, und sie stimmten. Singh sah auch oft verstorbene Freunde. Er war der Meinung, daß diese ihn abholen würden, wenn er stürbe. Er meinte, daß sie uns aus der unsichtbaren Welt jetzt schon oft zur Hilfe kommen, während wir noch auf Erden sind. Sie dürfen sich jedoch nur in Ausnahmefällen zu erkennen geben. Ihre Aufgabe ist es, uns auf Gott und gute, positive Gedanken zu lenken.

In einer Vision erkannte William Booth verschiedene Männer und Frauen in verklärter Gestalt, die er menschähnlich nennt. Anna Katharina Emmerich sieht »zahllose Scharen Heiliger in Einheit und Freude«. Ihr begegnen Priester und viele andere, die sie auf Erden gekannt hat. Sie berichtet, daß Heilige Tau und Honig an Menschen auf Erden schikken, die in Not sind. Sie nimmt auch Seelen wahr, die zusammenströmen, um Neuankömmlinge zu begrüßen. Sie sieht die Verherrlichten in Glanz und Licht gehüllt. Über dieses Licht spricht auch Bunyan. Er sieht im Glanz der himmlischen Wesen die Widerspiegelung der Herrlichkeit Jesu. Der Engel, der ihn begleitet, erklärt ihm: »Wir kommunizieren Liebe und Freude miteinander.« Auch hört Bunyan: »Unsere Kapazitäten sind hier vergrößert. Auf Erden kann das Licht nur über unsere Sinne wahrgenommen werden, so wie durch ein Fenster. Darum muß Gott sich unseren Möglichkeiten anpassen. Aber nun ist unser Geist erleuchtet, und wir sehen Gottes Reinheit und Herrlichkeit.«

Die Visionäre dürfen auch die Lichtstadt sehen. Anna Katharina Emmerich spricht über eine Kuppel, in der sie Throne, Gärten, Paläste, Ehrenbögen, Blumenkränze und Bäume sieht. Alles ist miteinander durch Wege verbunden, die im Glanz von Gold und Edelsteinen liegen. Sie unterscheidet »Chöre«: Gruppen von Märtyrern, Geistlichen usw., die über die Gärten und Wohnungen verteilt sind. Sie beschreibt das »himmlische Jerusalem«. Straßen laufen in alle Richtungen nach oben und unten. Sie sieht die Wege zwischen den Palästen mit Perlen belegt, die alle möglichen Formen bilden. Auch die chinesischen Waisenkinder sprechen über Häuser aus Edelsteinen. Die Einrichtung ist aus Gold und von den Fenstern aus sieht man auf Straßen aus transparentem Gold.

Agnes Sanford bezeugt: »Ich habe in meinen Gebetsstunden Schimmer des neuen Jerusalems gesehen. Die Straßen sind nicht aus echtem Gold, aber es liegt eine Art warmer, goldener Nebel auf ihnen. Die Mauern sind nicht aus echten Juwelen, aber sie schillern in allen Farben des Regenbogens.« Ebenso wie einige aus dem Tod Zurückgekehrte spricht sie über die zwölf Tore, jedes genau wie eine große

Perle. Sie stellt aber fest, daß es sich hier nicht um eine feste Materie handelt, sondern um perlenartige, leuchtende Nebel. Sie vermutet, daß dieses perlene Licht jedermann reinigt, der durch dieses Tor hindurchgeht. Selbst ging sie nicht durch dieses Tor. Ebenso wie Rebecca Springer (B. 69c) hat auch Agnes Sanford etwas gesehen, das einer Schule oder einer großen Bibliothek glich, in der in etwas gedämpftem Licht viele Bücher standen.

Andere haben ähnliche Visionen. Frau McKay sieht eine Mauer mit glitzernden Steinen in verschiedenen Farben und ein geöffnetes perlenes Tor. Anders wie Frau Sanford wird sie wohl durch das Tor geführt auf eine Straße aus Gold. Die chinesischen Waisenkinder sprechen über Mauern aus Jaspis, die in allen möglichen Farben aufleuchteten. Ebenso wie Marietta Davis (B. 76a) sehen sie, daß die Lichtstadt in zwölf Viertel unterteilt ist. Und wie Marvin Ford, der drei Dimensionen wahrnahm (B. 59e), sehen sie drei Etagen in der himmlischen Herrlichkeit. Die unterste ist die größte, die oberste die kleinste. Das Ganze wurde nicht in der Kubusform Fords gesehen, sondern in Form einer Pyramide. Je höher die Pyramide, je stärker der Glanz. Die Waisenkinder hörten, daß sich der Thron Gottes auf der Spitze der Pyramide befinde.

Sadhu Sundar Singh nahm in seinen Visionen viele Wohnungen wahr. Er kam auch zu der Tür der Wohnung, die für ihn bestimmt war und entdeckte, daß sie mit allem Nötigen versehen war. Neben dieser Wohnung lagen andere, die von Heiligen bewohnt wurden. Er sah auch, daß Kinder des Lichts sich erfrischten und im Wasser eines kristallhellen Ozeans gereinigt wurden. Er besuchte auch andere Sphären im Himmel und bemerkte, daß man dabei keine Abstände verspürt, weil man sich je nach Wunsch fortbewegt. Etwas Ähnliches hatte auch Bunyan bereits bemerkt. Er erfuhr, daß man im Himmel mit der Schnelligkeit von Gedanken reist.

Agnes Sanford spricht nicht über einen Ozean. Sie kam jedoch zu dem Lebensstrom, den sie durch die Gottesstadt strömen sah. Der Engel, der sie begleitete, ging vor ihr ins Wasser hinein. Sie schreibt darüber: »Als nüchterne Hausfrau dachte ich: meine Kleider werden naß. Aber das geschah nicht. Was jedoch das Untertauchen meiner Seele bedeutet hat, weiß ich nicht.« Marietta Davis, so erinnern wir uns, wurde auch durch einen Fluß geführt (B. 69b).
Auch die Visionäre sprechen über eine Begegnung mit Jesus. William Booth sah bei seinem Besuch im Himmel Patriarchen, Apostel, Märtyrer und Streiter und auch den König »Jesus«. Die Lieder, die für ihn gesungen wurden, klangen ihm wie tausend Wasserfälle in den Ohren. Jesus gab ihm den Auftrag, auf Erden von ihm zu zeugen. Agnes Sanford erzählt, daß sie einmal in einem ganz anderen Himmel war, als die bisher besuchten. Sie stand auf einem weißen Berg, aber das Weiß war kein Schnee, und es war auch nicht kalt. Vor langer Zeit hatte sie in einer schwierigen Lebensperiode diesen Berg bereits einmal in einer Vision gesehen. Auf der Flanke des Berges sah sie ein Licht und mitten im Licht einen Thron, den großen, weißen Thron. »Ihn sah ich nicht«, schreibt Frau Sanford, »aber ich wußte, daß Er auf dem Thron saß. Ab und zu reichte er mir die Hand. Als die Lichtwolken für einen kurzen Augenblick auseinanderwichen, sah ich sein Gesicht: braun, zärtlich und lächelnd.« Frau Sanford spricht hier über das Gesicht Jesu. Ebenso wie bei den aus dem Tode oder dem Koma Zurückgekehrten bekommen wir höchst selten etwas über eine Begegnung mit Gott selbst zu hören. Sadhu Sundar Singh bemerkt, daß man überall im Himmel Gottes Gegenwart fühlt. Ihm wird erzählt, daß man Gott und Jesus Christus je nach dem Maß des geistlichen Fortschritts erfährt, und daß der Herr, je nach unserem Zustand, das Licht seiner Erscheinung dämpft. Der amerikanische Evangelist Kenneth Hagin sah in einer Vision den Thron

Gottes. Er nahm zwar eine Form wahr, aber kein Gesicht. Rund um den Thron sah er einen Regenbogen. An jeder Seite standen Wesen mit feurigen Augen, vorn und hinten (vgl. Offb 4,6). Hagin sah auch, wie Licht durch die Kreuzeswunden Jesu hindurchschien. Und Anna Katharina Emmerich beschreibt, wie sie oben in der Kuppel in unendlichem Glanz den Thron Gottes wahrnimmt. Sie darf einen Blick auf den Vater werfen. Auch sieht sie »einen gekreuzigten Jüngling, aus dessen Wunden Strahlen in den Farben des Regenbogens kommten«. Rund um den Thron sieht sie die vierundzwanzig Ältesten (vgl. Offb 4,4). Sie berichtet, auch Maria, deren Thron sich gerade unter dem der Dreieinigkeit befinde, gesehen zu haben.

C. Visionen über finstere Gebiete

In Vorstehendem hörten wir Anna Katharina Emmerich über ein Urteil sprechen, das am Ort des Sterbens vollzogen wird. Sadhu Sundar Singh sprach von einer Scheidung, die sich in einer Zwischensphäre vollzieht, bei der sich schlechte Menschen zu dem Ort böser Geister begeben. Dieser Art Visionen wollen wir jetzt unsere Aufmerksamkeit schenken.

Wie auch Zurückgekehrte berichten (B. 78b, 76d), sehen einige Visionäre während ihrer geistlichen Reise nach himmlischen Gebieten die Erde tief unter sich liegen. Während die Erde weit unter ihm verschwand, nahm Bunyan schwarze Wesen wahr, die über der Erde schwebten. Der Engel, der ihn begleitete, erklärte ihm, daß dies gefallene Engel seien. Sundar Singh sah, wie schlechte Geister frevelhafte Seelen bei ihrem Sterbebett in Empfang nahmen und sie zur Finsternis begleiteten. Singh unterscheidet in der Zwischenwelt mehr und weniger dunkle Dimensionen. Sie, deren Leben auf Erden Gott nicht geweiht war, kommen in diesen dunkleren Gebieten an. Sie empfangen eine Form, die zu ihnen paßt. Sie verkehren in der Gesellschaft derer, die auf Erden die gleichen Sünden begangen haben. Um sich herum sehen sie die gemeinen Gesichter böser Geister, wodurch sie vor Schrecken wie gelähmt werden. Weil schlechte Menschen das Licht Gottes nicht vertragen können, verbergen sie sich in stinkendem, schwarzen Rauch, der aus dem untersten Teil der Zwischenwelt (Sundar Singh nennt sie »Totenreich«) aufsteigt. Aus dem Rauch hört Singh Schreie der Reue und Angst aufsteigen. Wir bekommen von Singh den Eindruck, daß aus dieser Zwischenwelt, zumindest aus den oberen Teilen, noch ein Entkommen möglich sei. Wir gaben seine Vision von dem deutschen Professor wieder, der warten mußte, bis er wie ein Kind geworden war. Wenn man jedoch dem Unterricht unzugänglich ist und jegliche Läuterung verweigert, findet eine endgültige Vereinigung mit den finsteren Geistern statt. Singh sieht z. B., wie ein Sünder und Selbstmörder nach seinem Tode zwar Gewissensbisse über seine Taten hat, jedoch keine Reue. Das Licht aus der Herrlichkeit quält ihn. Darum versucht er, sich im Dunkeln zu verstecken. Singh sieht, wie sich viele aus der Zwischenwelt in »das bodenlose Loch«, so wie er es nennt, stürzen. Singh sieht weiter, wie ein Mörder stirbt. Böse Geister ziehen ihn in die Finsternis. Der Ermordete schenkt ihm zwar Vergebung; der Mörder kann aber das Licht nicht ertragen. Der Ermordete ruft seinem Mörder zu, doch Reue zu haben, dieser hat aber dafür keine Kraft. Singh sagt: »Auch in der Zwischenwelt zwingt Gott uns nicht.« Er erzählt, daß Jesus ihm erklärt hat: »ihr eigenes, unreines Leben zwingt sie, von diesem heiligen Ort wegzuflüchten.« Singh sieht immer wieder, wie Böcke und Schafe sich von selbst scheiden. Er hört einen Engel sagen: »Gott wirft niemanden in die Hölle. Der Mensch schafft sich selbst die

Hölle.« Aber nicht nur in der Zwischenwelt, sondern auch in der Finsternis darunter sieht Singh viele Grade und Orte. Entsprechend dem Maß der Sünde bekommt jeder den ihm gebührenden Platz zugewiesen.
Wir merken, daß Sundar Singh auf eine verwirrende Weise verschiedene Ausdrücke durcheinander gebraucht. Einige, die einen Blick in die Finsternis warfen, gebrauchen den Ausdruck »Fegefeuer«. So erzählt ein englischer Mönch aus Evesham, daß er, während er drei Tage in Ekstase war, den Himmel, die Hölle und das Fegefeuer besuchte. Im Fegefeuer begegnete er der Seele eines Menschen, der in diesen drei Tagen gestorben war, so daß der Mönch das nicht wissen konnte. Auch Anna Katharina Emmerich besuchte viele Male das, was sie das Fegefeuer nennt. Sie spricht über die armen Seelen, die dort sein müssen. Sie sah Menschen, die während ihres Lebens den Glauben nicht ernst genommen hatten, die »fromm auf Pantoffeln« gewesen waren, ohne Eifer für Gott oder den Mitmenschen. Immer wieder wurde ihr gezeigt, daß ungebüßte und ungesühnte Schuld eine unglaublich große Nachwirkung hat. Sie sah aber auch, daß viele aus dem Fegefeuer zum Himmel emporstiegen. Diese Aussage läßt vermuten, daß das, was einige »Fegefeuer« nennen, dasselbe ist, was Singh »Zwischenwelt« nennt. Anna Katharina Emmerich sah im Fegefeuer nirgendwo blaue Luft, einen Baum oder Früchte. Alles ist farblos. Je nach dem Grad der Reinigung ist es dort heller oder dunkler. In den finsteren Teilen sah sie Seelen zur Hälfte oder bis zum Hals. Jede saß in einem eigenen Kerker und litt Durst, Hitze oder Kälte. Sie sah, wie Menschen, die auf Erden eine hohe Stelle bekleidet hatten, hier vergeblich arbeiteten, angetrieben von ihren früheren Knechten. Sie hatte den Eindruck, daß sich diese dunklen Orte über dem Nordpol befinden und von einer halbmondförmigen, dunkelglimmenden Mauer umgeben sind.

Theresa von Avila hat diese finsteren Orte auch besuchen müssen. Sechs Jahre später notiert sie, was sie dort gesehen hat. Sie ist voller Entsetzen über die Qualen und das Elend, dessen Zeuge sie gewesen ist. Sie beschreibt den Zugang als einen engen Steg und die Finsternis als einen Backofen mit schlammigem Boden, voller Würmer. Sie fühlte ein Feuer in ihrer Seele brennen, das mehr schmerzte als jegliche irdische Pein. Sie hatte den Eindruck, erdrückt und erstickt zu werden. Die Seele schneidet sich dort kaputt, die Mauern kneifen sich zusammen, berichtet sie. Man kann dort weder sitzen noch liegen; alles ist lichtlos, voller Verzweiflung, so ist ihre Erfahrung.
Der dänische Dichter Jörgensen fühlt sich in einer Vision zwischen Erde und Himmel geschleudert. Aus dem Tor des neuen Jerusalems sieht er Licht strömen. Er wird gefragt, ob er erlöst werden will. Als er dies bejaht, fühlt er sich nach unten geworfen. Eine Stimme sagt zu ihm: »Hast du nicht gelesen, daß nur der die Seligkeit erhält, der auf Erden sein ›Ich‹ gekreuzigt hat und Jesus nachgefolgt ist? Du aber bist dir selbst nachgefolgt und hast Christus gekreuzigt. Darum ist hier dein Platz, im Vorhof der Hölle.« Jörgensen beschreibt den von ihm besuchten Ort »als fleischgewordenes Gewissen«.
Anna Katharina Emmerich wird nicht nur zum Fegefeuer, sondern auch zur Hölle geführt. Sie erfährt den Weg dorthin als dunkel und eisig. Es ist dort fortwährend Nacht; Entsetzensschreie erschallen. »Auch hier«, so sagt sie, »ist eine Welt voller Tempel, Schlösser, Throne, Gärten, Seen und Felder. Es ist hier aber das Gegenteil vom himmlischen Jerusalem. Hier fließen Ströme von Haß, Fluch und Streit. Alles besteht aus entlarvter Sünde.«
Auch Louise Buchmann kennt verschiedene Stufen der Finsternis. Sie erzählt, daß sie einen Blick in die untersten Bereiche des Totenreiches und der Hölle werfen durfte. Sie sah, daß das Leiden derer, die während ihres Lebens

Gottes Gnade verspielen, keine Illusion ist. Es fiel ihr auf, daß Christen, die auf Erden kaum gegen die Sünde gestritten hatten und ihr ganzes Leben lang mit ihrer alten Natur unter dem Deckmantel der Rechtfertigung gelebt haben — also der Meinung waren, Vergebung zu empfangen, ohne sich je wirklich bekehrt zu haben —, zu viel schlimmeren Orten kamen als Menschen dieser Welt, weil sie größere Verantwortung bekommen hatten. Der Herr zeigte Louise Buchmann einen speziellen Ort, wohin ungetreue Hirten kommen, die ihr Amt mißbraucht und sich der Irrlehre schuldig gemacht haben. Sie warnt, daß ungetreue, ungeheiligte Christen, die ihre Übertretungen gegen das Licht, das sie empfangen hatten, und somit wohlbewußt begangen haben, im Totenreich noch viel schwerere Dinge mitmachen müssen. Sie weiß: wenn Sünde nicht auf Erden bereut und gutgemacht wird, ist sie nicht durch das Blut Christi gereinigt. Das liegt auf der gleichen Linie wie die Vision des pietistischen Mystikers Jung Stilling (1740–1817). Dieser erzählt in seinen »Szenen aus dem Geisterreich«, daß er im »Reich der Schatten«, wie er es nennt, Gestalten einsam und unglücklich umherirren sah. Er erkannte sie als Menschen, die zeit ihres Lebens gläubig zu sein schienen. Sie hatten geglaubt, fromm gelebt zu haben. Ein Engel erklärte Jung Stilling, daß sie wegen ihres geistigen Stolzes, ihrer Sucht zum Verurteilen, verurteilt seien, und daß wirkliche Kinder Gottes an ihrer Demut zu erkennen sind.

Wir sehen, daß Visionäre in ihrem Sprachgebrauch voneinander abweichen. Einige meinen, daß der Aufenthalt, zumindest in den oberen Teilen der Zwischenwelt, dem Fegefeuer oder dem Totenreich, nicht endgültig ist. Singh sieht dort einen Zweifler und einen Arbeiter. Sie rufen von dort aus um Hilfe. Heilige und Engel werden dorthin gesandt, um sie zu unterrichten. Sie sind aber so durch die Sünde benebelt, daß sie an allem zweifeln und schließlich doch im Dunkeln bleiben wollen. Louise Buchmann ist überzeugt, daß Gottes Gnade weiter reicht, als wir denken; sie verneint aber, daß es eine Allversöhnung gibt. Wie verschiedenartig die von uns beschriebenen Visionen auch sind, alle wissen, ebenso wie Sterbende und Zurückgekehrte, daß es einen Ort des endgültigen Urteils und des Elends gibt.

4. KRITISCHE FRAGEN UND VORLÄUFIGE SCHLUSSFOLGERUNGEN

Bis jetzt haben wir gesehen, was Sterbende, aus dem Tod oder dem Koma Zurückgekehrte und Visionäre über das »Jenseits« berichtet haben. Einerseits haben wir entdeckt, daß jede Gruppe von Berichten eigene Charakterzüge trägt. Am kürzesten sind die letzten Worte Sterbender. Menschen, die klinisch tot und somit »jenseits der Grenze« waren, wissen viel mehr zu berichten. Bei seiner Untersuchung ihrer Zeugnisse kam Moody zu der Schlußfolgerung, daß man um so mehr erfuhr, je länger man klinisch tot gewesen war. Ein Mensch wie Ford, der noch nach längerer Zeit aus dem Tode zurückkehrte und vor allem Menschen, die längere Zeit im Koma waren, sammelten weitere Erfahrungen. Es liegt auf der Hand, daß Visionäre, die regelmäßig einen Blick »über die Grenze« werfen durften, bestimmte Dinge schärfer wahrnehmen konnten. Vor allem sie berichten über eine größere Verschiedenartigkeit, über mehrere Sphären oder Gebiete, sowohl im Reiche des Lichts bzw. einer Zwischenwelt wie auch im Bereich der Finsternis.

Anderseits fällt auf, daß die Wahrnehmungen zwar graduell verschieden sind, ihr Inhalt aber im Prinzip der gleiche ist. Dabei sieht der eine oft andere Dinge als der andere. Moody untersuchte 150 Fälle aus drei Kategorien: klinisch Verstorbene, Unfälle, die die Beteiligten an den Rand des Todes brachten, und Worte von Sterbenden. Aus Platzmangel läßt er die letzte Kategorie weg. Er stellt fest, daß bei den zwei ersten Kategorien fünfzehn Merkmale stets wiederkehren, aber in keinem einzigen Bericht alle fünfzehn Gegebenheiten zusammen vorkommen, höchstens acht bis zwölf, und dann auch nicht in der gleichen Reihenfolge. Auch wir sind diesen Merkmalen in unserem zweiten Kapitel begegnet. Moody schenkt den Zeugnissen Visionärer keine Beachtung. Hätte er das getan, hätte er gemerkt, daß dort viele Einzelheiten fehlen, wie z. B. die Tunnelerfahrung oder das Lebenspanorama. Das kommt schließlich daher, daß Visionäre lebende Menschen sind, die die Todesgrenze nicht überschritten haben. Zentraler aber als die Unterschiede sind die Übereinstimmungen bei allen von uns untersuchten Kategorien: das Sehen Verstorbener, von Engeln, einer Lichtgestalt, die immer wieder als Jesus erkannt wird; schließlich das Nahekommen einer Lichtstadt bzw. das Verbleiben in ihr oder das Sehen einer finsteren Sphäre.

Immer wieder hören wir, daß diejenigen, die über diese höhere oder tiefere Dimension berichten wollen, die größte Mühe damit haben. Die menschliche Sprache scheint dafür nicht auszureichen. Ein Zurückgekehrter drückt es so aus: »Worte sind dreidimensional, und was ich erfahren habe, ist mehrdimensional.« Anders gesagt: Unsere Begriffssprache arbeitet mit den Kategorien von Raum und Zeit. In der anderen Welt bestehen diese Kategorien nicht oder auf andere Weise.

In unseren ersten drei Kapiteln haben wir wiedergegeben, was sehr viele gesehen und erfahren haben. Wir haben sie aussprechen lassen und sind ihnen dabei nicht in die Rede gefallen. Das scheint uns eine Sache der Höflichkeit zu sein. In der Gesprächstechnik, in der gegenwärtig Sozialarbeiter und Pastoren unterrichtet werden, heißt das Motto immer wieder: »Zuhören, Zuhören.« Nun aber ist der Augenblick gekommen, um Fragen zu stellen. Eine erste Reihe von Fragen schneiden wir in diesem Kapitel an. Im Schlußkapitel folgt dann eine weitere Reihe: Wie verhalten sich die besprochenen Erfahrungen zu den Aussagen der Bibel.

A. Warum erst jetzt?

Die Frage, warum alle diese Zeugnisse uns erst jetzt zu erreichen scheinen, ist vielleicht am einfachsten zu beantworten. Zeugnisse Sterbender und Visionärer gab es schon viel eher, und auch die Erfahrungen, die Marietta Davis und Rebecca Springer während ihres Komas hatten, waren bereits lange bekannt. Es ist jedoch möglich, daß diese Zeugnisse und Publikationen nur bis zu bestimmten christlichen Kreisen vorgedrungen sind, stand ihr Inhalt doch im Gegensatz zu der Lebensanschauung der meisten Zeitgenossen. Die Visionen von Sadhu Sundar Singh über Gnade und Urteil, über Jesus und eine Sphäre der Finsternis stießen auf die hinduistischen Gedanken über Karma, Reinkarnation und Nirwana. Und im Westen hatten Rationalismus und Materialismus viele Menschen erfaßt, und darum herrschte der Gedanke vor, daß mit dem Tode alles aus sei. Darum, so stellte z. B. der holländische Psychiater Teunissen fest, haben viele aus Angst, als unausgeglichen, abergläubisch oder als Phantast angesehen zu werden, über ihre Erfahrungen geschwiegen. Aber in zwei Punkten hat sich die Situation jetzt geändert. Bei vielen ist die Macht des Rationalismus und des Materialismus gebrochen. Es gibt eine größere Offenheit für das, was Shakespeare so ausdrückte: Es gibt mehr zwischen Himmel und Erde, als unsere Schulweisheit sich träumen läßt. Hinzu kommt die Tatsache, daß die Möglichkeiten, Menschen aus dem klinischen Tod ins Leben zurückzuholen, erst in der letzten Zeit stark zugenommen haben. Viele wagten es früher nicht, über ihre Erfahrungen zu sprechen; viele, die heute über ihre Erfahrungen sprechen, hätten es früher nicht gekonnt, weil sie dann gestorben wären. Allein in Amerika werden jährlich ungefähr tausend Menschen reanimiert. Die Situation hat sich also gründlich geändert. Dr. Rawlings stellt jedoch fest, daß auch jetzt höchstens 20 % der Zurückgekehrten aus eigenem, freien Willen von dem zeugen, was sie erlebt haben.

B. Betrug?

Ist es möglich, daß die vielen Erfahrungen, die hier oder in anderen Büchern oder Artikeln wiedergegeben sind, auf bewußtem Betrug beruhen? Ist es denkbar, daß Sterbende mit einem letzten, hoffnungsvollen Ausruf ihre Verwandten trösten wollen, oder daß Zurückgekehrte und Visionäre sich mit phantastischen Geschichten interessant und wichtig machen wollen?
Diese Annahme ist wohl sehr unwahrscheinlich. Am Rande des Todes, in einer existentiellen Grenzsituation, bewußt lügen? Vielleicht, daß ein einzelner dazu imstande ist, aber doch nicht Tausende, deren letzte Worte im Familienkreis oder in Publikationen festgehalten wurden. Außerdem: die frappanten Übereinstimmungen aller Erfahrungen der drei von uns behandelten Kategorien würden dann auf der Tatsache beruhen müssen, daß alle Kenntnis gehabt haben müßten von mündlichen oder schriftlichen Überlieferungen auf diesem Gebiet; bei sehr vielen ist das jedoch

nicht der Fall gewesen. Und schließlich: viele waren während ihres Lebens als seriöse, zuverlässige, von ihrer Umgebung geachtete Menschen bekannt.
Wäre es aber denkbar, daß trotz subjektiver Aufrichtigkeit viele ihre Geschichten unabsichtlich etwas erweitert oder verschönert haben? In diesem Fall könnte von bewußtem Betrug ja keine Rede sein, aber dann wäre das eine oder andere doch nicht hundertprozentig richtig. Sollte dies auch einige Male vorgekommen sein, so kann man doch nicht alle Zeugnisse willkürlich darauf reduzieren. Gegen die Verschönerungstheorie spricht auch die Tatsache, daß die Zeugnisse so stark übereinstimmen und daß Sterbende weder die Zeit noch die Energie haben dürften, die Dinge zu verschönern. Bei Zurückgekehrten wird die Gefahr der Hinzufügung tatsächlich größer, je mehr Zeit zwischen Erfahrung und Zeugnis verstrichen ist. Aber in den meisten Fällen sind die Zeugnisse über das, was man erfahren hat, unmittelbar nach der Rückkehr in dieses Leben weitergegeben worden. Moody ist der Meinung, daß die Gefahr, daß man Dinge vergessen oder verdrängt hat, viel größer ist als die Gefahr, verschönert oder hinzugefügt zu haben. Wir können deshalb die Betrugstheorie ruhig beiseite legen und dürfen annehmen, daß die Berichte, die uns erreicht haben, subjektiv vollkommen aufrichtig sind.

C. Halluzinationen?

Viel öfter als der Betrugstheorie begegnet man der Auffassung, daß es sich bei diesen Berichten nicht um echte Erfahrungen, sondern um Halluzinationen handelt. Man meint, Dinge zu sehen, in Wirklichkeit aber bestehen diese Dinge nicht. Unter Einfluß hohen Fiebers, von Medikamenten oder schmerzstillenden Mitteln würde man sogenannte Fata Morganen sehen. Vielleicht waren einige tatsächlich geisteskrank, und haben andere nur geträumt. Subjektiv war man sicher aufrichtig; aber die subjektiven Erfahrungen geben keine objektive Wirklichkeit wieder. Die Halluzinationstheorie, wie verführerisch sie auch ist, stößt jedoch auf eine Anzahl ernsthafter Einwände.

Erstens: Wir erinnern uns, daß viele während des klinischen Todes wahrnehmen, was rund um ihren Körper geschieht, nachdem ihr Herz zum Stillstand gekommen ist. Wo man diese Wahrnehmungen hinterher untersucht hat, stimmten sie mit der Wirklichkeit überein. Ärzte, Krankenpfleger oder Verwandte hatten tatsächlich das gesagt oder getan, was der klinisch Tote gehört oder gesehen hatte. Hier ging es nicht um Halluzinationen, sondern um die objektive Wirklichkeit.

Zweitens: Wir erinnen uns auch, daß Menschen auf ihrem Sterbebett, im Koma, im klinischen Tod und in Visionen Menschen begegneten, von denen sie nicht wußten, daß sie gestorben waren (B. 5, 6, 7, 77, 78, 79). Erst später konnte dies bestätigt werden. Wir geben davon noch ein Beispiel. Frau Carol Hooley ist in der Lichtstadt Zeuge der Liebe Jesu für Kinder. Zu ihrem Erstaunen fällt ihr dabei ein Kind ihrer Freunde auf. Später wurde deutlich, daß im gleichen Augenblick ihres klinischen Sterbens das Kind der Freunde gestorben war. Solche Zeugnisse sprechen für den objektiven Charakter derartiger Wahrnehmungen bei unseren drei Kategorien und gegen die Halluzinationstheorie.

Drittens: Wir haben weiter gesehen, daß Sterbende und Verstorbene oft Menschen identifizieren, die sie während ihres Lebens nie gekannt haben (B. 3 und 4). Die bekannte Psychologin Elisabeth Kübler Ross begegnete derartigen Erscheinungen bei vielen Kindern von fünf und sechs Jahren: auch sie sehen Verstorbene, die sie nie gekannt hatten. Sie argumentiert, daß, wenn es sich hier um Halluzinationen gehandelt hätte, die Kinder nur Bekannte, vor allem Vater und Mutter, gesehen hätten.

Viertens: Wir berichteten, daß in einzelnen Fällen auch Umstehende eine Engelgestalt gesehen oder Musik gehört haben (B. 17, 26). Vereinzelt haben Anwesende auch eine Stimme gehört, die beispielesweise sagte: »Ich brauche ihn im Himmel!« Müssen wir in einem solchen Fall annehmen, daß gesunde Menschen an kollektiven Halluzinationen gelitten haben?

Fünftens: In diesen von vielen untersuchten und wiedergegebenen Fällen handelt es sich nicht um geisteskranke oder schizophrene Patienten, die während ihres Lebens schon an Halluzinationen litten, sondern um ausgeglichene, psychisch normale Menschen. Ihre Erzählungen sind nicht verwirrt. Was für sie real und deutlich war, wissen sie auch anderen deutlich zu machen. Übrigens, Martensen-Larsen war es bereits aufgefallen, daß Geisteskranke kurz vor ihrem Tod vollständig bei Verstand waren. Er vermutet, daß geistig gesunde Sterbende dann deutlicher bei Bewußtsein sind, als sie es während ihres Lebens waren, und daß bei ihnen kurz vor ihrem Tod ein intellektuelles und moralisches Aufblühen stattfindet. Außerdem: Niemand hat die von uns zitierten Visionäre je für geisteskrank gehalten.

Sechstens: Zweifelsohne können bestimmte Stoffe eine betäubende, berauschende Wirkung haben. Morphin und Hetamin können außersinnliche Erfahrungen bewirken und auch unter Narkose können Halluzinationen auftreten.

Moody und Hampe nennen die Unterschiede: bei Drogen sind die Erfahrungen verschwommen und manchmal wie in einem Traum. Es gibt keine Konfrontation mit der Vergangenheit wie im Lebensrückblick. Dort ist Desintegration. Alles verflüchtigt sich schnell. Meistens haben die verabreichten Medikamente keine Auswirkung auf das Nervensystem. Außerdem standen sehr viele, die sterbend oder klinisch tot waren, nicht unter dem Einfluß von Arzneien. Osis und Haraldsson stellten fest, daß Menschen, die halluzinogene Mittel eingenommen hatten, während ihres klinischen Todes viel weniger Erfahrungen hatten, und daß bei Krankheiten, die Halluzinationen mit sich bringen, weniger Konfrontationen mit einer anderen Lebensdimension vorkamen als bei anderen Krankheiten. Dr. Rawlings ist der Meinung, daß Halluzinationen sich stets auf Gegenstände dieser Welt und nicht auf Situationen im Jenseits richten.

Zum Schluß und siebtens: Kann es sich dann nicht um Träume handeln? Sterbende und Visionäre waren jedoch nicht im Schlaf, sondern vollständig bei Bewußtsein. Vielleicht kann man sagen, daß es sich bei Menschen im Koma oder im klinischen Tod, bei denen das Gehirn noch funktioniert, theoretisch um einen Traumzustand handeln kann, wenn wir uns auch schwer vorstellen können, daß jemand, dessen Herz stillsteht, noch träumen kann. Sicher aber ist es sehr merkwürdig, daß dieser »Traum« dann ungefähr den gleichen Inhalt hat wie die Erfahrungen wacher Sterbender und Visionärer; außerdem haben wir bereits festgestellt, daß dieser »Traum« in verschiedenen Punkten objektive, kontrollierbare Wirklichkeit enthält. Dr. Teunissen nennt vier weitere Unterschiede zwischen Träumen und Erfahrungen klinisch Verstorbener: Anders als diese Erfahrungen haben Träume fast nie Farben. Ein Traum verschwimmt schnell, diese Erfahrungen bleiben scharf im Gedächtnis. Ein Traum setzt einen Schlafzustand voraus; diese Erfahrungen finden im bewußtlosen Zustand oder im klinischen Tod statt. Und schließlich: Zurückgekehrte erleben das Wahrgenommene ganz anders als einen Traum. Hampe sieht den Unterschied zum Traum in der viel größeren Wirklichkeitsbezogenheit und in dem anderen Bewußtsein von sich selbst. Aus all diesen Gründen ist die Traumhypothese sehr unwahrscheinlich.

D. Projektionen?

Sind Halluzinationen Symptome, die auf eine abnormale Situation hinweisen, so sind Projektionen ein allgemein menschliches Phänomen. Wir alle haben die Neigung, was in uns lebt, nach außen zu projizieren. Jemand, der einen strengen Vater hatte, neigt dazu, auch in Gott einen strengen Vater zu sehen. Man kann sich dann fragen, ob die Erfahrungen, die zahllose auf ihrem Sterbebett im Koma, während des klinischen Todes oder auch in Visionen hatten, nicht einfach das wiedergeben, was man auch im normalen Leben bereits gedacht, geglaubt und erfahren hat. Man braucht deshalb noch nicht zu bezweifeln, daß es tatsächlich ein Leben nach diesem Leben gibt, und daß man nach dem Tode in ein anderes Leben eintritt; aber man meint, daß die Wahrnehmungen, also was man sieht und hört, programmiert sind durch das, was man in diesem Leben geglaubt hat. Man projiziert in den besagten Zuständen, was sich bereits im Kopf und im Herzen befand.

Gegen diese Hypothese sprechen vor allem zwei Argumente:

Erstens liegen die gemachten Erfahrungen oft ganz und gar nicht auf der Ebene dessen, was man vorher geglaubt hat. Für viele kommen sie als vollständige Überraschung. Menschen, die niemals über Engel nachgedacht haben, begegnen diesen. Auch Atheisten begegnen der Lichtgestalt. Selbst Menschen, die stets in der Annahme lebten, daß mit dem Tode alles aus sei, haben auf ihrem Sterbebett, im Koma oder im klinischen Tod alle möglichen Erfahrungen. Bevor Marietta Davis neun Tage im Koma lag, war sie nicht gläubig gewesen. Nach ihrer Rückkehr erinnert sie sich, daß sie sich selbst kritisch die Frage gestellt hatte, sind meine Erfahrungen nicht ein Traumbild, eine Projektion meines eigenen Gemüts? Der Engel, der sie begleitete, bestätigte ihr, daß ihre Erfahrungen real waren. Ebenso

wie Marietta sahen auch die chinesischen Waisenkinder in ihren Visionen die himmlische Lichtstadt in zwölf Regionen eingeteilt. Zwar ist dies auch im letzten Buch der Bibel, in der »Geheimen Offenbarung« zu finden, aber sie kannten dieses Buch nicht. Osis und Haraldsson stellten ebenfalls fest: Patienten, die Erfahrungen von einem Fortbestehen haben, sehen den Himmel und die Hölle nicht in der Form, in der sie sich diese vorgestellt hatten. Was sie sahen, kam für sie unerwartet.
Zweitens gilt hier, was auch für die Halluzinationstheorie galt: Die Erfahrungen, die man hinterher an der Wirklichkeit überprüfen konnte, beruhten auf Wahrheit. Zum Überfluß fügen wir noch ein Beispiel hinzu.
B. 104b. Der Mann, den Dr. Rawlings während des Reanimationsversuchs rufen hörte, daß er in der Hölle sei, hatte auch eine Begegnung mit seiner Mutter. Diese war gestorben, als er fünfzehn Monate alt war. Der Mann hatte niemals ein Foto seiner Mutter gesehen und erkannte sie trotzdem als seine Mutter. Einige Wochen später zeigte eine Tante ihm einige Fotos, darunter auch ein Foto seiner Mutter, wie sie kurz vor ihrem Tode, einundzwanzig Jahre alt, ausgesehen hatte. Der Mann wählte fehlerlos das Foto seiner Mutter; genau so hatte er sie während seines klinischen Todes gesehen.
Scheint es so unmöglich, die Erfahrungen, die man machte, auf Projektionen zurückzuführen, bleibt doch die Frage, ob nicht die Wiedergabe dieser Erfahrungen unbeabsichtigt durch eigene Charakterzüge, durch den Zeitgeist oder durch eigene Glaubensvorstellungen gefärbt sein könne. So ist Martensen-Larsen der Überzeugung, daß das, was man sieht, zwar keine subjektive Einbildung ist, aber doch wohl subjektive Erwartungen mitspielen. Er führt als Beispiel an, daß ein Heide auf seinem Sterbebett oder im Koma zwar oft einen heiligen Ernst fühlt, aber keine Visionen von Christus hat. Von diesem Gesichtspunkt aus kann

man sagen, daß Nichtchristen die Lichtgestalt deshalb nicht mit Jesus identifizieren können, weil sie Ihn zeit ihres Lebens nicht gekannt und Ihm nicht gedient haben.
Auch W. W. Verhoef sieht in seinem Vorwort zur holländischen Ausgabe der Visionen von Sadhu Sundar Singh die Frage der subjektiven Ausformung geistlicher Wahrnehmungen als schwierig an. So kann man die Frage stellen, warum Protestanten niemals Maria wahrnehmen im Gegensatz zu Katholiken, wie z. B. die visionäre Anna Katharina Emmerich. Läßt Gott sie den einen, aber nicht den anderen sehen? So ungefähr sieht es der Kanadier Godkin (siehe B. 67), der der Meinung ist, daß man nur dasjenige sehen darf und kann, was Gott einem zeigen will. Oder handelt es sich hier um eine Projektion? Man sieht, was man glaubt. Ich kenne nur *einen* Protestanten, der in einer Broschüre über die hohe Stellung, die Maria im Himmel einnimmt, spricht. Der Autor macht aber nicht deutlich, wie er zu seinen Einsichten gekommen ist. Verhoef stellt fest, daß der Glaubensinhalt des Visionärs eine große Rolle spielt, während zur gleichen Zeit das Geschaute einen überragenden Wert besitzt und den Visionär überrascht. Die Grenze zwischen Sicht- und Unsichtbarem wird überschritten und das Begegnungserlebnis wird sowohl bildlich erfahren als auch mit eigenen Gedanken gefüllt. Es ist darum sowohl Realität als auch Relativität da. Verhoef weist darauf hin, daß auch der Apostel Paulus sagt: »Stückwerk ist unser Erkennen« (1 Kor 13,8–12). Er legt dar, daß in den Visionen von S. Singh die Frömmigkeitsprache seiner Zeit mit einem starken moralisierenden Einschlag eine Rolle spielt, obwohl gleichzeitig Vieles vom Inhalt seiner Visionen nicht mit der protestantischen Dogmatik seiner Zeit übereinstimmt. Verhoef warnt darum, daß wir Visionen nicht fotografisch auslegen dürfen, sondern als Andeutung einer großartigen Wirklichkeit verstehen müssen, die unser Vorstellungsvermögen überschreitet.

Diese Bemerkungen scheinen mir auch auf die Erfahrungen Sterbender, zurückgekehrter Bewußtloser und Verstorbener anwendbar. Wohl fällt es auf, daß, soweit mir jedenfalls bekannt, Katholiken unter ihnen Maria nicht wahrgenommen haben; und dort, wo einige Anglikaner und Katholiken über einen Besuch im Fegefeuer reden, sprechen andere von einer Zwischenwelt. Es sieht so aus, als ob der gleiche Zustand, je nach der dogmatisch festgelegten Lehre, anders ausgedrückt wird.

Wenn es also möglich ist, daß in Details, und vor allem in deren Beschreibung, eine gewisse Projektion eine Rolle spielt, ist das zweifelsohne auch der Fall bei denen, die solche Erfahrungen deuten. Auch sie bringen ihre eigenen Erwartungen und ihre eigene Brille mit. So weist Moody darauf hin, daß für einen Freudianer die Lichtgestalt die Vaterfigur ist und für einen Jungianer ein Symbol aus dem kollektiven Unbewußten. Im Gegensatz zu solchen Deutungen möchten wir ernst nehmen, was Verstorbene und Sterbende, Bewußtlose und Visionäre selbst gesehen und wiedergegeben haben, wobei sie sich der Schwierigkeiten bewußt waren, das Gesehene in menschlicher Sprache auszudrücken.

E. Täuschungen?

Einige werfen die Frage auf, ob es nicht möglich sei, daß Menschen an oder jenseits der Todesgrenze betrogen werden. Ist es denkbar, daß eine Art Hypnotiseure auf der anderen Seite damit beschäftigt sind, falsche Bilder auszusenden und sie in sie hineinzuprojizieren? Was solche Personen berichten, ist dann zwar subjektiv aufrichtig, aber sie werden zum Narren gehalten.

Wer aber sind dann diese Hyponotiseure, und welches

Interesse haben sie an ihrem Betrug? Wilkerson und Ford meinen, daß Gläubige tatsächlich eine Begegnung mit Jesus haben, Ungläubige aber betrogen werden. Auch der Teufel könne sich als Lichtgestalt zeigen, als »Engel des Lichts«, und Menschen positiv zureden, um so den Eindruck zu erwecken, daß alles schließlich in Ordnung komme, alle Sünden bereits lange vergeben seien und keine Erlösung nötig sei, wenn man nur, in dieses Leben zurückgekehrt, etwas mehr sein Bestes tue. Mir kommt es vor, als ob Wilkerson und Ford in dieser Annahme zu weit gehen. Alle berichten, daß die Lichtgestalt Liebe und Friede ausstrahlt, und es scheint mir nicht gut möglich, daß der Böse in seiner Imitation dazu fähig ist. Außerdem geht es hier nicht um ein Endurteil über Verstorbene, sondern um eine Warnung an sie, die in dieses Leben zurückgeschickt werden. Vielleicht nehmen sich einige diese Warnung nicht zu Herzen und scheitern, während andere in Zukunft in Harmonie mit der Lichtgestalt, im Gehorsam gegenüber Christus leben. Aber es gibt viele, die sich nach ihrer Erfahrung zu Christus bekehrt haben. Außerdem haben einige noch ernstere Warnungen empfangen, da sie einen Blick in die Finsternis werfen durften. Visionäre wie Sundar Singh haben entschieden den Ernst eines »Ortes« des Verderbens und der Strafe erkannt, und Sterbende, so erinnern wir uns, sind oft mit Entsetzen darüber gestorben. Es scheint mir unwahrscheinlich, daß der Böse in der anderen Dimension tatsächlich so viel Macht besitzen sollte, Menschen zu betrügen. In jener Dimension geschieht ebenfalls Gottes Wille, so wie Jesus es im »Vater unser« gesagt hat.

F. Andere Theorien

Einige sind der Meinung, daß an und jenseits der Grenze des Todes physische Prozesse die Erfahrungen Sterbender und Verstorbener erklären könnten. Moody fragt sich, ob nicht doch ein Rest biologischer Funktionen solche Erfahrungen verursachen könne. Er verwirft jedoch den Gedanken, das Gehirn würde durch Sauerstoffmangel letzte Zukkungen machen, mit dem Argument, daß die gleichen Erfahrungen bei einem Unglück stattfinden können, wo von einem Sauerstoffmangel nicht gesprochen werden kann. Wir fügen hinzu: auch bei Sterbenden und Visionären besteht kein Mangel an Sauerstoff; übrigens kann man bei letzteren nicht von einem »Rest biologischer Funktionen« reden.

Andere haben sich auf den Versuch konzentriert, das Phänomen des Lebenspanoramas zu erklären. Der Biologe Lyall Watson zitiert einen Psychiater, der der Meinung ist, daß sich ein Mensch emotionell dem Tod widersetzt und seine letzte Lebensenergie aufwendet, um das wachzurufen, was in der Vergangenheit für ihn Wert hatte. Diese Theorie steht aber im Gegensatz zu der Untersuchung, die Frau Kübler Ross über den dem Sterben vorausgehenden Prozeß angestellt hat. Sie kam zu der Schlußfolgerung, daß nach einer Phase des Widerstands fast immer eine Resignation, ja eine Ergebung, eintritt. Außerdem enthält das Lebenspanorama auch unangenehme Dinge aus der Vergangenheit und ist eng mit der Begegnung der Lichtgestalt verbunden. Das berichtet Watsons Psychiater nicht. Ein anderer Psychiater meint, das Lebenspanorama hänge mit unangenehmen Lebenserfahrungen zusammen, und beschreibt die Bilder, die man sieht, als »Gedächtnis auf einem Bildschirm«. Dies stimmt mit den Aussagen jenes Mannes überein, der seine Erfahrungen mit dem Lebenspanorama nachher als »Gewissensvorstellungen« beschreibt. Dr. Weber, der Martensen-Larsens Buch neu herausgab, notiert bei dieser Beschreibung die Meinung Freuds, daß in der Todesangst die Zensur verschwindet, und dann Erinnerungen, die von einem schlechten Gewissen verdrängt worden sind, nach oben kommen können: die Stimme des Gewissens kann nun sprechen. Aber jetzt müssen wir auch auf das Gegenteil verweisen, daß nämlich beim Lebenspanorama auch Geschehnisse geschaut werden, die ganz und gar nicht unangenehm waren. Auch spielt bei vielen, so wie wir von Kübler Ross bereits hörten, die Todesangst keine bedeutende Rolle mehr.

Hampe zitiert die Meinung einiger Ärzte, daß in der Todesangst die Drüsen Hormone ausscheiden, deren Wirkung der Wirkung betäubender Mittel ähnelt. Das erklärt aber nicht die Begegnung mit der Lichtgestalt und das Gespräch mit ihr.

Moody weist auf eine andere psychologische Erklärungsmöglichkeit hin. Er erinnert an die Untersuchungen, die die Verhaltenspsychologie nach Isolationserfahrungen angestellt hat. Wenn man einen Menschen isoliert, ist es möglich, daß er halluziniert, Geister sieht, ein Lebenspanorama erblickt, sich eins mit der Schöpfung fühlt. Sterbende sind oft auch isolierte Menschen; Sterben bringt Isolation mit sich. Auch isolierte Menschen sehen oft die Gesichter verstorbener Verwandter und Freunde auftauchen. Moody selbst verwirft diesen Erklärungsversuch. Die Isolationserscheinungen selbst sind unerklärbar, und man kann das eine Unerklärliche nicht mit dem anderen Unerklärlichen erklären. Außerdem kann Isolation auch positive Folgen haben; Mönche und Einsiedler suchen die Einsamkeit auf, um Erleuchtung und Offenbarungen zu empfangen.

Die angedeuteten Theorien scheinen also nicht ausreichend zu sein, um die Erfahrungen vom Tode Zurückgekehrter zu erklären. Dies um so mehr, als sie nicht damit rechnen, daß auch Sterbende und Visionäre ähnliche Erfahrungen hatten.

G. Vorläufige Schlußfolgerungen

1. Aus Vorstehendem wird deutlich, daß wir von der medizinischen und biologischen Wissenschaft keine definitiven Aussagen für oder gegen ein Fortleben nach dem Tod erwarten können und dürfen. Man kann Argumente für oder gegen die Richtigkeit der Erfahrungen Sterbender, Verstorbener und Visionärer anführen; absolute Beweiskraft haben sie nicht. Zwar hat die wissenschaftliche Untersuchung festgestellt, daß die Ausstrahlung des Menschen, die durch die Kirlianfotografie sichtbar gemacht werden kann, nach dem Tode langsam verschwindet, und daß Verstorbene einen leichten Gewichtsverlust aufweisen (Duncan McDoubal: 68,85 Gramm, Dr. Zaalberg: 69,5 Gramm). Daraus ist aber nicht zu schließen, dieses sei das Gewicht der menschlichen Seele oder des menschlichen Geistes, die oder der beim Tod den Körper verlassen hat.

Wir geben die Schlußfolgerungen wieder, zu denen drei Forscher gekommen sind. Der Biologe Lyall Watson: »Wir haben keinen absoluten Beweis für die Annahme, daß ein Energiekörper oder eine Persönlichkeit bei Abwesenheit eines körperlichen Gegenstücks überlebt. Es ist aber wichtig festzustellen, daß es möglich ist. Es ist sehr schwierig zu verneinen, daß ein jeder Mensch ein verborgenes zweites System mit sich trägt, das unser somatisches System ergänzt ... Es ist also für ein Individuum möglich, in der einen oder anderen Form wenigstens für eine kurze Zeit den Tod zu überleben. Das allgemeine Vorkommen und die übereinstimmenden Erfahrungen außerhalb des Körpers lassen annehmen, daß eine Scheidung in Raum und Zeit möglich sein könnte. Es gibt nichts in der Biologie, das diese Möglichkeit verneint und vieles, das einfach und logisch erklärt werden kann durch das Bestehen eines vom Körper ziemlich unabhängigen Systems.«

Der Gehirnspezialist Sir John Eccles: »Ich kann nicht

glauben, daß die Gabe des bewußten Erfahrens keine weitere Zukunft hat, keine Möglichkeit eines Fortbestehens unter anderen, nicht greifbaren Umständen. Jedenfalls bleibe ich dabei, daß die Möglichkeit eines künftigen Weiterbestehens aus wissenschaftlichen Gründen nicht verworfen werden kann.«
David Winter, der Eccles zitiert, ist überzeugt, daß »sehr viel geistiges Leid des modernen Menschen die Folge bewußter Vernachlässigung ist, über den Tod nachzudenken«.
Schließlich die Psychologin Elisabeth Kübler-Ross in ihrem Vorwort zum Buch von Moody: »Es ist offenkundig, daß der sterbende Patient ein bewußtes Wahrnehmen seiner Umgebung behält, nachdem er für klinisch tot erklärt ist.«
Hampe gebraucht das Bild vom Musikinstrument und dem Musiker. Beide sind nötig, um Musik zu machen. Beim Sterben verläßt der Musiker sein Instrument, den Körper, der leblos zurückbleibt. Der Musiker selbst aber bleibt leben.
2. Eine psychologische Untersuchung von Menschen, die auf ihrem Sterbebett, im Koma, im klinischen Tod oder in Visionen »über die Todesgrenze« hinaus geschaut haben, könnte wichtige Aufschlüsse geben. Soweit sie uns näher bekannt sind, scheinen es ausgeglichene Menschen zu sein oder gewesen zu sein. Frau Sandberg schreibt z. B., daß sie in ihrem Buch nur Erfahrungen von Menschen aufgenommen hat, die sie persönlich als gläubige Christen kannte.
3. Die Erfahrungen, die wir wiedergegeben haben, weisen darauf hin, daß zwei alte Vorstellungen über den Tod unhaltbar zu sein scheinen. Man kann den Tod weder mit einem Seelenschlaf noch mit einem Zustand der Vergessenheit vergleichen, wie z. B. der Philosoph Schopenhauer meinte, der den Tod »als die große Chance, sein Ich zu verlieren« sah. Moody weist darauf hin, daß beide Vor-

stellungen mit dem bewußten Erfahren unangenehmer und schöner Dinge unvereinbar seien.

4. Die Aussagen aus dem Munde Sterbender, vom Koma oder dem Tode Zurückgekehrter und Visionärer weisen alle in dieselbe Richtung. Ihre Erfahrungen stammen aus verschiedenen Zeiten und Kulturen. In Anbetracht der großen Anzahl von Zeugnissen scheint es leichter, an die Realität eines Lebens nach dem Tod zu glauben, als ein Weiterleben zu bezweifeln oder zu leugnen. Wir sind mit David Winter einig, wenn er sagt: »Wenn viele vernünftige und ausgeglichene Menschen während einer längeren Zeit und unter praktisch denselben Umständen von fast gleichen Erfahrungen erzählen, muß man diesen doch einigen Wert beimessen.« In einem Interview mit der »Chicago Tribune« drückt Frau Kübler-Ross sich so aus: »Aufgrund der Erfahrungen mit Hunderten von Sterbenden und Erfahrungen derjenigen, die, nachdem sie offiziell für tot erklärt waren, wieder ins Leben zurückkamen und erzählten, was sie in der Zwischenzeit erlebt hatten, weiß ich, daß es ein Leben nach diesem Leben gibt.«

5. Bereits 1970 richtete Dr. Teunissen die Aufmerksamkeit auf die Gefahr, die mit diesen Erfahrungen verbunden ist. Man kann darin schwelgen, man kann sich in den Gedanken an den Tod verlieben. Man fällt dann von einem Extrem, dem Verdrängen jeglichen Gedankens an den Tod, in das andere, sowie das übrigens auch in der Haltung vieler Menschen der Sexualität gegenüber geschieht. Aber, sagt Dr. Teunissen zu Recht, diese Erfahrungen können uns auch helfen, uns mit dem Gedanken an den Tod vertrauter zu machen.

6. Wenn diesen Erfahrungen Wahrheits- und Wirklichkeitsgehalt zukommt, dann müssen sie sich noch tiefer auf unser Leben auswirken. Es rückt dann in die Perspektive der Ewigkeit. So wie unsere Geburt der Eintritt ins irdische Dasein ist, so eröffnet uns das Sterben den Zugang

zum ewigen Leben. Aus den berichteten Erfahrungen wird deutlich, daß dieses Leben zwei Seiten hat: Licht und Dunkel, Heil und Unheil. Den Entschluß, welche Richtung wir einschlagen, fällen wir während unseres Lebens auf Erden selbst.

5. PRÜFUNG IM LICHTE DER BIBEL[1]

A. Die Bibel über den Tod

Überall und zu allen Zeiten glaubten die Menschen an ein Weiterleben nach dem Tod. Einige Autoren, die über dieses Thema schreiben, versuchen Parallelen mit Erfahrungen zu ziehen, die im ägyptischen oder tibetanischen Totenbuch erwähnt sind oder mit parapsychologischen Forschungsergebnissen. Wir wollen in unserem Schlußkapitel einen anderen Weg gehen. Für einen Christen kann die Frage nach Wert und Wahrheit von Sterbenserfahrungen und Visionen nur definitiv beantwortet werden, wenn wir diese an den Aussagen der Bibel messen. Wir vergleichen daher das in den ersten drei Kapiteln zusammengetragene Material mit der biblischen Botschaft. Für Nicht-Christen bedeutet das vielleicht nur, daß heutige Erfahrungen neben Erfahrungen gestellt werden, denen man in anderen Zeiten und Kulturen gehuldigt hat. Für Christen haben die biblischen Zeugnisse einen höheren Wert: sie sind für sie nor-

[1] Für die Bibelzitate ist für das Alte Testament die Übersetzung von Hamp und Stenzel (Pattloch), für das Neue Testament die Einheitsübersetzung benutzt worden.

mativ, weil sie auf maßgebliche Weise Begegnungen von Menschen mit Gott wiedergeben und darum einen Offenbarungswert besitzen. Erfahrungen Sterbender, Zurückgekehrter und Visionärer können nur dann akzeptiert werden, wenn sie mit dem biblischen Zeugnis übereinstimmen, jedenfalls nicht im Widerspruch dazu stehen.

Vom biblischen Zeugnis ausgehend müssen zunächst drei Gedankengänge zurückgewiesen werden. Erstens, daß auf dem okkulten Weg Angaben über das Jenseits gesucht werden dürfen; denn die Bibel verbietet und verwirft jeglichen Okkultismus. Zweitens, daß die Seele in wechselnden Reinkarnationen immer wieder auf die Erde zurückkehrt. Für diese hinduistischen und buddhistischen Gedankengänge ist in der Bibel kein Platz; im übrigen stimmen sie auch nicht mit den Angaben aus den ersten Kapiteln überein. Und drittens, daß die Seele das Gute, das Göttliche, das Unsterbliche im Menschen ist, das sich – wie Platon meint – während des Lebens in unserem schlechten Körper wie in einem Kerker oder Käfig befindet. Die Bibel sieht unseren Leib als ein Zelt oder einen Tempel und Leib und Seele als Gottes Schöpfung an.

Wenn wir vom biblischen Zeugnis sprechen, meinen wir vor allem das Neue Testament. Der größte Teil des Alten Testaments, das die jüdischen Glaubensvorstellungen bis zur babylonischen Gefangenschaft des Volkes Israel umfaßt (6. Jahrhundert v. Chr.), kennt für die Verstorbenen nur einen schemenhaften Verbleib in der Unterwelt, den Scheol, das »Land des Vergessens« (Ps 88,13), ein licht- und freudloser Ort, in dem jegliche geistige Aktivität fehlt. Der deutsche Theologe Jüngel nennt den Scheol ein »Wachsfigurenkabinett«. In einem Hirtenbrief »Leven en sterven met verwachting« (Leben und Sterben mit Erwartung), sagt die Synode der Niederländischen Reformierten Kirche: »Die Zukunft, nach der die alttestamentlichen Gläubigen ausschauten, war in erster Linie die Zukunft des

Volkes. Sie starben in dem Vertrauen, daß Gott einst sein Ziel mit ihm erreichen würde.«
In den späteren Jahrhunderten vertieft sich dann die Heilserwartung. Auch im Leben des *einzelnen* wird Gott ans Ziel kommen. Der Dichter des Psalms 73,24 spricht die Überzeugung aus, daß Gott ihn hernach in Ehren aufnehmen wird und Kohelet 12,7 stellt im Anschluß an 1 Mos 2,7 und 3,19 fest, daß der Staub, der Körper zur Erde und der Geist zu Gott zurückkehrt, der ihn geschenkt hat. Erst später kommt der Gedanke an eine Auferstehung auf: »Viele von denen, die im Land des Staubes schlafen, werden erwachen.« Dabei findet eine Scheidung statt: »die einen zu ewigem Leben, zur Schmach und zu ewigem Abscheu die anderen.« Im ewigen Leben gibt es eine Ausstrahlung: »die es erhalten, werden glänzen wie das leuchtende Himmelsgewölbe« (Dan 12,2f). Diese Gedanken werden von der sadduzäischen Richtung im Judentum verworfen. Jesus aber legitimiert sie: »die Engel werden aus seinem Reich alle zusammenholen, die andere verführt und Gottes Gesetze übertreten haben und werden sie in den Ofen werfen, in dem das Feuer brennt ... Dann werden die Gerechten im Reich ihres Vaters wie die Sonne leuchten« (Mt 13,41 ff).
Im Neuen Testament dagegen nimmt der Gedanke an eine Auferstehung von den Toten und an das Jüngste Gericht bei der Wiederkunft Christi zur Vollendung der Welt einen viel größeren Raum ein. Man könnte die große kosmische Eschatologie (Lehre von den letzten Dingen) von der kleinen, persönlichen Eschatologie unterscheiden. Die erste umfaßt die Erde und die Menschheit, die zweite bezieht sich auf den einzelnen Menschen. In der ersten geht es um die Vollendung des Reiches Gottes, in der zweiten um das Schicksal, das den Menschen nach seinem Tode erwartet. Die große Eschatologie umfaßt somit die kleine. Während sich viele zumeist nur mit der Frage beschäftigen, ob es

ein Leben nach dem Tod gibt, erwartet der Christ an erster Stelle eine neue Erde, auf der Gerechtigkeit herrscht. Er verlangt nach dem Augenblick, in dem die Stadt Gottes, das neue Jerusalem, vom Himmel herabkommt. Damit verglichen ist, wie Emil Brunner es sagt, die Frage, was nach dem Tode geschieht, eine sekundäre Frage.

Es ist gut, diesen Unterschied klar festzuhalten. Die Erfahrungen Verstorbener, Zurückgekehrter und Visionärer beziehen sich fast ausschließlich auf die kleine Eschatologie. Biblisch gesehen gibt es aber einen Unterschied zwischen der Situation, in der wir uns nach unserem Tod befinden werden, und derjenigen, die uns nach dem definitiven Urteil erwarten wird, und worüber Texte wie 2 Kor 5,10 und Hebr 9,27 sprechen. Einige aus dem Tod Zurückgekehrte sprechen von einem geistlichen Körper, den sie gehabt haben. Die Bibel gebraucht diesen Ausdruck aber für die Gestalt, die wir nach der Wiederkunft Christi empfangen werden und die dem Auferstehungsleib Jesu ähneln wird (2 Kor 5,4 und 1 Kor 15,42–44). Andere sprechen von einem Besuch in der Hölle und ihrem Aufenthalt dort. Diese Ausdrucksweise ist aber nicht ganz richtig; denn die Hölle wird erst nach dem »Letzten Gericht« geöffnet werden (Mt 25,41).

Die Toten, die dann auferweckt werden, leben jedoch jetzt schon. Gott ist der Gott Abrahams, Isaaks und Jakobs. Er ist nicht ein Gott von Toten, sondern von Lebenden (Mk 12,26). »Denn für ihn sind alle lebendig«, fügt Lukas hinzu (Lk 20,38). Oft spricht das Neue Testament über »du«, der du heute noch mit mir im Paradies sein wirst (Lk 23,43), über »ich« (Phil 1,23) oder »wir« (2 Kor 5,1–10). Dann wieder wird das Wort »Seelen« (z. B. Mt 10,25; Offb 6,9) oder »Geister« (Hebr 12,23) gebraucht. Mit dem Tod ist offenkundig nicht alles aus; denn, »ob wir leben oder ob wir sterben, wir gehören dem Herrn« (Röm 14,8), und Sterben ist darum für den Gläubigen

Gewinn (Phil 1,21). Der Tod kann uns nicht von der Liebe Gottes, die in Christus Jesus ist, trennen (Röm 8,38). Ob unser zukünftiger Verbleib nun in jüdischer Ausdrucksweise »Abrahams Schoß« (Lk 16,22) oder »Paradies« (Lk 23,43) genannt wird, oder ob es heißt »das Haus des Vaters, wo es viele Wohnungen gibt« (Joh 14,2), »daheim beim Herrn sein« (2 Kor 5,8), »bei Christus sein« (Phil 1,23) –, der Gläubige kann sich einer frohen Zukunft erfreuen. Sicher, der Körper stirbt und ist ohne den Geist tot (Jak 2,26), aber wir dürfen beim Sterben unseren Geist in Gottes oder in Jesu Hände geben (Lk 23,46, Apg 7,59). So wird deutlich, daß mit unserem letzten Atemzug die Geschichte Gottes mit uns Menschen nicht zu Ende ist. »Wo er oder mit wem Gott redet, sei es im Zorn oder in der Gnade, der ist gewißlich unsterblich« ... Wir sind »solche Kreaturen, mit denen Gott bis in Ewigkeit und in unsterblicher Weise reden will«, hat Luther einst gesagt. Die Unsterblichkeit des Menschen, an der Luther nicht zweifelt, ist keine Eigenschaft der menschlichen Natur, sondern eine Frucht davon, daß wir nach Gottes Bild geschaffen sind und seinen Lebensatem erhalten haben (1 Mos 1,26 und 2,7). Das Ebenbild Gottes kann nicht vom Tod angetastet werden. Nicht das Fortleben unserer Seele nach dem Tode, sondern daß Jesus, das vollständige Ebenbild Gottes, gekommen ist, um uns nach Gottes Ebenbild neu zu gestalten, ist für uns der Mittelpunkt. »Das Wort des Anfangs, das uns schuf, kommt in Jesus Christus wieder zu uns ... als göttliche Möglichkeit der restitutio imaginis« (der Wiederherstellung des Ebenbildes Gottes), sagt Brunner. Darum ist der Glaube an Ihn unentbehrlich. »Wer an mich glaubt, wird leben, auch wenn er stirbt«, sagt Jesus (Joh 11,25 f). Das bedeutet nicht, daß der Tod idealisiert wird; er ist auch »Lohn« für unsere Sünden, für unsere Rebellion gegen Gott. Er steht aber im Licht des Kreuzes und der Auferstehung Jesu. Das Ende des menschlichen

Lebens ist also nicht das Ende seiner Beziehung zu Gott. »Die Auferstehung Jesu sagt uns, daß der Tod nicht Gottes Endpunkt mit unserem Leben ist. Das eben erst begonnene Bündnis mit Gott wird durch den Tod hindurch zur Reinigung, Entfaltung und Vollendung gebracht«, sagt die Synode der Niederländisch Reformierten Kirche. Oder, um nochmals Brunner zu zitieren: »Das biologische Faktum Tod, das Erlöschen des Lebens, ist nur Hülle oder Gefäß, zugleich Symptom und Wirkung einer ganz anderen menschlichen und menschheitlichen Wirklichkeit. Die Todesursache, die der Arzt feststellt, ist nicht meine wirkliche Todesursache. Ich sterbe nicht an dieser oder jener Krankheit, ebensowenig wie ich, diese Person, die ›Ich selbst‹ heißt, von Eiweiß, Kohlehydraten, Vitaminen usw. lebe. Die verantwortliche Person Ich lebt aus dem schöpferischen Wort Gottes. So sterbe ich auch an Gott, wann, weil und wie Er es will. Was der Arzt konstatiert, ist nur die Schale des Todes. Der Kern des Todes ist im Geheimnis Gottes verborgen. Darum kann auch über das Sterben unter dem Titel ›Leben‹ gesprochen werden. Glauben ist: mit Christus sterben und auferstehen. Wer an Christus glaubt, hat im gewissen Sinne den Tod bereits hinter sich und das Leben in und vor sich.«

Wer ohne Christus und gegen Gott, nur für sich und selbstbezogen gelebt hat, hat selbst die Weichen für die Zukunft gestellt. Er entscheidet sich, auch die Ewigkeit ohne Christus und Gott zu verbringen. Immer wieder aber werden wir aufgefordert, anders zu wählen. Das Material der ersten drei Kapitel betont ausdrücklich, wie wichtig es ist, diese Einladung anzunehmen; denn jeder, der an Christus glaubt, hat das ewige Leben und wird leben und auf ewig nicht sterben (Joh 3,36; 6,47; 11,25).

B. Die Bibel und das Schauen Verstorbener, Engel und Jesu

In den ersten drei Kapiteln haben wir gesehen, daß Sterbende, Verstorbene, Menschen im Koma und Visionäre immer wieder Begegnungen mit Verstorbenen, Engeln und Jesus selbst gehabt haben. Kennt auch die Bibel derartige Begegnungen?

Die Bibel schweigt beinahe vollkommen über Begegnungen mit Verstorbenen. Sie, die aus dem Tode zurückgekehrt sind, nachdem sie von Jesus oder einem der Apostel auferweckt sind, sprechen nicht über ihre Erfahrungen. Wohl berichtet der Petrusbrief, daß Jesus den Geistern im Totenreich gepredigt hat und werden diese Geister mit Menschen identifiziert, die in der Sintflut umgekommen sind (1 Petr 3,19 und 4,6). Aber hier geht es um ein einmaliges Ereignis, das nicht als allgemeines Geschehen angesehen werden darf. Möglicherweise spielt Jesus in seinem Gleichnis vom treulosen Verwalter auf eine Begegnung in der Ewigkeit an, wenn er sagt, daß wir uns Freunde machen sollen, damit sie uns helfen, in die ewigen Wohnungen aufgenommen zu werden (Lk 16,9). Deutlicher ist Jesu Wort an den neben ihm gekreuzigten Verbrecher. Wenn Jesus ihm zusagt, »heute noch wirst du mit mir im Paradies sein« (Lk 23,43), impliziert dies »mit mir« doch wohl eine Begegnung. Eine solche Begegnung mit Jesus bedeutet aber noch nicht, daß wir im allgemeinen Verstorbenen begegnen werden. Eher denken wir darum an das Gleichnis vom reichen Mann und dem armen Lazarus (Lk 16,19–31). Jesus sagt, daß Lazarus bei Abraham ist, und daß der reiche Mann den vor ihm gestorbenen Lazarus dort entdeckt und erkennt. Wir geben zu, daß es gefährlich ist, aus Gleichnissen derart weitreichende Schlüsse zu ziehen, weil sie meistens eine sehr bestimmte Pointe enthalten und nicht jedem Zug eine gleich große Bedeutung beizumessen ist. Aber hätte Jesus diesen Zug hinzugefügt, wenn er im

Widerspruch zur Realität des Lebens nach dem Tode stände? In diesem Gleichnis ist nicht nur die Rede vom Sehen, sondern auch von einer weiteren Kommunikation: der reiche Mann richtet das Wort an Abraham, auch wenn dieser sich in der Herrlichkeit befindet. Jesus bestätigt hier Gedanken, die in seiner Zeit lebten. Die Stadt Gottes ist voller Bürger, Erstgeborener, Geister der schon vollendeten Gerechten (Hebr 12,23, vgl. 2 Mos 4,22: Israel als Erstgeborener). Im apokryphen Buch Henoch sagt der Seher, daß er diesen begegnet ist: »Meine Augen sahen ihre Wohnungen mit ihren gerechten Engeln« (Hen 39,5). Jesus selbst schildert die himmlische Gemeinschaft als ein Festmahl, als ein Zu-Tisch-Sitzen mit Abraham, Isaak und Jakob (Mt 8,11), was ebenfalls ein gegenseitiges Erkennen beinhaltet. Das Alte Testament spielt darauf an, daß es ein derartiges Erkennen auch in den finsteren Gebieten des Totenreiches geben wird (Jes 14,19; Ez 32,21). Paulus spricht über ein gegenseitiges Erkennen bei Christi Wiederkunft: wenn Jesus ihn auferweckt, wird er diejenigen, die er zum Glauben brachte, antreffen (2 Kor 4,14, 1 Thess 2,19).

So kann man von einer Begegnung und einem Wiedererkennen sprechen. Wenn der Mensch nach Gottes Ebenbild geschaffen ist, bedeutet das auch, daß der Mensch zur Gemeinschaft, für gegenseitige Beziehungen geschaffen ist (1 Mos 1,27). Begegnung, Wiedererkennen und Gemeinschaft gehören zu Gottes Schöpfung. Nach dem Tode wird das Bild Gottes nicht vernichtet. Zwar ist dort die Begegnung mit dem Herrn, das »Sein mit Christus« primär, aber auch die Gemeinschaft der Heiligen, an die die Kirche glaubt, reicht über den Tod hinaus. Darum ist es nicht undenkbar, daß Verstorbene, Verwandte von der Grenze des Todes abholen. Daß sie von uns wissen, wird vom Verfasser des Hebräerbriefes angedeutet, wenn er von der »Wolke von Zeugen« spricht, die uns umgibt (Hebr 12,1).

Zwar geht es hier in erster Linie um Glaubenszeugen (Hebr 11,39), aber das »uns umgeben« deutet doch wohl darauf hin, daß diese Zeugen als Augenzeugen in unserer Nähe sind. Daß »bei der Auferstehung« das exklusive Ehe- und Familienband wegfallen wird (Mt 22,23–33), braucht nicht zu bedeuten, daß jegliches Band zwischen Menschen, die auf Erden miteinander verbunden waren, wegfällt. So wie die Engel im Himmel im Dienst und im Lob Gottes miteinander verbunden sind, so werden es auch die Menschen sein (Mt 22,30).

Diese Möglichkeit des Wiedersehens und Wiedererkennens Verstorbener muß deutlich vom Spiritismus, in dem Lebende Kontakt mit Verstorbenen suchen, abgegrenzt werden. Der Spiritismus ist für die Bibel verbotenes Gebiet. Ein Mann wie Sadhu Sundar Singh distanziert sich bewußt davon. Er ist kein Trance-Medium. Ungesucht, während er im Gebet – das ist in Gemeinschaft mit Christus – ist, sieht er die beschriebenen Dinge. Auch wenn er in diesen Visionen Verstorbene sieht, Christus steht für ihn im Mittelpunkt. Seiner Meinung nach empfängt der Spiritismus sein Wissen von finsteren Geistern.

Viel deutlicher als über Verstorbene spricht die Bibel von Engeln. In 17 Büchern des Alten Testaments und in 17 des Neuen Testaments wird ungefähr sechshundertmal über ihre Tätigkeit gesprochen. Es wird des öfteren berichtet, daß sie nicht nur den Himmel bewohnen, sondern auch hier auf Erden Aufgaben erfüllen. Durch Jesus selbst wird bezeugt, daß eine dieser Aufgaben das Abholen gläubig Verstorbener ist. In Lk 16,22 wird, anders als der reiche Mann, der arme Lazarus von Engeln in Abrahams Schoß getragen. Vom reichen Mann wird zwar nicht gesagt, daß es böse Geister sind, die ihn zum Totenreich bringen, aber die Qualen, die er leidet, können darauf hindeuten, daß es Peiniger gibt.

Viele sind, wie wir hörten, einer Lichtgestalt begegnet.

Christen haben diese mit Jesus identifiziert. Andere sind Jesus in der Lichtstadt begegnet. In der Bibel wird Jesus oft mit dem Licht verglichen (Joh 1,9; Apg 9,3; vgl. Jes 9,1). Er selbst nennt sich »das Licht der Welt« (Joh 12, 35). Viele Gläubige im Neuen Testament erwarten nach ihrem Tod, Jesus zu begegnen. Paulus verlangt »daheim beim Herrn« und »bei Christus« zu sein (2 Kor 5,8; Phil 1,23). Johannes verspricht, daß wir Jesus sehen werden, wie Er ist (1 Joh 3,2). Stephanus darf kurz vor seiner Steinigung Gottes Herrlichkeit in einer Vision sehen und »Jesus zur Rechten Gottes stehen« (Apg 7,55).

C. Die Bibel und die Lichtstadt

In den ersten drei Kapiteln sind wir immer wieder auf die Beschreibung einer Lichtstadt gestoßen. Über eine solche Stadt wird auch in der Bibel gesprochen. Jesus selbst spricht über das Haus seines Vaters, in dem es viele Wohnungen gibt (Joh 14,2) und er betet, daß seine Jünger dort bei ihm sein werden, damit sie seine Herrlichkeit sehen (Joh 17,24). Paulus spielt darauf an, daß er in einer Vision in einer außerirdischen Dimension gewesen ist, die er den »dritten Himmel« oder das »Paradies« nennt (2 Kor 12, 2–4). Offensichtlich spricht er über dieselbe Dimension, die im populären jüdischen Sprachgebrauch auch »Abrahams Schoß« genannt wurde. Wie das gesamte Altertum unterschieden die Juden drei Himmel: der Wolkenhimmel, der Sternenhimmel und »der höchste Himmel« (Eph 4,10), Gottes Wohnsitz. Das Paradies oder Abrahams Schoß wurde als Wohnort der verstorbenen Gerechten betrachtet. »Die Stadt auf dem Berg«, das neue Jerusalem wird mit den Stätten der Geister der Gerechten in Hebr 12,23 identifiziert.

Dort, wo das Wort Paradies gebraucht wird (vgl. Lk 23, 43), denken wir an einen Park, einen Lustgarten. In den ersten Kapiteln haben wir gesehen, daß viele eine überirdische Natur mit Parks und Gärten gesehen haben. Im himmlischen Paradies, so sagt Jesus in einer Vision zu Johannes, steht der Baum des Lebens (Offb 2,7). In den späteren Visionen des Johannes kehren auch andere Züge des Paradiesesgedankens wieder. Der himmlische Hof ist eine Art Urbild des Gartens von Eden aus dem Anfang der Schöpfungsgeschichte: dort gibt es einen Strom mit Lebenswasser, Lebensbäume, die stets Früchte tragen. Die Ähnlichkeit zwischen dem, was Johannes gesehen hat, und was andere Menschen später geschaut haben, ist so groß, daß Agnes Sanford bemerkt: »Johannes muß auch dort gewesen sein.« Johannes spricht aber nicht über Vögel und Blumen, worüber wir im Vorhergehenden gehört haben.
Immer wieder wird auch eine andere Parallele gezogen: von der himmlischen Stadt zum irdischen Jerusalem, dem himmlischen und dem irdischen Berg Sion (Hebr 11,10 und 12,22; Gal 4,25 ff; Offb 14,1). So wie viele diese Stadt als glänzend wie von Gold beschrieben haben, schildert sie auch Johannes (Offb 21,2,10,18). Auch er sah die große Mauer mit den Grundsteinen, geschmückt mit edlen Steinen (Vs 19), und die aus Perlen gemachten Tore (Vs 21), die goldene Straße (Vs 21), die viereckige Form (Vs 16). Weil in dieser Lichtstadt der Wille Gottes vollkommen geschieht, kann sie mit dem Königreich Gottes oder dem Himmelreich (Mt 8,11) verglichen werden. Das Herabkommen dieser Stadt (Offb 21,2) ist ein Bild für das Kommen, den Durchbruch des Reiches Gottes auf Erden.
Wir haben gehört, daß manche den Eindruck hatten, nach dem Verlassen des Körpers in nördliche Richtung zu gehen (B. 59d, 78a). Das Alte Testament spricht die Annahme aus, daß Gottes Wohnsitz im Norden gesucht werden muß (Jes 14,13; Ez 1,4). Wichtiger als diese Richtungsandeu-

tung ist jedoch, daß Menschen den Wohnsitz ihres himmlischen Vaters (Hebr 11,16) betreten dürfen, um dort zu sein, wo Er ist. Wenn manche über die weißen Gewänder sprechen, in die man dort gekleidet ist, so finden wir das auch in einem Wort Jesu an Johannes (Offb 3,5).

In dieser himmlischen Herrlichkeit, so erzählen vor allem aus dem Koma und dem klinischen Tod Zurückgekehrte, aber auch Visionäre, ist nicht einer dem anderen gleich, sondern findet ein weiteres Wachstum statt. Stimmt diese Beobachtung mit der biblischen Aussage überein? In die Theologie der meisten Kirchen hat dieser Gedanke keinen Eingang gefunden; unbiblisch ist er aber nicht. Wir werden zwar darin einander gleich sein, daß wir Jesus sehen dürfen wie Er ist (1 Joh 3,2), Jesus selbst spricht aber über Menschen, die im Reiche Gottes die Kleinsten sein werden, obwohl größer als Johannes der Täufer (Mt 11, 11) und Paulus weist darauf hin, daß das Material, mit dem wir unser Leben auf das Fundament Jesu Christi bauen, für später von Bedeutung ist. War das Material schlecht, so werden wir zwar »so wie durch Feuer hindurch« gerettet werden (1 Kor 3,12–15). Besondere Verheißungen gibt es für die, die ausharren und den guten Streit kämpfen und Jesus nachfolgen: einen Kranz oder eine Krone, als Könige mit Jesus herrschen (1 Kor 9,25; 2 Tim 2,5 und 4,8; 1 Petr 5,4; Offb 2,20; Mt 19,29 und 2 Tim 2,12). Auch in Offb 2 und 3 werden den Siegern besondere Segnungen versprochen.

Die Bibel kennt nicht nur den Gedanken an einen Lohn (Mt 6,4 und 18 ff; 10,42; 16,27; 19,21; Hebr 6,10 und 11,6; 2 Joh 2,8), sondern auch einen Unterschied in der Belohnung nach beendigter Arbeit (Lk 19,22–27; Mt 25, 14,30). »Viele aber, die jetzt die Ersten sind, werden dann die Letzten sein, und die Letzten werden die Ersten sein« (Mt 19,30). Jesus bestätigt, daß es in der Herrlichkeit Ehrenplätze gibt, aber er sagt, daß er diese nicht vergeben kann (Mt 20,23). Er verspricht jedoch, daß, je mehr man auf Erden um seinetwillen preisgegeben hat, um so mehr man später im ewigen Leben erhalten wird (Mt 19,29). Und Paulus sagt, daß jeder seinen besonderen Lohn empfangen wird, je nach der Mühe, die er aufgewendet hat (1 Kor 3,8).

Von dieser Perspektive aus ist deutlich, daß vor allem die reformatorische Theologie diesem Gedanken wenig Rechnung getragen hat und hier eine Korrektur benötigt. Zwischen Menschen, die dieselbe Herrlichkeit erlangen, wird es Abstufungen geben. Es gibt viele Wohnungen im Hause des Vaters, aber nicht alle sind gleich (vgl. 1 Kor 15,38 bis 41). So wie es zwischen den Engeln Abstufungen gibt (vgl. Erzengel, Cherubim usw.), wird es solche zwischen den verherrlichten Gerechten geben (vgl. Dan 12,3). Wenn in Gottes Schöpfung hier auf Erden Verschiedenheit besteht, ist zu erwarten, daß in Gottes Herrlichkeit Einheit und Verschiedenheit zu finden sind.

Wird man in dieser Herrlichkeit auch weiter wachsen können? Direkte biblische Aussagen scheint es hierfür nicht zu geben. Wenn wir jedoch annehmen, daß die eigentliche Vollendung, die schließliche Vollkommenheit, erst bei der großen Auferstehung stattfinden wird, so sagt W. W. Verhoef in seiner Einleitung zu der holländischen Ausgabe der Visionen von Sadhu Sundar Singh, dann dürfen wir annehmen, daß es auch nach dem Tode ein Wachstum gibt. Die irdische und die himmlische Kirche sind auf dem Wege zum Auferstehungstag. Verhoef spricht hier von »Heiligung«. Der Ausdruck scheint mir jedoch nicht ganz glücklich. Man könnte damit andeuten, daß es auch in der Herrlichkeit noch Sünde, Rebellion gegen Gott, geben wird. Mir scheint jedoch, daß es genügend Raum für Wachstum in Erkenntnis und Liebe gibt. Wenn Menschen auf Erden geistlich unmündig geblieben sind (1 Kor 3,1 ff; Hebr 5,12 f), so liegt der Gedanke nahe, daß sie dieses Wachstum nach dem Tode nachholen können. Der Wachstumsgedanke gehört wesentlich zu Gottes Plan mit den Menschen (Eph 4,13–15). In diese Richtung weist auch der bereits genannte Hirtenbrief der Niederländischen Reformierten Kirche: »Wir dürfen von einer ewigen Ruhe sprechen, von einem nie endenden Fest, *einer fortschreitenden Entwicklung*, auch vom Wiedersehen geliebter Menschen, vorausgesetzt, wir sind uns bewußt, daß wir uns das vollkommene Glück nur vorstellen können vom Standpunkt des irdischen Glücks aus; aber auch, daß die absolute Zukunft keine Verlängerung des irdischen Lebens ist, sondern die Verherrlichung Gottes, wenn Er alles in allem sein wird.«

D. Die Bibel über die Finsternis

Aus den in den ersten Kapiteln angeführten Zeugnissen konnten wir ersehen, daß sowohl Sterbende wie aus dem Koma oder dem Tode Zurückgekehrte bzw. Visionäre voller Schrecken über einen Ort oder mehrere Orte der Finsternis sprachen. Man kann sich fragen, warum dies bei klinisch Toten ziemlich selten vorkommt. Wagen es viele nicht, über ihre negativen Erfahrungen zu sprechen? Oder hat Dr. Rawlings recht, der feststellt, daß Menschen, direkt nach ihrer Rückkehr in dieses Leben nach ihren Erfahrungen befragt, etwa gleichviel über Finsternis wie über Licht berichten, während viele zwar im Laufe von Reanimationsversuchen über eine Finsternis sprachen, dies aber nach wenigen Stunden oder Tagen schon vergessen zu haben scheinen. Rawlings schließt daraus, daß der Mensch nun einmal gern unangenehme Erfahrungen aus seinem Bewußtsein verdrängt. Und David Winter verweist auf die Volksfrömmigkeit, die »auf dem weitverbreiteten Gefühl beruht, daß ein freundlicher Gott wie ein gutherziger Vater uns unsere Unvollkommenheiten nicht anrechnen und wohl alles in Ordnung bringen wird. Es kann nichts schiefgehen: wir alle kommen in den Himmel; niemand wird ausgeschlossen. Wir sprechen über die Toten nur Gutes und erwarten, daß Gott dasselbe tun wird. So wurde der allgemeine Gedanke über ein ›Leben nach dem Tod‹ fast vollkommen seines eigenen geistlichen Wertes beraubt. Eine Verurteilung wird beim Gedanken an das ›Jenseits‹ im allgemeinen ausgeschlossen.«

Wir brauchen nicht lange im Neuen Testament zu suchen, um zu sehen, daß dort ganz anders gedacht und gesprochen wird. Der Reiche bei Lk 16,23 geht nach seinem Tod ins Totenreich ein, und sein Zustand steht in krassem Gegensatz zu der Situation, in der sich der arme Lazarus befindet (Lk 16,23 f). Die Bibel warnt immer wieder vor diesem Ort: »breit ist der Weg, der ins Verderben führt« (Mt 7,13), und wer Jesu Worte hört, aber nicht befolgt, dessen Lebenshaus stürzt ein (Mt 7,26 f). Die Unrecht getan haben, gehen zu einem Ort, wo »Heulen und Zähneknirschen« sein wird (Lk 13,28). Auf Erden wählt man bereits seine künftige Wohnung (Joh 3,20 und 36). Paulus und Johannes umschreiben eindeutig, wem der Zugang zur Herrlichkeit versagt wird (Gal 5,19 ff, Offb 21,27 und 22,15).

Wir haben gesehen, daß viele über diese Finsternis als über »die Hölle« gesprochen haben. Wie bereits gesagt, ist dieser Sprachgebrauch, mitverursacht durch viele alte Übersetzungen des Wortes »Totenreich« mit »Hölle«, unrichtig. Über Hölle kann man erst nach dem Endurteil sprechen. Wir hörten Anna Katharina Emmerich das »Fegefeuer« beschreiben. Von ihrer Glaubenslehre her gesehen ist das Fegefeuer ein Zwischenzustand, in dem die Menschen den Rest ihrer Schuld abbezahlen müssen und gereinigt werden. Wir kennen jedoch dafür keine biblischen Andeutungen.

Darum sollte man lieber mit der Bibel von einem Totenreich als einem finstern Ort sprechen, wo ein großer Teil der Verstorbenen in Erwartung des Letzten Gerichts bei der Wiederkunft Christi sich aufhält.

Kennt dieses Totenreich, wie es vor allem Visionäre berichten, auch seine Grade? Wenn auch die biblischen Texte insbesondere auf das endgültige Urteil hinweisen, werden doch auch Abstufungen angedeutet: Manche werden es schwieriger als andere haben. Es wird Kafarnaum, Betsaida und Chorazin schlechter ergehen als Sodom, Tyrus und Sidon, die niemals mit der Kraft des Gottesreiches in Berührung gekommen sind (Mt 11,21–24). »Wem viel gegeben wurde, von dem wird viel zurückgefordert werden, und wem man viel anvertraut hat, von dem wird man um so mehr verlangen.« Manche werden viele, andere wenig Schläge empfangen; es ist also deutlich ein Unterschied im Strafmaß angedeutet (Lk 12,47 f; Hebr 10,29).

Manche Visionäre meinen gesehen zu haben, wie manche doch noch vom Totenreich, der Zwischenwelt aus ins Reich der Herrlichkeit übertreten durften. Wir zögern bei diesem Punkt. Werden die Ungerechten nicht aufbewahrt für die Strafe am Tage des Gerichts (2 Petr 2,9)? Gibt es keine vorübergehende Gefangenschaft, »bis die ganze Schuld bezahlt sein wird« (Mt 18,34)? Ist Jesus nicht herabgestiegen ins Totenreich, um seinen Sieg zu proklamieren und sich der Schlüssel des Totenreichs zu bemächtigen (1 Petr 3,19; Offb 1,18)? Fällt nicht erst beim Jüngsten Gericht die endgültige Entscheidung? Ist es undenkbar, daß vom Himmel aus eine Missionsarbeit im Reich der Toten geführt wird? Das letzte Wort dazu scheint in der Bibel nicht gesagt zu sein. Deshalb möchten wir darüber lieber schweigen; sonst kommen wir schnell in unhaltbare Spekulationen hinein.

Wir sind am Ende unserer Untersuchung angelangt. Wissen wir nun alles? Was Paulus in seinem ersten Brief an die Korinther (13,9) bemerkt, gilt auch für uns: »Denn Stückwerk ist unser Erkennen.« Wir haben aber gesehen, daß die Erfahrungen Sterbender, aus dem Koma oder Tod Zurückgekehrter und Visionärer in vielen Punkten übereinstimmen: es gibt ein Leben nach dem Tod; dieses Leben fällt aber auseinander in Licht und Dunkel, in Herrlichkeit und Verderben. Außerdem haben wir gesehen, daß sich die Erfahrungen in diesem Punkt im allgemeinen innerhalb des Rahmens der biblischen Botschaft bewegen. Zwar sind die Erfahrungen von Menschen oft detaillierter als die biblischen Aussagen; das heißt aber noch nicht, daß sie zu ihnen im Widerspruch stehen. Umgekehrt kennt die biblische Botschaft eine noch viel größere Perspektive auf eine noch reichere Zukunft hin als die menschlichen Erfahrungen sie aufweisen.

Dabei wird deutlich, daß die vielen untersuchten Erfahrungen von Menschen niemals Gottes Offenbarung ersetzen können und dürfen. Die Heilsbotschaft des Evangeliums würde dann unzulässig reduziert. Wer Christus ist, was Er auf Erden getan hat, vor allem durch Kreuz, Auferstehung, Geistausgießung und die Verheißung seiner Wiederkunft, dafür sind wir auf das Neue Testament angewiesen. Zu unserer Überraschung stimmen aber die untersuchten Erfahrungen immer wieder mit der biblischen Botschaft überein. Und diese Erfahrungen haben, mehr als viele Predigten, das Leben vieler Menschen radikal verändert. Sie rufen zur inneren Erneuerung auf, sie sind ein Appell, das Leben in die Hände Jesu Christi, der Lichtgestalt, zu geben. Diese Erfahrungen machen uns also gegenüber dem irdischen Leben mit seinen Problemen und seiner Verantwortung nicht gleichgültig, im Gegenteil!

Was wir benötigen, ist nicht in erster Linie Sicherheit über ein Weiterleben nach dem Tode, sondern über unsere Erlösung. Wenn das Weiterleben neues Leiden in Finsternis bedeuten würde, was nützt es uns dann? Wer aber der Lichtgestalt den ersten Platz in seinem Leben eingeräumt hat, der braucht keine Angst mehr vor dem Tod zu haben. Für ihn ist das Sterben der Beginn neuen Lebens. Das geistig behinderte Kind, das am Grab eines Leidensgenossen ausrief: »Gute Reise und Grüße an Jesus«, hat das begriffen.

Selten ist das gleiche für mein Gefühl besser ausgedrückt als in dem kleinen Lied von Frankie Lane, das in den fünfziger Jahren gesungen wurde:

> Mein Freund ist der König der Könige,
> Und ist dennoch mein Freund; Er geht an meiner Seite.
> Mein Freund regiert die Erde und die Sonne,
> Und ist dennoch mein Freund; Er nimmt sich die Zeit, mich zu leiten.
> Mein Freund nimmt meine Hand, gerade dann, wenn alles vergeblich scheint.
> Er macht deutlich, daß Er sein wird,
> In Freude und Schmerz: mein Freund!
> Mein Freund sagt mir: das Leben ist ein Weg.
> Und obwohl dieser Weg in einer Krümmung endet, sagt mein Freund mir:
> Dann gibt es einen Weg, weiter als dieser Weg, ohne Ende.
> Eines Tages, wenn ich den frohen Weg beschreite, der hinter der Krümmung liegt,
> Wer wird dort sein, um mich willkommen zu heißen?
> Mein Freund!

Und dann erst werde ich durch und durch erkennen, so wie ich auch durch und durch erkannt worden bin (1 Kor 13, 12).

Literaturverzeichnis

G. C. Bevington, Remarkable Miracles, Plainfield 1973
E. Brunner, Das Ewige als Zukunft und Gegenwart, Zürich 1955
J. Buckingham, Into the Glory, Plainfield 1974
M. Davis, Scenes beyond the Grave, Dallas, 30. Aufl. o. J.
A. K. Emmerich, Visionen, Aschaffenburg 1970
M. Ford, On the other Side, Plainfield 1978
B. Graham, Engelen, Gods geheime Agenten, Zwolle o. J.
M. Green, I believe in the Holy Spirit, London 1975
J. C. Hampe, Sterben ist doch ganz anders, Stuttgart 1975
K. Heim, Was nach dem Tode auf uns wartet, Stuttgart 1979
W. Hendricksen, The Bible on the Life hereafter, Grand Rapids 1977
H. Henny, Was ich im Geiste sah und hörte, Frenkendorf o. J.
Ch. u. L. Huyssen, Visions of Jesus, Plainfield 1977
E. Jüngel, Tod, Stuttgart 1971
K. Koch, Gott unter den Zulus, Frankfurt 1977
G. Lindsay, Life after Death, Dallas 1971
H. Martensen-Larsen, An der Pforte des Todes, Hamburg 1955

R. Moody, Life after Life, New York 19. Aufl. 1977
R. Moody, Reflections on Life after Life, St. Simons Island 1977
J. Myers, Voices from the Edge of Eternity, Old Tappan 1968
E. Prange, The Gift is already Yours, Plainfield 1973
M. Rawlings, Beyond Death's Doors, Nashville 1978
A. Sandberg, Seeing the Invisible, Plainfield 1977
A. Sanford, Healing Gifts of the Spirit, Evesham 4. Aufl. 1976
A. Sanford, Creation Waits, Plainfield o. J.
Bas. Schlink, Hölle, Himmel, Wirklichkeiten, Darmstadt 1974
R. Springer, Within the Gates, Dallas 2. Aufl. 1976
Soendar Singh, Hij zag de Hemel, Hoenderloo 4. Aufl. 1975
Synode Ned, Herv. Kerk, Leven en Sterven met Verwachting, Den Haag 1972
M. Tari, Like a mighty Wind, London 1971
L. Watson, The Romeo Error, 1974
R. Wilkerson, Ins Jenseits und Zurück, Schorndorf 1979
D. Winter, Hierna, Hoornaar 1978
F. Zündel, Johann Christoph Blumhardt, Gießen 17. Aufl. 1962